———— 想象,比知识更重要

幻象文库

[澳]乔纳森·斯特拉罕 编
秦含璞 译

魔龙之书

THE
BOOK
OF
DRAGONS

新星出版社 NEW STAR PRESS

本书献给杰西卡和苏菲,
以此铭记茉莉公主、她的好朋友马默杜克,
还有其他所有致力于帮助我们梦境的龙。

我的鳞甲如同十层重叠的钢盾，尖牙如同长剑，利爪如同枪戟，我的尾巴轻轻一挥，凡人如遭雷击；我的翅膀稍稍一扇，天地间就飞沙走石，我的呼吸足以带来死亡。

——J.R.R.托尔金，《霍比特人》

致　谢

20世纪70年代，当我读到人生中第一本书的时候，就萌生了撰写这本书的想法，所以我可能要感谢从厄休拉·勒奎恩到托尔金等许多人，但我真正要感谢的是我的编辑，大卫·佩摩力克，他一直以来都非常和蔼、体贴，而且总能迸发出奇思妙想。我还要感谢哈珀·柯林斯出版社的全体员工，还有为这本书做出贡献的作者、诗人和艺术家。我还要感谢好朋友克拉·麦肯泽，以及一直以来都积极参与本书的尼尔·盖曼和帮助他工作的代理人梅丽尔。而我优秀的代理人哈沃德·摩尔翰一直以来都全力支持我的工作。最后，我想对支持我度过这段疯狂时期的玛丽安、杰西卡和苏菲表示感谢。多亏了你们，才会有这本书的出版。谢谢你们！

前　言

当我的两个女儿还小的时候，我总会给她们讲睡前故事。我每天晚上都会编出新故事，但从来没有将这些故事记录下来（我的小女儿对此非常生气）。这些故事都是关于一个叫作茉莉的姑娘，她住在距离自己的祖母家不远的地方，将所有的梦都装在卧室柜子中的雪花球里，以免这些梦被女巫偷走。而茉莉最好的朋友，是一条叫马默杜克的黄色小龙。这条小龙睿智而勇敢，教会了茉莉如何自救。自从在一次家庭旅行中见识了玻璃吹制之后，马默杜克甚至开始自己制作玻璃制品。如今这些记忆已经变得模糊，但我觉得玻璃吹制肯定和世界毁灭有些关系。虽然这对于这条小龙来说有些太过艰巨，但是魔法可以让大家都成为英雄。

龙在西方文化中并不罕见，如果我没有记错的话，我第一次看到龙，还是在平淡无奇的迪士尼电影《妙妙龙》里。片中的主人公小男孩找到了一个名叫艾利奥特的隐形朋友，后者帮助他找到了急需的东西，并一起踏上了一场伟大的旅行。我可能记不清自己见过的第一条龙，但是记得在那之后见过的龙：在托尔金所写的《霍比特人》中，强大的巨龙史矛革用烈焰攻击了湖畔镇；厄休拉·勒奎恩在《地海巫师》中创造出居住在群岛上的耶娃；安妮·麦卡弗里笔下的白龙鲁斯；娜奥米·诺维克笔下的龙船长和乔治·马丁书中居住在维斯特洛大陆上的雷哥、韦赛利昂和卓耿。

所有这些巨龙的共同点是什么呢？也许故事中的巨龙，在某种程度上是对我们自己的反映。这些巨龙可能是聪明的朋友和参谋，也有可能是可怕的敌人。在麦卡沃的《和黑龙一起喝茶》一书中，梅兰·隆是一个富有的老人，一心想帮助一位母亲找到自己的女儿，但梅兰实际上是一条两千岁的龙。卢修斯·谢泼德在《巨龙格瑞欧》一书中所创造的恶龙格瑞欧，可能是过去三十年来幻想文学作品中最成功的龙。格瑞欧是一条身体大小堪比山脉的沉睡的巨龙，人类在它的身体上建立了城镇，但是大家在依赖格瑞欧的同时，也非常讨厌它。龙似乎一直和我们在一起，虽然我不是民俗研究人员或者人类学家，但是我很确定龙来自我们的祖先点燃的篝火，以及栖息在火光所不能触及的黑暗中的爬行类动物。我非常怀疑龙其实是人类祖先对恐龙的种族记忆，但我们在这里先不讨论这件事情。

我们所处的位置，决定了我们如何看待龙。在西方世界，龙在中世纪鼎盛时期的造型是长着翅膀、喷吐火焰的四足巨兽。也许龙被认为是撒旦的变种，所有西方世界的龙总是邪恶、贪婪和狡猾的代表，而且它们肯定还藏着可观的财宝。而东方的龙则身体修长，形似巨蛇，是财富和水的象征。在印度文化中，经常可以看到形似娜迦的蛇形巨龙，这和印度文化中的娜迦或者纳戈（nogo）非常像。而日本文化中的龙则是一种水生动物，而且是海洋之神。在世界各地都不缺乏龙的传说。

龙的造型通常类似蜥蜴或者蛇，但是龙不太可能使用人的外形，龙可能代表空气、土地、火焰或者水中的任一元素，龙可能极度追求财富，也不一定非常好战。但是，龙是故事的核心，因为你手上的书里就有关于龙的故事。我之所以想完成这本《魔龙之书》，就是因为想塑造一群全新的龙和它们的伙伴，所以我主动寻找我们这个时代中最优秀的科幻和幻想小说家，要求他们写出自己心中的龙。而这些作者也为大家呈现了一部关于巨龙的寓言故事。在本书中，你可以看到其他世界上的巨龙追随我们来到星海，可以看到巨龙生活在马来半岛雨水充沛的群山中，生活在谷仓中，甚至生活在你的隔壁。它们有的非常风趣，有的非常可怕，有些住在火焰之中，有些住在水下。所有这些巨龙都非常了不起。

本书中的故事和诗歌由以下作者提供：丹尼尔·亚伯拉罕、凯莉·巴恩希尔、彼得·S.毕格、布鲁克·博兰德、贝斯·卡托、曹维倩、C.S.E.库尼、阿丽特·德·博达尔、凯特·艾略特、阿玛尔·艾尔·莫塔尔、莎拉·盖利、西奥多拉·高斯、艾伦·克拉格斯、匡灵秀、安·莱基、雷切尔·斯威斯基、刘宇昆、斯科特·林奇、托德·麦卡弗里、希娜·麦奎尔、帕特里夏·A.麦基利普、加思·尼克斯、K.J.帕克、凯莉·罗布森、迈克尔·斯旺威克、乔·沃尔顿、爱丽·凯瑟琳·怀特、简·约伦、JY杨。我希望你们喜欢这本书！

乔纳森·斯特拉罕
2019年于澳大利亚珀斯

目录

1	英雄主义的启迪	简·约伦
2	入学礼	爱丽·凯瑟琳·怀特
24	神龙圣人希卡亚特·斯里·布扬	曹维倩
49	尤里	丹尼尔·亚伯拉罕
70	一抹蓝	刘宇昆
100	尼德霍格	乔·沃尔顿
103	当河流变成混凝土	布鲁克·博兰德
130	栖息地	K.J.帕克
154	水痘	艾伦·克拉格斯
179	九曲河	匡灵秀
198	卢辛达的龙	凯莉·巴恩希尔
237	我把自己变成龙	贝斯·卡托
244	放逐	JY 杨
258	周六除外	彼得·S.毕格
269	神速号	凯莉·罗布森
293	骑士遗言	阿玛尔·艾尔·莫塔尔
295	漫途	凯特·艾略特
342	菲兹先生，再给我一支羽毛笔吧	加思·尼克斯

目录

370	宝藏	希娜·麦奎尔
378	李尔飞龙	C. S. E. 库尼
383	最后一次狩猎	阿丽特·德·博达尔
403	生生不息	安·莱基 / 雷切尔·斯威斯基
427	小鸟的请求	托德·麦卡弗里
456	龙	西奥多拉·高斯
462	屠龙人	迈克尔·斯旺威克
483	伪装	帕特里夏·A.麦基利普
502	我们不会讨论龙	莎拉·盖利
521	也许该上去看看	斯科特·林奇
551	一杯好茶	简·约伦

英雄主义的启迪

简·约伦

空气中弥漫着英雄主义的味道:
两只雄鹰在本应去狩猎的时候,
却绕着自己的巢穴盘旋。

兔子逃过了命运的利爪。
鬣狗的齿间挂着羚羊的肉渣。

龙的眼睛里反射着利剑的寒光。
公主用自己的头发逃出了高塔。

我的朋友,我再次想到了你,
你在绝望中发现爱情,
你在冬日的灰烬中找到了快乐,
你推开了紧闭的大门,迎接春天。

入学礼

爱丽·凯瑟琳·怀特

爱丽·凯瑟琳·怀特生于纽约州水牛城,她在这里学会了各种有用的生活技能,包括如何在二十分钟之内清理车道上的积雪(这其实很简单),让长期郁郁寡欢的人振作起来(这可就非常难了)。她是《心之石》系列的作者,这套书包括《心之石》《龙之影》和《烈焰使者》。平时不写作的时候,她会去读书、喝茶和构思人物。

她本该被传唤的。

当她从空中飞过的时候,驻扎在屋顶的警察被吓得合不拢嘴,以致没有注意到手上时速占卜仪的读数。梅丽瞟了一眼屋顶上的警察,在狂风的呼啸声中听到了占卜仪发出的嘀嘀声,不论是谁把这个新人派到了这里,梅丽都只能祝他好运。眼前的这名警察很明显从来都没见过龙,等这名警察反应过来的时候,梅丽早就飞走了。

在典当行小径上着陆从来都不是件容易的事情,梅丽感觉到死灵眼正在透过楼梯和楼上的窗户注视着自己,它们一定在好奇要不要尽快联系保险公司。梅丽调整了下重心，魔龙开始向一侧斜飞。夕阳的红色光芒照在魔龙钢铁和铁铬合金打造的翅膀上。现在，魔龙的整个躯干都沐浴在夕阳的光芒中，表面激起了一阵微弱的魔法能量火花。梅丽感到这种火花就好像静电，让她后脑勺的头发都竖了起来。

"降低高度吧，老伙计。"梅丽说罢，右手在魔铁盘上画了一个下降的符号。魔龙收拢双翼开始俯冲。狂风让梅丽开始流泪，学院的尖塔和周围的建筑在她眼中都变成了灰色的一团虚影，就连重力似乎也停止工作。有么一瞬间，梅丽觉得自己是如此自由，世界是如此美好。

然后，世界又恢复正常，重力恢复工作，梅丽能做的就是在魔龙带着自己砸在地上之前，启动着陆程序。魔龙张开双翼，那样子看起来就像是一面被风吹起来的风筝，梅丽甚至听到了金属剐蹭石头的声音。她用手指在魔铁盘上画出明亮的线条，向魔龙下达降落的命令。伴随着一阵蒸气和金属冷却的嘶嘶声，魔龙终于停在了屋檐上，从这里可以俯视整个典当行小径。她解开安全带，然后跳出了驾驶舱。

屋顶飞檐忽然传来人说话的声音："弄坏外部装饰是要交罚款的，你应该知道这事吧。"

梅丽大叫一声，脚下向屋檐边缘滑了一步，然后抓住了魔龙张开的翅膀的翼尖。她的脑子里甚至想到了明天报纸充满讽刺意味的头条标题：

距离开学还有两天
——年轻的魔技师奖学金获得者却因意外惨死

石像鬼冷冷地说:"小心点。还是忘了罚款吧,你可不想在这儿摔一跤。"

梅丽心中暗想,我才没那么倒霉呢,然后看了看贴着瓷砖的矮墙。这里的高度不过两层楼高。从这里掉下去,如果先落到门廊顶上,最多摔断几根骨头,多几道血淋淋的伤口。但是这对梅丽来说,没有任何好处。在典当行小径上流血,就等于被宣判了死刑。

梅丽嘀咕道:"你可以试试画个符。"

石像鬼歪着脑袋蹲在建筑物的一角,用黑曜石的眼睛看着梅丽:"亲爱的,你还是别降落在屋顶上为妙。"

"然后放弃这些好风景吗?算了吧,魔龙喜欢这儿的风景。"梅丽扯下放风机,然后拍了拍魔龙,"我说得没错吧,老伙计?"

石像鬼打量着对面商店沾满鸟粪的城垛。透过焚烧木头和工业炼金术的雾霾,非凡文理大学的尖塔一直伸入云霄,将这座孕育自己的城市抛在地面上。石像鬼吸了吸鼻子,说:"啊,行吧,你说得有点道理。"

梅丽微微一笑。她并不是一个喜欢笑的人,但是谁又能明白一个石像鬼会说什么呢?如果梅丽主动猜猜的话,石像鬼来这里的理由和自己完全一样。不论是停在屋顶上的龙或者石像鬼,梅丽都得花上一番工夫才能在它们身上涂鸦。

梅丽将自己的护目镜塞进挎包里,石像鬼问道:"你来这不会是为了晚餐吧?"

梅丽坚定地回答:"不,我就是来买点东西。"

当石像鬼转头看着她的时候,发出了咯吱咯吱的声音。虽然石像鬼的面部表情大多可以说是"严肃"的,但梅丽可以看出它现在吃了一惊。石像鬼问道:"周一大学要开学了吗?"

撒谎是多么简单的事情啊，只要点点头就可以结束这次对话，但是，梅丽为什么要撒谎呢？反正她被大学录取了。反正二人处境类似。梅丽说："我被技术学院录取了。能帮我看着魔龙吗？"

石像鬼的眼睛泛起了光："亲爱的，你干得真漂亮。这个世界需要更多的魔技师。我会帮你照顾魔龙的。你可别离开太久，而且，如果可能的话，请你回来的时候保持人类的身份。刚刚转化的人类总是分不清东南西北。"

"放心吧，我不会让你失望的。"

"我猜，你应该知道自己要面对什么人吧？"

"卡尔是老朋友了。"梅丽说。

石像鬼笑了笑说："好吧好吧，随你怎么说。你照顾好自己吧。我和魔龙就在这里等你。"

梅丽再次向石像鬼表示感谢，然后看了看魔龙。它默默地蹲在屋顶上，打量着下方的街道，梅丽觉得它是想保护自己。"伙计，我很快就回来。"她按照父亲的教导，用口哨演奏了锁定咒。在旁人听来，锁定咒完全没有任何规律可言，但是它节奏简单，编排精细，每隔几个月就会做出改变。对于听力敏锐的人，或者任何在梅丽身边超过6个月的人而言，这些随机的旋律都可能会形成一种模式，听起来像一首歌的前奏。一个耐心的人可以在一年之内发现整个旋律，而且他有可能会好奇，为什么要将一首摇篮曲拆解成这副样子？万幸的是，没人能在梅丽身边待那么久。

魔龙进入待机模式，眼中的金色光芒逐渐消散。

梅丽对石像鬼说："往后退一点。"然后她向着建筑侧面锈迹斑斑的逃生通道走去。

当梅丽推开门的时候，响起了微弱的铃铛声。房间里显得很拥挤，灯光昏暗，但是梅丽感觉仿佛回到了家里。在通电蜡烛的照耀下，黑木制成的天花板和地板泛着微光。眼前的这幅画面差点让梅丽笑了出来。自从上次自己离开这里，卡尔就进行了装修。巨大的书架直达天花板，上面装满了几个世纪以来学生们留下的东西。梅丽走过几堆修好的背包、一桶完全不是给人类使用的鞋子、老式微波炉、矮人样本、无数不相配套的碟子和青铜的炼金术器具，她得绕过这些东西，才能找到真正的好东西。

当梅丽走到最后一排书架的时候，她放慢了脚步。在不远处，长长的玻璃柜台正闪闪发光。在柜台后面可以看到一个红木柜子，里面都是卡尔的宝贝。在红木柜子周围，有几堆和梅丽一样高的教科书。

但是，卡尔却不见踪影。梅丽翻过一块狮虎兽的皮，在距离自己最近的一堆书中翻找一本橙色封面的书，这本书的名字是《龙、发电机和脏活：魔技入门读物》。在翻找了3堆书和9本《亡灵书新手必读》之后，梅丽终于想起来，自己该看看柜台。

梅丽想要的书就躺在明亮的玻璃台面上。

梅丽现在只有一个念头：天哪，天哪，拜托你还能看吧。她把手指伸到封面下面，然后轻轻将封面抬起，仔细打量书的实际状况。当她看到书中所有文字都没有逃跑时，不由得松了口气。之前一家当铺在底漆中留下的银色魔法鱼，确保了所有的文字不会在书打开的瞬间逃跑。也许这是某位经验丰富的词法法师给那些去当铺街买书的学生们的一份礼物。一想到所有那些在这位词法法师课上的悲惨遭遇，梅丽不禁在书中空白处写了几句话，然后才把它放回书架。

但是，这本书上的字依然留在纸面上，部分文字因为半透明的拇指印而显得模糊不清。这证明，最起码这本书的某一位前任主人很喜欢比萨，而且不打算通过再次卖出这本书赚钱。梅丽快速地翻看了第一章，霉菌和防腐剂的味道让她时不时皱起了鼻子。这位比萨爱好者，一定是一位试图开启第二职业的亡灵法师。好吧。梅丽听说过，高年级学生为了准备期末考试，将令人不快的生物封印在书中，而她最不想看到的就是一个精灵从书中跳出来，打扰自己学习。

真正的问题在于，梅丽非常需要这本书。周一就是新学期了，而且她已经跑遍了所有欢迎她光临的当铺。

"亲爱的，对这本书有兴趣呀？"

梅丽立即合上这本书，嘴里冒出一连串的咒骂之词，要是她的父亲听到自己的女儿说这些话，肯定会惊得说不出话。只见来者站在柜台后面，挑着眉毛面带微笑。

当梅丽终于停止咒骂准备换气的时候，他说道："梅丽，很高兴再次见到你。"

梅丽咆哮道："卡尔，你不能这么悄悄地走到别人身边。"

"谁说的？"

"我说的！"

他叹了口气："我下次带个牛脖子上的铃铛吧。言归正传，你是不是对这书感兴趣？"

梅丽看着磨损的封皮、比萨油留下的污渍和破损的书页，然后小心翼翼地说："我是对这书感兴趣，但你应该给我打个折。"

"你说什么？"卡尔问道。梅丽认为这是卡尔真正的意思。

但是他的语气听起来更像是在问"为什么"。

梅丽说:"你看看这本书,教授肯定会把这本书列为生化污染物。"

卡尔抿着嘴,梅丽都能看到他的獠牙,这让卡尔看起来更像是一具尸体。一想到卡尔·罗萨已经死了最少100年,他能保持现在这副样子已经非常了不起了。

这位吸血鬼继续说道:"梅丽,我的小宝贝,大家都理智点儿。你不是要成为一位魔技师吗?"还没等梅丽回话,卡尔挥了挥手,继续说道:"我这是在说什么呢?你肯定会是一位优秀的魔技师。我……很久之前就认识格兹妮导师了。在我还没获得这些獠牙之前,她就在负责技术课程了。只要你学得好,她才不会在乎你的课本是什么样子。再说了,书要旧一点才有味道。"

"旧一点?"

卡尔看着破旧的封面说:"我觉得合适的说法应该是'宠爱有加'。"

梅丽一时间说不出话。卡尔对于书、格兹妮和其他东西的说法可能都没有错。不论你表现如何,如果没有属于自己的教科书,那么在非凡文理大学就毫无地位。梅丽反复提醒自己,这一点在技术学院也同样适用。所有能走到这一天的人,都知道选择适合自己的战场。

梅丽说:"我给你120毫升血。"

"120毫升?120毫升?"卡尔立即抱怨了起来,梅丽从他抖动的双唇之间可以看到锋利的獠牙。梅丽估计卡尔肯定用人类听不到的音域骂了自己一顿,"你个没良心的小姑娘,是想饿死我吗?"

"卡尔，你又开始大呼小叫了。你怎么会饿肚子呢？"

卡尔咆哮道："我当然可能会饿肚子！好几天都没有客户上门了。"

"骗子！"

"好吧，其实也就是几个小时。但是我的新陈代谢很快……而且你也不懂……"

梅丽非常好奇，当卡尔选择做当铺中间商的时候，学院剧场是否意识到自己损失了一位舞台巨星。卡尔现在缺的不过是眼泪和蕾丝手帕。

"哦，得了吧。"梅丽说，"你身后的天象仪完全就值450毫升血。"卡尔看着黄铜制成的天象仪，对她的话表示怀疑。梅丽继续说："我知道街的另一头，有个占卜学一年级的学生，她可能在学期开始前需要这东西。"

卡尔的沮丧瞬间消失，他问道："哦？那这个一年级新生……嗯……健康吗？"

梅丽看了卡尔说："不。别玩这一套——我可不是你的中间商。你要是想知道实际情况，就自己去问。所以说，150毫升如何？"

"我觉得你是在嘲笑我。"

"我怎么会嘲笑你？200毫升？"

卡尔将书拖回自己身边。梅丽现在能做的就是，控制自己不要露出一脸贪婪的表情。"350毫升，这个价格已经很慷慨了。这可是出于亲情和友情的双重考虑。"卡尔的表情缓和了下来，"好吧。这可是看在你父亲的分上。"

梅丽吞了下口水，然后问："250毫升如何？"

"要不你还是滚出我的店？"

卡尔说话的时候面带微笑，但这种微笑并不包含一丝的善意。梅丽默默统计了一下，在过去的 48 小时里自己买下的所有东西，核对口袋里的购物单上的每一件物品。自从几周前奖学金得到批准之后，她就记下了清单上的所有内容。《魔技师冶金学（第 12 版）》，150 毫升；《运输简史》，125 毫升；《可燃易爆物汇编》，50 毫升，但这完全是因为当铺老板将一套炼金术卖给了一个高年级学生，而这名高年级学生的三名小弟同意分摊合计 1500 毫升的费用。当铺老板对这个计划非常满意。而梅丽一直以来都是后知后觉。

在过去的两天里，梅丽一共花了 325 毫升，现在只剩一本书没买。她摸了摸书的封皮，看着指尖下廉价纸板上的浅坑。从这本书的实际状况来看，这个定价实在是太荒唐了。卡尔的开价太高了，而且他非常清楚自己的定价很离谱，但是他坚持这个定价，并露出了獠牙，所以梅丽知道自己不能继续砍价了。350 毫升还能算友情价？这肯定和自己的父亲有关系。

"你也知道，在别的地方可找不到这本书。"还没等梅丽从柜台旁走开，卡尔就继续说道，"我可以向你保证，你在全城之内都找不到第二本了。"

"你怎么……"

"别担心，我又没法阅读你的思想，不过现在这个情况下，我也不需要这么干。你是想去别的店里试试运气？"

"你肯定想不到别的店里还有什么好东西。"梅丽自己都知道这话是多么的空洞。

卡尔张开手，如蜘蛛腿般纤长的手指按在玻璃柜台上。在店里昏暗的灯光下，这些手指看起来就像是用象牙制成的。梅丽注意到他的指甲非常尖锐。"我从学校的教授手里弄来了所有的教材清单。学院里的教材清单我也弄到手了。"他盯着这本书,继续说道,"小家伙,典当街上所有人都是这么干的,我们花了好大的力气,才能确保像你这么绝望的学生有书用。当我跟你说我是唯一找到这本书的人的时候,你最好相信我的话。我还留着收据呢。"

梅丽看了看他的手,然后看了看那本书,长叹了一口气。有时候,她真的很讨厌吸血鬼。

"300毫升。"梅丽继续说道,"而且我会让那个占卜学的学生来你的店。在接下来的24小时之内,你就可以再得到400毫升。"梅丽认为这已经是自己的底线了,于是又说:"要么接受我的条件,要么我就走了。"

卡尔的低吼逐渐深沉,然后变成了轻笑:"你还真是你父亲的好女儿。好吧,亲爱的,成交。"

梅丽把书塞进打着补丁的挎包里,卡尔则转身打开了柜台后面的柜子,拿出了一个长长的黑盒子。盒子的表面因为长期被反复使用而泛着光泽。卡尔将盒子放在柜台上,然后打开了盖子。盒子里装的是水晶瓶、塑料管子和量筒,防腐剂的味道弥漫在空气中。在过去的几天里,梅丽痛苦地了解了这些工具的用处。梅丽卷起右边的袖子——因为她不想让卡尔看到左胳膊的针眼——把胳膊搭在柜台上。

对于卡尔或者其他任何一个在当铺街做生意的吸血鬼来说,他们唯一值得称赞的一点就是:工作速度很快。卡尔拿出止血带、皮质箍带、碘酒棉签和塑料管,然后掏出针头,(当他发现梅丽看着针头的时候说:"我向你保证,这是全新的针头,而且已经消毒了。")找了张凳子让梅丽坐了下来。当针头推进胳膊,鲜血从她的胳膊流进涂了抗凝剂的管子里,梅丽看着管子上的反光,相信占卜专业的人会借此告诉她人生的一切。

卡尔看着管子里越来越多的鲜血,心不在焉地说:"亲爱的,手握成拳头,这样血液流动速度更快。"

梅丽按照卡尔的话做了。300毫升的鲜血比她想象的还要多。她闭上眼睛,心想这是要买的最后一样东西。这是她今天要买的最后一样东西,也是最后一样自己需要的东西。她今晚就能恢复过来,她要看着父亲最喜欢的电影,吃冰激凌和糖卷,多喝点酒,说不定还带着魔龙去城外兜兜风。今晚将是精彩的一晚。

明天,她才会开始为了新学期而头疼。

"亲爱的,完事了。"

梅丽睁开眼看到针头退出自己的胳膊。卡尔将一块纱布按在她的胳膊上,然后忙于清理采血器材上剩余的血迹。卡尔的动作非常冷静沉稳,一举一动堪比一名医生。但是梅丽知道,卡尔不可能会对自己表示感谢,或展现一丝一毫的温柔。她可不认为有哪个吸血鬼会在生意场上那么温柔。当看到300毫升曾经属于自己的鲜血在罐子里打转的时候,爱丽感到喉头泛起一股恶心的感觉。卡尔盯着这些血液看个不停。梅丽希望卡尔等到自己离开当铺之后,再喝掉这些血。

梅丽伸手从柜台的另一头拿过一条绷带。"谢了,我自己没事。"她把绷带捆在纱布上,然后从凳子上跳了下来。

这有点儿奇怪。对于一个严谨的吸血鬼说,卡尔的狮虎皮地毯需要清理沉积的灰尘。梅丽的鼻子很痒,背后泛起一片鸡皮疙瘩,她怀疑自己到底吸进去了多少死掉的皮肤细胞。她听到了巨响,胳膊也很疼。梅丽心想:这是团灰尘还是一只真正的活物?卡尔真的需要打扫一下这里,而且——

梅丽恢复意识后的第一个想法是:我为什么在地板上?

卡尔绕过柜台，把梅丽扶了起来："慢点！动作别太快。小可爱，你知道该怎么做。"

当梅丽坐回凳子上的时候，她的胃在不停地翻腾，这一方面是出于恶心，一方面是出于羞愧。她几乎可以听到当铺街流传的八卦了：你听说老詹姆斯家姑娘的事了吗？可怜的小东西连数都不会数。放了太多的血，直接晕倒在罗萨的地板上……

梅丽喘着粗气说："我没事。卡尔，我没事。"

"你要真的没事，那我就是喝醉的石像鬼。把这个拿好。"卡尔将一枚硬币塞进了梅丽的手里，冰冷的金属和卡尔毫无体温的皮肤让她打了个哆嗦。"晚饭我请客。去找点甜的东西吃。"

"你不必——"

"胡说。看在300毫升和一个新客户的分上，这是我应该做的。"

梅丽打量着手中的硬币。硬币的一面是当铺工会的标志：来自朱比特弓上的三个圆环。这本该是三个圆圈，但雕刻师并没有在这雕琢圆环上花太多心思。那个流传在学生中的老笑话怎么说来着？"当铺老板的必备特质是什么？厚脸皮。"梅丽翻过硬币。在另一面上是罗萨家族的徽记，一朵不对称的水仙花。她曾经问过卡尔，为什么不选一朵玫瑰作为家族徽记，但是卡尔不过是笑了一下，告诉梅丽等她长大一点，就告诉她真正的原因。

一枚制作精良的硬币。城里的饭馆不会拒收这枚硬币。梅丽手中的硬币所代表的声望无人能及，即便是像她父亲这样的人也做不到这一点。她紧紧握着硬币。上周光临的几家当铺的老板都没有给自己这种东西。"卡尔，你作为一个吸血鬼，也可谓是非常高尚了。"

卡尔鞠了一躬，露出猫一样的微笑，说："你这话可真是让我的曾祖母都哭了出来。"

"我不是有意——"

"不不不，这不过是一个古老的家族口头禅罢了。我的曾祖母是个虐待狂，我们罗萨家有教养的人都喜欢惹她生气。亲爱的，快走吧。你要是想在周一开始上课，就需要好好休息一下。"卡尔用坚定却不失温柔的动作，在把梅丽推到了店门口的同时，还躲开了从门缝中照进来的阳光。"街拐角的咖啡店老板是我朋友。你只要保持礼貌，就可以用这个硬币在他那吃两顿饭。"

梅丽在开门前，专门确认阳光不会照到卡尔，然后说："卡尔，谢谢你。"

"亲爱的，我该谢谢你。现在，关于那个新生。她……什么时候来？"

"我明天就让她过来。"

外面的街道还很空旷，但这个情况很快就会改变。吃晚餐的人群很快就会出现，他们会用自己的血液和其他有价值的东西，换取硬币、教科书和讨好博伊尼亚教授的小技巧，这有助于通过第一学期的炼金术考试。虽然所有人都在等待太阳运行到当铺街高大的城墙后面，但到目前为止，整条街上只有梅丽一个人。石像鬼从屋顶一角向她眯了下眼睛。魔龙还坐在石像鬼身旁，眼睛因为处于待机模式而发着红光。

梅丽吹出了解除锁定的调子，魔龙在曲调结束后就可以活动。它的眼睛和鳞片之下出现了金色的火光，金色光芒勾勒出了银色骨架的轮廓。魔龙眨了眨眼，晃了晃身子，然后从城墙上跳了下来。它在墙面上没有留下任何刮痕。当铺街非常狭窄，魔龙收拢双翼，如猎鹰一般向着鹅卵石路俯冲下来。梅丽完全可以听到位于城市另一端的保险商发出的尖叫。当魔龙降到梅丽头顶上的时候张开翅膀，在街道上投下一片阴影，翅膀掀起的大风吹动了卡尔当铺大门上的黄铜睾丸吉祥物。魔龙优雅地滑翔到距离地面几米的高度，然后用钢爪落在了鹅卵石铺就的路面上。梅丽认为魔龙的动作中带有一种属于机械的骄傲。随着魔龙收起翅膀，机械的连接处冒出了蒸汽和龙油的味道。魔龙歪着脑袋看着梅丽，一双眼睛闪闪发光。

"干得漂亮，伙计。"梅丽看着魔龙笑了出来。

魔龙并不是活物。它从来都不曾拥有生命。梅丽知道魔技的极限，但她总是对此表示怀疑。她的父亲总是说，自家的魔龙可不单纯是一堆零件的集合体。她拍了拍魔龙的翅膀，脸上的笑容渐渐消失。要是零件能再便宜点就好了。

"魔龙保养得不错啊！"

梅丽被吓了一跳。卡尔并没有回到自己阴暗舒适的当铺，而是继续站在门廊里，用一顶黑色的雨伞挡住了最后的阳光。他用贪婪的眼神盯着梅丽的魔龙看个不停。

"卡尔，这可是非卖品。"

"我又没问你这事。"

"你肯定在想这事！"

"你看看，现在谁才是读心人？"

"反正不卖。"梅丽说完，就跳进了位于魔龙脑袋后面的驾驶舱。当她在控制面板上输入启动程序之后，魔龙的金属开始变得温暖起来。

"亲爱的，你要是知道那些收藏家会开出什么价码……"

"反正不卖！"

卡尔挑着眉毛，用梅丽听不见的音域说了几句话。

"你刚才说什么？"

卡尔说："你肯定还没看第一学期的学费账单吧？"

梅丽听到这话，顿觉浑身冰凉。但她还是说道："我才不管你们的出价呢！魔龙是我的。"

卡尔低着头，摆出一副无可奈何的样子："好吧。随你怎么说，祝你这学期好运。"

梅丽在控制面板上按了一下。魔龙引擎发出的噪声越来越响。虽然她缺乏像卡尔一样的多重视力，无法看到魔龙体内流动的魔力，但她也不会停止尝试观察魔力流向。魔龙体内流动的魔力和它的眼睛一样，会发出金红色的光泽，并泛出白色的火花。从引擎中流出的魔力犹如人体内的灵魂，先是进入钢铁肌腱，然后通过骨骼流入铁铬铝合金活塞。

巨龙根据她的指令抬起了头。它和自己的主人都急于回家。梅丽在魔铁盘上画下学生宿舍的标志。这个标志泛出白光，然后就消失了。魔龙抬起了双翼。

梅丽顶着引擎的轰鸣声说："谢谢你，卡尔。以后再见。"

那个新生出去了，梅丽在信封里塞了一张便条。卡尔给她的硬币刚好可以充当镇纸，让梅丽将信封塞进姑娘的公寓里。虽然送出如此珍贵的纪念品让梅丽有些心疼，但是第一次去卡尔店里买东西的新人，明显更需要这枚硬币。即便这个新生是优秀的谈判高手，但买个天象仪还是要花费不少鲜血的。再说了，梅丽还有其他计划呢。

等梅丽坐着魔龙回家的时候，晚霞的红色光芒已经涂满了天空，吃晚饭的人越来越多。冷空气将她的头发吹乱，挡在了护目镜上，但梅丽却对此无能为力。耳边的风声将城市的喧嚣统统吞没，梅丽完全听不到城市里的笑声、呼喊、咆哮、机器的轰鸣，和某些人因为无法说明晚餐约会具体细节而发出失望的尖叫。她的母亲几年前送给梅丽的皮质头盔可以有效解决这个问题，但梅丽必须要先把它找出来才行。而梅丽本来花了很大力气，才把这顶皮质头盔藏了起来。

梅丽调整了一下重心，魔龙就向着世界尽头区飞去。这个由住房和商店组成的街区坐落于城市的边缘，这些居住在罗河河岸上的居民非常淳朴。但是，这片街区也有自己的魅力。当魔龙从水面掠过的时候，梅丽深吸了一口气。她们的时机刚刚好。河面反射的落日余晖将两岸照亮，这种美景只会持续几分钟。

梅丽让魔龙降落在车库上方严重磨损的平台上。商店的牌子上写着"詹姆斯和女儿的魔技师店"几个大字，而魔龙降落时掀起的大风让牌子发出吱吱呀呀的声音。梅丽提醒自己一定要给牌子上油。这是梅丽经常玩的一种游戏：她会记下所有需要维修的小东西，然后在脑子里排好顺序，最后再忘掉它们。总有些更重要的事情需要处理，但是梅丽幻想着有朝一日可以去处理这些琐事。

梅丽已经花了 30 分钟来维护魔龙。她实在无法相信父亲居然用 10 分钟就完成了维护，但梅丽喜欢在维护工作上多花点时间。魔龙耐心地站在平台上，先是伸展一边的翅膀，然后再伸展另一边的翅膀，梅丽则认真检查铁铬铝合金翅膀。她拿着金属刷子，不打算放过任何一处污迹。她用打磨机、油布和多层打蜡来处理锈迹，但是却忽视了魔龙前腿上的两处凹痕。当梅丽从旁边走过的时候，还摸了摸它们。梅丽无法忘记父亲第一次允许她亲自驾驶魔龙的日子。当时梅丽驾驶着魔龙撞来撞去，但是她的父亲只是大笑着捏了捏她的肩膀，纠正她的操作。梅丽绝对不会修补这些凹坑的。

在做完外部清洁之后，梅丽又检查了一下魔龙的剩余油料，然后把昨天剩下的有机质全部倒了进去。魔龙内部发出咕噜咕噜的声音，然后猛烈地喷出一阵浓烟，最后终于开始稳定地消化有机质。当梅丽打量着油箱内部的时候，里面的气味刺激着她的眼睛和鼻子，但是一切似乎工作正常。她满意地关上了油箱，然后拍了拍魔龙。魔龙没有名字，因为梅丽的父亲觉得给魔龙起名字实在是太蠢了，但这并不妨碍他对魔龙的宠爱。

"好好休息吧，老伙计。你今天干得不错。"她把装着课本的挎包挂在肩膀上，然后在魔铁盘上画出了关机的符号，最后关上了龙骨上的舱门。"好好睡一觉吧。"

从车库顶上下来的感觉非常奇怪，装着课本的挎包不停撞击着梅丽的肋骨，她自己也感到头晕目眩，但最终还是安全回到了地面。梅丽没有走正门，而是从侧门直接回到了楼上。她不得不在楼梯上停下两次，驱散晕眩感。这时候，她有些后悔将卡尔给自己的硬币送给别人。还是忘了那个新生吧，她更需要食物。

房间里的灯还亮着，在屋子中的各种小说、杂志、地图、图纸、空空的龙油瓶、零件和其他梅丽叫不出名字的零件之间，正闪烁着令人愉悦的黄色光芒。

梅丽大喊道："爸爸，我回来了。"

她把挎包放在最近的架子上，然后拿出了那本书。这已经不是第一次发生这种情况了，虽然公寓里堆满了书，但是却没有一本是自己的教材。梅丽的父亲向来不是从书里学习知识。

梅丽用眼睛的余光发现一堆随时可能会掉下来的纸。她伸手扶好了这些纸,然后看向一只猫,或者说一个类似猫的东西,从一堆垃圾里钻了出来。它落在门前的一堆信件上,伸展着爪子,当它确定来者是梅丽之后,就弓着背开始尝试……吐出些东西。

"不不不,你可不能吐在这儿。"梅丽说着就把猫抓了起来,免得它把毛球或者没消化完的哥布林吐在今天的信件上。这只猫一脸嫌弃地看着梅丽,从她手中挣脱,然后再次消失在书堆里。过了一会儿,它又开始咳嗽了。梅丽叹了口气。这事也得列在清单里。

她一边走向厨房一边翻看信件。账单,账单,乌头草的广告,世界尽头区业主协会的通知,然后又是张账单……

梅丽说:"爸爸,我今天见到卡尔了。我向他问了好。他说——"

梅丽看到了最后一封信,不由得停下了脚步。这封信比想象中的要薄,而且一直被塞在邮差潮湿的背包里,和路易其·冯·特雷瑟勋爵的熟食店广告(不论敌友,皆可在此大口吃肉!)几乎粘在一起。但是信封上的印章和封印却绝不会错:"非凡文理大学技术学院"。

梅丽用颤抖的双手抽出这封信,将其他信件扔在地上。家里的猫从藏身处冲了出来,将其他账单扒拉到一边,然后开始用爪子撕扯传单。梅丽坐在家里古老的扶手椅上,甚至没有将父亲搭在扶手上的旧衬衫推到一边。这封信的文笔非常普通,使用的墨水和纸张也不含任何魔力。在她看来,信上的字就像是在财政部廉价办公用纸上燃烧的烈焰。

亲爱的詹姆斯小姐:

由于上周独立区的集会,我们现在抱歉地通知您,学院无法接受来自年轻魔技师工会的奖学金为您支付下学期学费。

您可以在下面找到自己的学费单。请在新学期第一天结束之前完成缴费。

此致敬礼！

魔技博士瑙达·纳克维斯夫女士

博萨大学

技术学院对外联络人

梅丽又读了两遍信，特别注意到学费的金额。数字并没有变动。

她听到窸窸窣窣的声音，然后感觉到冰凉的猫鼻子碰到了脚踝。接着她收起了信，双手停止了颤抖。"你是不是饿了？"她俯下身子挠了挠猫的下巴，"我也饿了。爸爸，你饿不饿？"

她并没有等待父亲的回答。早饭。早饭听起来不错。她要给自己煎一个全熟的鸡蛋，给爸爸煎一个单面熟的鸡蛋，再用家里老旧的微波炉把冷冻的土豆饼烤到酥脆，然后抹上奶酪。她要把培根轻微烘焦，然后撕掉不必要的脂肪，最后还要在吃饭前多做几个煎饼。

家里的猫跟着梅丽进了厨房。她将信留在了扶手椅上。

家里已经没有做煎饼的面糊了，而且牛奶的味道也开始变得很奇怪，所以她只能用青椒和龙葵酱凑合一下。铁锅里培根和煎蛋的味道让人感到舒心。但是，梅丽还是忘不掉那封信，她感觉那封信就像一个幽灵，有时候飘浮在厨房和前厅之间的走廊里，有时候停在她们的小桌子旁。家里的培根只够梅丽煎3锅的。她皱着眉头打量着空荡荡的冰箱，然后开始准备桌子，最后将父亲的轮椅推到他最喜欢的位置上。

梅丽说:"吃吧,我做的分量足够 20 个人吃了。"

猫在她的脚边叫了一声。梅丽撕下几片培根上的肥肉,然后扔到地板上。一时间房间里充满了咀嚼的声音。

梅丽最后说:"他们不接受年轻魔技师工会的奖学金。"

猫撞了下她的腿。

"似乎是和上周那愚蠢的集会有关。我甚至都没有参加过集会。"

梅丽给小猫扔了几片培根碎肉。

"交学费的期限是周一。"

一块青椒卡在她的牙齿上。她花了一番工夫才把青椒抠出来。

"我的意思是,这事我完全控制不了,对吧?这完全取决于他们。这都是他们的错。"

梅丽用叉子把纸盘子上剩下的煎蛋打扫干净,干净到任何一个洗盘工都会对盘子的干净程度发出惊叹。

"这太荒唐了!甚至不该由我来弄清楚这一切。"

梅丽喝了一口咖啡,然后被烫得哭了出来。泪水顺着她的脸颊流了下来,然后落在桌面的油渍上。

她的父亲一句话也没说。

过了一会儿,梅丽说:"爸爸,对不起。我——我就是不知道该怎么办。"

猫又撞了下梅丽,但是她已经没有培根了。

"我知道我曾经立下了誓言。我知道你对我的期望很高。我也很希望自己不会让你失望。如果我不用那些该死的执照,就能让咱们的店再次运转的话,我一定会这么干的。你知道我肯定会这么干,但是……"

梅丽停顿了一下，仿佛是在乞求和解、原谅，又或者乞求任何可能的回应。

她的父亲依然一句话都没说。

梅丽垂着头说："但是我向你保证过了。"她说这句话的声音非常小了。

梅丽现在已经不流泪了。但是她希望自己可以缩在某个角落里继续哭上几个小时，让自己好好可怜一下自己。虽然这没有什么用，但起码可以让自己好受一点。

她站起来默默清理桌子，一个盘子已经清理干净了，而另一个盘子里的食物却动都没动。梅丽给父亲准备的早餐被装进一个空的酸干酪罐子，然后被塞进了冰箱。这是她明天的早餐。她在父亲的轮椅后面停顿了一下，而猫一直在看她。当她抚摸着扶手的时候，眼泪再次流了出来。

梅丽说："你知道这就是我最大的愿望吧？"

但是，她的父亲还是一句话都没说。

"我猜你完全明白。"

她拿起自己的挎包和夹克，穿过了写满自己和父亲回忆的起居室。当她走到门口时却停了下来。她打量着厨房、桌子和空了几乎一个月的轮椅。

"爸爸，我想你了。"

梅丽没有在将魔龙停在远离人群的地方这件事上花费一点心思。人群的惊叹不会贬低魔龙的价值，而且这些人已经喝了太多酒，说不定明天早上就会忘了这事了。随着当铺街开始进入营业时间，灯光也变得明亮起来。梅丽吹响了锁定程序的小调，魔龙就应声蹲在卡尔当铺门口的路缘石上。魔龙的眼睛里闪动着金色的火焰，梅丽甚至开始考虑是否要使用学院的备用付款方案。毕竟，自己的灵魂有什么用呢？等毕业之后，总有些赎买选项。这是个高风险的计划，但也许值得冒这个险……

"梅丽？"

卡尔站在门口，即使现在没有风，他的天鹅绒罩袍还是发出了沙沙的声音。他的一对獠牙从上嘴唇冒了出来，而下巴还沾着一点血迹，但是他在看着梅丽，非常关心她到底出了什么事。

"亲爱的，你没事吧？你怎么这么晚还在这儿？你今天出了那么多血，应该好好休息！"他看了一眼魔龙，然后二人四目相视。梅丽从没把魔龙停在大街上过。

梅丽问："你说过收藏家会为了我的魔龙出大价钱，对吧？"

"啊，我是说过这话。不必怀疑这种事。但是你说——"

"我知道自己说过的话。"梅丽直起了身子。千万别哭，千万别哭。绝对不能让他们看到你哭。"我现在要说的是，你和哪些收藏家关系好呢？"

"我倒是认识一两个，但是，梅丽……"卡尔看着她的脸。过了好一会儿，他收起獠牙，一只手搭在她的肩膀上。虽然卡尔体温很低，力量惊人，但此时却让人感到颇有些人情味。"你需要我怎么做？"

想说的话一直挂在梅丽的心头。她感到魔龙在看着自己，甚至父亲也在某处看着自己。爸爸，我很抱歉。

"魔龙能卖多少钱？"

神龙圣人希卡亚特·斯里·布扬

曹维倩

曹维倩笔下的作品包括短篇小说集《外在精神》、历史幻想小说《巫师之王》和《女王》、中篇小说《镜花水月会》。她曾获克劳福德奖、英国幻想小说奖和雨果奖,并曾经进入洛库斯和约翰·W.坎贝尔奖决赛。她在马来西亚长大,现居于英国,并长期在两国之间奔波。

神龙圣人希卡亚特·斯里·布扬的生活忽然被打乱了。群山被迷雾所笼罩,凸出云海的山峰好似灰色海洋上的海岛。

一个圣人必须保持自律,才能为得道而积累足够的功德。斯里·布扬的生活非常有规律。每年早上天还没亮,他就起床做伸展运动。这样可以让他的身体保持灵活,而且还有助于开天眼。

当他开始打坐的时候,太阳已经爬上了地平线,将雾气驱散。斯里·布扬的三只眼睛盯着地面,意识一片空白,金色的阳光忽然变成了灰色。天空中出现了闪电,伴随隆隆作响的雷鸣。

对于其他人来说,这是一场罕见的大雨。但在斯里·布扬看来，水和空气没有区别。他一眼就认出了从森林中出现的那条龙。

"哥哥。"布扬的妹妹说道。

斯里·布扬待在原地。他立即关闭了天眼。他的家人一直都教导他，在别人面前打开天眼是很不礼貌的行为。

他回答道："妹妹。"如果时间充足，那么布扬完全有可能准备一次颇具圣人风格的欢迎仪式，这种仪式不乏神秘感和冷漠。

但此刻他完全没有准备。他已经几个世纪没有见过自己的家人了。

布扬问："你怎么知道我在这里？"

斯里·肯博雅困惑不解地说："这座山都是用你的名字命名的？斯里·布扬山。"

"啊，也对。"斯里·布扬说。你还能指望一个圣人怎么做呢？他忽然感到非常荒唐。

布扬打起了精神。不论自己做了什么，做的都是一个圣人该做的事情。圣人在展现仁慈的同时，也应当与他人保持距离。他不会用惯常的辞令向自己的妹妹问好，他不会问她是否在减肥，也不想知道亲戚们的健康状况。一个圣人不在乎别人是否想念自己，也不在乎其他人是否后悔曾经用恶劣的态度对待过自己。

布扬问："需要我为你做些什么吗？"

布扬此刻感到非常自豪，但是肯博雅却一脸严肃。她脸上的表情和父亲当年的表情一模一样。当时布扬曾和自己的父亲大吵一架，然后离家出走。

肯博雅说："不是我需要帮助。是你必须回家，哥哥。"

多年以来，布扬一直希望听到家人这么说。作为一个圣人，也许不该如此记仇，但是此刻布扬心中确实有点得意。

布扬说："我当年就和父母大人说过了，我的生活我自己说了算。斯里·布扬山的圣人不能就这么走了。我也有自己需要处理的事情。这座山已经是一座圣山了。人们不远万里就是想来这里看看我。现在在旅游网站上，我是这里排名第二的旅游项目，排名第一的是这里的椰浆饭。"

"父亲快死了。"肯博雅说，"你到底跟不跟我走？"

布扬和妹妹藏在自己召唤的风暴中，一起向着大海飞去。

布扬反复告诫自己，自己是个很大度的人。一个圣人不会和濒死的父亲争论。他会去看看自己的家人，然后继续做自己的事情。他这可不是在示弱。

自从自己上一次下山以来，平原上发生了很大的变化。人类一如既往地在地表留下自己的痕迹，而且不考虑其他生物的感受。

肯博雅咕哝道："人类肯定以为这些是他们从祖父那里继承来的土地吧？"对于神和幽灵来说，他们可以居住在其他地方。再说了，人类在大地上建造了各种祭坛，为各种守护灵献上祭品和熏香。但是，人类并没有给其他物种留下太多生存空间。"他们应该多为其他动物着想，而不是只为自己着想。"

肯博雅说："唉，人类就是如此。"

当他们绕过人类修建的各种建筑和道路，绕过散落在地表的各种垃圾，布扬的第三只眼开始感到疼痛。他在海边停了一下，打量着身后的一切。他可以看到远处的大山，山上的植被郁郁葱葱，那里无疑是一处躲避人类和家庭琐事的好去处。

他的妹妹不耐烦地说:"快点吧。按照你现在这个速度,人类在海滨的所有建筑区都要被雨水淹没了。"

布扬发现自己差点就喊出了"那又如何"几个字。他努力控制着自己不要喊出来。这种反驳属于入山修行前的布扬——那时的他还是个不懂世事的小龙,正是入山修行,让他可以控制这种冲动。

布扬说:"我不过是在思考罢了。"

肯博雅不屑地哼哼声并不能让布扬感到好受。他跟着肯博雅一起进入大海,而心里还是颇为不满。

当他回到自己的王国时,心情却好了起来。在王国的大门前,站着自从王国建立之时起就在守护王国的白色鳄鱼。国王的卫队长最喜欢的人就是布扬。拉米纳先生亲自负责教授布扬各种军事知识,而布扬总是能从很远处认出他的身影。

他兴奋地喊道:"拉米纳先生!"白鳄鱼也扭头打量着他。

但她并不是拉米纳先生。她有着和拉米纳一样的鼻子和绿色眼睛,但布扬完全不认识她。

白色鳄鱼对肯博雅说:"啊,大人您回来了!"

"队长,你可以派个传令兵去王宫吗?"肯博雅说,"告诉他们,公主带着年轻的国王回来了。"

当他们穿过大门之后,肯博雅说:"拉米纳先生已经死了,哈提妮队长是他的曾曾曾曾侄女。"布扬对此一无所知的样子,似乎让她感到很有趣。

布扬应该猜得到拉米纳先生很久之前就死了。毕竟他已经离家太久了。

但是和父亲的争吵,对布扬产生了深远的影响。他感觉自己就是一个将蛋埋在泥土中的母亲,回来的时候不仅发现沙土被翻开,而且自己的蛋也被吃光了。他没有任何回家的感觉,而是感觉来到了一个陌生的地方。他对这里一无所知,但这里的人却在欢迎自己。

他们来到王宫中的会客厅。这里只有两个海牛女仆,金色的沙发上还有一堆因为使用过度而褪了色的垫子。当肯博雅上前问好的时候,布扬才明白自己到底看到了什么东西。

斯里·戴克是南海的龙王,拥有无上权威的领导者,但他现在只能蜷缩在金色的沙发上。他的呼吸非常不规律。他的龙鳞灰暗无光,就好像是在蜕皮。当戴克睁开眼睛的时候,完全没有因为看到自己的孩子而表现出兴奋。

布扬看到这场面吓了一跳,他心中的愤恨全都消失不见了,他喊道:"父亲!"

他很快就发现父亲对自己失礼的行为非常不满意。

肯博雅说:"父亲,您今天看上去好多了。你看,哥哥来了。"

布扬用自己的鼻子碰了碰父亲的前腿以示问候。斯里·戴克一开始什么都没说。布扬这才想起来自己离家出走的时候,二人的关系是多么的糟糕。正是在这间会客厅里,戴克指责布扬是个不孝顺的孩子,是一个没有教养和礼貌、缺乏责任感的,背叛神、父亲和自己国王的叛徒。布扬当时什么都没说,脑子里只有一句话:我要去得道。

与此同时,他不停地问自己:一个圣人面对这种情况时会怎么办?

一个真正的好儿子可不会这么干。布扬离开家的时候非常平静,没有进行任何道歉,只带走了很少的随身物品。

从那之后,他再没有和父亲说过话。这时,布扬浑身颤抖了一下,准备好迎接父亲的责难。

"年轻的新国王回来了?"斯里·戴克说,"很好,很好。你去看你妈妈了吗?"

戴克的声音宛如一柄长矛,刺痛了布扬的心。斯里·戴克颇受大家尊敬,自从南海成形以来,他就住在这里了,但他的声音从没有如此苍老过。斯里·布扬摇了摇头,不知道该说什么。

斯里·戴克说:"你得去看看你母亲。她就在附近。这些姑娘会告诉你具体位置。你母亲一定会非常开心的。"

虽然只说了这几句话,戴克似乎耗尽了力气。他闭上了眼睛。会客厅一时陷入了沉静,布扬甚至以为父亲陷入了沉睡。但是肯博雅和女仆们还在耐心等待,静静看着斯里·戴克。

过了一会儿,斯里·戴克睁开眼睛抬起了头。一名海牛女仆立即冲到了他身边。

"你是谁?巴尔基斯?"斯里·戴克说,"我几乎要忘了。我们要让年轻的新国王尽快登基。你会做好登基仪式的准备工作吧?谢谢了。"

戴克眨了眨眼睛。斯里·布扬正准备表示抗议,他的父亲又开始下达命令。

"巴尔基斯!你还在吗?别忘了把礼服拿出来。你必须确保礼服合身。千万别忘了。巴尔基斯,你是个好姑娘。"

他们又等了半个小时,但这次斯里·戴克似乎已经说完了所有想说的话。女仆们将布扬和肯博雅赶了出去。

巴尔基斯说:"如果国王大人想见你们,我们会去找你们的。我们会准备好年轻国王的房间。"

布扬一直盯着前方。肯博雅为了让他将注意力转移到自己身上,不得不重复自己的话。

布扬问:"你说什么?"

肯博雅提高音量说:"我刚才说的是,你真的确定我哥哥想要住在自己的房间里吗?"

巴尔基斯眉头紧皱,问道:"但是,在王子大人参加加冕典礼之前,他又该住哪儿呢?我们可以准备国王的卧室,但王子大人只有在典礼之后才能住进去吧。"

"那我哥哥该住哪儿呢?"肯博雅问道。布扬一句话都没说,肯博雅压低声音说:"你说只是回来看看!然后你就会回去?"

巴尔基斯尴尬地看向别处,假装没有听到这话。布扬忽然说:"我说过这话吗?"

他刚才一直在想逝世的拉米纳先生,对王宫的环境并没有多加注意,在和父亲聊天的过程中,他完全没有注意到王宫内的装饰。但是,现在布扬发现王宫中不乏各种腐朽的痕迹:地板已经翘起,木头开始腐烂,角落里出现了黑色的霉菌。

王宫的兴衰取决于国王。当斯里·戴克的魔力衰退时,王宫也会随之衰败。而斯里·戴克几百年来培养的贵族,那些追随者也会随着他魔力的衰退而逐渐离去。

布扬说:"这情况太糟糕了。"

必须有人继承王位。而且没有其他人选,他就是应该继承王位的人。父母选择布扬作为自己希望和失望的承接者。

到目前为止,是失望多过希望……但情况会发生改变的。

肯博雅倒吸一口气,问道:"你决定继承王位?我还以为你打算得道呢。"

一个人不可能同时成为一个王子和一个菩萨,所以布扬当初才决定离家出走。如果一个人想得道,成为国王只会为修行带来更多的阻碍。

布扬想到了拉米纳先生。他和拉米纳先生之间关系很好，和其他那些叔叔相比，二人之间更为亲密。当布扬离开家的时候，拉米纳先生就在大门口等他，并将金子塞进了他的爪子里。布扬推辞，拉米纳先生拒绝收回自己的黄金，说道："在上面，就连呼吸都要花钱。你用得到这些金子。"

现在拉米纳先生已经死了，在布扬看来，哈提妮队长身上能让他感到眼熟的，只有眼睛和鼻子。如果布扬现在不继承王位，那么斯里·戴克死后还能留下什么呢？

"得道这种事情，不一定要在这辈子完成。"布扬努力抑制住心中的痛苦，"现在父亲准备退位，我必须继承王位。反正下辈子得道也没有关系。"

"真的？你不介意再等下去？"肯博雅几乎不敢相信自己的耳朵，"你不打算返回大山，继续修行了？"

布扬说："不回了。"如果斯里·戴克的身后事非常重要，那么斯里·布扬也不可能对自己家的身后事不闻不问。可如果现在放弃修行，那么布扬下辈子都不一定能够得道。

肯博雅皱着眉头，想到了以前的一切，斯里·布扬并不以可靠而出名。"哥哥，别开玩笑了。这可是非常严肃的事情。父亲和母亲已经受了不少罪了。要么现在决定继位，要么告诉父母你的决定。"

布扬对巴尔基斯说："我会去住我以前的老房子。"巴尔基斯接受了命令，然后转身离开。

肯博雅说："你必须认真对待这事。如果你不做出牺牲，又怎么能做国王呢？"

布扬在脸上露出一个训练了几个世纪的微笑，说："那你只能耐心等一等了。"

梅·林恩拍打着方向盘，忽然发现自己的指甲太长了。

这不是一个全新的发现。这种情况已经持续了好几周了。这事已经变成了她意识中的一个标记，只要看到挡风玻璃的右下角就会想起这件事。

梅·林恩在手提包里寻找自己的手机，然后给母亲发短信："我在斯里·布扬山。"在她还没写完短信的时候，联想输入法就已经弹出了整句话。她每天都会在同一时间发同样的短信，让母亲知道自己很快就到家。

当梅·林恩下班回家之后，她的母亲不允许她剪指甲。母亲认为，晚上剪指甲会招来厄运。她是个非常顽固的女人，而且笃信那些在电灯发明前就存在的封建迷信。

"……由于最近的异常降雨，发生事故的可能性大大提高，政府要求骑乘摩托车的民众避免在风暴中骑行。政府已经组织了专人力量，避免可能的山体滑坡……"

梅·林恩心想：怎么可能不开车呢？难道一天到晚都要待在家里吗？要是公共交通系统能表现得更好一点的话，那就是另外一个故事了……梅·林恩真正需要做的是带一个指甲刀去办公室，彻底躲开母亲的监视。

但是她完全可以想象得到，同事们漠不关心地通过办公桌的隔断到处张望的情形。一想到这事，她就放弃了这个打算。她的同事雅姿敏拥有一种只有在少数富人身上才能找到的优雅，她似乎从来没有惊慌过。所以你不可能在雅姿敏面前剪指甲。

梅·林恩的思绪被一阵雷鸣打断。整个世界陷入一片黑暗。当她探出头困惑地打量着天空时，一道闪电再次将天空撕裂。

突如其来的闪电让梅·林恩头晕目眩，差点就错过了占据未来几周新闻头条的奇观。等她揉揉眼睛再次观察到底发生了什么的时候，巨龙已经穿过了高速路，向着远处的群山飞去。交通灯再次变成绿色，但是梅·林恩和其他汽车里的人仍待在原地，看着巨龙完全消失在大雨中。

斯里·戴克说："啊，儿子，你在这儿啊。"

斯里·布扬一直在研究一座石碑，所以他没有抬头。

肯博雅说："你做的事情真是太过分了。"

大家都知道她在和谁说话，因为她不会和自己的父母如此说话。布扬回道："怎么了？"

"我知道你一直在干什么。"肯博雅咄咄逼人地说道，"别以为我不知道！"

布扬看着妹妹一脸愤怒的表情，感觉自己的忍耐也到达了极限。

他一直感觉自己没有得到公正的待遇。他不想做这些枯燥的工作。王子不会去给别人的鳞片上抹药膏，也不会喂人喝药。有大批医师、法师、亲戚和仆从负责照顾斯里·戴克，更别说布扬的母亲斯里·古姆也在照顾他。戴克只要弯弯爪子，就能得到自己想要的东西。

所以，布扬无法理解，父母为什么要占用自己的时间。斯里·古姆和仆人们的关系并不融洽，而斯里·戴克则总是心事重重。他们对税收、区域划分和外交问题的看法都各执己见，而作为国王，他就必须对这些事务非常熟悉。他们打算将这些事情的应对详细传授给斯里·布扬。

布扬一个人在山洞里待了几百年，这些事情对于他来说，无异于一场噩梦。布扬认为自己的精神非常宝贵，不能让各种外事消耗自己的精力。他无法接受他人无视自己精神的态度。

斯里·布扬大喊道:"你!"但是,还没等他告诉肯博雅自己的想法时,他们的母亲就说道:"肯博雅你在说什么?王子到底干了什么?他一直在帮助国王服药。"

肯博雅这时候才发现布扬面前的石碑。石碑上的字迹非常潦草,但是还能看到一些治疗咒语和药剂的名字。

她问道:"你到底在看什么?"

斯里·戴克说:"姑娘们已经尽力了,但是我的身体需要太多的咒语和药物,她们都快记不过来了。"

"那些淘气的海牛们总是忘了给父亲上药。"斯里·古姆说,"现在他的后腿又开始疼了。不管你怎么说,让她们照顾你们的父亲,和让自己的孩子照顾父亲是完全不同的两回事。"

没等戴克和古姆继续争吵女仆们应该如何工作和具体的工作顺序,布扬说:"从现在开始,我来监督父亲服药,确保父亲得到应有的照顾。母亲,别担心了。"

斯里·戴克点了点头,古姆的脸上也露出了微笑。父母的赞许对于烦躁的布扬来说,可谓是短暂的慰藉。

"哦,好吧。"肯博雅说,"这非常好。但是你有没有告诉父母,你造成的破坏?"

布扬看着她说:"你到底在说什么?"

"得了,孩子,事情不至于如此。"斯里·戴克说,"就算你觉得哥哥做了错事,也该温和地告诉他。所以,到底出了什么事?"

肯博雅说:"王子一直在往外跑。"她转头看着布扬,"你又偷偷跑回自己的大山了吧?你觉得别人不会发现吗?"

布扬还真的以为别人不会发现自己的行踪。这和他的父母在过去几个世纪里对他不闻不问的情况相比,是完全不同的。

他打起精神说:"这就是你要说的了?对,我确实返回了大山。我需要安静的环境才能冥想。但是冥想并不影响我在这里的使命。"他又对父母说:"我现在也没有让你们失望,对吧?"

鉴于最近一直在专心工作,布扬认为自己这么说完全没有问题。但是,他发现这次错了。斯里·戴克和斯里·古姆脸上都露出了惊恐的表情。

斯里·古姆说:"孩子,你怎么可以这样?你不是说要推迟所有关于来世的事情吗?"

斯里·布扬从没有向父母透露过这些计划。他狠狠看了肯博雅一眼,而肯博雅则装作没有看见。

布扬说:"我确实已经推迟了这些事。但是,如果我停止修行,那么我永远都不可能得道了。"

斯里·戴克带着一种近似殉道者的意味说道:"这是我的错。我在王子想要住在大山的时候,把他召回了王宫。在我年轻的时候,大家就是这么干的,孩子总归是要照顾自己的父母。但是,现在时代变了。"

斯里·布扬感觉脚下的地板都裂开了。"我——什么——但是我回山里又有什么问题?我这样做完全是为了保证修行的进度。"

"你每次返回大山中,都会引发一次滑坡。"肯博雅说,"你难道没有发现吗?"

斯里·布扬正准备抗议这种指责完全没有根据,但当他想起来上次返回大山时发生的一切,他将所有想说的话又咽了下去。

他真的可以保证,每次返回大山的时候都没有山体滑坡吗?

他每次到达和离开山区,都会引起不小的骚动。山区森林里的精灵和动物对于程序非常执着,而且很喜欢举行派对。由于它们举行的仪式异常嘈杂,所以布扬没有注意到土壤的具体状况。在他没有注意到的时候,确实有可能发生几场小型滑坡……

"更别说你每次离开大海的时候,都会引发洪水。"肯博雅说,"难道你也没注意到吗?"

布扬生气地说:"肯定是会引发洪水的。不管我们去哪,肯定会引发洪水。那都是因为下雨。"

"你难道觉得这真的没问题吗?"

斯里·古姆说:"孩子们,别吵了。"她完全忘了自己对布扬非常生气,"王子觉得人类会对我们怀有感激之心,也是很正常的事情。毕竟,人类曾经崇拜我们,因为我们可以为他们带来降雨。王子不过是还没发现人类已经变了。"

肯博雅说:"王子当然可以说,自己所做的一切都是为了人类。但是我可不会相信他的话。人类什么时候会因为我们带去洪水和山体滑坡而崇拜我们了?"

"公主说得有道理。"斯里·戴克对布扬说,"下雨是好事,但是也要注意量。对人类来说,雨水太多也是个大问题。你是不是忘了?"

在斯里·布扬看来,人类不过是一群会进入大山朝圣,然后在走的时候会留下贡品的生物。

布扬说:"所以这一切就是因为人类?"

肯博雅大喊道:"我的天哪!"然后就甩了甩前腿,将布扬甩在一边。

斯里·布扬一直以来都在惹父母生气,所以对肯博雅的无礼行为完全不在意。

斯里·戴克说："孩子，人类已经变了。他们现在什么都不怕了。如果你给他们惹麻烦，他们就会给你惹麻烦。"

"我们现在不想要任何麻烦。"斯里·古姆说，"你父亲病了。"

他们打量斯里·布扬的眼神是如此熟悉。那种被当作麻烦制造者的感觉是如此的熟悉。

"我知道父亲已经病了。"斯里·布扬说。他的心情非常复杂。"你以为我这是在玩吗？"他指了指眼前的石碑。

斯里·戴克说："不。你这么做是因为我要求你这么干的。我不应该这么做。最好还是不要要求自己的孩子为自己干什么。"

"孩子，你已经在山里待了这么多年，"斯里·古姆说，"现在也该变得不那么自私了吧？"

"自私？"斯里·布扬重复道。

但是，事实难道不就是如此吗？因为他当时确实选择了逃避。多年以前，他在爱和使命面前做出了自己的选择，因为他知道，只要自己显露出屈服的迹象，就会被无情地利用。

在布扬看来，自己在山里的日子完全无可厚非。为了能够得道，摆脱安逸的幻象，一切都是必要之举。对他的家人而言，布扬一直对家人有些亏欠。而他只能用自己的一生来偿还。

布扬忽然发现肯博雅已经回来了，正看着自己的父母。

肯博雅忽然说："够了。没必要说这么多了。王子已经表明自己的观点了。"

斯里·布扬看着眼前这一切，实在无法让他感到好受。而斯里·古姆还想再说两句："孩子，你不可能同时做到两件事。你已经玩够了，而且也不年轻了。现在是时候把注意力放在家庭上，把其他事情放到一边了。你明白了吗？"

"是。"斯里·布扬说,"我明白了。"但是他完全不想这么干。在布扬看来,他们试图将自己所有重要的事情都夺走,但是他们无法说服自己,让自己相信自己的灵魂并不重要。他们不可能做到这一点。

人们现在已经经常可以看到龙的身影,所以梅·林恩看都没看一眼,注意力继续放在手机上。让她感到惊讶的是,屏幕上的信息并没有发生变化。

"明天?你想去哪吃?"

有个长指甲的好处就是,你可以咬指甲打发时间。

她在手机上敲下"明天可以"几个字,其实回复的时候也不需要说太多,这种情况非常正常,她们不过是在准备一次下班后同事之间的聚会,去哪都行。

她的信息旁边出现了蓝色的双对钩,但是雅姿敏并没有立即回复。梅·林恩只能继续打量着眼前长长的车流打发时间。而你完全可以透过树木之间的缝隙,发现导致这次堵车的罪魁祸首。

巨龙一动不动地扭着头打量着斯里·布扬山。龙居然停留了这么久,这确实是一件很奇怪的事情。当龙在山海间游走时,大家才能偶尔瞥见它的身影。

雅姿敏终于发来了回复:"我要给你个惊喜。等不及了。"

车流还是慢慢向前挪动。梅·林恩按下手刹,让自己的车跟着一起移动,她对此情此景只能无奈地笑了起来。而在车外,通过树木间的缝隙,还是可以看到巨龙的身影。

她忽然感到一切都非常明亮清晰,整个世界充满了无限的可能性。巨龙的身影似乎蕴含了无限痛苦,想向其他人诉说些什么。

梅·林恩被惊雷声吓了一跳,手中的手机都掉到了一旁。手机发出了碎裂的声音,但几乎被呼啸的风声所掩盖。梅·林恩希望自己的手机可以继续坚持一段时间。现在手机可千万不能坏。不然的话,雅姿敏又会怎么想?

她看到了手机壳,于是俯身去捡手机。也许这是最好的安排。如此一来,梅·林恩就看不到被风暴吹倒的大树和击穿挡风玻璃的树枝。

当斯里·布扬醒过来的时候,他看到了木质的屋顶。从现在开始到自己生命的终点,每天都将如此。今日之后,他将成为这里的国王,整个王国都将服从他的命令。这个想法让他感觉一切都带有一种临终式的宁静。

他离开卧室,抬起头准备迎接新的一天。

斯里·古姆顺着走廊冲了过来,身后还跟着一脸愤怒的肯博雅。浑身无力的布扬一眼就看出,她们的愤怒肯定和自己有关。

"孩子,你最近都去哪儿了?"古姆问道,"我们昨天到处找都找不到你!要不是巴尔基斯向我报告,我甚至都不知道你已经回来了。"

肯博雅说:"您还需要问他去哪儿吗?他肯定回山里了。"

古姆说:"哦,不。王子大人肯定不会这么干,在当下这种情况下尤其不会这么干。"

肯博雅说:"是吗?你自己问问他!"

斯里·布扬问:"你所谓的'当下这种情况下'是什么意思?"他感到心中一寒,"父亲大人还好吗?"

斯里·古姆摇了摇头。

斯里·布扬问:"父亲大人现在在哪?"这一切太突然了。布扬必须做出牺牲,选择与家人站在一起。斯里·戴克肯定还和自己有话要说,所以布扬问:"我现在可以去见见父亲吗?"

古姆说:"最好还是别去看他。他现在非常失望。你们这些孩子可能不知道,因为你们觉得父亲总是无敌的人。他的一生都忙于打造自己的威望。现在,他不得不面对人类的法庭,这一切是为了什么呢?"

布扬问道:"什么?"

整封信使用的是人类上个世纪采用的新罗马字母表①,信的上部写着:

"HANTU 起诉南海龙王斯里·戴克"。

斯里·古姆说:"你父亲说过,人类肯定会惹出麻烦。"

斯里·布扬慢慢看着这封信。他并不习惯人类的新文字,而且他也看不懂这些法律术语。但这封信说是"幽灵②发起的诉讼"。

肯博雅说:"是 HANTU,不是幽灵。那是个缩写。"她用爪子拍了拍信纸。"你看,这都写着呢。这是人类反超自然现象及自然保护协会。这个组织主要应对超自然现象对生态环境造成的影响。"

"人类在谴责我们对环境造成的影响?"斯里·布扬问道。

"不是谴责。"肯博雅说,"他们是在起诉我们。"她翻到下一页,指了指一连串的数字。

数字的说服力远高于文字。斯里·布扬惊讶地看着这些数

---

① New Roman Alphabet。
② 马来语中幽灵的拼写也是 hantu。

字,问道:"他们居然要这么多赔偿?"

"这是为了补偿你引发的山体滑坡和洪水造成的损失。"肯博雅说,"要不是到头来还是父亲和母亲大人要受罪,我觉得他们完全可以多要一点。你这算是运气好,他们没有想办法把你送进监狱。要是这个世界还有点公正可言的话,你应该面对刑事诉讼。"

和以往一样,肯博雅过火的愤怒让母亲的怒火有所缓和。

"孩子,你这样说就有点过分了。"斯里·古姆说道。

"不,母亲,我们现在应该停止宠溺他了。"肯博雅说,"如果我们之前就讨论过这些事情,就完全可以避免现在的局面。"

对于斯里·布扬来说,这封信让他越发生气,但这种态度对于现在的局势毫无帮助。肯博雅现在失控的情绪对于当前局势没有任何积极的帮助,而他们现在最需要的是冷静地讨论下一步该怎么办。

布扬说:"我完全可以理解你情绪激动的原因。但现在没必要这么情绪化。毕竟没有人在自然灾害中死亡。"

肯博雅盯着布扬说:"一名妇女在昨天的风暴中受了重伤,而且这场风暴还是你引起的。现在报纸都在讨论这件事。"

斯里·古姆问:"报纸?你还看人类的报纸?"

肯博雅一直盯着布扬看。

"你为什么看起来如此震惊?"她说,"你肯定已经知道这些洪水和山体滑坡,破坏了道路和建筑,把人类从自己的房子里赶了出去。你早晚会伤到别人。"

"孩子,你又变成人类去玩了吗?"斯里·古姆提高嗓门问道,"你是不是又给自己起名叫雅姿敏,然后穿着人类的鞋子跑来跑去?"

肯博雅怒吼道："就算我这样做了，那又怎样？我们年轻的新国王可以随时出去装圣人，我怎么就不能出去玩了？最起码我没有摧毁城市，伤害无辜的人类！"

"天哪！"斯里·古姆挥舞着双爪说，"你父亲怎么说来着？他到底是造了什么孽，养出来你们这两个逆子？"

在过去的几分钟里，斯里·布扬对自己的妹妹有了全新的认识，如果这是在平时，那么一切就会非常有趣。但现在，他们还有些更要紧的事情要处理。

布扬插嘴问道："谁受伤了？"

肯博雅说："她叫梅·林恩。"她的眼中充满了泪水。在古代，龙的泪水被认为是无价的宝物，经常是各路王公互赠的宝贝。"她当时正开车回家。路边一棵树的树枝被暴风吹断，然后砸在了她的车上。她现在还在医院，有可能永远也不会醒来。我可能永远都见不到她了。而这一切都是因为你。"

"我难道没和你说过吗？不要和人类做朋友。"斯里·古姆说，"人类的寿命太短，你会因为他们的死亡而感到难过。所有的人类都是如此。不过，你怎么知道是王子引发了降雨？"

肯博雅说："就是他引发的大雨。我们反复告诫他这样做的后果，可是他又跑回大山里去了。我没说错吧？就是你引发的风暴，对吧？"

布扬难过地回答："对，是我引发的风暴。"

在一个雷暴天，一个男人来到了医院停车场，他撑着雨伞打量着眼前的一辆车。车上下来了一个女人，艰难地扛着一个大塑料盒子。

斯里·布扬和肯博雅虽然没有使用自己常用的脸，却还是立即认出了彼此。他们尴尬地打量着对方。

肯博雅问:"你在这里干什么?"

布扬也同时问道:"你也不想让盒子被淋湿吧?我可以用雨伞罩住它。"他看着塑料盒子,注意到了里面的东西。他好奇地问道:"这是人类的食物吗?"

肯博雅说:"这是给一位朋友准备的。其实这是给林恩的妈妈,也就是梅太太准备的。你完全可以把这事告诉父亲和母亲大人。我觉得你也是为这事才来这里的吧。"

布扬一脸怪异地看着她说:"我觉得我能告诉父母的事还没父母能告诉我的事多。总之,你现在不能去见梅太太。"

肯博雅愤怒地说:"你凭什么觉得你有资格来这里告诉我该怎么做?就因为你比我年龄大,而且是下一任的国王——"

布扬继续说道:"梅太太正和她的女儿在一起。过几天,林恩就可以出院了,但是医生们想再观察她一段时间。"

肯博雅说:"什么?"

斯里·布扬说:"林恩奇迹般地恢复过来了。"一个问题一直在困扰着布扬,而这个问题只有肯博雅才能回答。他问道:"你到底是如何做到让周围不下雨的?"

"你所谓'奇迹般的恢复'是什么意思?"

布扬说:"所谓的奇迹就是我。我用了点法术,现在林恩已经恢复过来了。"

布扬几乎忘记了自己的妹妹不生气时候的样子。当她脸上那种不耐烦的表情消失之后,看上去还是很可爱的。肯博雅问道:"你到底干了什么好事?"

天上闪过了一道耀眼的闪电,雨势越来越大了。

布扬说:"我会告诉你一切,但是你能不能先去别的地方等一等,让梅太太先去探望林恩?我得快点离开这儿,免得再次暴发一场洪水。"

肯博雅熟练地在咖啡店里点餐,她对服务员说:"柠檬水,不要太甜。"

布扬说:"你肯定和人类一起生活很长时间了吧?"

虽然布扬完全是为了表达敬佩之情,但是肯博雅还是怀疑地看着他说:"你得给我讲讲关于林恩的事情。"

布扬说:"没什么好说的。我把自己的来生给她了。她现在应该没事了。"还有一件事让布扬感到难以释怀。而肯博雅的凝视让他不得不说出来。

他说:"她的寿命可能会比别人长一点。这也没什么问题吧?人类,最起码在过去经常向我许愿,希望能活得久一点。"

肯博雅一下来了精神。

她问道:"你这话什么意思?她能活多久?"

布扬紧张地说:"也不是很久。她还是人类。她的身体不可能坚持太久。除非她非常注意自己的生活方式,不然她不可能活到300岁。"

"哥哥!"

布扬说:"我知道。人类活得太久是一种非常不正常的事情。但是,她要么活下去,要么就是死。我知道你们都觉得我很自私,但是我躲进大山的初衷就是避免伤害别人。"

"我还以为你去山里修行是为了得道呢。"肯博雅说,"你要是把自己的来生给了别人,又怎么能得道呢?"

布扬说:"等到了来世,我大可以从头修行。之前修行积攒的功德都已经消失了。"他对自己没有回避这个问题而感到非常自豪。

他努力不去想来世为了弥补这次损失的功德所要做的工作,而且这个前提还是来生的自己确实有想法去修炼得道。

"我希望下辈子最起码是个人类,而不是什么其他动物。"就算自己避免伤害任何人类,自己已经造成了这么多的自然灾害,想必在来世是很难继续做一条龙了。"人类也是可以得道的嘛。"

肯博雅说:"我努力控制自己召雨的本能。这可不是一件容易的事情,这需要进行大量的训练,而且我也不确定这种技巧能在别人身上得到复制。但是,我可以教你。你要是学会了这个技巧,就可以回到大山里了。"

布扬很感动,于是说:"妹妹,这真是太好了,但是——"

肯博雅说:"我可不是装好人。你救了她。而我能做的就是教会你这种小技巧。"

斯里·布扬停顿了一下。圣人不会感到伤心。虽然他再也不是个圣人了,但这并不能阻止他学习圣人的做事风格。

布扬说:"我想说的是,我不会回山了。"

他已经打定了主意,但是直接宣布这个决定还是让自己非常难过。人类和山间精灵都会在布扬的山洞口留下鲜花。他曾经连续几个月进行冥想,完全忘记了自我。

他将这些事情抛在一边。这些记忆从今以后犹如深海中的沉船宝藏,再也不会被提起。

布扬说:"为了支付官司的费用,我得把山卖了。其实那座山不错。位置居中,而且土壤不错。赚到的钱应该足够支付官司的费用和需要支付的补偿金。"

肯博雅说:"你不能这么做。"

"我确实可以这么做。"布扬说,"根据人类的法律,我确实拥有这座山。一些人类居住在山的周围,他们都是好人。但是因为他们缺乏证明所有权的文件,其他人类一直在侵占他们的土地种植菠萝和建造房屋。他们建议让我准备好文件。所以,我确实准备好了所有文件。我的律师说,所有权的转移应该不存在任何问题。"

"你还有律师?"

"住在附近的人类建议我找个律师。"布扬说,"我上次回去是向他们道别。我已经在那里住了几个世纪。我和那里的人类、幽灵和其他动物关系都不错……我不能让他们在那里干等。如果有停止召雨的办法,我已经去尝试了。但是,我对此无能为力。我从没想过会往返于大山和大海之间。"

肯博雅盯着自己的柠檬水沉默了一会:"你从没有想过回家。"

这句话距离真相只有咫尺之遥,但对布扬来说也是一种打击。

布扬说:"无所谓啦。"现在他对于这事没有什么感觉,但是布扬并不想谈论自己的生活或者梦想。"我原以为可以在大山和海洋之间取得平衡,但现在发生的一切可谓是难以忘记的教训。就像你说的那样,我必须专心。所以我现在专心投入工作。父亲和母亲大人不必再担心官司了。更不用担心我了。"

"他们完全没有必要担心这场官司。"肯博雅说。她的脸上又挂出了一副愤怒的表情。布扬心里一沉,难道自己又做错了什么?

肯博雅继续说道:"我已经告诉他们了,我会处理这件事。这案子有很多经不起推敲的地方。他们一开始就选了错误的辩护人,然后这里面还有个管辖权问题。这甚至算不上一个实质性案件。"

布扬小心翼翼地问:"这都是人类的东西吧?我完全听不懂你在说什么。"

肯博雅说:"哦,我就是个律师。我之所以选择悄悄变成人类生活,完全是因为父亲和母亲大人说过,公主不该从事法律行业。你也知道,我很喜欢法律。"

对于布扬来说,肯博雅居然是个律师的事实,可比她偷偷变成人类更具有冲击性。他问道:"你居然是个律师?"

肯博雅说:"好吧,我想多了。我忘了自己在和谁说话。我一直在和父亲和母亲争论这件事,但是你完全没有发现。现在的重点是,你完全没有必要卖掉自己的山。等你继位之后,你就有很多钱,完全可以帮助那些在因为你引起的自然灾害中而受难的人类。"

布扬感动得头晕目眩,他觉得自己的牺牲似乎有了意义。

他说:"如果你一直以来都可以帮我处理官司和控制召雨的本能,那么你为什么不早点说?"

肯博雅略带羞愧地说:"你只有超越自己的时候,才能学会如何停止召雨。父亲曾经把我关在房子里足足一个月,就是为了练习这个!你忘了吗?"

布扬这时候才想起来这件事:"哦,这就是你当时留在房间里的原因吗?"肯博雅盯着布扬的脸,他继续说,"好吧,我明白了。但是这并不适用于眼前的官司。"

肯博雅说:"哥哥,当时我对你非常生气。你当时拥有一切。你想成为一个圣人,于是就跑进了大山,然后待在山洞里不见任何人。但是,父母并没有向大山里派遣信使,也没有让你回家。他们希望给你留点颜面,因为你是年轻的国王。"

布扬只能说:"但是我回来了。"

肯博雅说:"是的,你回来了。但是,即便我们手上有了个好案子,也不代表一场针对咱们生病的父亲的起诉,能为我带来多少乐子。我的工作很忙,我也有自己的生活。我要处理的事情非常多。"

"林恩也是其中之一吗?"这个问题一直困扰着布扬。

肯博雅听到这句话呛了一口柠檬水。她现在使用的这张人类的面孔已经涨红了。

"不!闭嘴!你为什么会这么想?我们不过是同事!"肯博雅口水四溅地反驳道,"等等,这是不是林恩告诉你的?她有说过什么关于我的事情吗?"

"哦,没什么。"布扬打量着对面墙上的菜单,"我当然不能泄密。人类之所以向我们透露心事,是因为他们相信我们。"

肯博雅咆哮道:"哥哥!"

但是,布扬知道她已经不生气了。

尤里

丹尼尔·亚伯拉罕

丹尼尔·亚伯拉罕是《四季王子》系列、《龙与硬币》系列的作者，和M.L.N.汉威尔合著了《黑色太阳的女儿》系列。他和詹姆斯·A.S.康尼、泰伊·弗兰克共同完成了《无垠》系列小说。他的短篇小说收藏于《利维坦之泣及其他故事集》。他已获得雨果奖、星云奖和世界幻想小说奖提名，而且获得了国际恐怖小说奖。他现在居住于新墨西哥。

对于一个男人来说，49岁就在抚养自己的孙子未免太早了，但事实确实如此。这个男孩大多数时间都待在楼下——因为尤里的房子修在山上，楼下有窗户，所以尤里拒绝承认楼下的房间是地下室。因为地下室可没有窗户。但是，这个孩子大多数时间都待在楼下，要么是和自己的朋友们一起玩耍，要么就一个人待着。尤里坐在厨房里，抽着烟看着电视，他关掉了电视的外放声音，这样就可以听到孩子们像一群老鼠一样在楼下制造的动静。

孩子们已经玩起了角色扮演游戏，他们投奇怪的骰子确定点数，然后编出各种故事。尤里很喜欢孩子们玩电脑游戏，最喜欢孩子们玩那种大家各自为战，最后活下来的人是赢家的游戏。他本人从来不玩这些，但他对这些游戏非常了解。他认识的那个世界里，人人为己，神恨世人。他已经越发看不懂现在的这个世界了。

他从没想过自己现在会住在美国。他出生在北高加索山脉的斯塔夫罗波尔市，但他现在已经完全记不得那里的样子。他离家参军的时候，只比楼下的孙子大两岁。他童年的大多数时间都花在了阿富汗，然后又成了独立承包商。自那之后，他就见识了世界的阴暗面。不过这也算是开了眼界。

尤里现在的房子并不宽敞。当他7年前买下这座房子的时候，弗洛纳说墙壁的颜色是"经纪人白"。烤肉的油烟和香烟的熏烤已经在墙面留下了痕迹。厨房的地面铺的是油地毡，水槽附近的地毯因为潮湿而轻微卷曲。尤里在前厅的沙发上铺了一层塑料布，这样沙发的布料就不会沾染烟味。他为了省去修剪草坪的时间，用混凝土平整了后院的地面，但是野草还是从地面缝隙中冒了出来。他有一张非常不错的特大号床，卧室因此显得比较拥挤。当他刚来到这里的时候，曾经希望让这张大床上躺满美国姑娘，然后一起爽翻天，而且他确实曾经有过几个女朋友。

然而在两年前，他发现自己还有一个儿子和一个孙子。儿子带着孙子来探望过尤里，然后这个孙子就和自己住在了一起。

在被静音的电视播放的新闻节目中，一个黑人妇女正在和白人男子争吵，双方出于愤怒而张大了嘴，然后画面忽然切到了一座遭受轰炸的城市。看着画面中建筑的风格，应该是北非某地。不太可能是埃及，有可能是苏丹。尤里曾经在苏丹战斗过一段时间。

孙子的朋友们爆发出一阵笑声，尤里不禁去打量他们到底在干什么。孙子和他朋友们说话的声音，堪比一台将音量压到最低的收音机。虽然声音很轻微，但是也可以听到。

"国王为你带来了自己手下最聪明的人，他看上去比泥土还要老。我可没骗你，他看起来年纪比石头都老。他告诉你，第一批龙并不是会喷火的大蜥蜴。第一批龙是永生战士的灵魂。随着他们的权力越来越大，人性也越来越少。到了最后，他们都变成了龙。而他们所守卫的黄金和宝藏，都是通过多年的血腥征战抢来的。"

一个孩子说道："该死。你是说奥夫加尼尔是第一批龙之一吗？"

尤里的孙子略带自豪地说道："奥夫加尼尔就是第一条龙。"

尤里笑了笑，用还没熄灭的烟头又给自己点了一根烟。又是这些龙啊，魔法剑啊，还有那些囚禁着精灵姑娘灵魂的水晶之类的鬼东西。都是些吓孩子的玩意。尤里干掉第一个阿富汗游击队员的时候，年纪只比自己的孙子大一两岁。尤里击中了那人的嘴巴。他到现在还忘不掉那个画面。尤里还记得那个游击队员的脸上有多少痣。

那都是以前的事情了。现在，他不过是一个住在安静的地方的安静的男人，要不是孙子要去上学，他现在都记不清是周几。但是，听着孩子们讨论着寻找并不存在的宝藏，确实是一件很有意思的事情。这些孩子在找一堆黄金。

要是知道那张廉价牌桌下面到底埋了些什么，这些孩子肯定会被吓得尿裤子。

"好吧,我们在树林边缘地带休息。草地上的人看不到我们,我们也不在森林里,而是刚好处于中间地带。"

"不错。"

"我要在周围建立一道防线,用绊索将营地围绕起来。"

"投个骰子,过一个陷阱技能测试。"

"2点。"

"好吧,那你还打算干什么?生火?做个晚饭?"

"我要生一堆篝火,但是为了避免火光暴露目标,我要先挖个坑。我不希望让森林里的其他东西发现我们。"

"你在吃饭的时候不会被攻击。周围只有森林里常见的噪声,但是没有任何事情值得提高警惕。月亮高挂在夜空中,天上有几朵云团。草地上非常安静,空无一人。一切看起来都非常平静。"

"这一切太简单了。我都有点紧张了。我们要建立观察哨。"

"那么谁站第一班岗呢?"

"我来。"

"好的,再过个感知检测吧。"

"我就知道。这一切有点太简单了。好吧,感知检测?我投出了3点。"

"你一个人坐在黑暗之中,发现树枝上有一只乌鸦。就是一只乌鸦而已。这只乌鸦一切正常,只不过总是停在一个地方。它总是停在同一个位置。"

"它能看到我吗?"

"这个嘛,你俩都能看到彼此。"

"我的护身符有被动检测魔法的功能。我只需要装作挠痒,把手伸进衬衫里,然后摸一下我的护身符。"

"对，那只乌鸦并不是真正的乌鸦。他是某种塑型者，是龙的间谍。而且你也不知道它在那里监视你多久了。"

"我可以去拿自己的弓吗？"

"投个测试吧。"

"好吧……啊……这个，糟了。"

"也不是很糟。因为你在放哨，所以我给你一个数值加成。我可以设定你的弓刚好在够不到的地方，而且你的箭囊就在旁边。你可以拿到自己的弓箭，但是必须要动起来才行。"

"我要跳过去，拿起弓箭，然后攻击那个塑型者。我还有一点英雄行动点数。"

"那么消耗你的英雄点数，然后做个敏捷测试。"

"2点。"

"你原本可以射中目标，但是塑形者躲开了你的攻击。还没等你拿出第二支箭，就已经逃走了。你看着乌鸦扇动着黑色的翅膀消失在森林里。"

"这就糟糕了。奥夫加尼尔知道我们来找它了。"

尤里的体重越来越轻了。他并没有改变饮食习惯或者进行锻炼，但是在过去的6个月里，他已经减少了9公斤的体重。每当有人问起这事的时候，他都会开玩笑说是上帝喜欢他，但是他觉得这可能是癌症的原因，也有可能是自己的甲状腺出了问题。他认识一个甲状腺出问题的妇女，她就减少了大量体重。尤里知道自己应该去看看医生，他只是希望先再减几公斤再说。

当脂肪消失之后，一些问题也随之出现。有一年冬天，他在车臣工作，地面的积雪整整3个月不化。当积雪融化之后，院子里全是瓶瓶罐罐和狗屎。所有在天气转冷之前没能及时清理掉的垃圾，只能等待积雪融化才能重见天日。实际上，身体的情况也与此类似。自己吃过的药，抽过的烟，也许还有在喀布尔郊外受伤之后为了止痛而服用的违禁药物，这些东西可能都积攒在脂肪里。现在脂肪消失了，这些毒品又钻进了他的血液里。自己的血液也成了车臣后院里的狗屎。

在大多数情况下，这并没有任何问题。他可能会无缘无故地感到心神宁静，又或是情绪突变。有的时候，他会产生一定的痛感。他的指尖会感到刺痛，然后噪声都有了颜色。他曾经用手指划过墙纸，摩擦出声音仿佛是用柔音小提琴演奏的低沉音调。他并不喜欢这种感觉。还有一次，他摸了摸自己肘节处干燥的皮肤，感觉皮肤之下出现了一层完全不同的皮肤。他曾经使劲儿抓挠自己的皮肤，希望自己像蛇一样蜕皮。每当出现这种情况的时候，他都避免驾车，如果必须开车的话，他也会非常小心。

当他刚刚到达美国的时候，曾经有一辆保时捷运动型汽车。那辆车非常漂亮，但是经常漏油，也没有空间放杂物。尤里把这车卖了之后又买了一辆两厢式轿车。这辆车并不好看，但是充分满足了尤里的日常需求。

也许这是人变老的一个标志。这和钱无关。只要把地下的金子挖出来，他的钱完全够用，但是他不打算这么干。他要把这些金子藏在最安全的地方。尤里曾经经历过穷日子，住一间糟糕的房子，开一辆只有家庭主妇才开的车，其实也不是什么坏事。而且，尤里有充足的理由避免炫耀。

早上的时候，他会开车带着孙子去学校。他们会聊聊天，但是话题不涉及任何重要的事情。送完孙子之后，尤里就会去忙其他事情。有时候他会去购物，有时候去洗衣服。要是有好电影的话，他也会去看电影。他喜欢动作片，因为情节很容易理解，或者即便他无法理解所有的情节，也不会有什么影响。要是他不想和别人交谈的话，就回家吃饭，要是想和别人聊聊天，他就会去古曼咖啡厅。

而今天，尤里想找人聊聊天。

古曼咖啡厅位于一条商业街上，商业街的一端是一家专门为爱炫耀的白人家长售卖小提琴的乐器店，另一端则是一家发薪日贷款店。窗户上的覆膜已经非常脏了，看上去不论如何清洗都不可能打扫干净。红色皮革沙发上的破口都被红色胶带遮了起来。墙壁上挂着名人照片，仿佛这些名人曾经在这里就餐。也许他们真的在这里吃过饭。这间咖啡厅是居住在美国的异乡客常来的地方。又或者说，这是个别异乡客常来的咖啡厅。

尤里和自己认识的人经常在这里碰头。

多利亚看着柜台，正用手机处理一些事情。她是老板的女儿。她从来不抬眼看任何人，就算是收钱的时候也不会看你一眼，而且她一直用俄语和其他人说话。她是个好姑娘。早晚有一天，她会离开这里，尤里再也不会看到她。尤里真心希望，多利亚是为了去大学而离开这里。他点了一份自己常吃的沙威玛，对着其他座位上的熟人点头打了个招呼。当弗洛纳走进店的时候，尤里就知道要出事了。

尤里在美国最熟悉的人就是弗洛纳。自从尤里开始涉足私人承包商之后，他们就一直在一个小队里工作。弗洛纳手很大，饱经风霜的面部如树皮般粗糙。当他看到尤里，就抬了抬下巴向尤里打了个招呼，然后坐在尤里对面的位置。尤里皱起了眉头。通常来说，他们两个人从来不这么打招呼，最起码在正常情况下不会这么做。

弗洛纳带着一种近乎道歉的口气说："你看起状态不错。"弗洛纳已经越过了一些界限,而且他打算继续这么干。"你最近去健身馆了?"

"我并没有去健身馆。我不喜欢那种地方。"

"我也不喜欢。"弗洛纳用长长的手指挠了挠脖子。然后,他开始用波兰语说:"我得问你些事情。你手上还有那东西吗?"

尤里的脸上已经出现了愤怒的表情。他非常清楚弗洛纳指的是什么。世界上只有一种东西会让他感到不安,而且他就不该提起这种东西。就算是用波兰语说也不行。

尤里说:"我知道。"

"还在你手上吗?"

"我知道那些东西在哪。"

弗洛纳点了点头,但是没有直视尤里的眼睛。"嗯,我想也是。我的意思是,我猜东西肯定在你手上。但是,我听到有些不该出现在这里的人,已经出现在镇子上了。这些人可都是从泽哈克来的。"他现在看着尤里说:"你知道我在说什么吧。"

尤里瞬间感到口干舌燥,但是脸上却没有表现出来。他吃完自己的沙威玛,举起一只手招呼多利亚,示意她端上咖啡。在多利亚端上咖啡之前,两个人一句话都没说。尤里喜欢黑咖啡,他可以在这片黑色的液体中藏下所有的证据。

他说道:"好吧。"

弗洛纳冷静地说:"要是你有这么多钱,可能会有人来找它的。"

"我知道。"

"你要是需要枪的话……"弗洛纳摊开了双手。

尤里说:"枪这件事上,你不需要担心。我有很多枪。"

"你们经过漫长的旅途,终于来到了坦尼斯城。这里面积不大,但是防卫森严。九米高的石墙向着城镇内倾,居民可以躲在城墙之下。黄铜制成的城门经过多年的烟熏,已经变成了黑色。放眼望去,城市周围的山谷只有石头和泥土。这里没有任何树木,其他植物也非常罕见。"

"你知道什么才是最奇怪的事情吗?"

"什么?"

"一条龙为什么需要黄金?我知道我们为什么需要黄金。我们需要去买通刺客工会。但是奥夫加尼尔要黄金有什么用?它可不会每个周末去市场买做午饭用的肉。"

"它可能要吃一整头牛。奥夫加尼尔还不如飞出去,自己喷火烤肉,这样说不定会更便宜。"

"我就是这个意思。它为什么坐守着那么多黄金?"

"我打赌奥夫加尼尔肯定已经得了痔疮。"

"别恶心人了。"

"你不是也笑了吗?"

"大家都认真一点。到底是什么魔法需要黄金?又或者奥夫加尼尔需要吃黄金?奥夫加尼尔真的和我们一样,完全出于同样的目的才囤积黄金吗?"

"伙计们,伙计们!咱们能认真点吗?"

"抱歉,我就是思考了一下。"

"好吧。注意听我说,你们经过漫长的旅途,终于来到了坦尼斯城……"

当尤里为苏联服役了 15 年之后,在西阿富汗开始自己的私人承包商的生意。雇佣兵的工作非常适合他，而且报酬也很不错。那时候，他的头顶上还有不少头发，而且也能清晰地看到自己的颧骨。当时合同的任务是遏制罂粟贸易。任务的内容包括销毁鸦片、海洛因，烧掉罂粟花地，破坏运输卡车，用一切可能的手段扰乱毒品和现金运输。这个合同可能来自敌对的毒贩。不过这也没有关系，尤里从不评价这些事情。但是，有一条规矩非常明确，所有行动不得越过边界，所有人不能进入伊朗。

但是，他们跨过边界进入了伊朗。

小队当时由4个人组成。尤里、弗洛纳，一个叫诺瓦克的波兰人，还有个叫画家的家伙，没人知道他来自哪个国家。尤里开着一辆加装了轻装甲的悍马车。他很喜欢这辆车，因为它彰显着力量感。天色很暗，但是尤里戴着夜视仪，所以山脉看上去都是黑色和绿色。这次行动的目标是一个位于锡斯坦和巴勒查斯坦省之间的小院子，一个叫哈基姆·阿里的军阀将这里当作自己的行动基地。目标的防御很松懈，因为他们知道尤里不能穿过边界。在伊朗境内就意味着安全。

尤里将悍马车停在距离山脊线不远的地方，然后所有人下车，在沉默中快速徒步前进。画家拿着狙击枪占据了射击位置。尤里用望远镜打量着目标。一切和简报中的描述一模一样，唯一的不同在于多出了一辆轿车。有人在错误的时间出现在了目标区域。

尤里、弗洛纳和诺瓦克3个人小心前进。他们每个人都带着装了消音器的9A91突击步枪。画家轻轻打了个口哨，这意味着一切正常，没有发现任何威胁。整个院子由两间小房子、一个小棚子和围栏组成。院子里有一辆脏兮兮的白色美式皮卡，一辆老旧的吉普车上还架着一把M82A1狙击枪，而现在院子里又多出一辆轿车。尤里没有看到卫兵，但是有两条狗在棚子旁边打盹。尤里先打死了这两条狗，然后诺瓦克剪断围栏上的链子，最后大家一起进入了院子。

3个人在吃晚饭，一个穿着罩袍的女人在俯视着他们。桌上的一个人穿着西式商务西装，但他们3人完全有可能是兄弟。尤里不知道到底是什么让他们提高了警惕。也许是小队发出了声音，也许是房子里发出的光照在了他们的装备上。总之，在小队穿过院子的时候，敌人发现了他们，并在小队找到掩护之前就开始向他们倾泻火力。诺瓦克当场被打死，但是尤里和弗洛纳躲到棚子后面，被尤里打死的狗就瘫在他们旁边。

弗洛纳说："这下可糟糕了。"子弹从他们身边擦过，但是尤里将横飞的子弹看作一件好事。敌人缺乏训练，而缺乏训练就意味着战斗力低下。直到今天，他还记得当时自己是多么镇定。尤里当时注意力高度集中，几乎不觉得害怕。两个人藏在棚子后面没有开火，而尤里向画家下达了命令。尤里的耐心是他的另一件武器。

一名敌人试图包抄尤里和弗洛纳。遏制对目标开火的冲动是一件很困难的事情，但是尤里示意弗洛纳继续待命。画家手上的狙击枪开火了。院子里的女人发出了尖叫，原本包抄尤里和弗洛纳的敌人忽然发现自己已经远离掩体，而尤里和弗洛纳也开始对敌人开火。两名敌人瞬间被击毙。但是消灭最后一名敌人和那名妇女却花了点儿时间。

战斗结束后，画家开着悍马车赶到了院子，尤里和弗洛纳开始搜查房子、棚子、卡车和其他车辆。海洛因就放在棚子里，这完全符合尤里的预测。15块海洛因砖先用塑料包裹，然后外面又裹着一层布料。这一切都符合他们的预测。但是，轿车里的活页夹却让他们大吃一惊。

尤里还记得当时的情景：轿车里一共有5个活页夹，每个活页夹由3个金属环固定，每个活页夹的厚度都和自己的手掌宽度相当。这些活页夹让尤里想起了医院里的医疗记录。当他拿起一个活页夹的时候，却发现它异常沉重。尤里当时的第一反应是，这些医疗记录肯定是被水泡过了。当他打开活页夹之后，发现里面每一页都有硬纸板做背衬，16个透明塑料袋整齐地贴在硬纸板上。每一个袋子里都有一枚金币，其中有南非的克鲁格金币，还有些是美国的金币。每一枚金币都有一盎司重。每一页都有一磅重。每一个活页夹里都有15页到20页。按照当时的估价，这些金币总价在50万美元左右。现在，这些金币的价值可能已经超过了200万美元。

尤里从没听说过这些目标任务居然会用金币进行交易。所有交易都应该是用美元进行支付。眼前这种情况倒是很新鲜。尤里想知道这个穿着西装的人到底是谁，他在为谁工作，却没有在尸体或者轿车上找到任何可以证明其身份的东西。

画家把诺瓦克的尸体装进了悍马车，车里的塑料薄膜就是专门为了收殓尸体而准备的。这种行动的一条铁律就是不能留下任何证据，而一具雇佣兵的尸体就是最好的证据。弗洛纳从棚子里拿出了3块海洛因砖，把其中一块扔给了尤里。

"这就算是战利品了。"弗洛纳说。

尤里把海洛因扔了回去说："你自己留着吧。我要这些硬币。"

弗洛纳问："你确定？海洛因可以用完。但是拿着那些金币跑来跑去，早晚会被人发现。"

尤里拿出一枚金币，借着黎明的微光欣赏着它的光泽，感受着它的重量。他觉得自己永远都不会卖掉这些硬币。

"我要这些硬币。"他又说了一遍，而弗洛纳只能耸耸肩。然后，剩下的人开始清理现场。

弗洛纳和画家从悍马车里拿出汽油，然后用汽油将整个院子浇了个透。尤里扛着喷火器站在围栏外面，将一切都烧成灰烬。尸体、房子、卡车、吉普、轿车、狗的尸体和脚下的土地，全都被烈焰吞没。

烈焰还在咆哮，而尤里也开始伴着火焰燃烧时的嘶嘶声发出咆哮。

"地道越来越窄。你们发现植物根系和土壤越来越少，经过雕琢的石头出现在你们面前。这是一条经过处理的走廊，绝对不可能是自然形成的。"

"哥布林地穴。我给你们说过了，这里是哥布林的地穴。这可不是个好兆头。"

"但这总好过走正门吧。"

"地道继续向右边延伸。你在前方6米左右的地方看到洞口，从中穿过就可以来到一间宽敞的房间。这里没有门，整个空间完全对外开放。而且房间里面还有光亮。"

"好吧，我现在要熄灭火炬了。"

"千万别熄灭火炬！没了它还怎么看东西？"

"我们不需要暴露自己。反正我拿着火炬，我决定熄灭火炬。"

"周围暗了下来。"

"我们得让眼睛适应周围环境。"

"所有人投个感知检测,要是没通过的话,记得告诉我。"

"啊,我投出了1点。"

"还有人没通过吗?没了?好的,你看火炬的时间太久了,所以你需要花更多的时间调整夜视能力。其他人在走廊尽头看到了红色的闪光。似乎附近有一团火。由于火光照亮了墙壁,所以你们发现墙壁上似乎有些东西。"

"是符文吗?是有什么东西写在墙上吗?"

"这更像是为了在墙壁上安装东西而凿出的凹坑。这里也许曾经装的是支架,但是现在已经不见了。"

"我要用护身符的检测魔法。"

"你并没有发现墙上的痕迹有任何神奇之处。"

"我不喜欢这样。我要投个陷阱技能检测……然后我扔出了2点。"

"你发现这里曾经安装过类似绞车一样的装置。你认为其中一块石头下面装着压力板,但是你不知道这会触发何种装置。"

"好吧,伙计们,没有正确的指引,你们不可能取得这样的进展。我认为我们距离目标已经很近了。"

尤里赤身裸体地站在家里的全身镜前,思考着自己是如何落到今天这副样子。他的胳膊纤细苍白。肚子没有明显突出,但是皮肤松弛。他的乳房好似一个12岁的小姑娘的乳房。他整个人都无精打采。尤里开始出现白发和秃顶,不过这完全正常。他的牙齿因为多年抽烟和喝咖啡而变黄,这也没有任何问题。但是,尤里现在身体虚弱,动作缓慢,这就完全是他自己的问题了。完全遵循生活的摆布无疑是愚蠢的,而他一旦变得愚蠢,那就死定了。

尤里要先把烟戒了。他把烟掰碎扔进马桶，然后还对着烟丝撒尿，以此确保自己不会捞起完好的烟头继续抽。接下来该戒酒了，最后再戒糖。他不敢相信自己吃了这么多东西：冷冻比萨、巧克力糖果、和雪花一样白的面包。现在他完全明白发生了什么，自己的情况没有进一步恶化，完全可以算得上一个奇迹。

下面，要解决枪的问题。枪的状况非常不错。尤里有3支手枪，2支格洛克17，1支西格绍尔出产的P220，这些都是之前一个女朋友送给他的礼物。他还有1支大毒蛇公司出产的M4半自动卡宾枪，这把枪已经跟了尤里几乎10年了。有些人认为，枪越多越好。尤里认为这是错误的。摸过1000把枪的人是个门外汉，但是将一把枪用过几万次的人才是专家。

尤里在厨房桌子上铺了一条干净的毛巾，避免枪油弄脏桌子，然后开始清理枪支，反复组装枪上的零件，直到自己的双手重新找回感觉。他花了大量时间用枪做模拟射击，微波炉、厨房龙头、穿过大街的行人都是他的目标。他一次次模拟开火，让自己的手不要去模拟后坐力的冲击，仿佛一名钢琴演奏家在演奏音阶。当他的孙子看到这些枪，眼睛都瞪圆了。尤里和自己的孙子都不会讨论这些武器。

当尤里的孙子在学校上课的时候，尤里就通过爬楼梯和仰卧起坐锻炼身体。他第一次只能在楼梯上跑4个来回，然后就开始心跳加速，浑身颤抖。他只能坐在楼梯底下，脑袋靠在墙上，嘴上用俄语骂个不停。真是个脆弱的老头子。等他休息好之后，就又跑了两个来回，然后彻底累得动弹不得。到了第二天，他浑身疼痛，仿佛某人刚刚揍了他一顿，但是他还继续进行锻炼。到了第三天,情况更加糟糕。到了第四天,他在楼梯上跑了10个来回,然后不得不停了下来。他希望抽根烟,再喝杯酒。疼痛和对烟酒的渴望让尤里感到恶心,但是在这种痛苦中,他渐渐明白了。尤里的力量回来了。

尤里想找个拳击俱乐部。他想找个可以打架的地方,寻找一种可以让自己重拾暴力的办法。尤里早就该这么干了,他现在对于暴力的渴望不亚于对毒品的戒断反应。从战术角度来说,去健身馆是一个错误。他不知道自己的敌人在哪里,甚至离家出去散步都是在暴露自己。所以,他搬空了自己的卧室,将这里改造成健身房。俯卧撑、仰卧起坐和跨步下蹲都是他的锻炼项目。他在小巷里发现了几块半埋在地里的煤渣砖,于是将它们带回家,当作举重练习的器材。尤里又看到了自己的肱二头肌,而且他的训练很快就有了回报。

尤里多年以来都是一个捕食者,他的身体不仅依然记得如何战斗,而且急于重拾以前的生活。他坚持锻炼身体,而且锻炼效果非常明显。尤里的体重越来越轻了。同时他的血液情况越来越糟糕。痛感和记忆闪回每隔几天就会出现一次。有的时候,他在早上会感到头晕。现在,尤里决定将自己的体脂率降到最低,彻底排出血液内所有的药物残留,清除往日的罪孽。

他很少离开自己的房子。每当出门的时候,就努力修正自己以前的习惯。他去以前不喜欢的杂物店买东西。为了给车加油,还会去偏远的加油站。当他去送孙子上学的时候,会尝试不同的路线。尤里今天可能把孙子放在体育馆后面,第二天就把孙子放在半个街区之外。但是,尤里一直对周围的街道保持观察。他会注意周围有谁,他们又在看着什么,他们在和谁说话,自己所在的位置视野如何。尤里关心的是周围有什么掩体,哪些位置只能藏身而无法抵挡敌人的火力。他在脑海里反复思考，如果确实有必要，如何包抄银行客服处的胖子员工。他知道开车躲避追踪的时候，可以穿过哪些人行道和公园。如果他需要追踪其他人，这些信息也同样有用。他非常注意周围环境，仿佛这一切都是自己身体的一部分。他的警觉几乎达到了偏执的程度。

到了晚上，当孙子入睡之后，尤里全身赤裸地站在全身镜前，他发现了自己身体的变化。他的肩膀变得更健壮，皮肤也不再松垮，而且还有了气色，脸上也意气风发了。

尤里心里明白，最明智的选择就是从这里消失。把自己的心理塞进车厢，带着孙子去一个全新的城市，给自己起一个新名字，开始一段全新的生活。同样的事情他已经干过很多次了。但是，这回他并不打算这么干。

他反复告诫自己，应当坚守自己的领地，发挥主场优势。反正这些敌人一定会跟踪自己。而尤里希望这些敌人来找自己。尤里将在此恭候他们。

他已经很多年没有如此良好的感觉了。

"所有人投一个潜行测试。"

"我真希望自己还留着一点英雄行动点数。"

"你搞砸了？"

"不，一切都好。我通过潜行测试了。"

"其他人情况如何？好吧，你们穿过了石头屏障，然后进入了一个宽敞的大厅。整个洞穴比教堂还要大。洞穴非常热，中间还有岩浆流淌而过。你的每一次呼吸都让你感到疼痛。但在洞穴地面没有被岩浆覆盖的地方，则堆满了黄金。这里有金币、哥布林金条和珠宝。你目之所及之处全是珍宝。奥夫加尼尔体长 12 米，长着绿色的鳞片和黑色的翅膀。"

"它醒了吗？"

"它确实醒了。它虽然没有看到你们，但却嗅个不停，似乎发现了什么不对劲的地方。"

"好，我们开始攻击。"

"投个行动骰吧。"

当一切发生的时候，尤里刚好在沃尔玛超市里。那天的天气非常舒服。他送孙子去学校之后，绕着停车场转了两圈，寻找任何可疑之处，然后才停车。尤里喜欢在塔吉特百货购物，但是在沃尔玛超市里，他可以带枪。他在脚踝上戴了一个枪套，里面塞了一支格洛克手枪，另一支格洛克手枪藏在背后。他不喜欢脚踝枪套。为了藏起枪套，他必须穿喇叭腿儿的裤子。这虽然看起来并不愚蠢，但是尤里还是感觉自己就是个傻瓜。

尤里走进商场，在商店门口扭头观察。两个年轻的黑人一起走进了商场。一个是戴着粉色围巾，穿着黄色衬衫的金发女人，一个是带着难看的超大尺寸钱包的莱夫人。他出于推演的目的，开始思索如何消灭所有人。没人注意到自己，于是扭头继续前进。尤里左手手指出现刺痛的感觉，只能用不停晃动和握拳来恢复知觉。

商场内的空气非常凉爽，也没有异味。即便是到了圣诞节，商场里的空气还是这种味道。这一切不会发生任何变化。尤里推着推车在各个商店间逛来逛去。要买的东西都已经记在脑子里了。为了准备晚饭，要买些鸡胸肉和冻菜，再买一些肌肉牛奶留到健身之后喝。还得买些袜子。尤里希望扔掉所有的旧袜子，再买一打一模一样的新袜子。他在购物的同时，也在留意各个出口。

有人咳嗽了，而且声音很奇怪。是有人用波斯语的发音习惯在咳嗽。尤里扭头发现了那个戴着围巾的金发姑娘。二人在一瞬间四目相对。那个姑娘的瞳孔放大了1毫米，而这并没有逃过尤里的眼睛。

他双手离开推车，转身走向商场入口。他没有奔跑，也没有俯身掏枪。这个姑娘肯定有同伙。这里有不止一个敌人。尤里需要先找出所有敌人，再采取行动。他的心跳开始加速。尤里认为这种奇怪的感觉完全是肾上腺素在作祟。身边的收银员关上了抽屉，尤里觉得那种声音非常悦耳。

现在可不是幻听和痛感发作的时候。

现在是千载难逢的机会。

当尤里走进停车场的时候，温暖的阳光照在他的脸上。微风吹拂着脸颊，让他感到非常舒适。尤里在一瞬间，感到自己能感知到一切。他可以感觉到被城市雾霾所遮蔽的高空云层，轻微的汽油味，还有轮胎和沥青摩擦的声音。如果他能驾驶自己的车离开这条街……

尤里慢慢转身，发现了敌人。两个人坐在位于入口处的皮卡里。另外两个人坐在远端的一辆白色本田车里，这辆车的引擎还在运转，只要尤里想从那边的出口逃跑，就会被这伙人拦住。金发姑娘就在尤里的身后。应该还有两个敌人，也许为了预防尤里从装卸区逃跑，所以留在了后方。他们现在应该会赶上来了。尤里开始考虑周围的屏幕。一位父亲和十几岁的女儿从商店里走了出来，一边走一边吵个不停。一个烦人的老妇正在将车开入停车位。这些人完全不知道正在发生的一切。

尤里走向自己的车，一边走一边关注敌人的动向。他感到脖子后面很痒，于是扭头打量商店门口的金发女孩。她还没有掏出武器，也没有向尤里走来。他们都在观察尤里的下一步行动。

如果弗洛纳也在这儿的话，就可以一个人开车，另一个人负责提供火力掩护。尤里不可能同时完成这两件事。尤里要1个人对付7个人，而且自己的血液里还流淌着曾经吃下的毒品。他估计自己活着回到街道上的概率最多只有六分之一。

尤里后悔自己没有把一切都告诉孙子。他不希望自己的孙子回家之后，发现那个金发姑娘和她的同伴出现在家里。他的孙子对他们想要的东西一无所知，而这些人也不会相信孩子的话。最起码一开始是不会相信的。尤里只能希望这些人可以在自己的孙子还在上学的时候，就找到想要的东西然后离开。

尤里走到了自己的车旁。位于皮卡里的两个人开始行动，向着他开了过来。尤里打开了车门。如果他现在发动汽车，也不会到达出口。留给尤里的最佳选项就是从人行道冲出去。如果他没有和其他车撞在一起，那么就有可能回家或者直接逃跑。又或者，尤里可以绕到敌人身后，把子弹打进他们的脑壳里去。

本田车里的两个人压低身子向着尤里冲了过来，他们一边跑一边寻找掩护。金发姑娘从裙子下的枪套里掏出手枪，也向着尤里跑了过来。刚才那位老妇人也已经下车，完全不知道就在交火范围内。

尤里掏出了自己的卡宾枪。他的双手依然有刺痛的感觉。金发的姑娘开了两枪。第二发子弹打碎了汽车的玻璃，尤里感到心中瞬间腾起了一股怒火。这可是他的车。但在这股愤怒之后，随之而来的却是一股愉悦。尤里的体内腾起一股强大的力量，整个人仿佛在一对翅膀的带动下飞上了天。那个老妇人尖叫一声藏到了车下。父亲拉着自己的女儿卧倒，而那位姑娘掏出手机，想记录眼前发生的一切。

尤里转头看着金发姑娘。当她看到尤里手中的卡宾枪时，立即转身寻找掩护。

尤里手中的卡宾枪在咆哮。枪口的枪焰犹如巨龙的烈焰，闪烁着黄色和红色的光芒。

一抹蓝
刘宇昆

刘宇昆是一位推理小说作家、翻译、律师和程序员。作为星云奖、雨果奖和世界幻想小说奖的获得者，他在《幻想和科幻杂志》《阿西莫夫拟量》《光速》《奇异地平线》等多处发表了自己的作品。他的丝绸朋克系列小说《蒲公英王朝》的第一部《国王的恩典》获得了莲花奖最佳小说奖和星云奖提名。他稍后出版了本系列的第二本书《风暴之墙》，两本短篇小说集《折纸动物园》《神秘姑娘及其他故事》和星球大战小说《天行者传奇》。《蒲公英王朝》系列最后一本将在稍后出版。刘宇昆本人和家人住在马萨诸塞州波士顿市附近。

四 月

屏幕上写着：缅因和马萨诸塞联邦，曼纳波特镇，数量28528（人类）。

[马萨诸塞湾郊外社区。粗壮的线缆将一列火车拉进火车站；一家人在枪店旁边的冰激凌店里；一片被独栋住宅包围的

公共住房；一场高校足球赛；一场国庆游行；邻居正在后院举行一场贩卖会。所有画面由手机拍摄，画面的旅居和取景缺乏美感，而且摄像头抖动频繁，一下就可以看出是出自业余人士之手。

　　冰冻的海洋和泥泞的雪地画面。然后，画面转换到春天。漫长的冬季已经结束，阳光虽然柔和无力，但是孩子们摆弄了操场上的器具，发出刺耳的叫声，杜鹃花和连翘属植物茁壮成长，仿佛是一幅在冬天留下的灰白画布上描绘的烟火秀。叽叽喳喳的鸟类、松鼠和臭鼬幼崽迎着暖风在草地上活蹦乱跳。]

英格丽德（71岁，头发白得发光）
一切是从几周前开始的……你看看我，什么都记不住——不，这倒不是因为我年纪大了（大笑）。镇子里来了太多新居民，我完全是因为太过兴奋所以记不住东西。（她看着坐在身边的孙女）你还记得那是什么日子吗？

佐伊（16岁，表情紧张，弓着身子，急于离开）
我……我不太确定。

英格丽德
看看你录像上的时间——你看看第一个视频的时间？（自豪地看着摄像机）她可是第一个看到龙的人！晚间新闻用的都是她拍的视频。

佐伊
好吧。（在手机中找到了视频）正好是三周前，春分当天拍的视频。

李（41岁，镇长）

我反复给大家说，只要处理得当，子孙后代的未来都可以得到保障。

你们已经看了《环球报》的头条和电视上的报道。我现在日程排得非常满，总统、波音公司、联邦能源委员会、西屋电气、龙电网公司、卡特彼勒公司、海湾之星……所有人都想在曼纳波特进行投资！这可能是几十年以来最大的一次投资热潮。

你从没见过现在这种情况。你就等着发电效率达到十兆瓦级别的龙出现——

英格丽德

对，就是在春分那天。

事情其实没有人们说的那么糟糕。我让女婿和佐伊给卧室窗户装上厚窗帘，以此来减少遭遇。我现在几乎感觉不到龙的存在。

佐伊

（深吸一口气让自己镇定下来）我……挺喜欢龙。我在晚上的时候，会在窗子上留一条缝，专门听龙的声音。

英格丽德

我们现在看到的龙都很小。（看着佐伊）和你以前画的龙差别很大。

佐伊

(扭头不看镜头)

亚历山大(35岁,双眼炯炯有神)

我要所有的龙都滚蛋!除非把我送进监狱,不然我不会容忍——

哈里芬(53岁,自诩为"企业家",头发上的LED灯显示着一句话"免费能源并非免费")

没人知道这些龙从哪里来,也不知道它们怎么来这儿的,更不知道它们为什么来这儿。

但这都不是问题。真正的问题在于,没有人考虑过正确的问题。

[晃动的手机拍摄画面:停靠的船之间可以看到银色的龙鳞;一条形似蟒蛇的尾巴消失在一团丁香花下;海边落日映衬下的红色云团被一声咆哮打断——这是爬行动物的叫声?鸟类的叫声,还是蜥蜴的叫声?——摄像机经过旋转,拍摄到皮质的翅膀从天上冲了下来,然后消失在沙丘之后;棒球场上的人群尖叫着四散逃开,几十只飞行生物尖叫着俯冲而下。这是蝙蝠、鸟,还是会飞的蜥蜴?]

缅因和马萨诸塞联邦,曼纳波特镇,数量7000(龙,此数值为估算值)。

哈里芬

[我们在一个车库里,看起来像现代版的达·芬奇工作室,

但是这里比达·芬奇的工作室更乱、更脏、更吵,而且也没有浪漫的理事会。轮子和齿轮不停地转动,传送带一直在运转,链条响个不停,曲轴和活塞的动作整齐划一。]

这些都是原型机,所以看起来有点简陋。但是我可以向你保证,这些都是基于几个世纪以来经过验证的设计——你看这个原型机,最早是由艾蒂安·勒诺瓦制造的——而且还有许多经过专利认证的改装。有些原型机用煤做燃料,有些用石油或者天然气做燃料。内燃机必须用纯酒精作为燃料这种谎话,完全是能源集团故意散布的谣言。如果我可以获得经费支持……

你还在拍吗?

无所谓了。我知道自己说的是什么。就算你把我给你展示的一切都录进去,他们还是会找到办法污蔑我。他们绝对不能让民众知道终结龙能垄断的办法,你说对不对?

在一个多世纪之前,托马斯·爱迪生和亨利·福特将电力确定为我们的主要能源,而且我们一直在努力通过龙息来提高电力产能。我们逐渐地开始依赖这些动物,而现在我们所有的政客都是龙能企业的囊中物,根本没有逃脱的可能。

不不不,别担心。我不认为龙很危险,我会保证这次采访毫无争议性。

所以……我要如何解释对当前能源政策的异议的同时还不会……

我这么说吧。所有人都知道,飞机航线和船运航线都是沿着龙的迁徙路线指定的;大都会的存亡和发展都取决于城市里龙的数量;各个国家不停比拼实力,努力吸引巨龙来拉动 GDP。

我们讨论的是大学龙基金和国家战略储备——只不过对外

宣传消除了我们的恐慌。这完全是误导。龙可是想来就来，想走就走，帝国的兴衰完全取决于这些我们完全不理解也不可能驯服的生物。你看过《枪炮、珠宝和龙》这本书了吗？书中提出一个假设，西方的崛起完全是因为出现了喷火的龙。东亚在工业革命中落后，就是因为他们的龙只能喷出冷雾和水。直到来自天津的龙如元根据罗伯特·斯特林的设计，发明了由喷火龙和喷雾龙共同驱动的阴阳机。从那之后，世界权力中心就停止向欧洲转移。即便到了今天，城邦和小国的兴衰更多的是取决于龙，而不是文化或者政治。

（深深叹了一口气。）

我希望将大家从对这种廉价资源的依赖中解放出来。当华约因为境内的龙集体迁徙而解体的时候，我们都异常兴奋，但是我们又如何知道联邦境内的龙什么时候会离开呢？忘记历史可是非常危险的事情。

大家都说我是个奇怪的傻瓜。

佐伊

（她的眼中闪过一丝兴奋的光芒。她依然害羞，而且说话结结巴巴，但和上次相比，已经说了不少。）

你说那些画？（紧张地笑了笑）不，我不认为如此。那些都是小孩子画的画。我也不知道这些画还在不在手边，我并没有刻意保存它们。

我想要说的是那些真正的龙。

有些人抱怨龙带来的噪声、气味、随处可见的粪便。有些人认为龙在大街上游荡非常危险。在第一周里，州立公园旁边的17号公路发生了12次事故，所以不得不封闭整条公路。后来所有的龙开始在阿斯特罗夫小学筑巢,家长们因此都非常紧张,于是又不得不关闭整个学校。我刚才过来的时候,看到十几个律师一样的人围在镇中心的停车场周围,真像是一群绕着龙粪飞来飞去的苍蝇。我也不知道他们打算起诉谁。龙可不害怕律师。

我听到了大家的抱怨,"曼纳波特不是波士顿。我们缺乏应对这么多龙的基础设施!"我觉得他们说的是围墙和栅栏。他们希望州议会可以宣布紧急状态,也许再派民兵来赶走龙。

我一直在研究追龙潮的历史……百科全书里是这么总结追龙潮的:"大多数当代追龙潮都存在一定程度上的自主规划,波士顿致力于建设大学和图书馆,通过学术研究吸引龙;加州共和国采用了发明和艺术的双轨策略,而硅谷和好莱坞是北美最大的两个龙的聚集地。纽约采用了最为传统的策略,他们通过在华尔街囤积大量黄金和珠宝,源自欧洲的那些较为老派的龙因此离开了位于巴拿马和英属维京群岛的天堂,转而移居曼哈顿。这些龙会在金库周围盘踞几周,然后去长岛的大型电厂工作。"哦,最后一条还有个"需要额外资料"的问号。

但是对我来说,最有说服力的例子是阿巴拉契亚山脉的泰特斯维尔市。1859 年,大批龙聚集在这个偏僻的小镇。所有人都冲向这里,希望能够大赚一笔,一个叫爱德文·德雷克的家伙成功建立了第一个龙塔,成功让一条 15 米长的黑曜石鳞片的龙,为伊利湖和巴特摩尔之间的缆车发电。在一定时期内,追龙潮让泰特斯维尔市变成了全世界最富有的城市。人民沉迷于龙带来的财富,修建了更多冷却池、龙塔和发电站。然后所有的龙在某一天全部离开了。

爱德文·德雷克是我的曾曾曾曾祖父,他来自我母亲的家族。而我的母亲——

我还没准备好讨论这些事情。

当我还是个孩子的时候,大家都说我有个古老的灵魂。我喜欢一个人待着看书。公共演讲让我感到紧张,但是为了弄清楚大人到底在计划些什么事情,我还是去参加全镇会议。

公用征收、联邦补助、财产价值、税收抵免、隔离墙和安全区是他们每天争吵的中心议题。他们希望镇上尽力和大企业能达成最佳的交易,以此确保镇上的就业率,保证所有人都能从龙带来的收益中分一杯羹。

但是,没人去想龙为什么会来这里,也没想过如何避免曼纳波特成为下一个泰特斯维尔。

曼纳波特没有自然景观,没有大学,没有钱,没有艺术。我们和其他的联邦小镇没有区别,从表面上来看,我们的小镇干净而平静,但是内部则是充满痛苦和荒凉。只要大家有机会,就会离开我所在的高中,所以那里现在显得又大又空。你要是待在这里,可找不到什么好工作,能找到的只有"零活"。毒品是这里的一个问题,而且到了晚上,你还可以听到远处传来噗噗的声音。我一直以为是喝多的年轻人在放烟火,但是有一天,我看到开着警灯的警车顺着17号公路狂奔,然后我就在新闻中看到了他们发现的尸体。

[我们现在在山上,俯视着下面的山峰。有的龙在翱翔,有的龙在爬行,有的龙在踽踽踱步,还有的龙在滑翔,各种龙颜色不一,看起来就像是草丛中的野花。从远处看去,这些龙像蝴蝶又像鸟,如同有了生命的油漆,正在自主形成全新的图案。]

爬上来的风景还是很不错的吧?为了这幅景色,我每天都要爬上来。警察让我离这里远一点,但是我实在不敢相信龙会伤害任何人。它们的脾气似乎比每年秋天堵在街道上的火鸡还要好。每当我爬上山,就不担心 SRAT[①],学校里的八卦,父亲的唠叨,奶奶需要修剪的草坪——只要知道这里有一些漂亮的龙就够了。我们永远也不会了解这些龙有什么忧愁,这些龙也不会费心了解我们的烦恼。整个宇宙感觉变大了一点,你明白我的意思吗?

我经常问自己,这些龙为什么要来这儿?为什么呢?

六 月

英格丽德

[孩子们在操场上玩耍。

镜头对准背景中的山茱萸。树枝的样子有些奇怪,它们看起来太过弯曲,枝叶似乎太过沉重。]

镇子里居民的情绪已经发生了转变。讨论通过卖地给开发商来赚钱的人已经不多了,大多数人也接受了当前的变化。我觉得大家已经习惯了龙的存在。

[一颗棒球砸进了山茱萸树,场面瞬间混乱了起来。刚才看起来还是郁郁葱葱的树叶,现在就变成了银光闪闪的鳞片,伸展的肢体,展开的龙翼、胡须和瞬膜。绿色的伪装色瞬间变成了红色、金色、蓝色和靛蓝,龙群的拟态休眠被飞来的棒球打断,龙纷纷选择飞到天上。你可以看到北美的鹿角龙、西伯利

---

① 作者意思不明,可能是指考试。——编者注

亚飞龙、中美洲羽蛇神、没有翅膀的东亚龙、尾巴扁平的南亚龙、欧洲薄翅龙和其他种类的龙,所有这些龙的体形绝大多数都不及一只孔雀大小。

孩子们一时间都盯着这番奇景看个不停,但很快就失去了兴趣。一个姑娘跑到树下,从龙粪之间小心翼翼地取回了棒球。孩子们继续刚才的游戏。被打扰的龙也纷纷落回树上,继续进入拟态休眠。]

这些龙太可爱了,你说对不对?有些人对现在的情况感到失望,但是绝大多数人都松了一口气。这些龙和在威德纳图书馆里为整个波士顿供能的巨龙不同,与那些为跨大西洋和洲际航线喷气机供能的飞龙也有所区别。

哦,我不是故意让自己听起来像一个龙学专家。我到了18岁,成为卫斯理大学一年级新生的时候,才看到人生中的第一条龙。

[展示卫斯理大学的照片,照片拍摄风格颇具肯·伯恩斯的风格。]

那时候,卫斯理大学基金只有5条龙:3条北美牛角龙、1条威尔士双足飞龙和1条英格兰巨龙。这和哈佛—拉德克利夫基金的500条龙相比,完全不值一提。但在我看来,5条龙已经是一笔巨大的财富。

在其他姑娘还在收拾宿舍的时候,我就去慰冰湖转了一圈,那里住着那条最小的牛角龙。当时已经是晚上了,我根本没想到会看到任何东西。我知道这些龙很忙,很少会返回自己的巢穴。这里的龙和其他大学里的龙一样,都是被图书馆和教室里的学生吸引来的,而卫斯理学院和联邦之间立有协议,所以学院有义务说服龙用自己的烈焰龙息去为周围城镇的工厂和作坊供能。

但是，教授们也非常清楚，龙需要时间在巢穴中恢复力量。龙并非只是需要谷物和肉类就能存活，它们需要融入学院的学术氛围，独自进行思考，唯有如此才能保证良好的精神状态——我知道当代专家认为这些都是瞎话，但是我一直都相信这套理论。

在我看来，以此来形容大学生的生活也是个不错的比喻。

湖面和湖滨雾气弥漫。我在远离家长视线范围的地方继续散步，幻想着自己在古老传说中的山谷河沼中游荡，寻找巨龙把守的宝藏。当时雾气非常厚重，我看不到湖的另一边，整个湖面似乎不断扩张，面积几乎比得上一片大洋——我当时并不知道，当靠近一条龙的时候，人的判断力和空间感会出现偏差。

忽然，空中出现一声喇叭似的巨响，在我看来就像是喷气引擎发出的声音。我转过身，亲眼看到湖水如火山喷发般喷入高空。湖面雾气散开之后，我看到了一条健壮的长脖子，它和书上描述的雷龙的脖子一模一样，在这条脖子上，有一个巨大的长着角和体毛的脑袋。在雾气的折射之下，龙的脑袋周围环绕着五颜六色的光晕，有些颜色我见都没见过。巨龙扭头和我四目相对，它的蓝眼睛深处似乎闪动着光芒。

这条巨龙微微张开嘴巴，轻轻吐出一口气，它嘴边的武器闪动着微弱的蓝光，看起来就像是一座冰山。我的心都提到嗓子眼儿了。

巨龙抬头看着天空。它张大嘴巴，吐出一条越来越宽的烈焰，湖面中央出现了一朵烈焰组成的花朵。

我可能是当时才明白"令人窒息"四个字是什么意思。我见过太多关于科普插图和照片，龙在发电站里用自己的烈焰产生蒸汽，以此推动轮机产生我们这个世界不可缺少的电能。但是，插画上的龙都显得非常温顺，服从人类的控制，成了当代大都市机械体系的有机组成部分。

但是，当你和一条龙面对面的时候，确实有一种完全不同的感觉，浪漫主义诗人一定会说这是一种壮观的景象。我终于明白，为什么以前的探索者和工程师会穿过充斥着闪电的风暴、遍布冰块的极地洋面、遍布尸骨的沙漠和毒气弥漫的沼泽，只为了能够看一眼这些神奇的生物。

多年之后，茱莉亚出生了，这件事就变成了她最喜欢的故事，她总是要求我给她讲这个故事。作为一个小姑娘，她非常喜欢龙，而且她也会画一些和龙有关的画——这一点和佐伊一模一样。她总是最后才画眼睛，当她开始给眼睛和在周围雾气中涂上蓝色颜料的时候，整条龙看起来都要活过来了。

哈里芬

虽然当今社会依赖龙的存在，但是大多数人没见过龙。最近几十年里，针对大众隐瞒有关能源政策的活动越来越频繁。正如我们努力将尸体藏在医院里一样，我们用混凝土墙壁、钢铁大门、秘密就业协议和严密的保密协议，努力营造出一种当今社会的能源供应完全免费的假象。

如果龙真的像政府和能源公司所说的那样安全，那么哈佛园和华尔街又为什么要修建戒备森严的防御设施呢？你是不是也觉得他们没有说实话？

总之，这个问题不限于缅因和马萨诸塞联邦，或者北美大陆的其他国家。从全世界范围来看，从爱尔兰共和国到中联的各个城邦，所有人都满足于现状。

你可以在当代国家事务处理中找到一些古典意味。

[汽转球在转动，蒸汽从球里喷了出来。]

在有记录的历史中，第一个驯服龙的力量的人是亚历山大港的希罗。他造了一个带有两根弯曲铜管的铜制圆球，两根铜管指向相反的方向。圆球可以绕着一个和铜管垂直的轴心旋转。

西罗紧接着在圆球内部用琥珀雕刻出了复杂的神话场景。几只困在其中的萤火虫负责提供照明，这看上去就像是在天堂里旋转的流星。设置这件艺术品的初衷就是打造一件神庙艺术作品，只有天上的众神才会欣赏其内在的美丽，凡人信徒只能通过自己的想象力来想象其中的奥妙。

但让大家感到意外的是，希罗的杰作勾起了附近埃及龙的好奇心，两条小龙通过通关钻进圆球内部。圆球内的一切让它们非常满意，于是两条小龙喷出了大量高温蒸汽。这些滚烫的蒸汽从弯曲的铜管中喷涌而出，让圆球飞速转动，一时间让周围围观的人群又惊又喜。

希罗继续设计了更多复杂精美的汽转球，最终在疯狂中早早去世。古代史研究人员很少将他的死和他的作品联系起来。

李

我当然感到非常失望，因为我以为这些小龙不过是大餐前的开胃菜，根本没想到居然是整顿大餐！

现在让我感到高兴的一点是，那些"曼纳波特骑士"不再纠缠着我，要求我去为了小镇安全想想办法。我觉得，就算他们在网上看的那些阴谋论视频，也没有认为小龙会是威胁的。

大公司也停止打电话咨询。

所以，我开始给他们打电话。

他们是这么跟我说的:"我们的工程师已经完成了可行性研究。你们的那些小龙没有经济价值。"他们会抓着兆瓦、吉瓦、投资回报率、资本、公共事业费率、折旧的问题说个不停。

曼纳波特的龙的发电效率不过是千瓦级别。以前,詹姆斯·瓦特将一对万花镜眼镜,固定在一条驴子大小的尼斯湖龙的眼睛上,然后宣布这就是一个蒸汽引擎,这种低输出的引擎在过去可能具有商业价值。但是在现在呢?并没有多少价值。

"小龙总会变成大龙,对吧?"

他们的回复是:"这可不一定。"成年龙的体形大小不一,即便是同一物种也存在极大的差异。根据大公司派来的生物学家的研究报告来看,我们这些迷你龙已经脱离了成长期。

我给他们讲:"我们有很多龙!你们就不能让一群龙一起干点什么吗?"

他们又开始给我讲龙的生理特征和习性、缺乏合格的龙语者和"过度设计"的危害。

龙并不适合团队协作。你可以哄着龙去工作,并不能强迫它们。上次有人试图强迫一群小龙一起工作,结果就发生了事故,没人想再重演那场惨剧。

我当时哀求道:"我听说有人用小龙来驱动单人汽车,还有人用小龙为独栋住房发电。肯定有什么办法能让这些龙开始工作。"

"这些小龙能够体现经济价值的地方,只有犹太人的集体社区和大都市想炫耀财富的有钱人那里。"大公司的人是这么给我说的,"记住,龙可能会待在一个地方,或者在几个选定的地点之间迁徙。"

"但是,龙可能会开始迁徙。"

"除了你们这些已经住在曼纳波特的人,谁还想去那地方?"自那之后,再没有大公司接我的电话了。

但是,我没有放弃。有人告诉过我,日本在微缩化方面取得了巨大的进步。肯定有办法用咱们这里的小龙大赚一笔。肯定有办法的。

亚历山大

我让大家尽可能远离这些龙。这些龙看起来又可爱又无害,但我知道真相。

乔伊是我们家里最聪明的孩子。他可是去专业学校读书的人。他的分数足够离开曼纳波特,想去任何地方都可以。

但是,乔伊只想做个龙语者,在龙身边工作,而不是"站在远处享受龙的劳动成果"——你没听错,他就是这么说话的,听起来就像是你在学校里读过的小说。我过去很想揍他一拳。好好说话,你个蠢货!

"律师、银行家、程序员——他们都是寄生虫,全都是水蛭。"他曾经这么说过,"他们不过是操纵符号产生更多符号,你还指望他们干什么?但是,只有龙语者才能让龙吐出火焰,让文明能够延续。"

他18岁那年,离家加入了龙电网络公司位于波士顿湾的电厂。他们给龙语者开出了高工资,这完全是因为这份工作非常危险,而且能够胜任工作的人也不多。

乔伊告诉我,你不能强迫龙去工作,你得去哄骗它们。他说过一件事,圣彼得堡有一个女王,曾经在自己的宫殿里用琥珀造了个大房间,希望以此吸引龙喷吐火焰。我觉得她是不是想模仿亚历山大港的希罗?到了最后,那个女王反而被严重烧伤。这个故事让我的童年充满了噩梦。

我妈妈一直留着乔伊的奖学金论文……找到了。"哈沃德·休伊留在拉斯维加斯，因为他认为明亮的灯光和魅力足以让龙留下来，以此维持自己的航空帝国。在冷战中，北约和盖亚组织都秘密资助艺术家，希望以此促使华约境内的龙叛逃。但自纽康门和瓦特之后，龙语更接近一门艺术而不是科学了。"

"我想当一个大艺术家。"

龙是一种善变、懒惰而且很容易感到无聊的生物。就算你用财宝、书籍和新奇的事物引诱龙在一座城市里定居，它们也不过在宝藏周围睡觉，而不是工作。而能让龙乖乖喷火干活，可就需要龙语者来帮忙了。

没人知道龙语者如何工作。龙语者对其中的奥秘保持沉默，而且他们组成了一个秘密工会，口头传授自己的秘密。当我们还是孩子的时候，乔伊和我经常玩游戏，我会扮演一条龙，而乔伊则通过许诺让我玩他自己组装的游戏主机，来让我去干家务。

也许龙语者就是这么干活的。旧时西部的工程师不就是在驱动火车的龙的眼睛上固定一对万花镜吗？他们现在就算是给龙准备了虚拟现实眼镜，我都不感到奇怪。泰迪·佩特里特在电台上说，电厂里的龙语者用一种奇怪的手法来抚摸龙，以此让龙感到兴致高涨。我不知道该不该相信这事。他们在学校里，依然告诉孩子们，龙喜欢的是音乐、文学和艺术。乔伊经常嘲笑这是"对于龙的天方夜谭"。

我永远也不知道真正的答案。龙语者如果没有在工作中被烧成灰烬，也只有等到意识完全消失的时候才能退休。而后者则更为可怕。

乔伊回家的时候才 30 岁,但是看起来不过 20 岁。他认不出我或者妈妈,也不会苦笑;他只会吃端到嘴边的食物,其他的东西碰都不碰。他的意识就像是掉进水里的筛子。不论我向他展示多少次以前的照片,妈妈做多少次他最喜欢吃的菜,他的眼神都只有一片空白,嘴里重复着毫无意义的话。他回家 8 个月后心脏停止了跳动,但真正的乔伊在那之前就死了。

我不知道他到底遭受了怎样的痛苦,也不知道他到底见识了一些什么东西。

我们领到了一笔不菲的退休金,但是这也不是龙或者公司将乔伊的生命力吸取一空的借口。合同和法律无懈可击,里面充斥着各种承担责任和自愿放弃权利。

攻击龙是犯罪。我也不会去做任何违法的事情。但是,还有其他选项吗?

七 月

佐伊

[镜头努力跟上佐伊的步伐。我们时不时可以看到游客聚集在空地旁,他们扭着脖子准备好了手机。穿着制服的警察站在警方的警戒线之后,让民众保持一定的距离。]

游客们想近距离再次观看之前发生的一切。现在镇子里有了一个景点,议员们都吓坏了。他们希望总统派出义勇军。(摇了摇头)

我还是不知道这些龙为什么要来曼纳波特。

但是,我觉得自己可能交到了一两个新朋友。

这一切开始于独立日之前。镇长和议员们还在想办法从这些"无用"的龙身上赚点钱。他们的最终解决方案是旅游业。他们让一个摄影师到处拍照，找了个咨询公司，将镇子打造成"湾区的魔龙花园"。波士顿和波特兰市每天都会发出两班旅游巴士，而且还有传言会和邮轮公司合作。

我不喜欢这个主意。我害怕游客会吓到龙。大多数龙都住在废弃的地皮和被没收的房子里，靠吃昆虫和植物过日子。有些龙已经学会集中在一个地方排便，清洁公司每周都会将这些粪便运走。我认为镇子上的人和龙正在学习如何和平相处。我不希望这个过程被打断。

但是，这里有比游客更大的威胁。一个反龙组织正在逐渐成形，其中包括害怕自己的孩子被龙腐蚀意识的家长、无聊找事做的人、无法忍受这些烂摊子的业主。他们自称为曼纳波特的骑士，在网上互相交流，思考如何将龙赶出去。

我用假名潜伏在他们的论坛，当他们打算利用独立日庆典实施"圣乔治行动"的时候，我也制订了自己的计划。

在临近日落的时候，很多家庭都聚在斯克里广场准备欣赏烟火表演，曼纳波特骑士们开着皮卡车和面包车也赶到了广场。他们从曼纳波特各地赶往汉考克地区荒废的地皮，这里是最大的一群小龙的聚居地。

我刚好在日落前到达这里。整个院子的杂草都长到了我的胸口，而房子的屋顶一角不见了，三面墙上全是破洞，大自然正在逐渐拆解整栋房子。几十条小龙已经在废墟和院子里筑了巢。除了少数几条小龙对着我发出咕咕的叫声以外，大多数龙都在睡觉。

我蹲下身子藏在草丛里。土壤散发出一种刺鼻的气味，感觉就像是野猫的聚集地。当黄昏渐渐消散之后，越来越多的龙返回巢穴。它们找到落脚的地方，把脑袋藏在翅膀或者草丛里，然后睡着了。

我可以听到距离我最近的那些龙打呼噜的声音，这是一种近乎呲呲吐气的声音。一阵微风拂过我的额头，带走了夏日的燥热。我开始不由自主地颤抖起来，因为我忽然想起来就在几年前，因为一起鸦片交易出了问题，一个男人被打死在这座房子里。大街上的警报和蓝色警灯让我忽然想起了这一切。

我的心忽然被剧痛所覆盖，无法呼吸。我努力压制着意识中渐渐复苏的黑暗，这种黑暗正在逐渐突破意识壁垒，推开我压在上面的层层障碍。

我的脑海里全是她。

明亮的光芒刺破逐渐昏暗的黄昏，仿佛光矛从我头顶飞过。电机的轰鸣越来越微弱，灯光逐渐消失。周围出现脚步声、关车门的声音和急切的低语。看来曼纳波特的骑士们已经到了。

我听到了重物被卸下车的声音。这些车里装了很多电池、导线和家庭防卫用的电棍。他们的计划是用电网覆盖整个区域，然后用几个爆竹叫醒所有的龙。

"电死的龙越多越好。"有人在论坛上这么说道。

用龙发的电来电死龙，也不失为一种颇有诗意的正义行径！

我的堂兄就是个律师。他觉得，如果我们这么干，就可以对法官说，是这些龙自己飞进了电网里，所以也不算是对龙发动攻击。

我从草丛里站了起来。

我当时害怕极了，只能颤颤巍巍浑身哆嗦地说："你们不能这么做。"

这些骑士们在昏暗的街灯下被吓了一跳。经过短暂的困惑之后，人群中站出了一个男人。我想起了论坛上的照片，认出他就是亚历山大。

他问道："你在干什么？"

我说："阻止一个错误。"

他说："这些龙不属于这里。"他走近了几步，我可以看到他脸上的愤怒和忧伤。"你不懂，他们会伤人。"

我努力让自己听起来很镇定，说道："但这些龙不会伤人。"

"不，这些龙会伤人。"我能听出他话语中的痛苦、无助，以及无法给我提供任何解释的无力。

我也一样感到无助。我不知道如何描述自己看着这些龙于黄昏时分在公园里寻找食物。我不知道如何描述自己听到龙在夜晚发出的叫声，自己会又哭又笑。

所以我拿起挂在脖子上的哨子，使劲吹了起来。那哨声一直回荡在我的耳边，就像是噩梦中的警报声。

周围的院子和老房子里掀起了一场风暴。小龙被我的哨声吵醒，立即飞上了天。龙翼遮蔽了星空，龙爪践踏着草地。小龙们随着我的哨声发出刺耳的叫声，空气中充满了尿的味道。

过了一会，这场骚动迅速平息了下来。龙都不见了。我从嘴里拿出哨子，深吸了一口气。亚历山大站在原地，这一切让他说不出话。

我的脚边响起一阵窸窸窣窣的声音。我和亚历山大都低头看着草地。

草地中还有一只动物。我蹲下去仔细观察，它的大小和小狗崽类似，但是身体更细更长。它的脑袋类似牛头，有一对弯曲的小角，触须类似缅因龙虾，脖子上长着一圈明亮而多彩的羽毛，后背有银色的鳞片，腹部皮肤粗糙，4个爪子形似鸟类的爪子，长长的尾巴形似蛇尾巴。这是条混血龙，它是好几代追随人类来到这里的龙经过杂交后的产物，已经完全适应了这片大陆的生活。

但是，它形似蝙蝠翅膀的翅膀已经受伤。它无法起飞。我像抱一只小猫咪一样，将它轻轻抱在怀里。我可以感到它在不停发抖，真是个有力气的小家伙。

它犹犹豫豫地睁开了眼睛。它的一对蓝眼睛炯炯有神。我颤抖了一下，几乎把这条龙扔在地上。这是我见过的最漂亮的东西。

亚历山大大喊道："快把它扔掉！"我抬起头，看到他拿着一根电棍，就是那种可以一下子打死入侵者的电棍。

我转过身护住小龙，用自己的后背对着他。"嘘，没事了，我不会放弃你的。"

小龙就像是一只受伤倒地的兔子，跪在我的怀里发出一声刺耳的尖叫。它的颤抖越来越剧烈。我试图用抚摸小猫的方式来抚摸它，当我还是个小孩子的时候，我母亲就是这样抚摸着我的头发让我入睡的。小龙的鳞片摸起来又软又热，和我想的完全不一样。

亚历山大喊道："你听听！"他惊恐地举起了电棍，"它要喷火了！快把它扔掉，不然你就死定了！"

"不！它尖叫完全是因为你吓到它了。"小镇里的人都没见过小龙喷火——我确信这些小龙也不会喷火。我试图用一只手盖住小龙的眼睛，不让它看到距离我们越来越近的亚历山大，我暗自祈祷自己不会被电棍的蓝色闪光吓破了胆。

他跌跌撞撞向前又走了几步，俯视着我说："你杀了乔伊！你杀了乔伊！"

我抬着头盯着他的眼睛，里面写满了狂野、冲动和茫然。当我因为噩梦惊醒，祖母不得不将我按住的时候，她是否也看到了同样的东西？

"不！它什么都没做！"我竭尽全力大喊道，"这不是你要找的龙！这不是——"

亚历山大举起了电棍。我相信他会把电棍砸在我的身上，然后打死怀里的小龙。

我怀里的小龙忽然动了一下。我努力想按住它。但是这条小龙对我来说，实在是太过强壮。它甩了甩头，然后甩开了我的手。我感到一股热浪，立即本能地向后跳。时间忽然慢了下来。我的眼前也变得模糊了起来。

我看到龙张开了大嘴。我看到电棒距离自己不过几厘米。我看到巨龙看着亚历山大。我能够解释在龙的眼睛里看到的一切吗？

小龙扭头看向另一边，就好像眼前的死亡威胁不过是天边的流星。这条小龙的动作非常笨重，仿佛它就是那条史上最大的三峡龙。小龙抬起头打量着星空，然后张开大嘴，喷出一道耀眼的光和烈焰。

这道耀眼的光芒仿佛是一条流淌着液体黄金和白银的河流，一群正在迁移的蝴蝶，一条横跨天穹的缀满珍珠的丝绸。当这道光芒达到最大亮度的时候，烈焰开始分流，然后变出更多的颜色：九月蓝、殉道者之血红、万寿菊黄、龙语蓝……

我大张着嘴巴，不自觉地模仿着小龙张开的嘴巴。这是我见过的最漂亮的烟火表演。

我又回到了美术耗材店的走廊里，再次变成了那个6岁的小女孩。母亲和我边跑边笑，将一管又一管的颜料和水彩扔进购物车。我们不喜欢生产商给颜料起的名字，所以我们又单独起了一套名字。我们一整天都待在一起，除了画画什么都不干。我们要一起画祖母曾经见过的那条龙。

"妈妈，你会一直和我在一起吧？"

"当然，我的龙宝宝，你绝对甩不掉我。"

泪水冲出了我的眼眶，一切都变得模糊不清。多年以来，我都不敢重温这段回忆。

亚历山大站在我身边，看着头顶上这片不断变换的灯光秀。他手中的电棍掉在地上。他嘀咕道："我从没想过……原来你看到的就是这种东西……"

小龙跪在我的怀里，再次喷出一股壮丽的焰火秀。

热流从我的脸庞擦过——又或者说直接喷到了我的脸上。我不知道该如何描述这种情况，但我感觉像是有一只手在抚摸着我的意识，抚平那些仿如水下礁石的痛苦和阻碍。有那么一瞬间，潜藏在意识中的黑暗和痛苦犹如水下的礁石，随时可能突破平静的水面，但是一只看不见的手抚慰着我的意识，这些礁石渐渐消融，然后被这股奇迹般的光与热带走。

[我们来到了这片废弃的区域。佐伊抬起一只手，示意拍摄人员不要打扰藏在草里睡觉的小龙。她拿出自己的手机拍了张照片。]

我一直想画出自己看到的一切，但是最终成果并不是很成功。

顺着我手指的方向看过去。在围栏破损的位置，你看到了吗？对，就是草丛里那团隆起。那就是叶公。我觉得这里有这么多人，它可不会出来。

我是根据母亲讲过的一个古老童话故事给它起的名字。这个故事有些类似于一个笑话。故事里有个人，他以为自己非常喜欢龙，于是总是在画龙，但是后来，当一条真正的龙出现的时候，他却被吓傻了。你明白——算了，没事。

它状态恢复得还不错。一位来自卫斯理学院的龙科医生——反正我是这么称呼她的，她的真正头衔是基金会保养专家或者什么与之类似的名字——她告诉我，叶公翅膀上的伤口，在几周之内就能自愈。我给叶公带来了覆盆子，它非常喜欢这东西。

曼纳波特的骑士们还在论坛上发帖，对这些龙抱怨不已。但是我再也没见过亚历山大出现在论坛上。

十一月

李

我已经和佐伊谈过了。

自从小龙的焰火秀视频在网络走红之后，游客数量增加了好几倍。我们花了不少时间才安排好安保工作，为了保证没人受伤，还给警察发了不少加班费。走红的视频也吸引来了几家公司，他们想雇用佐伊作为龙语者。她当然拒绝了这个提议。

小龙开始在布罗克顿、普利茅茨、罗威尔、法尔茅茨等地出现，我得想想办法如何利用曼纳波特当前的名声。没人知道还会出现几次驯龙潮。

我们在一夜之间就丢掉了竞争优势。

但是，我又想了一下。我们还有佐伊。

我想雇用佐伊来运营一个培训计划，让大家知道如何在龙的周围规范自己的一举一动，也许还可以给其他镇子做个示范——我要让灯塔山的人为这个项目付钱，佐伊起码没有反对这个主意，但是她告诉我，绝对不会让小龙再做一次表演。她的原话是这么说的："好事太多也会变成坏事。"

佐伊告诉我，如果正确对待这些小龙，它们就可以让人们非常开心。我打了几个电话，然后一些专家希望和佐伊谈一谈，讨论下用"龙疗法"治疗儿童和成人抑郁症的可能性。佐伊对这个主意非常感兴趣。

虽然这不是我最初设想的盈利点，但是我们会为曼纳波特争取一些利益，你等着瞧吧。

英格丽德

[大家正在准备一顿感恩节大餐：大人和孩子们挤在狭小的厨房里；勺子撞击盘子发出叮叮当当的声音，老人陪着孙子们在玩闹；大人们在吵闹欢笑；电视机也在一旁喧嚣。

亚历山大也在房间里，他试图帮忙的样子看起来很奇怪。但其他人让他感到自己并不是一个不受欢迎的人。

佐伊正在让大家看自己手机里的视频。所有人都全神贯注地盯着屏幕。佐伊面带微笑。]

佐伊现在是个大明星了。我听说她和叶公的视频有几百万的播放量。她说让龙再次喷火太危险，所以再没有让叶公这么干。

亚历山大现在是佐伊的摄影师。他之前告诉我，他、佐伊和哈里芬准备提升大家对龙语者职业风险的关注，同时筹集资金照顾龙语者。

佐伊能这么开心，我也感到很庆幸。自从她发现茱莉亚那一晚之后，就没有见过她笑了。

哈里芬

问你一个问题：龙是如何喷火的？

想想你高中的物理课和生物课吧。你可能已经知道，龙能发电厂就是个热能转换器，它将龙火的热能转换成可做他用的机械能。你可能也知道，龙和其他生物一样，通过化学反应分解食物获得能量。但是，你的老师可能简要做了下数学换算，告诉你龙吃下的草莓、虫子、牛肉和大量玉米不足以产生龙火的热能。

如果你的老师足够认真，那么他们可能也会提到麦克斯维尔的恶魔。

1867年，詹姆斯·克拉克·麦克斯维尔，在构建热力学定理的时候，发现龙火几乎无法理解。麦克斯维尔的恶魔是麦克斯维尔本人提出的一个思维实验，这个实验试图解释为什么龙可以无视物理性定律，凭空产生大量能量。

请想象有一个保持一定温度的房间，房间里的气体分成两部分。在中间屏障上有一道没有摩擦的小门，这扇小门由一位非常狡猾的恶魔操纵。温度代表的是房间内移动的气体分子的平均动能，一些分子的移动速度肯定高于平均值，而另一些分子的移动速度则相对较慢。恶魔观察着分子移动，偶尔打开小门，让右侧的高速分子进入左侧，左侧的低速分子进入右侧。

经过一段时间之后，两侧的平均动能将发生变化，即房间右侧会开始冷却，而左侧开始升温。你可以用这种温度差来驱动常规热能转换器，当两边温度一致的时候，恶魔将重复上述过程。

麦克斯维尔在不产生额外的熵的情况下，用分子运动产生"免费"，用阴阳的标注代表两条互相追逐的龙，以此创造出了某种永动机，这完美地无视了热力学第二定律。

一个多世纪以来，理论家和实验人员一直试图让这个恶魔和热力学定律达成和解，他们最终得出了一个结论，即问题的核心是掌握在恶魔手中的信息。整个房间和恶魔组成的系统必然存在熵增长的情况，因为恶魔必须抹去已经存在的信息才能写入新的信息。

如果龙就是麦克斯维尔的恶魔，将信息变成热能，那么龙也必须抹除已经存在的信息。

但是，没人会说，龙必须抹除自己大脑内的信息。

你有没有想过，为什么许多龙语者年纪轻轻就因为痴呆而退休，脑子变成了和瑞士奶酪一样的结构？又或者，为什么龙会去有很多人或者书籍、发明和创新的地方？你有没有想过，为什么我们每次对龙能利用的进步，都伴随着革命和对传统、习俗和历史的遗忘？

我认为龙息是依靠大规模健忘，通过将所有美好和痛苦的记忆抹除，以此为自己的龙息提供动力。在我们那些用龙作为电力来源的大城市里，书籍会腐烂，集体记忆会消失。龙语者作为距离龙最近的人，也会承受这种损伤。

我知道，我知道。你会怀疑我也是个阴谋论者，让我快点去参加泰迪的节目。但是，请试着想一下：我的理论有没有极其微弱的可能是正确的？

自从我们依赖龙提供能源之后，战争就变少了，曾经的敌人很快就忘记了曾经的仇恨。虽然遗忘和原谅是有差别的，但这也有帮助。

随着我们的文明越发复杂，人类也有了各种各样的痛苦，那对于遗忘的需求是否也在增长？也许这就是这些小龙出现的原因，这是对于我们不断出现的复杂需求的一种回应。

如果龙确实会摧毁东西，那么也是为了创造新的事物。

我的朋友们现在都说我是看透了一切，和过去相比更像个哲学家。我对这一点不是很清楚……但是那些小龙确实很可爱。

英格丽德

我的女儿是一位好母亲，又或者说她努力想当个好母亲。但她总带有些梦想家的成分，在制订计划和执行计划方面总是有些偏差。她高中毕业之后，就想去加利福尼亚当个艺术家，但她的运气并不好——她告诉我说，评论家对自己的作品没有任何兴趣，所以只能离开加州。当她和罗恩有了佐伊之后，事情就变得更加困难。但是所有人都能看出来，他们两个人深爱着彼此。

[摄像机进入二楼走廊，绕过一个拐角，进入这栋房子里外人很少能看到的部分。墙上挂满了装在画框里的画，其中不乏水彩画、油画、彩色粉笔画、马克笔画和铅笔画。有些画风成熟，上面还有茱莉亚的签字；还有些画明显是出自孩童之手，则签有佐伊的名字。一张简笔画用极简的线条描绘着一对母女骑着一条强壮的龙。这条龙有着明亮的蓝眼睛，看起来就像是警车顶上的车灯。]

后来他们的家庭财务出现了问题，罗恩和茱莉亚就分开了。我每次去她家的时候，房子里就一团乱，茱莉亚为了让自己好过一点，已经开始酗酒了。当酗酒也不起作用的时候，她开始寻找一些效力更强的东西。

佐伊那时候才7岁，有一天晚上她醒了过来，也许是去街尾调查凶杀案的警车警报吵醒了她，死在街尾的那个男人就是给茱莉亚卖毒品的人。佐伊走进茱莉亚的卧室，发现她已经浑身僵硬一动不动。

佐伊打通了我的电话，她哽咽着说："妈妈的嘴唇变蓝了！全都蓝了！"我立即拨打了911。等急救人员到达家里的时候，一切都太迟了。

佐伊和我住在一起的时候，她总是做噩梦，但却不愿讨论这些梦的内容。有那么一段时间，她还像以前一样在画画，但是绝对不会用蓝色。我想帮帮她，但是她不想去看治疗师。她总是说："他们会让我忘掉一切。我不想忘掉任何东西。"

依赖有很多种形式，最隐蔽的一种就是对于痛苦回忆的执着，这就好像将自己拴在用痛苦回忆制成的锋利礁石上进行自我惩罚。佐伊那晚关于茱莉亚的回忆充斥着哀伤、背叛、愤怒和自责，这些都统治了她的生活。这是一个吞噬万物的伤疤，而佐伊会不停地拨动这块伤疤。

遗忘不等于安慰，但是有的时候疗伤需要遗忘和原谅。

佐伊

亚历山大认为，小龙之所以会来曼纳波特，完全是因为我们的痛苦。

我认为这种说法并不正确。我曾经说过，曼纳波特毫无特别之处。我们有自己的烦恼和忧伤，有自己放弃的东西，也有背叛的东西，一切照旧。

但这些小龙非常特别。它们不可能按照大人们的想法，被驯服之后去胜任各种工作。但是，你不能因为手术刀无法砍倒大树，就说手术刀毫无用处。

我为叶公做了一碗蔓越莓酱，晚些时候就会给它送过去。看到我在里面放的蓝莓了吗？虽然和它眼睛的颜色还有些差距，但我已经尽力了。蓝色真好看。

作者注：关于麦克斯维尔的恶魔和热力学信息移除的相关信息，可参见查理·H.本奈特所著的《热力学计算综述》[《理论物理性国际期刊》21，no.12(1982)：905-40]

尼德霍格

乔·沃尔顿

它是初始也是终结
根系被它的利齿蹂躏
在这片黑暗之中
它依靠在墙边,躲藏在大厅之下。

欢宴和斗殴在于它之上
地球之民无能近它分毫
它继续啃咬着根系
感受着勇气、爱和快乐。

身处世界最深处的龙将身体盘起
抖抖鼻子,晃晃耳朵
虽然各个世界都传来了刺耳的杂音
它还是听到了鸫的叫声。

光明与众神远在千里之外
束缚之焰永不熄灭
而今日誓言不再完整
世界和树木终将毁灭。

它许久之前就将传说牢记于心
它默默记录着一切
巨龙藏身于阴影之中
默默吞噬着世界树的核心。

在新世界诞生的那一刻
它将舒展双翼飞入高空
正如它曾经许下的诺言
龙群将再次统治世界。

当龙翼遮蔽天空
人类和众神将明白
龙将翱翔于天空,龙语将充斥人间
龙火将焚烧一切!

毫无耐心的尼德霍格被囚禁在大树之下
它在根系中蜷起了身子
它是初始也是终结。

当河流变成混凝土

布鲁克·博兰德

> 布鲁克·博兰德的作品获得了星云奖和莲花奖,并入围雨果奖、雪莉·杰克森奖、西奥多·斯特金奖、世界幻想小说和英国幻想小说奖。她的作品已经登上了 Tor.com、《光速》《奇异地平线》《非凡》《纽约时报》等。作者当前居住在纽约市。

作为雷蒙德·斯图里奇的一名手下,他驾驶着道奇超级蜂穿过杂草,翻过高堤,最后整辆车车头朝下停了下来。这时候,乔的记忆才终于恢复了过来。

鼠尾草和下水道的味道。购物推车、肮脏的尿布、塑料泡沫外卖盒里的蚌壳在水流中一张一合随波逐流。一只走鹃停在水边喝水。

走鹃羽毛的光泽好似汽油泛起的光泽,浑身的羽毛仿佛沾满了汽油。一个姑娘勇敢地伸出了手,然后——

乔双手紧紧抓着方向盘,以至于方向盘发出了碎裂的声音。超级蜂的车头抵在地面上。沙漠的夜晚裂成了无数碎片。

这辆超级蜂是雷蒙德给乔的礼物，似乎他把乔从城市化的阴暗角落里挖掘出来，然后给他一个名字和工作还不够。那些大人物在车库最偏僻的角落找到了一个浑身赤裸、头昏脑涨的家伙。他们之前一直没有停下来，直到一名男仆、一名保镖和黑色的豪华轿车停在那人面前，然后引发了一场骚动。雷蒙德不是身份最显赫的大人物。根据他本人的说法，他走出汽车，嚷嚷着类似"天哪，你可真高"的话，然后让几个手下在其他人开始打电话呼叫警卫之前，将这个大高个藏了起来。任何一个想在河床上修公寓的人，想必都是有远见的人。当然另一种可能就是，他是个疯子。

乔几乎什么都记不起来。他的记忆起始于自己在雷蒙德的俱乐部里，勉强穿上一身对他来说太小的罩袍，除此之外，他什么都不记得。他赤身裸体，没有任何身份证件，也不记得任何事情。他没有名字。乔不在乎其他事情，但是他认为自己非常需要一个名字，但他自己却说不清楚为什么名字这么重要。他需要一个名字。这对于其他人来说不是问题，但乔需要一个名字让自己稳定下来。

雷蒙德高傲地说："叫你查兹或者多恩吧，你长得太吓人了。叫你布拉德吧，你的头发却有几分金色。但是叫文斯的话，你又长得太帅了。你的眼睛看着很诚实。颜色有点奇怪，但是看着很诚实。下巴看着很方。就叫你……乔。我小时候的一条狗就叫这个名字。非常美国风格的名字。你还有什么问题吗？"

他对这个名字没有任何异议。他的意识中有些东西在不断挣扎，但是他无视了这一点，现在他就是乔。事情就是这么简单。大个子乔·加百列，是雷蒙德·斯图里奇的手下。他让你能立即想到老城区的夜店。他从雷蒙德左侧的黑暗中现身，留着长指甲的手中握着圆头锤。他的手太过巨大，以至于锤子看起来就是个玩具。但是，这可是货真价实的锤子。

乔的眼神总是告诉别人，一切都是生意，无关个人恩怨。他眼睛的颜色类似椋鸟的羽毛，总是充斥着各种颜色。雷蒙德的一位前妻曾经展示过一个戒指，上面的猫眼石足有25美分的硬币大小。在雷蒙德看来，乔的眼睛就和吉娜的戒指上的猫眼石差不多。姑娘们只要看着他的眼睛，就全都犯迷糊了。

乔可没多少机会给别人抛媚眼。大多数时候，他只是执行雷蒙德给他的命令。出现在应当出现的地点，揍一些该被揍的人，打碎一些东西，拿走任何需要被带走的东西。乔会按照命令，将任何需要锯碎然后扔掉的东西丢进峡谷中。雷蒙德将乔安置在自己所有的一栋廉价公寓里，这栋公寓叫作河景楼。这里的租金非常低廉，乔每个月只需要交出自己一成的收入就可以付清租金。廉价的门把手和柜子把手经常被乔拽下来，所以他已经学会用工具箱里的其他工具将它们装回原位。

乔对于物质的需求很低。他有6套裁剪好的西装，几件白色西装，两条掉色的牛仔裤和两条游泳裤。当他在市立游泳馆里游泳的时候，曾经有一名救生员如此评价乔的游泳裤："你这泳裤真是紧到让人发慌。"随着时间的流逝，乔在雷蒙德组织中的地位也越来越高，他得到了更多的东西——钱、房子、新车——但是乔并不在乎。他拒绝了这些东西，继续自己的生活。

但是，当雷蒙德抓着他的手腕，带他走到屋外的超级蜂旁边时，一切都变了。雷蒙德告诉乔，他不能再开着那辆糟糕的别克车上下班了。雷蒙德当时是这么说的："想继续住在河景楼也没关系，把那六套西装穿到破也没关系，但是你必须收下这辆车。任何反驳都是对我的侮辱。想都别想。"

事实证明,雷蒙德完全不需要说这番话。乔一眼就爱上了这辆车。

车体的颜色仿佛是日落之后月亮升起前的颜色,整辆车仿佛是一头蓝宝石色的捕食者。乔看着它,就像是看着一条河水中布满锋利礁石的河流。只有傻子才会跳进这条河,但是去里面洗个澡也许是个不错的选择。这让乔想起了一些事情。这类似于——

一场乡愁,消失了,消失了,再也不会是以前那副样子了。

——自己遗忘的某种情绪。渴求。也许这是因为超级蜂的车型是老式肌肉线条车。也许这是因为这种车型并没有采用现代设计元素,所以看起来随时会开出去撕裂路面。乔带着一种敬畏之情走向超级蜂,然后努力挤进了驾驶座,雷蒙德站在一旁咯咯地笑了起来。乔的动作和平时挤进雷蒙德副驾驶座的动作一模一样。乔转动车钥匙,引擎开始咆哮,车灯放出刺眼的光芒。这就好像有人念出了乔的真名实姓。这个念头转瞬即逝,乔无法解释这是为什么。

当引擎启动的时候,乔感到内心的自我也在恢复。一切到此为止了。这是雷蒙德·斯图里奇的终点,是乔·加百列的终点,更糟糕的是,这也是那台钴蓝色的1970款道奇超级蜂的终点。

在河景楼的中央庭院中央,有一个小池塘,池塘周围有一圈布满锈迹的围栏,几把雨伞搭在院子里的几张简易桌子旁。这个池塘尺寸不小,足够一个人从一头儿游到另一头儿,以在里面游泳健身。当雷蒙德得到这片地产的时候,并没有投入资金维护这片池塘，所以这片池塘里的水呈现出一种奇怪的绿色。到了春天，这里的蓝花楹就会盛开。到了夏天，花朵和树叶就会因为远处的火焰而纷纷枯萎。在一年中的大多数时间里，河景楼都不乏飞扬的尘土和花粉，偶尔还能看到淹死的负鼠。要是在其他地方，可能有人会向房东进行投诉。但河景楼就是这么与众不同。随着汽车引擎的轰鸣、低薪工作和一张张逮捕令，这里的居民也发生着变动。邻里之间不会讨论流言蜚语，不会讨论烘肉卷的菜谱，只是偶尔斜眼瞥一眼彼此。

在乔得到超级蜂不久之后，他忽然对河景楼的池塘起了兴趣。游泳是他工作之外唯一的兴趣爱好。乔在水中有一种在陆地上无法感受到的感觉。水是乔的一部分，就好像鸟类一定有羽毛，马一定有腿。乔的游泳速度让其他人都甘拜下风。救生员也不再关心自己的杂志和手机，将注意力都放在乔的身上。孩子们将乔团团围住，问他是如何能游这么快的。对于乔而言，这可能是全世界最可笑的问题。在他看来，这样的问题就好像是要回答如何呼吸或者长头发。乔总是笑一下，然后带着歉意耸耸肩。他总是轻轻地说："我也不知道。"如果有人再三提问，就说："我就是……这么做的。"

乔并不健谈，他总是用行动来表达自己在想什么。其他人的话实在是太多了。

他在很久之前就已经注意到了河景楼的水塘。在一个春日的早晨，当他走向停车场的时候，就闻到了水塘的味道。乔闻到了水藻、青蛙卵、沾满水的花瓣的味道。这种味道非常熟悉，让乔感到胸口有些疼痛。他停下脚步看着水塘，就好像从没见过它。也许，乔直到现在才发现这个水塘。

虽然乔照常用棒球棍敲碎别人的膝盖，掰断别人的手指，但是脑子里一直在想水塘的事情。当他休息的时候,就去当地图书馆办了一张借阅卡(前台的老婆婆狐疑地打量了乔很久),然后开始查阅所有和水塘维护相关的书籍。乔将这些书整齐地堆在脏兮兮的床垫旁边,他将书中所有的内容都记在脑中,最后他才会把书还回图书馆。每当乔把书送回图书馆去,前台的老婆婆都会长舒一口气。

有些人喜欢园艺,有些人喜欢养金鱼。雷蒙德有几棵小树,你可以把它们剪成各种奇怪的形状。乔有自己的工作、汽车和河景楼游泳池的酸碱值需要关心。这和他当初赤身裸体、目光呆滞地出现在车库里相比,已经是非常复杂了。

在乔的努力下,游泳池里的水再次变得清澈。他买了网子、化学药剂、撇渣器和抽吸装置。没过多久,这个游泳池就堪比自带体育馆和门卫的高档公寓宣传册里才会出现的那种游泳池。夏天终于来了。乔没有再为自己在市立游泳馆的会员卡续费。他更喜欢在室外游泳池里游泳,在早晨或者深夜更是如此。清晨时分,紫翅椋鸟在橡树间争夺地盘。温暖的阳光透过长方形的滑窗,洒在游泳池的水面上,但是从没有人下楼和他聊天。

总之,没有成年人会下楼和他聊天。但是,乔最终还是得到了自己的仰慕者:一个黑眼黑发,年龄不过六七岁的小孩子。乔看着这个孩子每天都凑近一点,想起来在附近游荡的夜猫。一开始,这个孩子从自己家的门口观察乔。后来,当他的保姆不知干什么去的时候,这个孩子就会溜出家门,来到锈迹斑斑的围栏前。他在这里假装玩汽车模型或者干其他的事情,但注意力全部都放在游泳池里的乔身上。到了周末的时候,玩具车和其他用来伪装自己真正意图的东西,都被这个孩子扔到了庭院中的某处。这个小男孩坐在庭院里,脸抵在围栏上,看着乔在水中掀起的波纹。他从没说过一句话，也没有试图靠近一步，单纯看着乔，对他来说似乎已经足够了。有的时候，这个男孩的保姆发现他不在家里，于是从阳台大声呼唤他的名字，男孩此时就带着一脸铁锈跑上了楼。

孩子必须在大人的监护下才能进入泳池，而这个小男孩从没有想过钻进围栏，所以乔也从没有想过要赶走这个孩子。他也没有想过要把围栏锁起来。当乔听到一位母亲的尖叫声，并没有将这一切联系起来。但在几秒钟之内，他就明白了一切。他冲出自己的房间就看到一个女人跪在游泳池旁，浑身的衣服湿漉漉的，而那个男孩则躺在她面前失去了意识。两人身上的水流到地上，汇成了一个个圆形的水迹。而游泳池围栏的大门则在风的吹拂下，发出嘎吱嘎吱的声音。

乔从自家门口冲到了游泳池边，其他住户从窗户里好奇地打量着发生的一切，但是在乔看来，他们的脸不过是模糊的影子。跪在地上的女人听到了乔的脚步声，却并没有抬头看他。她蹲在男孩身边，哭号的声音好似郊狼的呼号。男孩紧闭双眼，鼻子里流出了水。乔轻轻推开了男孩的母亲——她盯着自己的孩子，几乎没有注意到乔的动作——然后抱起了男孩。他看上去已经死了。他的胸口没有任何起伏，头发贴在额头上，似乎是被机油粘在了那儿。

乔忽然想起了世界上还有种东西叫作心肺复苏术，你可以挤压溺水者的胸口，对着他们的嘴吹气，希望他们能够醒过来。他不知道怎么做才能算是正确的急救步骤，自己也没有接受过任何急救训练，就算他知道怎么做，也害怕自己会把男孩的肋骨挤碎。于是乔打算先进行口对口呼吸，他蹲下身子，用自己的嘴巴堵在男孩已经变蓝的嘴唇上。开始轻轻地吹气，但是男孩没有任何反应。乔又试了一次，然后等了一会，但男孩依然没有任何反应。

乔将自己的双手放在男孩瘦弱的胸口。他看了一眼孩子的母亲，她还在一旁一边哭一边祈祷。他将一个念头通过胳膊传到湿漉漉的指尖，然后再次俯下身子，最后试了一次口对口呼吸。乔的嘴里不停嘀咕着："该死的，快点滚出来。你们都待在一个小孩子体内干什么。你们到底有什么毛病？"

（——水是自由的，这孩子也是自由的，他想去哪里都可以，小鱼小虾在他的鳞片间游来游去，而这一切可是在尿布、啤酒罐和混凝土被发明之前就已经存在了——）

乔听到双手下方和嘴里传来类似堵塞物被疏通的声音。他感到一些拉力，然后听到噗的一声，身体立即向后退，自己的喉咙和肺部灌满了水。水里有一种氯气的味道。但奇怪的是，虽然吸出的水很多，却没有呛到乔。男孩开始剧烈咳嗽，大口喘气，就好像一台被水淹没的发动机再次开始运转。

这位年轻的母亲抽泣着感谢乔所做的一切，他感到自己越发像个人类。乔知道了二人的名字，并拒绝了他们的谢礼。虽然发生了这么多事情，但是乔一点也不后悔。

几天之后，男孩的母亲又找到了乔。她和那个小男孩一样，身材非常娇小，但却留了一头金发。乔打开房门，发现她站在门外，手里捧着一个从商店里买来的巧克力蛋糕，因为乔身材高大，这位年轻的母亲不得不仰着头看着乔。她说道："我给你带了点东西，多谢你救了孩子的命。我知道这蛋糕很一般，而且看上去确实有点蠢，但——"

乔一直努力避免和邻居打交道。在河景楼这样的地方，因为乔的工作时间，他到目前为止确实保证了和邻居之间尽可能少的交流。但是，打破这一切只需要一个差点淹死的小男孩，一副漂亮的脸蛋和免费的食物。乔主动邀请这位母亲进了自己的房间，把前一位住客留下的带有破损的盘子，摆在那张自己从没有用过的桌子上。当他试着坐下来的时候，他的膝盖将桌子抬高了一厘米。外卖自带的叉子和蛋糕在廉价桌子上滑动，多亏了那位母亲反应及时，才避免蛋糕掉到地上。

从那以后，乔坐下的时候都斜着身子。

这位年轻母亲的名字叫瑞塔。她在州边界的清闲客旅店当服务员。她上班的时候，隔壁家的一个十几岁的小姑娘应该负责照顾卢锡安，但有的时候这个小姑娘也会因为其他事情而分了神——打打电话，看会儿电视，又或者对着镜子欣赏自己的美貌——然后，卢锡安就会偷偷跑出家门。卢锡安是个聪明的好孩子，他知道自己不应该和陌生人说话，不能去马路上玩耍，但他就像一只小鸭子，总会被水所吸引，总会去有水的地方玩耍。要不是河景楼和后面用混凝土浇筑的河岸之间有一道高高的栅栏，瑞塔早就会看到卢锡安在没过脚踝的肮脏河水里追逐小鱼、青蛙或者任何还能在水中生存的动物。瑞塔在卢锡安这个年纪的时候，也干过类似的事情。瑞塔因此也弄坏了不少鞋子，因为在后面的河里玩耍而备受责备，到了23岁生日的时候，大家送给她一个画着卡通秃鹫的黑色气球。

乔吃着蛋糕，很高兴她能讲自己的故事，因为这样他就不必开口说话，这是他最喜欢的对话模式。雷蒙德总是希望乔能够回答自己的对话，或者笑一笑，最可怕的是，雷蒙德有时候甚至希望乔可以分享一下自己的想法。这其实也不是什么大事。

有的时候，乔会笑一笑或者点点头。瑞塔对当前的一切很满意，每当二人四目相对的时候，她就会忘了自己要说什么。

瑞塔认为，从此以后就算是围栏的门没有锁住，卢锡安也不会靠近游泳池（乔感到非常自责，向她保证不会再发生类似的事情），但瑞塔还是感到非常担心。她担心的事情有很多：房租、工作、健康保险、让卢锡安按时吃菜、房间里的水虫和其他各种事情。她看着自己盘子里的蛋糕屑，摆弄着自己的头发，脑子里想着各种事情。如果卢锡安会游泳的话，那么这一切就不会发生。她应该早点教他游泳，但是池里的水之前非常脏，而且瑞塔自己一直以来也没有时间——

忽然有人说："你要是想的话，我可以教他游泳。"乔以为卧室里的警方通讯频道扫描仪还没有关。等到他反应过来是自己在说话的时候，嘴上已经说着"不要钱"和"啊，这都没关系"，瑞塔从桌子另一头看着乔，仿佛是打量着耶稣、佛祖和鲍勃·巴克的结合体。看来，这事是无法推托了。而且乔对此也很认真。他不确定该怎么教其他人去游泳，但是他看着瑞塔的眼睛，决定每周教卢锡安两次游泳。

他们在这种羞涩的沉默中吃完了蛋糕，看都没看彼此一眼。

当超级蜂像绽放的仙人掌花一样爆炸的时候，乔的脑子里全是瑞塔微笑的样子，还有当周末他们开车出去玩时，瑞塔从卢锡安身后看着乔的样子。而乔根本不敢去问瑞塔对自己到底有什么想法，他怀疑自己也是用同样的眼神看着瑞塔。天哪，他真希望自己这么干过。为了重温曾经的一切，乔甚至愿意将城市淹没，然后用溺死之人的记忆剔牙。

超级蜂并没有炸出一团火球。当乔冲出黑胶质的车顶时，整辆车变成一堆零件，仿佛是从他身上脱落的一层皮。再见了，超级蜂。再见了，人类外形。月光明亮而寒冷。乔向着城市飞去，他的目标是雷蒙德的俱乐部。他的鬃毛呈现出水草的深绿色，牙齿如燧石般坚硬。深夜中忙碌的通勤人员抬头打量着天空，以为乔是商业客机在月夜留下的银白色尾迹。

事实证明，教别人游泳并不是什么难事。卢锡安学东西非常快。一开始先学习狗刨式，然后再学剪刀脚。当开始学习自由泳的时候，卢锡安用四肢在水中用力地划动，那样子看上去像是向着外卖发动俯冲的八哥。

乔为了保证安全，努力保证卢锡安可以浮在水面上。

当游泳课结束之后，瑞塔开始邀请乔来自己家里吃晚饭。只要自己没有工作，他都不会拒绝这份邀请。相较于自己空荡荡的房间，他更喜欢塞得满满的瑞塔家。乔喜欢散落满地的玩具，喜欢无人观看的电视机在一旁响个不停。他喜欢在厨房里给瑞塔帮忙，但是他在狭小的空间内依然毫无用处。瑞塔对此毫不在意，她依然准备着各种材料。他们两人并肩站在厨房里，在一种令人舒适的沉默中，在炖肉、洋葱、孜然和大蒜的味道中一起做饭。有的时候，乔也能闻到瑞塔的气味，他闻到了廉价的水果味洗发水、除味粉和自助洗衣店的洗涤剂的味道。他闻到了清洁剂的味道，瑞塔的双手上总是有这种味道。而卢锡安闻起来总是有泡泡糖味的牙膏、金属和氯水的味道。

当晚餐结束，卢锡安终于上床睡觉之后，两个人就会打开几罐啤酒慢慢聊天。一开始他们聊一些轻松的话题。瑞塔从不谈乔不想聊的话题，乔对此表示非常满意。如果没有人强迫他继续谈下去，乔反而更愿意继续当前的谈话，这对他来说，是一个全新的发现。

乔尽可能将自己的一切告诉了瑞塔。乔的工作？私人安保。对，就是类似保安的工作。这份工作可以让他交得起房租。乔在哪里长大的呢？各个地方都待过，但主要是在河景楼。乔认为这可不是在撒谎。你每天都在成长，学习新的东西。到目前为止，这可比单纯告诉别人"我得了健忘症，什么都不记得，我老板在一个车库里找到了我，我当时浑身赤裸"要好，相比之下，这已经算得上一个更好的回答了。但是，乔已经说了很多关于自己的事情，他的生活太无聊了。瑞塔的生活又是怎样的呢？

瑞塔也在这个城市中长大。当她还没到卢锡安这般年龄的时候，她的父亲就死于一场建筑事故，所以她的母亲只能独自抚养三个孩子长大。万幸的是，瑞塔的妈妈和祖母都不是寻常之辈。她们知道别人不知道的事情，可以看到别人看不到的东西，听到别人听不到的声音。邻居们需要她们提供护身符，寻求解药、祝福，又或是给别人降下诅咒。这种生意起码保障了一家人的基本生活。

"来。"瑞塔喝完了六罐装啤酒中的第一罐，然后说，"伸出一只手来。"

"我的手？"乔傻傻地问道。

"对，你的手。我要看看你的手相。我奶奶教过我看手相。"瑞塔伸出双手抓住乔的一只手。乔当场愣了一下。"我可以通过你的掌纹，预测你的一生……"

瑞塔的声音越来越小，就好像有人按下了音量控制键。她的手指停在原地。她因为困惑而眉头紧皱。瑞塔反复打量着乔的掌纹，努力想看懂摆在眼前的一切，却好几次欲言又止。

乔害怕打扰她,但还是说:"瑞塔?你没事吧?"

瑞塔还是抓着乔的手,低头打量了好几秒,然后才抬起头。她的眼中闪动着红棕色和金色的斑点,看上去就像日落时分的河边泥地。

瑞塔问:"你刚才说在哪里长大的来着?"

当俱乐部里的所有管线和消防洒水装置像一个吃了大餐的老人的裤腰带一样,全部四散炸开的时候,雷蒙德就知道乔来了。乔是洪水,是毁灭,是不可阻挡的狂潮,在天花板掉下来之前,水流已经在昂贵的鞋子周围聚成了一个明亮的旋涡。没人明白这到底是怎么回事,但是大多数人都乐于见到雷蒙德从这个世界上消失。

已经化身为元素之力的乔·加百列说:"我还以为你是我的朋友。"乔的真身有狼一样的嘴巴,弯曲的脖子与鸬鹚类似。你在他张嘴之前,就可以听到他要说的话,这就好像水从扭成一团的管道中流过。"你说过你会帮我。"

"什么?你认为我是个骗子?"雷蒙德站在没过脚踝的水中,镇定地打量着暴怒的河神。很少有人能像雷蒙德一样,从谋杀到诈骗再到秘术样样精通,这一切对他来说非常有用。"我就是在帮你,你个笨蛋!你越早点把这些玩水的把戏忘掉,对你就越好。你在这有一份不错的工作,有自己的生活,甚至还有个漂亮的小女朋友,我没说错吧?作为一个河神的话,你最多再活十年。"

乔说:"离那个女人和男孩远一点。"对他来说,其他的事情也很重要,因为背叛犹如一个挂在脖子里的鱼钩,但就目前而言,这些事情都不是重点。"求你了,雷蒙德。答应我吧。不要再派人去找他们了。"

雷蒙德镇定地看着乔。他面无表情,身上的西装已经变得湿漉漉的,水滴从眉毛上滴了下来。

雷蒙德说:"乔,你知道我不可能答应你。你也知道事情不可能这么办。她知道得太多了。抱歉了,孩子。"

雷蒙德并没有开玩笑。你只要看看他的眼睛,就能发现这一点。乔也感到很抱歉,他如同鳗鱼的身体向着雷蒙德压了过去。

"你想听点疯狂的事情吗?"瑞塔说道,她的眼睛一直盯着河边。

乔说:"好呀。"他不可能和瑞塔一样,一起坐在超级蜂的前车盖上,因为乔非常爱惜自己的车,而且自己也会压弯车前盖,但他还是尽可能地靠近瑞塔,炽热的金属烘烤着他的手掌。卢锡安就在下游不远处,笑着往河道中扔石头。

"好吧,好吧,但是你得答应我,你不会觉得我是个疯子。"
乔答应了她。

"不不不,你给我认真一点,你真的不会当我是个疯子吧?"
乔再次向她做出了保证。

瑞塔深吸一口气说:"听好了,我曾经在这里见到过一条龙。我向老天保证,我真的见到过一条龙。"

到了周日下午的时候,如果两个人都没有工作,他们就会坐着超级蜂出去兜风,卢锡安管这叫飞行时间。他们会收起车顶棚,漫无目的地开着车,一直开到交通灯亮起,群星点亮了夜空。在飞行时间里,没有尸体会被裹进地毯,也没有人会在厕所里打扫别人留下的烂摊子。床虱和血迹不复存在。这就像是在游泳池里游泳，只不过对乔来说更棒，因为瑞塔和卢锡安陪着他，这点亮了他短暂、暴力而空白的记忆。在乔的记忆中，只有和他们在一起的时光才是最美好的。

他们那天下午穿过了很多大街小巷、支路和被管制的区域，最后终于来到残存的河岸边。瑞塔对卢锡安说："只要你不下水，而且在能听到我们说话的范围内，那么妈妈和乔聊天的时候，你想怎么玩都行。"乔已经看到卢锡安的鞋子被水打湿，但就像雷蒙德对乔的评价那样，他不是个会打小报告的人。他闭着嘴听着瑞塔讲自己的故事。

"所以，当我只有卢锡安这么大的时候，等到了放学时间和周末，只要有机会我就会来这儿。我们当时住的地方离这里很近，而且那时候也没有任何栅栏和禁止入内的牌子。那时候，这里的水也很多。你还可以抓到鲇鱼、鲦鱼、蝌蚪和其他东西。那时在我们家附近，还没有这么多地面被水泥覆盖，还能看到岩石和水很深的池塘。只要妈妈不需要我在店里帮忙，我就会来这里玩。我也不知道为什么喜欢这里。小孩子就是这么奇怪。现在这里只有这条脏兮兮的小溪了，但是这里仿佛具有魔力。只有我会去那儿。我可能已经将这里当作自己的领地了。"

瑞塔耸了耸肩。在乔看来，如果瑞塔是个抽烟的人，现在她可能已经深吸一口了。

"就像我之前告诉你的那样，我能……看到一些东西。一些轮廓、幽灵、神怪，或者其他随便什么。我们家里的女人都有这种能力。大多数时间，你可以用自己的余光看到一些东西，但当我长大一点之后就找到了这个地方。当时我也就十二三岁，那时的天色和现在类似。我当时看到水中有一个巨大的生物被垃圾困住，它在那里不停挣扎。它的脑袋类似郊狼或者野狼，身子看上去和黄鼠狼类似，浑身上下还有……白绿色的毛发。对了，它还有紫黑色的羽毛，前腿长满鳞片，爪子类似鸟类或者其他相似的东西。天哪，我越说越奇怪了。我从没给其他人讲过这事。你是不是觉得我是个疯子？"

不，乔可不会觉得瑞塔是个疯子。他安慰瑞塔，声称自己也曾经见过一些怪事。虽然这不过是乔编出的谎话，但是瑞塔的故事对他而言，带有一种令人不安的熟悉，仿佛这是他曾经听过的一个睡前故事。乔知道瑞塔下一句要说的是什么，而且脑子里完全能构建出那幅画面。

"天哪，说不定你也是个疯子。它后来的情况越来越好。我确实看到了那个奇怪的巨大生物，它有着巨大的牙齿和爪子，而且当时还受了伤。我很确定那是条龙。我当时逃跑了吗？我当时是直接跑回家了吗？"

乔非常清楚瑞塔当时没有逃跑，但是却没有说出来。他心里暗想，不，你一直非常勇敢。

"不！我为那个生物感到难过，因为我也是个疯子！我当时看到它的前腿被渔线缠住了，所以我悄悄走过去，趁着它停止挣扎的时候，用自己口袋里的折叠刀划开渔线。我向上帝全家发誓，那个生物很冷静地看着我，等着我划开所有的渔线，似乎它知道我在帮它。我把所有的渔线划开，最后只剩下缠在它嘴上的六罐装啤酒的塑料包装。"

一切都和瑞塔说的一模一样，乔还记得这事最后是如何结束的。瑞塔温柔地将塑料垃圾扯掉，虽然她的手很小，但全程却不曾颤抖，而且那时候的瑞塔眼中写满了善良和勇敢——

现在乔开始担心自己和瑞塔都是疯子。

"那么，你当时干了什么？"

"我……我当时把装啤酒用的塑料箍圈摘掉了。我相信它并不想伤害我。它的眼睛可能是我这辈子见过最奇怪的眼睛了。那双眼睛中闪烁着智慧的光芒,而且颜色也很奇怪。其实,它的眼睛和你的眼睛很像。"瑞塔笑了起来。她的笑是那种思考了一些事情,但是却得不到答案的尴尬笑容。"我把箍圈拆掉,然后那条龙就不见了。"

卢锡安扔出的石头砸进河里,发出"扑通"一声。河水很浅,甚至砸不出一个漂亮的水花。但这足以打破黄昏时分的宁静。扑通,扑通。

"天哪,我从来没有对任何人说过这事。就连我前夫都不知道这事。"

乔一时间不知道该如何回答。

乔很认真地说:"算了,谢谢你能相信我。"他说这话可是发自真心。乔不知道为什么如此真诚,但是他非常认真地说:"谢谢你。"

瑞塔笑了笑。她握住了乔的手,这是一个月里第二次了。

万物总会消逝。龙对此非常清楚。龙究其一生都在与之斗争。

所有对雷蒙德河岸建设计划造成阻碍的东西,不是被推土机推平,就是被雷蒙德用金钱收买,最终,所有障碍都被清除了。最后只剩下清理行动了,那些对雷蒙德的计划过分了解的人和那些想让自己保留利用价值的人,都是清理行动的目标。雷蒙德对此专门列了一个清单,这份清单中的内容和私人恩怨毫无关系。一切都是生意。雷蒙德把这个名单给了乔,而乔继续用惯常手段执行任务。他服从雷蒙德的命令。他回家之后清洗了一下超级蜂，还用水管向着瑞塔和卢锡安喷水，把工作彻底抛在脑后。大多数关注细节的人都是坏人，雷蒙德就是其中之一。但是乔告诉自己，自己没有什么损失。一切都和他自己无关。

名单上的人名越来越少。秋天越来越近。现在需要去处理的人越来越少，其中包括一个叫玛利亚的流浪汉。

玛利亚几乎1万岁了。她来城里，是为了收一笔雷蒙德欠她的债，雷蒙德将她安置在一间汽车旅馆里过周末，而他本人则需要处理一些文书工作。雷蒙德没有解释，为什么自己的名单上会有一个年迈的老太太，而乔也一如既往地没有多加过问。他看了眼照片，收起雷蒙德给他的地址和房间号，然后和雷蒙德手下另一个少言寡语、留着一撮胡子的打手戴维一起出发了。戴维从不说废话。他只是完成自己的工作，在这一点上，他和乔没有区别。

他们把车停在停车场，眼前的汽车旅馆看起来非常普通，和这片伤痕累累的大陆上各个城市出入境公路旁的各种旅馆相比，完全没有任何不同之处，它们都是矗立在路旁慢慢腐败。墙体的油漆渐渐剥离，紫翅椋鸟在石子间寻找食物，显示有空房的牌子在下午的阳光下闪个不停。附近还停了一两辆车，这些车的状态看上去也不是很好。但是，当乔离开自己的林肯车之后，他感到背后泛起了一股寒意。他诧异地打量着自己的鸡皮疙瘩。汽车后视镜上的温度计显示当前温度为36摄氏度。

他看了看戴维，后者点了点头。

戴维说："我也感觉到了。情况有点不对劲。哥们，等会要小心点啊。"

玛利亚在15号房，那是一间正对着停车场的一楼房间。乔原本以为要撬锁才能进去，但他轻轻扭了扭门把手，门就开了。两个人小心翼翼地走进了亮着红光的房间，仿佛他们的目标并不是一个老妇，而是什么更加危险的人物。电视和房内照明都被关闭了，遮光窗帘也关闭了。一个弓着背的人靠坐在远离窗户和床的那面墙边。

"雷蒙德可真是个大好人，还知道派人来陪我。"那团阴影说道。她的声音比八月的天气还要干燥。她手中的物件发出了咔嗒的声响。乔借着打火机的光亮，看到了一张布满皱纹的脸，一头铁灰色的头发和文着警戒之眼图案的手。玛利亚还戴着一顶破破烂烂的帽子。房间内的霉味和雪茄的味道混杂在一起。"当你有了这种好朋友，为什么还需要戴着急救手环，以防在卫生间里摔倒呢？小伙子们，你们是来给我拿购物袋的吗？"

乔的眼睛还在适应屋内昏暗的环境。他现在可以看到更多的东西了：画在墙上的符号，天花板上的大圆圈。塔罗牌散落在脏兮兮的地毯上。空气中有一种奇怪的震动，乔感到自己的牙齿都在震动。他的意识和想说的话仿佛掉进了沥青里。而戴维也龇牙咧嘴，揉着自己的太阳穴。

乔坚持说道："女士，这事和个人恩怨没关系，完全是……是生意。"

玛利亚发出了干涩的笑声。她手中的雪茄在昏暗的房间中跳来跳去，仿佛是一只红色的眼睛。

玛利亚说道："小伙子，你是不是一直跟自己这么说的？如果和私人恩怨无关，他也不会派你来。又或者说，派出你这个不是人的东西。雷蒙德真是个不乏惊喜的混蛋。先是求我办事，然后再找人杀了我，这样就不用给我付钱了。脸皮太厚了！我希望下一个被他出卖的女巫，会给他屁股底下开出一个直通地狱的传送门。"

戴维向着玛利亚走了一步,他的手在枪套里摸索。他的动作就像是一个在下水道里摸索的盲人。

戴维说道:"这就是你的遗言了?你就不想祈祷一下?"

玛利亚反驳道:"哦,我才不需要祈祷呢。你现在所见的一切都是我的遗愿。我希望雷蒙德·斯图里奇得到应有的报应。我希望他在河床上建起来的那些破房子,像纸牌屋一样全部塌掉。我尤其希望,看在那些我曾经迷惑和出卖过的灵魂的分上,现在站在这里的那个被我召唤和束缚的河灵,能够想起自己的真实身份,然后淹死他那个所谓的老板。当这一切都成真的时候,我会开开心心地下地狱。"她手中的雪茄忽然抖动了一下。

玛利亚所说的一切都让人难以理解。乔摇晃着脑袋,努力想弄明白到底是怎么回事。

"天哪,妇人,你到底以为我是什么东西?"乔走近了几步。塔罗牌掉了出来,被他踩在脚下。玛利亚翻着眼睛看着他。

她低声说道:"我觉得你知道自己是谁。他不想让你碍事,就像他不想让我碍事一样。但是,你不可能对着河神的脑袋来一枪。为了对付河神,你需要专家出手。你需要专家提供培训。你需——"

"我要头疼死了。"戴维说。他掏出了手枪。"赶紧把这老婆娘杀了完事。"

"不,戴维,等等,我要知道——"

"你会想起来的。"玛利亚冷静地说,"他想控制你,然后——"

戴维手枪上的消音器响了起来,手枪发出了一声闷响。玛利亚倒了下去。她的帽子和雪茄掉在了乔的脚边。

"该死的，我就想和她聊聊！天哪，你是不是不知道'等等'两个字是什么意思？！"

戴维举起双手，摆出一副你给我冷静一下的样子。"我很抱歉，但是老大难道是派你和这个老婆娘聊天的吗？你忽然这么生气到底是为了什么？"

这可是个好问题。和其他大多数问题一样，乔对此也没有答案。他感到……很奇怪。现在，玛利亚已经死了。戴维看起来对一切都无所谓。乔现在感觉非常不对劲。他已经突破了自己焦虑的极限，而且完全不想知道以后会发生什么。他知道自己勉强得来的快乐生活正在离自己越来越远。

乔捂着脑袋嘀咕道："不，不不不不不。她是个疯子。我不知道她想表达什么。"

但是，谎言不会给你这种感觉。他能感觉到有关过往记忆的冰冷碎片开始聚合在一起，他想起了拿着枪的人、带着水泥的人、使用召唤咒语的人，而他只能抵挡他们一小会儿——

身后忽然传来一声喘息，乔和戴维两个人愣在原地。

瑞塔沐浴在临近黄昏的阳光下，站在房间门口。

解决了雷蒙德，他又回到了河景楼。变回人形让他感到非常难受，这种痛苦就像穿了一双小了三号的鞋子，但乔还是坚持最后一次返回自己狭小的公寓。

他要给瑞塔写一封信。

瑞塔：
    我必须要走了，我很抱歉。我向你保证，不会再有人来找你了。一切都处理好了。

　　我在床垫里藏了好多钱，在这藏的钱更多（具体见地址）。这些钱都是你的了。希望你和卢锡安快乐地活下去。

　　谢谢你给我的一切。

　　他把信从门缝里塞了进去，等瑞塔回来的时候就会发现这封信。然后，他就趁着夜色离开公寓，从他所在的位置透过链条锁死的围栏，可以看到河岸。

　　瑞塔怀中的毛巾一直堆到了她的下巴。因为乔处于一个背光的位置，所以她看不到瑞塔的眼睛，但是根据她愣在原地的样子，乔完全可以想象到他们二人的样子，这让他感到非常难过。

　　戴维叹了口气，仿佛一个人在处理烂摊子的同时，这个烂摊子变得越来越大。他抬起了手枪。戴维擅长清理烂摊子，他的做事风格就像一台经过良好维护的引擎。但是，乔从来不是那种"做事精细"的人，而是用自己的大块头来弥补细节上的不足。乔一拳打在戴维的手肘上，子弹飞到了一边去。戴维的骨头应声而碎，他浑身抖了一下，手枪掉到一旁，一时间失去了战斗力。

　　乔本该彻底解决戴维，扭断他的脖子，或者给他脑袋上来一枪，给雷蒙德撒个谎，把一切怪罪在玛利亚头上。但是，乔在戴维的咒骂声中，拉起瑞塔跑出了房间，向着林肯车跑去。远处已经传来了警笛声。乔将瑞塔扔进林肯车的后座，然后冲向驾驶座，瑞塔全程一言不发，因为刚才发生的一切而睁大了眼睛。

这台老车高速冲出了停车场，加入了傍晚的车流，车尾在冲出去的瞬间剧烈摇摆，轮胎发出刺耳的声音。乔开始盘算起来。就算戴维一条胳膊受伤，而且没有交通工具，也会快速向雷蒙德汇报发生的一切。雷蒙德已经知道瑞塔的存在。他知道瑞塔住在哪。等戴维打完电话，雷蒙德就会明白到底发生了什么——

"该死，该死，该死，该死。"他一拳打在塑料仪表盘上，一时间塑料碎片到处乱飞，他的拳头上鲜血淋漓。现在情况太复杂了。玛利亚所说的话，瑞塔坐在副驾驶座上，被他狂怒的样子吓得缩成一团，这一切真是太糟糕了。他希望飞到空中，将整个城市淹没，复刻一遍亚特兰蒂斯城的遭遇。他说道："瑞塔，我很抱歉。我不能——无法——"

"你要杀了我吗？"瑞塔说话的声音太小，以至于快被车外的车声所掩盖。天啊，乔的心脏快要承受不住了。

"不。"乔说，"我不会伤害你。永远都不会伤害你。"他舔了舔干裂的嘴唇，然后艰难地吞了下口水。瑞塔松了口气，但还是保持戒备。乔曾经告诉过她，自己的工作属于私人安保。这都是他的工作。乔问道："你知不知道什么地方可以躲几天？最好是在城外。"

"我——妹妹住在图森。我可以——"

"带着卢锡安过去，在那住上几周。别急着回来，好吗？"

"我的工作，我不能——"

"别担心你的工作了。求你了，瑞塔。一个大坏蛋可能已经知道你看到了一些不该看到的东西。给我点时间，我来搞定这一切。"

"现在站在这里的那个被我召唤和束缚的河灵"，这到底是什么意思?

乔的记忆突然发生闪回。一个更年轻的瑞塔站在他面前,看起来和现在一样非常害怕,但她却把手向上慢慢伸出,动作非常温柔缓慢——河岸两边停满了装着混凝土的卡车——乔感到自己被揪出了自己的家,接着被绑定到一个又慢又笨的东西上——他听到了雷蒙德清晰的说话声,仿佛他就坐在瑞塔现在所在的位置上:"见了鬼了,居然成功了。你做到了。你这个懒骨头老巫婆,你居然做到了。尼科,波比,给他弄几件衣服穿上!"

乔小心翼翼地问:"瑞塔,你那天晚上到底从我的手掌上看到了什么?"

瑞塔的手里还抓着一条旅馆里的毛巾。她许久都没有说话,毛巾被她在大腿上扭成了一团疙瘩,她在思考该如何回答这个问题。

最终,瑞塔说:"你不属于这里。你的家……在别的什么地方。"

两个人自此一言不发,一路开回了河景楼的停车场。正如乔所担心的那样,停车场里出现了一些自己非常熟悉的车。通向二楼阳台的楼梯间里也出现了黑影。

乔问道:"卢锡安在哪?"他的眼睛一直盯着那些走廊里的人。

"在莎拉家。"

莎拉家在楼下。感谢风暴、泉水和草叶上的露水吧。"好吧。咱们这么办。我先下车,然后上楼。你跟在我后面,去找卢锡安。然后你上自己的车,去找你妹妹。不管听到什么,都不要回头。求你了。"

"乔，我——"

"求你了。去找莎拉，接上卢锡安，然后开自己的车。一切都会好起来的。"

"我还能再见到你吗？"瑞塔语速太快，以至于听起来有些模糊。瑞塔说话一直以来都很清楚。乔现在心里早就难过无比。

乔说："我也不知道。"他说这话的时候，连头也没回。他打开车门说："数到15，然后下车。"

他快速跑进了楼道里。乔的身材非常魁梧，楼上的人必然会看到他，但当时光线昏暗，乔奔跑的速度也很快，没人能开枪击中他。等到乔开始爬楼梯的时候，劣质的金属板和胶合板都在发出吱吱呀呀的声音。他一步跨上两个台阶，使出全力撞向挡在楼梯上的人。他看到了些自己认识的人，于是挥起拳头砸了上去。一颗子弹从他耳边擦过，而乔几乎没有注意。整个世界变得混乱不堪，乔在狂怒的驱动下，将所有挡在他面前的人拍飞。这种感觉太棒了。乔觉得这种感觉非常熟悉。

远处传来一声车门关闭的声音。身处混战中的乔听到这声音之后，终于感到安心了。现在乔只需要进一步吸引敌人的注意力，掩护瑞塔和卢锡安回家，然后就可以去对付那位所谓的老大、恩人和叛徒雷蒙德。一个人的脑袋撞在楼梯的金属扶手上，发出了咚的一声。有个人用手枪抵在乔的肩膀上，子弹穿过乔的肌肉和骨骼。这个家伙在雷蒙德的生日聚会上拿出了自己做的花生酱饼干，雷蒙德觉得那是自己吃过的最棒的饼干。乔发出一声咆哮。这是一种无法形容的声音，他张开大嘴，发出一种只有动物才能发出的声音，然后抢过那人手中的手枪，用它打碎了饼干大师的下巴。

他大口呼吸着空气，双手撕扯着往日同僚的肩膀、脖子和脑袋。在楼下，瑞塔抱着卢锡安穿过庭院，向着停车场冲去。天色越来越昏暗，但乔还是可以清楚地看到她。而瑞塔也能看到乔。乔曾经哀求瑞塔，千万不要回头看，但瑞塔是一个独立的女人——一个了不起的女人——她抬起头，正和乔四目相对。她停下了脚步。乔使劲摇了摇头。瑞塔再次看了乔一眼，然后继续向着停车场前进。

乔默默说道："再见啦。"更多人向他冲了过来。

"嘿。"卢锡安对着河说道，而瑞塔已经泣不成声。"你跑哪去了？你还没教我蝶泳呢。"

他们的新家周围没有河。新家坐落在山上，要是放在以前，每当她开着自己破烂的雪佛兰车从别墅前开过的时候，就会有警察的巡逻车开过来，催促她快点开走。她买这栋房子的逻辑大部分可以这么理解：去他们的吧，我就是要当他们的邻居。她的新房子非常漂亮，而且处在一个很棒的学区里，距离社区大学也很近。真正让她做出买房决定的，是有人曾经告诉她："姑娘，这一切都是你应得的。"

但是，那条河距离新房子很远，人无法走过去。瑞塔的邻居说这是件好事，因为河水忽然开始上涨，就好像上游某处发生了溃坝，谁都不知道下次下暴雨的时候会发生什么。河流两岸的建筑工程全部陷入无限期停工。有人说这是因为山里下雪了，还有人说是因为气候异常。瑞塔对此有自己的见解，但是她没有和其他人分享自己的想法。她把卢锡安送去了幼儿园，然后去买日用百货，每周还去上三次课。到了周末，他们就会来到河边，河水在骄阳的照耀下泛着光，就像是一条脏兮兮的丝绸。

河水还是很脏。河的两岸还是可以看到很多垃圾，你可以看到外卖的杯子、塑料袋和各种垃圾。但是，其中发生了一些改变。这种改变不限于河水的深度。现在你可以感到有什么东西在守护这条河，而这种感觉已经缺失了太久。当他们下车的时候，这个神秘的守护神舒展了一下油光发亮的鳞片，就像是一只猫伸伸懒腰，打着哈欠向他们问好。当卢锡安靠得太近可能会摔倒的时候，它就会做好准备接住他。这一切也有可能是瑞塔的一厢情愿。她不知道自己到底在期待什么。当乔离开他们之后，她的内心总有一个地方空荡荡的，以至于自己有时候睡不着觉。只有她听到河水流动的声音时，这种感觉才会消失。她唯一能够安心的时候，就是为了某个神秘的东西而做好准备的时候。

但她究竟在等什么？为了好似奇珍异宝般的研究？为了奇怪的羽毛、魔法和獠牙？为了一辆能像海豚一样，破水而出的超级蜂？

卢锡安又问道："你到底跑哪儿去啦？"

栖息地

K.J.帕克

K.J.帕克1961年出生于伦敦，对于硬币交易、法律工作、田间耕作、伐木和拍卖行的门房工作并不在行。他是个冷漠的金属工人，无能的地毯工，笨手笨脚的围栏修理工，没胆子的骑手，毫不起眼的弓箭手，毫无起色的盔甲和宝剑铸造师，勉强合格的养殖工和护林工，普通的中流小说家，熟练的纺织工，并且两次获得世界奇幻奖最佳小说家奖，自那以后便缺乏新作。

> 沙漠会扩张，敬畏养育沙漠之人吧！
>
> ——尼采

它看着我。

我也看着它，脑子里在想该说些什么。你可不能对一位王子说些诅咒之词，当你的宝剑被留在宫殿门房，坐骑被皇家马夫控制的时候，更不能这么干。我很想拒绝他，然后离开这，但是这是完全不可能的。在这种情况下，你只能答应他的要求。

我说:"我很抱歉。我一个耳朵有点聋。您可以再说一次吗?"

王子叹了口气说:"我需要你。"他说话速度很慢,就好像说话的对象是个外国人。"我需要你去给我抓一条龙。一条活龙。没问题吧?"

好吧,这下我有机会了。这事可不是件简单的事情。我说:"我觉得我办不到。"

我的回答让他感到意外,于是他问:"为什么不行?"

我知道有很多人会抱怨,他们的一生因为一个小错误而毫无起色。对我来说,我的人生却因为一次成功而变得一团糟。我当时还是个孩子,完全不知道自己会遇到什么,如果我当时知道会发生什么的话,肯定就逃到一公里开外了,但现在一切都太晚了。所有人都知道我经历了什么,这件事成了我一生的烙印(鉴于这件事的实际性质,很快大家都会忘了这事)。在别人看来,我就是个英雄,我不会逃跑,也不会躲在别人的身后。

我当时19岁,是一个贫困骑士家里3个孩子中年纪最小的一个。我家的实际情况是,在潮湿而且漏雨的大厅里陈列着祖传的盔甲,而且我们还得自己放羊。我更正说明一下:朱弗雷兹和我负责放羊,莱姆巴特是家里的长子,是家业的继承人,所以不会用自己的双手做这些事情。他花了大量时间拿着一把木头剑对着木头杆子练习剑术,学习纹章学,而我们只能从怀孕母羊的屁股上剪下带着羊屎的羊毛。我确实不知道到底谁过得比较惨,大家的日子都很悲惨,但至少我们的工作可以让家里人不饿肚子。

我们家里曾经有206只羊,忽然有一天,我们只剩下202

只羊。有4只羊不见了。朱弗雷兹和我去找羊，但是只找到了一些骨头和几绺羊毛。这完全不合常理。一头狼通常会将鲜血弄得到处都是，偷羊贼则不会留下任何痕迹。我们两个人开始分头寻找。我搜索了一个多小时，但什么都没发现。当我回到和朱弗雷兹约定的集合地点的时候，他也不在。

我讨厌恐慌的感觉。作为一个生活在奥特雷默的人，恐慌是很常见的事情，但我从没有像当时那么惶恐。朱弗雷兹比我大一岁，但实际情况是我在照顾他，我比他聪明，更通人情。我总是得照顾他。我当时对他说："咱们分头去找吧。"我完全可以想象到自己把这话转告给父亲时的样子。这个念头让我感到非常不舒服。

我努力去寻找他留下的足迹——我一直善于寻找这些东西——但是什么都找不到，我当时快急哭了。为了扩大搜索范围，我开始拔腿狂奔，直到双腿抽筋的时候，我才终于停了下来。我一直呼喊着他的名字，后来喉咙都哑得说不出话了。为了避免瘫倒在地，我不得不背靠在树上。我受够了，整个人已经累垮了。

我坐在树下，脸埋在双手中，忽然感觉到有什么东西滴落在头顶。那东西太轻，所以不可能是雨滴，而且下雨的时候也不可能一次只有一滴雨。我用手摸了摸头顶，然后看了看自己的指头。指尖被染成了红色。我抬头看了看，发现朱弗雷兹脚后跟挂在高高的树枝上，脑袋转了整整一圈。

我听到脑海里出现了一个声音，它说道："滚！"

我完全不在乎这个声音。我整个人愣在原地，然后我开始在树干上摸索，想爬上去，但是却没有找到任何可供我发力的地方。我脑子里又出现了那个声音，但是这完全不合理，我哥哥还挂在树上,他看上去就像是有史以来最大的一颗李子。那个声音说:"我可警告你了。"然后树顶传来了窸窸窣窣的声音。

我最初以为那是头猪,但是猪不会爬树,而且也不会如此巨大,体色也不可能是眼前所见的这种颜色。一条巨大的蓝金色的猪,小小的眼睛上还长着人类睫毛。它撑起扁平的长刺组成的头冠,看起来像是足有胳膊长的弯花叶子,然后抬起和人类腰一样粗,长得一塌糊涂的脖子。我这时候才明白眼前的是什么东西。我脑子里只有一个念头,你肯定是在开玩笑。因为这种生物并不存在。

我其实完全不在乎那到底是什么。树顶上的这个东西杀了我的哥哥,像个顽皮的孩子一样扭断了他的脖子,最后还把他挂在树上,这就好像你将打死的害虫、鼬、黄鼠狼和老鼠的尸体挂起来,以此吓走它们的同类。但我对这种把戏完全不在乎。

我相信愤怒是神赐予我的礼物。我弯曲膝盖,然后跳了起来,却还是找不到可以抓手的地方,反而弄伤了自己的指甲。

我的脑袋里又响起了那个声音:"随便你怎么折腾吧,蠢货。"那个东西——咱们还是说那个东西的正式名字吧,但这听起来太蠢了——那条龙待在树顶,张着嘴低着头看着我,所以我看到它的嘴巴里面是什么样子。它的嘴巴里面上层呈粉红色,而它的獠牙(又或者是大牙),总之我并不了解这玩意的术语,但我依然记得那玩意带着类似象牙的奶白色,其中有一颗牙的顶端有一些破损。

我当时什么武器都没有,古老的寓言集上说,龙牙含有剧毒。所以我才会说,愤怒是神赐予我的礼物。它让你面对威胁,反复告诫自己:随便吧!

我这个人胆子不大,夜不成寐,但是多年以来我都想杀个人或者其他什么东西来证明自己。我让龙向我靠近——有的时候，愤怒会让我保持冷静——等它到了我正上方的时候，已经把嘴巴张大。我用右臂卡在它的嘴巴里，手尽可能伸进去抓住它的舌头根，然后用肘节抵在下颚上。

龙无法闭嘴了。我的小臂撑着它的嘴巴，而龙想闭合嘴巴的努力让我的拳头和肘节顶入了它的上下颚。我努力挺直自己的胳膊，不然我的手腕就会骨折，然后我就死定了。我冷静地发现，龙下颚的獠牙距离我的小臂只有不到 3 厘米了。

龙试图向后退，但这样会把自己的龙头扯掉，于是立即放弃了这个想法。然后它停了一下，思考下一步该怎么办。我当时很偶然地将大拇指狠狠地戳进了龙的眼睛。

我扭伤了自己的大拇指，但这并不重要。龙猛地向后仰头，它的动作幅度太大，以至于它的舌头都被揪掉了。

我当时明白了一件事，这让我以后在生活中遇到真正的困难（此处指的是比徒手斗龙还要危险的事情）时受益匪浅。我现在把这些经验教给你们，希望能帮到你们。如果你的敌人比你更大更强，不要试着杀了他，要尽可能让他感到痛苦。只要他承受了过量的痛苦，就会用惊人的力气后撤，而且他也无法正常思考，你可以趁机拿起一块大石头敲碎他的脑袋。

后来，我发现自己非常幸运。只有被投石机直接命中才能敲碎龙的头骨，但是，在龙颅骨的顶部，在两片骨板结合的地方，有一个比手掌还小的弱点。

我发现，每当局势变得非常糟糕的时候，总会出现三种东西：糟糕的运气、恐惧和愤怒。而愤怒是最重要的东西。

王子问道："为什么不行？"

这问题可真棒。我说道:"因为抓龙太难了。这事不仅困难,而且非常危险,我也不想死。"

他难过地看了我一眼,就好像我拒绝了他的求婚。王子说:"你害怕了。"

"是的。"

他点了点头,说:"昨天我看了看你那片土地上所有的贷款。如果我现在取消你的赎回权,你能在14天内凑够2000天使币吗?"

我回道:"不能。"

"那现在你能为我完成抓龙这件小事吗?"

"可以。"

2000天使币也不是小数目。这数目可以买下我们家一半的领地,两个天使币就能买下一英亩。这笔钱足够支付两名骑士的全套装备,然后让他们去奥特雷默参战。

当我的哥哥莱姆巴特24岁的时候,我们的公爵大人打算听从自己良知和内心的召唤,加入神的大军,去奥特雷默打击异教徒。最起码在大家看来,这是一项非常高尚的事业。但就算他位列卡塞纳斯的公爵之列,一个人在战争中也不能起到多大作用,所以他就召集了手下的佃农和封臣。我的父亲太老了,所以我的哥哥就加入了军队。

你有没有想过武器装备到底值多少钱?一件锁子甲上衣,一条长及脚踝的锁子甲马裤,一件胸甲,带护鼻的头盔,一件软甲,一件亚麻软甲,两个护手,一匹战马,一匹小马,两匹驮马,然后你还要为随从和两名护卫准备三匹马,一把剑,两把长枪,一面盾牌,然后还有其他不少装备。费用总计836天使币。除此之外，你还要考虑旅途和生活费用——

但是，我的哥哥不需要考虑这些事情。他到达奥特雷默三周后就死于疟疾了。当时军队处于全面撤退中，所以他们扔掉了他的尸体和所有价格不菲的装备，估计敌人抢走了所有的装备，然后卖给了泰德齐兄弟。这对兄弟会买下各种战利品，然后在集市上把这些装备再卖给我们。但是，公爵的手下却说，不必为兵源担心，符合标准的人还多着呢。我的父亲还有个儿子，而且还有应尽的义务需要去完成。所以，一切都不必担心。

我父亲把自己的土地，以3%的利息抵押给澳柯玛洛塔兄弟，从他们手里筹到了2000天使币。果然从傻子手上赚钱才是最简单的。

但是，如果我能抓到龙，王子就会把贷款契约给我，然后再给我1000天使币。1000天使币可是一笔大钱。

首先，要找到龙。这可不是件容易的事情。龙可不是我们这里的原生生物，这里的天气太冷了。不管这些骑士有没有魔法剑，在控制害虫这件事上，一次寒冬可比100个骑士更有效。在央海北边，少见的几条龙都是从奥特雷默回来的贵族抓给国王的礼物。

圣典告诫我们，给予比接受更崇高，我很怀疑这话是不是适用于所有人，但当你送出去的礼物是一条龙的时候，这话绝对没有错。首先，你得为龙专门造一个房子，房子的石墙必须造得非常厚，而且地板下面还要安装加温系统，而且你每天都要用大量的新鲜肉来喂它。如果你运气不好，这条龙逃了出来，在你邻居的土地上大肆破坏，你还得去设法消灭掉这条龙，又或者找个倒霉的笨蛋为你处理这个烂摊子。当然，你要是领地内刚好有个急于复仇的年轻人,能够徒手把龙的舌头扯下来,再把龙的脑袋砸个稀碎,最重要的是他还分文不要,那简直是太好了。谁会如此愚蠢,去干这种事情呢?

我已经说过了,龙不可能活过北方的冬天,这一点基本上正确。但是,少数几条逃离囚禁的龙确实可以在北方生存。为了躲避寒风和寒霜,它们会选择在足够深的洞穴里冬眠,等到下个春天再醒来。满足这种条件的洞穴很少,而且相互之间距离很远,这些洞穴分布的区域缺少牲畜,只有当春天到来,龙才有机会积攒脂肪。

实际上,只有在塞夫以北,沼泽和山区交界处,那里有一个叫作露西的市场小镇,你只有在那才有可能找到龙。那是个很糟糕的地方。狂风呼啸的山谷中有一条血河——之所以取了这么一个名字,是因为河水中混有堆在维尔汉杰的铁矿石的铁锈,这条河一路流到博露西,剧毒的河水让两岸90米范围内的土壤无法生长任何植物——山谷中有一半的土地(大约800公顷)都种植有燕麦和大麦,剩下的土地则长满了扭曲的冬青栎,这些扭曲的树木只能用来生火。在小镇以北,还有4个围绕一栋破旧的别墅发展起来的村子,村民在这里生活了大约300年,而我也是在这里出生的。

我们估计龙来自厄姆,我们的公爵大人的家业位于查斯特贝斯特,而厄姆是距离最远的前哨站,但我无从证实自己的猜想。当公爵的父亲从奥特雷默回来之后,就在自家房子和森林之间的峡谷(整个峡谷从猪背岭一直延伸到摩颜庭的森林)中建起了一个巨大的谷仓。他们花了3年才修好了谷仓,所有的石匠和商人都是从将近10公里外的城市里请来的。这一切都是为了修一个谷仓,你难道不觉得很奇怪吗?但是,没人听说过有一根稻草、一颗豌豆或者草料被送到那里。但是，大批绵羊从上等草场运到了这个谷仓，农民家牲畜围栏里的猪也被送到了这里，没人再看到这些牲口离开这个谷仓。然而，这都不能说明任何事情。但是，当这个谷仓建成之后，露西镇的树林里出现了龙。我当时才19岁。

自那之后没过多久，谷仓就在一场大火中被烧毁，那场大火还蔓延到了猪背岭，然后烧过山，最后连我们的树林也遭了殃。不过那些树林没什么用，所以没有重大损失。364公顷的树林被烧毁，现在被烧过的地方长满了野蔷薇和杞柳。庄园里的人再也没有去重建那个谷仓。多年之后，佃农们用谷仓剩余的石料来修补墙壁，所以现在谷仓只剩下洋地黄和荆豆。

总之，那里是寻找龙的理想之地，这就好像如果我想自杀，就一定会找棵树吊死或者吃黄盖蘑菇。

我在奥特雷默待了5年。

这听起来不是很久。我们的公爵大人的长子刚刚完成了7年的大学生活，我能想到他读了不少书，见了不少大学者，身上还穿着带有貂皮镶边的黑色丝绸长袍。这可比我离家的时间更长，离家的距离倒是差不多。但你从他的外表看不出他居然离家那么久。

但是，你在奥特雷默待5年，就会发现时间是多么漫长。一半的新人在刚开始的3个月内就死了，我的哥哥莱姆巴特就是如此。大多数人在这只能活6到18个月，要是能坚持2年，你就是一个众人仰慕的老兵了。你要是能坚持3年，就可以回家了。

而我在那儿待了5年，我在那儿遇到了一个很有趣的家伙。他不是我们的人。他为皇帝卖命，就是那个和我们作对的皇帝，尽管这个皇帝认为我们比异教徒更可怕，对待自己臣民的手段更残忍。我认识的这个人告诉我，在他被征召之前，他在一个专门为金城斗兽场捕捉动物的大人物手下工作，他专门捕捉狮子、熊、大象和其他动物。

（你可能对这片文明摇篮地区的上层文化不是很了解，金城的居民每个月都会去斗兽场观看人类之间的角斗，或者人类和动物之间的较量。我现在觉得这一点很奇怪，帝国已经和我们打了600年，而且大多数时候都输得很惨，每个家庭在每一代人中都会损失一个男性，而且金城已经经历了12次围攻，所以当地人早就免费看了不少真刀实枪的打戏。他们甚至不用花一个银制的6便士硬币去买一个后排座位，更何况这个位置可能在柱子后面，又或者前面坐了个戴着高帽的女人。但实际情况是，他们依然会花钱去看角斗。）

哦对，我们要讨论的是龙。他告诉我，他们抓了6条龙。他说完就对着我笑了起来。他说："你一定以为我是在撒谎，我打赌你一定以为龙不存在。"

我承认我确实是这么想的，这一点很奇怪。

他看着我，然后说："龙确实存在，而且我们还得去抓它们，你还不能伤到它们。我猜你绝对想不到我们用了什么办法。"

我告诉他："我对狮子更感兴趣，给我讲讲怎么抓狮子。"

他说："抓狮子的道理和抓龙基本一致，你只需要——"

他是个好人，但是你需要逐渐去适应他。让他感到费解的是，我为什么不愿意讨论龙。但是，他是个骑术精湛的家伙，教会了我如何在马上使用开弓力道达到45公斤的短弓，如何处理骨折的胳膊，以及治愈山区热病。我不知道他最后结局如何。他的小队被侧翼包抄。过了一天左右，我过去搜刮战利品，却没有发现他的尸体。但这也不能证明任何事情。

1000个天使币可是一大笔钱。

我曾经见过一个炼金术师，他向我解释了整个理论。他告诉我，一切都会腐败，但是黄金除外。你可以让它淋雨，也可以把它埋在潮湿的土壤中100年，等你把它挖出来的时候，它也不会发生任何变化。他告诉我，只有神和黄金对世间的各种腐化、污染和侵蚀免疫。前者每天就在我们身边，存在于万物之中的同时又构建了万物，但是后者却非常稀有。你必须从河床腐臭的烂泥中仔细寻找，敲碎石头然后检查每一块碎屑，才能找到一点点黄金。你猜猜人类会更喜欢谁？猜猜吧，大胆地猜猜吧。

那个炼金术师还说过，这二者都不可能进行进一步的精炼，因为二者已经是最完美的形态，而且他们都有恢复、提炼和净化的作用。所以，二者可以创造奇迹。

我告诉他，我对他说的话并不是很确定。他表示要让我见识一下，然后带着我穿过集市，通过一道拱门，来到一个带有大门的庭院，然后敲响了一个小铜铃。有人为我们打开了院门，然后我看到一个被围墙包围的花园，映入眼帘成排的薰衣草、鼠尾草和牛至，苹果树上缠了线，庭院中间还有个喷泉。按照他的说法，这里十年前是个制革工人的院子，而且你隔着半个镇子就能闻到浆料和腐烂的大脑的臭味。我买下了这个庭院，然后用1000个诺米斯玛塔金币让它变成现在这个样子，这钱花得太到位了。那个炼金术师告诉我，黄金会发生变化，黄金也可以起到净化的作用。黄金可以让粪坑变成天堂。

我也很喜欢那个花园，但我已经想好了如何用手中的1000天使币。首先我要找一大批工人，然后把露西镇从我爷爷那时候起废弃的土地重新翻一遍，然后我要把倒塌的谷仓和墙全部修起来，为了不让家畜跑到公爵的土地上，还得把树篱也修起来。我要在康涅加建一个葡萄园，把水沟里的野草和野欧芹全都清理掉，让水车继续工作。我还要把河里的鱼篓子和鱼梁全都修好，订购一些犁和耙子，说不定还可以去查斯特贝斯特的修道院集市去买头纯种牛。他们会讲学校里教的炼金学非常复杂，让人难以理解；但是我认为，你只要了解了基本原理，炼金学还是很简单的。

我告诉王子，我需要钱来完成前期准备。他看上去一脸被冒犯和感到难过的表情，然后命令财政大臣去准备文书，给我拨发15个天使币。其实我要的是50个天使币，但是王子一个耳朵不太好使。

但是，15个天使币也不是一笔小数目。我拿着文书去找大臣的手下，他们把15个硬币塞进我的手里，然后让我签了张收据。

我很久以前就认识了露西镇的铁匠。当我还是个孩子的时候，就在锻炉周围看他工作，同时还要小心别被他猜到。如果我是莱姆巴特，肯定不能这样到处闲逛，但我作为家里最小的孩子，地位完全不一样，当我父亲不确定自己能不能付清铁匠的账单时，我就更自由了。铁匠也许还挺喜欢我，但这可能是个夸张的说法。我当时不过是个坐在角落里一言不发看他干活的小孩子,就算铁匠问我话的时候,我也一句话不说。但是,他也已经习惯了我的存在。

后来,我们的公爵大人决定带着自己的17匹马去奥特雷默,而这17匹马需要一位马掌工。铁匠有一个儿子,他是个精通经商的小伙子,而且善于照顾马。他告诉我说,他已经决定响应公爵的号召。这是一种荣誉,也是一种特权,最终的报酬不错,而且他一直都想出去旅游。

在给我说过这话两天后,他就死了。我想不起来到底是疟疾还是流感,总之是其中一种病要了他的命。当我们还是孩子的时候,只要周围没人,他就会把我的脑袋摁进水桶里,他还偷走了我的鞋子,我只好告诉父亲,我是在过河的时候弄丢了它们。我对他的父亲说,他的儿子是在和异教徒的战斗中战死的,他当时为了救助倒下的同僚冲了出去,但是一个野蛮人却在他背后捅了一刀。

我和铁匠嘉西奥很了解彼此。所以我在告诉他想要造什么之前,先给他看了看我手里的钱。

他问道:"看在神的面子上,你到底想造个什么东西?"

我用粉笔在他的天花板上画了个草图。我告诉他说:"这只是个比例草图。我用两脚规和卡尺测量过了。"这手艺还是他以前教我的,只不过这是他的无心之举,那时候他背对着我,而我在后面偷偷学会了这一切。多亏了这张准确的草图,我才能保住一条小命。当然了,我没给他说过这件事。

"这到底是什么东西?"

我告诉他:"这是个陷阱。"

他看着屋顶的木板。他盯着滚烫的金属块足足40年,眼神早就不如以前了。他问道:"你打算拿这玩意干什么?"

我说:"这是扳机,绊线从这个槽口脱离激发扳机,然后释放挡板。"

他看着我,问道:"这个陷阱是干什么用的?"

我答道:"抓狮子的。"

"你抓狮子干什么?"

"我也不知道。"

他早就习惯了我,所以继续问:"支柱想要做多粗?"

"就要 2.5 厘米吧。等等,最后产品可能还有误差,随便吧。"

"铆接吗?"

我摇了摇头:"我要焊接的。要不,铆接一遍然后再焊接一遍吧。"

他皱着眉头说:"咱们这可没有狮子。"

"真的吗?"

我有充足的理由相信,斯特尔特下方的洞穴里有一条龙,而且事实确实如此。龙可不会隐藏自己的行踪。

大家都以为龙会喷火,但是事实并非如此。龙当然不会喷火,但它们如果在一个地方停留一段时间,那里就会起火。我那位在奥特雷默的会抓狮子的朋友曾经向我解释过其中原理,当然这也有可能是他的一面之词。龙才是制造沙漠的人。

如果你没有看过以前的书和地图,你可能觉得这都是一派胡言。你要是看过这些书,就知道奥特雷默的沙丘曾经是草场和河流,还有很多繁忙的镇子和建有城墙的城市。有的时候,你可以看到一块经过加工的石头从沙海中冒了出来,看起来就像是刺破皮肤的骨头。但是,我的那位朋友告诉我,可能是龙干了什么事，也有可能是龙本身，将所有的水烧干，消灭了所有的植被。而遍布死树和枯草的地方，就会发生火灾，然后一切活物就不复存在，然后你就看到了一片沙漠。龙可能像铁矿石一样污染了水源，又或者它们像一群生病的狗，用尿液毒死了草。你只要看一眼就知道龙在那里，因为有龙的地方就没有其他活物。

当我还是个孩子的时候，斯特尔特有一大片岑树。我爷爷在我父亲出生那天种下了这片树林，我觉得这是件很有意义的事情，要是我也有个儿子，我也会这么干。但现在这些树都不见了。你只能找到被烧焦的树干，看起来像一支被匆匆埋葬的军队的墓碑。从这里一直延伸到山顶，土地呈黑色，踩上去发出脆裂的声音。

我不需要走那么远。我站在牛山顶上，一条小河从峡谷另一侧的山上流了下来，然后再和血河在汇河口相汇。我不知道那条小河甚至还有个名字。我们管这里叫牛崽河。现在这里的河床非常干燥，河泥裂成了一块一块的样子。虽然野火没有越过河床，但是河边的帚石楠都在熏烤之下变成了棕黄色，想必你也知道干燥的帚石楠是什么样子。在你吃大蒜的时候，只要闻一闻这种花的味道，你就可以拥有将钢铁熔化的烈焰。

奥特雷默没有帚石楠。但是在绿洲周围，当地人种植了大量大麦，虽然茎秆比北方的品种更短，但是谷穗和人的拇指一样长。敌人通常会等到玉米快成熟的时候杀过来，赶走当地的农民，收割所有的玉米，然后再次穿过我们可笑的边境，将所有战利品运回家。敌人会在每年同一时间发动进攻，当地的农民之所以不走，完全是因为我们不让他们离开。

我当时已经在那里待了两年半了。我之所以还活着，是因为我距离公爵大人的队伍不过几米远，而他的队伍则和皇帝手下一个团一起作战。这个团里的人都来自当地，换言之就是那些主宰者里，知道该干什么的人。比如说，他们知道保持自己的伤口和水源清洁，如果友军在下游一里处扎营的话，就不要把尿倒进河里。而且他们知道如何与敌人作战，因为他们已经和敌人打了600年了。

一年前，我们的公爵大人负责防御这个区域，他打算用阵地战阻挡敌人的进攻。当然，他失败了，还损失了70名骑士和512个步兵，而敌人依然我行我素。第二年，皇帝手下的人被轮换到这个区域，他们知道该怎么办。

但这一切都无所谓。我们坐在马上看着敌人大摇大摆地穿过了代表边界的棕色小河。我们已经疏散了当地居民，所以在鸟一天内可以飞过的范围内，你找不到一个活人。我们坐在马上，看着敌人沿着4个世纪前的皇帝们修建的行军道继续前进，我们就这么看着，什么都没做。

我们看着敌人开始进行大规模的破坏活动。敌人摧毁房屋，砍掉果树，烧掉庄稼，杀掉所有的家禽家畜，然后去下个村子重复这些事情。这是一种很消耗体力的工作，所以敌人动用战俘——也就是我们的人——来完成这些活计，而他们则坐在马鞍上监督战俘干活。我们和他们都坐在一旁，看着被锁链所束缚的战俘在烈日之下摧毁自己同胞的家园。当一个村子被彻底摧毁后，他们就被赶去下一个村子，然后再去下一个村子，当他们的额定任务量完成之后，就被押回营地。

敌人可不蠢。他们将收获的粮食先送回家，而且他们还在地里留了很多庄稼，这些是大军返程时的口粮。他们留下的最大的一块田地是一片平整的平原，这块平原面积有800多公顷，土地肥沃，中间有一条笔直的大路。

我们连里有一个当地人。他非常熟悉这里的地形和风向。所以，有一天晚上，敌人在广阔的玉米地里扎营的时候，我们悄悄发出，在精心挑选的位置点了大火，我们知道现在风向刚好，而且在接下来的36个小时里，大风会一直吹个不停。然后我们分成两队，分别占领大路两端。

虽然这招非常有效，但是在路障爆发的战斗非常血腥。我们知道不需要在这里取得胜利，只需要拖住敌人，等着大火烧过来。这招确实奏效了，大火如海边的巨浪，咆哮着冲了过来，烟雾越来越浓，以至于大家都不再关心战斗，所以我们就四散而逃。敌人总兵力有2万人，最后只逃走了900人。这是一次胜利，但是敌人明年还是会回来。

我们还烧死了12000名战俘，但我们对此无能为力。公爵大人后来宣称整个计划都是自己的功劳，他说过，这些人自被抓的那一刻起，就变成了敌人的资产，必须加以处理，再说了，与其被异教徒抓走，还不如死了了事。实际上，他的最后一句也许没错。我估计战俘们的日子也不好过。我猜这个话题可以归纳为一个选择题，你是愿意被火烧死，还是被折磨死，还是被饿死？

我的公爵大人还说，大家都知道烧掉庄稼还可以增加土壤的肥力，所以当这场可笑的战争结束，异教徒被消灭之后，我们的后代会感谢我们。我对此无法进行任何评价。

铁匠嘉西奥从不会让你失望。他收了我不到两个天使币，这个要价简直就是勒索，但这些钱也不属于我。他找给我的零钱，刚好可以租用石匠的推车、吊车和12个壮汉。你有没有发现，当你投身于一项艰苦而危险的工作时，所有人都想从你身上大赚一笔。

我现在有了一条龙，一个陷阱。下一个需要解决的问题是诱饵。

当我从奥特雷默回家的时候，我所有的财产都装在一个可以扛在肩膀上的亚麻挎包里。我几乎认不出来这里了。我从山上往下看，原本以为可以看到玉米地、整齐的树篱和穿过小树林直达我家的小路。但是，我只看到荆豆、野蔷薇和荨麻。田地、树篱和树木倒下后留下的树桩都不见了，像奥特雷默沙海下的古城市一样被掩埋。这里没有路，也没有房子。

我离家3年后，家里发生了一场大火。整个房子被烧毁，大火蔓延到了小树林，然后继续向着田地前进。我的父亲及时逃了出来，但是他整个人都变了。他在一个小屋里住了几个月，但是无法照顾自己，所以僧侣们接济了他，给了他一间宽敞的房间，而我父亲再一次将自己的房子抵押给了僧侣。6个月后，我父亲死了，僧侣们把他埋在了自己的墓地。这对于一个非神职人员来说，是一种荣誉。

没过多久，佃农们就发现我回来了。他们派了一个代表团去旅馆里迎接我，我不得不告诉他们，并不是所有去奥特雷默的人回来的时候，都可以用马尾毛带回大量的黄金。他们对此表示完全理解。然后他们就走了。后来，我又一家一家上门拜访，讨论了一下拖延的地租钱。他们告诉我说，现在情况很糟糕，我父亲已经死了，而且根据我的观察，他们所说的一切确实属实。连续三次收成都很糟糕，而且草场质量也不好，他们不得不砍掉当作树篱的榛子枝来养活家畜。一想到我们发誓要保护的奥特雷默村镇（多亏了那些灰烬，那里的玉米未来长势喜人），我就告诉他们，现在这局势太糟糕了，在你们恢复元气之前，不需要考虑地租的问题。

我还穿着陪我走了300多公里的鞋子，顺着行军道从海边一直走回了露西镇。这可是一双好鞋。我从峡谷中的一具异教徒的尸体上找到了这双鞋，而这个异教徒肯定是从我们的人的尸体上扒下了这双鞋。从鞋的造型和针脚的质量来看，鞋子的主人是个富人家的孩子。这双鞋还能坚持很久。穿这双鞋的人拿着从倒下的工具棚里找到的钩子，清理面积达20公顷的野蔷薇，而不必担心在谷仓里睡觉，或者靠陷阱抓到的动物过活。

我在奥特雷默善于使用切割工具，我反手一刀就可以砍飞一个人的胳膊。而野蔷薇最多就是给人一道划伤。我有充足的体力和动机，更重要的是，我现在满腔怒火（最重要的东西就是愤怒）。但是我在太阳底下晒了太久，然后洗了个澡，终于得了重感冒。我那位会抓狮子的朋友教过我如何治病，但是我在这里找不到所需的草药，我整整病了一周，等我恢复意识之后，整个人没有一点力气。我跌跌撞撞地走到修道院，那里的僧侣接纳了我，给了我一碗又一碗加了饺子的大麦肉汁汤。这些僧人向我展示了父亲签下的抵押文件。所以，我夺回属于自己的遗产的努力到此为止了。

我当时28岁了，看什么都毫无希望。但是我还是那个徒手屠龙的疯孩子，所以我去南方和自由战团签约，成了一名雇佣兵。我发现自己非常适合这份工作，我一下就声名大噪了。他们管我叫奥姆斯巴纳或者乌姆托特,特意准备了一个画着龙的旗子,只要敌人看到这个旗子,立即就被吓跑了。我们砸掉了不少农舍,烧掉了大片玉米地,三年里攒了100个天使币。最后我用这笔钱在海边买了一片农田,距离海峡不到2公里。我从自家的窗子里往外看,可以看到驶向奥特雷默的船,晚上有时候还可以看到海峡对面提供导航的信号灯。

我已经计划好了设置陷阱的地点,但前提是我还能找到那个地方。我担心那里变化太大,毕竟万物总是在变化,但当我找到准确地点的时候,一切还和当初一模一样。当年那棵树还在原地,只不过比当初高了一点,树干更粗了一点。

你不可能把一件一吨多重的机器陷阱藏起来,所以我让工人随便找个地方卸下来,然后给他们结账,看着他们慢慢离开。我绕着陷阱走了几圈。陷阱就是陷阱,我只需要看一眼,就知道它的运作原理。但嘉西奥只有在我告诉他详情的时候,才明白这东西的真正用途。至于龙,不过是一种没脑子只会用蛮力的东西。

我用卷扬机关上盖板将扣机挂在槽口上,解开钩子和链条,把它们放到一边。陷阱地板上有一个压力板。当龙站在上面的时候,就会拉动缆绳,让扣机脱离位置,然后前后的盖板就会同时扣下来。在后方盖板和架子之间有一个小门,我检查了一下,确保它能轻松打开和关闭。

这个小门就是让幼儿通过的地方。我带来一个挤奶用的三条腿小凳。我从盖板下面爬了进去,然后在小凳上坐了下来。在等待猎物的时候,也不能让自己太难受。

我不需要等太久。龙的视力很糟糕,但是嗅觉出众。正如我所预料的那样，龙像一团绳子一样展开身体，从那棵该死的树的树冠里钻了出来。上一次我非常匆忙，但是这次我好好打量了一下这条龙，毕竟龙可不是每天都能看到的东西。龙的脖子和我的腰一样粗，脑袋像一头猪，黑色的眼睛很小，头冠好像宝剑的利刃，它的龙鳞就像是异教徒们在奥特雷默穿的盔甲，它的牙齿好像推杆。一个声音在我脑子里说："快跑！"

这家伙还会关心人，真好。但是一个人一辈子总有无处可逃的时候，而且1000个天使币实在是太多了。我看着龙的眼睛，一切都和我想得一模一样。

我说："你好啊，朱弗雷兹。"

龙向我冲了过来。我开始向着小门快速后撤。正如我所预料的那样，它必须钻进陷阱才能抓到我。它弓着身子向我冲了过来，我听到了压力板被触发的声音。龙的脑袋向前伸了过来，而我则跳出小门，在地上滚了几圈。我听到了盖板掉下来的声音。

这个陷阱原本是为了捕捉狮子而设计的，对于一头6米长的龙来说，实在是太短了。但是，盖板是7.6厘米厚的铁板，其中一块盖板压在了龙的脖子上，将它压在了地板上，另一块盖板则压住了它的尾巴。这可惹怒了龙。它使劲扭动着身体，以至于整个陷阱都被带动着脱离地面一掌之高。但是，它还是无法挣脱逃生。盖板实在太重了。

我的脑袋里又出现了声音，那条龙在我的脑海里说："求你了，放了我吧。"即便我想放它走，我也做不到。我得把钩子放到盖板下面，然后用卷扬机把它们升起来，但是卷扬机现在已经被龙压在身下了。我要是试着去取卷扬机，龙就会杀了我。如果那样的话，我们的公爵大人又会怎么说呢？一旦被敌人抓住，他就是敌人的资产，必须加以处理。而且1000个天使币实在是太多了。

我看着自己的腿，看到衣服上被撕出了一个口子，上面沾满了鲜血。也许我在架子上刮伤了自己，也许龙在我跳出来之前咬伤了我。该死。

"抱歉。"我说完就转身离开了。

我等了5天。我那个在奥特雷默的抓狮人兄弟是这么跟我说的。当然了，这条定律也适用于龙。你得把它们留在陷阱里足足5天，不要给它们任何吃喝，让它们连伤害一只小猫的力气都没有。然后你用手摇泵给龙灌一升的罂粟提取物，这应该最少可以保证龙一周之内保持镇定。在完成这一切之后，你就把龙装上造船匠的货车，然后把龙送走，最后就可以得到报酬了。

就这样，我把龙交给了王子。而王子也给了我约定的报酬。我拿到了自家土地的抵押文件（将近810公顷的荆棘和杞柳），以及装在亚麻布袋里的1000个天使币，而王子得到了龙。我问过王子，他到底想要这头龙干什么。而他则叫我不要多管闲事。

让我给你讲一件关于龙的有趣事情吧。龙的繁殖方式和其他动物不一样。它们不会交配，然后产仔并养育后代，它们好似一种疾病，通过感染进行繁殖。龙就像那些老兵从奥特雷默带回的疾病，我回家一年后，这种疾病杀死了乔亚兹·赛博一家。按照我朋友的说法，你只需要被龙牙或者龙鳞轻轻刮伤一下，只要伤口出血，它就会感染你。

感染潜伏期短则几天，长则可以达到十年。你就是死了，也会因为感染而发生转化。如果龙咬过尸体，那么这具尸体早晚也会变成龙。但是，龙更喜欢活捉猎物，或者在这一点上，我们的王子和奥特雷默的邪教徒和龙没有区别，那些邪教徒会用锁链将农夫们押回自己的故乡，让他们亲手烧掉自家兄弟的玉米地。

这些年来我一直在想，但实在想不起19岁那年杀死的龙，是否曾经划伤了我。事情已经过去了这么多年，我反复告诉自己已经安全了。我也不知道我那可怜的哥哥朱弗雷兹是否划伤了我，又或者当时的伤口是陷阱的架子或者荆棘留下的杰作。

这都无所谓了。除了个别偏远之地，龙不可能在北方生存。龙的自然栖息地是奥特雷默，它们在那里繁殖迅速，你永远都不可能彻底消灭奥特雷默的龙。这也都无所谓，因为在奥特雷默，龙还不是最可怕的事情，你只需要被刮伤，就会变成一条龙。在奥特雷默，你还可以看到烧掉自己房子的人，为了消灭几千敌人而杀了几千自己人的家伙，还有那些回家之后为了赚钱，而继续干着自己在国外并不喜欢，但出于荣誉和忠诚而不得不做的事情的人。

王子之所以想要一条龙，完全是因为自己的妒忌之心在作祟。他反感一个穷骑士的儿子竟然能够徒手杀龙，而他则想复制这项屠龙之举，但前提是将风险降低到可以接受的程度。所以，他让穷骑士家的儿子为他抓了条龙，然后命人拔掉了龙的獠牙，再用罂粟汁喂龙，直到龙勉强能睁开自己的眼睛。然后，他举行了一场锦标赛，将龙运了进来，并骑着自己的白马准备杀了这条龙。王子准备用自己戴着圈套的拳头砸进龙头顶的弱点,所有人都等着鲜血溅满他的全身的时候,不幸的事情发生了。龙终于睡着了,并且翻了个身,将王子从马上撞了下来,然后王子像颗鸡蛋一样被龙压在身下。王子在极度痛苦中又坚持了两天,最后死了。要我说,这都是他应得的。

水痘

艾伦·克拉格斯

艾伦·克拉格斯撰写了3部颇受好评的历史小说,《绿色玻璃海》获得了斯特特欧戴尔奖和新墨西哥图书奖,《白沙》和《红灾》赢得了加利福尼亚和新墨西哥图书奖。《左外野之外》获得了2019年儿童历史书奖和俄亥俄图书奖。她撰写的短篇小说被翻译成12种语言,并获得雨果奖、星云奖、轨迹奖、神话奖、英国奇幻奖和世界奇幻奖的奖项和提名。艾伦现在住在旧金山,她的小房子里装满了各种奇怪的东西。

作者注:别人经常问我,为什么我想成为一个奇幻小说家。影响我做出这个决定的就是成长。有两个因素对我影响深刻:厄休拉·K.勒古恩和水痘。如果不是因为当年一场充满变数的假期,我今天也不会成为作家。

1969年4月,我差不多9岁,我的弟弟杰克5岁,而小宝宝爱丽丝刚刚2岁。当时是小学的春假。我的父亲也开始休假,带着我们从俄亥俄州坐飞机横跨全国,去造访我母亲的兄弟和他的家人。他们住在旧金山北部的一个小镇,他们现代化的房子坐落在山丘上,可以俯瞰整个溪谷。

我们计划在那里待一个星期,虽然房间因为有九个人(我们一家、罗素叔叔、波利婶婶、我的 7 岁堂兄索姆,以及上了高中的奈吉尔),但是应该不会有什么问题。爸爸、妈妈和爱丽丝睡在客厅,杰克睡在索姆房间的下铺。因为我是唯一的姑娘,所以我就睡在地下室娱乐室的沙发床上。

要在加利福尼亚度假啦!我幻想着电视剧里的那种海滩。星期二的时候,波利婶婶去大学上课,父亲开车带着我们去海滩。眼前的大海显出一种灰色,冰冷的海风风速很快。妈妈让爱丽丝坐在自己的腿上,甚至都不想下车。我们不能下水游泳,而杰克开始抱怨,于是我们去麦当劳吃了一顿,然后开车回家。这一周剩下的时间里,我们都待在房子里。

晚饭非常吵闹,餐桌又太小,大家的叉子和胳膊总是会撞在一起。罗素叔叔不止一次说:"哎呀,人多才热闹呀。"吃过饭后,罗素叔叔和父亲就去阳台抽雪茄。男孩子们全都去看电视,我去帮着洗盘子,一切和在家里没有区别。

杰克和索姆已经占领了院子的一角,他们在松树下挖了个水塘,用木柜和草搭建房子和城堡,然后用石头砸倒房子,最后再次开始重建。他们弄得浑身是泥,波利婶婶不得不先用水枪给他们冲洗一番,再让他们进厨房。

而我在干什么呢?我在娱乐室找到了一张非常舒服的椅子,然后欣赏着波利婶婶送我的圣诞礼物。《地海巫师》是我读过的最棒的书,这本书讲了一个会魔法的孩子和龙一起冒险。因为这本书已经被我从头到尾看了 3 遍,而且反复翻阅最喜欢的段落，书的封面已经开始脱落。

我们周日坐飞机离开，所以周六我们9个人去了一家酒庄，那里的风景非常漂亮，但是人在那里却无事可做。我和妈妈照顾爱丽丝，而其他大人则在酒庄里喝酒聊天，3个男孩则在玩捉迷藏，他们不停地摔在地上，然后再爬起来，浑身上下都是土和葡萄汁。在我们回家的时候，爱丽丝开始哭个不停，吵闹自己肚子疼。

等我们回家后，母亲抱怨说："哦，不，这看起来像是水痘。"我小时候得过水痘，所以她一眼就能看出来。

一切看起来似乎都是板上钉钉的事情了。波利婶婶叫来了索姆的儿科医生，他和大家很熟，就住在一条街以外的地方。他带着自己的黑色医生提包，身上却还穿着打高尔夫球的裤子。

在他检查了爱丽丝胳膊和肚子上的斑点之后，说道："我觉得你说的没错。她现在是传染源，不可能让她上飞机。"

爸爸问："她要过多久才能坐飞机回家？"

"10天，或者两周。"

爸爸不禁骂出了声。

当天晚上，大人们聚在一起闭门讨论。他们有时说话的声音非常大，我听到妈妈说："他们可是你的孩子，这可不是单纯的看护！"过了一个小时，他们宣布爸爸一个人飞回家，因为他还要去上班。剩下的人都留下。

所以我留在了加利福尼亚，短时间内不必考虑学校的事情。这听起来太棒啦！在周一早上，当我的兄弟们不得不去上学的时候，我还可以在床上继续睡觉。

第一天还好。爱丽丝躺在床上。妈妈和波利婶婶在厨房里煮咖啡，杰克忙着玩涂色书。我则是一个人待着。早上的时光，我看着电视上的动画和娱乐节目，中午吃了个红肠和奶酪三明治当午餐。到了下午，电视节目只剩下令人讨厌的肥皂剧。我又把书看了一遍，所以我现在等着索姆回家。虽然他还是个小男孩，可我觉得和他玩糖果之地的游戏，也好过看电视里的人亲嘴。

索姆下午3点30分回来了，他从罐子里抓了一把饼干，给杰克也分了几块，然后两个人又去后院玩堆房子。我也跟了过去。

索姆指着我说："嘿，这可是秘密计划！姑娘可不许参加。"他和杰克都捏紧了拳头。我比他们两个人都大，而且我们的妈妈还在房子里，所以我认为索姆并不会打我。但为这事惹出麻烦确实不值得。

"随便吧，反正就是堆泥巴。"我走到院子另一边，坐在水泥墙上。有时候你可以在水泥墙平整的顶部，发现正在晒太阳的蜥蜴。你在俄亥俄州可找不到这些东西，这些蜥蜴可能是龙的后代，所以我想凑近仔细观察一下。我等了很久，双脚都开始麻木了，然后终于看到了一只蜥蜴！我伸手去抓它，但是蜥蜴跑得太快，我的手里只剩下它的尾巴。蜥蜴逃跑了。尾巴粗壮的一段还带着一点血，这里是尾巴和身体相连的位置。蜥蜴的血液是红色的，而不是龙血的黑血，但是它还是长得很像龙。

我感到非常难过，于是返回了厨房。妈妈开始责怪我，但是波利婶婶说奈吉尔小时候经常这么干。他之所以现在不去后院抓蜥蜴，是因为他的卧室里已经有了一只鬣蜥、一只壁虎和一条带蛇。每个小家伙都有自己独立的笼子。婶婶说蜥蜴的尾巴还会长出来，而且对一只蜥蜴来说，丢一条尾巴也没什么关系。

波利婶婶问:"你想去抓蜗牛吗?"她在英格兰出生,现在还带着玛丽·波平斯式的口音。

蜗牛?

"不是很想抓蜗牛呢。"我刚说完,妈妈就瞪了我一眼,那等于是在说,"规矩点,咱们可以在同一队。"于是我接着说:"我是说,你这个主意很不错,但是——"

她笑了笑说:"我明白了。但是蜗牛一直在破坏我的花园,而且我觉得你可能足够勇敢,能帮我消灭几只蜗牛。又或者,你起码可以帮我驱逐它们。"她在水槽下翻找了一会儿,然后拿出了一个塑料桶。"你把这个拿好。晚饭6点开始。到了开饭的时候,你每抓一只蜗牛,我就给你一美分。"

"好!"我说完就冲出了房子。我现在可是在执行任务。结果蜗牛到处都是,我可以从树叶下面、墙上、木栅栏上找到蜗牛。我把它们揪下来扔进桶里,当蜗牛掉进桶里的时候,还发出湿答答的噗噗声。我确实消灭了几只蜗牛,这完全是由于我在抓蜗牛壳的时候太过用力,不小心杀死了它们。我双手沾满了蜗牛的黏液,所以用裤子把手擦干净。等到我睡觉的时候,我已经赚了51美分,这可比我一周的零花钱还多。

星期二的早上,我吃过早饭就提桶冲出了房子。这回我花了一个小时却只抓到4只蜗牛。也许是我前一天就已经消灭了花园里的蜗牛王国,又或者蜗牛国王已经向自己的臣民下达警告。不管怎样,我的收获并不多。我又找了半个小时,然后返回房子。

"很好,你回来了。"妈妈说,"波利婶婶准备去买东西,而我还得去洗一大堆衣服。我当初可没有为这种长期旅行准备行李。"她捡起了一根塑料管,"爱丽丝还在睡觉。你懂点事,趁我在楼下的时候,帮我照看下杰克如何?"我知道母亲的话和疑问句毫无关系,所以,我帮着杰克用乐高玩具搭了个城堡,然后用花生酱和果冻做了个三明治。杰克就是不吃肉肠。

吃过午饭之后,杰克行为怪异,开始抱怨自己的胳膊痒。

到了晚饭的时候,我们就可以确认他和索姆都得了水痘。

波利婶婶说:"我估计这也就是时间问题。奈吉尔7岁的时候也得过水痘。我知道该怎么办,所以从药店里买了一些姜汁汽水和炉甘石清洗剂。所以现在还要再拖延一段时间了,还要再隔离10天。"

好吧,现在只有我和奈吉尔没有生病。而且他也不会和我玩纸牌游戏。他只是待在自己的房间里,从门缝下会传出摇滚乐。所以,我继续抓蜗牛——我又赚了18美分——然后雨越下越大。从周四到周六连续3天都在下雨。我甚至都不能出门。娱乐室里有整整一书架的《哈迪小子》故事书,这些都是奈吉尔以前看过的,但是我只看过其中两本。和《地海》系列比起来,这个系列的故事写得并不怎么样。等到了第二个周日的时候,我已经无聊到了极点。

这天下午,我听到波利婶婶在叫我。我当时在起居室沙发后面,摆弄着我的美分硬币,假装自己是保护财宝的潘多巨龙亚瓦德。我回答道:"我在这呢。"

她坐下说:"哦,你在这呢。你看起来需要来一场冒险了。"

我点了点头:"我也不想抓蜗牛了。"

"咱们要出门转转。只限咱们这些姑娘。"

我非常喜欢这个计划。我从沙发后面爬出来,坐在她身边问:"咱们要去哪儿?"

"圣弗兰西斯科。我给你看看我以前都在哪里消磨时间的。

我第一次来这儿的时候才 16 岁,我那时候可是个战争难民。当时的城市和现在完全不一样,但依然充满了魔力和惊喜。"她笑了笑,"那还有几条龙呢。"

我尖叫道:"真的吗?"

"我当然没有骗你。你会在我们的目的地看到好多龙。"

我不知道该不该相信她,但是不管干什么,都比躲在沙发后面要好。

到了第二天早上,妈妈坚持要我穿上裙子、上衣和体面的鞋子。我一点都不喜欢这副打扮,但这就是规矩,你要进城的话,就要穿上去教堂的衣服。

波利婶婶再次拯救了我。

她涂了唇膏,戴了耳环,但却穿着裤子和夹克。她对妈妈说:"我可穿着长裤呢。要是起雾了,气温就会降得很低。我担心那条连衣裙无法保暖。"

我发现妈妈还想争辩,但这里是波利婶婶的家和城市,所以她只能哼一声,不做进一步的争辩了。我回娱乐室换上了一件毛衣和最喜欢的蓝色灯芯绒衣。衣服口袋里装满了我的硬币。波利婶婶看到我的样子,不禁笑了出来,她换走了我所有的镍币和银币,如此一来就方便多了。我们坐上了她家的旅行车,然后一路向南前进。

在大多数地方,你不可能开车寻找魔法。但是,我在此发誓,我们确实找到了。我们沿着山路上上下下,然后穿过一条隧道来到山的另一边。我感觉就像多萝西第一次来到奥兹王国,一切都从黑白变成了彩色。

在我们面前的是金门大桥,但它其实并不是用黄金打造的。整座桥呈橙色,而不是像俄亥俄各种桥都是一片灰色。在桥下是蓝色的水面，帆船和大船从桥下驶过，向着远方的土地前进。在我们的右边是一路延伸到日本的太平洋，在左边则是独占整座岛的阿尔卡特兹监狱，据说没人能从那里逃走。即便在阳光的照耀下，这座岛还是显得非常危险和神秘。

在桥的另一端就是旧金山，顺着山体修建的街道看上去就像是从水面一路连到天上的线条。白色的建筑和高塔看起来就像是童话故事里才有的东西，而不是你开着一辆雪佛兰都能找到的寻常地方。

但是当你走近观察的时候，你却发现这一切并没有那么神奇，加油站、探照灯和木房子都显得非常高。几条街看起来很平整，其他的街道看起来就显得非常扭曲。每一个拐角都是不同的风景，你可以看到漂着白沫的海水，海湾另一头的镇子，我们就住在那里。你还可以看到五颜六色的挤在一起的房子，但你却看不到任何草坪。

波利婶婶带着我们来到隆巴德大街，据她说，这里是世界上最扭曲的街道。整条街道像蛇一样扭来拐去，狭窄的街道让婶婶不得不以最慢的速度前进。经过了这条街，周围的建筑风格又变成了意大利特色，到处都可以看到酒和比萨饼的招牌。我们因为交通灯而停了下来，我看着商店里的各种圆形奶酪和面食。波利婶婶将车停到水泥车库的第三层。然后我们坐着嘎吱作响的金属升降机返回地面。

我们站在人行道旁，等着交通灯变色。当提示牌显示可以通行的时候，波利婶婶抓住了我的手，这看起来有点孩子气，但是百老汇可不是个小地方，到处都是汽车和轰鸣而过的卡车，所以我对此没有异议。

等我们到了路的另一边，她停下脚步，放开我的手，说：

"咱们等一会儿。"她看了看手表,"咱们就在这等一会儿。估计也就是几分钟。"

"我们到底在等什么?"

"我们在等一个人,而不是等什么东西。来旧金山就一定要去唐人街,但那里大部分是针对普通游客的。"她摇了摇头,"你可不是什么普通游客。但是,我的朋友弗兰妮知道其中的奥秘,她同意给我们来一次特别的后巷之旅。"她对我眨了眨眼睛,让我感到自己不仅是个成年人,而且非常重要。

"波利!"

我们两个人一起转身。一个矮个子女人从街区另一头的巴士站对着我们挥手。她穿着长长的绿色T恤和宽松的黑色裤子。她的一头黑发长度达到下巴,就好像是《仙乐美人》中的某个人物给她做的发型。等她走近之后,我发现她的脸上全是皱纹,她的手和我奶奶一样,布满了各种斑点。

波利婶婶喊道:"弗兰妮!"婶婶听起来非常开心。她们两个人长久地抱在一起,而不是像我母亲和她的朋友那样彬彬有礼。也许她们很久没见了?

"这是我侄女,爱伦。"婶婶说着就用一条胳膊抱住了我的肩膀,"她可是一路从俄亥俄过来的。爱伦,这是弗兰妮·塔维斯,这是我相识最久的好朋友。"

我伸出手,一切按照待人接物的礼数来做。我说道:"很高兴认识您,塔维斯夫人。"

她哼了一声说:"并不存在什么塔维斯先生,而且以后也不会有。叫我弗兰妮就好。"

"但是——"我咬着嘴唇,这和妈妈教给我的规矩发生了冲突。与大人吵架是非常粗鲁的事情。而直接称呼一位女士的姓名,也是很粗鲁的事情。"我妈妈会让我叫你弗兰妮婶婶。"

弗兰妮歪着脑袋看着我说:"你当然可以这么称呼我。我倒是不介意,反正没什么区别。但是,我要先说明两件事。第一——"她抬起食指晃了晃,"你妈妈不在这儿,也没人会打小报告;现在我要说第二点了。"她的脸上泛起了笑意,"我现在是个老太婆,所以我也不在乎那些寻常规矩。"

波利婶婶说:"你从来没有在乎过规矩。"她扭头对我说:"弗兰妮是个有着特殊能力的女人。"她打量着四周,说:"巴博斯在哪儿呢?"

"她在波士顿呢。她要在数学学术会议上提交一份论文。"弗兰妮说完又看了看我。我们两人身高一样。"所以,你决定要叫我弗兰妮了吗?周围所有人都这么叫我。"

我笑了笑,然后客客气气地说:"我对此深表荣幸。"

弗兰妮忽然大笑了起来:"小东西,我喜欢你!让我们开始参观吧。"她用手向周围比画了一下,"这里是格兰特大街,是唐人街旅游业的核心。我们从这里开始参观,了解周围环境,慢慢了解这里的文化。"

我们沿着街道的右侧前进。人行道上挤满了人。这里非常吵闹,大家都在说话,弗兰妮说这里的人讲着不同的汉语方言。我只在第一个街区的商店里,听到了几句自己能听懂的单词。我周围的背景噪声听起来就像是一种对话和歌声的结合体,声调有高有低,音量有大有小。这一切很有意思。我能听出来别人在提问,我知道那个穿高跟鞋的女人很生气,但我也只能听懂这么多了。

我好奇基德是不是就是这样学会了龙的语言,因为波利婶婶确实没有骗我,这里到处都是龙。这里的大多数龙都呈金色和红色，身子纤细修长，看起来就像是长着四个爪子的蛇。这些龙都没有翅膀。龙的雕像上有着巨大的牙齿，商店的窗户上也画着龙，金色的龙绕在街边标识牌顶端的灯笼上。商店的名字也和龙有关：翡翠龙、银龙、好运龙。

你到处都可以看到英语标识，或者用我看不懂的汉字书写的标识，但大多数是英语和汉字的混合体，我认识这些单词，但是字体却和汉字相近。

"我以前吃过炒杂烩菜。"我指着一个巨大的霓虹灯招牌，上面的单词依然使用汉字字体书写的。"上面说炒菜用的是龙火。"我耸了耸肩，"这可能是骗人的吧。"

弗兰妮说："它可能没有骗人哦。但你要是喜欢吃炒杂烩菜的话，我们可以在这吃午饭。"

我吐了吐舌头说："我才不喜欢吃呢。我上次去敏迪家过夜的时候，她妈妈就给我吃的这东西。那玩意是从罐子里倒出来的，炒面倒是很脆，但是蔬菜比食堂的食物还难吃。"

弗兰妮笑着说："这太可怕了，而且那甚至算不上真正的中餐，那就是一堆美国的杂烩。"她指了指大街的另一头，"咱们再走几个街区吧。我知道有个背离街道的地方，咱们可以在那儿好好吃一顿。"

"哦，我还从没吃过大餐。感恩节大餐除外。"我说道。

"那咱们就继续前进吧。"

人行道非常窄，不够我们三个人并排前进。所以我们就轮流走在前面，两个人走在前面，一个人走在后面，每当我们停下来看看商店里卖什么的时候，就换一下位置。而各个商店之间的间距不过三米。

我从没见过一家商店里可以有这么多东西。商店里有整齐的货架，看起来就像超市里的货架。你在上面可以看到纸灯笼和钱包，天花板上还挂着"旧金山纪念品"的牌子。你进入商店，就能看到竹哨、木头拼图和塑料玩具，它们放在托盘里，仿佛是不同种类的糖果或者水果。我很想买一些带回家，但是这里各种商品五颜六色，我眼睛都花了。我口袋里只有16美分，在决定最后买什么之前，我想看看所有的商品。

我的鼻子和我的眼睛一样，正在被各种气味轰炸。奇怪的味道从各个方向钻进了我的鼻孔，我闻到了香料的味道，还有花香、烟熏和奇怪的甜味。人行道旁的下水道里和通向地下室的楼梯上散发着蒸汽，闻起来像洗衣服的味道，又像是饼干的味道，还有点像是鸡汤的味道。一条小巷里堆满了垃圾，我还闻到了猫尿味。

我站在一间商店门口，这间店的大门朝向街道，我看到店里摆着很多桶，里面放着干巴巴的木棍，篮子里装着扭曲的根茎，整整一面墙上都放着装满豆类、种子和谷类的玻璃罐，还有些玻璃管里装满液体，其中漂浮着一些类似来自外星的泡菜的奇怪物体。在柱子上还挂着干瘪的植物。我想到了基德的小镇里的巫医。

我问道："这是什么地方？这是魔法吗？"

弗兰妮想了想，然后说："以西方的标准来看，可能就是魔法。对外来者来说，其他文明经常被认为是很神秘的东西。在我看来，只要是我们现在不了解的自然现象，都可以说是魔法。"

"好吧——但这到底是什么东西？"

"这是一家中药店。"波利婶婶说，"这是一种完全不同的有几千年历史的医疗药物体系。我发现这里的很多药，都比雷氏药房的药好多了。"

我看着眼前的一切。在这里找不到止咳糖浆，也看不到维克斯药业的产品。我问道："你觉得这里有没有治水痘的药啊？"

弗兰妮点了点头："我觉得完全有可能。让我问问林先生。"

我们走进了药店。店里的味道非常奇怪，但也谈不上糟糕。这种味道闻起来就像是干草、落叶、阿司匹林和尘土混在一起，而且还带点酸味和爸爸的啤酒味。

在我身边可以看到装在篮子里的——哦，这是动物。篮子里装满了扁扁的、颜色发白的动物。一个赛璐玢袋子里装满了蟋蟀的尸体。我还看到了一只干瘪的章鱼，每一条触手都清晰可见，我觉得自己完全可以把它塞进信封里。一只蜥蜴的干尸挂在两根交叉的木签上，看上去让人想到了爬行动物版的耶稣。我不禁缩起了身子。

弗兰妮走到柜台前，和一个秃头的男人聊了几句，然后对我们说："林先生说我们所说的水痘，完全是风、湿和火气不调。他建议我们把忍冬和菊花泡在一起，煮一杯浓茶。"

波利婶婶说："这一定是个有趣的实验。但是我不确定我的嫂子会不会同意让自己的孩子当小白鼠。"她看着我，"你觉得如何？我们尝试新办法，还是继续吃熏鲱鱼和姜汁汽水？"

"还是继续吃熏鲱鱼吧。"我从装着蜥蜴尸体的篮子旁边退后了一步，"杰克吃东西可有点挑剔。"

我们离开了药店，继续沿着格兰特大街前进。我们走走停停，婶婶和弗兰妮聊着我不认识的人。我们穿过旁边的一条小街，你可以在那看到更多的商店、遮阳棚和放在人行道上的站牌。在眼前令人眼花缭乱的色彩和装饰中，我发现这里的建筑都非常老旧。破损的石头以及被灰尘覆盖的砖石，三楼的窗户上挂着破烂的窗帘，在纪念品商店的上面，挂着锈迹斑斑的火灾逃生梯。

大多数商店里都售卖着一样的玩具和纪念品,所以当我第五次停下脚步打量着魔法火柴的时候,我觉得可以买一点。这东西非常好玩,我甚至觉得可以在父亲饭后点雪茄的时候给他一个惊喜。

有一种可以爆炸的火柴,还有一种会产生蛇形的灰烬,还有一种火柴会炸出烟花,所有这些火柴的正面都有画工糟糕的性感女人画像。这些火柴只需要花一个镍币,所以我每种火柴都买了一个。

我给她们展示了一下这些火柴。

波利婶婶笑着说:"奈吉尔以前也很喜欢这些东西。我们来这里吃晚饭的时候,他总会买上一两包。为了应付他初中的科学节,我就教会他如何自己做这些东西。"她叹了口气,"在那之后,我后悔了好几个月。"

"你能做这些东西?"

"我可是个化学家,我父亲是个舞台魔术师,所以我从小就会这些东西。举个例子来说,"她指了指会爆炸的火柴,说,"这是硫黄、木炭和硝酸钾的混合物。做这东西并不难,但是要消耗很多时间。"

我说道:"天哪!"家里有个科学家真是太棒了。

我们走过两个街区,然后右转来到一条狭窄的街道。这里的人更少,标识牌更小,也没有鲜亮的色彩。这里有一家理发店,一家保险公司,但是没有旅游纪念品店。这个街区非常长,顺着山路一直向高处延伸,看起来就像是家乡的草原。我每走一步,都能感觉到腿在抽筋。

当我们爬到半山腰的时候,经过了一个操场,几个穿着衬衫的人正在那里玩投篮。弗兰妮说:"咱们到了。"我们再次右转。现在我们来到了一条更窄的死胡同,朝向操场的一边被链条封锁,另一边则是一栋银色的建筑。门上的塑料牌子上写着"安恒茶室"4个字,塑料牌子两侧挂着金、红两色的灯笼。

我问道:"我们在这里吃饭吗?"这里可不像个可以吃大餐的地方。我的肚子开始咕咕叫了。"呃,我妈妈说中餐馆可危险了,因为这里是鸦片窝,还会使用白人奴隶。"我不确定是否应该相信妈妈的话,因为我家周围唯一一家中餐馆在购物中心里。

弗兰妮说:"这都是骗人的鬼话。"

波利婶婶抱住我说:"没什么好怕的。我和弗兰妮经常在这吃饭。从外面看上去似乎很不起眼,但是你要相信我,这里的东西可好吃了。"

"这家店已经开了50年了,是美国最老的中式点心店。"弗兰妮说着就帮我们打开了大门。"中文里的点心翻译过来就是好吃的小东西。"

"哦,好吧。"我努力让自己的语气听起来很镇定,因为我不想被人看作一个胆小鬼。但是,我的声音却在颤抖。

"你觉得自己有胆子尝试一些新东西吗?你要是去找个三明治店的话,也完全没有问题。"波利婶婶说。

"不,我就要冒险。"我深吸一口气,跟着弗兰妮走了进去。我没有问他们供应哪种点心,只希望不是蟋蟀就好。

房子里的陈设更像是一家小饭馆,而不是高档饭店。店里所有人都是中国人。三个戴着发网的女人坐在位于角落的一张桌子旁,将肉条团成肉团,她们一边将肉团包进面团里,一边聊着天,语速非常快。

弗兰妮说:"我们这有三个人。"服务员带着我们来到一张垫着纸质杯垫的抗热塑料餐桌旁。她开始给我们分发菜单,但是弗兰妮抬起手说:"请给我们来份二号套餐。然后再来壶茶。"她看着我说:"你是要喝茶?还是来点——"

"他们这儿有可乐吗?"

她点了点头说:"那就来两壶茶和一瓶可口可乐。"

当服务员带着熟悉的绿色玻璃瓶回来的时候,我长舒了一口气。棕色的茶壶里冒出一股类似烟熏的味道,这让我想起了几个街区之外烧树叶的味道。两分钟后,服务员托着一个食堂里常见的托盘回来了,托盘里装着三个带着盖子的圆形竹篮子。

她说道:"虾饺、碎米、包子。"

我完全不知道这都是些什么东西,但是弗兰妮脸上露出了笑容。她说:"对,就是这些东西。"服务员拿下盖子,把竹篮放在桌子上。

每个篮子里都有四个圆圆的东西。我从没见过这些东西。一种看起来又大又软,另一种看起来像没有茎秆的矮蘑菇,第三种看上去像透明的新月。

波利婶婶指着桌上的东西说:"那个又大又圆的是猪肉包。这是我最喜欢的点心。"她拿起一个猪肉包,放在我的盘子里,"快把它撕开看看。"

我撕开了包子。这包子就好像是高密度版经过加热的神奇面包。当我把包子撕成两半的时候,一股热气冒了出来,露出中间红色的碎肉。我咬了小小一口。面团部分非常软,有点嚼头,中央的肉尝起来像爸爸在独立日做的肋排。这太好吃了!我两口就吃掉了一半。

弗兰妮拍了下手说:"看来包子挺受欢迎的,给它记上一分。现在要不要试试虾饺?"她用筷子从第二个篮子里夹起一个新月形的东西。这东西呈白色,闪闪发亮,而且一边都卷了起来。"这是虾饺和猪肉饺。我喜欢蘸点酱油再吃它。这玩意挺好吃,主要是有咸味。"她拿起红色盖子的瓶子,在自己面前的小碟子上倒了点棕色液体,然后夹起一个饺子在液体中蘸了蘸,一口咬掉了一半。

我也试着吃了一个虾饺。这东西太好吃了,但是和刚才的包子比还有点差距。所谓的碎米反而是洒在点心上的小肉球。还没等我吃完第二个猪肉包,服务员又端着一个竹篮走了过来。

她说道:"捞面、包子、蛋卷。"

"蛋卷和包子。"波利婶婶说完就做了个鬼脸,"我倒不是很喜欢吃捞面。"桌子上的竹篮越来越多,浅浅的盘子中装着黄色的芥末和红色的汤汁,上面还漂着一些东西。

"这东西可烫了。"弗兰妮说,"我的意思是,这东西很辣。这可是红辣椒。你要是想试试,就先来一滴。"

就是一滴对我来说也太辣了。为了压制嘴巴里的辣味,我喝掉了半瓶可乐。蛋卷经过油炸尝起来非常脆,里面还塞满了蔬菜。我咬了一口,纸垫上立即掉满了碎片。

房间的每一面墙上都有绘画点缀,几面墙上画着树和云彩,还有些墙上画着龙。有一道门廊上还有雕刻出来的金龙。菜单上也有龙。"你觉得龙真的存在吗?"我吃完蛋卷之后问了一句。

她们四目相视。最后,波利婶婶说:"哎呀,几乎每种文化都有关于龙的神话或者传说。世界各地又都有很多故事来反驳龙的存在。"

她停下来思考了一会儿,又倒了杯茶,然后说:"从一个方面来说,也没有古生物学或者考古学的证据来证明龙的存在。"

"啊?"

"抱歉，说得太专业了。我的意思是说，还没人发现过龙的骨头。"

我说："但是，他们确实找到了恐龙的骨头。有没有可能其中就有龙的骨头呢？"

波利婶婶点了点头说："这也是有可能的。当发现新的证据时，科学家就要调整自己的理论。有的时候还要给化石重新分类。雷龙就是一个例子。"

弗兰妮说："我必须说明一点，没有人能够证明龙真的不存在。科学和传说很有可能说的是同一件事。"

波利婶婶说："反证总是很困难。"

我感觉她们两个人肯定也进行过类似的对话。我瞬间就被这个话题迷住了。大人从来不会如此认真地讨论龙。

我慢慢地说："万一龙曾经真的存在，但是它们现在消失了呢？恐龙就是如此呀。"我想了一想。在《地海》系列中，基德住的地方在几百年里都看不到龙，但是关于龙的传说和歌谣还在流传。"看关于龙的书是一回事，看到龙是另外一回事。"我说。

"说得没错！证据暂缺不代表证据不存在。"弗兰妮兴奋地说，"你这个说法很有道理。"

"多谢，这话可不是我编出来的。"我感觉自己脸都红了，"这话是从波利婶婶圣诞节送我的书里学来的。那本书叫《地海巫师》。"

"你能喜欢那本书，我实在是太高兴了！"波利婶婶拍了拍我的手，"那本书还是弗兰妮推荐的。"

"当厄休拉还是你这个年纪的时候，我就认识她了。我的搭档巴博斯和我，和厄休拉的父母是老朋友了，那都是大学时期的事情了。"

"你认识作家?"弗兰妮让我不得不刮目相看。

"我认识的人可多了。作家、艺术家,还有科学家。我觉得和有好奇心的人做朋友是最有趣的事情。"弗兰妮说。

服务员又拿着一个盘子过来了:"碎米、鸡爪,还有锅贴。"

"哎呀,是锅贴。"波利婶婶说。我屏住呼吸开始等待,担心我们会吃鸡爪,但是服务员只在我们的桌子上放了一个篮子。我不由得长出一口气。

只要是吃锅贴,我绝对不会表示拒绝。这东西是放大版的新月,它一面炸得很脆——你可以想象一下油煎的奶酪三明治——而另一边咬起来则非常软,里面包着猪肉和大葱。她们找到了一瓶白醋,这东西和酱油混合之后的味道非常棒,既有酸味又有咸味。我又问服务员要了一瓶可乐。

我们还忙着吃已经摆在桌子上的食物,弗兰妮拒绝了另外服务生端来的两盘子食物,空空如也的篮子在我们的桌子上越堆越高。等我们把最后一个篮子堆到一旁时,我已经吃饱了。我吃得太饱了,但是这些食物太好吃了,我完全停不下来。好吃的小东西,这话确实没有骗人。

当服务员再次走过来的时候,弗兰妮说:"来份蛋挞,然后我们这儿就吃够了。"

波利婶婶说:"再来点芝麻球。芝麻能带来好运。"她和弗兰妮看着彼此,我觉得这不是她们第一次这么说了。

蛋挞比一美元硬币稍微大一点,它还有热乎乎的蛋奶沙司和脆脆的外皮。你只要两三口的工夫,就能吃掉一个蛋挞。芝麻球则是圆圆的球体,看起来就像是沾满了种子的巨型口香糖球,这东西非常有嚼头,而且内部还有一层甜甜的面团。弗兰妮说这东西是用红豆做的,但是我觉得这种材料对于甜点来说,实在是太奇怪了。

"这可真是一顿大餐啊!"我说这话的时候,盘子里什么食物都没剩下,只剩下各种颜色的酱料和糕点皮的碎片。我把自己的餐巾纸团成一团,努力抑制住打嗝的冲动。"而且还是一次货真价实的冒险。"

"太棒了!"波利婶婶说,"能让你的假期还有点值得留恋的记忆,我实在是太高兴了!"

弗兰妮伸手示意准备结账。

"要多少钱?"波利婶婶把手伸向自己的钱包。

弗兰妮摇了摇头说:"别傻了,这次我来付账。"

我好奇弗兰妮是不是个富豪。这么多东西要多少钱啊?肯定价格不菲。但当服务员给她一张纸的时候,弗兰妮却笑了起来。她说:"这顿午餐算上小费才7美元。我觉得我还是完全付得起的。"

吃过晚饭之后,我们回到理发店所在的那条街,沿着山势继续向上爬,向着斯托克顿街继续前进。这条街像百老汇一样宽,大街上有各种卡车和汽车来来往往。弗兰妮指着左边的一个石质隧道说:"如果你从那边穿过去,就能走到下城区的中心。银行、百货商店、穿着西装的生意人……感觉就像是通过几个街区的距离,你就从一个世界到达了另一个世界。"

我喜欢这个主意。在俄亥俄州,你连续开上好几公里,周围的景色不会有任何变化。

斯托克顿街和游客常去的区域相比,有很大的差别。市场和人行道直接相连,你可以看到各种蔬菜水果。商标上写的是中文,价格用数字标号。带着叶子的蔬菜看起来像青菜或者菠菜,但还是有些区别。我认出了柠檬和橘子,但这些都不是俄亥俄出产的水果。弗兰妮指了指甘蔗、红里泛黄的杧果、粉色的火龙果、表面覆盖着块状物的苦瓜和长满尖刺的榴梿,那东西长得真像个地雷。

我们路过了两家面包店,每一家店门口都排着队,窗户上蒸气弥漫。我瞟了一眼店面,然后看到了包子、蛋挞和其他各种烤制、蒸制或者油炸的点心。闻着阵阵香气,我又开始流口水了。

但是接下来的这家店让我差点屏住呼吸。这家店墙面铺着瓷砖,地面铺着油毡布。死鱼躺在铺满冰块的金属桌面上。活鱼在水箱里游来游去。另一个水箱里装有螃蟹和龙虾,它们在水箱里晃动着自己的钳子和触角。我站在人行道上,看着窗子里的一切。水箱里的鱼似乎也在用扁平而混浊的眼睛打量着我。"这是什么?"我指了指摆满冰块的桌子另一头,那里有一头体形和大小类似足球的生物,它的体表长满了鳞片。

波利婶婶打量了一会儿,过了一分钟,她说:"我觉得那是只穿山甲。这东西肯定是进口的,也许是从得克萨斯州或者路易斯安那州进口的。加利福尼亚可没这东西。"

"有人会吃它吗?"

"在世界很多地方,都认为穿山甲是道美味。"弗兰妮说,"有人说这东西尝起来类似高端猪肉,但是我自己没吃过这东西。"

一家小杂货铺里摆满了来自外国的瓶瓶罐罐和赛璐玢袋子,这些东西都整齐地摆在货架上。一家外卖餐馆里摆满了面条、肉和蔬菜,挂在铁钩上的烤鸭闪闪发光,鸭子嘴都歪向一边。在烤鸭的旁边,还有通红流油的大片猪肉。我闻到了烤肉和油脂的香气。

在另一家铺着瓷砖的鱼市里,穿着围裙和戴白色纸帽的店员用砍肉刀将金枪鱼切成小块,然后把内脏扔进摆在地上的桶里。在人行道上,你还能看到一个大澡盆,在15厘米深的水中蹲着大约15只巨大的绿色牛蛙,它们在彼此的身上爬来爬去。我曾经在家乡的水塘里抓过牛蛙,但我稍后都会将它们放生。我很想解救澡盆里所有的牛蛙,免得它们沦为别人的晚餐。但是,挂在澡盆上面的牌子写着每磅34美分。我可没这么多钱。

我们走过了一家面包店、几间办公室和一栋有着柱子和石质台阶的大型建筑。快走回百老汇的停车场时,我忽然停下了脚步,波利婶婶撞在了我的身上。

她问道:"怎么了?"

我指了指第三家鱼市门廊里的一个白色架子。6只蜥蜴被关在一个玻璃箱子里,每一只蜥蜴的长度都是我手掌的两倍。其中3只蜥蜴看上去就是波利婶婶后院蜥蜴的放大版。还有一只蜥蜴有着红色的扁平眼睛,爪子上的指头也胖胖的。但是,在玻璃箱的角落里还卧着一只银灰色的蜥蜴,它的身体更加细长,体表长有粗糙多刺的鳞片,看起来就像是长角的蛤蟆。它的锯齿状尾巴就盘在身旁。

它看起来就像是我想象的《地海》系列中的小龙,就是基德朋友的妹妹拥有的那种龙。它们不会再长大了。我用一根指头抵在玻璃箱上,说:"是鹰嘴龙呢。"

箱子上的标签显示每磅要48美分。

我摆弄着口袋里的硬币。在买完魔法火柴之后,我还剩58美分。如果它没到一磅重,那么我完全可能解救这条蜥蜴。

我对波利婶婶说:"我想要这条。我要买条龙做纪念。"

她说道:"哦,我不确定你妈妈会——"

弗兰妮抬起一只手说:"我觉得这个主意不错。每个姑娘都该有条龙。"

在沉默了一分钟后,波利婶婶慢慢地说:"嗯,奈吉尔确实有些给蜥蜴吃的食物。也许他还能找出个笼子。我们可以去地下室看看。"

我们花了几分钟向市场的商人解释我们想要什么,然后花了大把时间让他明白,我们不想把蜥蜴去皮切块,然后用牛皮纸把肉块包起来。

弗兰妮说:"我喜欢自己处理。"但是市场的商人还是摇了摇头,这已经是他第三次或者第四次摇头了。弗兰妮用中文说着什么,然后对他晃了晃手指。过了一会,商人点了点头,然后走进了后面的房间里。

波利婶婶说:"我还不知道你会说中文。"

"做了这么多年生意,你总要学会一两句,而且你总会发现其中细微的区别。"弗兰妮说,"我告诉他,有些老派菜谱还是值得我们尊敬的。"

商人拿着一个小纸箱回来了。他把网子伸入玻璃箱里,捞起那只银色蜥蜴,然后把它放进了箱子里。

弗兰妮说:"让我看看。"她把手伸进箱子,念叨着我所不能理解的奇怪语言。

"你现在说的也是中文吗?"

"亲爱的,当然不是。"

"是上古之语吗?是龙的语言吗?"

弗兰妮的脸上似乎露出了惊讶的表情。她说道:"类似那样的东西吧。"她又嘀嘀咕咕说了一分钟,然后抽回手,关上了盒子。"行了，这就应该够了。"

鱼市商人把盒子放在一个吊秤上。箱子里的蜥蜴加上盒子的重量，合计 396 克，商人说："一共 42 美分。"

我给了他四个银币和两个镍币。

距离我们的车还有一个街区的距离。我双手抱着箱子，仿佛里面装的是王冠。当我们到达停车场大门的时候，所有人都停下了脚步。

"多亏你给我打了电话。"弗兰妮给波利婶婶一个拥抱，"咱们很久没有出来走走了。但是我现在必须回家，好好休息一下。"

"你要——"波利婶婶弯了弯手指，我完全没看懂这是什么意思。

但弗兰妮似乎明白这是什么意思。

"不，我累了。我还是叫个出租车吧。"她看着我，一只手搭在我的肩膀上，"爱伦，很高兴认识你。今天玩得开心吗？"

"这是我这辈子最开心的一天！"

"太棒了！"她笑得整张脸上都泛起了皱纹，"你还会回来吗？"

"这还用说吗？等我长大了，我就要住在这儿。"

"希望你可以做到这一点吧。"她捏了捏我的肩膀，然后走回人行道，对着一辆出租车挥了挥手。

黄昏的时候，太阳低垂在水面之上，整个世界中的光线似乎都蕴含着魔法。我坐在雪佛兰的副驾驶座上，身旁是我最爱的婶婶，她这会儿正在哼歌。我把盒子稳稳地放在腿上，当汽车在不平整的路面上颠簸的时候，我就用右手将盒子搂在怀里。当我们靠近金门大桥的时候，我掀起盒子顶部的一块纸板，留出一指宽的缝隙，轻轻抚摸着蜥蜴的后背。

"在我知道你的真名之前,我该怎么称呼你?"我悄悄说道,"呼呼?香雅?点心?银光?水痘?"

当我大声念出最后一个名字的时候,我听到像自己发出轻微的类似打嗝的声音。

我大笑着说:"好吧,那就叫你水痘。水痘可是条魔龙呢。"

箱子里又冒出一声打嗝的声音。

窗外的景色简直太美了——来自海洋的浪涛拍打着岩石海岸,雾气沿着绿色的山丘向下延伸,就好像有人慢慢倒下了一堆发泡奶油——这番景色我看了整整一分钟。然后我才发现,我的右手开始感到很痒。不对,不是痒,是烫!

我把手从箱子里抽了出来,然后向里面打量。在靠近箱子底部的地方,有一个圆形的焦痕,痕迹的大小类似父亲雪茄的顶端。在这个痕迹的周围还有细小而明亮的橙黄色光芒。我把我的手从痕迹边缘拿开,而焦痕开始不断扩大,它的边缘闪动着光芒。

波利婶婶问:"你有没有闻到烧焦的味道?"

我的大脑飞速旋转,嘴上回答道:"似乎是呢!你有没有检查过刹车。我爸爸只要闻到车里有味道,就会这么说。而且附近的街道坡度也很大。"我说了很多话,这样她可能就没有发现我把三角形的侧窗摇了下来。

"到了晚上的时候,我会和你叔叔说这事。你可真是个小聪明。"

"我也在学习呀。"我把箱子转了一下,让那个洞对着窗子,然后又挠了挠我的小龙,面带微笑地看着一缕黄烟飘向旧金山湾。

九曲河

匡灵秀

匡灵秀因为自己的作品《罂粟战争》和续作《龙之共和国》，而获得星云奖、轨迹奖和约翰·W.坎贝尔奖的提名。她当前在牛津大学攻读当代中文研究硕士，并享有马歇尔奖学金。她的小说《罂粟战争》被《时代》杂志、亚马逊、好读和《卫报》列为2018年最佳图书之一，并获得克劳福德奖和坎普顿·库克奖的最佳第一小说奖。

当我们到达阿隆城的时候，刚好是正月初四。在龙省，我们要花15天来庆祝新年。到了初二的时候，家家户户都沉浸在团聚的气氛中。到了初三，我们就会将神请回。

你从没有来过阿隆城。在奥岛上，你去过离家最远的地方是运河交汇处的水产市场，顺着这些运河可以到达我们住的群岛。你没有跟着我和父亲一起去省会阿隆城。我们每年都会用骨雕和咸鱼去换丝绸、刀子和给鱼钩准备的新线。妈妈和爸爸从来不让你跟着一起去。他们希望你远离省会，让你平平安安地待着。奥岛是个小地方，大家对那里的一切都非常熟悉，但阿隆城是个富庶的地方，那里人口稠密，充斥着贪婪，而且还是个人吃人的地方。如果你不小心的话，就可能在人海中瞬间消失。

如果爸爸和妈妈能够成功的话，你永远也不会离开奥岛。但是，他们不可能阻止这一天的到来。

我们坐着租来的舢板，在清澈的蓝色波浪之间航行了两个小时。这是一种奢侈，因为每个小时的租金是 3 个硬币。每年秋天，我和父亲会划着我们的独木舟，沿着海岸线向阿隆城进发。但今天非常特殊。我们两个人都没有动一下手指。我们不过是坐在船上啃着甘蔗，而船工用一种令你发笑的腔调大声唱着歌。

他的歌让我们笑了一个小时，我们能让他重复我们最喜欢的歌曲，然后把歌词替换成更下流的内容，但当阿隆城出现在地平线上的时候，所有人都一言不发了。船工看懂了我们的表情，也停止了唱歌。在很长的一段时间里，我们三个人看着那座飘浮的城市越来越近，你看着这片被运河网络连接起来的绿意盎然的群岛，就一定会想到镶嵌在蓝宝石上的绿翡翠。你从没见过这么多小船和简陋的小屋挤在一起。这里的睡莲叶子厚度和宽度堪比炒菜的锅，完全可以支撑起一个小孩子浮在水面上。

"来吧。"我伸出手，把你推向岸边。你惊讶地打量着周围，这里的一切让你眼花缭乱。"这里太热闹了。"

我们必须在天黑前到达阿隆城的另一侧，但是现在太阳高悬在天上，我们还有很多时间。我们完全可以步行前进。我们顺着并不坚固的人行道前进，阿隆城的木桥可是出了名的脆弱，在今天这样的天气里，城里一万居民在街道上赤脚行走，他们的船不停撞击着浮标，你只要走错一步，就会掉进冰冷的水里。

啊，我知道。你不需要小心谨慎。你完全可以在船、木箱和木桩之间跳来跳去，一路横跨运河。我知道你就像是一只从水塘水面飞过的蜻蜓，对港口的路线非常熟悉。但是，我的妹妹哟，还是慢一点吧。并不是所有人都那么有天赋。

放松点儿。你有时间来享受这一切。看看你周围的一切吧，享受这节日的气氛吧。阿隆城是个中心市场，一切都是为了生意和效率，但到了农历新年，这里就变成了颜色的海洋。

在这一天，你可以看到红色和金色的旗帜、飘带、能炸出彩纸屑的花炮在风的吹拂下飘在天上。浮在运河上的人行道很窄，但是商人们占据了所有的空间，他们售卖红豆糕、香喷喷的包子、裹着糖的芋头块、茶叶蛋、粽子，还有一排排的糖葫芦。

你的眼睛瞬间牢牢锁定在这些东西上面。

"那是糖吗？"你问道，"他们——他们把这些吃的用糖裹了一遍？"

我回答道："那是当然。"糖葫芦上的糖实在太多了，我看一眼都觉得牙疼。我试过这些酸甜的山楂糖葫芦。我 10 岁那年，爸爸曾经给我买了一串，我永远都忘不掉那种味道。

"我能吃一个吗？"

你又何必问这种问题呢？你今天想要什么都可以。

我从口袋里拿出了钱包，问："你要吃几个？"

你呆呆地回答说："吃一串就好了。"我都不知道是该哭还是该笑。你可真是个好孩子，带着一种少年老成的自制力，即便到了今天这一点都不曾改变。

我买了两串糖葫芦。你对此表示抗议，但我还是把它们塞进了你的手里。

"我吃不了这么多啊。"

"那就留着等会吃。"我说这话的时候，大脑连想都没有想。我咬紧牙关，但是最后几句话卡在我的喉咙，仿佛是吃了块苦瓜。再也没有什么以后了，这才是问题的所在。

你假装对此毫不在意。

阿隆已经两个月没下雨了。

城市的官员尽全力掩盖这一点。不论干旱与否，新年庆典必须正常进行。枯萎变黄的草地被毯子、帐篷和四散的花瓣所覆盖。这些花瓣肯定是花了大价钱从大陆运来的。你依然能在街角找到新鲜多汁的进口水果，但是价格已经是之前的三倍。

对大陆人而言，难以想象一片被蓝色海洋包围的群岛会缺水。但是盐水无法解渴，也不能灌溉庄稼。由于没有雨水，海滩土壤开始硬化开裂，就像是放置太久的茶叶蛋。我发现这次干旱非常严重，运河的河水和以前相比，已经浅了很多，有些地方的河床已经和船底发生了剐蹭。但你从没来过阿隆，所以你缺乏进行对比的基础。我看着你闪动着光芒的大眼睛，知道这座城市是你见过的最美丽的东西。

大家很快开始窃窃私语。两位老太太从桥上向我们走来，她们看到了你金色的脚镯和手镯，立即开始嘀咕。她们俩拿手掩着嘴说个不停，但是眼睛却一直盯着你。我真希望扇她们一巴掌。

似乎在几分钟之内，整个城市都发现了你的到来。所有人都停下脚步，扭着头看着你。我现在害怕停下来，但是我们很快就饿了，所以当我们路过一车在油里吱吱作响的莲子糕时，我们都走不动路了。那个小贩一看到你，就将一大包莲子糕塞进了我们手里，而且还坚持不收钱。这包莲子糕实在是太多了，我们根本吃不完。我在推车上留下了几个硬币，但小贩却追了上来。小贩将硬币坚决地塞进了我的手里。

他说道："请收下吧。我能做的就这么多了。"他的眼眶都发红湿润了。

我们周围已经围起了一圈围观人群。我瞬间感到汗流浃背，不知道该怎么办。父亲教导我不要试图寻求特殊待遇，害怕大家认为我们是在利用自己的特殊地位。我慌张地看了你一眼。

我对小贩说："谢谢。"然后带着你继续前进。

我把钱包塞进口袋，然后继续向前走。

人群跟在我们身后一起穿过运河，追随我们的人越来越多。你似乎对此毫不在意。你善于转移别人的注意力，也已经习惯了别人对你的关注。当我们走在一起的时候，你目视前方，不曾给围观人群任何可供谈论的话题，又或者任何可供嘲笑的理由。你走起路来昂首挺胸，面部表情非常平静，似乎完全没有发现周围的人群。

当有人大叫着问你是否害怕的时候——这人在哪儿？他是谁？我要杀了他们——你只是眨着眼微微一笑，摇了摇头。

你把一块莲子糕递给我，说："姐姐，尝一块吧。莲子糕还热着呢。"

你是个不同寻常的孩子。

在你出生的那天，整个奥岛上的人都知道你与众不同。你出生的时候并没有哭，而且头上有着浓密的黑发，呼吸非常平稳，你那漂亮的黑色大眼睛不屑地打量着房间，似乎我们的大呼小叫让你感到非常失望。接生婆不愿收下全额费用，因为你几乎让她无事可做。

当你还在蹒跚学步的时候，就已然苗条而优雅，随着你越来越大，一举一动的优雅更是无人能及，四肢纤细得好似一只小鸟。我们在椰子树的树荫下晒黑了皮肤，但是你的皮肤却堪比瓷器和月光。当你3岁的时候，头发已经长到了齐腰的长度，而且妈妈也不舍得剪掉这一头顺滑浓密的黑发，你的头发和我的头发一样，都可以轻松扎辫子，即便是淋雨之后也不会乱。

等你长到10岁，已经被大家当作村里最美的人。但你并没有因此而骄傲，也没有被大家宠坏。我们从来不需要告诫你保持谦虚，你是个很谦逊的人。你接受了我们的赞美，而且不会反应过度。

我们所有的邻居都认为你总有一天会伤到别人的心，而父母对此也表示赞同。

你不仅漂亮，而且聪明。你只要听一遍唐诗，就能完整地进行背诵。你还没到9岁的时候，计算速度已经超过了其他人。爸爸和妈妈给你雇了个老师，专门教你各种课程和高级计算，而这种课程本来是为那些准备考试的小伙子们而准备的。我从来没有享受过这种待遇。当你也掌握了这些课程之后，父母建议你去报考大陆上的大学，但是大陆上一半的大学都不收女学生。

"她会嫁给王子。""她会成为第一名女性宫廷学者。""她会让咱们岛出名。"所有人都喜欢幻想你未来会干什么，因为你拥有无限的潜力。

但是，你从来不会讨论自己的未来。

"姐姐？"

"嗯嗯。"

"你觉得龙到底长什么样？"

我不禁抖了一下。

你知道龙和渔夫的故事。你已经听过了这个故事的各个版本，爸妈、叔叔、婶婶、朋友和老师们都讲过这个故事。每个人讲的故事都不一样，因为每个人都愿意相信不同的事情。

在这些故事中，只有三个元素恒定不变：龙、渔夫和洞穴。

我们坐着舢板出发前，你已经听过了爸爸讲述的版本。很久以前，一个镇子被干旱所困扰，地面因为缺水而开裂。鸟儿纷纷飞走，森林变得异常安静。存粮越来越少。村民由于饥饿聚在一起，让法师去见住在九湾河水下洞窟里的龙王，求龙王能降下雨水。他们为龙王献上了各种宝物，从翡翠的雕像，成堆的白银，再到精美的画作和成群的鸡羊。这可是村里全部值钱的东西。但龙王并不满意。法师们绝望地请求龙王说明自己到底想要什么。

龙王说："我饿了。"

法师们说："我们这就给您准备一顿大餐。把我们所有好吃的——"

龙王说:"我不想吃动物的肉。我希望吃更罕见的肉。只要你给我找来这种肉,我就降下雨水。"

法师们惊恐地看着龙王,然后说:"我们不可能强迫我们的同胞这么做。"

龙王说:"那就算了吧。我想要的肉必须自己来找我。恐惧会破坏肉的味道。我只接受志愿者。"

法师们争吵了几个小时,也没决定到底谁该为了村子而牺牲自己。他们开始用抽签来决定,但是最后输掉的人却不愿意去找龙王,他自称自己太老了,肉太干太难吃。最后,负责为法师们开船的渔夫打断了他们的讨论,提出自己愿意替他们去见龙王。

当法师们因为他的提议而惊讶不已的时候,渔夫说:"要么我死,要么我的女儿们死,就这么回事。"

村子得救了。

法师们给你讲了一个不同的版本。很久之前,有个小岛遭受了灭顶之灾,饥饿的法师们找到了龙王。直到这时候,龙王才降下了大雨,这时候法师们问自己到底做错了什么。

龙王说:"我的法力不如以前了。我老了,我的精力也不如以前了,无法统治这个洞穴了。你们中要选出一个人接替我的位置。这个人会获得控制雨水、河流和海洋的力量,但是,他必须待在这个洞穴之中,因为这里是我的力量之源。他永远都不能离开。"

在这个版本的故事里,虽然渔夫很想念自己的两位女儿,却也主动站了出来。一年后,渔夫的妻子带着他们的女儿来洞窟探望渔夫。但是,渔夫的头发开始脱落,牙齿越来越长,牙齿的尖端越发锐利,他的皮肤已经变成了闪亮的蓝色鳞片。姑娘们只看了一眼,就尖叫着仓皇而逃。她们再也没来看自己的父亲一眼。

我觉得这是法师们给你讲的版本,因为他们认为这样更温柔一点。我讨厌这种做法。

我想了很久,然后给你讲了我的版本。

"我觉得那条龙很孤独。我觉得他想要个朋友。龙对我们而言是多么强大,它可以驱散飓风,为我们带来雨水,让大洋风平浪静。应当有人去陪它。"

你想了一会儿,说:"所以龙不会吃祭品吗?"

"它为什么要吃祭品?在大洋中,有那么多的鱼虾和乌龟可以吃。龙想什么时候喝鱼翅汤,就可以喝到。它为什么要吃个人呢?"我捏了捏你的肩膀,"哪个脑子正常的家伙,会吃你这么个一点肉都没有的小家伙?"

你笑了起来。我长出一口气,放松了下来,感觉自己终于做了一件正确的事情。

我感觉自己说了太多的话。咱们谁都不知道在龙洞里会发生什么。你也知道这一点。咱们谁都不知道哪个故事说的是真话,而当你发现真相的时候,一切又太晚了。

我喜欢看到你的笑容。我们很久没有像姐妹一样一起大笑了。我们很久没有像朋友一样了。我担心今天不过是一场虚假的表演,但是和你手牵着手在阿隆城散步,却又感到如此真实。我们已经习惯于以往的一切套路,大家很轻易地假装过去几年的一切根本不存在。

但今天,我们必须坦诚相待。

我很嫉妒你。我之前从没有向你承认过这一点。我不想把这话直接说出来，因为这无疑是在承认自己的一切嫉妒都不是毫无根据的。但没错，我就是嫉妒你，我是个残忍的家伙，而且我对此感到非常羞愧。我现在依然感到非常羞愧。

我一直知道自己并不好看。妈妈从不会用自己的手梳理我的头发，感叹我头发的浓密程度。她不会用给你编辫子的方法来为我编辫子。没人会赞美我鼻子优雅的弧度或者是眼睛。我从不会在镜子前浪费时间，像其他人欣赏你一样，对着镜子欣赏自己的脸。

我以前并没有因为这件事而感到烦心。在我们的岛上，浅水区的鱼色彩艳丽，远比男孩子们更有吸引力，更让人感到激动，没人在乎我的样貌。我很强壮而且动作很快。我能和其他人一样，能够捕鱼、奔跑、快速爬上棕榈树。当你拿着渔网走进水中，鱼群几乎是自杀式地围绕在你的脚边，又或是只要你摸摸树干，树上的果实就会掉下来，这些事情似乎都不重要了。

当我13岁而你9岁那年，城里的媒人在每年的巡游过程中来到了咱们家，因为我是最后一个符合年纪标准的人。她看了我的脸足足两秒，然后摇着头叹气。

"哎呀，好看的总是妹妹呢。"她说道。

我们的父母并没有对此发表任何回应。我觉得他们一定惊呆了，而且因为媒人的到来而感到紧张。但是，他们也没有否认这一点。很明显，他们同意媒人的说法，他们可不会说类似"别傻了，我的两个女儿都很漂亮"这样的话。因为，你的美貌就是最好的证据。

那是我第一次发现，你的光芒完全盖过了我。而那时候，法师们甚至还没有来。啊，天哪！当法师们告诉大家，你从出生那天起就受到了祝福，被众神选中的时候，情况就更糟了。你不仅是个人类，还是个来自天堂的精灵。你就是这么特殊。

这些都是以后的事情了。但是我从媒人来的那天起，就开始讨厌你了。不论你多么善良、多么谦虚、多么可爱，都和我对你的恨意没有关系。你的优雅在不断扩大你我之间的隔阂。你可以成为一个善良的人，因为你的优越完全可以让你这么做。

我将你的善良理解为一种势利。媒人来我们家的那天，我是第一次希望你去死。

你太年轻了。

众神在上，你太年轻了。你还没有开始自己的生活。你只是见识了我们岛上的一切。你从没有去过大陆，没有拜访过有朝一日可能录取你的大学。

他们怎么能让你放弃这一切？

太阳已经落到了大巴山的后面，阿隆城的运河河面上反射着金色的光芒。我们在一起的时光即将结束。我知道应该珍惜和你在一起的时间，再亲亲你抱抱你，但是我现在脑子里只有一个念头，你太年轻了，这不公平。这个念头让我想尖叫，想弄翻这条舢板，然后抱着你跳进河里。因为如果你我一起沉入河中，起码龙不会吃了你——

不，妹妹，我很好。我就是累了。今天真是太漫长了。不用替我担心。

谢谢你。糖葫芦确实好吃。

等我们到达九湾河的洞窟时，一大群人聚在岸边，从数量上来看，似乎全城的人都来了。所有人都看着你，脸上的表情各异。有些人一脸的冷漠和期待，似乎他们在好奇你为什么花了这么久时间才来；有些人双手捂住嘴，眼睛里写满了恐惧。还有一些人在哭泣。有些人大声称赞着你的勇敢，并说明自己是多么的过意不去。

我真想揍他们。要是他们真的感到过意不去，那他们怎么自己不走进洞窟里去？他们为什么会让这一切发生？为什么没人阻止这一切？

我当然知道其中原因。

我们群岛上的人通过多年试验，虽然对其中原因可能永远都弄不清楚，但已经明白了整个仪式的效果。只要我们提供祭品，那么当年就会下雨。如果不提供祭品，那么就会遭受大旱之灾。

献给龙的祭品最终结局如何，我们时至今日依然不得而知。我们不知道这些祭品是死是活，没人从洞窟里活着出来。说不定龙把这些人整个吞下去了。又或者，他们通过洞窟到达了一个完全不同的世界。

可这并不能安慰那些失去了亲人的家庭。这种猜测并不能消减我父母的痛苦。他们只有两个人，他们的意见对于整个阿隆城来说无关紧要。阿隆城的人宣告了我妹妹的死刑。

但是谁又能责怪他们呢？

干旱太可怕了。干旱意味着枯萎的农作物，空荡荡的谷仓，为了充饥而吃下棉花、鹅绒和树皮的饥民，他们的肚子都胀了起来。干旱意味着运河两岸干瘪的尸骨，而且没人能给这些尸体的脚踝上捆一块石头，然后把尸体推进海里。和一个小姑娘的惨死相比，干旱更加可怕。

不论河岸上的人心里多么愧疚，今天没人会帮你。我对此一清二楚。因为我知道，别人死好过自己死，人总是自私的。

我开始用我的冷漠来折磨你。

你看，当我开始恨你的时候，我就想伤害你，而最有效的办法看来就是无视你。

当媒人离开之后，我去森林里检查我布下的捕鸟陷阱，你也想和我一起去，但是我拒绝了你。

我当时说："你就会碍事。"我从没对你说过这话，你我都知道这是在撒谎，岛上找不出比你更精通陷阱的人。但我还是说："你老一天天跟在我屁股后面。让我一个人静静。"

当看到你两眼泛起泪花的时候，我感到心满意足。我没想到自己的话居然如此有效。有那么一会儿，我整个人都说不出话。然后，我心里升起一股愉悦，这种愉悦是因为你居然如此在乎我对你的感受。我作为你的姐姐，依然对你有如此的影响力。

所以忽视和排斥你就成了我的日常活动。姐姐，要一起去玩风筝吗？不去。姐姐，要一起去爬椰子树吗？不去。终于，你停止了发问，但我知道时间不足以抚平这种伤痛。你在岛上没有其他朋友，要么是因为你吓到了同龄人，要么就是他们吓到了你。我是你唯一的朋友，但我却拒绝继续做你的朋友。

但用这来伤害你，还远远不够。因为，其他人依然爱你。每当你哭泣的时候，就会有人把你抱起来，为你擦干眼泪，告诉你你有多么的特别。哦，哦，别哭了，你个小宝贝。你是这么可爱。为什么要哭呀?

我以为,只要说服岛上的其他人,让他们相信你并没有那么特别,就可以让你我处于平等的位置。

正因如此,我才会告诉所有的男孩,你是条白蛇。

我们很早之前就听过白蛇的故事——蛇妖经过几百年的修炼化成人形,然后再诱惑人类男性爱上自己。在大陆上,白蛇的故事是一个有关爱情的故事。她们的丈夫终究会发现自己妻子的真正形态,但这并不影响他们的爱情。爱情的胜利超过了自然的本质。白蛇不是捕食者,只是想品尝爱的味道。

但是,在我们岛上,白蛇的故事是一个关于欺骗的故事。白蛇会引诱和操纵人类。没人能穿透伪装,看到她那恶毒、肮脏和令人作呕的真面目。当法师们发现了她的真正目的,就在她的酒中下药,破坏了她的人形伪装,然后砍下了她的头。

我向那些男孩子们解释,这就是你美貌的源泉。解释为什么你的皮肤白得发光,为什么你总是带着这种迷人的微笑,为什么你可以预测何时会下雨,为什么在其他人发现叶婶婶的儿子之前,你就知道他已经从椰子树上掉了下来。

我给那些男孩子们说:"我见过她的真实面目。她不可能永久维持人形外表。维持人形可是一件非常累人的事情,她必须时不时休息。我见过她脱掉衣服,然后盘成一盘。"我晃动着手指,增强喜剧效果,"她就是这么睡觉的。"

当然,我从没见过这种东西。但是,说这种话让我感到非常开心。他们让我用比喻来讲述真相,我可以向他们讲述自己有多么嫉妒你的天赋,因为这些天赋如果真如神话中所说的那样,那么这一切都不过是恶魔的花招。

我从没想过这些男孩子居然会相信自己。

我从没想过他们居然会这么过分。

从我们还是幼儿起,我们就知道男孩子都是些粗鲁的生物。我们一起长大。我们一起玩游戏、捕鱼、爬树。我们光着身子在海里游泳,彼此连脸都不会红一下,因为那时候我们的身体无关性别。男孩们总是很吵闹,他们精力充沛,总是容易激动,动不动就会打起来,但他们从来不会伤害我们。他们都是些好孩子。

我觉得他们可能会嘲笑我的故事。

我觉得他们在下次遇到你的时候会嘲笑你。最起码,他们可能会不喜欢你。

妹妹,请相信我。我从没有想过他们会伤害你。

你问道:"是时候了吗?"

围观人群一言不发,等待之后会发生什么。

我看着越来越黑的天色。粉红色的云朵缝隙中投出绯红色的光芒,但太阳还没有落在地平线上。

我说:"咱们还有几分钟。"

你说:"很好。"你闭着眼睛站了起来。我不知道你到底在想什么,所以我就没问。我想把手搭在你的肩膀上,但最后却收了回来。爸妈让我陪你来的目的就是安慰你,但是我不知道该如何做。我不知道该怎么做。我不知道该说什么,让你能够轻松地面对这一切。我不能为你提供安慰,也不是那个将你揽进怀里的大姐姐。我早就放弃了成为你姐姐的权利。

"我不害怕。"你已经回答了我的问题。你的语气中完全没有害怕的意味,听起来非常镇定。你抬头看着我,捏了捏我的手说:"我只是在回忆过去。"

在我们居住的岛上有毒蛇,它们长度类似成年人的小臂,粗细和人的食指差不多。它们藏在森林边缘熄灭的火堆和灌木里。这种蛇非常少见,但是毒性很强。只需要咬一口,猎物的四肢就会浮肿,看起来就像是一个熟透的杧果。我们在孩提时代就学会了如何识别这些蛇鲜艳的花纹,那些有着鲜艳的红黄底色和黑色条纹的就是毒蛇。当我们的父母发现毒蛇的巢穴之后,他们有两种办法来对付毒蛇。他们会通过烟熏将毒蛇驱赶到开阔地,我们趁机用铲子砍掉它们的脑袋,地面上还会洒下一圈圈白醋,当蛇试图逃跑的时候,白醋会烧灼它们的腹部。

当男孩子们攻击你的时候,我并不在场。这是我对这件事的一种否认。我不知道他们会这么干,我也没命令他们这么干。

我到现在都不知道到底发生了什么。我们谁都不知道到底发生了什么。当你回家的时候,浑身带着奇怪的味道,衣服破破烂烂,头发也被烧焦,但是你却不告诉我到底发生了什么。你苍白的皮肤上布满细小的伤口,你脏兮兮的脸上还带着泪痕,但是你早就停止了哭泣。你一句话都没说。爸爸求了你无数次,要你说出到底谁才是罪魁祸首,但是你眼睛里泛着泪花,一句话都不说。

但是我知道怎么回事。烟和醋。我们都知道这是对付蛇的办法。男孩子的逻辑非常好理解。

但是我什么都没说。我担心如果我背叛了男孩子们,那么他们也会背叛我。

那天晚上,法师们最后一次来到我们家。妈妈那时候已经擦掉了你脸上的灰,给你换上一件丝绸袍子,挡住了还在流血的伤口。但是法师们似乎并不在意这些东西。他们此行另有目的。

他们说,占卜用的骨片已经得出了结果。你的年要来了。
妈妈问:"这是什么意思?"
领头的法师很镇定地看着妈妈说:"这意味着龙寂寞了。"
妈妈发出了尖叫。

终于,太阳快要没入地平线之下了。太阳的高度越来越低,我们脚边的浪花泛着金光,看起来就像一片熔化的黄金。

爸妈没有来陪你。如果可能的话,妈妈完全愿意取代你。如果把法师们都撕成肉条有用的话,那么爸爸肯定会徒手把这些人撕碎。但是,他们不忍心看到现在这一幕。当你告诉那些法师,自己愿意去找龙王的时候,父母也无能为力。爸妈不可能把你锁起来,因为他们永远也不会这么做。他们尊重你的选择。他们在岛上向你道别。但是他们不希望你在最后的时刻孤身一人,所以他们要我陪你一起去。

为什么他们这么快就认为我能承受这一切?他们是否怀疑我并没有像他们一样爱你?

我不知道该说什么。我一整天都非常难过,我努力希望保持一种幻觉,以为你我不过是来欢度节日的。但是现在时机一到,我想说的话却卡在喉咙里说不出来。

你却不等我说一句话。天色已经很晚了,而你必须快点走,这样你还可以带走一些光亮保护自己。你向着洞窟走了两步,然后回头说:"你是个好姐姐,是全天下最棒的姐姐。"

说完你就笑了笑，我都想哭了。

"我很抱歉。"但这句话远远不够。你应得的远比这还要多。但我永远都不能给你这些东西了。一切都太晚了。"妹妹，我……"

你并没有转身。

"记住，"你越来越深入洞穴，浪花打在你的胸口，我大喊道，"所有的神话都是错的。"

我不知道洞窟里会发生什么。

我知道他们会说什么。我知道妈妈这会儿正沉浸在悲痛之中，她肯定在想象你被獠牙撕碎。但是，我发现这种狂暴的行径非常荒唐，这种事情肯定不会在这种明亮的月夜发生。龙会给予我们很多东西，而且会保护弱小，它为我们带来雨水，而且保护我们的群岛。龙是仁慈的生物，而不是狂躁的野兽。

我在当地市场上遇到过一个老渔夫，他给我讲了一个很不错的故事。他说这个故事是一只小鸟讲给他的，而这只小鸟则是从一条顺着九湾河向北游去的七彩鱼的嘴里听来的。

老渔夫告诉我，那个洞窟通向一个非常美丽的宫殿。他说，龙对于所有的贡品都非常友善，他教会了这些人魔法，训练他们在不换气的情况下在水下游泳。那些进入洞窟的人去了一个非常美丽的世界，没人想离开。

我们的怪兽那么孤独，到底是谁的错？白蛇变成了人，是因为她希望温暖而美丽的肉体触摸。龙每年都想要个伴侣，因为它在洞窟里很孤独，这个洞窟是它的力量来源，也是它的监狱。

我们的怪物们很孤独，我们不能因为它们的亲吻有剧毒，或者我们在它们的怀抱中淹死就责怪它们。我觉得，它们不过是不知道如何去爱，我们也从没有教过它们如何去爱——它们进入了我们的世界，但我们却用火焰、碱水、醋和长矛来对付它们。我们接受了你们的礼物，却还是放逐了你们。人类就是如此，我们无能为力。我们要求你交出一切，然后将所有的忘恩负义归结于我们的恐惧。我们不知道还能怎么办。

太阳已经没入了地平线，我勉强能够看到你苍白的脖子和耳朵冒出了水面。

阿隆城已经两个多月没下雨了。如果这个世界上还有任何正义可言，那么这场干旱将持续很久很久。

卢辛达的龙

凯莉·巴恩希尔

凯莉·巴恩希尔的小说《喝月亮的女孩》获得了纽伯瑞奖，中篇小说《非法魔法师》则获得了世界奇幻奖，除此之外，她还著有其他短篇小说。她是麦克奈特基金、杰罗姆基金会员，同时参加了明尼苏达州艺术委员会和阁楼文化中心。她最近的作品是短篇小说集《可怕的年轻姑娘和其他故事》。

虽然这条龙完全是一个意外的产物，但是卢辛达却很爱它。她发现自己的科学实验居然在一瞬间制造出一条小龙，这条龙小到可以装进茶匙里（这条龙实在是太小了，以至于卢辛达差点就没看到它。如果一切真的如此，那么卢辛达的项目不仅会失败，她也会失去用手捧住一条小龙，爱它直到时间尽头的机会），卢辛达知道自己的生活和以前相比，将会发生巨大的变化。她捧起那条小龙，带着敬畏之情目瞪口呆地一直盯着它。

"别担心。"她知道自己心跳加速，于是悄悄说，"我来照顾你。"她知道自己会永远照顾这条龙。这可不是单纯嘴上说说，而是在这个充满随机性的宇宙中，提前下了一个结论，一个10

岁的小姑娘得到了一条龙。

卢辛达的科学实验,或者说是这个实验的剩余部分,开始不停抖动。龙身上的光芒越来越明亮。玻璃烧杯的边缘出现了皱褶,并冒出了阵阵青烟。卢辛达并不在乎。她目不转睛地看着手中的小龙。这条龙和一颗青豆差不多大,它也抬起头看着卢辛达。

"卢辛达·贝文顿·科茨!"

卢辛达听到自己的名字,整个人都要跳了起来,她惊恐地看着科学课老师犹如一头脾气糟糕的犀牛,从教室的另一头儿冲了过来。肖恩先生大喊道:"你到底干了什么?"他的话语中充满了责备和失望。卢辛达非常确信,他没有看到卢辛达手掌上站着一条龙,这条小龙正睁着一双水汪汪的绿色大眼睛,打量着这个宇宙。但是为了安全起见,她用另一只手盖住了小龙,然后摆出一副尽可能无辜的表情,看着自己的科学课老师。

卢辛达双手藏在桌下,说道:"肖恩先生,您找我?"

肖恩先生肌肉发达,脖子粗壮。当他生气的时候,脖子两侧就会凸出两条血管,而现在的情况就是如此。他不在乎卢辛达的手里有什么,而是紧张她面前这堆正在融化、发光,随时可能着火的烂摊子。肖恩先生怒气冲冲地说:"站一边儿去。"他用阻燃剂将这片烂摊子彻底覆盖。"把窗子打开。"他对着马里和安吉咆哮道。"现在咱们可不能触发全楼的火警警报。你们两个!"他对着华莱士和旁边的男孩吼道。卢辛达永远都记不住那个男孩叫什么。"站到桌子上,用你们的笔记本对着通风管道扇风。站上去,士兵!"肖恩先生曾经在部队服役,负责训练士兵站队列、跑48公里、用武器射击和大喊"是,长官"。然后他决定做一些更有挑战的事情,其中包括教四年级的科学课。

又或者,这一切都不过是他自己编的故事。有的时候,肖恩先生让所有人都觉得自己似乎在穿越危机四伏的战区,每个人都以为整天穿着沉重的战斗靴,而感到双脚酸痛不已。他总是把学生们称呼为士兵,并且告诉学生学习和生活一样,都是一场战争。他管自己叫指挥官,而且最少在五年级的科学课上经常说:"你们的灵魂都是我的。"这话他可真没少说。

卢辛达并不赞同这个说法。但是,她没有向老师表达不同意见。

"贝文顿·科茨小姐,你真是让我大吃一惊。我对你期望很高,但是你一整天都三心二意。这让人无法接受。三心二意的人可是会死的。记住这一点。"他拿出评分册,写了几笔,肯定是写了个不及格。

卢辛达从没有在课堂项目中得过不及格,但这次她态度坚定优雅地接受了这个不及格。因为这个不及格为她带来了一条龙。但是没人知道这条龙的存在,它在自己的双手中爬来爬去,探索着她的掌纹,用小小的爪子戳着她的皮肤。没人知道这条龙的存在。这可是她自己的龙。她确信学校如果知道龙的存在,就一定会从她手里抢走这条龙。一想到这一点,卢辛达就感到非常难过,自己的心都要裂开了。

"肖恩先生,我很抱歉。"她说道。

"我要给你的父母发一份电子邮件,好好说明一下你这种不小心的行为。我估计他们会好好处置你的。"

卢辛达说:"这是当然。"

完全不用担心这种事情。肖恩先生经常威胁说发送电子邮件,但是大家都知道他从来没发过邮件。卢辛达不知道他是否会用电脑。肖恩先生是个很老派的人。即便他发了邮件,卢辛达的父母也不会看它。她的母亲这些年无事可做。卢辛达的父亲在独立日那天出门买烟花,但从那天之后,她就再没见过自己的父亲。

肖恩先生拿过了一个金属垃圾桶,将桌上这堆闪闪发光的烂摊子扫了进去。至于这堆垃圾到底是什么东西,已经没人能看出来了。这堆垃圾的重量已经超过了它原有的重量,而且砸在金属垃圾桶底部的时候,还发出了一声巨响。肖恩先生非常健壮,却还是花了一番力气把垃圾桶搬到了后面。房间里一整天都弥漫着奇怪的味道。

卢辛达故意错过了公交车,选择一路蹦蹦跳跳地走回家,她的龙藏在午餐盒里(她已经预先戳了几个通气的洞),她的脑袋里充斥着各种计划,琢磨着如何和自己的好朋友霍林斯夫人一起做一个世界上最棒的育龙花园。

霍林斯夫人住在卢辛达家的隔壁,她已经101岁了。卢辛达没有同龄朋友。在学校里,她一个人坐在一旁。她在草场上一个人玩儿。她从没有要求加入其他小组的项目计划。但这些事情对她并没有影响——最起码她是这样告诉别人的——但她并不完全理解这到底是怎么回事。对于卢辛达和其他人而言,双方都是难以理解的存在。

但是,她和霍林斯夫人之间,并不存在这些问题。

卢辛达喜欢霍林斯夫人家的房子。这是她最喜欢的地方。自从她的父亲消失之后,情况更是如此。

当卢辛达绕过街角的时候,她不禁感叹今天的天气。现在是十月中旬,天气非常暖和,空气非常甜美,可以闻到落叶和野果的味道。阳光非常明媚，而且天空蓝得好似知更鸟蓝色的蛋壳。小龙在午餐盒里跑来跑去。露西悄悄对它说："别担心。等咱们到了我朋友家，我就立即放你出来。"当她说到"朋友"这个词的时候，努力不让自己听起来太激动，她希望给龙留下一个交朋友很容易的印象。她希望自己的小龙不必面对生活中的各种困难。

当卢辛达到了自己家的时候，她停顿了一下。虽然整个街区的房子都沐浴在秋日的阳光下，但她家却处于阴影之中。房门边的信件已经堆成了一堆。她妈妈正在家里某处。卢辛达紧皱眉头，心里一惊。她知道自己的妈妈很有可能在沙发上哭泣。她知道自己应该进屋坐在妈妈身边。这么做没有任何用处，但这就像刷牙和擦拭脏桌子一样，卢辛达知道这是一个人必须做的事情。但是，小龙还在午餐盒里跑来跑去。她希望让霍林斯夫人看看它。

"妈！"卢辛达在门廊里大喊一声，书包落在地上发出咚的一声。妈妈并没有回应。卢辛达又喊道："我出去玩儿了！"她没有告诉妈妈自己要去霍林斯夫人家玩儿。就卢辛达所知，妈妈从没有见过霍林斯夫人，也没有在乎过隔壁的房子。

卢辛达把午餐盒抱在胸口，一路蹦蹦跳跳。她知道妈妈听到了自己的话，这就够了。

霍林斯夫人的房子在阳光的照耀下闪闪发光。这栋房子总是在闪闪发光。这也是卢辛达喜欢这里的一个原因。由于邮差从来不会去霍林斯夫人家，所以门口也没有一堆堆让人感到恐慌的信件。卢辛达认为，这是因为霍林斯夫人家的门牌号是

1425½，邮差也许不相信分数。霍林斯夫人家的正门上有个直径20厘米的凸面窥镜，安装高度刚好和霍林斯夫人的身高相当。这个设计非常方便，因为卢辛达也差不多高。她可以借此观察房间内的情况，看着霍林斯夫人慢慢走了过来，然后贴在窥镜上打量门外到底是谁。这一切在窥镜的扭曲作用下，看起来越发扭曲，霍林斯夫人的眼睛也看起来异常巨大。卢辛达站在门外挥了挥手。

"嗨，霍林斯夫人！"

"哎呀，是卢辛达！"霍林斯夫人在对讲机里说道，"这还真是个惊喜！"虽然卢辛达每天都会来看霍林斯夫人，但她却总是这么说。霍林斯夫人的口音很重，总是把"卢辛达"说成"罗森达"。这是因为霍林斯夫人来自一个叫作"故国"的地方。卢辛达不知道那是什么地方，只知道那里的历史非常悠久。

"等等啊。"霍林斯夫人说，"让我把门打开。"这可不是件轻松的事情。对霍林斯夫人而言，这扇金属大门又厚又宽又重，而且曾经安装在一艘机密实验型潜水艇上。霍林斯夫人从没说自己是潜水队的成员之一，但卢辛达一直认为如此。

霍林斯夫人曾经说："一栋有趣的房子当然需要一扇有趣的大门。"卢辛达把这句话默默记在心里。也许这能帮得上自己的母亲。毕竟，你永远不知道以后会遇到什么。

为了打开这扇门，需要无数个杠杆、插销、齿轮、弹簧和马达的共同努力。霍林斯夫人只需拉动一根绳子，就能打开大门（这根绳子由红色和黄色天鹅绒组成，曾经是马戏团的财产），但是大门开启的过程需要一分多钟。终于，在经过了一阵吱吱呀呀的声音和剧烈的震动后，大门打开了。霍林斯夫人站在门廊里，满是雀斑的嘴上露出了微笑。她的灰色短发看起来就像闪闪发光的大头针。她穿着薄薄的纯棉家居裙,口袋里装满工具,穿着一件白色的实验室大褂和一双黑色的防水长靴。虽然她的眼睛很小,却很有神。一对眼镜好似一对放大镜,看起来好像一对行星,这反而让她的脸看起来很小。霍林斯夫人眨了眨眼睛。她把脸往前凑了凑,以至于她和卢辛达的鼻子都要贴在一起了。

她眯着眼睛说:"有点儿不对劲。你是不是不一样了?"

卢辛达回答道:"没有啊。"

"感觉你似乎丢了点什么东西。你是不是丢东西了?"霍林斯夫人问道。她从口袋里拿出一个卷尺,然后量了量卢辛达的脑袋,又皱起了眉头。

卢辛达继续说:"没有啊。"小龙还在午餐盒里跑来跑去。卢辛达几乎要兴奋得晕了过去,她真的想让霍林斯夫人看看这条龙!

老人哼了一声,然后耸了耸肩说:"好吧,可能是我想多了。进来吧。"她走向厨房,嘴里说着:"水壶已经放在炉子上了。"

霍林斯夫人是个科学家和发明家,每个房间里都摆满了嗡嗡作响的机器。霍林斯夫人的机器有些可以打开罐子,有些可以告诉你谁在厕所里,还有些机器可以在你想大声咳嗽的时候拉上遮布。(当霍林斯夫人得了肺炎的时候,这可是个大问题。)她有些机器可以显示全球各地的实验室的图像(甚至连外太空实验室都能看到),还有台机器可以看到地下室里各个材料实验室的情况。她的家中还有台机器,带着一条鸡毛掸子和湿漉漉的抹布爬来爬去,因为擦灰可是一种长期性的工作。

霍林斯夫人的拐杖底端还有四个分齿,乍看之下,这并没有特别，但细看之下，才能发现每个分齿都有独立的齿轮和光学装置，可以根据霍林斯夫人的每一个动作做出回应和再调整。想弄倒这个拐杖是不可能的事情。卢辛达明白这一点，因为她曾经趁着霍林斯夫人在沙发上睡觉的时候，自己亲自做过实验。这个拐杖不仅能够自己恢复直立状态，而且还像一头保护欲过强的拉布拉多狗，一路追着卢辛达，把她赶出了房间。

卢辛达曾经对霍林斯夫人说，应该给这根拐杖取个类似獠牙、打手或者野狼这样凶猛的名字。但是霍林斯夫人却说，给机器起名字实在是太蠢了。"你不能给没有灵魂的东西起名字。"霍林斯夫人说，"所有人都知道这一点。"

卢辛达将午餐盒放在厨房的桌子上。她尖叫道："霍林斯夫人！"她现在极度兴奋，"我有一条好消息。"她把一只手搭在午餐盒上，开始原地蹦蹦跳跳。

霍林斯夫人从裙子口袋里摸出一个装饰精美的、在剧场看剧才会用到的眼镜。她皱着眉头说："不对，肯定出了什么事。你丢东西了。"

卢辛达说："是吗？我丢了什么？"

"我不知道。"霍林斯夫人眼睛贴在眼镜上仔细打量，"还得你告诉我。"

卢辛达摇了摇头说："我觉得我什么都没丢。但是霍林斯夫人，我手上确实有点儿东西。而且是新鲜东西。我想说的就是这事。"

水壶里的水已经烧开了，但是水壶却没有发出哨声，而是发出了一个歌剧中女人唱歌的声音。虽然卢辛达曾经听过这首歌，但霍林斯夫人还是向她解释，这是歌剧《茶花女》中的唱段。卢辛达非常喜欢霍林斯夫人的一点，就是她总认为卢辛达知道的比自己多,而卢辛达认识的其他成年人则恰恰相反。

卢辛达摇了摇头说:"不不不,不能这么说。我可没找到什么,而是做出了些东西。一个和龙有关的东西,而且完全是个意外。但是,我还是做到了。基本上和你发明东西是一样的。"卢辛达指了指那台小型八足机器,这台每只脚上带着吸盘的小机器人正在清洗厨房窗户。

霍林斯夫人调整了一下眼镜,说:"我不知道你在说些什么。给我看看午餐盒里是什么东西。"她的口气就像一个真正的科学家。科学家注重观察和数据。卢辛达现在激动得要死。

她面带微笑地打开了午餐盒。她的小龙趴在午餐盒中央,正抬着头,用充满好奇心的大眼睛打量着一切。这可是卢辛达的龙。这简直太棒了!她兴奋地说:"好看吧?"

霍林斯夫人一屁股坐在光亮的金属座椅上,调整着厚重的眼镜:"住在地球上的人类确实经常使用'好看'这个词。但是大多数情况下,这个词并不合适。"她伸出手,鼓励小龙往上爬。小龙的体积比之前大了一点儿。在学校的时候,它不过是一颗豆子大小。现在,它已经有一颗葡萄大小了。小龙站在霍林斯夫人的手掌上,一人一龙四目相视。她让小龙在自己的双手间爬来爬去,嘴里念叨着无人能听懂的故国话。卢辛达知道这是一种科学观察,她对于自己无意间创造了一条如此值得研究的龙,感到非常自豪。

她悄悄说道:"干得漂亮,我的朋友。"

"亲爱的,你去倒点儿开水吧。"霍林斯夫人说。她瞥了眼卢辛达,说:"你还没给它起名吧?我是说,给龙起名字。"

卢辛达感到自己心中腾起一股巨大的罪恶感。她还没给龙起名字!自己算是何种养龙人啊?自己是不是还忘了什么事情?

她把两个茶包放进机械茶壶，然后把开水倒了进去。机器茶壶有短短的腿、可伸展的机械臂和计时器，如此一来就可以确保一切工作正常。卢辛达把茶壶放在桌子上。

她尽可能随意地说："我还没给它起名呢。我想先和你确认一下，确保它真的有灵魂。"这当然是个谎言，但她提前能够想到的话，确实是个好计划。她停了一下，皱着眉头问："龙有灵魂吗？"

霍林斯夫人心不在焉地说："这要取决于龙。"她从口袋里掏出一个笔记本和钢笔，开始在本子上写着各种奇怪的符号。卢辛达知道这是故国语，但却不知道是什么意思。"我亲爱的卢辛达，你最喜欢什么口味的饼干呀？"

卢辛达对此感到非常惊讶，霍林斯夫人居然不知道自己喜欢什么口味的饼干。她回答道："柠檬味的。"霍林斯夫人每天都会问她这个问题。

"好吧，好吧。"霍林斯夫人几乎把龙凑到了自己的鼻子上，仔细打量着这条龙，然后又写了几笔。"给我拿一块柠檬饼干。还有，能帮我把那个放大镜拿过来吗？"在烤面包机旁边的金属架子上，有一个非常大的放大镜。这个放大镜很大，卢辛达只能用两只手才能拿起来。她的二头肌都在颤抖。霍林斯夫人把小龙放在桌子上，刚好位于放大镜之下。她掰下一小块饼干，凑到小龙的爪子前。小龙打了个抖，卢辛达也打了个抖。卢辛达感觉到了来自小龙的好奇和愉悦。小龙闻了闻饼干碎屑，然后吃掉了它。卢辛达深吸了一口气，柠檬的清香让她精神一振。她感觉自己的嘴唇和舌头上都是柠檬，到处都是柠檬的味道。小龙擦了擦嘴，伸出爪子，表示还想要一块。卢辛达舔了舔嘴唇。小龙吃掉了第二块饼干屑，用爪子抚摸着肚皮，躺在了桌子上。它的脸上露出了一副非常满足的表情。

卢辛达坐在厨房的椅子上,揉了揉肚子。

"嗯。"霍林斯夫人嘀咕了起来。她看了眼机械茶壶,然后随口说了一句:"麻烦倒杯茶。"茶壶听到命令,马上就开始工作。整个茶壶的机械结构非常古老,每一个动作都发出嘎吱嘎吱的响声,但它依然把茶杯拉到自己身边,将茶杯里加满了茶。机器茶壶又向着奶油壶伸出了机械臂,对准壶的把手,然后调整吸盘的位置,小心翼翼地提起奶油壶,向茶杯里倒了几滴奶油(当然桌子纸垫上也滴了几滴奶油)。霍林斯夫人说:"干得漂亮。"茶壶似乎因为愉悦而颤抖了起来,齿轮也闪闪发光。

小龙打了个嗝,卢辛达也打了个嗝。她曾经听别人说过,打嗝也会传染。又或者是小龙在打哈欠。又或者两种情况都有可能。

霍林斯夫人眯起了眼睛说:"卢辛达,我的小可爱,你今天辛苦了。你肯定已经饿坏了。吃块饼干吧。柠檬是你的最爱。"

卢辛达摇了摇头说:"还是不用了,多谢。"她打了个哈欠。小龙也打了个哈欠。"我吃饱了。"

霍林斯夫人又写了几笔。

自从霍林斯夫人的房子——房子里有各种发明、实验室、暗室和奇怪的地板——忽然出现在卢辛达家隔壁,她就怀着一种好奇和感激的心态,立即向霍林斯夫人介绍了自己。而霍林斯夫人经历了卢辛达能看到这间房子的事实感到最初的惊讶之后,嘴里嘀咕着"总有人能看到这房子",然后告诉卢辛达她对于自己很有用,而卢辛达也确实没有辜负霍林斯夫人的期望。

自从那天起，卢辛达天天帮着霍林斯夫人擦拭抛光各种科学设备。她给年迈的鸟为食，检查鱼的状态，为松鼠留下几片饼干，然后去给树上的猫头鹰打打招呼，因为所有人都值得打个招呼。

霍林斯夫人让卢辛达站在厨房的门廊旁边。她站在凳子上，依靠尺子的辅助，用钢笔在门廊上做了个记号。这个记号代表着卢辛达的身高。

卢辛达问道："你为什么想知道我的身高？"

霍林斯夫人说道："因为我是个好奇心旺盛的人。而且我还要做些很有趣的事情。"她说完，就低下头用故国语又写了几笔。她并没有向卢辛达解释自己写了什么。

她们坐着升降梯来到地下室，霍林斯夫人检查了一下种在闪闪发光的培养器里的智能金属。一块智能金属在培养器中躁动不安，一会儿变成手，一会儿变成怪物，过了一会儿又变成一只眼睛。

"快别闹了。"霍林斯夫人说完拍了拍玻璃，整块金属瞬间变成了一摊融化的液体。

卢辛达凑到玻璃旁仔细打量。

"它是怎么做到的？"卢辛达问道。她的龙从她的衬衫口袋里探出头，然后又钻了回去。这可真是条胆小的龙。

霍林斯夫人耸了耸肩："这是有智能的金属。它想干什么都行。"她眯着眼睛看了看那团金属。"它也可以按照指令工作，而且还完全不用考虑它的感受。"那团金属温顺地晃动了一下。

卢辛达从这团金属前退开几步，让小龙爬到桌子上。小龙到处闻来闻去，但还是留在距离她的手不远的地方。小龙需要卢辛达。她非常清楚这一点。她看着霍林斯夫人说:"如果这团金属有智能,那么它有灵魂吗?"

霍林斯夫人惊讶地说:"为什么要这么问?这个想法太疯狂了!有意识的东西不一定有灵魂。你见过电视新闻上的政客吧。"卢辛达没有见过电视上的政客,但是她不打算告诉霍林斯夫人这一点。

她慢慢地说:"那你是怎么判断一个物体是否有灵魂呢?"

霍林斯夫人一脸严肃地看着卢辛达,然后看了看小龙,又看了看卢辛达已经变大、开始显得有些松垮的鞋子。"这是一个训练有素的人做出的猜测。"她说道,"要是你错了,就只能靠老天帮你了。"她看了看龙,现在已经有一个杏仁大小。"把它还回去。"霍林斯夫人很严肃地说道。小龙攀上卢辛达的胳膊,跳进了卢辛达的口袋里寻求掩护。而卢辛达不知道小龙究竟要还给自己什么东西。小龙开始发出呜咽声。霍林斯夫人说道:"我可没跟你开玩笑。"小龙叹了口气,然后开始放松。霍林斯夫人拍了拍卢辛达的肩膀说:"设立目标和标准是非常重要的事情。在各种关系中都是如此。但是,想必你也知道这些事情。"卢辛达装出一副明白怎么回事的样子。她跟着霍林斯夫人回到升降梯。随着她们降到地下二层,卢辛达的鞋子又合脚了。

卢辛达从没有来过地下二层。这里的灯光是蓝色和绿色,仿佛自己置身水下。墙壁上有几个屏幕,看起来像是观察窗。霍林斯夫人在地面上的家里也有大约 10 个这样的屏幕,但是在这里,有几十个这种屏幕。卢辛达看着这些屏幕,惊讶得说不出话。这里的屏幕和房子里的屏幕一样,大多数都显示着实验室里的画面,但是有些屏幕却显示着位于潜水艇和洞穴中的实验室。在一个屏幕中,科学家们似乎都飘浮在空中。两个屏幕上显示着动物穿着实验室的白大褂,还有三个屏幕显示着科学家穿着防护服在处理奇怪的东西,这些东西看上去有好几个脑袋,或者四个胳膊,又或者屁股上长了个毛茸茸的大尾巴。卢辛达觉得这一定是某种奇怪的电视节目。

霍林斯夫人说:"把龙放在桌子上。我要给它拍张照片。"

卢辛达问:"拍照又是为了什么?"

霍林斯夫人指了指屏幕,说:"你也知道,我的同事都……反正距离这里很远。但是,他们和我一样,都是充满好奇心的人。他们看到你的龙时,肯定非常兴奋。你放心,他们完全是出于科学目的而感到兴奋。"

卢辛达快乐地点了点头。她热爱科学。她从口袋里掏出小龙,把它放在桌子上。小龙马上开始哭泣,眼泪在桌子上积成了一摊不小的水洼。卢辛达感到自己的心都要碎了。霍林斯似乎对它的哭声并不在意:"卢辛达,我的小可爱,你去坐到龙的身边吧。我想给你也拍一张。"

霍林斯夫人把照相机推了过来。这个机器非常大,卢辛达从没有见过这种照相机。整个相机下面装有万向轮,青铜质的外壳因为抛光和认真的清洁工作而闪闪发光。霍林斯夫人爬上椅子,打开开关,整个相机嗡嗡作响开始运转。

"伙计们,大家好。"霍林斯说道。屏幕上的所有人抬起了头,打量着屏幕。"这是卢辛达。她是我在地球上的隔壁邻居,啊——我的意思是说,"她清了清喉咙,"这就是说,我们恰好住在地球上的同一个城市里的同一个街区,这对于正常友善的对话来说非常常见。这一点在任何一个星球上都是如此。"霍林斯夫人停顿了一下。她的脸颊开始变红。"在我汇报有关手指脚趾和天空颜色的日常对话中,我还提到了其他正常的东西。但是，这都不是我此次要求各位专业意见的原因。卢辛达似乎在无意之间创造了一条小龙。我们肯定听说过类似的事情。"

霍林斯夫人看着卢辛达："这是因为我们都是科学家。"

"哦。"卢辛达努力让自己听起来知道得很多。"这是当然。"

霍林斯夫人继续看着照相机说："但是，这并不是太久前的事情。自从上次事故之后，我想大家都认为不会再发生类似的事情，但是，大家都看到现在发生了什么。这位年轻的女士被龙缠住了，这种事情很正常。卢辛达，我的小宝贝，我们都很想听听你是怎么造出这条龙的，请从头儿给我们所有人讲讲这个故事，不要遗漏任何一个细节。而且还有一点很重要，当时教室里还有谁。请开始吧，亲爱的。"

霍林斯夫人调整了下眼镜，重新调整了照相机的镜头，然后把照相机往前推了推。龙冲到卢辛达的手边，用爪子紧紧抓住了她的皮肤。卢辛达可以感觉到小龙在颤抖。所有人都看着屏幕，他们的眼中写满了好奇。

卢辛达把自己知道的一切都说了出来。

当天晚上，卢辛达躺在床上，在黑暗中两眼无神地发呆。小龙现在没有和她在一起。但是霍林斯夫人说，龙的体形还没到撑破房子的程度，而且卢辛达的母亲非常脆弱。如果龙在晚上跑出去怎么办？如果龙长大了怎么办？如果它吓到了别人怎么办？卢辛达的母亲可以承受这一切吗？这种可能性很低。

当卢辛达和小龙不得不分离的时候，她哭了出来，当霍林斯夫人坚持拿走她的小龙，然后关上房门的时候，她泣不成声。但是现在……

她的房间里非常黑。窗外的街灯在她的房间地板上洒下些许黄光。她知道可以从窗户看到霍林斯夫人家的房子,而且能看到她的窗户里露出各种颜色的光芒。卢辛达只能假设这对于一名科学家来说非常正常。

霍林斯夫人善于发明新玩意儿和解决问题,这通常都是工程师的事情。霍林斯夫人在建造养殖园。霍林斯夫人在造一个便携式设备箱。霍林斯夫人要去解决问题了。卢辛达信任霍林斯夫人,而且她知道自己应该感到安心。但是现在小龙不在自己身边,她感到自己什么都感觉不到。虽然小龙的到来实在让人感到太过兴奋,以至于自己所有的感觉——包括过去、现在和未来的所有感觉——都集中在小龙的身上,一点也没给自己留下。卢辛达躺在床上一动不动。她没有睡觉,也不感到忧虑。她什么都感觉不到。当小龙不在她身边的时候,她感觉自己像是无时无刻不在经历缺失肢体后的幻痛。

到了第二天早上,卢辛达坐在妈妈的床上道了早安。她的妈妈也一夜未眠,脸上全是泪水。通常来说,当卢辛达看到妈妈这般模样,总会伤心难过,但今天她毫无感觉。她拍了拍妈妈的手,因为她认为应该这么做。妈妈的忧伤对她而言没有意义。"妈妈,祝你今天愉快。"卢辛达说完就离开了妈妈的房间。

在去公交车站之前,卢辛达敲了敲霍林斯夫人家的门。她从没有这么早拜访过霍林斯夫人,但她感到自己必须见见自己的小龙,这种冲动是如此强烈,以至于她感觉自己的心都要跳出来了。随着距离霍林斯夫人家越来越近,她感到这种冲动越发强烈。透过大门上的窥镜,她可以看到霍林斯夫人和另外两位年迈的陌生人站在起居室的桌子旁。这可真是太奇怪了,卢辛达从没见过其他人拜访过霍林斯夫人。但是她仔细想了想,这一点儿都不奇怪,毕竟,老人总是找老人做朋友,而且会互相拜访彼此。这两位老人和霍林斯夫人一样,都穿着实验室白大褂和防水靴,戴着让眼睛看起来更大的眼镜。其中一个人的皮肤带着一种淡淡的紫色。卢辛达知道一直盯着一个人看,是一种很不礼貌的行为,所以她认为这种紫色的皮肤完全是老人身上的正常现象。霍林斯夫人走到门口,透过窥镜看了看门外,然后用通话系统向卢辛达问好。

"哎呀,是卢辛达!我们刚才还说到你呢。进来吧。我们准备了茶。"霍林斯夫人走进起居室,然后拉了下天鹅绒绳子。"夹竹桃夫人!还请您为卢辛达倒一杯茶吧?"

房门慢慢打开。小龙被一个玻璃碗扣在桌子上。这可是卢辛达的龙。她感到一人一龙间的距离越来越近。

她大喊道:"我想死你了。"卢辛达抽泣了起来,她把小龙捧在自己怀里。它的体形又变大了,现在足有一个李子大小。卢辛达对着小龙又亲又抱,所有感觉在一瞬间又回来了。她对肖恩先生给自己一个不及格而感到生气,因为父亲失踪数月而感到紧张,因为早晨的美景而感叹大自然的魅力,为自己的母亲感到难过,希望自己可以像其他孩子一样有很多朋友。她感受到了很多东西,感觉自己随时会爆炸。龙似乎也因为各种感觉而不断变大。它现在已经有半个苹果大小了。

霍林斯夫人大喊道:"把那些都还回去!"卢辛达被霍林斯夫人尖锐的咆哮吓了一跳,马上有了想哭的感觉,而霍林斯夫人则将一只手搭在她的肩膀说:"亲爱的,我说的不是你。你还是那么完美。"

霍林斯夫人从没有用"完美"一词来形容卢辛达。卢辛达感觉自己咧嘴笑了起来,仿佛自己的笑容可以装满整个房间。龙忽然变重了,但在霍林斯夫人咳嗽的瞬间,又变回了李子大小。

卢辛达后来知道夹竹桃夫人和氙夫人也是科学家,都是霍林斯夫人在故国的老朋友。夹竹桃夫人只能说几句英语,氙夫人则完全不会说英语。3位老妇人用故国语聊天,卢辛达则和小龙说悄悄话。忽然,她听到校巴的声音越来越近。

卢辛达说:"我必须要走了。我能带上小龙吗?"

她当然知道这个问题的答案。

霍林斯夫人慢慢说:"现在不行。我们要先找出个安全的办法。与此同时,亲爱的,你能站到门框那儿去吗?我想看看你现在有多高。"

卢辛达抗议道:"但是你昨天已经测过我的身高了。"

"行吧,行吧。"霍林斯夫人说完,就走到门框旁做了个记号。她这次不需要凳子了。卢辛达可以感觉到霍林斯夫人的呼吸吹在自己的头顶。她的呼吸非常热。霍林斯夫人把卢辛达赶出门,甚至没让她看自己的实际身高。

卢辛达跑向车站——这段路程和平时相比似乎更远。也许她只是太累了。她挣扎着爬上车门口的台阶,每一个台阶似乎都比之前的台阶要高。卢辛达并不对此感到忧虑。事实上,她什么都感觉不到。当巴士带着她越走越远,这种毫无感觉的意识也逐渐膨胀,卢辛达完全不记得自己曾经感觉到了什么。

卢辛达回头看了眼自己的家,发现有人在敲门。他们大可以敲一整天。她的妈妈过几个小时才会起床。就算她起床了,也不一定会去开门。敲门的人转了个身,卢辛达眯起了眼睛。

那是肖恩先生。但据卢辛达所知,肖恩先生从来不会去别人家,他住在学校。巴士开得很快,卢辛达只能再看几眼。她看到肖恩先生透过窗户向家里打量,在门口听房间里的动静。在卢辛达看来,这种观察手段和科学家没有区别。她不过是在观测数据。她拿出笔记本,在一页纸的顶端写下"观察"两个字。

1.肖恩先生来我家。

她不知道接下来要写什么。当科学家在观察一个正在观察其他事物的物体时,这还算是观察吗?她对此不是很确定。

她在学校拿着自己的早餐盘,却什么也没吃。她一个人坐着,但是没注意到这一点。她的校服衬衫和裤子明显太大了——明明昨天它们还那么合身。也许这身衣服是被过度拉扯了吧。华莱士和他的死党取笑卢辛达穿着别人不要的衣服。在一般情况下,这种嘲笑会让她感到难受,又或者这种错误的预判会让她生气。但是,今天她没有这种感觉。

到了第五节课的时候,卢辛达走进科学课教室,她的出现似乎让肖恩先生感到非常惊讶。"你在这儿啊。"他说话的时候嘴唇发干,似乎见到了一个幽灵。

"我一直都在学校呀。"卢辛达并没有因为肖恩先生的困惑而感到不解。她什么都感觉不到。她不过是讲述了一个客观事实。肖恩先生绕着卢辛达走了几圈,反复打量着她。

"有什么……"

还没等他说完,上课铃声就响了起来,科学课开始了。今天实验室里的项目,和卢辛达造出龙的项目一模一样。这一点非常奇怪,因为肖恩先生从来不会重复课堂项目。但是,他在桌子之间走来走去，对着学生大喊大叫，没人敢问他任何事情。卢辛达怀疑昨天除了自己，还有其他人得了不及格。学生们再次从烧杯和试管中取出粉末和液体，然后进行称重和混合，所有这些物质都是用一星期中的每一天来命名。肖恩先生用整齐的字体在黑板上写下了操作流程：

> 将80克星期二加入142毫升星期六中搅拌，等待10秒钟，然后进行晃动。再加入19滴星期三，每次滴入一滴。

类似这样的板书还有很多。肖恩先生说这有助于他们学习如何精确而认真地执行指令。学生们必须严格执行这些步骤。卢辛达屏住呼吸，等着自己的项目再次爆炸。她并不希望自己的项目会爆炸——她什么都感觉不到。但是她知道，两个人总好过一个人。

最终没有发生任何爆炸。也没有出现龙。卢辛达完美地完成了自己的实验。安吉和那个经常与华莱士坐在一起的男孩向后一跳，他们的项目开始闪闪发光，发出滚烫的热浪。地板开始震动，烧杯冒出浓烟。卢辛达看到他们眼中冒光，双手藏到桌子下面。当肖恩先生因为愤怒而大声咆哮，将被摧毁的实验设备扫进金属垃圾桶里，然后搬走所有垃圾时，他们二人的脸上则装出一副很懊悔的样子。

卢辛达什么都感觉不到，但是她终于注意到自己什么都感觉不到。她看着那个和华莱士坐在一起的男孩。华莱士不停拍着他的肩膀，问他在看什么，但是那个男孩却一句话都不说。他看着安吉，而后者则跑到了角落里。她的嘴上带着笑容，她的眼睛里满是泪水。

卢辛达嘀咕道："这可真有意思。"霍林斯夫人希望卢辛达可以像科学家一样思考。她从没有公开说明这一点，但是卢辛达可以感觉到她的想法。卢辛达拿出笔记本，翻到了写有"观察"二字的那页，然后写个不停。她将自己看到的一切都写了进去。她记下了安吉的表情，还记下了华莱士的朋友如何拒绝再看华莱士一眼。她将一切都写在了纸上。

5. 和华莱士坐在一起的男孩不愿露出自己的手。
9. 肖恩先生脖子上的血管还是一如既往的凸出。
15. 闻起来像干草、姜汁饼干和婴儿呕吐物。
21. 肖恩先生第 21 次称呼我们是士兵。

"天下最糟糕的事情，就是一个士兵在执行任务之前准备不充分。士兵们，你们每个人都接受了充分的训练，我知道当你们接受下一个任务的时候，一定会感谢这些训练。现在解散。"

卢辛达决定将一切都告诉霍林斯夫人。

肖恩先生咆哮着命令华莱士，让他对着烟雾报警器扇风。他对着马里大喊大叫，命令她打开窗子。他还告诉安吉和那个经常和华莱士一起鬼混的男孩，晚上要给他们的父母发邮件。但所有人都知道，他不会这么做。

放学之后，霍林斯夫人的房子和早上相比，出现了些许不同。首先，车道里出现了几辆很怪的交通工具。其中，大部分是……汽车。其中一辆看起来像普通的车，但全车上下只有位于车顶的一扇舱门，而且车内装满了水。卢辛达仔细检查了另一辆车，这辆车的两侧装有折叠机翼，还有一辆车有8个轮子，每个轮子都装着可伸缩的腿。卢辛达将这一切记在自己的笔记本上。她用手抚摸着车的外壳，然后检查车后面通常会标型号和生产公司的位置。这辆车上没有这些标识，只有用善良的银色字母写着的一行字："非常普通的地球汽车。"卢辛达皱起了眉头，她从没听说过这种车。

另一个不同出在霍林斯夫人家——或者说房子后面——出了一个由金属纤维制成的巨大帐篷。这个帐篷有两个角楼，若干凹槽，甚至还有一面画着类似银河的旗子在迎风飘扬。卢辛达知道自己应该感到好奇和困惑。但是现在她什么都感觉不到。她甚至没有因为先去看自己的母亲，而感到愧疚。

她走到房子正面敲了敲门。但是没有人开门。她又敲了敲。门微微打开了一点，看来门并没有上锁，甚至都没有关好。卢辛达推开门走了进去。那只年纪很大的鸟叫了起来，而那条鱼则在游来游去。卢辛达从口袋里找出一块饼干，喂给了那只鸟，她一直都是如此。然后，她从罐子里捏了一撮鱼食，撒进了鱼缸里，因为她一直如此。这些都是一些小事，但这让卢辛达感觉自己皮肤更紧致，骨头工作正常，脑袋可以更好地与脖子连接。她的龙就在附近。她可以感觉到这一点。能有感觉总是一件好事。

卢辛达打量着厨房，问道："有人吗？"一位老爷爷和老奶奶站在厨房的桌子旁，检查着机器茶壶。那位老爷爷耳朵上戴着一个类似听诊器的东西，他认真听着茶壶发出的声音。而那位老奶奶则戴着一个类似霍林斯夫人的放大镜，但这个放大镜上有各种按钮、灯光和控制开关，当它靠近茶壶的时候，发出嗡嗡的声音。这对老人穿着和霍林斯夫人一样的衣服——一件白色实验室大褂、黑色的防水靴和花纹的棉质居家裙。那位老人还有些许胸毛，抹了油的胡子末端则弯了起来。两个人都在自己的笔记本上写个没完。

卢辛达说："嗨，我叫卢辛达。"

两个人已经被眼镜放大的眼睛，因为惊讶而显得似乎更大了。他们用卢辛达无法理解的语言说了几句话，然后示意她坐下。老爷爷为她倒了杯茶。而老奶奶则尖声咆哮了起来，其中一个词听起来像"霍林斯"，但事实并非如此。老奶奶回到桌子旁，拍了拍卢辛达的脑袋，仿佛她就是一条狗。要是换在其他时候，卢辛达早就生气了。但是，她现在只是感到心中存在些许感觉，只是不确定这种感觉是否真的存在。

从一间很偏的房间（也许是地下室二层）里传来一声巨响。霍林斯夫人面带笑容地走进了房间。"卢辛达！"她开心地说道，"我觉得我已经解决了你的问题，又或者说你的众多问题之一。但我估计只是解决了最简单的一个问题，我们还要处理很多很麻烦的问题。不过我们会解决它们的。"她眨了眨眼睛，一只手搭在卢辛达的额头，手指搭在手腕上，对着两位老人用故国语说了几句。卢辛达虽然听不懂她说的话，但是知道她在解释着一些东西。

卢辛达努力保持一动不动，但是她的牙齿开始嗒嗒作响，骨头也开始摇晃。她的龙就在附近。她的皮肤开始震动。卢辛达这时候明白，自己身体中的一部分就是龙的形状。也许这部分一直都是龙的形状。由于龙距离她很远，她感到一个龙形的缺口出现在……所有东西上。不论是这个宇宙中、这栋房子里，还是她自己身上，都出现了这种缺口。她只有找到自己的龙，才能再次变得完整。

霍林斯夫人说:"吃吧。"她没有等待卢辛达的回复,就把饼干推进了卢辛达的嘴里。卢辛达咀嚼着饼干,但并没有品尝饼干的味道。老爷爷和老奶奶继续做着笔记。

老爷爷用故国语问了霍林斯夫人几个问题。"那叫作喝茶。"霍林斯夫人回答道。她悄悄对卢辛达说:"他已经花了172年学英语了,到现在还没学好。"她摇了摇头,"男人哟。"

"嗝恰①。"老爷爷的语气中不乏殷勤,手中还为卢辛达送上一杯热茶。

霍林斯夫人翻着白眼说:"来吧,卢辛达。该让你看看其他的科学家了。"

和房子连在一起的帐篷的角楼里,装备了大量显示器,每个显示器下方都安装了万向轮,你可以随意挪动它们。几个科学家分成几组窃窃私语。大多数科学家都和霍林斯夫人一样,穿着白大褂和厚厚的防水靴。有一个人还在自己的额头上挂着一副眼镜,看起来就像是多出了一对眨个不停的眼睛。还有一个人的鼻子和下巴看起来像一条年迈的猎犬,但是卢辛达知道老人的脸随着时间的推移,会变得越发柔软,她也知道盯着别人看是一种很不礼貌的行为。还有一个人身上的赘生物看起来像是鹰嘴。还有一个人脸色看上去发绿,但是卢辛达知道,长途旅行引发的不适确实可以做到这一点。霍林斯夫人让卢辛达坐在讲台旁的高脚凳上,然后用故国语宣布会议开始。科学家们开始记笔记。

卢辛达不知道这次会议还要持续多久。她想要她的龙。她能感觉到的东西不多,但她很确定这一点。自己身上的龙形缺

---

①由于严重口音问题导致发音不准。

口开始震动、轰鸣。她闭上了眼睛,开始集中精神。她的脑海里只有三个字:"你在哪?"然后——

"卢辛达?"

卢辛达猛然睁开了眼睛。她扫视着房间,其他人都没有听到这个声音。卢辛达很确定自己听到了这个声音,而且这个声音绝对不是通过自己的耳朵进入自己的大脑。这声音似乎来自卢辛达自己体内,通过骨头传导进入自己的大脑。这个声音就是她自己,她就是这个声音。

卢辛达?

卢辛达紧紧闭上了眼睛,努力集中精神。

"小龙?"卢辛达问道。

"你在哪?"卢辛达非常确定这是龙的声音。

卢辛达回道:"我和科学家们在一起。我得告诉他们一些事情,但是我不知道他们是否能够理解。"

在很长时间内小龙没有回复。卢辛达感觉自己身体内的龙形缺口越来越大。小龙最终回答:

"卢辛达,我迷路了。我不知道我在哪。我能感觉到你,但是我看不到你。我只需要你,我不能没有你。"

卢辛达的龙形缺口越来越大。

科学家们发出一声惊呼。两名科学家冲向卢辛达,一个抓着她的手,另一个把手背贴在她的额头。所有人都开始说个不停,有些人说的是故国语,有些人则用其他的语言,但是没人用英语。

卢辛达看着霍林斯夫人,她现在完全变了个样子。她的眼睛闪着红光,银色的头发变得更长更粗,似乎金属尖刺从她的颅骨中冒了出来。她用故国语大喊一声,卢辛达完全不明白这话是什么意思，但是她凭着直觉就知道霍林斯夫人说的是：把那条龙拿过来！

两名科学家立即跑开了。很快，三名科学家推着一个装着大金属箱子的推车回来了。箱子抖个不停，卢辛达感觉自己心跳加速。霍林斯夫人抓着卢辛达的手，卢辛达这时候才发现，霍林斯夫人的手上比人类多一个指节。她的手一直如此吗？卢辛达认为，应该把这事写进写有"观察"二字的日记本上，但现在似乎时机不对。霍林斯夫人凑到了卢辛达的耳边：

"我亲爱的卢辛达，不论发生什么，你的灵魂都是不可磨灭、无法改变的，而且你的灵魂永远属于你自己。我知道你现在不明白我说了什么，但是你得向我保证，你会牢牢记住我的话。你能保证吗？"

霍林斯夫人说得没错。卢辛达完全听不懂她的话，但还是向她发了誓。科学家们打开了箱子，卢辛达感到了自己心口腾起一股好奇心。她听到了震耳欲聋的咆哮，看到了明亮的光芒，然后整个世界都陷入了黑暗。

"卢辛达？"

"卢辛达？"

卢辛达不知道自己在哪里，周围一片黑暗。

"卢辛达，我很抱歉。我不知道该怎么办。这里人太多了，我很害怕。"

卢辛达眨了眨眼，适应了周围昏暗的环境。

"你一直在睡觉。你……哦，卢辛达，请不要对我生气。我不是故意的。我相信这是我的错，但我不知道这到底是为什么。我只知道我需要你，卢辛达。我需要你。"

卢辛达扫视着房间。她抬头看到墙上有一个钟,钟面的玻璃反射着远处的街灯。她坐在一片很坚硬的表面上,在她的旁边是一大堆纤维材料。一面墙上挂着一块黑板。一扇锁死的门下闪动着微弱的光。在窗子旁边还有一排排课桌。卢辛达皱起了眉头。

"我在肖恩先生的教室吗?"

"我不认识肖恩先生。我只认识你。"

卢辛达的小龙站在她的面前。但是这条龙变得更大了。它……占据了一大片空间。卢辛达摇了摇头,想让自己清醒过来。龙的尾巴盘在身体周围,它把尾巴尖贴在自己的脸颊上,就好像一个小孩子抱着毯子。它的龙鳞在昏暗的光芒下闪闪发光,绿色的大眼睛里噙满了泪水。

"卢辛达,我太爱你了。我不知道还能做什么。我害怕极了。"

"世界那么大,你为什么要带我来这儿?"卢辛达注意到后面小屋闪动的灯光。她发现肖恩先生在黑板上写着一周的课程安排,所有项目都是一模一样的。他用大大的字体写着:"反复实验,直到取得正确结果!"肖恩先生从来不会重复说话。他认为这是软弱的象征。那为什么要在这里重复呢?肖恩先生那天在卢辛达家附近转悠,那又是为什么?卢辛达不是很清楚。她努力像一名科学家一样思考。要观察数据。现在,卢辛达在肖恩先生的教室里,但是她屁股下面坐着什么?

"我带你来这儿,是因为这里是一切的开始。又或者说这里是我的开始。又或者说,这里是我们的故事开始的地方。我来这里,是因为我认为这是正确的事,而且也不能把你留在这儿。"

卢辛达曾经学过，三文鱼总会游到自己孵化的地方，这样它们就能够再次产卵。她知道还有一些动物会有类似的行为——它们会在本能的驱使下回到繁殖地。她的龙也是如此吗？它打算……繁殖更多的龙吗？卢辛达不确定出现更多的龙是否是一件好事。她爱自己的龙。但是，保持科学家的思维是一件非常重要的事情。

卢辛达站在原地发抖，双臂紧紧抱住自己，这时候她才反应过来自己什么都没穿。她对着龙摇了摇手指。她惊讶地发现自己必须抬起头，才能看到龙的脸。这条龙到底有多大了？

卢辛达质问道："是你偷了我的衣服吗？偷别人的衣服可不对。"卢辛达知道自己负责龙的道德教育。这时候她才明白，这是一项艰巨的工作。

龙咬着自己的下唇，"你的衣服还在。它们不过是不合身了。你……唉，你现在变得非常小，而我不知道该怎么办。"

卢辛达回头看着那一堆高高叠起来的纤维材料，终于明白这都是她自己的衣服。她现在站在实验桌上，整张桌子似乎向着各个方向无限延伸。她不禁皱起了眉头。

她问道："我到底多高？"

"我不知道该怎么形容。大概这么高。"龙用自己的双爪测量了一下，但是完全没用。卢辛达站了起来。她不会因为赤身裸体站在自己的龙面前而感到羞愧，但是她真的需要穿些衣服。她记得在裤子后口袋里还有一条头巾，于是爬上了这堆衣服。这条头巾还是太大了，但是卢辛达可以通过反复折叠和绑起边角，让头巾变成一条堪用的裙子。如果卢辛达再次变大或者变小，那么情况就有所不同。她不确定这条裙子能坚持多久。

"我们在这里待了多久？"卢辛达的大脑飞速旋转。自己还知道些什么？自己可以推断出什么结论？她需要霍林斯夫人。她需要妈妈。如果自己不断缩小，然后消失了怎么办？龙一脸茫然地看着她，所以卢辛达再次说："自从我们离开了那些科学家，到底过去了多久？"

"我不知道时间。我只知道你。"

龙在这一点不能提供任何帮助，而卢辛达需要更多的信息。她回头看着后面房间闪个不停的灯光。

卢辛达问："你带来我的背包了吗？"

"你说的是这个吗？"龙拿起了背包。现在背包的体积比卢辛达还要大。这可不是个好兆头。

"好吧，你得把它打开。"现在解释起来就更困难了。龙的指头非常笨拙，而且也不知道拉链和扣带都是什么意思。忽然，卢辛达停了下来，歪着头看着龙。

"等一下。你的声音在我的脑袋里。是你把声音传送进去的，还是我自己放进去的？"

龙说："我不知道脑袋是什么东西。"

卢辛达想了想，然后说："你把眼睛闭上。"她给龙指了指眼睛的位置。卢辛达尽可能在脑中构建起一幅清晰的画面。她的妈妈坐在沙发上，双手掩面抽泣不止。卢辛达感到心里很难受，浑身泛起鸡皮疙瘩。龙几乎要哭了出来。

龙说："我很担心妈妈。"

卢辛达点了点头，说道："我猜也是。好了，你现在注意听我说。"她努力想着如何让龙打开背包找到笔记本，打开口袋找到铅笔，然后再去找削铅笔刀。这一步就更难了。龙的爪子又大又笨，但是卢辛达希望它能够更灵活一点，因为她需要龙在笔记本上做记录。

"好的,现在带我去后面的房间,我得看看肖恩先生在干什么。"

到了第二天早上,忧心忡忡的霍林斯夫人去后院检查猫头鹰,却发现了3条龙。这些龙大小不一,一条龙和灰熊大小相近,一条龙和绵羊的尺寸差不多,还有一条龙的大小和一蒲式耳①容量的桶子一样。这里还有3个孩子,每个孩子身材各异。最小的一个孩子站在龙爪上,穿着一条用头巾改造而成的裙子。

"你!"霍林斯夫人对着最大的一条龙喊道。她紧接着用故国语咆哮道:"你连问都没问,未经许可就拿走了不属于你的东西。"

卢辛达说:"霍林斯夫人,我觉得这不对。"她说话的时候,不得不把音量提到最高。她渺小的肺部和声带发出的声音,并不能传得太远。

霍林斯夫人凑上去,说:"哦,是卢辛达!我对发生的这一切感到很抱歉。龙在——"

"不,霍林斯夫人,我有话要跟你说。龙什么都没拿。龙就是我,它是我的灵魂。又或者我们共同拥有一个灵魂。我还不是很确定。我的一部分是龙的形状,而龙的一部分又和我有关。我知道的事情,龙也知道;龙想的事情,我也在想。我们有共同的感受,因为我认为它就是我的感受。这合理吗?我试着成为一个优秀的科学家,试着观察数据。这就是我的结论。"卢辛达涨红了脸。她重视霍林斯夫人的建议,不想让霍林斯夫人认

---

①英美制容量单位,英制1蒲式耳约6.37升。——编者注

为自己是个笨蛋。即便卢辛达现在身高不足 10 厘米，站在龙爪上，身上穿着头巾改成的衣服。

霍林斯夫人严肃地点了点头："告诉我你还发现了什么。"

卢辛达将科学课上重复实验的事情，因为肖恩先生去过自己家，所以她又将另外两个孩子的事情都一五一十地告诉了霍林斯夫人。她给霍林斯夫人讲了关于柠檬蛋糕，关于自己体内的龙形缺口，还有自己和龙分离之后，就什么都感觉不到的事情。她讲了自己是如何教龙阅读文件，打开背包，写下笔记，还有自己想到母亲的时候，龙也会哭泣。卢辛达还讲了肖恩先生上课时的样子，以及他在后面小屋的墙上画下的奇怪符号，还有就是这些符号大多数是由龙写下的。她向霍林斯夫人展示了自己的笔记本，后者看到笔记内容的瞬间睁大了眼睛，然后因为注意力的集中，又眯在了一起。据卢辛达所说，房间里还有一张市区地图，自己家、马里家和坐在华莱士身边的那个男孩家的位置被做了标记。所以，卢辛达能找到他们二人。

那个坐在华莱士身边的男孩说："其实，我叫阿尔弗雷德。"他现在只有一只中等尺寸的猫大小了。他的龙紧紧抱着他。一人一龙，此刻倒是快乐无比。

卢辛达说："是吗？"她对此完全没有概念，于是摇了摇头。"我不想让肖恩先生先找到他们，所以我潜入他们家，叫醒了他们。我现在这么小，潜入的时候没有问题，但是花了不少时间。特别是坐在华莱士身边的男孩——抱歉，我是说阿尔弗雷德——很难被叫醒。"（卢辛达认为阿尔弗雷德有时候并不友好，但是她不打算明确说明这一点。她的龙当然完全明白卢辛达的想法，于是狠狠瞪了阿尔弗雷德一眼。）

霍林斯夫人点了点头："自从昨天的事故之后，大家都非常担心你。"她说话的时候还瞪了一眼卢辛达的龙。卢辛达的龙眼睛里已经噙满了泪水。

"这又不是我的错！我当时太害怕了！我又不喜欢科学家。"

"你们都跟我来吧，咱们得决定下一步要干什么。"

肖恩在全班人面前走来走去。他布满斑点的脸涨得通红，脖子上的血管凸了出来。马里把背包放在安吉的位置上，免得其他人坐在这儿，华莱士坐在自己的位置上，从来没有人见过他如此安静。

肖恩先生大喊道："我们会重复这套实验，直到你们取得正确的结果。我不会容忍失败。这事可比你的永久记录更重要。士兵们，打起精神。"

阿纳林哭了起来，马库斯通常会给她讲一个笑话，但现在马库斯一个笑话都想不到。

卢辛达、安吉和那个坐在华莱士旁边的男孩——又或者是阿尔弗雷德，卢辛达认为应该这么称呼他——3个人从书籍后面探出了头。3个人的身高现在只有半根铅笔高。他们的龙待在房顶上。这个距离可以保证他们感知到彼此，而不至于感到痛苦。

卢辛达？你还好吗？龙在焦急地呼叫卢辛达。

她悄悄说："小龙，现在不行。"她说完就涨红了脸，因为她这才想起来自己其实不必说出来。另外两个人似乎完全没有注意到这一点。

阿尔弗雷德悄悄说："我也爱你。"

安吉问："出什么事了？"

"我不是很确定。肖恩先生试图用孩子创造更多的龙。我们身体中的一部分是不是一直都是龙?我们体内是不是一直住着龙?"

阿尔弗雷德不耐烦地说:"唉,我就知道。"卢辛达严肃地看了他一眼。阿尔弗雷德清了清喉咙,继续说:"啊,我的意思是说,我大概对这有个基本概念。"

卢辛达摇了摇头。

"你们的一些同学现在逃跑了。他们的渎职行为已经记录在案,而且会被追究相关责任。"

马里问:"他是在说我们吗?"

就在阿尔弗雷德要嘲讽马里的时候,卢辛达用手肘准确命中了他的肋骨。霍林斯夫人现在应该到了。她自己是这么说的。卢辛达看了看表,时间已经接近中午。霍林斯夫人说过,时机非常重要。

马库斯的烧杯变成了红色,然后变成了蓝色,最后变成了白色。

佩妮的煤气喷灯冒出了紫色的火焰。

劳伦斯倒吸一口冷气。

教室门忽然打开,霍林斯夫人在5名科学家的簇拥下走进了教室,他们身后跟着秘书、保安和校长。

校长在走廊里说:"我觉得你没听到我的话。"

霍林斯夫人温和地说:"你好啊,卢坎。你看起来糟透了。"她还用故国语说了几句,卢辛达完全没有听懂,但肖恩先生毫无疑问被激怒了。他的双眼充血,比之前更红了。

"你自己都知道,现在已经太迟了。"肖恩先生的动作变得非常诡异,似乎他的关节出现了故障。他红色的双眼闪着白光,然后又亮起蓝光，最后又变成红色。

"我可不这么想。"霍林斯夫人扭着头打量着其他科学家，"我亲爱的同僚们？"

科学家们蜂拥而入，3个只有半截铅笔高的孩子从书架里冲了出来，直接穿过了教室。没人注意到他们。霍林斯夫人已经向他们说明了该去干什么。

校长还待在走廊里，他说道："肖恩先生，为什么这位女士一直叫你卢坎？"肖恩先生没有回答，校长说道："我要报警了。现在就报警。雪莉？你能给警察打个电话吗？"秘书在原地一动不动。

科学家们冲进房间，从自己的印花居家裙的口袋里掏出试管，然后向烧杯里滴入液体。

肖恩先生大喊道："他们的灵魂都属于我。而且我已经成功了3次，你还说这是不可能的事情。所以，我赢了。"

霍林斯夫人说："实际上……"她说话的同时，卢辛达、安吉和阿尔弗雷德在彼此的帮助下，爬上了肖恩先生的大褂，来到了他的背部，它对于他们3人来说仿佛是一座大山。他们每人背后捆着一个大头针，看起来就像是收在剑鞘里大宝剑。"你没有胜利。亲爱的，真的很抱歉。你是我最优秀的作品。但是我不该给你起名字。一个人不该给没有灵魂的东西起名字。"

"你们看，这里有个关闭开关。"在帐篷里的时候，霍林斯夫人向孩子们讲解道，"就在人类颅骨的凹陷处。"

阿尔弗雷德眯起了眼睛，他的龙也做着一样的动作。"等等，"他说道，"为什么要特别说明是人类？我们都是人类，为什么你不直接说是颅骨？"

卢辛达双手拍在额头上，霍林斯夫人翻起了白眼："亲爱的，看来你不是队伍里最聪明的人，但这也没关系。我相信你还有别的本事。"

霍林斯夫人画了张示意图，说明大头针的安插位置。卢辛达问："然后他就会被关闭吗？"

霍林斯夫人说："啊，希望如此吧。"

华莱士的实验项目也发生了爆炸。科学家们并没有来得及干预所有的实验。阿纳林的桌面上也发生了爆炸。

肖恩先生尖叫道："我赢了，我赢了。"

卢辛达的龙开始向她传输意识，"卢辛达？那里太危险了。我下来了。"

"现在还不行。"卢辛达话出口的时候才反应过来，自己说话的声音太大了。肖恩先生颤抖了一下，一只手抓住了卢辛达，另一只手抓住了阿尔弗雷德。他看着霍林斯夫人大喊道："大头针？你告诉了她关于大头针的事情？你这是背叛！"他紧紧捏住卢辛达，她体内的空气全都被挤了出去。

三头龙撞碎窗户，在一片碎玻璃和光芒的裹挟下冲了进来。卢辛达事后用多种方式记录了这一刻。首先，她记得死亡的恐惧，对失去的恐惧，担心自己的龙伤心，更担心自己的妈妈伤心。她记得混乱的人群，肖恩先生发出的带有金属质感的号叫，自己的小龙变成一只北极熊大小，然后是水牛大小，最后体形堪比大象。它占满了整个房间，然后挤破了这间教室。她记得各种颜色和混乱，掉下来的石膏板，尖叫的学生和突然出现在教室中间的来自士兵的咆哮。

"你属于我！"肖恩先生咆哮道。他的声音中带着金属的质感，仿佛体内已经锈迹斑斑，随时会停止工作。"你太好看了，你属于我。"

"不。"卢辛达的龙在她的大脑中咆哮道。它的声音非常洪亮，充满了感情，似乎将整个世界都放在胸口。"我属于我。卢辛达属于卢辛达。我们属于彼此。"龙咆哮道："而你，是个愚蠢的科学课老师，没人喜欢你。"这是龙第一次发出咆哮声。卢辛达对此印象深刻。

肖恩先生在震惊之余松开了手，卢辛达在下落的过程中抓住了白大褂的下摆。那枚大头针还在她手上。龙和肖恩先生开始尖叫。校长则嘀咕着一些"非常不寻常"和"当局很快就派人来"之类的话。

卢辛达继续往上爬。大头针实在太重了。她现在这么小，肖恩先生几乎看不到她。她现在变得越来越小，而大头针变得越来越大，情况越来越糟。卢辛达越变越小，龙越变越大。最终，她在肖恩先生的颅骨下方找到了目标。她挥舞着大头针，对准位置，推了进去。

事实证明，这可不是科学家所谓的治疗灵魂分裂的办法。但是有多种办法可以帮助受到影响的孩子。霍林斯夫人召集家长、监护人、老师和社工，帮助他们了解最新情况。虽然房子后面有个金属帐篷，门口停着各种奇奇怪怪的车，穿着实验室白大褂和防水靴的科学家们进进出出，可大多数人并没有注意到霍林斯夫人的房子，所以这是一个非常困难的过程。人类的眼睛看到霍林斯夫人的房子时，只能看到一片模糊。就算是卢辛达的妈妈比其他人更能注意到这栋房子，眼前所见的景象也是如此。所以，大多数会议在卢辛达家里举行。

多场研讨会已经提上了日程，相关论文也已经发表，卢辛达的妈妈热情欢迎其他家长，为他们准备了零食和纸巾，因为这种会议上从不缺乏眼泪。科学家们待在霍林斯夫人家后面的帐篷里，撰写了五颜六色的小册子，以此安慰那些忧心忡忡的家长。不幸的是，虽然小册子里包含大量的信息，反复将变成龙的孩子们描述为"非常正常的，来自我们所居住的地球上的儿童"，而这样的描述并不能让人心安。这些变成龙的孩子的家长自从走进房间，额头上就挤出了皱纹，心中的焦虑也有增无减。

但卢辛达的妈妈却不是这样。

当隔壁的科研团队对体形变化问题有了更好的理解，中止了卢辛达的缩小之后（当学校中的事端结束之后，卢辛达已经变成了一颗沙粒大小——能找到她都是一个奇迹），大家不再担心她的所有感觉都变成龙的样子。这条龙现在有一个小池塘大小，而且这个体形可能一直维持到它寿命的终点。卢辛达需要新的裤子，因为她在这次损失了13厘米的身高，而且预计总身高也不会超过之前的身高，但是母女二人都认为这好过只有一根铅笔或者沙粒的大小。所以，和科学家做邻居的生活基本恢复了正常。

其实，生活反而变得更好了。

由于卢辛达的感觉与龙相通——它成了卢辛达的最爱——她可以用科学的观测方式来观察龙。如此一来，她就可以更轻松地和母亲讨论一些烦人的问题，龙也可以更好地了解卢辛达身边的人。卢辛达第一次有了朋友。她和周围人之间可以更好地理解彼此。自从卢辛达的妈妈可以更好地了解女儿的情绪，她也可以更方便地讨论自己了。因此，卢辛达妈妈自己的痛苦、忧伤和困惑也逐渐消减，她又开始笑了，开始阅读信件。卢辛达的妈妈在女儿的房间里画满了龙，家里每个房间里都画满了龙，然后她开始把画好的龙卖给其他人，以此补贴生活。多年之后，母女二人都认为生活中最美好的事情可能就是龙。

秋去冬来，然后春天也如约而至。卢辛达拜访霍林斯夫人的次数越来越少，因为她还要去看自己的朋友，要安排带龙出去玩儿的日期。她和妈妈每周要带龙去博物馆、图书馆或者动物园。后来，卢辛达越少去拜访隔壁的房子，她就越发忘记霍林斯夫人。终于有一天，当她和龙还有其他孩子玩捉迷藏的时候，她和自己的龙发现了一个她们不认识的后院。

龙的意识传输到了卢辛达的脑子里，"那些是猫头鹰吗？我很喜欢猫头鹰。"

卢辛达说："我喜欢猫头鹰。"她揉了揉额头，"我经常去看猫头鹰。你还记得吗？"

而龙却说："我倒是还记得柠檬饼干。"

霍林斯夫人说："在这儿呢。"她手里拿着一个盘子。

卢辛达大叫道："霍林斯夫人！我想死你啦！"她扑上去给霍林斯夫人一个拥抱，却差点扑倒了她，龙在两个人之间挤来挤去。

"我在你旁边站了快 30 分钟了。你要是真的想我，也许该去检查一下眼睛。来，吃个饼干吧。"

霍林斯夫人透过自己巨大厚重的眼镜盯着卢辛达，她经过放大的眼睛眨了眨，然后眯了起来。

"你看起来没问题，这倒是让人安心。龙的情况如何？你还没给它起名吧？"

龙趴在卢辛达的肩膀上，尾巴伸进她的头发里。卢辛达不可能随便给龙取名字，就好像你不会轻易给自己的右手和眼睛起名。她的脚是卢辛达的脚,她的肚子是卢辛达的肚子,而她的龙是卢辛达的龙,事实就是如此。"我的龙不需要名字。"卢辛达的嘴里塞满了柠檬饼干,"我们知道自己是谁。"

卢辛达的妈妈问道:"你在和谁说话?"

卢辛达抬起头,她还在自家的院子里,龙玩弄着她的头发。

卢辛达问:"谁?"

树上的猫头鹰说:"谁?谁?谁?"

卢辛达吞下满嘴的柠檬饼干,说:"我猜谁也不是。"

霍林斯夫人看着卢辛达带着自己的龙和妈妈越走越远。她耸了耸肩,对猫头鹰们打了个招呼,后者立即飞进了她家。她悲伤地挥了挥手,向卢辛达母女一行人道别,然后收拾自己的设备、发明、书籍、研究、发现和自己的整栋房子,最后飞走了。就连卢辛达都没发现这栋房子越飞越高。没人注意到这栋房子悬浮在树顶,而树叶还在静静凋零,鸟儿还在歌唱。没人注意到它在天边闪闪发光,也没人发现它彻底消失。

我把自己变成龙

贝斯·卡托

人类的身体啊
太过脆弱
装不下我的灵魂

我要把自己
变成龙

我将用从儿时流传至今的诽谤之语
用其中的每一个词
撬开身体的缝隙
撕掉我的皮肤

我将用这诽谤之语
铸造我叉状舌上的利齿

我要用利齿打磨它们
让它们变成乳白色的刀锋

这些言语
将被放逐进我腹中翻腾的酸液
成为龙火的燃料

我将用这不堪用的躯体
缝制全新的龙翼
这残破的躯体啊
将在我飞向群星的旅途中
找到全新的意义

我赤身裸体
我浑身肌肉而不乏诗韵
猩红的怒火永不停歇

我不愿做一头中世纪的野兽
缺乏方向,毫无顾忌
只想将村子化为废墟
我吐出的每一个词都燃着烈焰
它们将是刺客的子弹

两眼之间的致命一击
我的敌人永远无法预测这样的打击

我将唤醒
多年来沉睡在我体内的魔法
我将接受
超我的存在

总有一位来自上古之人

总有人
配得上我这全新躯体的鳞甲
这种鳞甲虽不是天下无敌
但在强大的同时仍不失敏感

虽然我将重生为龙
却希望让自己的神经保持活跃
感受每一个细节
这个世界放逐了我
但我不愿放逐这个世界
我要高高飞起
寻找和我一样的灵魂

我的龙火将为他们而战
我将为他们而承受诽谤之语
为他人承担痛苦总是那么简单

我双翅投下的阴影
将为他们提供庇护
我在此保证
他们将活着见证胜利
他们将唤醒体内的龙魂

我和我的同胞终将明白
我们的烈焰和凶猛的灵魂
在依然属于人类的范畴的同时
已然超越了人类

放逐

JY 杨

JY 杨是小说集《腾索拉特》的作者,这部小说集的开篇之作是《天堂黑潮》和《命运红线》。这些作品入围了雨果奖、星云奖、世界奇幻奖和浪达文学奖,《腾索拉特》也是2018年奇异奖(曾为蒂普特里奖)获奖作品。他的20多篇作品在《惊奇档案》《光速》《克拉克世界》《奇异地平线》和其他刊物上发表。作者当前不在新加坡,他是非二元性别者。

当龙第一次找林纳尔说话的时候,他们还没开始向星球表面降落。他们的刑期还没有开始,因为林纳尔是船上级别最低的牧师,这是他们的命运,所以为神献上祭品是他们的工作。神庙位于船底部轰鸣的龙骨之下。林纳尔穿好防护服,戴上头盔,一只手拎着装有甜品和香灰的胶囊,爬进了舱门。当他们一行人到达底舱的时候,他们空着的那只手已经开始抽筋了。

耶尔不喜欢人类,龙很少喜欢人类。有些龙在接受绑定的时候,会带着一些尊敬、顺从乃至平静,但眼前的这条龙在过去的一百年里,竭尽所能对抗施加在自己身上的束缚。虽然林纳尔在每次启动神庙大门之前,都会说出正确的祷词,但是一种动物性的恐惧会立即将他们包围,这种恐惧如同黏稠的堵塞物,积压在他们的胸口。

神庙之内只有水。这是从家乡大陆带来的冰冷纯净的泉水,淡蓝色的泉水占据了整个房间,人类无法在此呼吸。水是个充满矛盾的东西,是死亡和生命的结合体。他们穿着气密性良好的防护服。林纳尔小心翼翼地在充满泉水的大厅中蹒跚前行,经过由骨头和金属制成的繁杂多孔的柱子,顺着镀金的白银台阶逐级而下,走向位于神庙重要的鲸鱼颅骨祭坛。他们的视野周围可以看到光芒,这是在神庙边缘徘徊的鱼类的意识光带。耶尔一如既往地感到饥饿和愤怒。水中渗透着耶尔的恨意,这让林纳尔的胳膊上起了一片鸡皮疙瘩。

林纳尔心想,还是别想这些荒唐的念头了,耶尔不可能干出这事。这不过是船体玩的把戏。但是耶尔是神,谁又能知道神能干出什么事呢?

林纳尔靠近鲸鱼的颅骨,将祭品放在颅骨上的空洞里,按照记忆在正确的时间念出正确的祷词。在晚上的时候,他们经常思考,是不是自己的不恰当行为,导致耶尔一直如此愤怒?

光带在水中旋转,变粗,然后变成一个形体。它像一条鳗鱼一般旋转,鱼鳍和鳞片编出一道彩虹,一顶白色的王冠在水中消散。林纳尔非常熟悉耶尔的这个形态,他们已经对此非常熟悉了。

但是,这次有些不同,耶尔没有变成蛇形——在众多图片和传说中,龙通常是以这种形态出现在人类面前——耶尔的形态不断变化,不断缩成更加紧凑的形态。最终出现在林纳尔面前的是一个熟悉的形态。人类。不,并不完全是人类,应该说是双足人形，绝对不是很人类。它有着黑色的眼睛，白色的皮肤，头发漂浮在头顶上。这是个很少见的形态，只有神才配得上，而像林纳尔这样的囚犯则完全不用想这种事情。

耶尔眨了眨眼，然后血红色的嘴唇动了起来："啊，是你啊。"他们说话的声音通过水来传播，听起来像是玻璃在沙子上摔碎的声音。

林纳尔鞠了一躬，不知道该说什么。他们所接受的训练并没有包含如何与神交流的内容。耶尔的冷漠远近闻名。耶尔从不和人类说话，完全依靠风和雨向人类表达自己的需求。凡人如何与神聊天呢？林纳尔对此一无所知，所以他们认为最好的解决方案就是闭嘴什么都不说。他们最近一直如此，将自己的想法憋在心里，嘴上一个字都不说。要是早点知道这一点就好了，闭嘴可以省去很多麻烦。

耶尔很长时间内一言不发，只是盯着这些鞠躬的牧师，只等着他们直起身来。水在他们之间继续流淌。林纳尔和自己的同伴感到浑身紧张。他们是不是该说点什么？这是不是一种考验？他们的脑袋里组织着语言，担心可能会出什么事。林纳尔咬紧牙关一言不发。神那黑色的眼睛犹如一把刀，将它们的肉体和意志一点点切碎，直到林纳尔原地坍塌。

正确的答案只有一个，其他的说什么都是错的，所以最好的办法还是什么都不说，彻底规避所有的风险。恐惧控制了他们的内心。

神继续说道："你和我，将度过很长一段时间。"

林纳尔透过头盔的玻璃面罩说："是的，我们将一起度过10年的时光。"

"也只有你我了。"

"是的,这就是你我的命运。"

耶尔的头发还在四处摆动。这条龙看起来很感兴趣,向林纳尔投射出了更多的恐惧。挑起了神的兴趣可不是什么好事。耶尔说:"命运?你相信命运,对吗?"

林纳尔感到很困惑,于是说:"这不是信仰。这是我必将经历的人生道路。"

耶尔笑了起来,笑声仿佛碎成了无数碎片。所有人都感觉自己的体内扭成了一团。他们不该说这话。这绝对不是正确的交流方式。

从什么时候起,他们开始害怕说错话了?

"我很期待跟你在一起的时光。"耶尔说。他的脸上露出了笑容,可以看到嘴里一排排的牙齿。

林纳尔感到非常慌乱。他们深深鞠了一躬,然后在本能的驱使下逃离了神庙。泉水并不足以阻止他们离开。等他们回到干燥的甲板时,所有人都在浑身颤抖,即便防护服上的水都干了之后,他们还没有恢复常态。

林纳尔浑身颤抖地返回了修道院。大牧师查斯看了他们一眼,问道:"你们这次花的时间比平时要久。出什么问题了?"

"不,没什么。"他虽然不该撒谎,但总好过讲真话。林纳尔的心现在就像是一只受惊的小动物,在胸口跳个不停。其他人不需要知道龙对他们说了什么。

让林纳尔感到松了一口气的是,耶尔在剩下的航程中没有再次现身。当他们去送祭品的时候,神庙中冰冷而寂静。泉水甚至没有任何波动。林纳尔知道耶尔就在那里,因为神的存在而产生的压力是如此的独特，从船上逃跑也是不可能的事情——但是耶尔依然没有现身。这对于林纳尔来说刚刚好。

当他们第二次看到神的时候，已经是到了举行典礼的时候了。他们当时已经降落在 9Xcil-5L 星。这艘监狱船停在紫色的地平线上，在充满酸性的天空下，它是个十足的外来客。牧师们成排站好，环境防护服上披着明亮的饰带，当搬运工将装着耶尔的坩埚推向银色的海边时，所有人都背诵着祷词。林纳尔站在队列最后排的位置，周围站着 12 名警卫。他们看着坩埚没入水银般海面之下。一时间，除了天上的酸雨，什么都没有发生。忽然，反光的海面开始沸腾，然后变得清澈，就好像所有的毒素都被清理干净。白光从清澈的水下喷涌而出。林纳尔看着这一切。大家将这一切想象成耶尔在新的水域中翱翔。这里是耶尔的新家。

大牧师查斯说："成功了。"水神在这个世界已经自由了，可以按照自己的意愿重塑这个世界。10 年之后，人类就可以回到这个星球，将这里变成自己的新家，这里将不乏可供呼吸的空气，可供饮用的水和可以耕作的土地。

当监狱船离开这颗星球时，林纳尔并不在船上。他们透过居住区的闸门看着飞船的蓝色尾焰，整个居住区固定在星球的岩架之上。他们的放逐开始了。

过了几乎一年之后，龙再次和林纳尔说话了。火山岩已经开始软化成土壤，蓝紫色的大气层中出现了越来越多的云朵。只要他们没有在温室里忙碌，或者维护自己的居住区时，林纳尔会在这片陌生的星球上漫步，记录各种变化。就 9Xcil-5L 这颗星球的原始形态而言，地质条件非常理想，但是环境却非常恶劣，这一点和其他很多殖民地星球并无区别。星球大部分地区温度低于冰点，海洋充满剧毒，大气层稀薄而且充满硫黄。即便是一个神，也要对这颗星球进行全面改造。耶尔带来了水，而水对于生命来说非常重要，水也将重塑这颗星球。这颗荒芜的星球正在逐渐形成天气和生态系统。原始生物大爆发还要等很久才会出现，但林纳尔发现周围已经出现了熟悉的景观。他们的生活区坐落于一个俯瞰海洋的半岛，由于没有植被的遮挡，林纳尔看着水银般的水体变得清澈，冰冷的表面碎裂。在环境可控的生活区里，林纳尔脱掉了自己的防护服，防护服散发着一种类似盐水的味道。

各种无人机和机器记录着这颗星球的变化。和人类的记录相比，它们的传感器记录着各种细节（温度、压力、化学成分等）。但是，林纳尔还是在日志里记录了每天的探索发现。今天尽可能地深入新月盆地。顺着河继续向西南前进。这是一种非常传统的记录方式，用墨水在循环制造的纸上写记录，这样他们就可以翻阅自己的记录，用手指按在纸上，然后反复安慰自己：对，这事确实发生过。这是真的。我就在这儿。这种手写记录就像是船锚，是系在树枝上的彩带，代表着从他们身边流失的时间。我以为我今天看到了一只海鸥从海面上飞过，它在海面上空不停绕圈。海鸥，你在这里干什么？你和我一样，都被放逐了吗？

他们必须十分小心。写作类似于诗歌，而错误的诗歌会引来麻烦。

这颗星球上，最吸引林纳尔注意力的东西是水晶。一开始，他们谁都没注意到这些水晶。林纳尔目之所及都可以看到水晶：这些几何对称的晶体从地表裂缝中钻了出来，有些是无色状态，还有些则是五颜六色。林纳尔认为这都是自然的产物——类似于家乡的盐或者矿物——而且对它们毫无兴趣。但是经过几个月之后，放逐对他们产生了影响，他们终于开始注意到周围环境中的细微事物。他们开始注意到水晶的生长模式。晶体呈螺旋状分布，林纳尔不禁想起了向日葵，又或者在布莱尔花园里粉绿相间的多肉植物。这些水晶的生长模式，完全不符合林纳尔所知的任何晶体。这让他总是在想这些水晶。

由于没有别的事情可做，林纳尔的时间都花在这些水晶上。他们越是研究这些水晶，越觉得困惑。在一天中的特定时间段，当蓝色的恒星运行到正确位置的时候，水晶就会开始闪烁着微光。这到底意味着什么？林纳尔手边的机器说，这些水晶的成分和家乡的晶体没有任何区别——二氧化硅、长石和其他各种矿物质——这些机器拥有极高的智能和知识储备，它们却说这些水晶毫无不同寻常之处。但是，林纳尔认为这是在撒谎。机器是在撒谎吗？又或者这种水晶已经超越了机器和科学的理解范围？林纳尔用镊子和镐头从水晶丛中取出了一块样本，准备带回去进行进一步研究。在生活区的灯光下，水晶逐渐褪色，然后开始逐渐变得混浊，质地越来越脆，最后化为一摊灰尘。林纳尔不知道到底做错了什么。当他们回到采集样本的地方，只看到了地上的一个裂隙。样本位置周围的水晶变成一片惨白，犹如老奶奶的白发，仿佛是在默哀。

在后来的日子里，林纳尔的心中一直带有一种罪恶感。当他们感到焦虑的时候，就会在荒原漫无目的地游荡。他们感觉这异星的植物和大地正在审判自己。林纳尔知道，这种想法完全不合理。这颗星球上只有他们。这里没有人可以审判他们。

能胜任这个工作的，只有耶尔。

林纳尔上一次看到耶尔，还是他们到达这颗星球这天，耶尔钻进大海的样子。一开始的时候，他们对此感到很庆幸，因为深不可测的大海将他们和耶尔那如虚空般黑暗的眼睛和一排排的利齿阻隔开来。但是，孤独自有其重。随着时间的推移，这片外星世界似乎越来越大。他们在海边消耗的时间越来越长，他们盯着海边，想象着耶尔弯曲的身体。

当寂寞给他们造成的煎熬超过了对水晶的兴趣时，他们就想也许作为神的耶尔，知道这个问题的答案。但是，当他们将水晶的粉末装进一个浅盘，带着它来到海边的时候，包括林纳尔在内的所有人，都没有考虑过这个问题。当他们将白色的水晶粉末撒入灰色的海洋时，自己的呼吸声还在防护服的管子里回荡。粉末先在水面漂浮了一会儿，然后溶解消失。林纳尔站在海边，静静地等待着。他在等待着事情发生变化。对他们的放逐而言，时间毫无意义。他们等了很久，以至于自己都觉得这种等待非常愚蠢。他们心中的迟疑已经压过了希望。他们到底期望发生什么？为什么他们会有如此的期望？这个世界并不欠他们任何事情。他们唯一的工作是为一场入侵做准备。

林纳尔转身准备离开。当他们准备离开的时候，大地开始震动，这让他们震惊不已。海面开始沸腾。林纳尔看着一个被白光笼罩的脑袋冲出水面，弯曲的身体在海面掀起一个巨大的隆起。耶尔的身体从海面腾起足有十米高，海水从它身体两侧流下，整个画面非常奇异，无法用言语形容。这是奇迹和恐怖的结合。耶尔脑袋向前一探，它那被鳞片覆盖的脑袋足有一间房子大小。林纳尔不禁愣在原地。

耶尔直接用意识和林纳尔交流："我现在明白了。"

"什么？你明白了什么？"林纳尔听到了一人一龙说话的声音在头盔里回荡，几乎吓了一跳，他们已经很久没有说话了，几乎忘了彼此的声音。

"这片土地，这片奇怪的世界，岩石可以感觉到你的痛苦。"

林纳尔眨了眨眼。天上黑云翻滚，这幅景象和家乡一模一样。在越发猛烈的风暴之中，还可以看到闪电划过乌云。他们吞了下口水，不明白神的话到底是什么意思。"痛苦？我并没有感觉到痛苦。我不——"

"我能看到一切，这里的石头也能看到一切。"

"我只是想活下去。我并——并不是你说的那样。"林纳尔被这场对话吓了一跳。他们只想在这片异星世界上度过10年时光，服完自己的刑期。他们不希望出现任何麻烦，也不需要任何惊喜。他们现在后悔来到海边。他们后悔试图寻找答案。他们从不知道自己到底干了什么。他们到底在想什么？

耶尔说："你害怕了。你很孤独。"

林纳尔耸了耸肩。耶尔说得没错，但是——谁又在乎呢？情绪在这里有什么用？这里只有悔罪牧师林纳尔，一个陌生的异星世界，还有一个不可知，且永远不会理解人类艰辛的神。这种感情给谁看？这番感情又能服务于谁？还是都留在心里吧。感情的表达也毫无意义。

耶尔说："这可不是毫无意义。龙可以读取人类的意识。表达就是一切。作为一个诗人，你应该了解这些。"

最后一句话让林纳尔感到心里某处受到了震动，他们向后一退，仿佛自己受了伤。耶尔作为神，在未经允许的情况下，肆意闯入他们心中的隐私区域，未经允许就触及了他们心中最敏感的部分。他们说道："你怎么可以这样？"当然，耶尔是神，而且作为一条龙,它想干什么都可以。"这和你毫无关系。别和我说话。"

耶尔什么都没说,什么都没做。他们看不透,长满触须和绒毛的龙脸上的表情,究竟代表着什么情绪。肾上腺素在林纳尔体内狂奔,为他们的手脚注入力量。他们毫不犹豫地转身就走,将他们的神抛在原地。远离这片被他们扰乱的水域,远离这场风暴。他们要回到自己的生活区,重归那种只有在墓地才能寻得的寂静。他们后悔这么做。他们后悔所做的一切。

就在他们返回生活区的时候,神又在他们的意识中说话:"谢谢你,林纳尔。感谢你向我展示了你所做的一切。"

林纳尔无视它。他们只想屏蔽龙的声音,但这是不可能的。

"我一直被自己的问题所困扰。而你,向我展示了真相。"

林纳尔越走越快,无视了这是他们唯一能做的事情的事实。

林纳尔不是诗人。真正的诗人是布莱尔,她的不羁、自由、诗作、热情和独立意志共同组成了一个真正的诗人。她是太阳,也是风暴,是无法被控制,也是不可能被控制的能量爆发。当布莱尔闯入林纳尔井然有序的公务员生活,她宛如一阵狂风,而林纳尔也被狂风卷起,变得快快乐乐,非常活泼。布莱尔不怕说出错误的事情,林纳尔也因她而忘记了刻在心中的恐惧。布莱尔写过抨击星球政府执政能力不足的诗歌,这些诗歌非常受欢迎。当这些诗歌过度受欢迎的时候,穿着制服的人就找到了布莱尔,然后又找到了林纳尔。

煽动叛乱罪理应判处死刑,执行手段则是溺毙。但是,法官非常大度,向二人提出一个选择,只要主动忏悔,就判处他们10年放逐之刑。布莱尔拒绝了这个选择,她从来都不是一个会妥协的人。

法官说:"想想你的家人和父母。"而林纳尔出于对死刑的恐惧,选择了忏悔。他们在广播中谴责了当局所厌恶的一切,朗诵了当局撰写的拙劣诗歌。这些都是塞给他们的文件,里面写满了所有正确的东西。

当林纳尔无法入睡的时候,他们就会躺在床上,想象着水漫过自己的脸。想象着肺部充满冰冷的液体,各个器官停止工作。他们想象着布莱尔的脸逐渐扭曲,然后停止挣扎。他们想象着自己的爱人在自豪和对政府的不妥协中死去,但是这颗异星上的环境和孤独,开始对他们的意识和身体产生影响,黑色的思绪开始融入他们的意识。

当上一次和耶尔谈话带来的失望逐渐消散之后,林纳尔考虑再去找这位神,让它解释水中到底发生了什么。布莱尔当时在想什么?她会不会恨林纳尔,恨林纳尔让她一个人去死?当她的心脏停止跳动,意识消散的时候,她是否感到害怕?

虽然他们知道如何召唤耶尔——只要献上一份祭品即可——但是他们没有这么做。也许神并不知道。又或者从一个更可怕的角度去考虑这件事,也许他们已经召唤了神,然后神就可以告诉林纳尔真相。一切就是这么简单。

当林纳尔最终召唤耶尔的时候,是它第三次也是最后一次和他们对话。现在距离他们到达这颗星球的周年庆还有一周时间。现在距离林纳尔将年度报告发回家还有一周的时间,这份报告将让狱卒们确信,整个殖民地计划进展顺利。但这个计划并不是一帆风顺。林纳尔一开始并没有注意到异常情况,他们的思想被悲伤所占据,身体因痛苦而毫无力气。他们每日在恍惚中度过,无视了周围出现的各种变化。等他们脱离这种恍惚的状态之后,天空又变成了人类第一次登陆这颗星球时的样子。耶尔似乎已经开始改造这颗星球了。

林纳尔跌跌撞撞地离开生活区。地表的水晶已经发生了变化。水晶在曾经生长稀疏的地方,已经长到了一人高,当林纳尔走在水晶丛中的时候,完全不敢相信自己看到的一切。他们感觉这是一种源自这颗星球的免疫反应,一种对试图改造星球的入侵者所做出的反抗。9Xcil-5L已经开始反抗人类了吗?

当他们到达海边的时候,水面非常平静,在这个陌生的世界上出现了熟悉的波纹。林纳尔弯下身,把防护服的手套伸入水中,然后呼喊耶尔的名字。

什么都没发生。

林纳尔转身回到生活区。他们需要灰烬,这颗星球上的水晶已经太大了,无法进行采集。林纳尔担心,单单是想到采下一块水晶的念头,就足以唤醒地下的巨兽。当林纳尔还是这个星球上的巨人时,水晶也许默许了这种行径,但是谁又能知道水晶现在会如何报复呢?

林纳尔现在只有一样东西可以烧了。林纳尔将日志从柜子里拿了出来,把它摆在了实验室的桌子上。这不是真正的纸,但材质确实还是树浆,而且还可以燃烧。日志中记录着林纳尔一年来的观察记录、各种想法和感想,从一开始的认真值守,再到现在的三心二意,全都写在这个本子里。林纳尔将它当作大家生活的记录。

他们点燃了喷灯,然后对准日志黑色的封皮。

当日志燃烧完毕，灰烬完全冷却之后，林纳尔把所有的灰装进一个带着玻璃壁的盘子里，再次来到海边。他们将黑色的粉末撒入海水之中，看着记录自己放逐之旅的日志没入浪涛之下。然后，他们开始等待。他们大口喘着气，仿佛刚刚跑完全程马拉松，又好像搬运了一座座大山。耶尔会出现吗？如果神可以算得上有生命的话，那么他们也能算有生命吗？

海水开始升腾，形成 1.5 公里宽的螺旋状旋涡。林纳尔站了起来，担心这个旋涡会将他们吸进去。从这个旋涡中，升起了一个巨大的物体。这还是耶尔，只不过它还用的是第一次和林纳尔对话时所采用的类人外形。

耶尔也发生了变化。它的脸和皮肤上布满了异星水晶，就好像这条龙已经被感染，成了寄生虫的宿主。林纳尔指了指周围的异象，大喊道："这是你干的好事吗？到底发生了什么？"

神龙耶尔露出所有的牙齿，说道："林纳尔，谢谢你。是你向我展示了眼前的道路。"

"道路？到底出了什么事？"

"我已经说过了，你给我展示了真相。"

"什么真相？到底怎么回事？你对这些水晶做了什么？"

"我做了该做的事情。你知道这个星球上有生命吗？"

"这里没有什么。我们之前已经勘探过整个星球。这颗星球非常荒凉，充满剧毒，而且没有水——"

"这些是生命出现的唯一条件吗？你管这些东西叫水晶，但它们却有生命。它们和你一样，拥有自己的意识和欲望。"

"这怎么可能？"

"你狭隘的凡人意识无法理解超越你极限的可能。但是，我可以。我已经和这些水晶谈过了。我了解它们。这颗星球上的生命欢迎我的到来。我们之间的关系没有束缚，没有预设期望。我在这里的全新角色，已经摆脱了来自你们世界的束缚。你看，我是它们的神了。我是这颗星球的神，我会做出相应的决策。"

林纳尔完全理解了神龙的意思。在看了耶尔的脸这么久之后，上面的水晶看起来没有任何违和感，就好像它们应该长在那儿。耶尔说："所以，这都是你干的好事。"

"除了我，还能有谁？"

"我得汇报这件事。"

耶尔歪着脑袋说："真的吗？"

"你不能因为这里有原始生命，就让整个殖民计划失去控制。我的工作就是让你能够正常工作。所以我才会来这儿。这是我的工作。"

"你为什么要干这活？"

"我的工作？"林纳尔摇了摇头，似乎想摆脱晕眩感。"因为……这是我的工作。我必须完成它。我没别的事可做。"

"你为给你带来了难以想象的伤痛的人工作。为什么？"

林纳尔耸了耸肩。他们从没有对此想出一个令人满意的答案，然后把它塞进意识和梦想中间。因为他们害怕死亡。因为他们感到无助，相对于无事可做，按照已经设定好的计划工作无疑是个更好的选择。自从布莱尔死后，没人知道现在该怎么办。

在他们沉默不语的时候，神笑了起来。海面开始沸腾，林纳尔视野范围内每一颗水晶都泛出红黄色的光。

"你必须停下来。"

耶尔眨了眨眼，"要是我不停下来呢？"

林纳尔呼吸急促，双手捏起拳头，但又不得不松开。他们看着漂着泡沫的海面。是啊，之后会发生什么呢？

"当放逐结束后,你又会期望什么呢?"

林纳尔抬起头,但是耶尔已经开始沉入大海。他们已经说了想说的话,好奇心得到了满足。"你完全可以决定下一步想干什么。"

林纳尔说:"等等。"但,神龙耶尔已经消失在海浪之中。浪涛逐渐平息,天空再次放晴。神龙已经走了,林纳尔一个人站在岸边。他们大喊道:"回来。"但这最终不过是防护服里的回应罢了。耶尔并没有再次出现。只有他们还站在海边。

林纳尔回到生活区,脱掉了防护服,他们的意识一片空白,双手按照很久以前就形成的流程继续工作。他们脱掉的不仅是防护服,还继续脱掉了柔软的纯棉衣服,然后再脱掉内衣。最后林纳尔赤身裸体坐在最喜欢的沙发上。他们盯着沙发对面的枪。他们的手指非常冰冷,毫无知觉,但是林纳尔并不在意。

他们到底期望放逐结束之后,会发生什么?当他们在这个星球上待够10年,所有的罪行都得到原谅,然后就可以回家。但是回家去干什么呢?重拾所剩不多的往昔生活,然后继续活下去?住在当权者为他们搭建的小房子里?

选择不去死还是相对比较简单的。但是坚持选择,继续活下去则是比较难的。

昼夜还在不断交替,又或者林纳尔的意识陷入了重启的循环。他梦到了布莱尔,她现在长发飘飘,住在温暖的水下,双眼一如既往地闪闪发光,双唇依然红艳柔软。她现在住在海底,那里是耶尔的领地。布莱尔说:"来找我吧。这里很漂亮,一切都得到了原谅。"

林纳尔问道:"你难道不生我的气吗?我难道不是背叛了你吗?"

布莱尔伸出双手,抓住他的手,拉着他进入深海。他们的耳边响起一阵阵欢笑,笑声安抚着他们,在他们的头发和脚边环绕。林纳尔放弃了他们的肺部,因为它在这里没有任何用处。布莱尔的牙齿在灰色的水中闪闪发光:"我非常想你。我们永远在一起。"这么长时间以来,林纳尔第一次感觉到了发自内心的平静。这只有在水中,和自己所爱的女人在一起才能实现。

9Xcil-5L星发出了一条信息。这是当地放逐悔罪牧师发出的年度报告,这份报告非常简要,直切要点。一切按照计划进行,没有出现任何问题。神龙按计划执行任务。如果有人发现报告中没有包含相关的设备日志和基础数据,也没人会对此有异议。这不过是一个微小的失误。一切都很正常。

林纳尔站在海边。在他们的头顶上,天空呈现出紫色,而面前的灰色海洋一望无际,充满了希望。他们身边是异星水晶组成的丛林,每一块水晶都因为自己的意识而闪闪发光。

他们开始脱衣服。首先脱掉的是防护服,然后是纯棉衣服,最后是内衣,皮肤瞬间因为寒冷而感到了疼痛。这里的大气还不足以维持呼吸,他们只能依靠存在肺部的空气,而身体器官正在快速消耗这些空气。但是,这都无关紧要。因为他们要去的地方不需要肺。林纳尔埋入冰冷的海水,发现脚下的海滩非常坚固,并没有化成松软的沙滩。在海面上闪动着白色的光,虽不温暖，但却非常清晰而清爽，林纳尔依靠着肺中最后的氧气，开始向着白光走去。他们脑中浮想联翩，而灰色的海水则越来越少，他们在白光中看到了熟悉而完美的牙齿。一对充满期待的双臂正在等着林纳尔。

周六除外

彼得·S.毕格

彼得·S.毕格出生于纽约市的布朗克斯区,他的成长环境中不乏艺术和教育。他的双亲都是老师,三个叔叔则是画廊的画师,而移民至美国的爷爷则是一位颇受尊敬的犹太作家,他撰写了犹太文化背景下的小说和民间故事。彼得在孩提时代,就一个人坐在公寓的楼梯间里编故事。他是奇幻小说《最后的独角兽》《美好的安息地》和《旅店主人之歌》的作者。彼得还曾经为《指环王》《最后的独角兽》和广受欢迎的《星际迷航:新一代》中的"萨瑞克"撰写广播剧和电影剧本。他的作品《旅途所见》堪称美国旅行文学的经典作品。他是世界奇幻奖终身成就奖,美国达蒙奈特纪念奖科幻和幻想作者奖的获得者。彼得还是一位优秀的诗人、作词人、歌手和作曲人。他现在住在加利福尼亚的奥克兰。

当我到米利威亚的时候,她已经29岁了,这里距离我教书的伯克利高地不过几个街区。我很难分辨金色头发的人——在我长大的地方,有一头金发的人可不多——但我只要看到她,就能一眼认出来。这不是因为她长得美到让你呼吸都错乱了节奏，而是因为她样貌中的细节：她的双眼看上去是一片黑暗，但当街灯照上去的时候，却又呈现一片深蓝色，而她深色嘴巴轻微弯曲的线条，让人感到无限悲伤，无法直视，但是，你又无法移开自己的视线。她看起来——我对于识别年龄非常不拿手——应该最多40岁出头。她穿着一件厚重的粗花呢大衣，里面穿着不起眼的毛衣和长裤，脖子上松松垮垮地系着一条蓝色方巾。她的发色带着一种动物性的色调，你可以认为这种颜色是类似山狮的被灰尘覆盖的黄褐色，又或是没有条纹的虎皮的颜色。人类是不可能拥有这种发色的。

我坐在公交车的另一侧，刚好在她身后一排的位置。她很漂亮，但是真正吸引我的是那个轮椅。我从没见过这样的轮椅，在上面再加几个按钮、把手或者握把，就完全可以当兰博基尼车上的面板，再多个闪闪发光的罗表盘，那就是太空飞船企业号上的舰桥。我借着手里的书作掩护，不停偷看那个轮椅（我的学生经常开我玩笑，因为我看了很多老爵士乐家和棒球运动员的回忆录），脑子里不停想着各个部件的用途，电池藏在何处，以及她会不会开着这东西上高速路。这东西的极速是多少？最大航程是多少？我居然开始猜测这个轮椅的马力了。

我因为部门会议，很晚才离开学校，所以交通高峰期早就过去，而现在公交车上只坐了一半人。沙塔克公路上的车越来越少，现在公交车在路上行动自如。但是今晚，骑自行车的人却越来越多，他们像一群蝴蝶环绕在车流周围，完全不顾忌车流和交通灯，司机们只好放慢车速，或者选择在大学至杜兰特大道这段路上多次刹车。当公交车转弯开上杜兰特大道的时候，我听到司机一边用阿姆哈尼语咒骂，一边全力踩下刹车，公交车瞬间停了下来,坐在轮椅上的女人也跟着摔在地板上。她没有发出任何声音。

大多数乘客——我作为历史老师,并不是经常帮助别人——都瞬间围到她的身边,询问她是否受伤,应该做点什么帮助她。几个人飞快地将两个小购物袋里的东西收拾好,然后用一种怪异但不乏小心的姿势抱在怀里。公交车司机大声催促乘客退后,给她留出些呼吸的空间,我还记得有个老妇人喋喋不休地向着圣徒马丁博雷斯祈祷。这实在是太奇怪了,因为这位圣徒是理发师的保护人,但当时没人在意这种情况。我一定得找人问问这里面有什么门道。

那个倒在地上的女人反而是我们中最冷静的人。虽然她倒在地上,但已经开始让自己坐起来,她说道:"我没事,没受伤。"她说话的语速很慢,吐字很清楚,带着点儿法国口音,甚至还带着点儿快乐的感觉。"很抱歉耽误了大家的时间,但是我的腿确实不听我的话。"只要看看她瘫在地上的两条腿,一条腿搭在另一条大腿上,这一切就非常清楚了。"如果有人能帮我把腿摆直……"司机抓着她的脚踝,轻轻抬起了她的腿。"谢谢。我真是个傻瓜,居然没用安全带。现在,如果有哪位健壮的年轻男士可以架着我的胳膊……"

我发现车上只有两个男人,一个坐在车尾的年轻人,打算一动不动一直坐到终点站。车上包括司机在内都是女性,个头都比我矮,这一点倒是很少见。我说道:"那你可得原谅我这位老绅士糟糕的后背了,但是我会尽力而为。"

我走到她身后,按照她的指示放好双手,然后开始拉动她的身体。你应该蹲下,然后用双腿发力,而不是用后背发力——我非常清楚这么做的下场——但是我没有太多的选择,更没有足够的空间去蹲下。我可以把她微微抬起，但这毫无用处，甚至不能把她抬到轮椅座椅的边上。她没有任何抱怨，也没有人嘲笑我，这事没什么可以让我感到尴尬的，但我感到很难堪。

我说道："好了，抓稳了——使劲。"我继续弯腰，努力向下蹲了点儿，一条胳膊伸到她的膝盖下面，另一条胳膊撑住她的肩膀，在肾上腺素的辅助之下将她抬了起来，然后放在轮椅上。几名乘客鼓起了掌，我觉得自己脸都红了，脑子里想到的是自己上一次对女士做这番动作是什么时候。人们总是说，你要一条腿发力，但是你最后总会考虑到虚荣心。

"好了。"我帮她把安全带扣好，然后压低声音说，"现在没问题了，美人鱼。"

她整个人愣在轮椅上，她完全有理由这么做。我感觉到了藏在裤子里僵硬的鳞片。乘客返回自己的座椅，司机再次发动引擎，准备加入车流。那个女人和我盯着彼此。我说道："星期六有空吗？明天就是星期六。"

她说："我在39号大街下车。别忘了你的书。"

我回到自己的座位上，在剩下的路途中——从这里一直走，直到右转到达百老汇，然后到达大学——我一直都忙于雷克斯·斯特尔特关于爵士乐的论文，因为他是个非常优秀的音乐家，可以在写出优秀论文的同时，不至于掺杂过多对往昔的多愁善感。但是，我一直在偷偷观察这个女人，当她在39号大街按响了下车铃之后，我也站了起来。司机走过来，抬起地面上的盖板，搭起一个斜坡。这个女人坐着轮椅离开了公交车，然后在人行道上等着我。公交车开走了。

"还是星期六。"她说道，"不管换成什么语言。一千年来，星期六就是星期六。我就是不知道为什么。"她抬起头看着我，黑色的双眼越发黑暗，你看一眼就明白什么叫黑暗纪元。"你是怎么知道我的？我的腿到午夜才会发生变化。"

"但是，尾巴已经出现了。"我说，"我可以在你的人形之下感觉到尾巴的存在。我听过不少古老的传说，也听过你和比斯克拉夫雷特的故事。哦，那狼人真可怜。这些都是我最喜欢的睡前故事。你到底在加利福尼亚干什么？"

她耸了耸肩："不朽者总会出现在加利福尼亚，这完全是个时间问题。你完全想不到会在帕罗奥多见到些什么，更别说伯克利。"轮椅的电机启动时没有任何声音，然后带着她向百老汇前进。我拿着她的购物袋，走在她的身边。这时刮起一阵微风，她将蓝色围巾拉过自己的头顶。

我说道："有不少关于你的德语故事，但你最早出现在法国。"她点了点，没有回答我。"你要么是嫁给了普瓦图的雷蒙德勋爵，要么就是吕西尼昂的盖伊，他参加了——"

"两个人都嫁过，雷蒙德非常帅，但是盖伊……盖伊到头来都是好人。"我几乎听不清最后几句话。

"哦，你肯定和他生了更多的孩子。我总是在幻想你住在吕西尼昂附近的森林里，守护着你的家人，乃至于你离开了盖伊——"

"大都没了。"她说话的时候没有任何感情，不带任何喜剧色彩或者对往昔的多愁善感。"我的家人，包括那座城堡，都没啦。我的亲人纷纷结婚、迁居、进行各种买卖，然后死亡……不论他们的后代如何将我的画像画在文具上，刻在旅店的招牌上，现在他们大都死了。但是，在加拿大还有一个。"

"加拿大？魁北克？"

她点了点头。

"那你在这儿干什么?"

轮椅忽然转向一条小街,我也跟着继续走。蓝色围巾包裹着她的脑袋,让她看起来只有11岁。她用一种成年人式的幽默回答:"我可能是个不朽者,但是我也有自己的极限。太冷,太过于北方——还有那些人对于我的语言所做的一切,让我想把他们吃了,好让他们彻底停下来。不……以我现在的年纪,加利福尼亚已经是我能走的最远的地方了。再说了,她还年轻,这还得感谢天上的群星呢。啊,我们到了。"

我们来到奥克兰的移动老旧公寓前。我估计这栋公寓是在20世纪20年代建成的,公寓很高——足有五层——所以很罕见,在大厅里有一个门卫,这就更加罕见了。而这栋楼的建筑风格也很奇特——上楣、屋顶窗、气窗、齿饰——你在公共交通系统覆盖范围之内,绝对见不到这些东西。门卫立即走出来欢迎吕西尼昂夫人,他用非常标准的发音说出了她的名字,而我则在他狐疑的目光下跟了进去。

"你要进来喝点咖啡吗?"她的笑容中带着一种迷人的温柔,这个微笑不是给我的,而是针对属于她自己的回忆。"雷蒙德在圣地发现了咖啡。他试图努力在法国种出这种咖啡,但从没有成功过。"

这栋建筑居然有一套顶层套房,她用电梯里的钥匙带着我到达顶楼。我无法详细描述这栋公寓,因为我当时忙于理解这么一件事,一条美人鱼——此处可是一条货真价实的美人鱼——没有住在13或者14世纪的南欧,而是住在了一栋公寓里。但是她公寓起居室的墙壁——我们在这里喝了咖啡,还有玛德琳蛋糕做甜点,蒲鲁斯特见到这蛋糕肯定会哭出来——却是在蓝色底色上涂了一片白漆，这里还有不少画作和挂毯，其中不乏现代作品，但大多数几乎和她书架上的书一样古老。这里没有织布机，没有素描本，也没有刺绣框，但是我看到了一个和某种乐器相连的键盘，想起13世纪的贵族妇女都要具备一些可供展示的才艺。虽然她们可以在瞬间变成一条龙，但平常的时候还是要对付一些凡人。

我忽然想起了一些事情……于是看了看手边。现在是10点30分，时间还比较早。她看到了我的动作，脸上露出了笑容，这一次是真的对我笑了。而我则是一个教授，因为工作带来的毫无意义的压力而早衰，记忆力虽然不错，但是被各种传说、传奇和童话弄得乱七八糟。她说："我从未伤害过人类。你要是知道那些强加在我头上的各种对人类的诱惑的话，那么应该就很感谢我说过这句话。"

我心不在焉地说："很高兴可以知道这一点。"我觉得换一个聊天的话题也许是个不错的主意。"你总是需要坐轮椅吗？"

"只在星期五需要坐轮椅。有的时候星期四也需要坐轮椅，但最近时间就不定了。"她叹了口气，"孩子们从来不会在星期六打扰我。我觉得雷蒙德和盖伊能分得清每天是星期几。不过他们有什么理由记住这些事情呢？在那个年代，这都是女人和牧师们的事情。"

"但是，你抛弃了他们，没有给他们任何机会，连头都没回。我总是觉得你这样有些太过严苛了。"

美人鱼微微昂起头说："我太老了，不可能在开始就看到结尾。首先，他们偷看你洗澡，然后他们开始为你挑选要穿的衣服，为他们自己挑选情人，把厨子使唤得团团转，让你在头疼的时候，为他们喝醉的朋友唱歌。不不不，谢了，我不会给他们第二次机会。"虽然她最后的话语中没有任何悔意，却多出了一丝思索的意味。她又倒了一些咖啡。

我说道："按照传说记载，当你的丈夫和后裔去世的时候，你会化成龙形整夜绕着城堡飞，你的哭泣会让树木倒塌，河水泛滥。在吕西尼昂地区，这个传说还在民间流传。"

"他们肯定会这么干。"她说话的时候歪了歪嘴，尽显挖苦讽刺的意味，"我都成了一个景点了，这就像是你们的主题公园和我那时候的圣物——反正都是谎言和猪骨头。"她把一块蛋糕掰成两半，然后用女王或者君王授予爵位的姿势递了过来。她说："当我在加拿大的最后血脉去世的时候，我还要再飞一次。然后……然后我就是个退休的加州老妇人，住在一条偏僻的街道上，和自己的记忆和书过日子。就这样了。"

我说道："星期六除外。"

她笑了起来，露出了小小的白色的略微尖锐的牙齿。

"星期六除外。但是别忘了，我不过是半条龙，另一半还是人类。我知道如何在这里生活。要不要喝点儿红酒？"

我不是品酒专家——我是个高傲的选择性啤酒爱好者——而且我也不知道如何描述她为我提供的、装在水晶杯中的红酒，我俩敬酒时两杯相撞，发出了好似风铃般的声音。不论红酒多么奢华昂贵，到达一定时限之后，都会变成醋，而我们手上这两杯酒的实际年份，肯定远在她所说的年份之上。但我再也没喝过这样的酒，不得不说这是个巨大的遗憾。我现在知道真正的红酒滋味如何，应该喝哪种红酒了。

我能找到关于美人鱼最早的记录，出现于 14 世纪末期。我的最后一位女友是一位女大学生（不不不，不是我的学生，谢天谢地；给我留点面子和尊严吧）。她当时主动色诱了我——这事毕竟太简单了——然后还把这事告诉了她所有的朋友,甚至还放到了网上。自那之后,我就再也没找过女朋友。

我无法准确地告诉你,我那天有没有和美人鱼做爱,她的实际年龄可能比童话故事里记载得还要老,也许和莉莉丝、伊斯塔尔和艾希斯一样老哦。我可以确定的是,在某个时间点,我确实再次将她抱起,低头看着那张漂亮的脸。你在她的眼睛里可以看到龙,嘴里可以闻到紫丁香的味道,小小的荆棘保护着她的乳头,圆圆的胸部好似让人性情澎湃的印度浅浮雕。至于腿——我确信她的裤子确实被脱掉了……但我看到的完全不是人类的腿,甚至可以说没有腿,不过我不在乎。我有时还是会做与之有关的噩梦,不过这一切都很值得。不论到底发生过什么,一切都很值得。

很明显,我丧失了时间观念。不过,我也不在乎。但我可以发誓,在午夜到来之前,她就以一种全新的形态从我的臂弯中站起,她灵巧的动作中不乏惊人的力量,如刀锋般锐利的鳞片划开了我的衬衫,巨爪在我的背后留下直到今天还能看到的伤痕。她干燥的呼吸仿佛是西洛哥风、喀新风和西蒙风的结合体,我整个人被吹到房子的另一头,无助地瘫在地上,那样子就像是她摔在29路公交车的地板上。她站起了身子——她具有人类特征的部分越来越少——但面部依然还是人类,曾经拥抱和指挥过我的双臂现在缩在胸前,完全被龙翼的阴影所覆盖。她的双腿完全合成了一条尾巴,看起来像随时准备蜇人的黄蜂毒刺。当她说话的时候,我完全可以听懂她的话,但是她所说的每一个字都让我感到难受,就好像每个字上都长满了鳞片,并开始反复刮擦我的耳膜。虽然她只说了一句话,但直到今天,我的脑袋里还在回荡着她说的话。

"打开窗户……"

我赶忙起身去开窗户，免得她再次说话。她立即穿过窗户飞了出去，我这次没有被撞倒，但是被扯烂的衣服随风飘扬，脑袋差点开始原地转圈。老旧的火灾逃生梯砸在了街道上。据我所知，没人受伤。

她没有立即飞走，而是悬停在窗外看着我。她的尾巴已经完全展开，在月光的照射下泛出金属的光泽。古代的木刻作品和有关美人鱼的蚀刻作品，显示她有两条尾巴，但是一条已经足够多了。从她缠结、鲜亮的鬓毛直到她的尾巴末端，身体全长达到了3.6米。但是她就像美杜莎，部分身体依然和人类一模一样。她的脸看起来更像是用金属打造的，但扭曲的嘴角写满忧伤，这一点和她在29路公交车上没有区别。她让我感到非常害怕，但我更害怕接下来要发生的事情——又或者是一切已经发生过了？我的身体什么都感觉不到，但我时至今天依然很想她……

她在月光的映射下向着东北方飞去，我一直注视着她，直到她完全消失在视野之中。有太多的封面绘画和图片描绘着龙飞过月亮的画面，我有时候以为龙肯定喜欢在月光下被人看到，这就像骏马在日落西山的时候会冲上山顶，以此让别人看到自己的侧影。我相信这是刻意为之的举动。我关上窗户，扶起被她打翻的椅子和小桌，洗干净咖啡杯，自行离开了公寓。门卫看着我，但是什么都没说。

在接下来的几天里，我在网上进行了大规模搜索，终于发现关于魁北克市一起自行车事故的只言片语。一家法语报纸甚至还给出了葬礼细节，但不管报道是用英语写成还是用法语写成，都没有提到一条龙来悼念吕西尼昂血脉的最后后裔。但是，她肯定在那儿，因为她肯定到达了目的地。

　　自那之后，虽然我每天坐着同一班公交车，时不时从她的公寓前走过，但我却再也没看到她，我也不打算再和她相遇。对我来说，她也许已经搬走，她没有理由留在这个国家。她确实曾经暗示要留在这里，但那完全是出于天气原因。我认为，如果她想让我看到她，那我早就和她见面了。但是，我很开心，也不觉得恋恋不舍，甚至没有任何伤感。我感觉自己像切斯特顿诗中的驴，它见证了耶稣在耶路撒冷的出生。我也不是没有得到任何好处，"一场难忘的春梦"，伯利克高中历史部又有谁能有这个待遇呢？

神速号

凯莉·罗布森

凯莉·罗布森出生于加拿大落基山脉山脚下。她的短篇小说《人性污点》赢得了2018年星云奖。她的中篇小说《凡尔赛宫的水》获得了2016年极光奖。她还曾经入围过雨果奖、星云奖、世界奇幻奖、西奥多·斯特金奖、轨迹奖、约翰·W.坎贝尔奖、极光奖和旭日奖。她的新书《众神、怪兽和幸运桃子》已获得星云奖和雨果奖提名。经过在温哥华20年的生活,她和她的妻子,科幻作家A.D.德拉莫妮卡一起生活在多伦多下城区。

1983年3月2日,阿尔伯塔省欣顿西南30公里。

贝亚悄悄呼唤着自己女儿的名字:"罗西。"但是这辆老旧的校巴行驶在石子路上,女儿并没有听到她的话。罗西闭着眼瘫在副驾驶座位上。自从贝亚早上6点15分开上神速号以来,罗西就动都没动过。但是,她也没有睡觉。作为一位母亲,贝亚总能发现其中的区别。

贝亚提高音量,仿佛在念一段舞台旁白:"罗西,咱们有麻烦了。"

罗西还是没有反应。

"罗西，罗西，罗西。"

贝亚从仪表板上抓起一只手套扔了过去。但她并没有将手套扔向自己的孩子，她永远都不会这么做。手套在窗子上弹了一下，然后掉在罗西的大腿上。

"妈，我在睡觉。"罗西的眉头扭成了一团。自从罗西14岁以来，贝亚就再没有见过她的笑容。

贝亚用唇语说："有条龙在我们后面。"其他孩子还没有发现这一点，贝亚希望继续保持现状。

罗西翻着白眼说："我看不懂唇语。"

贝亚悄悄说："有条龙在跟着我们。"

"不可能。"罗西立即坐了起来。她扭过身子。通过车体中央走道向后打量，孩子们都穿着防雪服和戴着毛绒帽。"我看不到它。"

车子的后车窗已经盖满了冻结的棕色泥浆。感谢上天。要是孩子们看到了龙，肯定要开始尖叫了。

"过来，从这边看。"

罗西离开自己的座椅，身子向着妈妈的方向倾斜，一只手抓在贝亚脑袋后方座椅的杆子上，她过于贴身的风衣上带着一股香烟的味道。

贝亚打开窗户，为罗西调整了一下后视镜。在巴士的后方，有一对正在疯狂扇动的哑光黑色的翅膀。翅膀前缘的银色鳞片在冬日太阳的照射下闪闪发光。

"哇。"罗西努力压低声音，以致听起来像是一声低吼。

贝亚踩下了油门。神速号继续向前奔驰，现在已经可以看到龙宽阔的胸膛和舒展的肌肉。它抬起一只前爪，似乎要抓起整辆巴士。它展示着自己修长的脖子，形似蛇头的三角形脑袋，然后在追上巴士的一瞬间，消失在了后视镜的盲区里。

罗西将自己参差不齐的刘海推到一边，继续向后视镜前凑了凑。

"它没有喷火。它为什么没有烧死我们？"

"我也不知道。也许它喘不上气了。"贝亚说，"但是，亲爱的，你得帮帮我。把孩子们都聚集到前排座位上。让他们坐在一起。"

但是，罗西并没有听到母亲的话。她紧盯着后视镜，注意力从龙的翼尖一直游走到健壮的肩膀。

"罗西，求你了。"贝亚双手拍了拍方向盘，"让孩子们聚集到前排。"

"行，好的。"罗西直起了身子，然后又歪过身子，最后一次打量着后视镜。

在贝亚看来，罗西的样子有些吓人，尤其是近来，罗西穿上了死亡金属主题的衬衫，脾气也很糟糕。她现在还没到16岁，但是个头和20岁的成年人不相上下。这还没完，罗西还用火柴当眼线笔，给自己涂上了烟熏妆。她从十年级开始就留了一头好似刺猬的发型，而且只用贝亚唯一的一把好剪刀来维持长度。贝亚完全明白，为什么其他妈妈从不给自己好脸色。

贝亚对此无能为力。贝亚无法处理罗西给她制造的所有麻烦。但只要二人每天坐着这辆巴士回家，其他都无所谓。

但是，贝亚不喜欢自己的女儿看龙的样子。她完全不害怕。也许她很庆幸自己能看到一条龙。

贝亚在校区负责总车程最长也是最偏僻的一条路线。她从自己位于卡多明南边的拖车位置出发，一路向北沿着林干路到达路斯卡采矿公司的煤矿，然后向东开上16号公路，将之前接上的孩子送到三个不同的学校去。

跑完这条路线需要5个小时，单程需要2.5个小时。神速号是一辆配备了V8发动机的高速巴士，但是贝亚还是保持较低的车速行驶。因为她必须这么做。林干路是一条石子路，周围大山上流下来的水让路况异常糟糕。这条路上松软的路肩，完全可以让车辆掉进路旁的水沟或者掉下悬崖。在每个路口你都可以看到驼鹿，而且这些野生动物经常站在路中间。贝亚完全知道一头驼鹿会对巴士造成怎样的伤害，所以不想招惹驼鹿。

贝亚把车开得很慢。她是个善良的人。如果孩子没有按时到达车站，校车司机有权离站。但是，贝亚从没有这么做。在春秋两季，熊经常出没，而美洲豹一年四季都在捕猎。在车站等车的孩子，对于野生动物来说，无异于一顿点心。

而最近，龙的出现也让她忧心忡忡。

罗西将孩子们赶到了车的前部，每个座位上都挤着三四个孩子。罗西从没给过其他孩子任何好脸色，但现在这也无所谓了。

"咱们来玩一个游戏。"贝亚让自己的声音尽可能乐观一点，然后对着后视镜笑了笑。"让咱们看看神速号最大停车速度有多少。我会按10次喇叭，你们和我一起数数。当我最后一次按下喇叭的时候，就会停车。所有人都抓稳了，做好准备。准备好了吗？"

贝亚借助后视镜，可以看到穿着防雪服和戴着毛绒帽子的孩子们，他们的眼睛里写满了恐惧。他们知道出问题了。孩子们总能敏感地发现问题。

贝亚咧嘴大笑:"这很好玩儿的。准备好了吗?"

贝亚一下下地按着喇叭,孩子们也跟着一起数数。她希望喇叭声可以把龙吓跑,但实际上没有任何效果。

他们在一段笔直的路段上。石头路路面状况良好,没有颠簸和坑洞。道路两侧有浅浅的水沟和高大的云杉。就算是神速号飞出了路面,他们也不会有事。这辆巴士不会让她失望,贝亚对此很有信心。

当她踩下刹车的时候,一个孩子发出了尖叫,还有几个孩子发出了呜咽。龙撞在巴士后部,发出了一声巨响。贝亚迅速将挡位切回一挡,再次踩下油门。神速号的引擎开始咆哮,然后发出尖叫。贝亚将油门踩到底,让发动机提升转速。

她借着侧视镜,看到龙趴在石子路上,翅膀就像一个破碎的帐篷。

贝亚屏住呼吸,不停打量着路面和侧视镜。她心里只希望这条龙已经死了。

龙抬起头打了个哈欠。一道蓝色的火焰喷涌而出。它用翅膀关节抓挠着石子路,摇摇晃晃地站了起来。借着清晨的阳光,可以看到龙的眼睛里泛着一股充满杀机的白光。

贝亚第一次看到龙还是两年前。那是 1981 年,她当时负责将一队在贾斯伯参加比赛的足球队员送回家。

她当时沿着阿萨巴斯卡河向东,朝着贾斯伯公园的大门前进。群山在日落的照耀之下呈现一片柔和的橙色,大树在路面投下形似长矛的影子。神速号当时的时速远没达到极限。当看到密特山峭壁上的龙时，她的脑子里还在想着做烤肋排当周日的晚餐。

那条龙盘踞在峭壁上，红色的鳞片在阳光的照射下，发出血红色的光芒。它伸展翅膀，拍了一下，然后打量着下方的高速路。龙跳下悬崖，保持低飞，然后消失在树林中。

当神速号经过一个转弯的时候，那条红色的龙嘴里叼着一头大角羊，展翅翱翔在被炸药摧残过无数次的峭壁上。

贝亚尖叫道："快看。"但是孩子们的吵闹声实在太大了。她把油门踩到底，看着龙消失在后视镜里。就算她全速开回去，也没人会发现。

算上罗西，车上一共有21个孩子。年纪最小的孩子还不到6岁，而罗西年纪最大，还不到16岁。大多数孩子已经哭了起来。

"刹车检查完毕！"贝亚紧张地说。她在座位上扭动着身子，借助侧视镜反复观察着天空。"刹车没有问题！神速号是辆好车。"

她拍了拍仪表板，仿佛神速号是一匹马。

罗西咆哮道："妈，他们听到龙撞车的声音了。还是告诉他们发生了什么吧。"

"一只驼鹿从水沟里冲了出来。"贝亚说道，"它撞到了车子的后面，但是咱们没事。"

孩子们的哭声更响了。托尼·隆德拉下自己的帽子，大声号啕起来。

贝亚继续说："驼鹿没事。一切都很好。"

但事实并非如此。龙并没有受伤。它就在车后不远的地方，张大嘴巴使劲拍打着双翼。龙每拍打一次翅膀，喷出的蓝色火焰就会烧灼路面。火焰能熔化神速号的车胎吗？不排除这个可能。贝亚可不想知道这个问题的真正答案。

在贝亚的身后，罗西还站在走道里，因为路面的颠簸而晃来晃去。当龙扯掉车尾的应急逃生门，跳进车内走道之后，罗西就会是第一个牺牲品。在贝亚还在开车的时候，龙就会把罗西的脑袋扯掉，然后杀掉其他孩子。她必须做点儿什么。

贝亚用尽可能甜美的声音说道："罗西，亲爱的，过来负责开车吧。"

当贝亚向欣顿皇家骑警汇报有关龙的情况时，前台的骑警不过是笑了笑。

他说："人在山里就是容易想象力爆发。那儿以前有一个煤矿矿工，他曾经对我说，他在牵引挖掘机附近看到了一只巨大的黑猫。"

贝亚问："好吧好吧，你最近来过贾斯伯吗？你知道高速路周围的大角羊吗？就那种在密特山经常出现的大角羊？它们现在一只都没有了。"

骑警假笑道："去年夏天，一群露营的人自称在贾维斯湖看到了大脚怪。"

贝亚彻底放弃了。这名骑警来自多伦多。他真的了解这片地区吗？不过是一无所知罢了。

贝亚和他的家人不是矿工，也不是露营爱好者。她在灌木丛中出生，贝亚的祖辈皆是如此。当贾斯伯还没有被列为公园的时候，她的祖先就居住于此，后来被赶到了卡多明定居。落基山脉是贝亚的家，所以当她说自己看到一条龙的时候，绝对没有撒谎的成分。个别骑警的说法完全不足为信。

罗西说："你想让我开神速号？你他妈的在开玩笑吧？"

车尾传来一声刺耳的噪声，仿佛金属部件发生了剐蹭。如果说贝亚之前还不确定，现在就没什么可犹豫的了。

"我可没开玩笑。快过来接管方向盘，求你了。"

两个人用笨拙的动作互相交换了位置。贝亚丰满的屁股占据了不少空间，但是罗西还是能从她身后溜过去。除了让校车继续行驶在路面上以外，最重要的事情就是死死踩住油门踏板。贝亚抓着脑后的横梁，努力用脚趾压在踏板上，看起来就像是一名游泳选手在测试水温。

"挪开，快挪开，我踩住了。"罗西的肩膀已经死死抵在了贝亚的屁股上。

"好，亲爱的。就算是在弯道，也要保证速度在 50 左右。在没有弯道的时候，就把油门踩到底。你要是看到有东西开过来，就按下喇叭，绝对不要松开油门。"贝亚从上车用的楼梯旁拿起一个灭火器。当她站起来的时候，胡安·卡蒂诺透过黑色的刘海打量着贝亚。

胡安说："我要举报你。"她现在已经 13 岁了，是个很认真的人。

"去吧，小可爱。去举报我吧。"贝亚抱着灭火器的样子，就好像是在抱着一个婴儿。"让我们再玩一个游戏吧，规则如下：所有人待在自己的座位上，全都不要站起来。抱住你身边的人,一句话都不要说,完全按照我的指示行动。你们要是表现好,就可以在复活节假期的最后一天去一次冰雪皇后的零售店。我请客。"

所有孩子都惊讶地张大了嘴。冰激凌永远都是巴士司机们的秘密武器。

"圣代还是甜筒?"席尔瓦那·拉赫斯不过10岁,却已经是个谈判高手了。

"这取决于你们的表现。"贝亚咧着嘴笑了起来,"现在,把你们的防雪服脱了。"

罗西只有学徒执照,但是从10岁开始就会开车了。在森林地区,所有孩子很早就学会了开车。罗西是在贝亚老旧的雪佛兰拓荒者上学会了驾驶。这辆车四轮驱动,离合器很不好用,但是罗西开起来依然自信满满。也许拓荒者和神速号完全不同,但是贝亚毫无选择。她留在驾驶座上,是不可能对龙采取任何行动的。

贝亚跪在走道里,将自己的风衣塞进米契尔·阿森纳特小小的粉色防雪服里,然后在四肢上捆上所有的帽子和围巾。

"你们谁的午餐里有肉?你们谁有?"孩子们在椅子上扭个不停。"你要是午餐里有肉,就快点给我。"

布莱尔·托彻把自己的午餐扔了过去。贝亚用指甲扯开塑料包装。午餐里的花生酱还算不错。所有动物不都喜欢花生酱吗?她用三明治在防雪服上擦来擦去。

"谁的午餐有大香肠?普通香肠?午餐肉?"她努力保证自己的声音听起来非常镇定,但谁都能听出其中的紧张。

"把你们的午餐交出来。"罗西坐在驾驶座上咆哮道,"不然我就把车开进沟里。"

各种午餐盒向着贝亚飞了过去。自制面包上抹着芥末和枫糖浆,里面夹着猪肉肠——这肯定是马农·拉罗什家孙子的午餐。香肠、奶酪和全麦面包——这种三明治谁都会吃。饼干、苹果、芹菜和维兹奶酪酱这些东西,都被塞进了风衣里。而抹在外层的肉,则在纺织而成的袖口和兜帽上留下了油腻的痕迹。

"好了。"贝亚说。她一手拿着防雪服,另一手抓着灭火器。神速号驶过了一个路面的凹坑,贝亚整个人都跟着跳了起来。

贝亚大喊道:"罗西,试试绕过这些坑。"

"开过来一辆运木头的卡车。"罗西把说话的声音压得很低。

"喇叭!亲爱的,按喇叭!"贝亚手脚并用,继续在走道里前进。"那车上有无线电。他可以呼叫救援。"

当罗西开始鸣笛的时候,贝亚也开始不停地挥舞胳膊。在卡车高高的驾驶室里,一脸胡茬的卡车司机戴了一顶很常见的司机帽。虽然现在阳光并不强烈,但他已经戴上了一副太阳镜。司机一只手抓着方向盘,竖着手指权当是向校车招手,而另一只手则端着聚苯乙烯泡沫塑料制成的杯子,慢慢喝着咖啡。卡车快速从巴士旁开了过去。

罗西问:"这有用吗?"

贝亚走到一排空座位旁。她的额头贴着冰冷的窗户玻璃,看着卡车消失在弯道处。

贝亚说:"完全没用。他甚至没有看我们。"

她一瘸一拐地返回走道。

"我刚才没有打开报警灯。"她走到自己女儿身边,打开了报警灯。她还打开了警示灯,橙色的灯光闪个不停。然后,她看着孩子们,深吸了一口气。

除了罗西,车里有 20 个孩子,他们一个个昂着泪迹斑斑的笑脸。有些因为恐惧的表情而扭曲，但大多数因为惊吓，反而毫无表情。这都是她的错，是她让孩子们失望了。

贝亚说："有条大龙在追我们。"

欣顿没有真正意义上的图书馆。通常来说，在上课时间，高中图书馆也对外开放，但是图书馆的管理员有权决定谁能走进图书馆的大门。贝亚在11年级的时候，就已经被禁止进入图书馆了。那可是16年前的事情了，而且时至今日，贝亚依然被禁止进入图书馆。

但是，图书馆是贝亚唯一可以查阅资料的地方。

当和骑警沟通了相关情况之后，她将巴士停在冰球场，穿过运动场，向着高中前进。当她穿过马路的时候，造纸厂释放出的带着臭鸡蛋味的黄色气体飘到了高中上空。

她溜进了图书馆，轻轻走到位于后墙的参考书书架前，拿下了《不列颠百科全书》的第四册。关于龙的词条上写着"神话生物"几个字。她观察着插画，自己看到的龙肯定属于欧洲种。蛇一般的脑袋和形似蝙蝠的翅膀完全符合书中的插画。

在欧洲神话中，龙统治着山谷。当吃光了山羊之后，它们就开始吃小孩。

书中的羊完全还是童话故事的画风，浑身雪白而且毛量丰富——这和大角羊完全不同，后者有着棕色的皮毛和扭曲的羊角。但是密特山的羊不见了。这是不是意味着，龙要开始吃孩子了？

"贝亚·奥蕾特。"

贝亚猛然合上了百科全书。英格丽夫人低着头，挑着眼睛看着贝亚。

她说道:"你不能进来,你已经被禁止进入图书馆了。"

贝亚把书放回书架,向着大门走去,她的双眼紧紧盯着地面。

当她经过前台的时候,悄悄说道:"高中都是多少年前的事情了。"

英格丽夫人咆哮道:"我可不这么看。再别回来了。"

贝亚站在巴士的座椅上,高举着双手,打开了车顶的逃生口。她一只手抓着逃生口的边缘,一只脚踩在椅子背上,嘴里叼着塞满肉的防雪服。她双手一用力,彻底打开了逃生口。

虽然动作非常奇怪,但贝亚还是把脑袋和肩膀伸出了车外。她的头发抽打着脸颊。

龙还在车后方紧追不舍。它用前腿抓挠着车顶,爪子不停地在金属车顶上划过,努力想抓住车顶。龙不仅没能抓住车顶,还被甩到了后头,它在空中扭动了一下,伸直长长的脖子,用力拍打着翅膀,继续追赶校车。

龙爪划开了车顶的尘土和油漆,留下了一片明亮的抓痕。要不了多久,它就可以牢牢固定在神速号上。

贝亚将塞满肉的防雪服拽出了逃生口。

她大喊道:"快看我这里。你想不想吃晚饭?"她抓着防雪服的腰部反复摇晃,四肢在风中晃来晃去。她把防雪服向着龙使劲扔了出去,然后关上了逃生口。

贝亚大喊道:"罗西,油门踩到底。"

但是,神速号车速已经很快了,而且远处已经可以看到路口。她们必须转弯。

贝亚快速穿过了走道。

"减速,亲爱的!你不可能转过这个弯。"

"你的办法没用。"罗西的注意力都放在侧视镜上。她完全没注意路面。

"现在减速!"

贝亚抓着罗西的肩膀,想把她从驾驶座上拽开。巴士开始转向。罗西趴在方向盘上,双手紧紧抓着方向盘,指节都因为用力过度开始发白,浑身肌肉紧张。

贝亚提高嗓门尖叫:"快从驾驶座上滚开。罗西,快到一边去。"

又传来一阵龙爪撕扯金属的声音。左侧后排座椅上方出现了一片阳光。

罗西压低声音说:"这下有麻烦了。"

贝亚说:"要么减速,要么整辆车都要侧翻了。"

罗西稍微放慢了速度。贝亚将坐在罗西身后座椅上的孩子赶到了对面的座位上。

"所有人都坐到右边去。"现在不是展现温柔一面的时候。她拉扯着孩子们的胳膊和肩膀——然后她牢牢抓稳,用身子护住一排孩子。"抓稳了。"

这时,耳边又响起砰的一声。贝亚扭头看究竟发生了什么。在破碎的后窗上方,三根龙爪刺穿了车顶。窗户非常黑。龙已经将自己固定在了巴士的后部。

贝亚大喊道:"圣代!要是这次转弯成功,我给你买一堆圣代!"

"再来点热乎乎的软糖。"罗西说完就转动了方向盘。

当贝亚不过十几岁的时候,她会从高中图书馆里偷偷带出一些书。她不会经常这么干,她的目标都是些好书。但是,这算不上是偷窃。在一开始的时候,她还会把书还回图书馆,她也因此被抓。

在她 11 年级的第一天,贝亚准备将在家里放了一个暑假的书还回图书馆。她的计划是,早上偷偷溜进图书馆,把书放回书架,然后下午的时候,再偷偷溜进去一次。但是,她要还的书实在是太多了。书从纸袋里掉到了地板上,而这一切就发生在英格丽夫人面前。

贝亚在副校长的办公室里,一直眯着眼睛看着地板。生存的第一要义,就是绝对不要和他们对峙。当翻过山脊的猎人从小屋外经过的时候,她的爷爷就躲在屋里,甚至不会向外看一眼。当杂货店店员跟着她的祖母,在货架间的走廊里走来走去的时候,她也是这么做的。眼睛盯着地板,保持平稳呼吸,等着他们失去对自己的兴趣。

禁止进入的禁令效力不过维持了一周。英格丽夫人不可能永远在岗。学生志愿者们也不在乎,最棒的是,没人知道贝亚知道些什么。当你需要偷走一本图书馆里的书,只需要把它夹在两本书中间,用一个活页夹和一本数学书就完全可以,然后水平拿着这些书离开图书馆即可。只要你这么拿着书,书里面的磁条就不会触发警报。

所以,贝亚依然是想看什么书就看什么书,而其中一些书只能在药店的畅销书区才能找到。贝亚将这些书都存了起来。虽然被英格丽夫人和副校长呵斥了一顿,但贝亚并没有感到难过。

当神速号在林干路路口打滑的时候，车子的后轮轮胎发出了刺耳的噪声。一个后轮甚至从路面颠了起来。车子的底盘和贝亚一样，一直在抖个不停。

贝亚双手抓住座椅，双脚勾在座椅底座上，她把孩子们牢牢压在座椅上。当神速号开始打滑的时候，龙爪撕开了车顶。随着龙在车顶晃来晃去，爪子在车顶留下了顺时针的抓痕。它的一只翅膀不停拍打着左侧的后车窗。一只爪子抓挠着窗户，发出刺耳的声音。

贝亚牛仔裤的大腿处感到一阵湿热的感觉。一个孩子吓得尿了裤子。龙挂在巴士的一侧，爪子尖挂在窗户的密封条上。它的脑袋像旗帜一般前后摆动，不停砸在神速号的侧面车窗上。

托尼·隆德在贝亚身下哭了起来。如果他可以哭出声，那他就可以呼吸，这对贝亚来说就足够了。

神速号开上了高速路，车体在打滑的瞬间横跨了两条向东延伸的车道，石头也飞过了中线。龙张开了大嘴，它没有发出尖叫，而是喷出了一道透明的蓝色火焰，这道火焰看上去就像贝亚野营炉子上的丙烷火焰。然后，龙就从车上掉了下去。一只龙爪还挂在窗子上，灰白色的血迹到处都是。

贝亚冲到女儿身边，抓着她的肩膀。

贝亚大喊道："从我的座位上滚下去。"

"很快就要结束了。"罗西眯着眼睛说道，"照顾好孩子们。他们可不喜欢我。"

"罗西，别这么说。"

"没事，我也讨厌他们。"

这完全没有用。贝亚无法在自己的女儿面前摆出强硬的一面。但是罗西说得没错。这一切很快就要结束了。她转身看着挤成一团的孩子们。

"咱们会没事的。"贝亚摆出一副尽可能慈祥的笑容,"再过五分钟,罗西就会带我们去最近的骑警警署。"

贝亚看着这些布满泪痕的小脸,心都要碎了。特瑞沙·隆德紧紧抱住自己的弟弟,后者把脸埋在姐姐的毛衣里不停地抽泣。贝亚走到他们身边。

"托尼,我伤到你了吗?我很抱歉。"

特瑞沙说:"这都要怪你。"她说得没错。贝亚很久之前就知道了龙的存在,但是她什么都没做。

贝亚说:"没事的。会有人来救我们的。"但她知道这不过是撒谎罢了。

《不列颠百科全书》第四册是贝亚 16 年来偷走的第一本书。她的身手依然堪比当年。她只需要等着英格丽夫人去抽烟休息即可。当贝亚走进图书馆,从书架上拿下书的时候,前台的姑娘们都没有抬头看她一眼。贝亚径直穿过了防盗门,这本厚重的书就贴在自己的肚子上。

这本书刚好可以放在神速号的方向盘上。贝亚连续看了两遍关于龙的词条,确保自己没有错过任何重要的信息。但是,百科全书里能提供的信息并不多。欧洲龙非常残暴。它们杀戮成性,吞噬猎物,将所到之处化成一片废墟,只有伟大的英雄才能阻止它们。

贝亚一辈子都住在森林中,但是她非常了解这个世界:英雄比龙更加缥缈，因为他们并不存在。

贝亚说："亲爱的，减速。在施韦泽街转向。"

神速号抖了一下。罗西一直以来都将油门踩到了底。校车在几分钟内就可以到达皇家骑警警署的停车场。但在此之前，要先经过一个急转弯，开上施韦泽大街。

贝亚再次说道："我说了，减速。"

罗西并没有减速。

当神速号驶过路口的时候，贝亚尖叫道："你到底在干什么？"

罗西说："你想让龙再抓到我们吗？"

罗西打开驾驶座旁边的窗户，伸出手指着侧视镜。龙继续沿着高速路在高空飞行，距离神速号刚好10倍的车身长度。

贝亚说："我们离得够远了。"她抓着女儿的肩膀，指着右侧通向辅路的最后一个入口。"减速准备转弯。"

罗西甩开贝亚的手："太迟了。"

贝亚眼眶里泛着泪花，说："罗西，我的宝贝。你的计划不可能成功。"

高速路剩下的路程是一段直道，可以穿过爱德森直达埃德蒙顿，这段路要花上三个半小时才能跑完。但是，欣顿的高速路两侧有遍布加油站和商场的辅路。现在时间还很早，所以路上的车并不多，可现在肯定有人看到了龙。也许他们已经去找付费公共电话了。

贝亚跑回神速号的后方。龙的身体不停摇晃，已经擦去了不少污迹。一辆小型的达森特轿车从右侧车道驶过。贝亚看到了司机脸上惊讶的表情,当神速号从旁边驶过的时候,他们惊讶地张大了嘴巴。

在高速路的上方,龙收起了翅膀。它看起来在空中悬浮,然后如同一个鱼类,向着小车俯冲了下去。

龙伸着爪子的样子看起来就像是跃起的猫科动物,玻璃纤维制成的车顶被龙爪洞穿。这辆车冲过中间线,然后逆行开上了对面的车队。龙骑在车顶上,仿佛是一位参加竞技比赛的牛仔,它弯曲着腿,拍打着翅膀,仿佛要将小车从路面带入空中。

贝亚悄悄说:"刹车,刹车。把它——哦,不。"

欣顿的哈斯基加油站是镇上最大的加油站,你一眼就能看到飘在上面的加拿大国旗。巨大的柴油泵专供拖挂车,四个常规泵则负责为夏天的游客服务。而那辆达特森轿车已经失去了控制。它错过第一个油罐,然后撞上了第二个。整个加油站在呼哧一声之后,就燃起了熊熊大火。巨龙从大火中冲了出来,缓缓拍动的翅膀继续助长着火势。

"快点开,罗西。"贝亚咆哮道。也许他们可以在被龙发现之前,先通过下一个弯道。"加速!"

也许龙会攻击其他的车,炸掉别的加油站。也许贝亚希望如此?不——这太可怕了——而且她也不希望龙再次盯上神速号。

神速号的喇叭再次响起。这次,喇叭响了很久。

贝亚尖叫道:"不,罗西!"

龙拍打着翅膀。它开始慢慢转身,动作如燕子般优雅,鳞片之间还冒出些许浓烟。它两眼发光,紧紧盯着神速号。

贝亚在森林中长大。她见过很多美洲狮,也知道当捕食者盯住你的时候,两眼会处于同一水平线上,你在它的眼里不过是一堆肉。而且它完全不在乎你的生死。你的命运完全受控于捕食者的利爪和獠牙。

"亲爱的，为什么？"贝亚哀号道。但是，你永远都不可能从罗西那里得到答案。她干什么完全取决于心情。

自从罗西出生以来，贝亚的一个目标就是尽可能让女儿待在家里。而面对像罗西这样强势的孩子，你只能经常退让。你还要保障罗西能吃到好吃的食物。罗西从小胃口就很好，现在她身材高挑——身高已经达到了1米82，而且还没有停止的迹象——肩膀宽阔，而且手脚很大。

吃东西可是个很重要的策略。贝亚根据自己的经验，除了周末在林中举行的聚会，欣顿的年轻人也只能聚在一起吃点比萨饼或者油炸食品来打发时间。贝亚也曾经如此。

她16岁那年，没有选择坐上回家的小车，而是去了高斯比萨店。然后，她在IGA杂货店开始了等待，希望能坐邻居的顺风车回家。但这并不是总能奏效，于是她开始了搭顺风车回家的生活。前两次一切顺利。但到了第三次，她坐上了社会科学老师的车。在开始的半个小时里，他反复向贝亚唠叨搭顺风车的危险，然后停下车，把手伸进了她的牛仔裤。再然后，贝亚就怀孕了。

贝亚不希望这种事情发生在自己女儿的身上。所以，如果说L&W商场里的布丁很好吃，那么贝亚的手艺就更棒了，她炸的薯条更脆，奶酪更甜腻，牛肉汉堡上还有棕色肉汁。而这不过是刚刚开始。贝亚做的烤驼鹿肉上还撒着一层坚果，这道菜堪称完美，烤面饼配上自制果酱和其他蛋糕相比也毫不逊色。

所以，当罗西到了躁动不安的年纪时，放学之后第一件事仍然是回家。当母亲做的晚饭如此可口的时候，罗西为什么要和自己讨厌的孩子混在一起，吃着糟糕的零食呢？

罗西让老师们都吓了一跳，但是贝亚并不在乎。如果罗西每节课都坐在最后一排，成绩刚好及格的话，贝亚对此也没有异议。就算罗西叉着腰从走廊中穿过，从参差不齐的染黑刘海的缝隙中打量着其他同学，一年到头只有两件超级杀手的衬衫，贝亚也表示毫无异议。没人能占罗西的便宜。任何勇于尝试这么做的人，绝对不会再犯这种错误。

神速号极速向东行驶，计速表已经到达了极限，而龙还跟在后面，不过前方的高速路上没有任何障碍。车子很快就要到达奥博山。神速号的发动机不可能在爬山过程中保持高速。贝亚必须做点什么，但是她现在太害怕了，无法进行思考。她不敢去想，当校巴开始爬坡的时候，龙会做出什么事来。她平生第一次开始害怕自己的女儿。

罗西弓着背坐在贝亚的驾驶座椅上，她的嘴角总是带着不屑的微笑，下巴上还残留着一些蓝黑色的口红。也许他们最大的威胁不是龙，而是罗西。也许一直以来都是如此。

孩子们知道罗西很危险。他们一直都明白这一点。当罗西坐在副驾驶座上的时候，孩子们都会从旁边快速通过，仿佛副驾驶座上正燃着熊熊烈火，而贝亚选择对此视而不见。当罗西对着动作缓慢的孩子大声呵斥的时候，贝亚也选择了无视。当罗西从孩子的背包里拿走点心的时候，贝亚认为这只是一种玩笑。

贝亚跪在驾驶座旁边，一只手轻轻抚在女儿粗壮的腰上。

"亲爱的，不论我做了什么错事，我都感到很抱歉。但是，有事你得找我，不要怪这些孩子。"

罗西眉头紧锁，她的鼻子扭成一团，仿佛闻到了什么腐烂的东西。

她大喊道："妈，别再胡说八道了。"

贝亚将手搭在罗西的二头肌上，继续说道："你一直以来都如此愤怒。现在你享有控制权了。你确实可以掌控局势，做出各种选择。亲爱的，做出正确的选择吧，掉头。"

罗西说道："该死，妈，你以为我要干什么？"她深吸一口气，尖声叫道："抓稳！"

罗西踩下离合和刹车，然后转动方向盘。贝亚被甩下了楼梯。她的脑袋狠狠撞在车门上。等她克服疼痛，再次站起来的时候，神速号已经停在裴德利街中央，道路两侧只能看到灌木丛中有几间旧房子。

"好姑娘，多谢了。现在换我来开。"贝亚一只手搭在女儿粗壮的肩膀上。她的肌肉如石头般坚固。罗西的右手紧紧抓住方向盘，左手伸出车窗，通过不断调整侧视镜观察空中的情况。

"不。"罗西悄悄说，"再别碰我了。"

罗西将挡位换成一挡，然后换到二挡。他们顺着山路向上走。众人耳边除了能听到车轮碾过石头和引擎的低吼，还能听到翅膀扇动的声音越来越响。孩子们在贝亚身后哭个不停。也许贝亚也在哭泣。她知道自己应该战斗——但是该怎么办呢？贝亚从没有打过任何人，更没有打过罗西，以后也不会这么做。她怎么知道这会是个错误呢？

"我很抱歉。"贝亚低声说道，"我不知道我当初干了什么。我那时太年轻了。"

而罗西则用一种毫无感情的语气回答:"闭嘴,我在思考。"

"我应该让你和其他孩子一起玩。我想把你留在家里,保证你的安全。我不知道这是坏事。这让你反而被孤立,这实在是太糟糕了。"

贝亚左脸贴在罗西的胳膊上,神速号向着裴德利路的铁路交叉口前进。红白两色的提示牌上闪烁着红光。一列火车正在驶来,但是罗西眯着眼睛咬紧牙关,注意力都放在侧视镜上。

火车上的喇叭已经拉起了穿过路口专用的信号。两声短鸣,一声长鸣,一声短鸣。贝亚一只手搭在罗西紧握方向盘的手上。

"亲爱的,咱们得在铁轨之前停下。"

罗西并没有回答。贝亚站了起来。走道上还有一个灭火器,它就躺在一个受到惊吓的孩子的脚边。贝亚应该照顾这个孩子,保证他的安全。

贝亚抱起沉重的灭火器。她非常了解自己,暴力并非自己的天性。她从没有动手打过任何人,即便是应该动手的时候,贝亚也没有这么做。但是她现在必须诉诸暴力。她只需要将灭火器举过头顶,然后砸向罗西的脑袋。一切就这么简单。

但是她下不了手。她放下灭火器,转身走了。

神速号的前轮从铁轨上驶过,火车向着他们高速驶来,你可以看到金属车体上弯曲的挡风玻璃。火车现在越来越近,贝亚可以看到挡风玻璃上的雨刷。火车一边鸣笛一边向着校车冲了过来,凭借火车的速度和重量,神速号将粉身碎骨。罗西一只手伸出窗外,用粗壮的手指不停调整侧视镜的位置。

透过神速号车尾脏兮兮的车窗,一对翅膀投下一片阴影将神速号彻底笼罩。然后,高速行驶的火车撞向了这团阴影。

罗西无法打开车门。即便她双手发力,用上所有的力气也打不开神速号的车门。

"妈,你他妈到底怎么把这门弄开的?"

"开这个门需要一点技巧哦。"贝亚双手伸过女儿的头顶,然后按下神速号弹簧把手上的开关。贝亚撬开车门,类似的动作她已经做过无数次,但从没有像现在这样轻松。

火车从神速号旁边驶过,火车制动装置开始工作,在发出一阵咆哮的同时还掀起一片火花。

"你也下去。"贝亚说完就跟着女儿下了车。

贝亚把自己的毛衣披在米契尔·阿森纳特身上,然后让她坐在自己的大腿上。她用牛仔裤口袋里一张皱巴巴的餐巾纸,仔细擦干净了米契尔的鼻子,然后让托尼·隆德坐在自己的另一条腿上。

铁路道口的枕木和铁轨都盖上了一层红棕色的、散发着热气的浓稠血污。龙的脑袋躺在神速号的右侧后轮旁。白色的巩膜上有很多出血点,长满獠牙的嘴中流出来蓝色的液体。

罗西拿起龙的脑袋,然后摆正位置,让龙的下巴端正地落在路面。

"龙的其他部分呢?"米契尔·阿森纳特从贝亚的胳膊肘下面悄悄问道。

"全在水沟里呢。"罗西说。她顺着结冰的斜坡滑下去,抬起一只破破烂烂的翅膀,然后拉着翅膀返回路面,最后把翅膀放在龙头旁边。

"这肉可不怎么样。"布莱尔·托彻不过 11 岁,已经像一名有经验的猎人了。"闻起来像坏了的熊肉。你可不能吃这东西。"

胡安·卡蒂诺说:"我觉得罗西会吃这东西。"

贝亚没了自己的毛衣,不禁打了个哆嗦,自己的小臂还要扶着托尼·隆德,所以已经湿了一片。托尼的双臂环抱着贝亚的脖子,布满鼻涕的小脸抵在贝亚身上。

他悄悄问道:"会有人来帮我们吗?"

"我觉得很快就会有人来帮我们。"

火车终于在铁轨远处停了下来。工程师肯定已经汇报了这起事故。贝亚相信自己很快就能听到警笛声。

罗西将龙的躯干从铁轨的另一头拖了过来。龙的肚子已经被撕裂,可以看到里面五颜六色的内脏和蜂巢结构的身体组织。

"妈,你在密特山看到的是一条红龙。"罗西脱掉沾满血迹的手套,把它们扔在地上。"你当时是这么说的。"

贝亚说:"对呀,但你不相信我。"

罗西双手搭在眼睛上方,扫瞄着天空,说:"那这可不止一条龙了。"

贝亚点了点头:"那最少还有一条龙。"

托尼呜咽了起来。贝亚让他坐了起来。

她对孩子们说:"我们没事了,现在很安全。对吧,罗西?"

罗西耸了耸肩,然后从口袋里掏出一包薄荷醇。她嘴里叼着一根烟,双手翻找着打火机。她偷偷看着贝亚,就好像她需要母亲的允许,才能在孩子面前抽烟。贝亚差点笑了出来。

贝亚认为世上没有英雄,但是她错了。

贝亚说:"抽吧,我的宝贝。这都是你应得的。"

骑士遗言

阿玛尔·艾尔·莫塔尔

当你说话或者咆哮的时候,我是否会更加爱你?

当你翱翔时,是否会飞在我的头顶,
又或者用鼻子顶顶我的手掌和脸颊?

当你在危害四方或者大快朵颐的时候,我是否会更加爱你?
当你为害乡邻,消灭敌人大军——当你胜利或者失败的时候,我是否更加爱你?

我对你的爱意是否因为那如河水般绵绵不绝、仿如天赐般的兴奋?
又或者是因为你喷吐烈焰,拔山倒树,偷窃家畜,抢夺财宝,永不能满足的饥饿,雷霆般的咆哮和囤积的各种宝藏?

当你战斗的时候,我是否爱你?
当你的鳞片和我的肉体相遇,
当我脆弱的血肉之躯遇上你的烈焰、顽石、谜语和你对我的问候——

我在什么时候最爱你?
是相遇的时候,还是分离告别之时?
是在战斗时最爱你,还是逃跑时最爱你?

我到底因为什么而爱你?
是你的头颅、尾巴、双翼、獠牙、坚硬的鳞片,还是柔软的肌肉?

到底是什么让我爱上了你?
是你的呼吸,还是你的城府?是你的体形,还是因为你忽然落在我的肩头,结结实实吓我一跳?

你的眼眸便是一切,当你将尾巴衔在嘴中,不断重复毁灭的循环,
我爱你就像爱那辽阔而不可名状、无法触及且充满不可能的星空,
我爱你就像爱那以天空为名所撰写的诗歌,又或者与天空切断的丝线——

我爱活着的你,
也爱死去的你。

漫途

凯特·艾略特

　　凯特·艾略特从9岁就开始编写故事。她认为，写作和呼吸一样，保证了自己生命的延续。作为一个在俄勒冈州乡村地区长大的孩子，凯特为了实现自己魂牵梦绕的冒险之旅，开始自己创作故事。当她发现自己可以依赖的技能只有打字和烘烤之后，果断开始了自己的写作生涯。她已经出版了幻想、科幻、蒸汽朋克和青少年题材的小说。她的新作《不可征服的太阳》讲述了一个在太空的女性亚历山大大帝的故事。其他近期作品包括《黑狼》《五人议会》和《冰冷魔法》。凯特勇于探索新世界，在世界五个大洲留下了自己的足迹，并希望早日游遍七大洲。在空闲时间，她会和自己的雪纳瑞犬一起，在夏威夷划着带有外部浮架的独木舟。

　　她的丈夫长期受病魔影响，在一天夜里去世了。安维整夜都在睡觉，两年来照顾病人的生活让她筋疲力尽。当她醒来之后，才发现丈夫已经去世了。这间卧室虽然有拉着链子的床和绘着花纹的衣柜，但曾经居住在这里的一个灵魂，已经向着永远光明的群山飞去。

安维没有触碰丈夫的尸体，她下床站了起来。她感觉浑身疼痛。虽然房梁上挂着草药，可以掩盖尸体的味道，但安维感到自己几乎要窒息，于是迈着蹒跚的步子走向窗子，她需要新鲜空气。

安维打开百叶窗，如释重负地打量着远方的地平线。安维的丈夫是个好人。安维是个很幸运的人，她的父亲为她找了个脾气很好的男人，不过这更有可能是一种例外。她的父亲之所以推动这门亲事，是为了建立同盟，确保自己可以介入羊毛贸易。她的丈夫对此没有抱怨太多，只打过两次安维，甚至还为此进行过一次道歉，当安维年纪大了，她的丈夫甚至允许她再雇一名女仆。

晴朗的天空阳光明媚，东边的山脉清晰可见。她站在窗边眺望着山脉，换在平时，她可没有这么多的闲暇时间。自从安维结婚以来，这是她第一次不需要照顾别人，不需要在黎明去煮粥然后再为正餐做准备，不需要修补孩子前一天扯烂的衣服，不需要清理病人的便盆。现在，她完全可以欣赏眼前这片触不可及的美景。

火花变成了金色、银色和古铜色的细线。从清晨到夜晚，龙在大裂谷的山峰和高塔上空飞来飞去，你不可能看不到它们巨大的身形，可因为距离太远，你无法看到细节特征。但是，龙是优雅和死亡的结合体。龙就像东边的群山，是无法跨越的屏障。

卧室的门轻微晃动了一下，然后慢慢打开了。

菲欧拉悄悄说："夫人？您醒了？因为您不在厨房，您儿子很担心您的情况。"

安维将门开得更大一些，门的合页经过了充分的润滑。一个年迈的女人走进了卧室，她穿着一件灰绿色的裙子，短上衣外面还系了一条围裙。

安维说："他死了。"

"啊。"菲欧拉瞟了一眼床，床上的围帘在夏季都被收了起来。毯子盖在尸体上，乍看之下好像一座地形破碎的山丘地形图。尸体纹丝不动的脑袋上戴着一顶白色的睡帽。菲欧拉问："我要不要通知您的儿子？他现在是一家之主了。"

安维一时间感到无精打采。就算是穿衣服这一件事，对她来说，也无异于翻过东边的山脉，去探索传说中藏在山峰后面遍布恶魔的荒野。

菲欧拉睁大眼睛说："夫人，您必须坐下。"

她领着安维坐在白桦木做靠背的椅子上。安维对此毫无异议。镜子已经被盖了起来，因为在一家之主处于濒死边缘的家庭，家中成员不允许为仪容仪表消耗精力。

"夫人，您先别动。"

菲欧拉走到床边，将床边装着水的水杯拿到死者的鼻子上方，稍微打开他已经变成蓝灰色的嘴唇。当她确定死者彻底没有呼吸之后，就放下杯子离开了。安维听着她走下楼梯，听到大门处有人说话和前门关闭的声音。也许安维稍后睡了一会儿，因为她只记得菲欧拉返回卧室之后的事情。

"夫人，您儿子去神庙了。在他带着戒律师回来之前，我先帮您穿衣服。"

安维一只手抓着菲欧拉的袖子，她忽然间有很多话想说。

"菲欧拉,我不会让他们送你踏上漫途①的。"

安维只看到菲欧拉的下唇微微颤抖。菲欧拉说:"夫人,您对我实在是太好了。"

"是吗?"安维嘴上这么说着,但是菲欧拉顺服的回答让安维心中腾起一股怒火。

心中忽然出现的能量让她感到躁动。她必须离开这间房子,不然就会窒息。也许她早已窒息而亡,这些年不过是在沙漠中游荡,而只有不孝子和不听话的女人才会遭此罪罚。

她走到衣柜旁,拿出了每个新娘在结婚当天都会收到的棕色丧服,她们在男人的葬礼上都会穿这套丧服。只有寡妇和没有父亲的女孩才会穿棕色衣服。在古代,人民生活在偏远的地区,没有移居到沿海地带,所有寿命超过自己丈夫的女人,都会被活埋入墓,成为自己丈夫的陪葬品。人来自土地,也必将回归土地——神庙在每个显圣节都会如此告诫大众,提醒人们那段更加纯洁、距离神更近的岁月。神庙现在已经很仁慈了,而且你还要考虑龙。你总需要注意龙。

但是,安维不需要在意这些事情。她有自己的儿子们。

她展开裙子,把它拉过大腿,然后在菲欧拉的协助下系上扣子。像菲欧拉这样的女人,只能穿前面带扣子的丧服。安维的丈夫将所有的收益都重新投入买卖之中,从没有考虑过为家里增添些装饰品或者让生活更加方便,他只想着让自己的妻子在别人面前看起来更光鲜。

菲欧拉跟着安维一路来到厨房,芭维拉已经收起睡觉用的草垫,点起了炉火。

---

①本篇故事中的漫途,指的是将当地寡妇放逐的习俗,据说这些寡妇成了龙的食物。

她说道:"夫人,您坐下吧。我来煮粥。"

因为在平时,丈夫会抱怨碗里的粥不是自己的妻子亲手所做,安维坐了下来。但是,她在凳子上不停扭动着身体。她的意识并不清晰,身体非常躁动。

她站了起来。其他人会来悼念自己的丈夫,总得给他们做饭吃:生姜煎饼、红豆馅的包子、水果蛋挞、辣味肉酱,还有搭配咸味奶酪的烤面包,这种烤面包是为旅行者准备的传统食物。安维打算再加点鼠尾草和欧芹,好让面包更加可口。

她穿上厨房的围裙,开始准备必需的材料。就在两个月前,她才为一位叔叔的葬礼准备了 100 个填满甜奶油和蓝莓的馅饼。这位叔叔是父亲的兄弟中最年轻的一位。

芭维拉站在煮粥的锅边,惴惴不安地说:"夫人,您需要休息。"

菲欧拉说:"让她忙吧。工作能让她安心。她喜欢厨房。"

此话不假。美克洛斯完全可以请一位厨子,但是他希望让别人认为,自己的妻子不允许别人为自己的丈夫准备食物。因为男人进妻子掌管的厨房会招致厄运,所以厨房一直是安维的天下。她可以全心全意地制作美食。要把黄油准备好,要把面团揉好,然后捏出图案。玫瑰蕾蛋糕需要好好装饰一番,还需要切好风车饼干,然后送炉烘烤。

"妈妈!您在干什么?"

她的儿子站在厨房门口。当艾力斯还是个小孩子的时候,他和自己的兄弟们就陪着安维,在厨房里度过了很多时光,但是,他现在是一家之主了,不能给自己住了一辈子的房子带来厄运。他的妻子丹尼斯将他推到一旁,走进了厨房,而安维和自己的丈夫之间却不存在这类举动。

"你妈不过是想好好做饭,这可是她一直以来的爱好。"丹尼斯走到安维揉面团的桌子边。"亲爱的妈妈,很抱歉打扰您。戒律师已经来了,为了准备度灵仪式,您该去会客厅见见他。"

安维双手停在原地,手指间还粘着面团。

"哦。"安维小声说道。

"我已经打发了个仆人去茶店买一托盘的点心,但是您该去会会戒律师了。"艾力斯说话的时候,带着他标志性的不耐烦。

菲欧拉一直忙着做煎饼。她从灶台上拿过煎锅,用湿润的抹布擦去安维脸上和手上的面粉。她说:"夫人,我来负责揉面团。"

仪式必须按照程序进行。

安维脱下了围裙,然后在门口停顿了一下:"芭维拉,先做煎饼。把最后一盘芝麻饺子端给戒律师。"

"妈妈,他还等着呢!"

会客厅是专门接待客人的地方,里面摆放着涂着清漆的椅子,装饰着刺绣的沙发,经过抛光处理的小桌,还有装着玻璃门的橱柜,里面的杯碟是用来招待贵客的。戒律师双手背后站在一旁,打量着安维的丈夫收藏的瘦长的恶魔眼,这些宝物闪闪发光堪比宝石。如果你徒手去抓恶魔眼,那么必死无疑,但眼前的这些收藏品则被银线织成的网兜包裹,其邪恶的魔力已经得到了控制。

安维的儿子说道:"大人您好。"

虽然戒律师看上去很严肃,但说起话来却是男中音:"寡妇美克洛斯,希望你能跟随自己的丈夫获得宁静,一如你忠心追随着自己的父亲,用一颗慈爱的心照顾你的儿子们。"

安维歪着头,很庆幸此时自己不需要说话。自己又能说什么呢？这些话都是这个古老王国中仪式的一部分，那时候寡妇可要被扔进丈夫的坟墓里活埋。如果不能通过男人来确认自己的价值，那一个女人又有什么用呢？安维——海娜的女儿，艾斯提安、努尔拉斯、托利欧斯、艾尔兰、贝雷克的妹妹，美克洛斯的妻子，艾力斯、维斯特留斯、裴索昂的母亲。

戒律师和安维的儿子上楼检查尸体。当他们离开会客厅之后，安维就从橱柜中取出茶杯招待男人们。

丹尼斯带着一盘子芝麻饺子走了进来。"亲爱的母亲，您为什么不坐下呢？我来准备茶具……啊，茶叶在这呢。"

一个仆人带着一个被盖住的盘子走了进来，然后把它放在饺子盘旁边。

丹尼斯和蔼地说："谢谢你，贺瑞拉。"

仆人用自己的手指点了点额头、耳朵和心脏，然后离开了会客厅。丹尼斯自小就学习处理各种家务活，此刻她优雅地在一个绘着鲜花图案的托盘上摆放茶杯和茶碟。然后，她轻轻打开茶壶盖，深吸里面散发出的香气，满意地点了点头。

"等他们回来的时候，菲欧拉会把热煎饼端上来，但是别指望戒律师会吃上一口。"丹尼斯一边说着一边看着安维，后者的双眼中写满了疲惫，似乎随时都会崩溃。"等戒律师走了，咱们就可以大吃一顿了。没人要求我们必须饿肚子。"

"丹尼斯，你能保证留下菲欧拉吗？"安维用低沉的声音说道。

"留着她？"

"有些家庭会辞退老女佣，然后雇用年轻的用人。"

"这完全是从经济角度进行的考虑。年轻的仆人可以完成更多的工作。年老的仆人通常被打发回家休息。"

"她没有男性亲属。她一直没有结婚,也没有儿子。这些年来,她一直在服侍我。我不想看她被迫……"安维感觉有块骨头卡在自己的喉咙里,一时间说不出话。

丹尼斯点了点头,她一直很清楚这可怕的真相。"你希望我保证不会把菲欧拉送走,强迫她参加漫途。"

安维浑身颤抖,抓着身边的椅子坐了下来。她的后背一直流汗,仿佛背靠着一团烈火。

丹尼斯坐在她身边,握着她的双手说:"美克洛斯老爹干得不错。他的儿子们也把生意管得不错。我们可以把她留下。"

"要是她老得干不了太多活儿,也能留下她吗?"

"她是个好厨子,手艺比我还好。厨子可以工作很久。艾力斯不在乎给自己做饭的人是不是自己的妻子。我也不在乎!亲爱的妈妈,您会厌倦做饭吗?"

"不会。"安维摇了摇头,"我喜欢在厨房干活。每天都可以做不一样的饭。就算是想做点新花样,也没人会在背后盯着你。你不会不让我进厨房吧?"

丹尼斯难过地笑了下:"我亲爱的妈妈,家里人都知道,您能给我们做饭,那简直是上天对我们的眷顾。等仪式结束,美克洛斯老爹的尸体入土之后,我们就把您搬到后面的房子去,从那儿可以看到花园。您不需要爬楼梯,随时都可以去厨房。"

"我从那儿看不到山脉。"

"那儿当然看不到山脉。难道这不好吗?您再也不用想毒雾中捕猎的龙和恶魔了。"丹尼斯戏剧性地抖了一下。

"艾力斯难道不想搬进那间卧室吗?"塔中的房间一直是一家之主的卧室。

"不。我才不想睡在那儿。我们要把它改成孩子们的书房。

我确定窗外的大山脉，会吓得他们好好学习。艾力斯和我留在现在的卧室里。房间虽然不大，但是我很喜欢它。我已经说服了艾力斯，让他再盖一个客厅和院子，这样我就可以邀请朋友们过来坐坐了。"她捏了捏安维的手指。"您当然可以和我们一起坐坐。我们会做刺绣，朗读上一季的剧目和最近的诗歌。"

安维从没有机会学习刺绣，只会修补衣服。她的父亲从没有为女儿的教育花过一毛钱，但她的哥哥们教过她识字。安维试图想象丹尼斯优雅的客厅，还有她时髦的朋友们在一起背诵喜剧台词，练习各种舞步。但这对安维来说，不过是一幅从远处观望的风景，自己无法加入其中。

"哎，天哪。"丹尼斯放开了安维的手，"亲爱的妈妈，我说得太多了，而您才是今天的伤心人。但是我也感到很难过。"丹尼斯语速飞快地说："但是美克洛斯老爹病得太重，在世的时候也非常痛苦，他现在去世了，我反而替他感到松了口气。他病了这么久，也让您备受煎熬。也许您现在可以休息了。"

难道不是唯有死亡才是真正的休息吗？和在干净的房间里俯视花园的围墙相比，休息并不是非常诱人。

走廊里响起了急促的脚步声。男人们回来了。

艾力斯帮着安维站了起来，他一只手牢牢抓着安维的胳膊，以至于她够不到茶碟，艾力斯似乎以此提醒自己的母亲，现在谁在家里更有发言权。而安维非常敬佩丹尼斯倒茶的技术，她有条不紊地用热水加热茶杯，然后将水倒掉，最后再倒入琥珀色的茶水。茶水在空中画出一条完美的弧线。一切是那么优雅和漂亮。当年艾力斯说服了自己的父亲，让老美克洛斯相信这么漂亮的一个新娘，可以大大强化家族在羊毛贸易市场中的地位，所以老美克洛斯才花了一大笔钱迎娶了丹尼斯。

安维还记得，当丹尼斯的爷爷去世时，自己第一次倒茶的样子。当时她的双手抖得很厉害，以至于茶水都洒到了外面，当听到美克洛斯的母亲发出不满的啧啧声，她的手抖得更厉害了。自那之后，因为担心美克洛斯和他的母亲会对自己不满，安维最害怕家里有客人到访。丹尼斯此时表现出的自信，对安维而言并非一种羞辱，反而是期待已久的解脱。艾力斯对着妻子自豪地笑了起来，戒律师也满意地点了点头。

丹尼斯先给男人们端茶，然后也给安维端了一杯茶，最后给自己倒了一杯。戒律师抿了一口茶，艾力斯抿了一口茶，最后才轮到安维和丹尼斯喝茶。

当戒律师喝完第一杯茶，丹尼斯开始为他倒第二杯茶的时候，戒律师开口说话了。

"我会让侍僧把尸体带回神庙，他们会完成必要的准备工作。但现在是盛夏，度灵仪式必须明天进行，不能按照程序先进行五天的冥想。艾力斯族长，你家里有兄弟吗？"

"家里还有两个兄弟。一个在民兵服役，他驻扎在落塔山口。"

戒律师说："他很勇敢。我们的和平生活完全仰仗于勇者的牺牲和利剑。"

安维双手合十，脑子里想着当时裴索昂被派往有去无回的前线，却还在不停安慰着自己。但是安维什么都没说。这里也不是她说话的地方。

"另一个在远港监督我们的仓库日常运行。"

"他太远了，没法及时赶回来。好吧。你可以给他发出邀请。"戒律师说完就扭头看着安维，安维知道戒律师心中肯定对自己另有安排。安维的父亲是个牧羊人，总是在为自己的羊毛寻找更好的市场。他的孩子在婚嫁市场并不抢手,但当时安维已经16岁了,而且厨艺精湛。对于野心勃勃、尊重自己母亲的美克洛斯而言,他追求的是父亲控制下的优质羊毛和大山里各个牧羊部落的联系。他依靠这些资源,让家族生意扩张了整整一倍。

戒律师挑着眉毛问道:"我猜你会为你的母亲支付漫途税吧?我们在楼上讨论过这个问题了。"

艾力斯的迟疑让安维感到不安。她抬头看到艾力斯若有所思地看着丹尼斯。他嘀咕道:"税钱比我想象的要多。"

丹尼斯狠狠盯了艾力斯一眼,然后恼火地哼了一声,艾力斯不由得做了个鬼脸。

他说道:"大人,家里当然会支付这笔费用。"

"还是现在就结清吧,不必等到明天了。这样还简单点儿。"

"还请您跟我来一趟我父亲的办公室。"

"族长,现在是你的办公室了。"

"啊,那是当然。那还请您来一趟我的办公室。"

男人们又出去了。丹尼斯手中的茶杯狠狠砸在桌子上,茶杯底座都被磕掉了一块。她看着茶杯,杯子上画着女人迈着优雅的步伐走进巨龙的口中。"这些杯子的图案太吓人了。我要把它们全换了。"

"但是这些杯子已经在家里传承了好几代人了。"安维惊讶地说,"这些可是从神庙里买回来的。"

"是,我知道。这些杯子在市场上能卖个好价钱。当然了,亲爱的母亲大人,你要是想要这些杯子,我也可以把它们留下。"

安维嘀咕道:"我怎么会想要这些杯子?"

"对呀,何必要留这些杯子呢!您品位不差,不像是给您弄了这么一身衣服的老头子。怪不得您喜欢在厨房干活,也只有在厨房里,他才不会打扰到您。"

安维不知该如何回答这种大实话,所以选择保持沉默。什么都不说永远是最安全的。

丹尼斯站起身,说:"我最好去看看男人们在干什么,不然那个小偷小摸的戒律师就要从我们家的金库里摸走一百块了。艾力斯是个狡猾的商人,但是在和神庙打交道的时候,却显得幼稚得可怕。我父亲说……"

她站起来,板着脸看着安维,然后像个单纯的孩子一样露出了笑容:"别在意这些了。咱们现在都不好受。我总是拿不定主意,说个没完。亲爱的妈妈,请原谅我。"

"丹尼斯,你总是对我很好。"

丹尼斯弯下腰,在安维的脸颊上亲了亲。"您尽可能地欢迎我加入这个大家庭。您的谦虚和优雅总是让我感激不尽。"

丹尼斯离开了会客厅。

一个人坐在会客厅是一种奢侈的享受,安维鲜有机会这样享受。她享受着现在的每一秒,因为这一切并不会持续太久。碗柜里的恶魔眼盯着安维。大家总是说,就算恶魔死了,它们的眼睛也会一直观察四周,不会被猎物所打扰。这些恶魔眼记录着美克洛斯的骄傲和荣耀。大家之所以尊重美克洛斯,是因为他居然敢在自己家中保留这种无比可怕的收藏品。他喜欢戴着手套把玩这些恶魔眼,向访客讲述获得这些宝物的可怕经历。过去两年负责照顾老美克洛斯的医生说,恶魔眼的邪恶力量已经严重伤害了他的身体。即便老美克洛斯在弥留之际,还在反复嘀咕着自己借着恶魔之眼看到了奇异的景象,自己所经历的一切都是值得的。医生对安维说,这不过是病死之人的胡言乱语,而老美克洛斯从未解释自己到底看到了什么。

安维从没有碰过这些恶魔眼。当她还是个小姑娘的时候,曾经亲眼见到一只恶魔攻击羊群,那恶魔的眼睛闪闪发光,嘴巴里喷出带有刺激性的浓雾,这股浓雾仿佛是泼洒出的茶水,不仅杀死了被吓傻的羊群,还烧死了安维最爱的哥哥。就在恶魔发现安维,准备将她活活烧死的时候,一条龙裹挟着一股热风,从云层中冲了下来。这条巨龙缓缓地看了安维一眼,眼神甜得就像是撒在伤口上的蜂蜜。但是,巨龙对安维不感兴趣,她什么都不是,不过是个人类的姑娘,还不如一只羊有价值。巨龙用双爪抓住恶魔,然后带着它飞入高空。如果安维有翅膀,就一定会跟在它们后面。

门外传来艾力斯向戒律师道别的声音。当大门关闭后,丹尼斯和艾力斯还留在门廊里。

丹尼斯压低声音对自己的丈夫说:"他们所有人都腐败透了。他肯定会吞下一半的钱,把另一半给裁决官。"

"我们能怎么办?他们骑在亲王头上,而亲王骑在我们头上。"

"咱们走着瞧。"

"丹尼斯!"

"嘘。你知道我说得没错。我无法相信你居然如此迟疑。这可是你亲妈!"

"这可是一大笔钱,而且她也老了。"

"'她也老了!'这话是不是改天也会落在我的头上?"

"你!当然不会。你是……"

"我又漂亮又有风度,所有人都尊重我,而不是一个生在山里、天天看管羊群的听话姑娘!你的父亲已经够糟糕了,他像对待仆人一样对待你妈妈,从来不感激她做的各种饭菜。你知不知道你母亲就是一个活生生的宝藏。我才不会用她去换城里的其他厨子。就算是亲王的厨子我也不要。你意下如何?更别提这些年睡在高塔可怕的房间里。你妈妈只要往你父亲寡淡无味的粥里加一点调料,他就会抱怨个没完。"

"丹尼斯!"

"我不过是在重复你说过的话,亲爱的。别想和我顶嘴。他也吓唬过你。怪不得你那些兄弟成年之后,都躲得远远的。我喜欢你,完全是你运气好。"

艾力斯用一种开玩笑的口气说:"小甜心,你为什么喜欢我啊?"

"这还用说。"丹尼斯笑了笑说,"来吧。趁着那戒律师回来继续骗钱之前,快把手链交给你可怜的妈妈。他发现了你的犹豫。你也知道大家在神庙里都怎么说的。时局艰难,龙也要祭品啊。"

"没门儿!"

"在你改主意之前,确实如此。"

"维斯特留斯和裴索昂永远都不会原谅我。"

"他们确实不会原谅你。要是我们让你母亲踏上漫途,我们在周围人眼里可就要丢光面子了。你就没想过这一点吗?"

"我当然不会让她踏上漫途,亲爱的。不过戒律师提出来的金额实在是太高了。"

"因为亲王和戒律师们相互勾结,那人心里满是贪婪,想拿什么就拿什么。我们家要是有第四个男孩子,我肯定要好好教育他,然后送他去神庙,提振一下里面的风气!"

艾力斯紧张地笑了笑。

"亲爱的，咱们不说这些了。"丹尼斯说，"事情已经解决了，而且她也安全了。咱们回去吧。"

二人的脚步声越来越近。安维双手放在腿上，当他们进门的时候，她什么都没说。在老美克洛斯最后在世的那几年，大家都以为安维的听力开始衰退。艾力斯走进房间，来到安维身边。他手里拿着一条手链，一条银线将抛光的黑曜石和光玉髓串在了一起。

"妈妈，家里人都愿为您做担保。有了这条手链，就证明我们已经缴纳了税款，虽然现在您无法生育，也无法分担这个残酷世界上男人们的重担，我们依然有义务赡养您。"

丹尼斯的脸上冷笑起来，眼角闪过一丝愤怒。但是她什么都没说，也没有进行任何反驳。她又能说什么呢？

在大厅里，贺瑞拉开始迎接前来悼念死者的宾客。最先来的是大街上的邻居，他们看到了戒律师进出美克洛斯家的大门。随着消息越传越广，人也来得越来越多。芭维拉端出的一盘煎饼很快就被吃光了，丹尼斯去点心店里买了5盘子玫瑰蕾蛋糕。在安维看来，在自己家里用外面买来的蛋糕招待客人，简直就是一种亵渎。但是，她已经太累了，家中的主事人位置已经拱手让出。丹尼斯将负责这些工作。一个强势的岳母将领导自己儿子的妻子，安维一直以来就是如此。但是，没人能够让丹尼斯乖乖听话。安维甚至都不去想这种事情。

她的弟弟带来了两名演员。虽然她的大部分家人都住在山脚下养羊，但她的弟弟已经移居到了城里，依靠着全新商机带来的财富成了一名剧作家。他金色的饰带和如龙鳞般繁杂的辫子，让他整个人看起来颇为时髦。他先是向艾力斯问好，然后趾高气扬地和丹尼斯聊了会儿天，最后才将注意力转到安维身上。

"安维,你该换个发型。"他亲了亲安维的脸颊,"这发型太过时了,而且也不适合你。让我来研究研究。"

安维望着他,努力思考他想要"研究"什么东西。有那么一瞬间,安维甚至想不起眼前这个男人的名字。

贝雷克!当安维还是个孩子的时候,每当母亲孕后生病,她都要负责各种家务。年幼的贝雷克刚刚学会走路,安维的父亲就带着她下山,去平原上的婚配市场试试运气。

贝雷克抓着安维的手,检查着手链:"这些珠子品质很高。要不是他们为你付了漫途税,他们就会颜面无存。"

"他是我儿子!"

"儿子们曾经不止一次抛弃了自己的母亲。又或者说,在抛弃母亲这件事上,他们也没有任何错。"

二人对视了一眼,虽然他们对彼此的生活知之甚少,但都清楚自己的奶奶最终结局如何。而随着安维逐渐接近适婚年龄,贝雷克也反复提醒着安维。当安维的父亲还是个孩子的时候,安维的爷爷就已经去世了。他是所有活下来的孩子中年纪最大的一个,当他长到16岁的时候,大家都当他是一个成年人了。他的妈妈没有任何兄弟或者父亲,男性表亲又住得太远。当他缺乏资金交齐漫途税的时候,他的母亲就被神庙的手下人送上了漫途,成为东部山脉巨龙的祭品。龙是唯一能挡在人类和恶魔之间的生物。他再也没有见过自己的母亲。他也不会原谅自己无法拯救她。

贝雷克说:"不论我放多少贷款,我都会凑齐漫途税。像我们这样的人,不可能像山里人一样,把自己的女儿锁在悬崖上,等着龙吃掉她们。"

"没人会这么干。年轻女人很有价值,不能就这么抛弃她们!"丹尼斯在一旁大叫道。她悄悄溜到贝雷克身边,漂亮的红唇上挤出一个狡猾的笑容。"这不过是剧作家编出的故事,因为年轻男女在舞台上的表演效果更好。"

丹尼斯对安维一如既往的热情,为后者倒上一杯热茶,端上一盘蛋糕。但让安维感到奇怪的是,丹尼斯穿着拖鞋的优雅的脚,却和贝雷克穿着昂贵皮鞋的脚贴在了一起。

贝雷克向丹尼斯背诵了几句台词,这些台词很明显来自他最近还在编写的新剧本。"我们明明可以站立在开满鲜花的新土地上,又何必留恋故土呢?"

"真是煽动性十足呢!"

"这样如何?'为了追赶自己的挚爱,灵魂又将踏上怎样的神秘之旅?'"

丹尼斯挑着眉毛,抿着嘴,贝雷克的脸都红了。

"哎呀!贝雷克!"

贝雷克将自己的注意力从丹尼斯身上挪开,一个打扮阔气的男人走了进来,似乎天下的一切事情都会在他的金钱面前拜服。这个人对贝雷克招了招手,脸上摆出一副势在必得的样子。

"哦,太好了。我正希望他能来呢。他对我的下一部戏很感兴趣,似乎想给我提供赞助。"他告别了丹尼斯,然后离开了她们。

还没等丹尼斯跟上去,安维就抓住了她的手,把她拉到自己身边。

"亲爱的妈妈,您还好吗?我知道现在是困难时刻,您只需要再等一等。"

"你俩是情人关系吗?"安维悄悄问道,她心里反复想着自己的儿子是如此深爱着丹尼斯，而后者却永远不会理解自己的儿子。

"情人？"

"我说的是你和贝雷克？"

丹尼斯一边笑一边看着两位身材高挑、面相英俊的演员，说道："不，我才不是他喜欢的类型。亲爱的妈妈，我确实有自己的秘密。我可是帮着他写剧本呢。"

"女人可不许掺和剧院里的事情，这样做太不雅观了。"

"这不过是以前的古老习俗。我知道您肯定不会告诉其他人。"

丹尼斯挣开了安维的手，门口又来了一大群人。所有人都小心翼翼地避开了安维，因为在度灵仪式完成之前，和寡妇打招呼被认为是一件很不礼貌的事情。从法律层面来讲，当安维的丈夫去世的那一刻起，她也就死了。安维一直坐在角落里，她就像是一个奢华舞台上的木凳子，很容易被人忽略。

丹尼斯居然在偷偷为剧场写剧本！

这个念头，配合着进进出出的访客，让安维想起了自己刚刚来到海边的时候。那时她不过是个年轻的姑娘，她的父亲带着她，花了整整20天赶到远港市，美克洛斯当时在那里监管家族最偏远的仓库。那时候的美克洛斯不过是家中的第四个儿子，他的大哥还没有突然离世，成为家族族长的重任还没有压在他的肩头，所以那时牧羊人的女儿似乎也是个不错的结婚对象。

安维看着船只乘风破浪，风帆在海风的吹拂下犹如被魔法驱动的翅膀。一个面相英俊、皮肤白亮的爱努尔人远航水手对安维抛了抛媚眼。当他确信自己确实引起了安维的注意时，肯定会对安维说，自己一半的船员都是女性，而且一个真正强大的姑娘不会放弃和自己一起冒险的机会。

货真价实的冒险！

但是安维的父亲已经告诉她，安维必须为了家族的利益去结婚，唯有如此，安维的兄弟们才能过上比他更好的生活。所以，安维因为多次生育而格外虚弱的母亲，才不会因为丈夫过早离世，而被迫踏上漫途。

3天后，安维就嫁给了美克洛斯，她的父亲就可以在羊毛生意中获得立足之地。美克洛斯在新盟友的助力之下，终于搬回了自己出生的内陆地区。安维的第二个儿子维斯特留斯，现在就住在远港，有一个出生在国外的妻子和人口不断扩张的家庭。他专心经营属于自己的那部分羊毛生意。他和他的父亲关系并不好，所以他从不回家，只会写一些简短的报告，其中会包含对孙辈的长篇描写，偶尔还有一些来自海外的香料。

桌子旁女人们的说话声让安维的思绪回到了会客厅。她们大口品尝着蛋糕。

"我以为他们家的蛋糕会更多汁呢。"其中一名妇女看了一眼丹尼斯。

"这是不是从商店里买来的蛋糕？这年头的年轻人一点都不想认真工作。"

"她是不是想买什么都行？我可真是为美克洛斯的寡妇感到难过。她一点儿活力都没有。她再也不会看到这间会客厅里面的样子了。"

"你有没有和她说过话？是山地口音哦！"

"她绝对没骨气和议员的女儿对峙，你看那姑娘一身的珠宝首饰，和妓女没什么区别。你懂我什么意思吧？"

女人们笑成了一团，就好像她们的抱怨比手里的蛋糕更香甜。

安维的脑子里突然出现了一个念头，这个念头就好像一阵强风，让她忽然清醒了过来。如果她和客人们一起离开会客厅，没人会阻止她，因为没人会发现她离开这个家。整个集会将按计划进行。她的存在与否不会产生任何影响。

她站了起来。

她站在原地一动不动。她想留下来，她知道自己的职责。但她的身体却躁动不安。

安维如一阵微风，从人群的缝隙走向门口。她不费吹灰之力就迈过了大门。没人在身后叫住她。会客厅里的人声如潮水般不停催促着她：顺着走廊去屋子后面。

当安维听不到说话声的时候，终于放慢了脚步。当她走向厨房的时候，一阵奇怪的不情愿感，如藤蔓一般将她包裹，而她总能在厨房中获得一丝宁静。从今天起，她宁愿住在楼下的房间，每天早上都来厨房工作，直到自己身体太过虚弱而无法继续工作。然后，她就躺在一间看不到天空的房间里等死。

安维透过半掩的厨房门，看到菲欧拉正在指挥芭维拉干活。她们两个不需要安维的协助。丹尼斯会从商店里买来更多的蛋糕。一个寡妇不需要在度灵仪式上为自己去世的丈夫做饭。这就好像一个幽灵为活人端饭，只会招来麻烦。当美克洛斯的灵魂到达下一站，漫途税彻底结清之后，一切将恢复平静，但不可能变回过去的样子。二人之间的婚姻要求安维服侍美克洛斯。但他已经死了，这意味着从法理的角度来说，安维也死了，只有她的男性亲属为神庙缴纳了漫途税之后，她才能继续和活人一起生活。

但是，如果继续生活意味着活在过去的阴影下，而安维也不想继续这样的生活，她又该怎么办呢？她的生活中没有什么令人感到不高兴的东西。她的父亲反复告诫她，身为女儿的顺从将为家族带来好运。但是，她的兄弟们已经安全了，儿子们也长大了，父亲也死了，父亲的凝视无法将安维囚禁在这片土地上。

前方走廊的斑驳光影，提醒安维前方就是花园。安维并非主动自愿地向前走去，她的手脚上似乎缠着绳索，控制着她的一举一动。一件单色的带兜帽斗篷挂在墙上，她把披风披在肩上，她每天早上都会这么做。外面的门半敞着，留下的缝隙刚好足够她在不触碰门闩的前提下穿过。她只需要走上两三步，就可以找到自己多年来种植的草药和花朵。

安维在长椅旁停顿了一下，她经常一个人坐在这里，旁边就是她种下的水仙花和菊花。过早夭折的3个女儿和1个儿子年纪太小，甚至无法获得在神庙下葬的资格，所以她只能在尸体被扔进粪车之前，悄悄留下尸体，然后埋进花园里。她弓着身子亲了亲手指，然后触摸了一下砖块，最后再用泥土将孩子们的尸体掩埋。在这一切完成之后，她头也不回地离开了。

花园中的小路还在继续延伸。年老的园丁还在网格屏风后面干活，这道屏风的另一头就是专门为访客而设立的花园，他们可以在沁人心脾的香气和花朵的包围下喝茶聊天。据安维所知，还没人告诉园丁一家之主已经易位的消息，这种事情对他的日常工作而言没有任何影响。男人不会被送上漫途，他们不会变成负担，龙也不想吃他们。

花园大门上的门闩和大锁已经被挪到了一边。安维听到了推车车轮的声音，一个年轻人似乎正在搬运一个巨大的托盘，盘子上面还盖着罩子。

"从这儿能到厨房吗?"那个年轻人毫不客气地问道,也许他是将衣着朴素的安维当成了仆人。

安维的嗓子有时候无法发声。她指了指花园小路,退到一边,好让这位年轻人继续前进。3名年轻人带着托盘从安维面前经过,他们举手投足之间洋溢着年轻的火力和果断。当几位年轻人走后,安维发现后院的大门并没有像往常那样关闭。

院子里一个人都没有。通向巷子的门大敞着。安维完全可以继续前进,离开院子,顺着小巷沿着其他大家族的院落后墙走下去。

小巷在路口分成了两条路。安维停在原地,脑子里勾勒出自家和周围房屋和街道的俯视图,这就像是一条巨龙从城市上空掠过,俯视着地面的一切。当一个人不再被各种义务所束缚,又会去哪里呢?一提到最熟悉的地方,安维去了市场。

东边的市场距离安维家并不远,水果、蔬菜、谷类和香料在不同的区域独立售卖。早上的市场生意繁忙,在安维看来反而像是一阵风,置身其中却见不得全貌。当安维走到香料区的时候,听到了一个熟悉的声音。

"夫人!您在这儿啊!今天有点儿晚啊。我给您把东西都装好啦。我还给你准备了一袋这个季度新鲜的干莓。我可是专门为您留的。"

这位热情的香料商人最近接下了父亲的生意。他滔滔不绝讲述着自己二老婆的头胎。安维只需要点点头,保持微笑就好。

忽然,安维好奇地问道:"这要花多少钱?"她无法回绝,于是从商人手中接过盒子,估计盒子的重量。

商人用假笑来掩盖自己的不适:"夫人,您不必麻烦。我会派自己的大儿子去找美克洛斯老爷收钱。我父亲去世之前,我也是干这个活的。您真是个幸运的女人。你的丈夫从来不会为了你这些昂贵的爱好而讲价。"

商人转头去应付新来的客户，只留下安维留在原地端着盒子。

她应该带着香料回家吗？又或者去买蔬菜、谷类和水果？她已经不用下厨了，应该开始计划晚餐吗？

安维感到右脚一阵冰凉，仿佛是被死亡所缠绕。她低头看到自己站在一摊液体中，自己的丝绸拖鞋已经湿透了。她真心希望这种液体是水。迅速扩散的水迹让她不得不加快脚步。她抓着盒子上的带子，穿过熙熙攘攘的人群，来到卖鞋子的区域。她穿过售卖便鞋和靴子的店铺，来到一对乡下夫妻经营的鞋店，这里卖的都是适合在山地穿的靴子，就连店主的山区口音都让人感到舒服。听着夫妻二人拉长的 o 音和尖锐的 ch 音，安维才发现多年的城市生活，让自己的口音发生了很大的变化。这对夫妇热情招待了安维，他们还能从安维的口音中听出山地口音。

由于没人知道美克洛斯已经死了，而短斗篷也遮住了大部分的寡妇裙，安维很轻松就说服他们去家里收钱。安维穿着结实的羊毛靴离开了鞋店，身边还伴有风铃声。美克洛斯不喜欢风铃的声音，而安维听到风铃声，想到的却是自己年轻时在山区放羊时的风声。那时候天空是自己的屋顶，风是自己的朋友。从市场的西北角拱门可以看到东大门，这道门在白天保持开放状态。大门两侧挂着风铃，因为恶魔讨厌尖锐的金属碰撞声，所以不会径直冲进来。卫兵们的帽檐上也挂着小铃铛。当安维走过大门，向着城市外围前进的时候，这些卫兵根本没有注意到她，反而是反复打量着那些执行日常工作的年轻姑娘们。

城市高高的石墙保护着各个家族，而木头栅栏则保护外围的花园。牲口栏和皮革厂共同构成了皮匠镇的一部分。整个皮匠镇距离城市大约一里地，因为家畜总会吸引恶魔。她顺着大路穿过花园，向着木栅栏的晨曦之门走去。出现在安维面前的是度灵神殿，所有死者将在这里踏上最后的旅途。

整个神庙由砖块建成，4个角上装饰着龙角，整个建筑有两个入口，一个留给戒律师，另一个留给死者。其他人都不得进入或者离开神庙，因为死者临时的躯体蕴含着闪电和具有破坏性的魔法。恶魔依靠鲜血和魔法为食，鲜血富含生命之力，魔法则可以孕育死亡。而供戒律师使用的大门朝向城墙，此时它已经关闭。

4名年轻妇女从安维身边匆匆走过。安维看着她们的脸，估计她们是姐妹，年龄差距在10~12岁。随着神庙另一头的风铃声响起，4名年轻妇女开始狂奔，其中3人断断续续地不停抽泣，还有1人督促她们快点儿跟上。

这铃声预示着每周的漫途之旅即将开始。安维在年轻妇女脚步的催促下，也不禁加快了步伐。她跟着姑娘们绕过神庙的墙角，然后才看到晨曦之门。

7辆运送死者的货车排成一排，每辆车都由戒律师负责驾驶，而且还配有专门的卫兵。长着尖嘴、4眼和6条腿的食尸鬼躁动不安，不停打量着装满尸体的货车。最后一辆货车前拴着4头阉过的公牛，这些公牛一个个低着头耷着肩膀。3个年纪大一点儿的女人钻进了货车。另外8名妇女则穿着棕色的寡妇裙，站在车轮旁等着。这8名妇女身体健康，还可以走路，但她们却低着头，双手合十，凸显出一种女性的顺从。

那4名姐妹向着其中一位妇女跑了过去。她们围在那名妇女周围，第1辆货车已经开始前进，这场漫途之旅已经开始。

她们是多么悲伤呀！她们是多么绝望和难过啊！女人们的泪水让安维不由得向前凑了凑，看到姐妹4人的衣服非常破旧，她们的母亲所穿的寡妇裙已经掉色，有可能是她的母亲传给她的遗物，这件寡妇裙的扣子缝在胸前，只有那些穷苦的新娘才会有这种衣服。

"妈妈，我们尽力了，真的尽力了。"年纪最大的姑娘哭喊着说，"但是我们凑不够钱。戒律师看透了我们的绝望，于是不停地提高价格。我们没有你可该怎么办啊？"

第2辆货车也动了起来。其他人躲到了一旁，脸上露出了惊恐的表情。女人的忧伤应当收在心里，而不是公然展示出来。

"好了，好了，孩子们。"老妇人温柔地摸了摸自己的女儿们。她可能比安维年轻10岁，也有可能过着比安维更辛苦的生活。贫困和艰苦的生活会加速一个人的老化，安维的母亲就是如此，但她起码在临终前，可以让孩子在床前陪伴自己。"我知道你们已经尽力了。戒律师们说，女人们要先行出发，为后来人创造更舒适的家园。等你们完成度灵仪式之后，我们就会出发，愿众神保佑吧。"

第3辆货车也出发了，姑娘们哭了起来，而老人还在安慰她们。裴索昂也曾经这样安慰过安维，但他却不得不将自己所爱之人抛弃。

安维心中腾起一股怒火。她脱下了黑曜石和光玉髓珠子编成的手链。她没有任何预先设计的计划，此刻她就像是要跳下悬崖，大步走到这群人身边。第4辆货车也出发了，车轴发出吱吱呀呀的声音。她两根手指抵在嘴唇上，示意其他人不要说话。

"把这个拿好。"年轻姑娘们倒吸一口气，安维的举动吓了她们一跳。她粗鲁地抓住老人的手腕，然后将手链戴了上去，"你比我更需要它。"

老人满眼泪光地看着安维，说："但是，夫人，这是你的东西呀。"

"我知道自己在干什么。"多年以来，安维一直在美克洛斯面前卑躬屈膝，现在反而感到非常轻松。她感到高墙终于消失了，这种感觉让她头晕目眩。第5辆货车在戒律师的高声喝令之下终于出发了。"这是众神对我的安排。你应该和爱你并需要你的家人待在一起。在戒律师发现之前，快点走吧。"

安维脱下斗篷，披在老人身上，以此遮住她的寡妇裙。

"做好准备！"第6辆货车上的守卫调整了一下坐姿，然后翻身下车。他疾步走到一群人身边，狠狠地盯着她们，嘴巴因为不满而噘了起来。"你应该早就做好准备了。在大门口不许进行告别。"

"我就是再亲亲我的姐姐，并把她托付给她的女儿们。"安维说话的语气如此强硬，以至于年轻的戒律师不由得后退了一步，她的盛气凌人让戒律师大吃一惊。她很轻松就撒了个谎。她没有任何姐妹，女儿也没活过3岁。她对着一行人点了点头，然后就踏上了漫途，连头都没回一下。

当最后一辆货车出发的时候，一名戒律师拿着长矛和网子开始催促徒步前进的女人们："快点！我们必须在黄昏之前到达艾达尔神庙，我们现在出发已经太晚了。如果谁累了，可以坐在货车上休息一会儿。但是车上位置不多，你们得轮流休息。"

戒律师看都没看安维一眼，也没有想她为什么会在这儿。她不过是一个穷女人，和其他人没有区别。

她利落地走过开在两层木墙之间的大门和哨塔，等夜幕降临,上面的风铃和灯笼都会被点亮。在高墙之外是一片片田地和果园,农民在日落之后就会返回高墙之内。天空非常蓝,点缀着一些薄薄的云层。天气非常暖和,要是喜欢散步的话,这是个好时候。

安维在山区长大,所以坡度越来越大的路面对她来说并不是问题。避开最后一辆货车和上面的货物,以及戒律师没完没了的盘问非常简单。她不害怕这些被绑住的食尸鬼,这些怪物对活物没有兴趣,甚至不会去吃羊。晚风扫过大麦田和旱地麦地,安维发现远处有龙落在山顶上。一个女人开始哭泣。

当她脱下手链和斗篷的时候,恐惧就已经消散。裴索昂已经到了世界的尽头,那么自己为什么不也去看看呢?她可以亲眼近距离一睹山脉的真容,而且她一直都希望如此。她终于可以追随龙群进入云层。

中午已过,安维只听到了守卫和车轮辐条上的风铃声。田地里劳作的人听到了风铃声,都不敢正视车队,因为大家认为,盯着参加漫途的人看会带来厄运。这些尸体太过新鲜,无法说话。卫兵无视所有人。女人们互不了解,彼此之间没有说一句话。也许是因为丈夫、兄弟或者儿子的死,让她们太过忧伤脆弱。她们的沉默不语让空气中弥漫着悲伤的气氛。

下午时分,车队在一排桑树的影子下稍做休整。一名卫兵开始分发面包。而安维无法忍受由廉价食材或者漫不经心做出来的食物。

"这面包酸了,而且也没熟。"安维对卫队长说完,还特地展示了一下面包的弹性和密度,"我们不能一路上都吃这些根本没法吃的东西吧。"

安维的大胆发言让卫队长吃了一惊。

"我们一边走一边做饭。"他面色严肃，嘴巴因为对安维的厌恶而噘了起来，"我们没空顾及食物的味道。除非你觉得你可以把饭菜做得更好吃。"

"我当然可以把饭菜做得更好吃。"

他哼了一声，转头命令车夫们继续前进："我们必须在日落之前到达艾达尔神庙。"

一行人继续前进。

在距离大路很远的地方有一排长满尖刺的树，在这排树后面则是艾达尔神庙，无人居住。乡间的神庙通常充当避难所，因为恶魔随时可能发动攻击。运送尸体的货车和公牛停在一个棚子里，整个棚子也挂着风铃，食尸鬼则被关在磨砂玻璃围成的围栏里。安维无视通向宿舍的大门，女人们筋疲力尽地躺倒在坚硬的床位上。她拿着香料盒子径直走进了厨房。

两名分配去做饭的卫兵已经在炉子里生起了火。她无视二人惊讶的表情走进厨房，开始在袋子和篮子里翻来翻去。

"简单的面包也可以做得很好。"安维开始指挥卫兵们做饭，这番场景一如安维从前指挥自己年幼的儿子们干活。大麦粉和干果混在一起，再加上一点莓子，然后送炉烘烤。如此一来，明天就有面包吃了。她把卷心菜、洋葱切碎，把油、大蒜、姜和茴香下锅。戒律师带着灯走了过来，这种灯使用的燃料是从尸体中流出的魔力。他停在炉子边，闻着香气。而安维则准备着做煎饼的面糊，这样晚餐就可以用卷心菜搭配油煎煎饼了。

安维做的所有东西都被吃完了。两名卫兵现在面带微笑，非常友好，主动开始清理厨房，而安维则开始泡豆子，为早上的粥做准备。卫队长皱着眉头走了进来。

"大家需要力气。"安维说道，她以为卫队长会对豆子、煎饼或者越来越凉的面包大发抱怨。

他说："夫人，这顿饭味道不错。"

卫队长说完这句话，才想起来安维已经死了，不再需要火热的头衔，于是涨红了脸。

安维说："您要是允许的话，我每天晚上都可以做饭。我相信戒律师足够强大，一个幽灵做的食物，不会对你们造成任何损伤。从储备的食物数量上来看，我估计我们要走 14 天。"

卫队长吃了一惊，说："对。通常来说，要花 17 天才能到达链接龙之国度的大桥，等我们到了那儿，就没人能追上我们了。"

17 天，安维认为这是一次挑战，而不是一种烦恼。每天晚上，她都会做不同的饭。每个女人都变得更有活力。其中几个人明显从没有吃过饱饭，而现在她们更有力气了。

到了第三天晚上，安维听到神庙厨房外，一名卫兵向卫队长抱怨："大人，食尸鬼越发虚弱了。通常到了这时候，已经有一两个女人死了。"

"小子，她们不是女人，是幽灵。"

"是，大人。我们要不要禁止一两个幽灵吃饭？也许从年纪最大的开始？她自己都走不动路了。"

卫队长说："我可不想冒这个险。"

"冒什么险？"

"我不知道你是什么想法，但是我监督了这么多年的漫途，现在吃到的东西是最好吃的。从货车里找一具尸体，喂给食尸鬼就行了。"

"但这些尸体是——"

"执行我的命令。再别说食尸鬼的事情了。"

安维双手颤抖着做完了一锅梨子煮球根。戒律师们吃得兴致勃勃，女人们则心怀感激，虽然这顿饭和之前的食物一样美味，但是对安维来说，吃进嘴里的食物和灰烬没有区别。她整晚没有睡觉，总觉得自己听到了食尸鬼吞噬腐烂的尸体、咀嚼枯骨的声音。等到了第二天早上，所有的女人都跟着货车出发了。安维亲自数了5遍，确保所有人都没有掉队。

道路两侧的植被从灌木变成了松鼠和云杉组成的丛林，队伍暂时享受着难得的平静，她们在这里看不到大山。女人们开始介绍自己的姓名，讨论各种家常。

经过几天在丛林中的跋涉，地貌再次变得开阔起来，她们离开林线，来到长着矮小的草丛和脆弱的夏季花朵的高地。这里的高山直插云霄，在阳光的照射下熠熠生辉。安维可以看到被光晕所环绕的龙环绕着山峰盘旋，看起来就像是拉长的云团涂成了彩虹的颜色。有的时候，龙会大角度俯冲，然后拉起爬升，在费力爬升高度的同时，闪闪发光的爪子里还抓着模糊的物体。

大家一言不发，心中苦闷。

队伍来到一个岔路口，一条路朝南，一条路朝北。在队伍的前方，高地被一道裂隙分成两段，裂隙向南北延伸，根本看不到头儿。北边的群山俯视着裂隙。6辆装着尸体的货车继续向北前进，他们的目的地是裂隙边缘的神庙。神庙的墙上遍布龙角、风铃，还有依靠尸体泄露出的魔能所点亮的灯笼，这种魔似乎能有种光滑的质感。

卫队长和2名曾经负责帮厨的卫兵留了在第7辆货车周围，跟着它一起走在布满车辙的路上。拉车的公牛们向着一排长在裂隙边的树走去，这些如幽灵一般的树因为吸收了湿气，茂盛的程度堪比那些长在河边的树木。随着距离越来越近，这些树奇异的外表也越发清晰，它们比牛奶还白，几乎达到了半透明的程度，安维从没见过这样的树。女人们躲在货车后面，一点点靠近那排树。她们还能怎么办？她们无处可逃。就连安维都感到这幽灵一般的树在散发死亡的味道。树枝不停抖动着，仿佛在感知她们的到来。

"我们该怎么办？"一个叫维卡拉的女人说道。她总是容易受到惊吓，各种异响总能让她心惊肉跳。"我们被吃掉的时候，会不会感到疼痛？"

"闭嘴。"一个叫比拉的女人说道。没人见她笑过。"我们的牺牲保证了城市的安全。我们为后来人准备了新家。"

所有人都看着安维。

比拉问道："你为什么要这么做？"

"我想看看龙。"

所有人都和安维保持一定距离，就好像她会带来某种危险的影响。但是，即便安维和其他几个人比科威姆更年轻，也不可能逃得过度灵仪式。这位老人用微弱的低语告诉她们，自己的家人虽然可以支付漫途税，但他们不愿意为一个走不动路的老妪花一毛钱。也许死在路上也是一个不错的选择，但科威姆一直在坚持。安维非常敬佩她。

休息时间总会结束，终点近在眼前。

所有人和裂隙两壁保持一定距离，一起穿越了树木最茂盛的地方，现在她们面前只有几棵孤零零的树了。

在公园中间，有一座白木制成的大门，门的造型类似龙张开的大嘴。大门两侧的树木犹如无法穿透的荆棘，任何人想进入森林，都必须从大门进入。

马夫停住了货车。卫兵们没有用自己的双手,而是用绳子拽开了大门。大门口的树木投下一片阴影,让门口看起来像一条动物的食道,但在这片阴郁的景象之后,却是一条银白色的大路。

卫队长举起双手,向上天祈祷:"当大滑坡发生之后的第一天,一场浓雾裹挟着恶魔从群山倾泻而出。恶魔一次次从浓雾中现身,永不知足,不知何为仁慈。祭品无法让他们得到满足,就连血之婚礼也无济于事。只有当巨龙现身的时候,恶魔才会撤退。自那之后,根据新土地的盟约,巨龙收取漫途税,并向我们提供保护。多亏了你们的牺牲,这个世界才会继续存在。"

顺从的比拉帮着年迈的科威姆第一个走过大门。其他人跟在后面,但卫队长用指挥杖拍了拍安维的胳膊,示意她留步。

他压低声音说:"这里的神庙需要个厨子。这儿很偏僻,没人知道。"他对着车队来的方向点了点头。

其他人已经穿过了大门。她们在另一头儿停下脚步,惊讶地发现卫兵们开始逐渐关闭大门。

"安维?"比拉大叫道。她担心没了安维的美食,无法稳定大家的士气。

她想了想丹尼斯的话。现在戒律师还能拿她怎样呢?当她走进大门之后,戒律师也不会跟上来。

"你们确实需要一名厨师,但这名厨师不是我。我的父亲可没教我不守信用。我不会让别人完成我的工作。不过,你肯定已经知道这些事情了。你们的裁判官欺骗人民,总是会多收钱,然后将多余的钱收进自己的口袋。你会在漫途税上做手脚,然后把我留下,好让自己天天能吃上好饭。你给这些女人吃这么糟糕的东西,真是不知羞耻。她们在这场漫途中应当得到更好的待遇。"

卫队长咆哮道:"为什么要在将死之人身上浪费食物呢?"

"你可不是好人啊,怪不得龙不想吃你。"

安维扭头不再看卫队长通红的脸,在卫兵关闭大门之前,转身走进了果园。

比拉说:"你刚才说了什么?"

"我告诉他,戒律师应当在漫途上提供更好的食物。"

几名妇女紧张地笑了笑。所有人都一动不动。周围的树木发出沙沙的声音,这种声音中夹杂着悔恨、绝望、疲惫、脆弱、自卑、恐惧、疼痛、失落和挫败感。太阳开始慢慢下沉,看着它渐渐西斜,就好像是在凝视着永恒。但是,她们再也不属于这个世界了。

安维将自己曾经的一生抛在身后,开始沿着道路继续前进。她的四肢越发僵硬、沉重,一举一动之间也毫无优雅可言,但是想看龙的冲动驱使着她继续前进。

其他人也不情愿地跟在后面,她们一言不发。虽然树枝上没有树叶,但是诡异的树冠依旧挡住了阳光。她们沿着大路旁的小路前进,小路两侧的植被将所有的噪声和大多数光照屏蔽。这里听不到鸟类和昆虫的叫声。现在正是盛夏,但看不到一朵花。

在这种昏暗的环境中,勉强可以看到附着在树干上的奇怪凸起和逐渐坍塌的土堆。在安维穿过树林的过程中,发现这些可不是寻常的树。它们也是一种食尸鬼,和那些拉动运尸车的食尸鬼非常相似。它们从尸体中长出,一边吞噬血肉,一边利用尸体的骨骼不断向上生长。

这些奇怪的东西令安维感到非常难过,仿佛体内有一个热锅在不断沸腾。万一它们用树枝将自己拉入树林,该怎么办?这些树之所以这么茂盛,完全是因为它们以尸体中的魔力为养料。

龙真会吃这些树吗?这些女人走了这么远的路,受了这么多苦,耗尽了所有力气,只是为了成为食尸鬼的食物吗?为什么不直接将女人们喂给拉车的食尸鬼,早点儿结束这种虚伪的仪式?难道这只是为了营造自我牺牲的崇高假象吗?

安维的心中怒火沸腾。这既不公平也不正确。丹尼斯一直以来都说得没错。也许丹尼斯可以想到什么办法,做出一些改变,完成一些安维做不到的事情。

但是,她大脑中理性的部分还是将恐惧和愤怒扫到了一边。这里的树总量不多,这么多年以来,参加漫途的人的总数远高于此。不是所有的女人都死在了这里。

"继续走,千万别停下。"每当其他人步伐放缓,或者因为恐惧和绝望而环顾四周的时候,安维就不断催促她们。

在道路的尽头出现了光亮。光明等待着她们,随着她们距离越来越近,光亮也越来越耀眼。一个人完全会被这种光亮所吞没。安维心跳加速。她加快脚步,似乎要去见一位从未谋面的爱人。

当安维冲出树林的时候,发现自己来到了悬崖边,脚下就是深不见底的深渊。安维以为这是一条裂隙,只不过由于太宽,弩箭无法飞到裂隙的另一端,而且她也看不到峡谷的底部。悬崖边长满了如围栏般的荆棘,在更远的地方还长有山毛榉、冷杉和无花果树。在更远的地方,还可以看到一座高耸入云的瞭望塔。烟囱里冒出的一缕缕烟雾,意味着那里还有人居住。

比拉走到安维身边说:"那里有人居住,但是我们过不去。"

维卡拉跪在地上,已经累得连哭的力气都没有了:"我们现在怎么办？难道要返回树林里吗？所以到头来还是死吗？像垃圾一样在泥土中腐烂吗？完全没有荣誉可言吗？"

科威姆说："看！恶魔！"

由于她年纪最大，所以一直在打量悬崖下的情况。在这神秘的深渊之中浓雾翻滚，肉眼可以看到其中有各种各样的色彩。瘦长的身影在浓雾中走来走去，仿佛是在浑水中游荡的鱼。一开始，恶魔们似乎向四面八方散开，但它们很快向着峭壁集中。恶魔们闻到了女人的味道。

一个瘦长的身影在迷雾中移动，它每动一下，就会泛起明亮的色彩。它比之前见过的任何一个恶魔都要长。如长矛矛尖般的脑袋从浓雾中弹了出来，鳞片的颜色犹如光亮的湖泊。它细长的胡须在空中抖来抖去，品尝着空气中的气味。然后，它再次冲入迷雾中向前冲刺，将抓到的恶魔整个吞下肚。

龙的整个身体没入浓雾，彻底从视线中消失了。

比拉说："众神保佑。"

雾气逐渐平静，变成不透明的状态。忽然，雾气再次开始翻腾，似乎有巨大的物体向着表面移动。龙的脑袋先冒出雾气，巨大的身体紧随其后。它的身体摆成弹簧一般的形状，向着高空飞去，身后还拖着五颜六色的光彩。

其他人都跪在地上，只有安维还站在原地。她一只手按在胸口，盯着龙拍打着双翼从深渊中起飞。龙从女人身边飞过，它的光芒不得不让安维遮住眼睛。龙向下俯冲然后悬浮在空中，仿佛自己不是巨龙，而是一只灵巧的蜂鸟。龙的眼睛看起来就像是一堆巨大的铜盘，中间还有黑色的菱形瞳孔。巨龙拍打翅膀的频率和心跳完全一致。龙的嘴巴越张越大，整个下巴都没入裂隙之下。

维卡拉跳起来转身跑回树林。但是那条小路已经消失了，只剩下一道树墙挡在她面前。比拉拉住了维卡拉的胳膊。

安维说："等等。"

巨龙的身体越来越长，直到整个身体横跨裂隙，尾巴勾在裂隙的另一端。出现在众人面前的不是燃着烈焰的食道，而是一道半透明的帷帐，而帷帐的另一边，是巨龙闪闪发光的后背组成的桥梁。

维卡拉说："我做不到。我不能死在这儿。"

安维看着龙的双眼，但是龙已经闭上了眼睛。整条龙一动不动，仿佛变成了没有生命力的雕像。它的身体变成了跨越裂隙的桥梁，裂隙的另一边就是龙之国，一个男人们不敢涉足的地方。一旦跨越了这座桥，就没人能从那儿回来。

但是，即便想到了这种可怕的事情，安维还是无法抑制自己的好奇心，这就好像在尝试一种香料究竟是可以作调料，还是可以杀人的毒药。她已经离开会客厅太久了，以至于自己一开始都没认出自己穿着鞋子的脚，而现在她可是走在巨龙形成的桥面上。

如果她向后看的话，就无法前进，所以她连头都没有回一下。龙的背上没有任何扶手。从深渊中吹起的狂风吹拂着安维的裙子和头发。就算是伸出双臂，安维也无法测量龙躯干的宽度。龙的脊椎本该从背部凸起，但这里却是一道凹槽，就好像脊柱长得翻了过来。安维仿佛走在一条长长的食道里，只不过食道壁此刻完全看不见罢了。当安维走到龙的身体中间的时候，她开始观察这条裂隙。在北边，一座神庙坐落于裂隙的边上，看起来就像是一个孩子的玩具。在南边更远的地方，可以看到由神庙中倾泻而出的魔力形成一道道彩虹，伸入浓雾中，而在那里还有一座神庙。这就是所谓的死者将保护生者,戒律师们保守这个秘密,并以此凌驾于亲王之上。

这条裂隙勉强算得上一道屏障。大量神庙沿着裂隙修建。从神庙中倾泻而出的魔力让大多数恶魔无法前进。而那些突破魔力屏障的恶魔,则沦为龙的猎物。

其他人也跟上了安维,大家继续前进。众人的恐惧驱动着安维继续前进,但她却渐渐落到了队伍的最后面。一丝微弱的渴望依然催动安维向着远方的山峰前进。当她们跨越裂隙之后,安维看到一排树长在悬崖边,而透过树林间的缝隙,安维看到了一个村子。

一个村子!她可没想到这里会有一个村子。

也许是因为龙桥的高度和角度,也许是因为龙体内的魔法,安维可以清楚看到远处的村子。村子周围没有防护墙,但却可以看到护城河、风铃和类似巨人肋骨的柱子。除此之外,还可以看到一座俯视一切的瞭望塔。

村民们赶到龙桥和岩架相接的地方。她们都是些普通的女人,虽然这些女人看起来年纪不小,但是看上去亲切而健康。她们伸开双臂,脸上挂着热情的微笑。这些人到达了一个安全的避难所,并在这里快乐地生活,而且她们欢迎新来的难民。

维卡拉又开始哭泣。她第一次走到了所有人前面,第一个走下龙桥,然后瘫倒在坚固的土地上。其他人一边大笑一边哭泣,紧紧跟在维卡拉身后。科威姆说:"这么多年来,我从没有像现在这样感觉良好!"

但是,安维在龙桥上停了下来。

"安维!"比拉在安全坚固的地面上挥着手,呼唤着她的名字。"这里有个村子,里面全是从漫途中活下来的女人。我们可以在这里安静地生活！别人永远不会发现我们！"

这里是一个隐秘的避难所，是位于漫途终点的避风港。

安维双肩下垂，长出了一口气，赶走了所有的恐惧和紧张。这一切看起来太棒了，甚至产生了不真实感，但是……安维还是感到心头一紧。

一切就这么结束了？一个利用龙作为掩护，不为戒律师所知的藏身处。这是一个令人意外的惊喜，但是安维无法摆脱自己心中的失落。

这比被龙活吞下肚好多了，不是吗？和死于恶魔吐出的剧毒气体相比，这已经好多了。和死在漫途，然后喂给食尸鬼，或者坐在那些依靠吸收活物精华生长的树冠之下相比，这也是不错的结局。她可以挑一间有床的屋子，像以前一样继续做饭。这样可以活得很快乐。她可以像以前一样，充分利用这里现有的食材。也许从龙之国可以联络到落塔山口，整个山口就坐落于群山中的某处，标志着一条横穿恶魔领地的道路。

一想到这一点，她就无法前进一步，开始自己的新生活。她的心情非常沉重。

安维脚下的龙桥传来一阵隆隆的轰鸣声，声音通过安维的肌肉传进了她的大脑。

"女士，你到底在寻找什么？"

安维低声说道："我想去看看群山。"

"你如果想去的话，当然可以。"

安维问："我必须留在这儿吗？"

"这里不是旅途的终点，不过是让你积攒力气的中转站而已。"

"我现在就可以出发吗？"

龙的笑声堪比一场地震："很好。"

空中传来一阵浑厚的声音，安维的肌肉也随之震颤，巨龙似乎正在发出警告。龙桥另一端的女人们将新来的同伴带离裂隙边缘。安维的同伴们顺着一条宽阔的大道向着村子走去，大道两侧是两人高的龙角。她们呼唤着安维的名字，但是她并没有回答。

龙再次开始活动。它的尾巴从裂隙的另一端脱离，仰着脑袋看着天。安维发现自己被困在充斥着硫黄味的食道里，这里温度很高，呼吸非常困难。而她以前的生活也是如此。

龙将身体外部翻入体内，又或者将身体内部翻至外部，安维忽然来到了龙的脖子上。龙载着她向东飞去。安维为了稳住自己，牢牢抓住龙角的尖端。空中的风抽打着她的脸，双手因为用力而感到疼痛，但是她的心中却异常兴奋。

他们从村庄上空飞过。村子里砖制的房屋上覆盖着藤蔓。花园中长满了夏季盛开的鲜花和蔬菜。广场中央有一个喷泉，泉水从龙头骨的孔洞中流了出来。村民们轻松地挥了挥手，就好像她们每天都能看到龙从头顶飞过，而且还很欢迎龙的到来。女人们站在瞭望塔上放哨，仿佛这是一件很寻常的事情。真希望丹尼斯能来这儿看看。但丹尼斯永远也不会被迫参加漫途吧？她受到了保护，她很安全，但前提是你认为她的那种生活可以称之为安全。

一条白色石头铺就的小道向东边延伸。这条小道在不远处分成通向3个不同方向的小路，顺着它们可以到达3个村庄。以各个村庄为起点，又分出3条小路，整体布局就像是河流冲积三角洲。每个村庄里以中央广场为中心，周围散布着房屋、工棚和花园。每一栋房子周围，都有用龙骨铺就的围栏，护城河里的沙子在阳光的照射下闪闪发光。护堤上腾起一阵风，风中夹杂着夏季的孤寂和安维孩童时代的回忆。其中一段护堤看上去是刚刚挖好的。整个坑里还可以看到被撕裂的薄膜，正在太阳的暴晒下渐渐干枯。

当一人一龙飞过最后一个村庄，它们一边向东飞，一边爬升高度，将高地上的草地和低矮林地甩在身后。地表扭曲的刺柏被长满尖刺的藤蔓所覆盖。草地也变成了类蕨植物和各类花朵，花朵上形似舌头的花瓣在风中不停摇曳。

安维突然注意到地面上的动静。龙调整航向，飞到了一群正在追捕猎物的猎人的正上方。

猎人！这些猎人是如何穿越裂隙的？

在前方更远的地方，一只猎物在高高的草丛中穿行，安维一眼就认出猎物散发的彩色雾气，这是恶魔呼出的气体。当安维回头张望的时候，这群英勇的猎人让她大吃一惊。这些猎人都是装备着长矛和弓箭的女人，她们个个浑身是胆，一举一动都非常果断。这些女人来自何方？她们和那些踏上漫途的寡妇和仆人完全不一样，这些猎人非常强壮，完全看不到疲劳的迹象。猎人们的太阳穴上都长有不及手指长的尖角。她们的皮肤看似和安维一样黝黑，却带着一种模糊不清的光泽，就好像是一种柔软的鳞片，而不是真实的皮肤。

猎人们抬头看到巨龙，发出一阵阵刺耳的哨声，安维觉得这种哨声切入自己的肌肉，摩擦着自己的骨头，随时可以将自己切开。

"她们是谁？"虽然空中狂风呼啸，安维还是提出了自己的疑问。

龙一边飞一边回答："那是我们的姐妹。"猎人们已被它抛在身后。

眼前的山峰越来越近，直入云霄，看起来无法跨越，龙也飞得越来越高。安维感到头晕目眩，大口呼吸着高空稀薄的氧气。气温越来越低，她感到自己浑身上下都挂满了冰。但是，龙也提升了自己的体温，保证安维的核心温度不会下降，她的勇气不会消散。

她们沿着冰川覆盖的山坡飞行，飞过反射着炫目阳光的冰原，然后绕过嶙峋的山峰。在更远的地方，还可以看到一片高地，那里遍布峡谷和顶部平坦的山脉。这片高地的边缘是一片深渊裂隙，看起来就像是世界的边缘。龙对准一道古铜色的光束盘旋下降，然后落在山体凸出的岩石上。龙缩了缩身子，将自己的身体变得更小。

终于，龙变成了一个棕铜色皮肤的女人。她的头上伸出一对和龙角一模一样的角。安维看着她，一时间说不出话。

那女人示意她看向东方。

整个裂隙呈南北走向。她们刚刚飞过的山脉位于南方，看上去就像是巨兽的肩膀和背部。裂隙深不见底，安维无法估计实际深度。瀑布在峭壁上冲出不少缺口和隧道，落石砸在底部的声音形成一种奇妙的旋律。

东方的地平线被雾气所覆盖，广袤的土地被一层雾气所笼罩。在雾气稀薄的地方，可以看到弯曲的河流和森林。那些苍白的树枝说明，森林里的树木也都是食尸鬼树。在那片苍白的树林中，也可以看到几棵绿色的树，仿佛这些树都是从宝石中生长出来的。你还可以在雾气中看到其他东西：位于河流分叉口的城市废墟；一座顶着王冠穿着长袍的雕像，但整个形象却不像个男人；一条白石铺就的大路，这条路通向远方，但似乎很久无人使用了。

所有这些都在不断变换的雾气中若隐若现。

"那就是恶魔之地吗?"安维因为寒风而抖个不停。

"我们曾经在那里生活,和其他人一起狩猎。然后,恶魔来了。"

"恶魔到底从哪儿来的?"

那女人歪着头,仿佛倾听着安维听不到的声音,然后说:"祖先们也不知道。但是,恶魔逐渐将我们赶到了这片山脉。由于恶魔摧毁了我们的巢穴,我们还以为死定了。我们无法繁育后代。然后,你们跨海而来。"

"是我们将你们赶出了低地吗?是我们让你们远离海洋吗?"

"哦,不不不,你们才没有这种力量。"

"那么我们有什么用?恶魔也能杀死我们。"

"没错,所以我们开始观察。一开始的时候,我们以为你们不过是一种害虫,又脆弱又小,表现出的狡猾和残忍,刚好符合小型生物生存的必备条件。但是,你们拥有一种我们所没有的魔力。"

"就是戒律师用来阻挡恶魔的魔力?"

"他们收集死者,但是我们收集活人。"

"但是你们为什么需要像我这样的女人?"

"我们不过是要收集一些你们不需要的人。"

安维想到了分割内陆和龙之国度的裂隙,那些戒律师完全不知道这里发生了什么事。她想到了那些安静的村庄和美好的生活,在瞭望塔放哨的女人,肩负着其他地方认为只有男人才能干的工作。她想到了那些猎人,想到了她们长出的角和年轻活力,想到了村子周围的龙骨围栏和在夏日骄阳下散发着热气的沙子，还有那些在内陆不曾出现过的植被。

也许她该跟着那个爱努尔人水手一起去远航。也许她该留在家里，余生安心地在厨房里干活。

但后悔有什么用呢？她已经来到这里了。现在没有回头路。总之，安维很庆幸能看到这一切。

"你把我带到这儿来，就是想吃掉我吗？"

"吃掉你？"女人笑了起来，笑声中的深厚回响，让人时刻没有忘记眼前的女人是一条强大的龙。"我倒是没吃过人类，但是吃过人类的祖先说过，你们的肉不是酸，就是油腻，要么就是软骨太多。妹妹，我之所以带你来这儿，完全是因为你要求继续前进。"

"这里是旅行的终点吗？"

"这个问题，你说了算。"

安维看着东方的荒野和浓雾中若隐若现的一切。一丝雾气从浓雾中延伸而出，向着她所站的位置慢慢前进。

"在我们彻底消灭他们之前，恶魔的攻势绝对不会停下。"

当安维听到爪子摩擦岩石和类似水壶烧开水时的嘶嘶声时，那女人向后退了一步。一阵浓厚的白色油烟从悬崖下冒了上来，然后变成一个恶魔的样子。安维曾经近距离观察过一个恶魔。当时，那个恶魔和自己一样高，有6条触手般的腿，2张没有嘴唇的嘴，头顶上一堆形似罐子的触手，还在不停地喷射难闻的雾气。恶魔身子后仰，靠在4条后腿上，前肢在空中不停舞动，寻找她的气味。

快跑。

安维的父亲对自己的孩子们说，如果你开始逃跑，恶魔就会追杀你。她的兄弟就是在惊恐之下开始逃跑。但是，就算你不跑，恶魔还是会看到你。

恶魔扭动着脑袋，逐渐确定安维的位置。脑袋上的结节开始发光，就好像恶魔体内燃起了色彩艳丽的火焰，仿佛体内有一团融化的宝石。它睁开双眼，似乎要在完全吸收猎物之后，这双眼睛才会合上。

恶魔张开位于上方的嘴，向安维喷吐雾气。由于距离太远，雾气没有造成任何伤害，但是，少量的雾气吹到了她的脸上，而安维并没有及时用手遮挡自己的脸。这时候，安维脑海里再次浮现自己哥哥惨死的画面，他是经历了何等的痛苦，甚至没有哀号或者呻吟的机会。也许恶魔直接吃掉她会比较好，起码会减少一些痛苦。

恶魔慢慢向安维移动，它的体内发出咯咯咯的声音，似乎准备再次喷吐酸雾，将安维活活烧死，然后就可以把她吸干。

安维没有看到龙变身，但此刻龙已经从高空俯冲而下，落在了安维身后。对恶魔来说，现在已经没有机会逃回深渊。龙的爪子牢牢抓在恶魔的后半身上，然后将它抓离地面，而恶魔只能无助地喷吐着酸雾，努力抓住地面。龙以螺旋轨迹，向着晴朗无云的蓝色天空爬升。等她飞到高空之后，就松开爪子，将恶魔扔了下来。当恶魔掉回裂隙底部后，就摔成了一地碎片。

安维双腿无力，跪在地上，双手颤抖，呼吸急促。但是，她现在也非常兴奋。巨龙如此轻松就消灭了一个恶魔。

龙拖着脚，降落在距离安维很远的地方。空气中闪动着光芒，当光亮彻底消失之后，长着角的女人拍掉手上的尘土，走到安维身边。

当她走到安维身边的时候，说道："当恶魔入侵的时候，我们不是唯一承受伤亡开始撤退的种族。"她指了指这片荒野，

"当我们的数量无法控制恶魔的行动之后,我们的祖先就接受了自己将被毁灭的命运。

"然后我们横跨海洋到了这里。

"所有种族都被这个世界的魔法编织在一起。但是,每个种族使用魔法的方式不一样。"

"龙也会纺织吗?"

"不会。"

"那你们是怎么知道纺织这事的?"

"那个埋在沙土中的人是个织工,她来自一个叫作戈达拉的镇子。你知道那个地方吗?"

安维站了起来,她知道自己没有武器可以击败站在身边的怪巨龙,而这条龙却在和自己用稀松平常却又让人非常震惊的方式聊天。她说道:"我听说过这个地方,但我对它的了解也只限于这个地名。你了解这个地方吗?"

"我就在那里长大。我也是一名织工。我被人送上了漫途。我进入了龙的国度,还以为自己会死。我曾经和其他和我类似的人住在一起。"

"就是我看见的那个村子?也就是我之前去的那个村子?"

"对,当我做好准备的时候,我也进入了沙子。现在,我就变成了你看到的这副样子。"

"所以你还是会吃我们!"安维后退了一步,但是她立即告诫自己绝对不能后退,于是立即站在原地。

"我们不会吃你。"

安维已经坐在龙身上翱翔于天际,也见识过了宜居世界的边界,这让她获得了一种全新的勇气。她昂起下巴,说道:"那个被你夺走身体的女人,叫什么名字?"

"梅拉。"

"如果我叫你梅拉，你会答应吗？"

"我就是梅拉。"

"你是条龙。"

"我是梅拉，也是龙。"

"但是，那个叫梅拉的女人已经消失了。你吃了她，不是吗？你吞噬了她的一切，只留下她的躯壳和我交流。这些沙子就是你们的孵化场吧？"

"沙子是祖先的遗骸，是他们残留的血肉和记忆的火花。如果你们同意的话，你们的身体和意识就可以在这种高温下进行改造。当这个过程结束之后，你们就完成了转化和重生。"

"所以其实也没有什么区别。我们在内陆辛苦工作，没有利用价值之后，就会被送到这里。你们再把我们彻底消耗。"安维因为愤怒而感到头疼，心中的失望让她感到自己被人背叛。也许从悬崖上跳下去，摔死在恶魔遍地的荒野中会是个更好的结局。起码这是她自己的选择。

女人看着地面叹了口气，然后抬起头说："想听听我的故事吗？想知道我的家人是如何在我还是个孩子的时候，就把我卖给了纺织工场，我是如何年复一年被链子锁在纺织机上，只能看到工场门口漏进来的阳光？吃的东西是不是不够？那些人又是否虐待过我？当我的双手严重变形，他们又是如何抛弃了我？对于其他家庭来说，我体弱多病，无法怀上儿子，也无法伺候丈夫的时候，我又何尝不是个累赘？我在漫途上又是忍受了多少痛苦？我可没有哭泣。我相信这都是我赢得的。但这片天空却让我大吃一惊。我忘了世界曾经如此美丽。"

安维低下了头。她感到呼吸困难，然后擦了擦泪水。但她并没有因为多愁善感而扰乱自己的思绪。她冷冰冰地问:"然后发生了什么?"

"你知道我在镇子里找到了什么吗?我得到了宁静。我得到了其他人的尊重。我在这里快乐地生活了很多年。只要我乐意,大可以坐在阳光之下。我用残疾的双手完成力所能及的工作。"

女人伸出双手,黑色的双手看起来非常有力,鳞片闪动着光泽,还能看到刚才被杀死的恶魔的若干残留物。但这还是一双人类的手。一双为了他人的财富而辛劳的双手。这双手已经无法创造更多的财富,于是连同她的主人一起被抛弃。

"然后,"她抬起头,闪闪发光的双眼直视着安维,继续说道,"我选择了沙堆。"

"选择沙堆,还是被迫选择沙堆的?"

"你以为我们强迫你们加入我们吗?你以为所有的龙都希望通过胁迫和囚禁他人而获得重生吗?那些来到我们国度的人,可以选择安然地生活下去,然后按照自己的仪式死去。安维,如果你只是想活下去,那么你的旅途终点就是村子里平静的生活。"

安维看着西边,仿佛看到了自己的房间,自己的丈夫就死在了自己的身边,仿佛自己多年来所履行的对父亲的承诺。界山山脉的山峰上群龙翱翔,山巅之上闪动着金色、银色和古铜色的火花。

安维低声问道:"我要是想要一双翅膀,又该怎么办?"

梅拉悲伤地笑了笑,轻轻说道:"妹妹,你一直都有一双翅膀,只不过很久以前被人偷走了。当你做好准备的时候,翅膀就会在这里等着你。"

菲兹先生，再给我一支羽毛笔吧

加思·尼克斯

从 2001 年起，《纽约时报》的最畅销小说家加思·尼克斯就是一位全职作家，但他同时也是一位作家代理人、市场顾问、图书编辑、图书推广员、图书销售代表、书商和澳大利亚预备役的一员。他已经撰写了很多书籍，其中包括《古王国传奇》系列，这套书的第一本是《克莱莉尔》，还有《7 王圣匙》系列及《亲吻青蛙的人！》和其他书籍。他的新作是《天使法师》，下一本短篇小说是《伦敦的左撇子书商》。他还撰写短篇幻想小说，在各类选集和杂志上登载了 60 多篇故事。他的作品在全世界共出售了 600 多万册，并被翻译成了 42 种语言。

贺沃德爵士说："菲兹先生，发发善心，再给我一支羽毛笔吧。"这位曾经的骑士炮手的双手沾满了墨水，而不是火药或者鲜血，但他不知道下一步应该写些什么。

"这是你一个小时里要的第二支笔了。"菲兹先生趴在旁边的桌子上，贺沃德爵士则坐在高脚凳上。但是这个魔法木偶站起来不过 1 米，两只脚都是用木头雕刻而成。"你就不能把手上的笔磨尖一点吗?"

雕刻室里非常灰暗,而且尘土飞扬。从房子另一头的箭孔里照进的阳光也是少得可怜,而贺沃德爵士的桌子上只有1个能放3根蜡烛的烛台,这些纯蜂蜡制作的蜡烛只能提供优先的光照。而菲兹先生在黑暗中可以看得非常清楚,而他南瓜大小的纸浆色脑袋上的大眼睛,正在发出一种蓝色的幽光。

为了保证民众对他们的工作一无所知,他们的工作地点选在了执政官宫殿的西南塔上。楼下的房间里有卫兵把守,他们负责从宫殿东侧的档案室里移送菲兹先生需要的文件。

骑士和木偶的桌上都摆满了褪色发黄的卷轴,而现在他们面前的就是两张记录税收的卷轴。他们从年代更近的卷轴上抄写下名字,然后编成名单。贺沃德爵士的纸上墨迹斑斑,但手上却很干净。菲兹先生面前的纸更加干净,名单也更长,他肯定会在各个修道院的抄写室里大受欢迎。但是,抄写室也和之前大大不同了,因为印刷术已经普及了一个多世纪了。

"你的刀子更锋利。"贺沃德爵士说道,"再说了,我的笔太脆了,而且质量太差,需要更多时间打磨,这严重影响了我的工作效率。"

"你写了多少名字?"菲兹先生问道。他从自己脑袋后面的盖子里拿出一把小小的三角形刀子,娴熟地开始削尖鹅毛笔。这把刀非常锋利,木偶削笔的时候毫不费力,仿佛在切割空气。"我希望你已经写了很多名字了吧?"

"那是必然! 9……不……可能写了10个。你写了多少?"

菲兹先生毫无感情地说:"我写了62个名字。作为一次全面的人口普查,我们需要处理21份卷轴,我估计有1.1万人左右,你对我们工作的贡献几乎可以忽略。"

贺沃德爵士站起身，对着木偶鞠了一躬。

"我的好木偶，你算得真准。"他说着，一只手从头顶落到体侧，做出一系列花哨的动作以示敬意。"我对整个行动策略表示怀疑。我们为什么不直接在城里调查，然后寻找有关龙的线索？当然，前提是城市里真的有龙。"

"卡里林图书馆里的记录证明了城里确实有龙，更重要的是，龙的宝藏也在这儿。"菲兹先生说，"但是，我们在城里绕来绕去可不会找到龙。它已经在这里藏了至少3个世纪了，这说明这条龙也不傻。和我以前提到的龙不一样。我知道你的专业领域在于火药和射击之类的东西，但是我相信你听到或者读到过那些被称为亚神的异位面入侵者？"

"好像读到过一点。"贺沃德爵士嘀咕道，"可这之间又有什么关系呢？"

菲兹先生和贺沃德爵士之间的对话，可能会让他们以前的同事感到有趣，因为他们曾经是世界安全理事会的特工，致力于保护世界免受菲兹先生所提到的亚神和跨位面入侵者的威胁。但是尼卡纳多斯的执政官和城里的人都对此一无所知。最起码贺沃德希望如此。

木偶说："我来给你讲讲吧。"

贺沃德爵士叹了口气，坐回自己的高脚凳上，丝毫不掩饰自己的无可奈何。在二人成为战友之前，菲兹就在照顾着贺沃德，而且在贺沃德读书的时候，菲兹就成天唠唠叨叨。

"所谓的龙，就是跨位面生物，只要有足够的原材料，它们就可以任意改变外形，我们所熟知的有机类爬行动物的外形也是其中之一，但它们也可以采用男人或者女人的外形。"菲兹先生继续说道，"当龙变成人形的时候，就会将其他特质隐藏起来，所以看起来和这里的人没有任何区别。换句话说，我们只靠肉眼，是看不出任何问题的。你找不到龙角，找不到龙尾，找不到奇怪的眼睛——"

"好，好，行了。"贺沃德爵士说道。但是菲兹先生还在说个不停。

"龙不需要吃年轻姑娘，也不需要炫耀自己的财富。它们不会喷火，起码在保持人形伪装的时候不会这么干。它们不——"

贺沃德大叫道："够了！"他举起双手表示投降，不小心将一滴墨甩在原始记录卷轴上，这就需要立即用海绵和刀子进行清理。

"所以在城里逛来逛去，只能满足你自己的感觉，我觉得这才是你的真正目的，而且正因如此，你现在干活才磨磨蹭蹭的。"

"哦，行吧。"贺沃德爵士放弃了清理墨点的努力，"要我说，咱们现在就离开这间尘土飞扬的房间，先开始调查抄出来的 72 个人名。我觉得这个数目不错。"

菲兹先生说："只要我们开始行动，别人就会知道我们的所有行动。贺沃德，就连你也该想到这一点。要是龙听说大执政官已经授权调查所有财产多于 10000 金币的人，可能就利用早已准备好的撤退计划逃跑，而我们甚至还没有找到它们呢。而且我也不需要提醒你，确定龙的藏身处才是重点，因为最值钱的宝贝全藏在那儿——"

"而执政官想收缴这些宝藏。"贺沃德爵士插嘴说道，"我觉得咱们应得的份额，应该超过宝藏总量四分之一才对。毕竟是咱们在卡里林找到了那些石碑——"

"我们？刚才你还说这儿没龙呢。"

"行了！行了！我的关节都开始僵硬了，咱们在这里待了两天，我感觉都老了一岁。就像纳尔波尼斯在《众生之死》里说的那样，让咱们分而治之。"

"你知道历史上的纳尔波尼斯分割了自己的部队，然后被分批击溃吧？"菲兹先生问道，"当基德斯写下那部戏的时候，她选择修改史实。"

"不。"贺沃德爵士说，"我的意思是，那部戏才是真的。谁还记得历史呢？"

"纳尔波尼斯是个傻瓜。"菲兹先生说，"别人已经给了他充分的建议，但他还是无视了……我的意思是说，根据我所看的材料，他背叛了自己的顾问们。"

贺沃德爵士说："这都是古老的历史了！"他看着菲兹先生，打算换个话题，提高嗓门说道："咱们是不是重新商议一下——"

菲兹先生压低声音，饶有趣味地说道："607年4个月3天前，时间刚过中午，纳尔波尼斯就加入了战斗，然后在太阳下山之后，就在逃离战场的时候，一支箭击中了他的后背，了却了他的性命。"

贺沃德爵士说道："正如我所说，我们提供了有关龙的情报，四分之一的战利品份额似乎有点少，但你看看这里的工作——"

菲兹先生说："我给你把羽毛笔削好了，求你快点干活吧。"

贺沃德爵士叹了口气，拿过羽毛笔，将注意力集中在面前的卷轴上。

"你要知道，一旦我们开始调查所有的有钱人，就会出现抗议。"贺沃德爵士说，"他们会以为执政官准备推出新税，说不定还会激发暴动。"

菲兹先生说："其实什么都不会发生。我给执政官解释的时候，你要是认真听了，就会明白。这份囤积黄金的人的名单只是一个开始。一旦我们掌握了这份名单,就可以和出生、死亡还有失踪的记录进行交叉比对,确认所有异常遗产。我希望这样可以确定两三个潜在目标,以便于进一步调查。执政官的手下人可是因为出色的记录而受过嘉奖呢。"

"你已经嘀咕了好几个小时了。"贺沃德爵士说,"你说的那些东西都太无聊了。再说了,执政官大人也不喜欢我。"

菲兹先生说:"我估计执政官大人对你没有任何感觉。她是个非常通情达理的女人。行了,快点开始干活吧。"

房间里重归宁静,只能听到鹅毛笔写下新名字的声音。中央高塔的大钟终于响起,这意味着太阳经过了一天运行轨迹中的最高点,开始渐渐向着地平线运动。又或者按照北方的说法,现在是中午了。

"咱们应该在资料室里完成这活儿。"贺沃德爵士放下手中的鹅毛笔说,"那里通风良好,光照也不错,所有记录就在旁边——"

"你还可以去勾搭那些年轻的女文员。"菲兹先生打断了贺沃德爵士的话,"我们还是在这里比较好,没人知道我们在干什么,也不会怀疑龙的宝藏是否存在。"

"我甚至不相信这里有龙!"贺沃德爵士大声说道。

"闭嘴!"菲兹先生大吼一声,看了一眼房门。虽然这扇门是用橡木制成,但是因为长期不用,还有尼卡纳多斯季风性气候导致的屋顶漏水,这扇门无法完全关闭。门底有一道三指宽的缝隙,所以楼下的两名守卫有可能听到二人的谈话,要是他们悄悄上楼,还能听得更清楚。

"怎么了?卫兵不都是执政官大人的亲信吗?"贺沃德爵士咆哮道,"她们都是优秀的士兵。忠诚无比。绝对不会因为龙的财宝而叛变。"

"贺沃德,我跟你说过了,咱们要对这事保密,你得克制自己爱聊天的冲动。好了,咱们这里动作越快,就能早点儿完成这份工作。"

贺沃德嘀咕了几句。

"你说什么?"

"我只是想知道这到底需要多久才能完成。还请你说得简短一点。"

"你这个要求很合理。"菲兹先生说,"根据我的计算,你要是能再努力一点儿,我们再花8天时间,就可以检查完所有的税收记录,然后就可以进入交叉比对阶段,这大概要花19至21天——"

"1个月啊!"贺沃德爵士咆哮道,"在这间昏暗发霉的房间里待1个月!我做不到!我需要空气和光照……我……我需要喝一杯!"

"贺沃德爵士!"

但是这位炮术骑士无视了木偶的叫喊。他站起来,把高脚凳踢到身后,然后冲向大门。他第一下没拉开门,第二下才把门彻底打开。菲兹蓝色的眼睛盯着贺沃德,但是一句话也没说。贺沃德爵士嘀咕了几句,然后快速冲下了楼。

菲兹先生等了一会儿,跳下桌子,从宽松的学士袍下伸出自己经过抛光的纤细木头胳膊,轻松地关上了木门,而这木头胳膊的颜色也和石塔的颜色一模一样。当房门关上之后,他就从房间另一头儿拿起一个皮质挎包背在背上,轻松地爬上箭孔。他纤细的木头手指犹如钢制岩钉,轻松地就抠进了岩石之间的砂浆里。他爬上窗户,用袍子的兜帽罩住自己南瓜似的脑袋,然后爬到了塔外。

贺沃德爵士采取一种更为常规的方式下楼,也终于来到了两名卫兵所把守的平台。他差点撞上其中一名卫兵,这名卫兵要么是在偷听,要么就是出于好奇,抬头观察到底发生了什么。卫兵让到一边,贺沃德爵士停在两名卫兵中间。他紧握着双拳,鼻翼扩张,呼吸急促,看起来就像是一头愤怒的公牛。

那个女人问道:"贺沃德爵士,出什么事了吗?"这名卫兵叫阿亚德尼,是当中较为年长的一位,贺沃德认为她远比赞苏斯更为危险,虽然赞苏斯更为年轻,比阿亚德尼高30厘米,而且肌肉更加发达。两名卫兵都戴着封闭式的黄铜头盔,穿着镀金的鳞甲,绑着执政官亲卫队的绑腿,手里拿着短柄戟。但是阿亚德尼的腰带上还挂着一把拳剑,从她走路的步伐可以判断,她经常使用这把武器。如果贺沃德爵士的猜测正确的话,那么阿亚德尼更像是一名刺客,而不是士兵。

"你可是说对了。"贺沃德爵士深吸一口气,慢慢呼气,"那个文绉绉的木偶快烦死我了!我发誓他的血也是墨水,他的脑袋就是纸做的。"

阿亚德尼笑了起来。

"可以确定的是,他确实干巴巴的。"她说道,"他和我见过的那些乐队木偶完全不一样。那些木偶能讲好多笑话,而且唱歌和演奏乐器的本事都不差。"

赞苏斯闷闷不乐地说:"我倒是想亲眼看看这种木偶。你觉得那个老……他叫什么来着……福兹会给我们唱一首歌吗?"

贺沃德爵士说:"不。乌鸦都比他唱得好听。石头唱得也不差!不管古时候是哪个巫师把他造了出来,这个木偶现在就知道研究书籍和卷轴,然后写各种莫名其妙的清单。"

阿亚德尼说:"贺沃德爵士,你的朋友可真是太奇怪了。我是说,你是一名雇佣军军官,熟练操作各种火炮,为什么屈从于一个老旧木偶呢?"

"我这不是屈从。"贺沃德爵士抗议道,但却保持着自己的幽默风度,"如你所说,我是个雇佣兵,在西部王国非常有名,你去问问其他人就完全明白了。"

"西部王国距离这里1000里。"阿亚德尼说。

"这有什么关系呢?我之所以和菲兹合作,是因为他给的报酬非常不错,而且他……知道怎么赚更多的钱。我打算明年春天组建自己的炮队,这事可不便宜。"

阿亚德尼说:"我们这里的黄铜炮和铁炮价格很公道。"她现在完全明白贺沃德为什么要来尼卡纳多斯了,"我的表亲是个铸炮师,是工会里的大师,我可以给你做个介绍,他肯定会为执政官大人的朋友开个好价钱。"

贺沃德若有所思地点了点头。

"等我们的工作完成之后,我肯定会需要你的帮助。"他说道,"我在此表示感谢。但是,我现在需要喝一杯,把嗓子里的灰尘都冲下去。你能为我这样的士兵提供一个有好酒的酒吧吗?"

赞苏斯说:"去'黑阳之兆'吧。"

"我觉得贺沃德爵士更喜欢秋牡丹酒馆。"阿亚德尼说,"那儿的酒窖更好。说不定还有从西部王国运来的酒。"

"我去近的那家酒馆就好了。"贺沃德爵士说。

"又或者您想去城堡里的酒库?它距离门房很近。"阿亚德尼说,"他们会给客人提供津森酒。"

"哦,我知道,一种白葡萄酒,那玩意儿对我来说有点酸。"

贺沃德说,"但是它能解渴,我现在确实想喝点儿。但要是能找到点儿别的酒……"

"那就去秋牡丹吧。"阿亚德尼说,"它就在上城区和中城区之间。你从城堡大门出发,穿过大庭院,然后走那条有大铜牛的背道——"

"背道?"

阿亚德尼说:"就是你们所说的小巷,又或者说是一条遍布台阶的街道。"她继续给贺沃德指路。贺沃德不停地要求她重复,但他在她第一次说的时候,就已经记下了。

在他们从萨尔格-萨格罗斯登船之前,贺沃德就已经仔细研究了菲兹先生买来的城市地图,所以他非常清楚什么叫背道,而且对城市格局了如指掌。

尼卡纳多斯建在一座楔子状的石头山上,这座山位于一座远离艾尔-尼卡纳多斯的小岛上。山体尖细的部分深入大海好几里,山顶部分建有执政官的宫殿,海面距离宫殿足有426米。山体在靠近大陆的地方逐渐变宽,这里居住着各个富有的家族、豪华的商店和其他身价不菲的人。这部分城区就被称为上城区,但这片区域的实际占地面积不足总面积的四分之一。一道高墙将上城区和中城区分割,后者再分成五个街区,高度最低的街区和最高的街区落差达到了152米。

中城区和下城区之间有一道大裂隙,当地人为此搭建了十几座桥,下城区地势平坦,这里的各种锻炉、铸造厂和金属加工厂是尼卡纳多斯的财富之源。下城区从半岛和大陆相接的地方开始延伸,最终在古老的城墙前止步。在古城墙之外,则是更新式的壕沟、堡垒和半月堡,所有这些工事都装备了产自城内的大炮。

由于整个城市依山而建，所以尼卡纳多斯的街道狭窄，而且有大量的台阶。但只有少数几条大道才算得上是街道，大多数道路都是又歪又窄，为了顺山而上，采用了"之"字形的设计，所以这些小道又被称为背巷。

贺沃德很清楚，这种弯曲、阴暗而且坡度不小的背巷是伏击和谋杀的理想场所。虽然城堡内这种地方不少，但是贺沃德希望菲兹先生的计划在某种程度上不会出错。

"所以，我在那个门口大盆种棵树的理发店门口右转？"贺沃德问。

"不，向左转，理发店门口有个铜梳子的标志。"阿亚德尼说，"然后，在法伦的水果店门口右转。她的店是用一棵种在浴盆里的树做标志。"

"啊，是这样啊。"贺沃德说，"我担心在小屋子里干了那么多抄写工作，弄乱了我的脑子。我在铜梳子标志的理发店门口左转，然后在那棵种着树的浴盆处右转，往高处走，再顺着带腐烂的护栏的楼梯往下走——我会注意安全的——然后到了一个放着老式大炮的院子，那儿有好几条背巷，然后选择从左边起第二条背巷。"

"不，是第三条背巷！"阿亚德尼大叫道。

"我可以边走边问路。"贺沃德说，"我要是顺路看到其他酒馆，也许——"

"不不不，秋牡丹的酒比其他地方都要好。"阿亚德尼说，"我觉得还是陪你走一趟吧。"

"什么！你不能——"赞苏斯正要说话，阿亚德尼却抬起了一只手。

"我会让门努斯来接我的班。"她说道，"贺沃德爵士，咱们出发吧。"

贺沃德爵士问道:"我能把武器拿回来吗?"当他到达城堡的时候,将武器都上交了,但他不想手无寸铁地在城市里闲逛。最起码他不想让别人以为自己手无寸铁。

他在靴子里塞了把匕首,左袖子里也有一把匕首,戴在脖子上的挂坠里的可不是爱人的画像,而是一把锋利的小型圆刃。

更不要说他那个奇怪的骨头状的黄金耳环了。这个耳环内部中空,上面还钻有小孔。整个耳环长度类似他的手指,重量和等量的黄金差不多。虽然这不是武器,但也有独特的用途。

"您的行李都在大门那儿呢。"阿亚德尼说,"当然了,如果要进入城市,您可能得装备剑和手枪。只要不去下城区最混乱的地区,那么就不需要武器。"

但贺沃德还是一动不动。阿亚德尼耸了耸肩,先走下了楼梯。她举手投足之间带着当地人的怡然自得,因为这里的人更习惯于走台阶。贺沃德并没有立即跟上去,而是从腰上的口袋里拿出一个巨大的银质水壶,然后喝了一大口。

"等不及喝酒了,贺沃德爵士?"阿亚德尼站在台阶上,礼貌地抬头问道。

"这是一种药。"他说完擦了擦嘴。他的嘴里吐出一股浓厚的白兰地味儿,"这是种混合药,专门对付我……腰上……的老伤,我总是因为它睡不好觉。"

阿亚德尼说:"我希望伤口没有恶化。我们这儿的台阶对您没有影响吧?"

"完全没影响!"贺沃德说完,就跟在阿亚德尼身后。他跟跟跄跄走了几步,然后立即恢复了平衡,免得和阿亚德尼撞在一起。但是,阿亚德尼已经及时闪到一边了。她的步伐非常轻盈，这进一步让贺沃德相信她是个刺客。

"也许还是有一点影响的。"贺沃德说道。他吐了口白兰地味儿的酒气，然后再次出发，只不过这次的速度慢了很多。"我这辈子从没见过这么多楼体和斜坡，这样的高度差变化可是头一次见。"

"尼卡纳多斯是个很独特的地方。"阿亚德尼说，"但您作为一位来自远方的客人，对我们来说也很特别。您真的觉得这里有龙？"

贺沃德装出一副很吃惊的样子，再次跟跄几步，然后抓住墙壁稳住自己。

"什么……为什么……"

"我们的执政官的亲卫队。"阿亚德尼说。她停下脚步，打开了楼梯底下的门，让阳光照了进来。"我们当然知道你们的任务。"

"我明白了。"贺沃德爵士说完，就跟着阿亚德尼走进了狭窄的庭院，从这里就可以离开他工作的塔楼，进入宫殿主体部分。"我一直在想，你们有没有被告知这些事情。我个人倒是不相信这里有龙，但是菲兹先生根据以前的文件得出了不同的看法。我不得不承认，这个文绉绉的木偶确实擅长处理文件，而且他以前就找到过龙。"

这句话让阿亚德尼差点儿在平整的路面上摔一跤。

"他真的找到过龙？"

"我们一毛钱都没赚到。"贺沃德爵士抱怨道，"还没等龙带我们找到宝藏，我就得先把它杀了。"

"你还杀了一条龙？"阿亚德尼问道，"我能问问你是怎么做到的吗？"

她的口气中充满了好奇和难以置信，但这远算不上冒犯。

"如果龙保持凡人之躯，那么杀死它们还是很简单的。"贺沃德爵士喘着气，摆出一副浮夸的样子，"但是用常规武器确实无法消灭它们。"

"那该怎么办？"

"菲兹先生虽然缺点不少，但是个聪明人。"贺沃德爵士说。他停在原地，从口袋里拿出一个小酒壶，又喝了起来。而阿亚德尼则在一边耐心等待。"他找到了一些办法来对付龙。"

"某种特别的武器吗？"阿亚德尼问道，"我确实很好奇，在你带来的那些武器中，究竟有什么神奇的武器。"

贺沃德爵士问道："你是不是也发现了？"他用手指点了点鼻子，但似乎是忘了自己手里还拿着酒壶。当酒壶差点戳进鼻孔的时候，他整个人都颤抖了一下。

阿亚德尼说："对于一位炮手和善用火药类武器的人来说，使用十字弩确实是一件很不寻常的事情。我觉得其他人也意识到了这一点。"

贺沃德爵士说："你的观察力非常惊人啊。"他又喝了一口，阿亚德尼打开庭院另一头儿的门。"但是，重点不在十字弩，而是在方头箭上。"

阿亚德尼问道："方头箭？"她皱着眉头说："我不记得有任何箭。"

"箭都在盒子里呢。"贺沃德爵士说道，"那是个特制的盒子，里面有铅制夹层，可以让它们安静点。"

"让……弩箭保持安静？"

"弩箭里封着小恶魔。"贺沃德说道。

"小恶魔？"

"反正我是这么称呼它们的。"贺沃德说道。他把小酒壶放回口袋,寻找另一个更大的酒壶,然后得意扬扬地拿出了大酒壶。"菲兹找到了它们——我的意思是他找到了弩箭。他从什么地方把这些东西挖出来的?恶魔说话的声音可刺耳了。很明显它们就是这么杀死龙的。反正用这弩箭杀掉了一条女龙。哦,众神在上,怎么又是台阶?"

"贺沃德爵士,尼卡纳多斯有的是台阶。"阿亚德尼说,"倒是在主门房里有秘密通道。您要是不介意的话,我倒是想看看那些弩箭。"

贺沃德爵士说:"没想到我们会走这条路。"他脚下绊了一跤,整个人撞在墙上,嘴里叫骂着为什么这里会有墙。但是酒壶还牢牢抓在手里。

整个楼梯间非常窄,天花板很低,这里的石匠水平和城堡其他地方也非常不一样,台阶不断地向下延伸,唯一能够提供照明的是墙上为数不多的火把。放置火把的凹槽周围遍布凿子留下的痕迹,这说明这些凹槽是用山体岩石雕刻而成的。

"对,这里是一条近路。我们通常会让客人们走一条更舒适的路。"阿亚德尼说,"但是,我担心这条路又长又无聊,也没有窗户或者瞭望孔。也许您可以给我讲讲……如何杀掉第一条龙的故事。当时这条龙在哪儿?"

"哦,那可太远了。"贺沃德说,"我没法告诉你。那木偶让我保密。也许改天还得回去找龙藏起来的黄金。不过现在要紧的是先找到这里的龙。他说这里的龙拥有更多的黄金!"

"为什么?"

"哦,按照菲兹的说法,之前消灭的龙年纪不大,只有100多岁。但是这里的龙明显更老。最起码木偶先生是这么说的。

他可真是个忙碌的老笨蛋。"

"你觉得他错了？"

"哦，他很有可能是对的，但是他的做事办法太让人疲惫了。"贺沃德抱怨道。他停下来晃了晃酒壶，当酒壶里没有传来任何声音的时候，他叹了口气。"他甚至不让我喝酒。他找到其他龙的时候，才没有去查阅这些古老的税收记录。谢普特之血①啊！到底还有多少台阶？"

"现在距离门房并不远了。"阿亚德尼说，"您没找到第一条龙的宝藏，真是太可惜了。是因为搜索的区域太大了吗？"

"半……半个国家。"贺沃德说，"你说在门房附近有好酒？酒库？我不想走楼梯了。你也知道，我的腰上有伤。"

"哦，是呀，去酒库更方便。"阿亚德尼说，"您也不需要去拿自己的武器。"

"好吧，好吧。"贺沃德说，"带路吧。"

"我正在带路呀。"阿亚德尼困惑不已地说，"咱们很快就到下层的门，然后很快就可以到酒库了。"

贺沃德大喊道："太棒了！我需要喝一杯！我需要喝好几杯！"

但是，贺沃德爵士不过喝了两杯很酸的酒，然后脸就埋在桌子上，打着呼噜睡着了。一旦进入状态，他就开始大声打呼噜，利用母亲教他的办法进入冥想状态。贺沃德的母亲是统治哈尔女巫团的神秘3人组之一，贺沃德的意识进入一个更深层的空间，他可以借此观察自己的身体，同时不会立即对外界刺

---

① 小说世界观设定下的感叹词，类似于"天啊"。

激做出反应。

他在原地瘫了一会儿，阿亚德尼用刀柄头狠狠戳了一下他的肋骨。贺沃德知道这非常疼，但是他控制自己不因疼痛而颤抖，他不过是短暂停止呼吸，然后发出类似驴叫的打呼声，烂醉如泥的人忽然受到疼痛刺激的时候，都会发出这种声音。

阿亚德尼灵巧的手指悄悄打开贺沃德的口袋，拿出了里面所有的东西。贺沃德听到硬币落在桌子上的声音，然后是大酒壶盖子被拧开的声音，最后是有人深呼吸的声音。

阿亚德尼对另一个人说："这东西劲儿真大。他能一路从楼梯上走下来，还真是出乎我的意料。"那个人不禁笑了起来。

"而且一直都在说话。"那人说道。此人是个男人，贺沃德从来没听过这个声音。

阿亚德尼问："你都记住了？"

那人说："我都听到了，全记住了。她肯定会对此感兴趣。"

"把一切都给她背一遍。"阿亚德尼说，"我把这个喝醉的吹牛大王送去客房。"

"那木偶呢？"

阿亚德尼说："那个木偶还在塔里抄名单呢。木偶不都是死脑筋的魔法生物嘛。他肯定会一直看记录做笔记，直到最终完成。快走吧。"

虽然贺沃德似乎是从远处观察着这一切，但他还是感到自己被强壮的双手抱了起来。他没有刻意抬起自己的脑袋，在别人扶起他的脑袋前，他差点被自己的舌头憋死。

"他是怎么这么快喝醉的？"一个抬着贺沃德的女人问道。

"我敢打赌，他是个一直忍着没喝酒的酒鬼。现在他忍不住了就开始喝酒，喝了不到400毫升烈酒就醉倒了。"

另一个人说："最让人惊讶的是，他居然没死。我们最好让他躺下，把胃里的东西都吐出来，免得把他呛死。"

"对，最好这么办，"阿亚德尼一脸严肃地说，"我相信她稍后还想见他。"

"你要去哪儿？"

"去拿他的武器。必须摧毁他的魔法弩箭。动作快点儿，你们已经得到命令啦！"

为了保证贺沃德不会被呕吐物呛死，他被放在客房的地板上，而他又保持了一个小时的冥想状态。这个状态让人感到非常舒适，虽然他每天要做的事情很多，但此刻他不禁好奇，为什么没有将妈妈、婶婶们，还有菲兹先生教他的各种冥想招数每天都试一遍。他每天要练习剑术、卡宾枪和手枪射击、摔跤、各种手法练习、三角函数和弹道学……

当听到中央塔楼的大钟敲响了下午3点的报时钟声，贺沃德睁开眼睛打量着房间。这还是他那间舒适的客房。这里的窗户朝向大海，有9片窗格，朴素的床上还有一张填充着羽毛的床垫，房间里还有一个放衣服的箱子。房间门紧闭着，房间里没有其他人，所以他站起来，坐在床上。

菲兹先生从窗户爬进房间，问道："诱饵奏效了吗？"他小心地关上了窗户，坐在箱子上，皮质的针线包躺在腿上，这样随时就可以去除魔法针头。

"很慢，"贺沃德说，"我很庆幸阿亚德尼不是龙，但是她肯定是龙的手下。"

"她要是龙，肯定不会让你活着，"菲兹先生说道，"他们不可能控制对另一条龙的财宝的贪欲。她肯定会让你放弃整个计划。而且她还会拿走你的耳环。"

"那里还有其他人,在楼梯上跟踪我们,"贺沃德说,"肯定是偷听的间谍。他去向'她'通报我所说的一切。"

"这件事很快就会查清,"菲兹先生说,"贺沃德,干得漂亮。"

"我相信你的动作会很快,"贺沃德说,"万一她的手下就在附近怎么办?阿亚德尼可能是个刺客,而且她很擅长使用匕首。"

菲兹先生很坚定地说:"龙不会让凡人知道自己宝藏的位置。她会找个不被人打扰的地方拷问你。"

贺沃德说:"我希望你说的没错。"他做了个鬼脸,用手背擦了擦嘴,"我希望以后不用再喝他们糟糕的酒了。"

菲兹先生并没有回答。他的圆脑袋像一个装在上过油的柱子上的圆球开始转动,他的皮质耳朵也竖了起来。

他说道:"有人来了。"

贺沃德躺回地上,手指伸进喉咙开始呕吐,他的嘴边还挂着一点带着酒臭味的呕吐物。他退后几步,皱了皱鼻子,然后深吸一口气。菲兹先生把他的脸摁进地上的一摊呕吐物,然后钻进了床底。

房门打开之后,几个人走了进来。

"天哪,这味道太难闻了!"

阿亚德尼命令:"把他清理干净,然后给他灌点儿果汁。"

贺沃德感觉自己被抬上了床,一块布擦拭着自己的脸,自己的嘴被撬开,一股比当地的酒还难喝的液体流进了喉咙。他咳嗽了一下,睁开了眼睛。

阿亚德尼凑上去说:"贺沃德爵士!你要见一位贵客!这果汁能让你清醒一下。"

有人用手掌拍了拍他的肚子。贺沃德吸了口气,又喝进去一大口果汁。在恶心的感觉蔓延至全身之前,贺沃德单凭这东西的味道,就知道用了什么原料——那图尔的油和艾克莓果汁。虽然这东西可以抹除醉意,却能立即给你一种宿醉感。这对于贺沃德来说很不公平,因为他不过是从魔法酒壶里喝了一小口白兰地,从小酒壶里喝了一口用于护胃的默克牛奶,两玻璃杯的酒。

他深吸一口气,说:"什么?"

3名执政官亲卫队的士兵站在他周围。一个人抓着他的左胳膊,一个人抓着右胳膊,第3个人脱掉了他的靴子、腰带、口袋,拿走了匕首,然后又脱掉了他的外套、衬衫,拿走了其他几把匕首。挂在脖子上的挂坠里的匕首也被查了出来,于是连挂坠都被收走了。

卫兵开始检查他的耳朵,但是阿亚德尼下令终止了搜查。

"把耳环留着。那玩意儿是黄金做的。她会想要这耳环的。"

当第3名卫兵掀起贺沃德的内衣时,他大喊大叫,不停挣扎,一脚将卫兵踢倒在地。

阿亚德尼站在门口说:"别担心,贺沃德爵士!我们不过是确认你没有窝藏武器。"

贺沃德咆哮道:"你们好大胆!我可是你们执政官的客人!"

"冷静点!"阿亚德尼说,"先生们,让他起来。"

贺沃德跟跟跄跄地站了起来,在阿亚德尼面前摇摇晃晃,他的短裙挂在膝盖上,袜子掉在脚踝上。没人注意到左腿的吊带已经掉了下来,因为那不过是一块布而已。卫兵们还围在贺沃德身边,但是他的注意力都集中在阿亚德尼和她的匕首上。

"贺沃德爵士,我要向您说明两种可能,"阿亚德尼笑着说,"第一种,你让我们蒙上你的眼睛,带你去见这位客人,我保证对你有好处。第二种，因为我们需要你能说话，所以先把你揍到轻微的意识模糊状态，然后再把你带过去，如此一来，你能得的好处就没这么多了。现在，你自己选吧。"

"哈！执政官大人会知道这事的，"贺沃德说，"我选择第一个方案。我要去见谁？"

阿亚德尼说："等到了地方，你摘了遮眼布，自然会知道。"

卫兵们蒙上了贺沃德的眼睛，带着他穿过大厅，进入对面墙上的一道密门，经过一条狭窄的密道，阿亚德尼打开了另一道门。根据开门的声音可以判断，这扇门要么结构复杂，要么很久没有使用。

"低下头，"她命令道，"把他的袜子拉起来。贺沃德，这里有台阶，把你的脚抬起来。"

一行人爬了一段时间的楼梯。贺沃德数着楼梯，但这没有任何实际用途，完全是形式上的需要。当爬完了 206 阶台阶之后，他们终于停了下来，贺沃德感觉到了下午温暖的阳光照在自己脸上，透过遮眼布的边角看到了阳光。他由此判断自己来到了室外，而且位于城堡的某个高塔顶部，贺沃德感觉事态正在逐步失控。

"你们走吧。"

这是个女人的声音，而且听起来很镇定，甚至给人一种很仁慈的感觉。贺沃德周围传来窸窸窣窣的声音，抓在他胳膊上的手也松开了，他听到看管自己的人转身离开，关上了大门。

"你可以拿掉遮眼布了。"

贺沃德取下了遮眼布。这里的光照非常强烈，他不得不抬起手遮住自己的眼睛。他此时并不在塔顶，而是在一座从山体最高点延伸而出的小型堡垒或者半月堡上。在堡垒之下就是海面,头顶上只有天空,身后是整个尼卡纳多斯城。

贺沃德一开始以为说话的女人是执政官,但事实证明并非如此。因为如果此人真的是执政官,那么整个计划将变成一场灾难。这个女人带着一种威严的气质,正值中年,留着一头黑发,皮肤呈橄榄色,但是年纪比执政官要大。她坐在一个雕花石椅上,嘴里吃着橄榄,然后把橄榄籽吐到400多米下的大海里。

正如菲兹先生之前所说,单从外表是无法认出一条龙的,但贺沃德在龙开口承认之前,就知道了她的真实身份。

她说道:"你已经找到了你想找的东西。又或者说,找到了其中一部分。我就是尼卡纳多斯的龙,但你绝对找不到我的宝藏。你也杀不掉我。你那些被小恶魔寄生的弩箭已经被送进下城区的熔炉化成了水,困在里面的东西也都被解放了;你的性命也将到此终结了。但是,如果你告诉我,你是在哪里杀掉了另一条龙以及宝藏的可能位置,我可能饶你一命。"

贺沃德说:"女士,这听起来是一笔公平的买卖。"他坐在地上,伸展双腿,拉起自己的袜子,连左腿的吊带也没忘。

龙问道:"你在干什么?你要是想上断头台的话,那你比我想的还要愚蠢。"

她放下手中准备送进嘴的橄榄,站了起来。

"哦,不,我的女士,那东西太难受了。"贺沃德说。他站起来,将吊带——这东西的实际宽度堪比腕带——拉上自己的二头肌。他扯下自己左耳的耳环,拿到嘴边吹了起来。耳环没有发出任何声音,甚至连一个跑调的音节都没有吹出来。

龙问道:"你是疯了吗?又或者还没有醒酒?"

"我可能还有点醉。"贺沃德说着退到了门口。他把手伸到背后，试了试门环，但门却无法打开。

"就算是在这虚弱的凡人形态，我还是可以瞬间扯出你的心脏。"龙一边说着一边舒展了一下双手，向贺沃德展示自己长长的指甲。"但是，如果你不告诉我想知道的事情，我就先从比较柔软、容易扯掉的身体组织开始下手。那条龙的宝藏在哪儿？"

贺沃德呜咽了一声，再次吹了一下金色的骨形耳环。

龙说："我要把你的眼睛挖出来，像吃橄榄一样吃掉。那条龙叫什么名字？"

贺沃德说："我不知道，菲兹先生知道。"他放弃了从暗门撤离的打算，开始沿着墙移动。但是在这个狭窄的半月堡里，没有足够的空间可供他躲藏。身后是紧锁的大门，而另一个选项就是翻墙跳入大海。

"魔法木偶在拷问中能坚持很久，"龙说，"他们完全不在乎。但是，我相信你就完全不一样了。"

"你说得对，没错。"贺沃德说着，拿起黄金骨头再次吹了一下，但依然毫无效果。

"那个黄金小管子到底有什么用？"龙问道。她歪着脑袋，"我完全感觉不到里面有魔法。我只感觉到了黄金，外加10%的白银。"

"你说对了，它确实有点用处。"贺沃德说道。他很不明智地又补充了一句："就是拿来分散你注意力的。"

龙问道："所以我会错过什么东西？"菲兹先生出现在墙上，端平自己的魔法针，放出一道令人炫目的紫罗兰色能量，而龙也灵巧地俯身躲开这一击。

不幸的是，菲兹先生打偏了。

贺沃德压低身体，向门扑了过去。他的眼前全是黑色的光斑，但还是勉强看到龙滚到了石凳旁，菲兹先生再次准备好魔法针，向着龙跳了过去。当龙靠在石板上站起来的时候，菲兹先生失去了平衡。伴随着石头摩擦的刺耳噪声，石凳下面露出了一个直通秘密竖井的大洞。龙摆动着双腿，大头朝下跳了下去。

菲兹先生抓住了她的一只脚，但不能完全压制龙。她比其他同体型的人类要重。龙滑进了洞里，而贺沃德也跟了进去。

这条隧道油腻而狭窄。经过了最初的垂直部分，之后的30米隧道呈45度倾斜，在这之后则是一连串令人头晕目眩的弯道。

贺沃德一手抓着龙的脚踝，另一只手摸向腕带，嘴里念出了一长串宣告词，在经过每个转弯处的时候，他不停地大吼大叫，而龙还踹了贺沃德一脚。

"以世界安全理事——哎呀——会的名义，依靠三大帝国，七大——妈的——王国，帕拉丁摄政王、耶萨共和国以及四十小国赋予我的权力，我——啊——乃是理事会之代理人。我确认眼前的龙是哈克哈尔·德利穆·亚沙——哎哟——是经理事会确认的存在，也是世界之敌，理事会允许我采取所有——该死——手段放逐、驱逐或者消灭该目标。"

龙对着贺沃德尖叫了几句话，又踹了他一脚，但这并没有什么用。这一脚当然很疼，但是在快速下滑的过程中，龙无法对贺沃德造成有效的杀伤。

贺沃德想回头看看菲兹先生是否跟了上来，但他的下滑速度太快，在经过良好润滑的隧道中上上下下。他期望菲兹先生就在不远处，虽然臂甲可以提供一定的防御，但当他们到达通道的终点时，龙就会把他的心脏挖出来。

出乎贺沃德意料的是,隧道忽然到达了终点。前一秒他还在隧道里上上下下,紧接着就进入一段向上的隧道,然后再次向下,最后龙和贺沃德都摔进另一个巨大的洞穴。洞穴的顶部和洞壁的高处有不少孔洞,下午的阳光可以由此照入,不然的话,整个洞穴将异常阴暗。

贺沃德落地之后,立即滚到一边站了起来,但是自己浑身沾满了油,动作反而有些笨拙。然而他坚持站了起来,立即做好了和龙战斗的准备。

但是,龙并没有立即发动攻击。她站在洞穴中央,在阳光的照耀下,洞穴内的混乱一览无余。一大堆空空如也的箱子堆在一起,周围是至少100个扁扁的钱包,钱包的封口线四处散落,看起来就像一大堆鱼叉被扔到了海滩上。

她大喊道:"我……我的宝贝!我的黄金!我可爱的黄金!"

她转头看着贺沃德爵士,嘴里咝咝作响,露出了一嘴匕首般的利齿。这些利齿可比龙的利爪更可怕。

"我的黄金在哪儿?"

贺沃德挺起腰说:"执政官大人今天早些时候已经拿走了所有的黄金。"他的眼睛扫视着四周,寻找可用的武器,最好还能找到逃跑用的隧道。但是,他什么都没找到,甚至连块石头都没看到,周围也没有菲兹先生的踪影。也许在第一个人通过之后,就会有活板门封死隧道,任何一个经过良好计划的隧道都会考虑阻隔追上来的敌人。贺沃德很幸运,他当时牢牢抓住了龙。

"执政官?"龙似乎不敢相信自己听到的一切。

"菲兹先生和我对宝藏不感兴趣。"贺沃德希望自己可以继续分散龙的注意力,免得自己的心脏被挖出来。"我们只对你感兴趣，哈克哈尔·德利穆·亚沙。"

"什么？谁？"龙问道。她看着空荡荡的箱子。她双肩下垂，看起来老了许多。实际上，她看起来就像是个海难事故的幸存者。贺沃德见过这种情况，他自己也曾有过类似的经历。

他摸了摸自己的臂甲。秘法符号发出越发耀眼的光芒，紫罗兰色的光芒和照进来的阳光形成了鲜明的对比。

"你的存在并不合法，哈克哈尔·德利穆·亚沙，"他说道，"我们是世界安全理事会的特工。"

龙扭头看着他，困惑地皱起了眉头。

"谁？我不是哈克哈尔·德利穆·亚沙。"

现在轮到贺沃德垂头丧气了。

"什……么？"他结结巴巴地问道。

"我不是哈克哈尔·德利穆·亚沙。"龙说道。她走近了几步，但是没有举起利爪，利齿也变成了人类牙齿的样子。"我叫雅拉·克鲁·瓦西姆。我才没有亚沙那么老呢。她们可都是老古董。"

贺沃德退后几步，再次看了看逃生隧道。

"我知道你得听木偶的命令，"龙说着又走近了几步，"我才想起来那些满身伤疤的女人猎杀亚神的故事。但你是个男人。而且这都是古老的历史了，我也不是你的目标。"

"我才不用听木偶的命令呢，"贺沃德反驳道，"并非所有特工都是女人——哦！"

菲兹先生双手抓着闪烁着耀眼光芒的魔法针，从隧道里飞了出来。他轻松地落在地上，并没有像贺沃德那样划出太远，但是隧道里的油让他浑身油腻、满地打滚。

贺沃德立即和龙拉开距离，但是后者已经向他冲了过去。

他感觉到龙抓向自己右耳的耳环，然后是一道魔能，最后是石头下落的声音。他一边咳嗽一边匍匐前进，为了消除紫罗兰色的魔法闪光留在视网膜上的残像而不停眨眼。与此同时，他只能期望龙不会落在自己背上，从后面将自己的心脏挖出来。

3秒钟后，自己的心脏并没有被挖出来，贺沃德翻身站了起来，四处寻找龙的踪迹。他只看到了菲兹先生手里拿着不再发出光芒的魔法针，昂着头站在洞窟中央。贺沃德气喘吁吁地问："你干掉她了？"菲兹先生的魔法攻击可以切断龙和这个宇宙的联系，由此就可以将龙驱逐回原来的位面。如果菲兹先生成功的话，那么龙就会彻底消失。

贺沃德很高兴地发现，四处都没有龙的踪迹了。

然后，菲兹先生指了指洞穴顶部。

贺沃德爵士眯着眼睛，打量着洞穴顶部和洞壁高处的细小洞口。一条只有拇指大小的金龙幻化成常见的爬行动物外形，正收起双翼快速钻进一个小洞中。龙从洞的另一头钻出去，迎着下午夹杂着下城区工业废气的海风舒展着双翼。

贺沃德和菲兹从另一个洞口最后一次窥见了龙飞上高空逃跑的样子。

贺沃德说："我是真的不知道龙还可以变得这么小。"他看了看空荡荡的箱子，"那这些又都是为了什么？"

"她要放弃大量的能量才能变成那么小的体形，而且这么做还严重影响了她的防御力和战斗力，"菲兹先生说，"虽然没有成功将她驱逐，就算她有足够的黄金支持自己的发育，短时间内也不会再吃金发男人了。所以，我觉得咱们也不算失败。"

"什么！"贺沃德爵士惊讶地喊道，"你从没说过……我还以为是年轻姑娘。"

菲兹先生换上一副说教的腔调,继续说道:"贺沃德,逗人开心不是我的专长,你的专长也不是表演。我们的计划能否成功,完全取决于你是否自以为自己完全没有性命之忧。还需要我多说几句吗?"

"你完全可以告诉我啊!"贺沃德抱怨道,"顺便一提,她说自己不叫哈克哈尔·德利穆·亚沙,而是雅拉·克鲁·瓦西姆。"

菲兹先生的脑袋慢慢转向贺沃德。

"哦,"他吐出一个字,然后沉默了一会儿,"我得查查这个名字。这很有可能不过是个障眼法。但是,两条龙有时候也会合作……"

但此时菲兹先生不过是自言自语,因为贺沃德已经开始寻找出去的路了。

宝藏

希娜·麦奎尔

希娜·麦奎尔撰写了各类书籍，而且很难让她停止写作。她的第一本书出版于2009年，自那之后，她就通过传统渠道出版了涵盖多个领域的30多本书。她已经获得了三次雨果奖，一次心愿奖。我们尚不清楚这位作家是否会睡觉。我们也不完全确定她是否能够帮助植物生长枝叶和树根。当不写书的时候，她喜欢旅行，和自己的猫待在一起，看大量的恐怖电影。你可以在网上看到关于她的猫的照片。希娜会和你讨论X战警、迪士尼公园和可怕的寄生虫。还有，送她一罐健怡胡椒博士汽水就可以让她闭嘴。

佳思敏又忘了自己的午餐。午餐躺在柜台上，仿佛一个被棕色纸张包裹的控告信，她的名字写在一只黑色沙皮狗的耳朵上。其他6份午餐已经被它们的主人拿走了。加斯是我年纪最小的孩子，她还不知道自己是否能留下。如果我干着这种纵火和打劫的行当，她就代表这一个镇子等着被烧死的村民。不幸的是，当代司法系统虽然一如既往的效率不足，公正性有待提高，却依然没有为报复性纵火留下太多的余地。

真是太可惜了。

当佳思敏肚子饿了的时候，脾气就非常坏。当我在上课的时候走进课堂给她送饭，她会感到非常尴尬。但是，也许这也是好事，因为我们再次讨论的是加斯。我们真的希望她能留下，但她依然无法完全接受这一点。在过去，具有侵略性的亲昵行为对于我的几个孩子还很成功，而爱不是一种无尽的资源，在你大肆消耗你的爱意时，这种情况更为明显。只有当人们给爱加上极限的时候，我才知道爱不是万能的。

我要面对的是人类儿童。这个新世界上有这么多东西，我却不得不面对他们。我觉得家里有孩子，就和在家里养毒蛇没有任何区别。有的时候，我们最爱的那些东西也可以摧毁我们。

白天的时候，房子里没有人。查理斯终于开始上大学了，估计很快就会搬出去。当他们可以自给自足，早晚就会离开我。他们在我的照顾下已经受够了，绝对不会再依靠别人。他们脚下的毯子早就被抽掉了无数次，现在早就不确定自己下一步会面对什么。虽然他们会离开我，但还会保持联系。冰箱旁边的木板上有各种圣诞贺卡、生日贺卡、婚礼邀请和新生儿的出生通知。他们没有忘记自己来自何方，又或者说，虽然我这里不是他们的第一个家，但是我努力做到最好了。

我拿起吃麦片的碗和咖啡杯，把它们放进水槽冲洗一番，然后放入洗碗机。每个人吃完饭之后都要洗自己的碗，但是生病或者因为其他情况无法动弹的时候，可以不用洗碗。对于年纪大的孩子来说，期末考试周属于后一种情况。在考试周或者开学第一周的时候，年纪较小的孩子们会被无微不至地照顾，很少有人会抱怨，因为他们早晚也会得到同等的照顾。

我拿起佳思敏的午餐,向着房门走去。当我就要走到门口的时候,门铃响了起来。我停下来的时候差点摔了一跤,然后回头看了看起居室。这里确实看起来像是住了7个年纪不等的孩子,地毯已经被磨薄,书架里放着各种书和桌游。一切都显得非常陈旧。我3年前换了电视机,因为彼得生气的时候,一拳打坏了旧电视,我扣了他6个月的零花钱以弥补花销,然后在惩戒期结束时,向所有的兄弟姐妹道歉。但大多数人对于换电视这件事感到非常兴奋。在彼得出手之前,旧电视已经接近寿命极限。虽然房间里很乱,但一切很安静。对于有我照顾的孩子来说,我是个不错的监护人。

鉴于没有什么可以伤害我的家人,我继续向前门走去。

我不认识门口的社工。他穿着一件很廉价的西装——我发誓这种西装肯定是社工的标准服装——和戴着很时髦的眼镜。他打量着门旁褪色的油漆,仿佛那里面蕴含着宇宙所有的秘密。我咳嗽了一下,他将注意力转到我的身上。

"帕翠亚·德拉甘?"他说话的语气意味着这是一个问句,但这个问题显得毫无意义。这里是我的家。虽然按照人类的法规,这一批孩子中有些人已经成年,但我是唯一住在这里的成年人。不然还有谁应该来正门迎客?

"找我有什么事?"我拿起手中的午餐包,"我正准备出去。我们今天没有家访。需要我做点什么吗?"

家访随时都可以进行。随着时间的推移,家访越来越少。服务中心已经非常了解我,知道我不会惹麻烦。但是,他们绝对想不到事情的另一面。我从来不会虐待孩子。当他们来到我家的时候,通常浑身都是瘀青和伤口,而且社会系统也无法提供所必需的援助,而我则为他们提供了一切。我是一位园丁,我播撒种子然后收获未来。

他抬手扶了扶眼镜，然后好管闲事地说："我刚加入这个部门，现在有几个问题想问问你。"

他当然有问题想问我。新人总是有问题。我强忍着不叹气，将佳思敏的午餐放在最近的桌子上，免得我忘记了它，然后我后退一步，好让他走进房子。他四处打量，记录每个细节，将一切记录在案，随时准备确认这间房子里充满了各种恐怖的事情。他在脑海里已经建立了预设。我从他的举手投足之间就可以看得一清二楚，各个时代的男人都一个样子。他认为没有人比自己更了解良善、正义和公平，而且我这种人不应该了解这些事情。

"请坐。"我指了指舒适而柔软的沙发说道。这个沙发完全可以让四个精力过剩的十几岁孩子坐在一起。他将陷进沙发里，进而显得更小。我希望他能变得更小一点，然后这次对话就不会那么痛苦，也不会引发各种曾经出现的问题。

他站在原地，没有接受我的好意。我又试了一次："要我给你拿点什么吗？一杯茶，还是咖啡？要是这些都不对你的胃口，安德拉今天早上做了些柠檬汁，小伙子们还没来得及把所有柠檬汁都喝完。"

他说话的语气忽然严厉了起来："在去学校之前做柠檬汁？难道她不该做好去学校之前的准备工作吗？"

你看，事情总会变成这副样子。我放弃了摆出一副彬彬有礼的样子的努力。我说道："校车早上7点30分才到。安德拉、布雷塔里还有金睡在一个房间里。金因为之前在寄养家庭的经历而做噩梦，经常在早上5点尖叫着醒来。安德拉也会同时被吵醒，然后就下楼做点柠檬汁，这样从学校回家的时候就可以喝柠檬汁了。她喜欢这么做，因为这可以让自己冷静下来。"

"你汇报过这些噩梦吗？"

"我相信你的同事完全了解这些事情。金每个周四下午都会去看心理医生，而且我们希望她早晚有一天，可以安稳地睡一晚上。"我皱着眉头看着他。"你要是查过她的记录，就会明白，在她住进我家之前，这件事就已经记录在案了。"金当时17岁，瘦得像根竹竿，她站在我家门廊里不停地发抖，所有的私人物品都被塞在一个快要爆开的旅行箱里，那箱子就连慈善机构都不会要。她花了6个月时间，才不会在其他男孩子进入房间的时候缩成一团，然后又花了3个月才敢和男孩子们小声说话。我不知道在她来之前，到底发生了什么，我也不会强行去问。这是她心理医生的工作。如果我必须对这些问题采取行动，那么可能很多人都得死，而人类的司法系统并不赞同这类行为。

"我明白了。"他终于坐了下来。这个人到现在都还没有介绍自己的名字，而且这是一种侮辱。虽然我确信这不是有意为之，但确实对我是一种侮辱。正如我所预料的那样，他陷入了柔软的沙发里，现在他在我眼里和一个孩子的体型相差无几。

佳思敏可能是某些官僚的救命稻草，这些人坐在没有任何窗户的办公室里，为自己同类的未来做出各种选择。佳思敏不过12岁，距离我送她出门的年纪还差4年。我通常会照顾那些年纪越来越大、逐渐被社会福利系统所放弃的孩子，他们曾经对这个世界的不公待遇感到愤怒，也曾经失去希望。如果我愿意承担帮助成年人的责任，我会抚养他们直到19岁，而有些孩子会在我家住很久。我抚养的年纪最大的孩子是安吉洛，他在我家一直住到了25岁，读完了社区大学，认识了未来的妻子，最后才从我家搬出去。个别几个孩子要不是为了给其他孩子腾出房间，也会再住一段时间。

但是，加斯年纪还小，可能会被标记为适合收养的潜在对象，当我询问她对有关此事的意见时，又感到整件事情非常奇怪。自从5岁起，她就被送进了寄养家庭，又或者说人类对孩子总抱有些奇怪的期望。脸上的眼镜、参差不齐的牙齿、阅读困难和注意力缺陷，很有可能让孩子们变成"别人的问题"。但正是这些问题，让我看到她照片的那一刻，就知道应该由我来照顾她。我不可能把她交给那些并不适合她，而且可能很危险的寄养家庭，只能等到年纪符合标准之后，才能到我家来住。只要我家里还有可以住的地方，就不能让她去其他寄养家庭。

即便我知道收留她，会把这个男人引到我家，我依然会毫不犹豫地这么做。她属于这里。在她来之前，这里就已经是她的家了。

他目光犀利地看着我说："我收养了几个年纪比较大的孩子，德拉甘女士，而且总人数还不少。"

"有什么问题吗？"

"为什么？"他摇了摇头，"你等他们达到法定成年的年纪之后，才会收养他们，而这种情况也不是经常发生。你为什么要这么做？"

"当他们到达法定年纪之后，我就会尽力收养这些孩子。"我说道，"在那之前，他们可能认为受到限制，如果拒绝可能会被送回到大街上。我不希望他们感觉和我待在一起，是一种必须为之的事情，而且他们中的一些人确实不需要住在这里。当法律允许他们离开这里的时候，有些人第一时间打点行李离开了这儿，因为他们不想占用资源，愿意将这些东西留给更需要的人。"

每当他们离开的时候,我都会哭泣,因为在一段时间内,他们都属于我。他们曾经是我的孩子,而且他们永远属于这里,永远和我在一起。永远和他们的兄弟姐妹还有我在一起。这里是他们的家。

来自社会服务中心的男人说道:"我明白了。"他调整了一下眼镜,"德拉甘女士,想必你也明白你所做的一切都非同寻常,而且社会抚养机构中的人,通常也不会允许这种事情。孩子们可不是猫咪,不应该被那些觉得房子太大的女人聚在一起。"

"有人投诉过我照顾孩子的方法吗?"我问道,"又或者从来没有这类投诉,所以你起了疑心?"

"德拉甘女士,这事和个人没有关系。"他站起来说,"我们只是觉得,将孩子们暂时从你的看护之下转移出来,以此确保他们的安全,可能对他们来说是个更好的选择。"

这和他们的安全没有关系。这是关于一个从没有按计划运行的有缺陷的系统,对抗我如磐石般的承诺。我对他慢慢笑了笑,然后房子里所有的门窗传来了上锁的声音。

我问道:"你有没有想过,龙都去哪里了?"

他完全没有因此感到惊慌,反而说:"童话故事可不会改变当前的现状。"

"曾经有很多龙,多到能够遮蔽天空,可后来它们消失了。哦哦,人类的英雄们确实杀死了一些龙。学习如何对付剑和盔甲确实消耗了一些时间。但是龙实在是太多了,而且又太过强壮,区区几个骑士不可能从龙的手中抢走天空。"

"德拉甘女士——"

"我必须要承认,黄金什么的都是题外话。你看,龙总会囤积些东西。每一条龙都喜欢囤积东西。在人类发展出货币的概念之前，囤积黄金和珠宝很简单。大多数龙都追求转瞬即逝的东西，春风、蝴蝶、日落。受伤的纯真总需要一个地方去疗伤。"我咧嘴笑了起来，牙齿比几分钟之前更尖更白。空气中出现了硫黄的味道。这位不速之客开始感到紧张。很好，他应该感到紧张。

"我们学会了如何隐藏。我们学会通过正规合法的手段积累自己的收藏品。我们学会如何做到很好。我们从没有放弃自己的双翅。"

在被吞掉之前，他终于发出了尖叫。

在吃掉这个男人之后，我窝在起居室里，小心翼翼地避免压到沙发，然后用爪子翻看着文件包里的文件。他甚至没有想让我看一眼这些文件。正如我所预料的那样，他发现了我所照顾的孩子被猎杀的案例，于是一个人来到这里。没人会把他的失踪和我联系在一起。窗帘上的硫黄味还要好几天才能散尽，但这种情况已经不是第一次了。

我变成人形状态，揉掉脖子上因为变身而留下的扭结，然后走到门口，拿起了佳思敏的午餐。

怎么能让我的小可爱饿肚子呢？

李尔飞龙

C.S.E. 库尼

献给卡洛斯·艾伯特·帕布洛·赫南德兹

1

刚来到这片群岛,我也不是本地人;千万不要随便骑上一条龙,要系好从鳞片上垂下的安全带,给渡口的工人付钱,我还在到处游荡,

猪油,黏液脚,蜜糖足

你已经知道了这些东西

但我还是喜欢我的邻居

红砖,犹如悬崖一样摇摇欲坠,阳台不多,但是有很多窗户,

那些窗户可真值得一看:

群岛像一条鼻涕虫留下的轨迹,从海的一边延伸到另一边

还有李尔的飞龙……

在飞行的时候甚至有闪电

2

步行桥周围的人都很友好

周围有很多社区活动，还有年轻的家庭

日托护理老师和他们负责照料的孩子

其中大多数是刚会走路的孩子

新种的树绿意盎然

参加狂欢的人群熙熙攘攘，他们都在等待龙

3

她飞来了——从东边呼啸着飞来了——人群发出了尖叫！当母龙飞来的时候，人群开始发出兴奋的尖叫！人群开始跳舞，还有人冲向河边的围栏，像一群巫师的宠物猴子，趴在铁链上，向着龙挥手！

老妇李尔！群岛之龙！快看看我！快看看我！

我也停下脚步，开始欣赏龙的英姿。导游们说，它是最老、最强大的龙，下水道的弃婴，服侍那些拯救它的人，它永远服侍于那些人。你可以看到城里人骑在它的脖子上，他们的头发和外套随风飘扬。铁链深深陷入坚硬的龙鳞之中。龙飞得多快啊！这是一种何等野蛮的交通方式。

4

老妇李尔，让我轻轻叫你一声姐妹，

我也是个弃儿

遍体鳞伤，肢体扭曲

我可以清楚地看到你：5米多长的尾巴，不论昼夜都闪闪发光的绿色眼睛，11个贵族脑袋都要贴在围栏上了，你来回滑动，服从于日程表的安排

我太老了，如果我能早点儿来到你的城市，如果我能更强壮一点，也许就能将你释放，用拳头砸开铁链，让这些人笑个够

让他们笑着看我尝试释放你

但是，你除了河湾口黑暗的隧道，还知道什么呢？你是否理解将泡在盐水里的垃圾、铁钩和背上的乘客甩掉，然后一直向着冰冷的天空爬升？

5

但这是最后一夜！

我推着装有洗衣袋、冰冻比萨、李子和洋葱的推车，

走了这么久，脚上的水泡让我一瘸一拐

我走过步行桥，走过一段段水泥路面和绿色的扶手，

一直走到群岛才停了下来

我停下脚步

看到一个留着一头黑色鬈发的4岁姑娘，她的嘴巴看起来和巫婆一样

她的父亲在一旁打着电话，有一搭没一搭地看着她

小姑娘看着围栏下面，挥着胳膊大喊道：

龙啊龙啊过来过来

老妇李尔浑身是伤，伤疤甚至比鳞片还多，她总是那么听话——她总是如此——

桥下的李尔缓缓向着小女孩走去

忽然亮起一道光

是小女孩吐的口水

这恶毒的小东西早就计划好了一切

李尔将所有地图牢记于心

她知道该去哪儿

也知道准确的时刻

换个胳膊，向游客致敬

这头巨兽体形宽大，大嘴通红，利齿雪白，发出了一声充满野性的咆哮

呵，这咆哮真棒！

如此一声咆哮

我也总是想咆哮！

瞧这咆哮是多么雄壮，这是力量的标志

这条衰弱无力的龙用自己的咆哮做出了回应

我也跟着一起咆哮

而那个小姑娘也开始尖叫

这幅画面永远留在她的梦里

6

巨蛇飞起来了！

她醒了！

围栏在摇摆，轮子在摇摆，一切都摇摇晃晃——

行人，铁钩，还有人们对她的奴役，还有所有的一切

巨蛇苏醒了！龙飞起来了！

群岛之龙，自由了！

她拍打着翅膀飞起来了
然后——
向着大海飞去

7

最近的各位市议会成员，
作为一位新来的人，也许不应该由我——
最近，我开始调查——令人不安的历史
我在此代表 87 号龙（群岛航线），请求立即释放——
在此是 500 个签名，全部来自——

最后一次狩猎

阿丽特·德·博达尔

阿丽特·德·博达尔撰写了不少优秀的作品。她获得了三次星云奖，一次轨迹奖，四次英国科幻协会奖，多次获得雨果奖提名。她撰写了《失落国度》系列小说，故事设定在世纪之交时的巴黎，整个城市因为魔法战争而变成废墟，这套小说包含《碎翼家族》《团棘家族》和《裂焰家族》。她还撰写了故事集《战争、回忆与星光》。她现居于巴黎。

虚桃的世界就是一场狩猎——她的肌肉因为奔跑而开始抽筋，肺部开始感到干热，远方传来主人的鸟的尖叫声。

主人们让她在花园里活动，她的身体带着培养槽里的液体——一天前她还待在培养槽里。其他同伴在花园光亮的金属地面上排成一排。她看了一眼曼恩婶婶疲惫发灰的脸，而卡姆洪婶婶——她总是给虚桃的碗里多加一点干粮——则面露笑容，看着一个个候选体和躯壳。在他们身边就可以看到主人花园里的树：这种树就像是人类的骨骼，枝干形似剃刀，在地面上投下嶙峋的影子。

虚桃很想知道，在自己睡着的时候，到底发生了什么——自己睡了多久，自己的女儿又在哪里——但是主人的命令让她把所有的问题吞下肚，将所有的力量集中到膝盖，然后鞠躬。

他们的脸上闪闪发光，当他们移动的时候，可以看到鳞片和牙齿。他们锋利的角上可以看到每个人的名字——因为主人们经常改变外形，所以这是唯一可以确认身份的办法。

莲泪。翁吉艾。

"候选体们。"莲泪说完用自己的尾巴绕在虚桃的双腿上，在后者的脚踝上留下一串烈焰。她从虚桃身边走开，依次触碰了其他候选体。在她离开的瞬间，虚桃差点摔倒在地。莲泪说道："证明你们实力的时候到了，证明你们自己有能力和我们一起行动吧。"

翁吉艾的笑容非常扭曲，他的利齿看上去闪闪发光。他说："快跑，向着门跑吧。"

虚桃开始狂奔，入口和主人们越来越远。在她的脚下，花园的地面开始向上弯曲；如果她抬头看，还可以看到不断退后的球体，球体上还有主人们最喜欢的树，他们非常喜欢树上的果实，彼此之间会互相分享。主人们会一边享用着这些果实，一边讨论哪个躯壳应当接受改造，哪些躯壳失败了，还有哪些躯壳应当循环，继续利用其中的血液和器官。主人们称呼虚桃和她的同伴为躯壳。他们非常容易拆解和组装，抛弃起来也很方便。

但虚桃不是这样。

她孤身一人。其他人在很久之前就消失了：他们看了看彼此，默契地向着3个不同的方向狂奔，希望能够分散猎杀者们的注意力。大家都希望活下去，不论希望多渺小都没关系。

虚桃爬上了一截树枝，当树枝戳穿单薄的鞋子时，她咬住嘴唇才抑制住哭出来的冲动。猎杀者们的声音越来越近了，空中传来翅膀扑打的声音和主人们的笑声，虚桃感到内脏传来一波接一波的疼痛。要么活过猎杀，和主人们一起离开；要么死。没有其他选择。

空中传来一声巨响，这声音一开始听起来像是躯壳宝塔内的钟声，但这声音越发深沉，犹如心跳声，从房间下面传来。虚桃跪在地上，双手抓挠着皮肤，努力想将这种声音从体内抽离——祖先呀，请保护我吧，请保证我的安全吧……

这种声音再次出现，这次轮到大门了。虚桃从花园里看不到大门——她甚至不确定大门是否还在宫殿里——但这说明主人们越来越近了。他们将会离开这个世界，那些无法带走的躯壳将被循环利用，然后拆解。

辉爱……

有那么一瞬间，虚桃的意识里突然出现了女儿的样貌：她不过10岁，怀里抱着自己最喜欢的笔刷，脸上清楚写着不想交出笔刷，而虚桃也不想死。

妈妈……

不，她不会想自己的女儿，不然她永远都不会站起来。

她催动着身体的每一块肌肉，让自己一点点站起来——每一个动作都会引发一阵剧痛，肺部燃烧着熊熊烈焰——但她开始奔跑。

在她前方，是一片如刺矛般锋利的树苗。而且……有些奇怪。虚桃冲进了树苗之中，她知道自己只要走错一步，树苗就会刺破脚掌，让自己动弹不得。无数黑影从球体表面划过，这些是主人的猎鸟，它们翅膀扇动时发出雷鸣般的声音。

主人们就在附近。她必须继续奔跑，但肌肉开始逐渐乏力。而且，她找不到任何藏身之处。

不。

这不是真的。在稍稍偏向右边的地方，有一棵树苗看上去比其他同类更为巨大——不，那不是树苗。那是花园球形表面上的一个开口，一个可以容纳一人勉强通过的小门。她从没有来过这儿，但现在她看到了这道门，一时间无法将自己的注意力从那里挪开。基因改造到底是怎么回事？她不知道主人们到底想造出什么东西，躯壳的身体接受了无数次改造，直到最后内脏因为不匹配而翻出体外，才宣告改造工程告终。主人们希望躯壳可以更像自己——更加坚固，更不容易受到疾病的侵扰——但他们永远不会将躯壳提升到和自己一样的水平。何必弄丢自己的玩物呢？

虚桃微微回了回头——她不该回头，因为主人们距离她并不远，她甚至可以看到莲泪的眼睛了——看到了巩膜后闪烁的鳞片，拉长的瞳孔，还有主人们建立在她们身上的快乐。

证明你的实力，然后就可以和我们走了。

虚桃跑个不停，但是门看起来还是遥不可及，她在树苗之间反复躲闪，踉跄一下然后立即站稳，荆棘划开了她的手掌，地板都被染红，地上的血液看起来就像是一颗不停跳动的心脏。

有什么东西从后方抓住了虚桃，她向后倒，用惊人的力气不停踢腿挣扎。虚桃感到背后的肌肉和衣服被扯掉，她不停踢腿挣扎，抓到了如剃刀般锋利的羽毛和爪子。一两只猎鸟再次对她发动攻击，想饱食虚桃的鲜血。

虚桃的时间观念开始变得模糊，时间甚至开始停滞。周围的世界在陷入静止的同时开始发生变化，虚桃开始向祖先祈祷。

刚才她还站在一片树苗中间和猎鸟搏斗,后一秒就站在门前,现在她的心中泛起一种恶心的感觉。

没有时间了。她跌跌撞撞地穿过门,然后拉上了门板,她最后听到的是莲泪的笑声。这笑声听起来并不恶毒,也没有任何失望的意味,完全是一位善良的母亲听到自己孩子说出第一个字时发出的笑声。

在门的另一头,是一片黑暗。时间过得很慢,周围寂静无声。看不到主人们和猎鸟的踪迹,周围什么都没有——不,事情并不是这样,阴影中有些东西在移动。

一位主人。

现在不能转身或者逃跑,而且那扇门已经关闭。虚桃弯下腰,等待主人的命令。

脚步声离她越来越近。来者身形看起来不像是主人们所特有的蛇形身体,但是他们确实会变成人类,有的时候他们还用那些被征服的人类的名字。脚步声中没有任何盛气凌人或者坚定的意味,反而显得缓慢而慎重。这不可能是主人们的脚步声。

一只手伸了过来,虚桃毫不犹豫地抓住了这只手,然后另一个人一把把她拉了起来。

虚桃大吃一惊,张大了嘴看着眼前的二人。

他们身材高大,留着一头黑色的飘逸长发,一对角从头发里伸了出来,脖子和手背上可以看到鳞片,他们的一举一动看起来都非常优雅,没有任何费力的感觉,仿佛他们身处河流或者湖泊之中。

虚桃说:"荣。"精灵们服侍着主人们,他们地位太低,完全没有存在感,主人们甚至没有想过对他们进行基因改造。但是,虚桃从没想过……

龙饶有兴趣地说:"我叫裕康。"龙自称自己是一位女性,而且她和虚桃相识多年。她阴着脸说:"你受惊了。"

虚桃的脑海里只能想到母亲和婶婶们教给她的祷词——这些祷词有为庄稼祈福的,有祈求家人早日康复的,还有祈求财源广进的——辉爱会低声哼唱这些祷词,其中的每一个字都像是无意发现的珍宝……

在主人说话的时候,一条银链子似乎响应了她的话,链子上的每一节都在颤抖。链条穿过裕康的双腿,随着她说话的旋律不停摆动。然后,银链爬上她的身体,钻进了她的胸口,链子顺着胸腔运动,发出微弱的光芒,最终彻底消失了。链子还不断发出轻微的波动。虚桃非常清楚,裕康此时的面部表情意味着,她努力想压制疼痛的感觉。

虚桃说:"我很替你难过。"

裕康苦笑一声说:"这倒不必。"链条现在呈黑色,波动的频率越来越低。虚桃无意间发现其他人用主人的语言在一旁窃窃私语,仿佛是在鹦鹉学舌。过了一会儿,链条又变成了银色。

裕康问:"孩子,你为什么会来这里?"

躲藏,逃跑。虚桃还记得猎鸟扇动翅膀的声音,来自远方的尖叫和主人们留在她腿上的灼烧感。虚桃不禁跟跄了一下。她发现自己心跳加速,几乎要跳出胸口。她不由自主地说:"我逃过了大狩猎……"她说完就转了个身,门框周围闪动着银色的窗格,虚桃完全不认得这种方正的文字。她勉强可以听到,莲泪催促着猎鸟继续行动,告诉它们即将吃到的大餐。

大餐。

猎鸟咬过的地方依然很疼。她的膝盖摇摇晃晃，一点儿力气都没有。所有人都是接受命令行动，大家最终都是炮灰罢了。

裕康盯着虚桃的脸："它们最后还是会进来。"她摸了摸位于胸口处的链条的第一节。"等他们进来了……"

裕康无法拒绝主人们的命令。虚桃不止一次见过主人们让自己的同胞互相残杀。被基兰踩死的仆从，面部肌肉因为痛苦而扭曲；蟹灵会撕裂肌肉，留下血泪和珠母层。虚桃感觉话语像带刺的利刃堵在喉咙上，她说道："请吧。"

锁链再次叮当作响，变成了黑色。这一次，可以勉强看到裕康痛苦的表情。"孩子，我不再回应祈祷了。"裕康手上扭曲的字体开始逐渐消失，"我被禁止去回应祈祷。"

主人们已经将裕康束缚。因为她不再是神灵，而是主人们的仆人。而且，裕康本也不该干预狩猎。"这链子——"还没等说完，虚桃就摸了摸链子。链条非常冰冷，虽然没有主人们的金属触感，但是比寒冬和暴雨云更加寒冷潮湿。祖先们啊，请保佑我们吧。请赐予我们祝福：来自龙王宫殿的珠宝，永不终结的雨水，还有浪涛之下的幸福与快乐……当她触碰链子的时候，白银开始变暗，方正丑陋的文字出现在链条上。这些字看起来非常熟悉，周围环境开始变化，链条上的字体又变成了仆从居住区的祭坛上的文字。她的手指因为低温而感到刺痛。她低声说道："奶奶。"

裕康把虚桃的手指一根接一根从链条上挪开，动作非常轻柔。她说道："孩子，我已经告诉过你了，祈祷的时代已经结束了。这个世界有了全新的守护者了。"

不，不是守护者，而是统治者。这些人将世界上的一切掠夺一空，现在又要放弃这个世界。她抚摸着自己的胳膊，还能找到针头的位置，脑海里响起翁吉艾的声音。这声音就像是一条鞭子，每一个字都在她的皮肤上留下无数伤口。

证明你的价值。

虚桃咬住了嘴唇。她看着裕康身后无尽的黑暗：一个依稀可见的穹顶型建筑罩在她们头上，在穹顶之上是另一间房子，而这间房子则处于另一栋高塔投下的阴影之下，这一切建筑布局在外人看来毫无逻辑可言。

在穹顶的另一头儿有一扇门，在它周围还有一个舱门、一个窗户和一扇大门。虚桃问："那扇门通向哪里？"

裕康阴沉着脸说："通向实验室。"

虚桃不知道宫殿中还有这个区域。她对于宫殿的大多数区域都不了解，她大多数时间都在仆从居住区和改造区度过，还有的时候，当主人们在花园的角落举行宴会时，她也会在场。她说道："她们说我得穿过大门。"

"主人们离开时用的门？"裕康摇了摇头，"不，宫殿之外是一片废土。她们肯定说的是宫殿里面的门。"她指了指一道窄门，"在实验室区前面，你的右边有一条走廊。它会通向大厅。那是距离最近的宫殿内门。"

虚桃说："谢谢。"在她离开之前，说道："那些没有和主人一起离开的……"其中包括虚桃的女儿辉爱和像裕康这样的神灵。主人们没有选择任何神灵，因为他们认为神灵不该接受晋级。

裕康苦笑道："也许他们离开之前，会记得解除我们的锁链。也许他们会把我们留在这片辉煌的废墟里挨饿。"

在宫殿之外是一片废墟，地球在主人们的摆弄之下已经变得残破不堪，草皮被烧焦，瘟疫直接感染了动植物，田地里的稻米和树上的水果都干枯了。主人们说，他们已经种植了更优秀的作物，但是这些作物在宫殿之外无法生长。这世上没有什么值得期待，但是——

"能以一个自由人的身份死去，不是更好嘛。"虚桃说话的时候，又想到了辉爱。她身上没有锁链，必定会被主人们抛弃。虚桃缓缓地说："我有个女儿，她没有被选中。"

"你希望可以照顾她？"裕康完全不用说，其实她自己都自身难保。

"如果主人们没有释放你，我的女儿可以还你自由。如果你在居住区找到了她，她的名字叫辉爱，告诉她，是我让你来的。"虚桃不知道自己能不能见到辉爱——如果她能看到女儿的脸，看着她在纸上画着各种建筑和人，在重述妈妈和婶婶们讲给她的故事的同时，还会进行一定程度的改编。但这一切都不重要了。

裕康看着虚桃。裕康头上的角再次出现，她的眼睛犹如风暴般黑暗。她说道："你。他们选中了你。"

虚桃耸了耸肩说："我又不像他们。"

裕康严厉地说："这不过是暂时的而已。"

虚桃笑着说："我永远不可能像他们。你真以为他们会创造和自己一样的东西吗？"

裕康再次张开嘴，这次她要说什么？是安慰之辞？又或是警告？

虚桃身后的门发出一声巨响。门板发生扭曲，映出蛇形的轮廓，门稍后恢复原状，但是门把手开始发出异响，华丽的装饰也开始扭曲变形。莲泪的咆哮越发刺耳，她说的每一个字都像一颗钉子，戳进了虚桃的耳朵。当虚桃还在改造舱里的时候，莲泪曾经将针头有条不紊地戳进她的脸和双手，独自嘀咕着凡人无法感知真正的痛苦和情感，然后她转头看着虚桃，让后者感到非常不自在。

一切都将改变，孩子。庆幸自己成为被选之人吧。

没时间了。虚桃向着门跑去。

周围的环境再次发生改变：门和裕康距离虚桃越来越远，墙壁变成脚下的地板，环境重力发生了变化，虚桃的脚下传来一阵阵震动。大门还在很远的地方，虚桃脚上的旧鞋子在球体表面不停地打滑。整个世界从虚桃身边飞驰而过，她转身看到裕康站在远方，身后那扇门被炸成一片火星。裕康跪在地上，低着头，猎鸟在空中盘旋。

不。

虚桃扭头看向裕康为她指出的那扇门。它还在很远的地方，而虚桃已经没有时间了。除非……除非她的深层意识中隐藏着问题的解决方案。虚桃完全依靠本能开始操纵肌肉，周围的世界忽然发生扭曲，她瞬间就到了门口。

虚桃跪在长长的走廊里呕吐不止。她需要站起来继续奔跑。主人们会继续追踪自己，这扇门也无法关闭。她愣了片刻，心里想着一个问题：为什么这扇门没有关闭？她站起身，将这个问题抛在脑后。

她从没有来过宫殿的这个区域。这里的墙壁完全透明，头顶的天空一片黑暗，只不过每段墙壁上都显示着不同卫星的图像，一颗卫星表面布满撞击坑，一颗卫星的形状看起来像一群聚在一起的乌鸦，还有颗卫星又大又红，上面有个类似新年灯笼的大眼睛，类似的画面还有很多很多。虚桃脚下是透明的地板，地板之下是点缀着点点星光的黑暗宇宙。当她走动的时候，地面也会发生变形，看上去就像是杂技演员所穿的紧身服。她摇摇晃晃地走了两步，如果她体重过重，速度太快，那么地板就会碎裂。这是否又是一个主人们的测试，他们是不是想看看虚桃在真空环境中能活多久？

漆黑的门洞中传来了莲泪的声音："受选者。"

太近了。

翁吉艾曾经说过："跑吧，向着大门跑。"

裕康说过，先走右边的走廊，然后去大厅。

虚桃深吸一口气继续奔跑，双眼一直注视着墙壁。这些卫星发光扭曲，然后变成环绕恒星的龙，树木变成行星，恒星表面有U形的伤口，表面的空洞中伸出白色的毛发，看上去就像是只有构建天堂才会用到的材料。虚桃脚下的地板不断变形，每踩一脚都会微微下沉，让人心头一紧。

在她身后还能听到翅膀拍打的声音。她继续奔跑，空间再次扭曲，胸口传来撕裂的感觉，几乎每次心跳都会引发一阵恶心。她无视双腿传来的疼痛。她必须到达门前。她必须活下去，无论如何都要活下去。

虚桃转向进入走廊——她边跑边跳进一个更小的空间，这里有数不尽的柱子——然后这片空间忽然到达尽头，她进入了又一个球形房间内。

房间内部巨大，虚桃甚至察觉不到墙壁的弯曲。随着她逐渐深入房间，金色和银色的线条开始跟在她身后，地板上闪闪发光的白线开始爬上她的脚踝。当虚桃气喘吁吁地停下脚步的时候，这些线条也加速向着墙壁飞去，然后如蛇一般昂起，在房间中央形成一个完美的圆圈，圆圈之内是无尽的黑暗。

宫殿的门。

很快就要到了。

虚桃摇摇晃晃走了两步，胸口的疼痛让人难以忍受。不。不。她把一只手按在胸口，她的心脏因为恐惧而加速跳动，双腿乏力而无法站稳。她可以做得到，只差几步了。

从前方传来了锁链摆动发出的清脆声响。

当虚桃再次抬起头，看到裕康站在门前。眼前不是那个自己在实验室里看到的女人——那个女人伸手帮虚桃站起来，并告诉她们门在何方——眼前是一个蛇形的生物，她的身上长满了结构复杂的鳞片，不停舞动的头发有着和海洋一般的颜色。主人们和龙之间存在一些微妙的共同点——二者都有爬行类的身体——但实际差别犹如人和鹿之间的物种差别。空气中有一种非常让人不悦的味道，它让人想起风暴前的空气，海水像刺入伤口的针头，让虚桃伤痕累累的皮肤感到刺痛。

"裕康。"这两个字甚至让虚桃感到喉咙一阵刺痛。

龙没有说话。她的眼睛湿润而黑暗，脖子上的链条在黑暗中闪闪发光，随着心跳不断收缩。然后，链条在黑暗中消失，钻入裕康腹部的鳞片之下。

"受选者。"

虚桃跪了下来，莲泪的话犹如锁链一般将她包围，虚桃闻到了油的味道和金属熔化的味道，她几乎要被这种味道呛死了。她现在听不到猎鸟扑翅的声音，但这一点现在还重要吗？

莲泪饶有兴致地说："你干得不错。"

翁吉艾说："一次失败的实验罢了。"他说话的声音让黄金和白银的丝线掉回地面："她太弱了。"

莲泪说："那是当然。到头来，他们都很脆弱。"她的声音中带着明显的失落感。

"没必要继续待在这了。"翁吉艾摇了摇头。

莲泪说:"你说得对。我们得到的数据足以支撑下一轮的改造了。"她摇了摇头。虚桃感觉风像鞭子一样划过皮肤。"足够保证我们在议会中获得更高的地位了。你不就是想要这个吗?"

翁吉艾大笑着说:"这不过是个开始。"

空中突然传来一个深沉的响声,就连肌肉和指甲都开始震动,它让虚桃产生一种无法抑制的冲动,想冲向大门,扯掉所有的肌肤和骨骼,彻底终止这种共振。

翁吉艾说:"时间。"

莲泪哼了一声。缠绕在虚桃身上的锁链更紧了。

"我们还有时间。你难道想留下后患吗?"

翁吉艾没有再说一句话,但是深沉的轰鸣还是响个不停。翁吉艾扭动着身体,他的鳞片上反射着金光,他闭着眼睛,脸上出现一种少有的不安的表情。当他再次开口的时候,少了一丝自信:"更多的数据?我觉得我们已经得到了想要的一切,议会也没有给我们太多选择。你要是能忍受这种声音,就完成这里的工作吧。我会在大门等你。"他扭了扭身子,向着宫殿大门飞去。裕康站了起来,固执地站在原地,翁吉艾不得不下达了命令。链条再次收缩,裕康被扔到了一边。明亮的血液顺着链条,在地上汇成了一摊。

"仆从们。"莲泪又叫了一声。猎鸟们并没有消失,它们将莲泪的龙角当作树枝,索性停在上面歇脚,猎鸟的利爪和腿上的羽毛和龙角融为一体。

虚桃感觉到一个冰冷锋利的东西触碰到了自己的皮肤,那是莲泪的尾巴。她抬起头看着莲泪的眼睛。她的眼睛透亮无比,身体上的鳞片清晰可见,巩膜之下似乎还有什么东西依稀可见,微笑的嘴巴里一口利齿清晰夺目。她说道："真是太可惜了。受选者，我对你还抱着很高的希望呢。"

虚桃顶着喉头的油腻感，说："其他人——"

莲泪哼了一声说："他们都不够格。"猎鸟们动了一下，虚桃发现鸟喙上血迹斑斑，"但是，他们也提供了足够的数据。"

更多的数据。

曼恩婶婶，卡姆洪婶婶。虚桃还记得卡姆洪婶婶将米糕递给自己的时候，她手上干燥的皮肤，辉爱枕在自己的腿上睡觉，她的脸上带着满足的微笑。祖先们啊，请保佑她们。得道者啊，请带领她们走上正确的道路，直到轮回的结束吧。

赐予她们自由吧。

莲泪晃了晃身子，蛇形的身体冒出更多带着尖刺的手脚，施加在虚桃身上的锁链也稍微放松。莲泪转身看着裕康，后者还挡在门口。莲泪说道："杀了她。"

链条像一颗病变的心脏，不停地跳动。每一环上的黑色词语逐渐消失，裕康步态优雅地向着虚桃走去，她的一举一动之间带着轻微的雷鸣声，虚桃只能看到裕康血盆大口中的森森白牙。

时间再次扭曲。虚桃向前伸出手去，周围环境再次折叠，接下来她就站在裕康身后气喘吁吁，现在她距离宫殿的门已经不远了。

莲泪在光滑的地板上盘成一团。她角上的猎鸟躁动不安，纷纷看着虚桃。锁链再次发出近乎致盲的光芒，裕康克服痛苦发出一声咆哮。莲泪扭过头，龙也优雅地转过身，然后向着虚桃冲了过来。

虚桃只感觉到了痛苦和恶心。她感到世界再次撕裂，动作比往常还要快，但稍后只能跪在地上，呼吸困难。裕康的鬃毛和鳞片从她身边掠过，长长的身体似乎永远看不到头，满眼都是五光十色的珍珠和光滑透明的翡翠。

祖先们在上，她真是太漂亮了。虚桃努力站了起来，每一次呼吸都仿佛在燃烧，再次开始重复古老的祷词。祖先们在上，让雨水像断线的珍珠一下子落下，让咸水中的鱼在我们的指尖划过，让鱼和米粒一样多吧……

裕康满眼泪花地转过身。她胸口的链条已经变黑，但还是紧紧缠住了她。龙说道："你忘了。"她说话的声音堪比风暴中的雷鸣。"祈祷的时代已经过去了。"

她再次俯身冲锋。虚桃精疲力竭地躲到一边，她看到莲泪黑色的眼睛，明白莲泪知道自己可以在现实空间中穿越的能力，这种能力是主人们强加给虚桃的。莲泪看着这一切，不断进行分析和测量，盘算给下一代的仆从进行怎样的改造。虚桃的动作太慢了，无法进行远距离穿越，而且单纯的短距离穿越就让她筋疲力尽。

虚桃倒在了地上，她太慢了，也太过弱小。裕康一口将虚桃衔在嘴里一动不动，浑身颤动。虚桃双臂下垂不受控制，脑袋朝下，鲜血从嘴巴里滴了下来，无论她如何挣扎，都无法挣脱。她无法控制当前的局面，无法做出任何改变……她视线模糊，看什么都是一片鲜红，所有东西都变得越来越小，然后逐渐变形。莲泪庞大的身躯和她的坏笑，远处闪闪发光的球体还有逐渐关闭的大门，所有这一切都变得越来越远。龙的利齿划伤了虚桃的皮肤，火焰灼烧她的皮肤，只有当龙的血盆大口关闭的那一刻，这种痛苦才会结束。但虚桃不是唯一在发抖的人，她能感觉到裕康的心跳，感觉到龙在对抗链条和主人的命令。

在这场对抗中，裕康没有任何胜算。

你忘了。

莲泪说："快杀了她。"但当她说话的时候，整个宫殿开始震动，主人们准备离开了。裕康再次收缩肌肉，准备反抗主人的命令，虚桃在龙的嘴里晃来晃去，看着地板上的金色线条不断颤抖，莲泪的身体不断扭曲，她想起翁吉艾忧虑的表情。

痛苦。她也很痛苦，裕康忍受着剧痛，抗拒着主人们的命令，主人们也抗拒着离开的号召。

祈祷的时代已经过去了。

痛苦。

主人们开始撤离，只留下了莲泪。

他们很弱小。

虚桃集中最后的力气，再次站了起来。但是什么都没发生。她现在浑身着火，使用着自己完全不能理解的能力，而裕康随时可能屈服于命令……

就在这时，宇宙再次扭曲，虚桃又变换了位置，这一次她来到了裕康的肚子下面，自己跪在银链的第一环上。裕康的利齿让虚桃的腿伤痕累累，到处都是烧伤，但她完全不在意。在她的意识中，这些古老的祷词仿佛是一场对于祖先和得道之人，还有那些游荡于大地和水下王国的神灵的哀求。

赐予我们风暴中心的宁静，河水之下的寒冷潮湿的生命之息，浪涛之下的城市之歌……

她双手抓住越来越黑的链条。链条上扭曲的奇怪的字母发出越发刺眼的光芒。虚桃双手刺痛，温热的鲜血流个不停。这些词已经变得非常清楚，字体不断变大，链条越缠越紧。

鱼。门。河。风暴。

最后一个字好像是高塔上的大鼓，在虚桃的胸口不停地跳动。

荣。

龙。

锁链终于碎裂了。

锁链上的每一节都融在一起，主人们写下的词语完全被更黑暗的词语所覆盖。到了最后，所有这些都消失一空。这些文字挤在一起，最后只剩下几个焦黑的字母掉在地上，和金银丝线缠在一起。

裕康伸直身子，用力一甩，将虚桃摔倒了地板上，然后用身体将她包围，而不是像莲泪那样纠缠在虚桃身上。

莲泪发出一声尖叫。她的身体上弹出獠牙和鳞片，甚至开始弹出第二个脑袋。猎鸟们纷纷起飞，身体越来越小，数量越来越多，外形也逐渐变成一团亮闪闪的针头。它们从左右两侧飞向裕康，准备封死她的活动空间。虚桃做好了承受剧痛的准备。但是，裕康直起身子，念出了一种非常熟悉的语言，地上的链条和金银丝线动了起来，组成一个薄薄的网格裹住了空中的针头。

撤离的召唤再次响起，莲泪扭曲了起来，这次她脸上的痛苦清晰可见，头上的角变成了小块，牙齿越发尖锐，纤细的胳膊从体侧伸出，分叉的尾巴又聚在了一起。虚桃慢慢呼吸，感受着这种低沉的共鸣。她必须冲向大门。她需要的是主人们的联盟，让自己再次完整，让自己接受升级和祝福……

裕康说：“走吧。”她说话的声音听起来非常紧张。她已经自由了，但是自由并不意味着痊愈。而且保证针头不会撕碎她们两个，是一件很困难的事情。

莲泪扭头看着她们——这双眼睛又大又亮,死死盯着虚桃——虚桃瞬间就来到了基因改造区的出口,温暖的液体从她的眼睛、鼻子、嘴巴、指尖和身体各处流了下来。虚桃感到浑身无力,非常恶心,心里知道自己永远都被主人们所控制。

她的双手颤抖不止。

他们都不够格。

虚桃一只手搭在裕康的鳞片上。一股寒意涌上她的胳膊,包裹住手指和手掌的伤口。这些伤口瞬间愈合,只留下小小的伤口。她能感觉到裕康的心跳加速,非常慌张。裕康在用自己的身体保护虚桃。

正如自己破坏了龙的银链,虚桃感到自己心中的某种东西也断裂了。

她对莲泪说:"走吧,"她看着莲泪的眼睛,"不然你就会和我们一起死在地球的废墟之中。"

她和莲泪四目相视。她以为自己会在莲泪的身上看到仇恨,但最终只看到了痛苦和愤怒,还有那种主人们所特有的确信,他们相信这个世界上的一切都属于他们,所有的生物都是他们的玩物,一切都永远属于他们。

虚桃很坚定地说道:"走吧。"

过了很久,莲泪转过了身,她扭过头,身上的鬃毛变成剃刀粗的细线,在房间的地板上留下剐痕,整个宫殿都在不断颤动。"很好。"她说道,"那就这样吧。"她转过头,一言不发地看着宫殿大门。大门已经为她打开。当莲泪穿过大门之后,门就自动关闭,虚桃终于松了口气。但这一切早已超过了她的理解能力,她甚至觉得这一切并不是真的。

远处的呼唤再次让虚桃的骨头不停颤抖。她感到自己的膝盖和双手不停震动，一时间她甚至都不想起身，不想跟着莲泪穿过大门。但当这种感觉消失之后，她心中腾起一种夹杂着好奇和不安的终结感，一种轻微的恐惧和更加清晰的痛苦。

虚桃站了起来，浑身颤抖。裕康庞大而多鳞的身体围住了虚桃，巨龙看了她一会儿，慢慢舒展开身体，又变成了她见过的那个女人。裕康的皮肤上还能看到鳞片，头上可以看到龙角的小节，头发上泛着河水般的光泽。

"奶奶——"

裕康双手搭在虚桃身上，直到后者感到浑身冰凉。裕康摇了摇头说："我年轻的姐妹，什么都别说了。主人们永远地离开了。"

离开了。

永远地离开了。

虚桃张开嘴，发现自己在不停颤抖。主人们当然不会回到这个被他们破坏的地球，这里没有值得他们眷恋的东西。她说道："这些门……"

"如果有必要，我们会一直关闭这些门。然后，我们会重建被主人们破坏的一切。"裕康表情严肃了起来，"来吧。我们去找其他人。"

裕康再次变成龙，虚桃爬上了她后背的尖刺。虚桃想说的太多了，她想说说废土，宫殿，主人们抛弃的这片世界上已没有足够生存的物资，这个世界严重受损，已经无法重建。要说的太多，她不知从何说起。

她感到非常轻松，心中的感觉无法名状。但是，随着她们逐渐爬升，穿过宫殿空旷的走廊——从穹顶下飞过，穿过花园，然后掠过仆从居住区——虚桃看到下方慌乱的人群和自己女儿黑色的面庞。她终于明白自己的女儿甚至不知道自己被关在居住区里。

狩猎已经结束，至于未来会是什么样，完全取决于他们自己。

生生不息

安·莱基　　雷切尔·斯威斯基

安·莱基所著的《雷切帝国》和《鸦塔》获得了雨果奖、星云奖、亚瑟·克拉克奖。她曾经是一名服务员、前台接待,测绘队的标杆员和录音师。她现居于密苏里州圣路易斯。

雷切尔·斯威斯基从爱荷华州作家培训中心获得了艺术硕士学位,她在这里学习了写作,欣赏了雪景。最近,她搬到俄勒冈州的波特兰,和披头士们一起快乐地游荡。她的小说登上了Tor.com、《阿西莫夫》《美国最佳非必读文学》。她出版过两个系列小说:《透过黑暗》和《当世界变得安静》。她的小说获得了雨果奖和世界奇幻奖提名,两次获得星云奖。

情况有点儿不对劲。

雅克能感觉到这一点。石头里有一个线头。虽然他是个普通人,不懂龙的语言,但是他知道情况有些不对劲。

安缇艰难地退进了帐篷。她的两条小臂下夹着一大堆木头,虽然这不能减慢她的行动速度,但浑身的鳞片因为疲惫而黯淡无光。

雅克立即跳出睡袋,问道:"出什么事了?"

安缇用一个老妇的声音回道:"那是什么?那是什么?"她不懂人类的语言,但可以像鹦鹉一样,重复听到的话。

"一切都还好吧?"雅克问道,"你怎么返回龙穴去了?我是不是记错时间了?现在到了晚上吗?"

安缇对着他挥了挥翅膀,让他闭嘴,然后靠着墙开始堆木头。

"你在干什么?"雅克问道。但是安缇却将他推到一边。

当她忙完之后,才转身看着雅克。她扇动着自己的耳朵,背后的尖刺和尾巴都竖了起来。

她用好几种声音同时说道:"这些该死的龙,它们可真漂亮。它们到底是怎么飞起来的?"

雅克若有所思地看着安缇,但他只能看到上周出现在安缇眼睛里的白色物质越来越多。安缇黑色眼眸中的机敏,也在逐渐消散。

雅克说:"你从储藏室带东西出来了?你可以这么做吗?我不知道该干什么!"

安缇对着那堆木头歪了歪脑袋,说道:"该死!该死!快进掩体!"

雅克问:"这是……给我的?"

他走向墙边,安缇满意地在一旁走了几步,爪子在地板上发出咔嗒咔嗒的声音。

雅克把手搭在木头上说:"好吧……谢谢。"

安缇开心地拍了拍翅膀。雅克心里一惊,她翅膀的边缘残破不堪,就好像挂在巨石上,然后挣脱下来一样。

雅克跑到她身边,问:"怎么回事!你还好吧?"

她用翼尖推开雅克,说:"这是什么东西?把扫描仪拿过来!我觉得这些东西挺好看啊!"她用尾巴拍了拍雅克,然后返回了巢穴。

在接下来的几个小时里,安缇带来了更多东西:衣服、干草、树皮和其他有用的物资。每当雅克想帮忙的时候,就会被安缇的尾巴推回房间,最后不得不放弃提供帮助的打算。

等安缇忙完之后,她的鳞片上全是灰尘。她收起残破的翅膀坐在一旁,呼吸变得非常沉重。

雅克说:"我知道肯定出什么事了。"

安缇对着他眨了眨眼,内外眼睑的活动频率完全不一样。她用一个男人的声音说:"他们会吃掉该死的羊。"

安缇用各种陌生的声音和雅克交流,却不用自己的声音,有时候雅克对此感到非常生气。他大喊道:"我就是想让你说话。"

安缇双眼的内外眼睑全打开了。

她目不转睛地盯着雅克,雅克有时以为安缇会用龙的语言和自己对话。不论龙的语言是怎样的都可以,只要不是模仿人类说话就行。有的时候,也会出现一些类似于征兆的情况,他身下的岩石会发生震动,就好像是有了自己的呼吸。

忽然,安缇用翅膀抓起雅克,然后放在自己的后背上。她已经很多年没有这样驮过雅克了,上一次安缇这么做的时候,雅克还是个十几岁的小伙子。情况真的很不对劲。

雅克心里惴惴不安,安缇带着他穿过了巢穴中歪斜的走廊。他有那么一瞬间想挣脱,但过了一会儿,却惊讶地发现坐在安缇的背上是如此舒适——安缇翅膀下完好鳞片的气味,关节发出的噼啪声,还有每一步引发的震动。

透过安缇翅膀紫色的翼膜，一切看起来都很朦胧。3条龙从他们身边经过，这些龙看起来非常模糊，它们和安缇一样，都是收集者。等它们靠近之后，终于可以看清它们的样子。这些龙比安缇看起来更加落魄，眼睛被丛生的毛发所遮挡，前肢的一些鳞片摇摇欲坠。

雅克闭上了眼睛。他想起了上周看到的那条负责收集工作的龙，她的侧面有一道完全可以治疗的伤口，但她却飞进了风雪中，想必最后死于低温。有些事情非常不对劲。而且这种情况持续了很久。

他隐约觉得，现在情况也不会有所好转。

收集者安缇将雅克扔在发酵坑旁边，用肩膀把他往前拱，嘴巴里因为疼痛发出呜咽。当安缇第一次在山坡上找到雅克的时候，他面色潮红，不停地大声呼救。安缇用双翼把他抱了起来。孩子瞬间安静了下来，在安缇的翅膀里睡着了，她带着孩子一路返回了巢穴。孩子当时还是个孩子，就算他长大之后，安缇也可以毫不费力地将他抱起。现在，下一批幼崽即将完成最后一次蜕皮，而安缇为了给雅克运送物资，已经弄伤了指骨，关节也变得僵硬和酸痛。

但这一切都不重要了。安缇说道："该死的龙。"然后推着孩子走向坑的边缘。她打开耳孔，期待接下来会发生的一切，也许还有一点忧虑。

突然脱离安缇温暖的翅膀，低温让孩子打了个哆嗦，然后低头打量着发酵坑。他发出一系列困惑的声音，然后看着收集者安缇。安缇知道雅克脸上的表情代表着困惑。

收集者安慰道:"这是什么?我们应该回家!怎么回?我们甚至无法返回飞船。"安缇听到身后巢穴中传来令人安心的轰鸣声,但她的姐妹们一定就在附近。

另一个人类现在站在坑里抬着头一言不发,但当收集者的翅膀抱着他上山的时候,他一直在叫骂挣扎。

孩子的瞳孔开始扩散,前爪在空中挥舞,嘴里发出求救的声音。

收集者说:"该死的龙。"她希望自己可以和这个孩子交流,告诉他自己的想法,解释自己为什么要这么做。虽然他可以发出哺乳动物的声音,但几乎是个聋子。而且他的嗅觉也很糟糕。

孩子又发出几声求救的声音。他用前爪罩住自己的鼻子和眼睛,然后放开爪子不停地呼气。他发出了更多噪声,想必是非常不高兴。

到底出了什么问题?他害怕那个新来的人类吗?收集者很担心接下来会发生什么,又或者这两个人闻不到彼此的味道。如果是在巢穴中,这可能会引发伤亡。但是人类却与众不同。难道不是这样吗?

她低头看着发酵坑。新来的人坐在地上,依然抬着头,一只前爪捂在下肢上,那条腿肿了起来,肯定是受了伤。收集者希望这种伤完全可以自愈。新来的人的体积比刚被她发现时的体积还要大,而且体形与雅克的体形差异很大。也许这不过是孩子的下一个发育阶段。又或者新来的人属于不同的阶层。

但这都没关系。收集者不在乎这些事情。

也许她失败了,带来了一个完全不同的人,无法按计划帮助孩子。新来的人还在发酵坑里大喊大叫。

收集者说:"该死。"但她发出的声音无法抚慰坑里的人。

也许她也不能责怪这个人。这个人毕竟受伤了,而她的姐妹则完全不用担心这个问题(这还真是可怕)。这个人现在非常害怕,根据收集者的观察,人类只要发现龙在附近,就会立即逃跑。眼前的这个人坐在一堆骨头、腐烂的内脏、羽毛、粪便,以及巢穴中大家都不吃的动物残骸上。雅克这孩子从不喜欢这种味道。

最近的一个月里,菌类的香味和腐烂绵羊的味道让收集者垂涎欲滴,胃囊反复收缩。但是,收集者已经好几天都没有饥饿的感觉了,以后也不会有这种感觉了。

孩子的双手搭在收集者的鼻子上,发出了更响亮的叫声,而且眼睛中也出现了液体。

也许这孩子真的不会说话,但当他不喜欢收集者给他的食物时,就会发出这种特殊的叫声。这到底是为什么?哦,原来如此。

新来的人坐在发酵坑里。收集者通常会给孩子送去未发酵的食物,因为发酵的食物会让他感到恶心。他肯定明白发酵坑的实际用途。他担心新来的人会吃里面的食物!

她确信人类会进行思考。他们几乎像真人译员。这很好。她的脊椎开始变软,因为心里放下了一个负担,而抖了抖耳朵。她模仿着孩子刚才说的话:"不是食物,不是食物。"虽然她浑身肌肉酸痛,还是用翅膀摸了摸孩子。她真的希望自己能够解释自己的想法。

坑里的姑娘比雅克大几岁,也许刚刚成年。雅克很难说清她具体几岁,因为他已经很久没有见过另外的人类了。

距离上次见到人类已经太久了。眼前的这个人有短短的鼻子，奇怪的耳朵，从皮肤里长出来的头发。

那姑娘大吼道："快帮帮我！"

雅克回过神来说："啊。哦，对哦。你稍等一下。"

他很轻松地就说出了这些话，雅克明白虽然安缇听不懂自己的话，但这些年一直对着安缇说话也不是一件坏事。

发酵坑并不深，但是姑娘的腿受伤了，而且她一直尝试做跳出发酵坑的努力，让腿上的伤势越发恶化。雅克从隔壁的储藏室里找出了绳子，将绳子一头扔进了发酵坑。姑娘用绳子打了几个漂亮的绳结，自己先向上爬了一段，然后让雅克将自己拉出了发酵坑。

这姑娘身上的味道比发酵坑更为刺鼻。她的脸因为汗水和疼痛而肿了起来。绵羊的皮和腐烂的肉粘在她的皮肤和衣服上。姑娘呼吸沉重，瘫在地上，整个人靠在一个垃圾桶上。

雅克手背掩在自己的鼻子上，问道："你掉进龙巢里了？"

"什么！"

雅克把手拿开，大喊道："你自己掉进来的？"

这姑娘一脸厌恶的表情："你觉得我是傻子吗？"

"我不明白你为什么会在这儿。"

"一条龙把我扔进来的！"

"扔进龙巢？"

"扔进这个坑。首先，她绑架了我，她就像一只蜘蛛对付苍蝇一样，把我包了起来！然后把我带到了这儿，扔进了坑里。"

"用翅膀把你抱起来的？"

"对！"

雅克指了指她的腿："因为她发现你受伤了？"

姑娘说:"你可以叫我斯特尔。你是……"

"雅克。"

"好吧,就叫你雅克。我是个采摘工。我的部族在附近度过寒季。我们刚刚建起了营地,所以我溜出来,去看看以前经常侦查的地方还有没有剩余物资。其中一个地方叫旧登陆场……好吧,我可能超过那个辐射标志牌太远了,等反应过来的时候,我已经走了好远了。我收拾好东西往回走……我必须承认,我摔了一跤。也许因为我独自一个人,所以看起来像个不错的猎物。"

"她不会吃了你。"

"那为什么我在一个储存食物的坑里?"

"我也不知道。她……想让我见见你?事情有些不对劲。她们最近行动很奇怪。整个龙巢都很奇怪。安缇的表现也很奇怪。"

"安缇?"斯特尔脸上带着难以置信的表情。

雅克不耐烦地说:"她给我送来了很多东西。她病了……"

"龙巢崩溃的时候,这种情况不是很常见吗?"

大家一时间陷入了沉默。

雅克说:"我不知道你这话是什么意思。"

"这个龙巢开始崩溃了。她们产下了新的女王。你肯定已经知道了。你们看到那些死掉的工龙吗?光是飞过来的路上,我就看到了三具尸体。"

雅克说道:"我还没见过……任何尸体……"但他还记得那条带着致命伤的龙飞进了漫天的大雪里。

"你和龙住在一起。"斯特尔说,"你了解龙巢吗?你怎么会到这种地方?你来自哪个部族?"

雅克的注意力完全没有放在姑娘身上:"龙巢接下来会发生

什么？"

"会坍塌！龙巢！坍塌！"她双手合十，做了个示范，"所有年迈的工龙和负责战斗的龙都会死，这样就能给新生的龙腾出空间。其实这还挺方便的。这是龙的繁殖周期罢了，每隔几个世纪就会出现一次。"

雅克一动不动。

斯特尔不耐烦地说："随便吧！现在的重点是，我要在龙巢坍塌之前离开这儿！你也得一起走。我不能把你留在这儿。你多大了？15岁？"斯特尔又拍了下巴掌。"看着我！咱们得在这儿的所有东西死掉之前离开这儿。"

万物皆亡。当新女王孵化成功的那一刻起，这条消息就传遍了整个龙巢。万物皆亡，你也会死，但其他生命体将继续延续，新的事物将不断出现。

收集者安缇用前肢抱着一堆蛀满白蚁的树皮，艰难地在山坡上前进，浑身的疼痛好像是强行挤进了一个狭窄的走廊。她在山坡上艰难地走走停停，脚下不停地打滑，为了保持平衡，她只能不停扭动着身子，大口呼吸着空气。她的身体已经到达了极限，但因为之前处理孩子的事情，她现在还有很多工作没有完成。

在众多收集者姐妹之中，她是个很奇怪的存在。这不是说姐妹们不喜欢她，她一直是集体中的一员，她的努力赋予了这个世界秩序和意义。是的，她和自己的姐妹们都深爱着彼此。而且，她也喜欢为龙巢收集物资，喜欢去野外寻找食物，为建筑龙巢、挖掘工作或者满足龙巢任何可能的需求而收集物资。

但是，她也喜欢观察和收集在别人看来没有用的东西，比如大片叶凝胶状的下半部分，废弃的人类巢穴的金属碎片，这些碎片只要经过擦拭，就会闪闪发光。她就连内部有水晶的石头也不会放过。她还遇到过一只长着羽毛的生物，那个生物一只翅膀受了伤，还叫个不停。这个生物的体形和人类相似，收集者不得不反复和自己的姐妹解释，自己为什么要收留这只生物，给它喂食，直到它翅膀的伤口愈合。这只生物后来还经常回龙巢探望收集者。她试图解释自己关于动植物的想法，二者之间的关联性，还有它们之间的惊人差异。

姐妹们总说她干了太多的活，她总是闲不下来，当完成龙巢内的工作后，就开始忙自己的事情。

她停下来，看着手中为数不多的树皮。这次的收获并不多，周围能找到的树皮数量越来越少，也许是因为最近她都在龙巢附近收集物资，也有可能是因为视力逐渐衰退。手里的树皮似乎比刚才还要少。她慢慢回头，花了很久才看清，地面上有几条棕蓝色的线条向着自己来的方向延伸。

安缇的关节承受能力已经到达极限。但是，龙巢需要她收集的所有资源。她得回去把散在地上的树皮都捡起来。

所以，她先是遇到了那个长满羽毛会飞的生物，然后又是3只在树叶上爬来爬去的小东西，它们分节式的身体可以在粉色、棕色和绿色间变换颜色。她喜欢看着它们爬来爬去，不停晃动着纤毛。

她还在一个空蛋壳后面的碗里养过一只水虫，并养了不少泥蟋喂给它吃。但后来她的姐妹们对没完没了的虫叫声抱怨不已。

但那个孩子和这些生物完全不同。那个孩子会对她的举动做出反应。那个孩子可以用灵巧的爪子操纵物体，他可以把棍子捆成一捆,将石头摞成一堆,将叶子的茎干缝到一起。有的时候,他发出的声音类似于说话。她很确定这孩子是在和自己说话。这个孩子与众不同。

她对这一切都感到很满意。她很庆幸一切是如此与众不同,就算自己死后,一切依然多姿多彩。

斯特尔作为一名采摘工,非常善于利用各种材料。她从雅克那里得知他可以找到什么材料,然后做出了一个推车,如此一来就可以将斯特尔送出龙巢。只要她离开龙巢就万事大吉了,因为她的部族在附近有个信标点。

收集材料并不是什么难事。他们分工合作,斯特尔负责调和树汁,雅克加工木头。

斯特尔问:"你是怎么进了龙巢的?"

雅克一时语塞。斯特尔看出自己的直率、说话时的大嗓门和人类特有的交流方式,这让雅克难以应对。

"安缇发现我的。"

"在哪儿发现了你?"

"在一个辐射区附近。"

"你爸妈为什么不阻止她?"

雅克犹豫了一下,说:"他们当时不在附近。"

"没人来找你?"

"当时周围没人。"

斯特尔恼火地摇了摇头:"你当时多大?"

"我当时还小呢。"

"到底多大?10岁?"

雅克耸了耸肩。

"不到5岁?"

雅克看着自己的手说:"我当时发烧了。"

"好吧。但是——"斯特尔突然停住。她睁大眼睛,激动地拍着地面。"等等!你从城里来的?"

雅克向后缩了缩,但是他不想撒谎,于是说:"是的。"

"你从着陆区来的?真的?你在城里长大?"

"对。"

"哦,天哪!"斯特尔说,"哦,天哪!我们听说他们把人送出城,但没想到送出来的是老人和婴儿。"

雅克抓着一块木板,指节都变白了。他很想对着斯特尔大喊,但还是压低声音说:"当时我的病情很严重。"

"所以他们把你们送出来等死?为什么?节约食物吗?"

他说道:"当时食物不够吃。"

"天哪!哎哟,我的天哪!"

雅克用力把木板往地上一扔。木板撞击地面的声音终于让斯特尔回过了神,满带愧疚地看着他。

"哎呀,对不起。"她说,"我也不该提起这事。"

雅克耸了耸肩,又拿起一块木板。

斯特尔说:"我觉得,也许我应该告诉你,他们都死了,食物和辐射问题越来越严重,城市里的人都死了。有些人离开了城市,但还有些人到死都留在了城市里面。很多离开城市的人也死了。他们当时病得很重,也不知道如何找到其他部族。我们当时确实想帮他们,而且也做出了努力。"

她停顿了一下,观察雅克的反应。雅克说:"我知道了。"

"我觉得……也许……这也算报应?……"

"我有个弟弟。"

"哦,好吧。"

雅克什么都没说,用自己的沉默终结了这场对话。斯特尔坐卧不安,脸上写满了难受。

她最后终于受不了了,抢先说道:"其实整件事情想起来都很奇怪,一艘飞船从火星一路飞了这么远。那可是另外一颗星球!然后那艘船变成了一座城市,这座城市一直存在了足足500年。我的意思是,这可真是太古老了!然后,出现了一场风暴,地下的老式引擎出了点儿问题,然后引发了爆炸,最后没人能住在那儿了。虽然一直有人尝试在那里定居,但他们都死了。你不由得会想:还有什么不会被摧毁?还有什么会忽然被炸上天,让你一无所有?"

"当时发生了一场地震。"

"啊?"

"当时是发生了一场地震,不是风暴。"

"哦,你还记得啊?"

雅克耸了耸肩。

"所以,原来如此。龙群发现了你,然后把你带到了这儿?"斯特尔问道。

"只是安缇一条龙而已。这些年来,是她照顾了我。"

"它是在你被扔进发酵坑之前还是之后才开始照顾你的?"

雅克问:"你能闭嘴吗?"他想让自己的语气听起来非常冷酷,但实际上他的语气听起来却波澜不惊。"她救了你的命,不是吗?这难道不才是重点吗?"

斯特尔闭上了嘴,把所有想说的事情憋在心里。她低着头,尴尬地说:"我犯了个愚蠢的错误。我就不该被救。大家都提醒我要小心一点儿。"

"也许你是该小心一点儿。"

"你说得对。"她说道。她清了清喉咙,然后大声说:"好吧,我来这儿也不是坏事,我可以救你出去。"

"我哪儿也不去。"

"我觉得你没有选择。你认识的每一条龙最后都会死。新的龙可能不会喜欢你。"

雅克咆哮道:"人类对我来说也是新鲜玩意。非常新鲜,陌生,这辈子头一次见。"

"对,但是新的龙不会喜欢人类闯进龙巢。我们不会因为你看起来不像部族里的一员,就把你杀了。"

雅克抿着嘴说:"前提是你们有充足的食物。"

她停顿了一下:"好吧,说得对,行吧,人类有时候确实很可怕。但是我向你保证,我们的部族会接纳陌生人。只要你想,完全可以和我们一家待在一起。我们有个空床位。我的兄弟——"

斯特尔第一次感到了挫败感。这不仅仅是感到尴尬那么简单,她感觉到吞下了一个活物,而且这东西正顺着喉咙往下滑。

她用手背擦了擦眼睛:"好吧,反正有个免费床位。"

雅克想到了安缇、龙巢,还有自己努力不去想的那些人。

他的喉咙一阵疼痛:"谢谢你。真的很谢谢你。但是我住在这里。"

"他们会杀了你。"

"不,他们早晚会了解我。"

斯特尔不顾雅克的反对,凑上去说:"我们可以去找你的弟弟。也不是所有人都死了,这说明咱们还有机会!我知道你一定想找到他。我了解你的感受。你不能留在这儿!"

斯特尔满脸通红,腿上的伤势让她脆弱不堪。她几乎要为雅克哭了出来。她可是雅克这么多天来,见到的第一个人。

雅克撒谎说:"好吧,我和你走。"

女王已死。采集者通过压抑的寂静就能知道这一点,从龙巢中心传来的气味也能证明这一点,老女王一边发出最后的咆哮——这是收集者的女王——一边无力地对抗着刚刚蜕皮的战士们。这都是她的女儿。

这就是龙的世界。这就是生活。新女王会吃掉老女王的尸体,变得更大更强,然后开始产卵,最终有一天也宣判自己的死刑。

收集者安缇知道事情会变成这样,她和最后还活着的姐妹们待在一起,她的眼睛已经看不清了,她的翅膀残破不堪,她的女王已经死了。她一直以为自己会在为新一代服务的过程中死去,她的尸体会被清扫者分节,然后变成新一代的食物。即便是死了,也可以为龙巢效力。她从没有积极期待这一天,也没有希望这一天早点儿到来,但这种结局却是非常合理、毫无争议的事情。

她完全没有想到会如此孤独。

她从没想到自己越发僵硬无力的关节会如此疼痛。女王的消失对她而言犹如一道雷击,又或者说是一种痛苦的、令人震惊却又让人感到空虚的沉默。刚刚蜕皮的新一代龙包括负责战斗的龙,在巢穴中巡回照顾龙蛋的保姆,后者的数量虽然不多,但每天都在增长。这些龙的味道非常熟悉,但对她而言却非常陌生。

它们通过摩擦后背和低沉的歌声相互交流。但是它们无视收集者，就好像它完全隐形了，没有发出任何声音，更没有任何气味。她这样还不如死了。

从某种意义上来说，她已经死了。

她已经为姐妹们竭尽全力，甚至也为新一代的龙做了不少事。现在已经没什么可做的了，更没有什么理由继续活下去。

她已经为那个孩子做了能做的一切。新一代的武士龙在保护龙巢和新女王的时候非常狂热。但孩子已经在龙巢里生活了很久，身上的气味也和龙差不多。最糟糕的结果，就是被龙群无视的新一代的保姆龙可能会给他喂食，但收集者安缇已经准备了大量食物，足够这孩子坚持到新一批龙站稳脚跟。她希望到那时，龙巢会接纳这个孩子的存在。

在很久以前，当孩子还很小的时候，她会用翅膀夹着他走来走去，那样子就像一条保姆龙夹着一条幼龙。哦，这孩子曾经和幼龙一样可爱。他那么奇怪、柔软，有的时候和龙没什么区别！她把这孩子带进龙巢，远离他的同类，这是否是个错误？这孩子当时非常幼小，一个人在荒野中哭个不停，如果当时丢下他不管，可能早就死了。而且他离开自己的巢穴太久，就算是回去，也有可能被排挤。

死亡和孤独，到底哪个更可怕？收集者开始认为孤独比死亡更可怕。

但是，不管他有时候看起来多么聪明，这孩子到底不是龙。而且，收集者还为他带来了一个同类。她曾经担心，新来的人可能会伤害这孩子，甚至会杀了这孩子。但到目前为止，新来的人只是显得机警而多变，并没有做出任何侵略性的举动。这一点很好，很有希望。

她已经竭尽所能了。她希望自己所做的一切，可以让这孩子不会觉得孤独，当这个龙巢，这片森林，这个世界，乃至这个宇宙忽然死亡，陷入沉寂之后，这孩子也不必感受这种空虚。他的存在没有任何价值，非常痛苦，也没有任何意义，非常无趣，而且让人感到疲惫。

几个新生代武士龙从她身边走过，它们完全不在意她的存在。在这几只武士龙的下巴上，可以清晰地看到老女王黑色黏滑的血液。

太累了，她实在是太累了。

雅克把手推车推进了废弃的走廊，当推车因为地板上的凸起和沟壑而颠簸的时候，斯特尔不禁抱怨起来。走廊墙边躺着一些东西，雅克坚持目视前方，但从眼角余光还是可以看到翅膀、四肢，甚至若干条龙的完整的尸体躺在地上。

他们来到一间非常明亮的外层大房间，阳光透过天花板上的窗户照进了房间里。斯特尔不禁发出了一声惊叹，向着最近的窗户伸出了手。雅克笑了笑，将手推车推向那扇窗户。

翅膀扇动的声音让两个人吓了一跳。雅克反应迅速，立即停下了手推车，但无意间还是狠狠晃了一下斯特尔。

一条龙用爪子稳稳地扣住地面，从另一头的出口进入了房间。这是条非常健康的武士龙，她有红色的眼睛，而且雅克从没见过她这么有光泽的红色鳞片。这条龙的鳞片上没有任何缺口和变色，雅克在龙群中长大，从来没有注意过类似的问题，但现在老一批的龙都不见了，这个问题就变得非常明显了。

这条龙尚未发育成熟的头冠偏向一边，只有部分发育到位。双层的眼睑没有完全分开，就算是睁开双眼，眼睑也不能完全收缩。

斯特尔收回手,向着雅克缩了缩,说:"该死。我可不知道龙居然长这么快。"

雅克大喊道:"没事,别担心。"

"真的吗?"

这条武士龙低下头,眯着眼睛打量着二人。龙的尾巴竖了起来,脊椎舒展伸直,重心放在后腿,前爪的肌肉绷紧,做出一副准备攻击的架势。

当雅克还是个小孩子的时候,一条陌生的武士龙进入了龙巢。在之后的几周里,他的梦里都充斥着龙巢里武士龙愤怒的叫喊。又经过了一段时间,雅克已经忘了具体时间,这种情况有可能持续了几个月,他终于将那条侵入龙巢的武士龙,像破布被撕碎的画面一样忘得一干二净。当然,比这更糟糕的是,负责清扫的龙将这条龙所有的尸块,小心翼翼地搬入食物储存室的样子。

雅克说:"真的,一切正常。"

他推着推车继续前进。推车发出的声音在空旷的房间内回荡。龙堵住了他们的去路,展开的双翼宽度最少达到了雅克身高的两倍。龙盯着二人,眼睑不停地动来动去,雅克认为这是困惑的表现。

雅克走到推车前,说:"你认识我。"

龙叹了口气,看上去非常困惑,但已经稍稍后退,似乎平静了几分。

雅克满意地看了看斯特尔,然后走回推车后面。龙低下头,眯着眼睛看着新来的人。龙的鼻翼开始扩张,发出带有警示性的低沉轰鸣。

斯特尔说:"完了,完了,完了。"

雅克再次走到推车前面。他甚至没花时间去研究武士龙的反应,只是推着推车原路返回,希望自己只要不离开龙巢,眼前的龙就不会继续挡路。这条龙还很年轻,现在可能很困惑。

雅克问:"龙还在跟着咱们吗?"

斯特尔扭过脑袋搜索了一番,然后说:"……没。"

"很好。"

雅克看到墙上有一道缺口,就把手推车推了进去,然后将手推车掉了个头。

斯特尔说:"那龙刚才在闻我们的味道,看看我们是否属于这个龙巢。"

雅克怒气冲冲地说:"你看吧,我很安全。"

斯特尔本想压低说话的音量,但最后却吼了出来:"你可能比较安全!这都是暂时的!"

雅克盯着她。

"你是不是觉得这样就可以留在这儿了?"她问道,"万一气味消散了呢?万一你身上的气味,完全是因为和安缇一起生活的结果呢?"

"我不知道!别问了!"

斯特尔继续说个不停:"那我怎么办?我是不是死定了?先是一条龙闻了闻我的味道,接下来就是要被撕碎?我的意思是,龙能认出你,还真是一件好事。但是,我他妈的到底该怎么办?"

雅克深吸了一口气,将推车推回走廊:"我猜这就是为什么安缇把你扔进发酵坑的原因。"

"我们还得回发酵坑吗?"

"有可能,但我不知道从这里该怎么回发酵坑。"他推着车,选择了通向右边的岔路,"我真希望安缇回来了……"

收集者倒在地上——她自己也不知道具体位置。她没有足够的力气选择位置,确保自己的尸体不会挡道,又或者能减少清扫者的工作量。当然,这时的清扫者应该是新生一代了。

她并不在乎。眼前的一切都是灰蒙蒙的,周围到处都是微弱的噪声,她已经无法完全闭合自己的眼睑了。除了肌肉和关节的疼痛,她能够感觉到的只有下巴下面冰冷钢化的地板,脚下的石头和泥土。她一生都没考虑过这些东西,但现在这些就是世界的中心,乃至是她的整个世界,也是唯一可以提醒她,自己的一生除了疼痛别无他物。

她已经准备好迎接死亡了。她以为只要接受自己将死的事实,然后等待就好了。但是,死亡似乎并没有打算理解接受她。不幸的是,她还没有足够的力量去死。

她灰暗的视野中突然出现了黑影。有什么东西抚摸着她的鼻子,这感觉非常温暖,而且气味也非常熟悉。

是那孩子。她可以闻到孩子的呼吸所透露出的焦虑,当他非常沮丧的时候,眼睛里会流出带咸味的液体。一切正如她发现这孩子的那天,这孩子是如此的渺小和孤独。

那个新来的人在哪里?她伤害了这孩子吗?所以他还会在这儿哭个不停,声音和气味中都写满了不高兴吗?

收集者努力眨了眨眼,品尝着空气中的气味。这孩子就跪在自己身边,一个前爪搭在她的鼻子上。当这孩子还很小的时候,收集者为了保证他的体温,会用自己的胳膊抱着他,这孩子就会抚摸她的鼻子。新来的人坐在——又或者蹲？——孩子的身后，收集者实在是看不清了。

但新来的人并不是这孩子焦虑的原因。

收集者才是这孩子焦虑的真正的原因。啊，这个可怜的孩子。"该死的龙。"她想说话，但却说不出来，只能发出微弱的呼吸声。

她的姐妹们都死了。她的女王也死了。这孩子是世界上唯一关心收集者的人了。

在这孩子的一生中，起码从收集者在山坡上发现他那天起，她是唯一关心他的人。而现在，她也要和这个孩子永别了。

她用自己最后的力气抬起了头。她的脑袋只抬起来了一点点，这高度刚好可以用自己的脊刺，碰一碰孩子湿润的脸颊，让他用前爪摸摸自己的下巴。孩子发出了更多的叫声，新来的那个人也凑近了一点。那孩子和新来的人说了点什么，后者也伸出了前爪。

收集者的呼吸越来越微弱，她试图借助石头的震动，用自己的语言进行交流。这实在是太难了，但勉强说出来一个词：继续。她知道这孩子不会理解，但还是尽可能清晰说出了这个词：继续。

这孩子用两只前爪抱起了她毫无知觉的前爪。他用力地抱住收集者的前爪，就好像通过某种方式，明白了她刚才说的话。孩子身边的新人伸出手，轻轻摸了摸收集者的一根脊刺。很好。

很好。

收集者的视线越来越暗，最终看到的只有灰色和黑暗。

雅克看着安缇的尸体，一动不动。几周来的疾病和饥饿拖垮了她的身体，但至少她在死时尸体还是完整的。其他龙会把她的尸体撕碎。而雅克什么都做不了。

斯特尔说："龙可以活几个世纪。她可能有500岁了。她几乎和着陆区一样老。她可能还见过最早在那里生活的人类。"

雅克放开安缇的爪子，将她的前肢放在地上。

新生一代的清扫者已经注意到了这具尸体。万幸的是，她们先把尸体拖进了走廊，然后才开始肢解工作。雅克努力不去听肢解时的声音，但是通过双手放在地上接收到的震动，他还是可以听到尸体组织被撕裂时发出的声音。斯特尔抱住雅克，试图安慰泣不成声的他。

清扫者们完成了工作。一开始还可以听到龙走动的声音，然后就什么都听不到了。

雅克从斯特尔的怀抱里挣脱了出来。

斯特尔说："你想哭就继续哭吧。"

他耸了耸肩。

一条收集者走进了房间，完全无视了他们二人。龙看着堆在墙边的货物困惑不解，仔细检查了每一件货物，尾巴在身后摆来摆去。安缇的工作就这样被接管了。

"我不想催你。"斯特尔小心翼翼地说，"但是我们不知道我的味道能持续多久。我们必须快点儿离开。"

雅克擦干脸上的泪水，说："我们现在就可以走了。"

"你确定？"

"是的。"

"我能问你点儿事情吗？"

雅克耸了耸肩，说："行，说吧。"

斯特尔的手指敲打着推车的边缘，说："你可别生气。"

"好。"

"不不不，我可是认真的。你可别生气。好吗？"

雅克直视着斯特尔的眼睛，然后说："好吧，没问题。"

她说道："求你了，和我一起走吧。我可不想让你死。"

500年前，在着陆区用飞船改造而成的城市里，一个老妇抬头看到一条龙在空中翱翔。龙多彩的鳞片在阳光的照耀下，反射出淡紫、深蓝和紫罗兰色。

在他身后，其他殖民者聚在一起大喊大叫："那是什么？""把扫描仪给我。""该死！该死！""快进掩体！""这东西怎么飞起来的？""我们应该回家！""怎么回？我们甚至没法返回飞船。""它们会把羊吃光！"

她的儿子摇了摇头说："该死……是龙！"

老人看着龙翼在早上阳光下反射的光芒，说："我觉得它们挺好看的。"

7年前，一个8岁小孩在黑夜中打着哆嗦，饥饿啃咬着他的胃，高烧如烈火般摧残着他的关节。断断续续的记忆像玻璃碎片一样，在他的意识里不断穿梭：当自己被抓走时，弟弟和父亲发出的尖叫；有人觉得他活不下去了，就在他肚子上踹了一脚；当他们熄灭灯笼，将他一个人留在原地时突然的闪光。

在晨光和梦境的交织之下，一个黑影逐渐靠近，这一切看起来更像是一场幻觉。这个黑影嘴里不停嘀咕着："那是什么？

那是什么？这东西怎么飞起来的？"

而现在，出现了一个姑娘，她长着短鼻子、可笑的耳朵，家里有一张空床位，而且知道丧失亲人的痛苦。

雅克说："我和你走。"

当他们向龙巢外前进的时候，脚下的石头嗡嗡作响：万物皆亡。我们生生不息。

小鸟的请求

托德·麦卡弗里

托德·麦卡弗里12岁时写了自己的第一部科幻小说,自那之后就时不时推出新的作品。作为一名《纽约时报》的畅销作家,他已经撰写了超过12本书,众多短篇小说和一部影视剧本。他的作品包括《伊蕾》、平行历史小说《蒸汽行者》、第一类接触题材①故事《木星游戏》。在2016年,他和"获奖双子"布列塔尼和布莱恩,共同组织了"麦卡弗里胜利者"小组。他们共同创作了《双魂》系列,这个系列小说的第一部是《冬日飞龙》,现在这本书和其他12本书已经出版。

精卫命令自己的胃安静一点儿。只要有机会,她会第一时间吃东西。但她的胃却响个不停,精卫无奈地看了它一眼:"你这倒霉的胃!我不是说了吗?有机会我一定会去吃东西!"

但是,她的胃还在响个不停:"但是我现在就很饿!"

精卫摇了摇头,继续前行,她相信自己的腿过不了多久也

---

①第一类接触指的是人体部分触及UFO上某一东西,或目击触及遗留痕迹。与外星人进行直接接触,看清了UFO,特别是看清了其中载的类人高级生命体。

会开始抱怨。它们也许会说:"我们已经走了太久了!"

精卫告诉自己的身体:"现在不论是你还是我,都不该抱怨。"她继续前进。脚下的小路向高处延伸,也许这是一件好事。

精卫不是村子里体形最大的人,毕竟自己名字的来源就是一只小鸟,但她是唯一可以承担这个任务的人。她是唯一可以离开村子的人,其他人不是在和恶魔战斗,就是已经死了。

她重复着自己要说的话:"哦,大师们!请听听我的请求吧!恶魔正在攻击我的村子和山谷,没有你们的帮助,所有人都会死!"

她擦了擦眉毛上的汗水,告诉自己说:"不,这还不够好。"空气中弥漫着蒸汽,但这也好过破坏装甲的冰雹和恶魔的酷刑,后者可以让最勇敢的人发出惨叫。当然,恶魔喜欢听人类发出的惨叫,这可以让恶魔感到兴奋。

刘德曾经警告过大家不要哀号,但是大家对她的话完全不在意。当她被冰雹砸死,尸体被人发现躺在水沟里的时候,大家说:"你们看!这巫婆死了!她完全不是恶魔的对手。"为什么他们不会说:"啊,我们真是群傻瓜!她是个多么聪明的女人,我们没有听她的话!"精卫不知道这到底是怎么回事,也许他们真的是群傻瓜吧。

村子里最后一位女巫和庄稼都化为乌有。然后,仿佛是为了庆祝这两件事,冰冷的冰雹停止了,燥热的高温接踵而来。整个村子的天气从冰冷潮湿瞬间转换到了干热。

村民们饱受饥荒的折磨,整个山谷被死亡所笼罩。恶魔正在节节获胜。很快,它们就可以在那些太过虚弱以至动弹不得的村民身上大快朵颐了。

精卫必须带回援兵。她曾经尝试说服其他人和自己一起出发,她哀求过自己的挚友美星和自己一起出发。但是美星太害怕了。她盯着地面,小声说道:"我爸妈不让我和你玩。"

精卫大喊道:"我才不想玩呢!我想让你和我一起走,这样才能从恶魔手里拯救咱们的村子!"

"如果不能玩,我又为什么要和你走?"美星生气地问,"我爸妈说没有恶魔,完全是天气问题。他们要向春神祈祷,寻求帮助,然后咱们就有救了。"

"美星,我见过恶魔了!那些恶魔和刘德描述的一模一样!"

美星皱着眉头说:"我爸妈说刘德是个疯子。她是天下最疯的人,所以晚上才会掉进水沟,摔到脑袋,然后被淹死。"

"在她的尸体旁边,有一个拳头大的冰雹!"精卫无法相信,自己的朋友还没有发现这一点的重要性。"是那块冰雹杀了她!恶魔之所以用冰雹杀她,是因为她太了解恶魔了。"

美星默默听完了这一切。最后,她重复道:"我爸妈说不能和你玩。"

男孩子们也没有跟着精卫出发,但她之所以寻求男孩子的帮助,完全是因为大家说小女孩不该一个人远行。

"你个傻丫头,滚!"张晨大喊一声,从干枯的河床里抓出一块冰冷潮湿的泥巴扔了过去。精卫个头很小,但是动作很快,很轻松地就躲开了飞过来的泥巴。

杨定邦满怀歉意地说:"我要帮爸妈做农活。"

精卫惊讶地问:"你这名字难道不就是保家卫国的意思吗?你为什么不帮我?"

杨定邦惘怅地耸了耸肩:"一个名字罢了。"他吹了个口哨,对着精卫笑了笑,"快飞吧,幼鸟!"

精卫纠正道:"是小鸟!用词要准确,你个笨蛋!"

杨定邦笑着说："快飞吧！"

到头来，精卫并没有飞起来，但是她完全能想象，如果自己的双臂变成翅膀，它们会怎么抱怨：我都把你送到这么高的高空了，你居然不给我弄点吃的？这也太可怕了吧？

万幸的是，精卫只有一双胳膊，而且它们的抱怨……不是很多。

山势太陡，路上树木丛生，精卫不得不手脚并用往上爬，所以没过多久，她的双臂也开始抱怨了。

精卫反复告诫自己，我不会哭！我不会放弃！但她的双腿已经快坚持不住了，胸口不停起伏，胃里感觉长出了个大洞。

再走一步，再走一步。

随着精卫越爬越高，空气越来越稀薄。她浑身颤抖，终于离开了茂密潮湿的林带，浑身上下大汗淋漓。现在周围的树越来越少，也没有底层植被可以阻挡她的步伐。现在，陪伴她前进的只有周围的乱石和从树顶的缝隙漏下来的冰冷的雨水。

但是胜利就在眼前！她可以看到高处的山口和两侧的大山。很快她就可以看到山口另一边的景象了。精卫知道，这次终于可以到达目的地了。

哦，大师们？请听听我的请求吧！恶魔正在攻击我的村子和山谷，没有你们的帮助，所有人都会死！

精卫到达了山顶，到达两座山之间的最低点，停下脚步打量着下方的景色。

这一切太美了，山谷在她脚下不断延伸，目之所及都是繁茂的草地和大树。

精卫心里一沉，这条山谷和之前3条山谷没有任何区别。

她必须穿过眼前的山谷，继续翻越远方的大山。一想到这一点，她的双唇就颤抖起来。难道自己就要一直走下去吗？

她强迫自己继续前进，寻找任何可以吃的东西。

当她穿过最低点，准备进入山谷的时候，眼前突然出现了一个物体。这是一头狮子，完全可以吃掉精卫。

狮子坐在地上，默默地打量着她。这是一只雌狮，精卫通过有无鬣毛就可以判断出来。当刘德讲述那些遥远的地方和奇怪的生物时，曾经说过："雄狮的鬣毛总是竖着，就像孔雀一样！"

精卫心里暗想，还好没遇到一头大象。而这世界仿佛是在捉弄她，狮子的身后出现了一个更加庞大的身影。她看到了巨大的耳朵，听见了沉重的脚步声，这一切不禁令她瞪圆了眼睛。有天晚上放哨的时候，刘德曾经告诉过她："狮子有能力的话，就会吃掉大象。但有的时候，它们会成为朋友。"

朋友。这两个字在精卫的小脑瓜里转个不停。她开始向前走去，双手贴在身体两侧。她看着大象，又看了看狮子。

精卫说："这里只有我。我是一个来自山村的小姑娘，恶魔正在攻击我的家乡，我需要从神迹洞里搬救兵。"

狮子向她走了两步。大象也往前走了两步。

"我听过一首关于你的歌，"精卫努力控制自己的心跳，让呼吸不要那么急促，"你想听听吗？"

狮子又往前走了两步。

精卫舔了舔嘴唇。

"狮子，狮子，眼睛亮亮，
你在晚上看什么呢？

大象，大象，身在远方，
你又在听什么呢？"

一狮一象对此毫无反应。

"行吧。"精卫说，"这歌是我现编的。"她看了看狮子，"你喜欢这首歌吗？"

狮子又向前走了两步。

"我家姓李，家里给我起名叫精卫。我为了拯救被恶魔围攻的村子，走了很远。"精卫双唇抖个不停，她看着狮子，"我就是个小姑娘，都三天没吃饭了。你要是想吃我，我可没多少肉。"她看了看大象，"我不知道你是长这么高的，但是你走一步的距离比我跑得都远，我是真的很嫉妒你。"她看着自己的腿，指了指说："我这小腿和木棍一样。现在走了这么远，我的腿都累坏了。"她又看了看眼前的两头野兽，泪水在眼眶里打转，"但是你们难道不知道我的村子需要帮助吗？我是唯一能看到恶魔的人。其他人都已经迷失自我，向着错误的神祈祷，又或者放弃抵抗准备受死。"她吸了口气，"求你们了，就不能让我过去吗？可以让我找到神迹洞吗？"

狮子退到一旁，大象向前走了几步。精卫两眼睁得圆圆的，惊恐地看着大象距离自己越来越近。她惊恐地闭上了双眼。

"求你了！我要去拯救村子！"她因为恐惧而大喊道。狮子发出一声咆哮，精卫打了个哆嗦。她听到狮子向自己走来的脚步声。

精卫心里做出了决定。她睁开眼睛，身体放低，双手摆在身前，做好了战斗的准备。"你要是吃我，那我就把你的内脏挖出来。"她咆哮道，"我会从你的肚子里钻出来，把你撕碎，然后再去找神迹洞,拯救我的村子。"

狮子说:"你也可以爬上我的肩膀,然后我把你送到我朋友的背上。"

虽然精卫吃了一惊,但还是执行了狮子的指示。她舒舒服服地坐在大象宽阔的后背上,让它驮着自己,向着山谷深处走去。狮子发出一声咆哮,消失在森林之中。那声狮吼很有可能是狮子的笑声吧。

精卫惊讶地自言自语道:"那狮子说话了。我不知道狮子居然会说话。"

大象说:"狮子不会说话。只有恶魔会说话。"

恶魔?精卫开始思考这到底是怎么回事。她问:"狮子去哪儿了?"

大象说:"狮子去给你找点儿吃的。"

"如果恶魔可以说话……"

"对。"大象说,"我就是个恶魔。"

我骑在恶魔身上!这让精卫感到头晕目眩。她坐在大象的背上,努力缩成一团,等待着死亡的降临。她泪流满面,但是没有哭出声,因为她不想让恶魔知道自己被完全击溃。

精卫听到一阵柔软的声音,回头看到狮子站在自己背后,嘴里叼着一个柳条筐子。

"你得吃点儿东西。"狮子说完就把篮子放在精卫身边。

"然后你就吃了我吗?"精卫满心绝望,只能小声说道。

"你要是没有完成自己的使命,我当然会吃了你。"狮子承认道,"但是,你只有吃了东西才有力气。你的旅途很长,眼下的路是最长的。"

"眼下的路?"

狮子说:"我的意思是,山洞里的路。你不是来为你的村子搬救兵吗?"

精卫承认:"确实如此。"她忽然提高警惕,问道:"但是,你是个恶魔,又何必关心我呢?"

狮子说:"不是所有的恶魔都是一个样子。人类不也是如此吗?"

精卫对此表示同意,缓缓说道:"你是对的。"她的肚子发出咕噜声,狮子又笑了起来。

狮子把篮子推到了她面前说:"吃吧,幼鸟!你饿着肚子,对谁都没好处。"

精卫漫不经心地纠正道:"是小鸟。"她看着篮子和里面的东西,说:"这食物都下毒了吗?"狮子摇了摇头。"难道还会有圈套?"

狮子说:"对人类完全无害。这是姜丝鸡肉盖饭。"

"有蒜吗?"精卫小心地抓住篮子的把手,将篮子拉了过来。

狮子说:"当然有蒜。还有新鲜蔬菜,"狮子把篮子又向着精卫推了推,"还有热茶呢。"

精卫打开篮子里的裹布,发现里面的东西和狮子说的一模一样。

精卫小声问道:"狮子,我该怎么称呼你?"

"我就是头狮子,你何必这么问?"

"恶魔都有名字,而我也不是没礼貌的人。"精卫淡淡地说。

"哦,好吧,有礼貌的小孩子。你可以叫我ATO夜莺。"狮子回答道。

"ATO?这是日本名字吗?"

"这是个很古老的词,现在已经没有任何意义了。"狮子张着大嘴，露出一口白亮的利齿。"ATO 就是战术副官的意思。"

精卫问："那很重要吗？"狮子摇了摇头，她继续问："起码对你来说重要吗？"

大象用低沉的声音说："确实很重要。她从没有让我忘记这事，那可是 1000 年前的事情了！"

"那么，我好心的大象，我该怎么称呼你呢？"

"小家伙，我叫 PO 骑士桥。"大象回答道，"PO 的意思是军士，也就是说，作为上尉的战术副官军衔比我高。"

精卫说："所以是她指挥你？"大象上下晃动着自己的大脑袋。

狮子——也就是 ATO 夜莺——说道："哎呀，布兰登，我确实会寻求你的意见。"

大象说："哦，咱们又开始互相称呼彼此的名字了，宝拉？"

狮子什么都没说，而是若有所思地看着精卫："吃吧，孩子。咱们很快就到了。"

"我之所以问你们的名字，是因为我觉得应该感谢你们帮助我这么一个不起眼的小东西。"精卫低下头，脑袋顶着大象背部粗糙的皮肤。"我，李精卫，谢谢你们准备的这顿好饭。"

大象用低沉的声音说道："先尝尝，然后再说谢谢。"

狮子说："小东西，别客气了。快点吃，饿着肚子怎么过日子。"

精卫又鞠了一躬，盘腿坐在大象的背上打开布包，把食物放在面前。米饭装在单独的一个碗里。茶水装在一个奇怪的容器里，容器上面还有一个杯子。鸡肉、姜、大蒜和蔬菜装在一个单独的容器里。她看到一些奇怪的金属物体，但很轻松就找到了一双做工精湛的筷子。

她喝了一口茶——太好喝了！然后激动万分地将姜丝鸡肉倒在米饭上，痛痛快快地吃了起来。

精卫打了个嗝，瞬间羞红了脸，她不知道这样在这些动物朋友面前是否太粗鲁，又或者是应该好好称赞一下这顿饭。她拿起茶杯，向着狮子和大象致敬，然后将剩下的茶水一饮而尽。

她很平静地说："我做好受死的准备了。我的胃对这最后一餐表示感谢。"

狮子说："别这么急着准备自己的葬礼。整个山谷非常宽，我们还要好几个小时才能送你到神迹洞。"

精卫惊喜地问道："你去过那儿吗？他们会让动物进去吗？"

大象笑了笑说："想阻止我们可不容易。人类也是动物呀。"

精卫问："是吗？我们和鸡、猪一样？"

狮子责备道："老人和婴儿的差别也没多大。"

"恶魔也是人类吗？"

大象说："这就要取决于恶魔了。"

狮子说："大多数恶魔不是人类。它们都是从玉帝号里出来的。"

精卫说："你是说玉帝控制着我们的星球？"

大象哼了一声，狮子露出一脸饶有趣味的表情，她琥珀色的眼睛闪闪发光。

狮子承认道："可以这么说。"过了一会儿，她说道："你知道你是怎么来到这个世界的吗？"

精卫红着脸说："我爸妈想要个孩子，然后他们……"她已经尴尬地说不出话了。

大象大声说道："我没说这事！她问的是人类怎么来到这个

星球。孩子，你知道吗？"

"刘德说，很久以前，玉帝驾着会飞的马车穿过夜空，将我们的祖先带到了这里。"精卫很高兴可以换个话题，"但是，小恶魔和恶魔墨菲袭击了马车——"

大象大叫道："墨菲！就没人愿意可怜一下这家伙！"

狮子催着精卫："继续说。"

"然后马车撞上了群山。"精卫指了指远方，然后皱起了眉头，他们此刻就身处这片大山之中。

狮子完全同意她的说法："实际上，就是这里。"

"玉帝和其他神明都受了重伤，被大恶魔团团围住，但他们还是击退了敌人，将人类安置在这颗星球上。让我们永不遗忘他们的伟绩吧。"

狮子难过地说："我们要是能离开这儿，早就离开了。我们可不想和另一个智能物种开战。"

大象附和道："这是他们的星球。如果他们让我们离开，我们完全可以再找一个星球。"

"我们达成了和平——"

"哼！"

"——那我们将遵守它。"狮子说。

"但是人类忘了这事，开始大规模扩张。"大象说，"和平条约就这样被破坏了。"

"双方都破坏了条约，然后责怪另一方。"狮子说。

"你是说，我的祖先们犯了错？"精卫努力掩饰自己的惊恐，"我们居住的山谷，是他们从别人手上偷来的？"

狮子说："我们会弄清楚这事的。"

大象摇着头问："然后我们因为他们的行径，报复他们的后代?这是正确的处事方法吗?"

狮子问:"所以我们继续破坏和平条约?如果我们真的这么做,我们能活下来吗?"

精卫问:"你是个恶魔,不是吗?你怎么会死呢?"

大象难过地说:"我们和人类一样,也可以被杀死。我们的总数曾经达到好几百,大多数为了维护条约或者保护人类战死了。"

精卫问:"现在呢?你们现在有多少个?"

狮子低声说道:"不多啦。"

精卫睁大眼睛说:"就剩你们两个了?"

大象摇了摇头。

狮子说:"往上看。"精卫抬头看到一个巨大的黑影向着自己砸了下来。她尖叫一声,在大象的背上缩成一团。

狮子喊道:"沙巴兹!你没必要吓唬她!"

"但这太好玩了。"一个声音回答。

狮子说:"孩子,你可以抬头了。是沙巴兹。"

精卫睁开眼:"是只鸟?"一只巨大的鸟停在狮子的背上。而狮子就在精卫旁边,坐在大象后背上。

"是老鹰。"沙巴兹纠正了精卫的话,然后用鸟喙修整着自己的羽毛。

"你也是恶魔?"

老鹰呵斥道:"孩子,我不是恶魔。我和他们俩一样,都是人类变来的。"

精卫说:"那你还是个恶魔。"

沙巴兹抱怨道:"不过是用词差别而已。"

"但如果你们都是恶魔,那神迹洞里到底有什么?"精卫小声问道。

狮子说:"记忆。只有记忆。"

大象补充道:"还有力量。很多很多力量。"

老鹰说:"至少在船长回来之前是这样。"

大象说:"好像他会回来一样!"

狮子责备道:"军士!你不能这么说话!"

"我无意冒犯,女士,但这已经快 1000 年了吧?"大象说,"他们已经可以从这儿到地球跑至少 5 个来回了。"

老鹰冷静地说:"飞船受损了。"

狮子说:"飞船起飞的时候,恶魔发动了突袭,这可能让他们减速。他们有可能停船维修。"

"他们也有可能迷路了,再也回不来了。"大象说。

"我们在这件事上已经达成共识了,我看不出为什么要讨论这事。"狮子说。

"因为等待救援是一件事,照顾我们的后代就完全不一样了。"大象说。过了一会儿,他补充了一句:"女士。"

狮子难过地说:"我们还能怎么办?"

大象说:"桑斯 50 年前就死了。从平均律角度出发,我们不可能再坚持 200 年,到时候怎么办呢?"

老鹰对其他人说:"我们不该让一个孩子听到这事。"

"我的耳朵和你们的耳朵一样灵敏。"精卫向老鹰抗议。她凑到老鹰旁边说:"你的耳朵又在哪儿呢?"

大象说:"他没耳朵。所以说你的听力比他好。"

狮子烦躁地说:"那你的耳朵就是最好的了。总之,他说得没错。"

老鹰问:"有多少人从神迹洞里出来了?自桑斯之后,又有几个?"

精卫说:"在我的村子里,神迹洞是个传说。刘德曾经跟我说过这事,所以我才知道神迹洞的存在。"

"刘德又是谁?"

"她是个巫婆,我父母死后,她收养了我。"精卫说话时,努力让自己的声音听起来非常镇静。"她是我们村子里最后一个巫婆。"

大象说:"我告诉过你了,巫婆这个主意行不通!"

狮子问:"那你说怎么办?告诉村民我们是失事的宇航员的化身?"

"你先得解释什么是化身,然后再解释什么是宇航员,等你说完了,他们不是老死了,就是吓跑了。"老鹰说。

"你的话真不少。"精卫说道。她低下头,沉默了一会儿。"我的意思是说,最起码对我来说是这样。"

"瞧瞧这小宝宝,真会说话!"老鹰说道。

精卫发出了抗议:"我不是小宝宝!我就是个子小罢了。"

狮子问:"小家伙,你几岁了?"

精卫说:"我很快就要第六次看到第五个季节了。"

"那她就快7岁了,"老鹰停顿了一下说,"而且还是一个人走到了这儿。"

3个恶魔沉默了很久。最后,狮子说:"孩子,你该休息了。下次吃饭的时候,我们会叫醒你。"

"明天?"精卫惊讶地问。她从没想过神迹洞居然会这么远,虽然大象一步可以走这么远,却也要走很久。

狮子笑着说:"不。"

老鹰低头看着精卫,问道:"你一天吃几顿饭?"

精卫说:"一顿。"

大象说:"大多数人一天吃三顿。"

精卫大吃一惊:"吃那么多!那这些人长得多大呀!"

大象说:"啊,他们起码比你大,我可以确定这一点。"

狮子说:"休息吧。等你睡醒了,要是肚子饿了,我们就给你找吃的。"

老鹰说:"我来放哨。"

"记得留意我们的客人,"狮子说,"我不想让它独自待太久。"

"它?"精卫警觉地坐了起来。

大象嗡嗡地说:"你不是唯一进入山谷的人。"

"你抓了个恶魔?"精卫猜道。狮子点了点头,老鹰飞入高空,很快就消失不见。"你抓到了一个恶魔,但你没杀死它?"

狮子说:"你很难和一个死人对话。"

精卫满怀敬畏地说:"你还能和死人说话?"

大象说:"不,孩子,LT 在开玩笑罢了。"

"LT?"

"就是少尉的缩写,"大象解释道,"你不知道这个词吗?"

精卫小心翼翼地看着狮子,说:"国王的有些手下就叫少尉。"

狮子问:"你什么时候见过他们?"

精卫小声说:"他们替国王收税的时候,我见过他们。他们每年都来一次。有的时候,还会带走一些人去打仗。"

大象猜道:"而且你也不喜欢他们。"

精卫说:"每当他们来的时候,我们都不吃饭。还要把最漂亮的姑娘和最强壮的男孩藏起来。"

狮子嘀咕道："这可太棒了。"

"LT，你不可能照顾所有人，"大象说，"起码他们还有君主制。"

狮子同意大象的话："和我们的预计情况没什么区别。但是……"

大象说："女士，就像你说的那样，你不能和死人对话。"

精卫问道："有皇帝的话，情况会不会好一点儿？"

狮子耐心地说："船长绝对——"

大象说："确实会更好。"狮子眼中腾起一团火，但很快就熄灭了。

狮子说："睡吧，孩子，你需要休息。"狮子悄无声息地跳到了大象身边……然后钻进了丛林。"我来巡逻。"

大象说："她说得没错。你该休息一下。"

精卫缩成一团，躺在大象两肩之间，然后闭上了眼睛。

睡意如潮水般涌了上来，精卫陷入了神奇的梦境。

她听到了一个声音："你找到这个山谷了吗？"

狮子回道："距离我们的基地30公里。"

大象说："30公里，无论在哪个方向上，都在条约覆盖范围之内。"

老鹰说："如果是在东边，那就是前线了。"

精卫现在身处神迹洞内。周围的灯光就像是奇珍异宝，周围画像上的人物穿着奇怪的衣服。这里有几百个人，大多数人好像幽灵一般。为什么他们都是幽灵？

第一个声音问："那我们的客人呢？"

狮子回答:"我们还在尝试沟通,但是没有进展。"

第一个声音说:"这太奇怪了,之前的沟通没有任何问题。"

老爷说:"船长,我可以——"

"怎么了,布哈里大副?"

"我们还不清楚他们的组织结构,对他们的通信方式也不了解,"老鹰说,"这个恶魔有可能从来都没有学习过我们的语言。"

"这就意味着它根本不知道什么是和平条约。"船长说。

"正是如此。"老鹰附和道。

大象说:"这意味着局势完全不同了。"

船长说:"那么,'教育'观察者的计划似乎就失败了。"

"我不知道,长官,"狮子说,"我知道这是我的计划,但是我认为,这孩子说恶魔在攻击那个村子,这说明它们比我们预计的还要有效。"

船长说:"我不是在怀疑它们的有效性,少尉,我是在说它们的生存性。"

狮子说:"是,长官。我明白你的意思了。"

船长说:"我们只能把真相告诉个别殖民者。"

"长官,我们从来没有把所有的真相告诉他们。"老鹰说。

船长表示同意:"我知道。但是我们完全有理由这么做。"

"您的意思是说,如果我们告诉他们,最后的希望是取决于死掉的宇航员的化身,我相信他们绝对不会信我们。"老鹰说。

"但这不能改变现实,形势对我们越发不利,"大象说,"我们只剩下3个人,还不知道能撑多久。"

船长说:"你的意思是,我们得招募更多增援,从当地人中寻找补充人员。"

"从女巫和当地可以信任的人中寻找补充人员。"大象说。

老鹰说:"我觉得应该从年轻人入手,他们的脑筋更加灵活。"

船长说:"你是想从这个孩子开始。"

"她是上个世纪唯一到达山谷的人,"大象说,"如果我们要吸收新人,她是唯一的候选人。"

"那个恶魔除外。"狮子说。

船长冷冰冰地说:"对。留下那个恶魔也属于违反条约,少尉。"

狮子辩解道:"长官,我们还没有决定要留下它。"

"但是在我们可以和它沟通之前,我们认为放它走太危险了。"老鹰说,"毕竟,它知道我们的基地位置。"

狮子同意老鹰的观点:"如果我们丢掉了基地,就什么都没有了。"

船长说:"我同意。"

一个新的声音紧张地喊道:"长官,长官!"

"怎么了?"

"那姑娘——她可以听到我们!她要——"

精卫睁开了眼睛,刚才的梦还记得很清楚。"我们到了,对吧?"

"你是怎么——?"狮子问。

精卫问:"船长呢?"她打量着巨大的洞穴,这里的一切和梦里一模一样。只不过,这里没有幽灵,只有3个动物。她看到远处有一个蓝色的光球,球面上的波纹看起来就像是用石头打水漂时激起的波纹。她指着光球说："恶魔就在那儿，对吧？"

大象问："少尉，她到底是怎么知道这么多的？"

精卫无视大象的话，发现自己躺在地上，身下是一张柔软的毯子。她站起来，向着蓝色光球走去，然后伸出了一只手。

"等等！"

精卫说："我从没摸过恶魔。"她对着光球说："你就是杀了我的老师刘德的恶魔吗？"

老鹰说："不可能是它。在你到这里几周前，我们就抓到它了。"

精卫问："具体是几周？恶魔是大约两周前发动进攻的。"

"大约两周前。"大象说着，对恶魔点了点头。

"这个数据我们倒是没有。"沙巴兹对一脸惊恐的狮子说。

"所以，这个恶魔对它们很重要吗？"大象问。

"这怎么会不重要呢？它完全可能逃跑去通风报信。"老鹰补充道。

"是你杀了刘德吗？"精卫说话的同时，还看着蓝色光球内的黑影，这个黑影就是恶魔。她的表情越发严肃："我来给你说说刘德是什么人。我爸妈死了之后，她收养了我，她对我就像是对亲女儿。她让我知道了什么是狮子、大象和孔雀。她给我讲了巨龙的故事，它们可是天空中最强大的生物。她教会我如何观测群星，如何理解我们周围的美好。"

"然后，你们这些恶魔杀了她。"精卫说完，惊讶地发现自己流下了眼泪。"你用一块冰雹杀了她，把尸体扔在西维鼠草旁边的水沟里。"

精卫问道："你们恶魔都是这样的？一群杀手？你们在乎过我们吗？"

狮子缓缓说道:"孩子——"

精卫向后甩了甩手,摇了摇头,示意狮子闭嘴,她继续说道:"恶魔夺走了我的欢笑、我的快乐,只给我留下了泪水。"

恶魔在光球内变成了暗绿色。它究竟是在忏悔还是感到开心?

精卫对恶魔大吼道:"你想杀光我们吗?好吧。"她把手伸入光球,"那就从我开始吧。我现在什么都不是。你已经拿走了我的所有。"

"等等!"

"不!"

"少尉,她突破了屏障!"

大家对着精卫大喊,但她当时已经穿过了关押恶魔的屏障,并没有听到一个字。

"杀了我,"精卫看着恶魔变成的绿球,"因为我发誓要杀了你。你杀了刘德,你毁了我的村子。你该死!"

精卫的意识里突然出现了个声音:"生命。杀戮会终结生命?"

精卫说:"是的。"她不知道是怎么听到恶魔投射在自己意识里的声音。她走向恶魔,希望自己手里有把刀或者其他东西,可以杀死恶魔。刘德说,村里人没有可以杀死恶魔的工具。

恶魔继续向精卫投射自己的声音。有生命好。没生命不好。我们要更多的生命。

精卫说:"你杀了刘德。你们是要夺取别人的生命吗?"

恶魔说道:"有些恶魔确实如此。它们也很害怕。不知道。不想试。改变。"

"精卫?"能量屏障的另一头传来狮子模糊的声音,"你还好吗?"

精卫说:"恶魔在我的脑袋里说话。"

"是吗?"大象惊讶地说,"你能理解它的话吗?"

精卫大喊:"当然!"

"终结生命不好。生命永恒。终结……"

精卫发现恶魔在寻找一个词,但却怎么也找不到,于是只能说:不是生命。

精卫说:"当你杀人的时候,人就永远死去了。"

"永远死去,杀人?"恶魔的声音又传入了精卫的脑袋。在精卫看来,恶魔以为当精卫杀了自己的时候,自己就会永远死去;当恶魔杀人的时候,人就会永远死去。

"永远死去。"精卫附和道。

"永恒就是当下。"恶魔说。

"你这愚蠢的恶魔!"精卫大喊一声,向着恶魔冲了过去。她打在恶魔身上,然后向后飞了出去,有什么东西咬了她一下,让她感觉皮肤上有奇怪的感觉。

狮子大叫道:"它刚才说什么?"精卫清楚地听到了狮子的声音。

精卫重复道:"它说'永恒就是当下'。"

老鹰说:"这完全没道理啊!这怎么可能呢?"

大象说:"听起来蛮有禅意的,类似于万年一瞬。"

狮子问:"它还说什么了?"

大象问:"你为什么向后飞了出去?"

老鹰问:"你还好吗?"

"它说了很多关于生死的东西。"精卫说,"我向后飞出去,是因为它咬我。我现在要杀了它。"

"咬你?"狮子重复道。

"我们检测到突然暴涨的静电读数,它可能就是对你发动了一次电击。"老鹰念出了数据报告。

"你为什么不杀我?"精卫舒展着手上最疼的地方。

"生命永恒。不能杀。杀是永恒。"

"生命并非永恒,"精卫说,"人总会死。"

"我们不是人。"

"我们杀了你。我知道我们可以做到这一点。"精卫怀疑自己不可能一个人杀掉眼前的恶魔。

"对。"恶魔同意精卫的话。"很多人都死了。"

精卫说:"你杀了很多我的同胞。"

"你的同胞?我的同胞。"恶魔似乎很困惑的样子。

"我们是人。"精卫说。

"啊!语义错位了!"狮子大叫道,"精卫,恶魔可能以为只有它们是人!"

"那它们就都是蠢货!"精卫大喊道,"告诉我,怎么才能杀了它。"

老鹰说:"我们不想杀了它。"

"那是因为你们也是恶魔。"精卫绝望地大喊。她现在和一个自己无法杀死的恶魔待在一起,被一群恶魔领到了一个必死之地。她死定了,她的村子也完蛋了,杨定邦和他的兄弟姐妹还有父母,自己唯一的朋友周美星和她愚蠢的父母,张晨和其他人……这些人都死定了。

"这里应该是神迹洞!为什么你们不帮我?"精卫哽咽着说。她深吸一口气,全力大喊道:"哦,大圣贤们哟!请听听我的请求吧!恶魔正在攻击我的村子和山谷,没有你们的帮助,所有人都会死！"

"哦，大圣贤们哟！"恶魔用一个小男孩的声音喊道，"请听听我的请求吧！我是最后一个孩子，没人和我玩。那些硬邦邦的家伙摧毁了我的朋友，挖起了我的作物，破坏了我的玩具，而他们根本不听我的话！我的父母在一场我想不起来的战斗中失踪了。我的姐妹们哭个不停，因为那里没有其他孩子，只有那些硬邦邦的家伙统治着我们。我们快死了。我们想要和平。它们不听我们的。哦，大圣贤们啊！我希望你们主持公道！发发慈悲，发发善心吧。"

"什么？"屏障外的3个动物发出了大喊。

"你叫什么？"精卫看着变成蓝色的恶魔，它的样子看起来像一个脏兮兮的小男孩。"我叫李精卫。这名字的意思是一只小鸟。"

恶魔答道："我有很多名字。我甚至都不能将它们全部记住。但是你的话……它们很奇怪，难以重复。你会给我什么名字？"

"你想要什么名字？"精卫问，"我没法选名字。我那时候刚出生，还太小了。"

恶魔答道："我那时候也很小。但是，我需要一个你可以用的名字，一个新名字。一个你可以念出来的名字，一个可以把我和其他人做出区别的名字。"

"你杀过我村子里的人吗？"

"没有，"恶魔回道，"当他们以为你抓住我的时候，就会发动攻击。"

"那它们为什么不攻击这里？"精卫质问道。她看着屏障外的3个动物，"是你们促使恶魔攻击我的村子吗？"

"不,"狮子说,"你到了这里之后,我们才知道这事。"

"我的同胞肯定会去找最近的硬邦邦,"恶魔换了个声音说,"你们死了多少人?"

精卫挥了挥手说:"我都数不过来了!"

恶魔问:"什么意思?"

狮子说:"死的人太多了。人的手脚所有指头加起来,一共是20个人。"

恶魔看起来非常难过。"杀戮是永恒。"

精卫说:"是的,永恒。"

恶魔对自己挥了挥手:"你要杀我吗?"

"你没有杀我的同胞吧?"

"没有,我一个都没杀,"恶魔说,"但我如果不来这儿,他们也不会死。我很抱歉。"

"你道歉也不会让他们活过来啊!"精卫双手攥成了拳头。

狮子说:"我们不能让死人复生。但我们可以保证不会再死人。"

"永恒?不。"

"为什么不?"精卫说,"你说过你会一直活下去——为什么我们不一直维持这个状态呢?"

恶魔说:"你不会永远活下去。你是个硬邦邦。你总有一天会死,熵早晚会摧毁你。"

精卫问:"以前也发生过这种事吗?那些签署条约的人都死了吗?"

"我们战斗,我们遗忘,我们会死。我们无法重生。"

大象自言自语道:"所以,说到底并不是佛教的说教。"

"没有新一代。没有'孩子'。"

精卫说:"你说过,你自己是个'孩子'。"

"最后的孩子。最后一个即是永恒。没有新的孩子。所有人早晚都会消失。"

精卫说:"他说他是最后一个孩子。这怎么可能?"

狮子说:"他们似乎是纯能量体。他们可能忘记了如何制造同类。"

"他们的数量不断减少,正在逐步灭绝。"老鹰说。

"而且其中我们还帮了不少倒忙。"大象很难过地说。

"你要死了吗?"精卫对恶魔说。

"死不了。生不了。"

精卫生气地说:"那群动物说,你们已经无法补充人口了?"

"我是最后一个孩子。"

"那你为什么要来这儿?"精卫问。

"寻求帮助。神迹洞。"

精卫说:"他来神迹洞寻求帮助。他希望我们帮助他们,制造像他这样的能量小宝宝。"

老鹰又怒又恼地吼道:"我们也不知道该怎么做!"

精卫问:"你就不能学吗?"她问蓝色的小男孩:"我们现在不知道该怎么做。但是我们可以学。"

小男孩说:"人会死。终结是永恒。"

精卫忽然说:"我叫你阿发如何?发字,万物乃发生嘛,咱们得打开新局面了。"

蓝色的小男孩同意精卫的主意:"我可以接受这个名字。我能叫李发吗?这样听起来咱们还有些相似?"

大象从能量屏障另一端问:"他怎么知道这一点的?"

老鹰说:"他在读取我们的数据库。你看看显示器。"

狮子问:"我们可以阻止他吗?"

"可能已经太迟了。"大象停顿了一下,继续说道,"他已经读取了50%的记录了。"

"这么做有点儿痒。"李发说,"大多数记忆都变得模糊了。我看看能不能想起来……"

"如何制造更多的同类?"

李发说:"不。我想知道能不能摸摸你。"

"摸摸我?"精卫重复道。她看着蓝色的小男孩,想到自己之前感受到的奇怪的疼痛,然后摇了摇头。

李发问:"你想试试吗?"他向精卫伸出一只蓝色的手,努力向她伸出自己的食指凑了上去。"咱们就碰碰手指?"

精卫咬着嘴唇,说:"这……"她向前伸出手去,二人手指相碰,然后——

"这就是呼吸的感觉!这就是鲜血流动的感觉,心脏的跳动!"李发不禁发出了惊叹。

"你就像闪电,像雷鸣,像山呼海啸!"精卫回应道。她向前走了几步,抓住李发的双手,将他拉了过来。"你就是力量!你是——"她找不到合适的词汇。她怀疑此刻没有任何一个词可以表达自己的感受。

忽然,李精卫不复存在,李发也不复存在。

精卫对小男孩说:"我们一起。"

"好!好!"男孩大叫道。

精卫说:"我们要向我的同胞和你的同胞,告知未来的样子。"她又冷冷地补充道,"那些不听话的人就会被摧毁。"

"摧毁?"男孩感到了犹豫。

"不许大家再互相伤害了。"

"但我们呢?"男孩并不喜欢这个答案。

精卫说:"如果他们不听话,我们就让他们听话。"

"这要怎么办?"

"我们变成最强、最大、最可怕的怪物。我们会倾听他人,我们懂得什么是爱,但我们绝对不会容忍杀害和谋杀他人的行为。"

"你能做到吗?"

"不,我们可以做到。"

"这又要怎么做?"

"我的名字取自一只小鸟。我们要成为天空中最强大的巨兽。"

"这究竟是什么怪物?"李发一边问着,一边开始搜索所有已知的飞行生物。

"我给你看看。"

大象报告:"少尉!力场正在崩溃!"

老鹰补充道:"检测到巨大能量冲击。"他们可以听到洞穴后面的发电机,正在因为巨大的压力发出哀号。

然后,一切噪声都消失了。

狮子问:"到底发生了什么?"她抬头发现力场已经消失。恶魔和精卫也不见了。"他们去哪儿了?"

一个声音突然从上方传来:"看上面!"三个动物同时抬起了头。

"哦……群星在上!"狮子的语气中满怀敬畏,"你实在是太漂亮了。"

"为什么这么说?谢谢。"巨兽说道。它换了个声音,用略带疑惑的语气问:"真的好看吗?"

"你是条龙！"大象说道。

巨兽用生硬的声音说："龙是一种拥有强大力量的神话生物。"它换了个声音说："我当然是龙，傻瓜！"

狮子问："精卫，是你吗？"

龙先用男孩子的声音说："阿发也在这儿。"它又换成精卫的声音说道："我们都在这儿。"

龙悬浮在他们的头顶，狮子看着龙五彩斑斓的翅膀，问："你们打算干什么？"

龙用男孩的声音说："去学习。"然后用精卫的声音继续说："但是我们先去我的村子，让你的同胞住手！"

李发完全同意："那是当然。我们要告诉你的同胞，马默草和科德威亚草是我们储存记忆和星球保持联系的关键。他们必须停止破坏这些植物，只有这样，我们才能想起来和平条约。"

精卫惊呼道："我从来都不知道这事！我很抱歉，我们夺走了你们的记忆。"

李发说："我们没法告诉你——我们失去了存储记忆的植被。"

精卫说："所以我们要让村民快点儿住手。"

李发说："还请各位同意。"巨龙对着下方的动物们点了点头。

大象问："我们又怎么可能阻止呢？"

精卫略显烦躁地说："你们就是话多。"

"我能一起去吗？"老鹰问。

精卫大叫一声："那你先得跟上来！"话音刚落，巨龙飞出了神迹洞。它闪闪发光的身体照亮了夜空，嘴巴里发出一声奇怪的叫声——这是两个人欢快的呼喊。

地面已经消失不见，精卫想道："咱们得快点找东西吃！啊，我的翅膀！它们很快要开始抱怨了！"

李发乐呵呵地哼了一声，但什么都没说。他们两人在龙的身体里，向着精卫的村庄飞去。

龙

西奥多拉·高斯

一天,龙来了。

她记得那是个周二。
周二总是会发生这种事情。
真是令人不满的一天,这不是一周的开始,
也不是一周的中间,你也没有周四的期待感。
真是麻烦的一天。

你看,龙就在那儿,坐在后面的栏杆上。
夏天的时候,她在栏杆上挂了好几盒天竺葵。
但现在是 11 月,你看不到任何天竺葵,只有龙。
但这些龙很小,体形近似博美犬或者袖珍贵宾犬,
但它们身上的鳞片,
在阴雨绵绵的周二造成的昏暗光线下,散发出微弱的光芒。
栏杆上一共 7 条龙,
红色、绿色、蓝色,还有两条橙色的龙,一条龙颜色近似紫色,

最后一条龙呈白色，它的体形是其中最小的。

它散发着乳白色的光泽。

这些龙浑身湿漉漉的，它们年纪太小，不可能独立生活。

它们是否像那些被人抛弃在森林边缘的狗，被抛弃于此？

又或者它们的母亲野性十足？

从看到它们的第一眼开始，她就知道不能把这些龙留在这儿。

白色的小龙发出一声惹人怜的嚎叫，绿龙也有样学样叫了起来，

它粉色的嘴巴内部，看起来像是长着牙齿的天竺葵。

但当她打开门廊大门的时候，这些龙就坐在原地，用五颜六色的眼睛看着她。

龙都吃些什么？

她对此一无所知，所以将一半剩下的中餐外卖放在碗里，然后端到了门外。

她将另外一半外卖放在碗里，放在门里，然后准备工作。

等她穿着正装和高跟鞋回来的时候，小龙们都蜷缩在沙发上睡着了，

只有蓝色的小龙对着她发出咝咝的声音，

她觉得这不是因为愤怒，而是让她知道自己在家里的地位。

碗里空空如也。

小龙们惹了不少麻烦。

橙色的小龙在地毯上烧了个洞，又或者这是另一条橙色龙干的好事？

这两条龙看起来很像，她一开始完全无法分清。

但最终她学会通过两条龙的叫声和性格进行区分——

一条龙喜欢打闹，另一条龙则更加顽皮。

她给小龙们起了名字：风信子（紫色的龙），奥兰多，亚历山大（这是她兄弟的名字，他是一名在旧金山的程序员，还给她展示过自己圣诞节用塑料一品红装饰的房间）。

红宝石（这名字太过直白，但是非常适合它），

多洛瑞斯和黛莉娅（这是那对橙色的龙），

最小的那只龙叫作科迪莉亚，

它为了爬上她的大腿，在爬扶手椅的过程中，撕碎了她最喜欢的针织毛毯。

她试图给美国动物保护协会和当地兽医诊所打电话，

但是他们都不知道龙是什么东西。

一家诊所的前台还以为她说的是蜥蜴。

她该拿这些龙怎么办？

最近的动物收养所说，没有给龙准备的环境设施，

这些话从电话上听就有些可疑。

与此同时，小龙们刮花了家具，

它们想用她的围巾和裤袜做巢，结果却被缠在衣服挂架里。

她不能把任何闪闪发光的东西放在外面，耳环需要收起来，

也不能为了洗衣和停车的费用，而把硬币存在罐子里。

小龙会开始囤积这些东西。

当她想拿回自己的钥匙或者手表时，它们就会对她发出咝咝声。

中餐外卖的账单总额已经达到了令人瞠目结舌的数目。

为了照顾得了肺炎的奥兰多和亚历山大早日康复，她不得不请了病假。

（她终于找到了一个愿意给龙看病的兽医，这是个想当兽医的年轻人。）

"我不清楚实际用量。"年轻人给了她抗生素处方。

"估计和金毛寻回犬一样？但这也只是个猜想。但是它们对于这间房子来说，是不是太大了？"

而她只能承认他没有说错。

当她看《卡萨布兰卡》的时候，红宝石就在她身边蜷成一团，它现在占据了半张沙发。

她的男友保罗，在税收和破产组织中工作，开始对此不停抱怨。

她完全理解保罗的想法，龙从来都不喜欢他。

保罗每次来的时候，风信子都会咆哮，

黛莉娅会在他的棒球帽里撒尿，多洛瑞斯咬碎了他公文包的一角。

"它们是龙。"保罗曾经对她说，"它们很危险——万一它们咬人怎么办？你手上还有一桩诉讼案。我不知道你是怎么应付这一切的。"

也许是因为它们会挤在她的床上，在晚上非常温暖，

而且多洛瑞斯还会把鼻子抵在她的下巴上。

当她上了一天班回到家里，龙们会一起向她打招呼。

它们从不会说，她的发型和脸型不搭配，又或者应该减肥，不像她母亲那样。

它们从不会要求她归档昨天的注册文件，

或者在自己想听电台广播的时候,和她聊一个小时的棒球。

总之,谁会收留7条龙呢?

龙可不是好宠物,而且她也不想将它们分开。

它们需要彼此。

最后,她搬到了新英格兰的一座灯塔里。

她看到了广告——招聘灯塔管理员。

必须愿意住在远离缅因州、靠近波特兰的岛上。薪水优厚。

独轮每周有两班。

她可以坐船去波特兰,但必须带上所有需要的东西,其中包括灯泡、巧克力饼干,还有各种艺术品。

有的时候,她完全是去买中餐外卖。

龙已经学会了捕鱼和保护自己。

当她早上散步,收集贝壳和海玻璃的时候,就看着它们像一只只风筝,在空中翱翔。

但到了晚上,科迪莉亚会伸展躯体,和她睡在一张床上。她的体积还没有一只大丹狗大,但是,亚历山大已经和一辆奔驰甲壳虫不相上下了。

在阳光明媚的早晨,她发现龙群像海豹一样躺在岩石沙滩上,在阳光的照耀下闪闪发光。

在多雨的早上,虽然岛屿的另一端有一个洞穴,但龙都会窝在灯塔里面的信标周围。

在风暴大作的夜晚,她曾经见过龙引导一条船到达岸边,这看起来是很反常的行为,但既然海豚可以做到这一点,龙为什么不行呢?

她又开始画画，她十几岁的时候就开始画画，但父亲要求她专注于一些更实际的东西。

画廊和个人网站上都可以买到她的画。

大多数时候，她画的都是龙——龙在游泳，龙躺在沙滩上，龙在空中做着各种复杂的动作，仿佛它们知道她在地面作画，于是向她卖弄自己的技巧。

她赚的钱并没有比在法律公司多。

但从另一个方面来说，她有龙。

屠龙人

迈克尔·斯旺威克

迈克尔·斯旺威克在6年内连续获得了5次雨果奖，并获得了星云奖、西奥多·斯特金奖、世界奇幻奖。他未获奖的次数，也远超其他作家。他完成了10部小说，100多个故事和无数短篇小说。他最近的作品是《铁龙之母》，这部小说补全了26年前的三部曲，其中包括《铁龙的女儿》，和格兰德·多佐斯合作撰写的小说《群星小说》，这部小说在格兰德去世后完成。斯旺威克和他的妻子玛丽安·波特住在费城。

对于一个四处游荡的人来说，每一条路和打开的大门都是潜在的威胁。在一个春日的早上，奥拉夫站在自己的房子门口，道路状况看起来非常好，他忍不住想过去走两步。而接下来发生的事情，就是他被带到了海里。他遇到了一条需要船员的商船，变成了一名水手，和海盗交过手，杀过克拉肯巨怪，长出了胡子，戴上了耳环，靠打牌一晚上赢了好几个红宝石，然后被酒吧女仆在麦酒里下了药，所有的宝石都被偷了。两年后，他的船在苏勒出了事故，在很短一段时间内，和一个脸上文了黑色文身、留着一口尖牙的女巫结婚。

这段婚姻并没有持续太久。有一天，奥拉夫打猎归来，肩膀上扛着一头熊赤鹿，却发现自己的妻子正在和从世界中心的七层地狱中召唤出来的恶魔翻云覆雨。于是，他杀了女巫和恶魔，将大锅扔上女巫小屋的房顶，然后把自己的过去抛在脑后。

由于无事可做，奥拉夫开始徒步向南探索。每往前走一点，总能看到些有趣的东西。而且总能找到充足的理由，让他不在一个地方久留。

南方正值夏季，那里似乎永远都是夏天。他如水一般，总是向着地势低的地方走，他接受任何力所能及的工作，等攒够了钱就继续前进。他砍过木头，修过墙，编过绳子，还给一支穿越沙漠的商队当过保镖。有一天晚上，强盗们杀光了商队里的所有人，就连女人和奴隶都没放过。他干掉了5个强盗，然后发现商队里只剩下一个棕皮肤商人的儿子，于是他一把抱起这孩子，把他放在身后，骑上马逃跑了。

奥拉夫由此获得了一匹好马，一个看起来还不错的铺盖卷，一个老旧的马鞍，而商人的儿子就留作仆人。

他们顺着商路来到了一个高耸的贫瘠山岭，这里有一个巨大的石头，在山脚下是低矮的灌木丛，在更远的地平线上有一抹蓝色，那里可能是海洋。石头上刻着奥拉夫看不懂的文字。但是那个叫作那哈尔的男孩，却说道："这上面说，前方所有土地属于自由港赫什恩。"他说的时候指着石头，"那里是无尽山脉与大海相交的位置。这个港口很小，但是整个山脉向内陆延伸了几百巴利迪①，所有的商队都要经过这里。"

"你能读懂这些歪歪斜斜的东西？"

"我的……别人教过我这些东西。"

"这上面还说什么了？"

"赫什恩的赫什②欢迎所有城市的人。但是，所有邪恶的旅行者将被严刑拷打，然后处死。"

奥拉夫笑着说："那我们只好试试运气了。"

他们继续骑着马，向着大海走去。目力所及之处看不到赫什恩，但当他们扎营的时候，已经能在空气中闻到海盐的味道了。他用刀柄砸了砸口袋里的火石，点起一团篝火，然后把刀交给男孩，让他处理并分割肉。最后，他拿回刀，削出了一对短杖。他问道："你会用武器吗？"

"学过一点儿。"

"那就来打我。"

那哈尔双手持杖，向着奥拉夫挥了过去。奥拉夫轻松地躲开了攻击，然后击中男孩的指节，让他丢掉了短杖。奥拉夫笑着说："你什么都不会，我们先从姿势学起吧。"

等篝火熄灭，开始往火堆里加煤炭的时候，他们才开始做饭。二人忙出了一身大汗。

吃过饭，奥拉夫问："孩子，告诉我，你对小偷有什么看法？"

"等我长大了，我要杀光他们！"那哈尔恶狠狠的表情让奥拉夫不得不把头扭到一边，免得笑出来。"他们会哀求我发发善心，然后我就让他们看看，他们对我的家人都干了什么！"

"哦，那可太糟了。因为我们钱不多了，而且在赫什恩也不

---

① 虚构里程单位。
② 统治者头衔。

一定能找到一份正当的工作。"奥拉夫并没有告诉男孩,不论你是不是强盗,都要吃饭——这孩子早晚会自己明白这一点——他也不会说,路上能找到兔子完全是运气好,而扔出的石头能打中强盗的脑袋,也完全是运气使然。

"你可以把小坏蛋卖了。"

"那咱们怎么赶路?"

那哈尔什么都没说。

"我之所以问你这个问题,是因为对小偷来说,最大的威胁就是背叛。你如果告诉其他人我干了什么,我就把你扔在城门口,让你自己养活自己,然后我再去别的地方偷东西。但你要是想和我在一起,那你就得学会闭嘴。"

那哈尔愁眉不展地说:"为了活命,我什么都能干。"

"小东西,咱们都一样,都一样。"

到了晚上,两个人脱了靴子,在铺盖卷上和衣而卧。就在奥拉夫快要睡着的时候,他发现男孩呼吸急促,悄悄哭了起来。他假装没有发现这一点。

他做了个梦。奥拉夫和那哈尔身处一片黑暗的看不见月亮的树林边缘,二人围着篝火坐在一起。灌木丛中传来了噼噼啪啪的声音。那哈尔惊慌地喊道:"谁在那儿?"奥拉夫倒是非常平静,因为他有剑在手。

嘲讽的笑声在森林中回荡,这笑声如橡树般深沉,如钢铁般坚硬,如山涧溪流般绵长。奥拉夫从没听过这样的笑声,这让他感到不寒而栗。他的那匹叫作小坏蛋的马,因为恐惧而颤抖不已,如果不是因为被捆在树上,它可能早就跑了。

奥拉夫从篝火里抽出一根着火的棍子,站起来大喊道:"给我滚出来!"

一个沙哑的非人的声音说道:"啊啊啊啊,奥拉夫,你觉得我会害怕人类的火棍子吗?我可是在这世界上的火炉里来回穿梭的,你是不是忘了?"

如果森林中的黑暗让他看不到东西的话,那么现在面前着火的棍子,进一步破坏了他的夜视能力。由于木棍和篝火燃烧时产生的气味,他的嗅觉也不灵敏。但是,他的听觉依然很优秀,而他大概知道声音从哪里传来。

他咆哮道:"你要是不怕我,又为什么躲起来?"

黑暗中的声音说道:"说话注意点儿,我来了!"

那个怪物发出一声咆哮,然后冲了出来。与此同时,奥拉夫将着火的木棍扔进了面前的灌木丛。天气一直很干燥,灌木丛瞬间燃起了熊熊大火。

奥拉夫立即跳上马背,把那哈尔也拉上了马,他抽刀砍断了拴马的绳子。这匹马后腿撑地,抬起身子,然后开始狂奔,它的身后就是熊熊燃烧的灌木。虽然奥拉夫放弃了所有的装备,但还是毫不犹豫地任由不断扩散的大火烧掉自己的营地。当小坏蛋后腿撑地的瞬间,他感到有什么试图抓住自己的腿。当他们开始狂奔的时候,他回头还能看到一个畸形的怪物想抓住自己。

他在黑夜中快速骑行,身后是一片熊熊大火。当他早上醒来的时候,身旁是熄灭的篝火,浑身酸痛不已。

整个赫什恩的布局围绕港口而成,并向山坡不断蔓延,在这里可以看到金色屋顶的神庙、高大纤细的象牙色高塔、用泥巴和枝条搭建的低矮房屋、有钱人家带围墙的花园、坚固的石制仓库、广场、工会、零星的船坞,还有几座石灰窑和屠宰场,这里有宽阔的大理石铺就的大道和弥漫着香料、沥青和骆驼粪气味的小巷。当他第一天进入这座城市,就玩起了划破别人钱包偷钱的把戏。讽刺的是,他稍后就围观了一场对小偷的内脏挖除和斩首。那天偷到的钱足够二人吃一顿配酒的大餐,在私人浴室里好好洗个澡。那哈尔满脸油渍,坚称自己不需要洗澡,奥拉夫就把还在挣扎的小家伙举起来扔进了浴池。然后,赤身裸体的奥拉夫走进浴池,把他身上湿漉漉的衣服脱了个精光。

这时候,奥拉夫才发现这孩子是个女孩,那哈尔的真正名字应该是纳哈拉。为了对付那些旅行商人不得不对付的各种麻烦事,她的监护人剪短了她的头发,教她像男孩子一样骂人。

这个发现让二人之间的关系发生了巨变。纳哈拉一如既往地情绪低落,但还是那么勤劳。她知道如何做饭、修补东西、做清洁,会做所有旅行者必须做的事情。奥拉夫考虑过给她买点儿衣服,让她穿自己喜欢的服饰,但出于和之前监护人一样的考量,最后还是决定保持现状。等她到了年纪——他估计很快——他们再解决这事。在那之前,让她当个男孩子可以让一切更简单。

在纳哈拉的坚持下,奥拉夫继续教她使用武器。

纳哈拉讨厌自己的新主人。但是作为商人,不管多么年轻,都要做到从实际出发。她知道没有更好的选择。对于那些在城市里活到成年的女性孤儿来说,唯一的选择就是去当妓女,但纳哈拉并不喜欢如此。而且,奥拉夫从不打她,只是给她戴上手铐。作为一个主人,奥拉夫还不错。所以,就这样吧。

最重要的是，纳哈拉学会了如何战斗。等她长大之后，返回沙漠去找杀害自己家人的恶徒报仇的时候，这种技能非常宝贵。

但有的时候，奥拉夫会做噩梦，纳哈拉只能从垫子上起来，把他摇醒。也许是因为这些恶魔，奥拉夫经常喝酒。但最让她感到担心的，是奥拉夫花钱的方式。所以，有一天她没有选择在城里闲逛，以加深对这座城市的了解（比如说地势越高，居民越富有；地势越低，水越脏），由于换钱的小贩指定的兑换率不同，食物价格可能降低，所以她用破布缝了个口袋，顺山而下，向着城市边缘遍布鹅卵石的小溪走去。

就在纳哈拉走了一半路程的时候，一个衣着破烂的男孩挡住了她的去路，他双手叉腰，嘲讽道："嘿，麻秆！"

纳哈拉站住，双手拿住木棍，摆出防御姿势："怎么了？"

"最近总能看到你在附近游荡，像只公鸡一样显眼。我猜你是觉得自己很能打？"

"来比画一下？"

男孩大吼一声，挥舞着双拳冲了过来。

纳哈拉木棍的一头几乎贴在地上。她用棍子击中男孩两腿中间，然后跳到一边的同时，将棍子上端向前推，仿佛木棍就是一个杠杆。

男孩脸朝下倒在地上。

当男孩想爬起来的时候，纳哈拉用木棍快速击中了他的一个膝盖，然后是一只手，最后又打中了另一个膝盖。每一次攻击力道都不强，但她凭自己的经验就知道，这种攻击会对目标产生何等的效果。那男孩的骨头完全不会受伤。奥拉夫曾经对她说过，如果你必须战斗，那就要确保杀掉对手。要不就是警告你的敌人。除此之外的其他办法，都只会让你的敌人更加凶残。

纳哈拉说："投降吗？"

男孩说："国王的手掌在上。我叫斯威。"

"那哈尔。"

"你带个口袋要去哪儿？"

"我去海滩收集鹅卵石。你要一起来吗？"

自此，纳哈拉和斯威就成了某种形式的朋友。关系虽然算不上亲密，但确实是某种程度上的盟友。

等奥拉夫从妓院返回自己住的房间时，纳哈拉已经在桌子上堆起了两堆鹅卵石。这张桌子和两张样式简单但是非常坚固的椅子，只需要在每月的房租里多付1个硬币。奥拉夫看着鹅卵石，问："这是要干什么？"

"假装一个石头就是一个打兰①，这是我们第一天到赫什恩，你花出去的钱。"纳哈拉把4块石头扫进口袋，"这是那顿大餐。"她又放进去2块石头，"这是洗澡钱。"她又扫进去6块石头，"这是房钱。"她这次扔进去了1块石头，"这是给小坏蛋的饲料和马厩钱。"她又扔进去2块石头，"一个女人。酒。酒。又一个女人。"他们一个个罗列着花钱的项目，桌上的石头越来越少，最后桌上只剩下14块石头。"现在就剩这么多了。"

"我看看钱包，一样可以告诉你这个数目。"奥拉夫笑着把3块石头扫到一边。"你忘了还有个女人。我多给了她1个硬币，

---

①这里表示货币。——编者注

因为她……嗯，总之，现在就剩 11 个硬币了。"

"3 天后要交房租，这包括咱们的房钱和马厩钱。还有，我们没吃的了，也没有工作。在码头看船的老人们说，除非赫什和海王们达成和平协议，只有走私犯敢冒险运货，而且走私犯也不相信那些和自己不熟的人。"她把剩下的石头扫进口袋，"是时候离开赫什恩了。"

奥拉夫挠着脑袋说："啊，这个吧……我最近几周都在做噩梦，相信你也发现了。沙漠里有东西在追踪我，那是个很强大的家伙。没有人想面对它。它无法进入城市，这里有太多巫师，力量太强大。但是，如果我离开，它就会找到我。所以，我必须待在这儿。看起来，我还得继续我的老本行，去偷别人的钱包了。"

与此同时，屋内的一团阴影开始上升，向外扩散，然后中间冒出了两个光点——这是一对目光严厉的眼睛。一个穿着巫师黑袍的人从黑影中走了出来，他脖子上用链子挂着一个红宝石护身符。这个男人说道："那可不是什么明智的选择。"

纳哈拉立即退到了墙边。奥拉夫伸手准备拔剑，但是剑在进门的时候就放在一边了。

巫师举起一只手说："我来给你讲讲会发生什么吧。在你偷钱包的时候，一个香料商人恰好看到了，她的叫喊引发了一场骚乱，虽然你像恶魔一样边打边逃，但还是被抓住了。我刚从处死你的刑场回来，距离现在一个星期。你先是被鞭子抽了一顿，然后被打断双臂，后来你的肚子被切开，内脏被——"

"停！我看了够多了，知道会发生什么。"奥拉夫脸上的表情仿佛是在说自己什么都知道，但在纳哈拉看来却像是装出来的。"但是我为什么要相信，你知道一些没发生过的事情？"

"那你给我说说,我是怎么知道你何时决定开始偷东西?通过贿赂警卫,我探视了等待处刑的你,然后到了现在。但是,我现在要给你一个更有力的证据。"巫师一只手搭在奥拉夫的肩膀上,另一只手抓住自己的护身符。

他们消失了。

他们再次出现了。

巫师没有发生任何变化,但是奥拉夫面如死灰,双眼因为惊恐而睁得圆圆的。他一只手抓住凳子,整个人瘫在上面。他叫道:"酒!门口的坛子里应该还有些酒。"

纳哈拉倒酒的时候,巫师继续说道:"你逃跑的时候杀了8个人。其中两个还是全副武装的港口警卫。"

"我……完全不记得这些事情。"奥拉夫喝了一大口酒,然后若有所思地说,"但是,我还是很后悔。一个人完全可能因为冲动而犯下很可怕的罪行。但是,我真的希望可以少杀几个人。"

"所有死在你手上的人和针对你的死刑的历史,现在都被删除了。"巫师挥了挥手,一大堆硬币掉在桌子上,"他们管我叫神秘的阿斯特。我打算称呼自己是庇护者阿斯特,这个名号更体面。但是为了避免这个名号有名无实,我需要一个知道如何杀人的仆从。"

"他行事风格像个大巫师。"斯威坐在纳哈拉身边,"但他并不是如此。大多数城镇都有两三个巫师,赫什恩有几十个巫师,每一个巫师都比阿斯特要强。要不是那套时间穿越的把戏,他说不定就在哪个小村子里卖毒药、爱情药水和治疗肉赘的软膏。"斯威想去偷看城镇边缘的血屋，正处月经期的女人会在那里一边做着纺织活，一边聊着八卦，等月经期结束后就会离开。他以为那些女人在血屋里都不穿衣服。但是当斯威在平静的港口游泳时，却建议轮流骑着小坏蛋去跑圈，好让这匹马接受锻炼。现在，他们两个人坐在码头上，晃着脚丫聊着天。

斯威想了一下，补充道："那个治疗赘肉的软膏倒是很好用。我自己就用过。"

"你为什么这么了解阿斯特？"纳哈拉问。

"我是他的学徒。换作其他巫师，我就得当一辈子学徒，但是，他们都不愿意收我为徒。我拜访了所有巫师，问他们能否收我为徒。"斯威朝水里吐了口吐沫，"等我长大了，我要把他的喉咙切开，切碎他的尸体，然后拿走他的护身符。到时候，他的一切都归我。"

纳哈拉不止一次考虑过，为什么男孩子的幻想都这么暴力。但她却说："那你可要挑一个好办法，千万不要让别人怀疑你。"

斯威惊讶地看着她，就好像这番话完全是随便说说。而纳哈拉也发现，这可能真的只是他随便说说。斯威继续说："如果有人来抓我，我就穿越回他们来的时间点之前，然后逃跑。"

奥拉夫发现，自己作为巫师手下的生活并不是非常难受，但自己晚上的噩梦依然很糟糕。一开始，他不过是在清晨的时候接到命令，在远离院子的小巷里，等待伏击一位黄昏时急着回家的有钱人。等时机成熟，他就会大叫着跳出来，把大部分刺客赶走，然后干掉那些有胆量留下来的人。被救下一条命的有钱人总会乐于给庇护者阿斯特献上大批奢华的礼物，以此报答救命之恩。

但是最近，随着本就可怜的刺客数量越来越少，情况开始变得糟糕起来。奥拉夫被派去砸开某个富人家的大门，刺杀当家主人。但是，就在他快到目标住处的时候，斯威就会通风报信，说那个富人已经知道针对自己的刺杀行动，并同意献上一大笔钱，只因自己还能继续活在这个世界上。

只不过度过了一个季节，奥拉夫就赚了不少钱，而阿斯特就赚得更多了。阿斯特已经搬了两次家，他将装满蒸馏锅的实验室搬进了更大更豪华的房子里。奥拉夫还住在原来的房子里，但开始经常光顾那些高级妓女。他见证了太多的死亡，虽然其中有些人永远死了，还有些人起死回生，但所有这些似乎都对他造成了严重的影响。但是，奥拉夫从来都不会说这些事情，而纳哈拉也不会主动去问。

"它来了！"

当奥拉夫突然说话的时候，纳哈拉在房子另一头竖起一块木板，练习如何扔飞刀。他之前几个小时，一直躺在床垫上看着天花板，房间里充斥着飞刀落在木板上的咚咚声。纳哈拉把飞刀从木板上拔下来，返回房间另一头，再次开始练习。多亏了最近赚到的这些钱，才能买到这些飞刀，虽然这些飞刀缺少纳哈拉梦寐以求的装饰，但是质量却非常好。这些飞刀是货真价实的杀人工具。她心不在焉地问："什么来了？"

"我的命运。"奥拉夫翻了个身，睡着了。

到了第二天，城里的几座高塔在地震中倒塌，俯视城市的山体上也出现了一个大裂隙。城里很快就开始讨论，有什么东西在裂隙中筑巢，它从哪里可以监视通向城市的道路。这个怪物从裂隙中俯冲而下，它不仅会攻击商队，还会攻击运送食物的运输队和单独的骑手,吃掉驮马、骆驼、商人和农民,然后所有的货物和粮食会被付之一炬。

运入城中的食物总量大大减少,赫什命令打开城中的粮仓接济穷人,粮价开始飞涨。军队轻松压制了城中的暴动,但所有人都知道,未来还会有更多暴动。

一队士兵受命解决这个大麻烦,但他们再也没有回来。一位头发搽着香水,胡子抹了油的大英雄,手持宝剑走进了裂隙,却再也没有出来。自那之后,各种想试试运气的傻瓜和恶棍也在裂隙中消失。民众们不禁开始思考,为什么城市里的巫师没有采取行动对付这头巨兽。

"我那些自大的兄弟们拥有的是力量,而不是力气。"阿斯特说:"而且他们也不会合作。"阿斯特总是喋喋不休,而商人知道如何对付这种人。每当阿斯特来找奥拉夫的时候,纳哈拉就会不停地给他倒酒,然后闭嘴站到一边去。"对于这种能毫不费力敲碎骨头的敌人来说,他们的那些小聪明根本没用。但是我有你奥拉夫啊!只要咱们在一起,我们就能完成别人做不到的事情,然后不接受任何奖励。"

奥拉夫刚把酒端到嘴边,一口没喝就把酒杯放下了。纳哈拉发现,只要他的主人在附近,奥拉夫就会少喝一点儿。他说道:"这完全没道理啊。"

"每一个暴君都以为自己能够激发人民发自内心的服从。当我向赫什证明自己之后,他就会将我请入他的王庭。这可是个千载难逢的机会。"阿斯特站了起来,"今晚好好睡觉吧,明天一早咱们就上山。"

到了第二天早上，巫师阿斯特从阴影中现身，讲述自己看到了几个小时后击杀巨兽的画面。所以，奥拉夫骑上小坏蛋，离开城市，向着大山前进。一起出发的还有庇护者阿斯特、学徒斯威和纳哈拉，她没有任何头衔，而且她也不想要任何头衔。

纳哈拉早上醒来的时候感觉很奇怪，她之前从没有感觉。当她发现大腿内的血迹时，才明白是怎么回事。她现在是个女人了。在现在看来，似乎是一件非常不方便的事情。她从衬衣下摆撕下一段布条——衬衫做得很大，这样等纳哈拉长大了也可以穿——按照母亲提前交给她的办法叠好，止住了流血。但是，当大家走在一起的时候，她还是能感觉到难受。

小坏蛋艰难地顺着山间小道向上走，而其他人则跟在它后面。阿斯特一反常态的安静。奥拉夫不仅一言不发，而且情绪非常低落，完全不像是一个英雄去收获自己的胜利，反而像是一个赶赴死亡约会的人。斯威一个肩膀扛着奥拉夫的长矛，时不时看一下纳哈拉。这个早上充满了奇怪的事情。

当他们和其他人拉开一段距离，确保自己说话不会被听到的时候，斯威吸了吸鼻子，问："这是什么味？"

"山里的鼠尾草开花了。"

"不，这不是鼠尾草。我知道这味……"他眼睛一亮。"我知道这味道，而且绝对不是鼠尾草。"他指着纳哈拉说："你是个姑娘！"

"是女人。"纳哈拉说话的时候努力加入一些恶狠狠的味道。她现在真想打斯威一顿。但是她退后一步，斜拿着自己的木棍说："斯威，冷静点儿。咱们是朋友。"

"女孩没法当朋友。女孩只能拿来干一件事。"

奥拉夫曾经对她说过，如果非要打架，那就彻底干掉对方。

纳哈拉的飞刀就放在位于大腿的刀鞘里,但现在没有必要用它。她只需要等着斯威冲过来,用木棍一端对准他的眼睛,然后全力压上去。

有那么一瞬间,二人之间的空气中弥漫着暴力的味道。斯威朝纳哈拉脚上吐了口水,然后转过身。其他人距离很远,而纳哈拉只能努力追上去。

随着他们越爬越高,小坏蛋越来越焦躁不安,难以控制。等它拒绝继续前进的时候,奥拉夫就把它拴在一棵树上,说:"你是不是在想我为什么要骑马过来?这就是原因了。"纳哈拉很快反应过来,这是奥拉夫在教导她。"怪物就在附近,我们必须做好准备。"奥拉夫对着斯威说:"把我的矛拿过来。"

还没等下命令,纳哈拉就从小坏蛋的马鞍上拿下了盾牌,牢牢抓在手里,随时准备交给奥拉夫。

奥拉夫说:"所有人,在这儿等着。"

阿斯特说:"不,我们一起上。我已经见过这一幕了。"

奥拉夫耸了耸肩。他继续走在最前面,没过多久,在经过了一个山路的拐弯之后,众人就看到了此行的目的地——山洞入口。洞口周围的岩石残破不堪,因为爆炸而散落在地上的碎石和洞口的石头非常类似。奥拉夫用纳哈拉从没听过的音量,大喊道:"怪物!出来受死!"

从山洞中出来的怪物形似一只蜥蜴,比奥拉夫还要高半个身子。它的身体因为某种物质而显得一片漆黑,以至于在阳光下闪闪发光,这物质看起来就像是沙漠废土中泛起的难闻液体,可以污染与之接触的水。它昂起头张开嘴,露出象牙色匕首般的牙齿。

怪物用悦耳的女人声音说道:"啊,奥拉夫,我的心上人,你终于来了!我一直在等待这一刻。我要好好折磨你,然后再杀了你。"

奥拉夫先放下矛,然后又端了起来,说:"原来是你。我就觉得不对劲。我已经杀死你一次了,如果有必要,还能再杀死你一次。"

"等等!"阿斯特走到奥拉夫身边,将一块菱形的糖果凑到他嘴边,"把这个吃了。能增加你的力气。"

奥拉夫吞下了糖果,然后弯曲手臂,准备扔出长矛。他紧咬牙关,两眼放光,看起来一副英雄模样。就在火龙抬起身子的时候,他大喊道:"进攻——让鲜血飞溅吧!"

然后,奥拉夫脸朝下倒在了地上。

有那么一瞬间,大家一动不动。龙低下脑袋,闻了闻他的身体,像猫一样拱了拱他。见奥拉夫一动不动,它发出了尖叫。它的脖子抽搐,尾巴不停抽打,利爪抠入自己的身体。它不停撞击着岩石地面。它用力将自己的身体打成一个结,然后不断收缩,最后变成像颗蛋一般光滑。

恶臭的黑色液体从蛋上滑落,流进了黑暗的山洞。现在地上躺着一个女人,她的皮肤像蛆虫一般惨白。

女人皮质长裙的下摆上,女巫结晃来晃去。她袒露的胸口上,可以看到用黑绳子挂着3颗明亮的石头。当她说话的时候,纳哈拉看到她的牙齿非常尖锐。她颤抖的手指指着阿斯特,嘴里大叫道:"你!你到底都干了什么!"

纳哈拉和斯威吓得浑身发抖,因为眼前的女人和巨龙一样可怕。她的头发竖起,仿佛整个人都在水下,而她的头发就像是无数纤细的鳗鱼在不停摇摆。但庇护者阿斯特却显得非常镇定,"我让你的丈夫对你毫无用处。我想让他醒过来,继续受苦。我可以解除他的麻痹状态。但如果我不这么做，他就可以在睡梦中死去，而且没有任何痛苦。"

女人的双眼因为愤怒而闪闪发光："你为什么要做这么愚蠢的事情？你这就是在找死。"

"你身上有3个护身符。第一个可以让你穿越世界中心的火焰，并返回世界的表面。我对此表示非常厌恶。第二个让你在风的助力下可以飞翔。这倒是挺诱人的，但不对我的胃口。第三个可以穿越时间。"他从黑袍子下面拿出护身符，说："我已经拿到了这个护身符，所以我知道你会投降。"

"我确实可以穿越时间。也许我该回到你给我丈夫下毒的时间点。"

"如果你这么做，我就会回到今天早上的时间点，让奥拉夫不要来见你。你还是输了。但是，你不会这么干。我来过这个时间点，我知道会发生什么。"庇护者阿斯特拿出一个白银小刀，在自己的手掌上划了长长的一个口子，鲜血一下子就涌了出来。"咱们做个交易，我把奥拉夫救起来，你把这个护身符给我，并且保证，当你和他彻底了结之后，就再也别回到这地方。"他用匕首尖对着女巫，匕首柄对着自己。

女巫并没有接过匕首，而是用手划过利齿，在手上划出一道伤口。黑色的液体涌了出来。"我对你和这座城市没兴趣。等我的复仇结束，对活人的土地就更没兴趣了。这个承诺很简单，要遵守起来也不费事。"

"等我下山的时候，我就是个英雄了。"

两人一握手，血液和黑色的液体混在了一起。庇护者阿斯特蹲在奥拉夫身边，把头扭到一边，然后用一根手指伸进了奥拉夫的喉咙。

等奥拉夫吐干净了胃里的东西，阿斯特用袍子下摆擦干净手，站起来说："他在1个小时内就会醒过来，到时候你想怎么处置他都可以。"

女巫发出愤怒的咝咝声，用厌恶的眼神看着阿斯特。但她还是从脖子上拿下了一个护身符，交给他。

庇护者阿斯特摇了摇头："把东西给那男孩。"斯威看起来吓了一跳。"就像你很久以前，当我还是个孩子的时候那样。"

纳哈拉看着斯威和阿斯特，脑中将阿斯特的胡子抹掉，然后想象着男孩的脸随着年纪的增长逐渐变瘦。她怎么就没想到，这两个人其实是一个人？

斯威脸上写满了贪婪，立即收下了宝石。

庇护者阿斯特一脸厌恶地看着奥拉夫、女巫和洞穴，然后说："你们两个，跟我来。"

纳哈拉浑身麻木，跟了上去。斯威兴高采烈地跟了上去，然后停下来，用护身符对着太阳，最后快跑几步跟了上去。洞穴在他们身后消失了。"这东西归我了？"斯威问，"只要我没死，这东西就是我的了？"

"那当然。"

斯威瞥了一眼纳哈拉，问："这姑娘呢？"

庇护者阿斯特说："她是你的了，除非她像上一次一样，在下山的时候从你身边溜走。"

纳哈拉被石头绊了一下，差点摔倒。她听到斯威的笑声，心里瞬间凉了半截。

奥拉夫还说过，如果敌人的武器比你的好，那就抢过来。纳哈拉步伐轻盈地向前冲了过去，木棍戳在巫师和护身符之间，然后向天上一挑。她接过护身符，戴在了自己的脖子上。

有了这护身符，纳哈拉不仅可以保护自己，还可以保护作为自己主人和武器训练教官的奥拉夫。没什么东西可以伤到他们。他们可以离开赫什恩。如果有必要，他们可以安全地穿越沙漠，不需要奥拉夫的剑来提供保护。她抓着宝石大喊道："带我回今天早上！"

但什么都没有发生。

阿斯特微笑着说："这个护身符最远能将你传送到你戴上它的那一刻。而且你也不知道怎么用它。"他伸出手，补充道："我知道斯威曾经给你说过，我不是一个伟大的巫师，但是如果你怀疑我能不能保护自己，那就尽管把手里的飞刀扔过来吧。"

长矛的尾部从侧面击中了阿斯特的下巴，两颗牙齿和一口鲜血飞了出来。他倒在地上，一只穿着凉鞋的脚踩在他的脖子上，让他动弹不得。他困惑地小声说道："但事情不是这样的——"

一双稳健的大手将长矛调了个个儿，矛尖刺进了他的胸腔，贯穿了他的心脏。

庇护者阿斯特，又或者是那个神秘客阿斯特，死了。

这个凭空出现的女人浑身上下戴满宝石，她的耳环上有宝石，项链、手镯和脚镯上还有更多宝石，脸上和耳垂上也有宝石做装饰。她的身上挂着一把短剑。刺穿巫师胸口的黑色长矛看起来非常可怕，但和眼前的女人相比却相形见绌。

眼前的幽灵是她见过最漂亮的存在。装饰精美的过膝裙两侧的开口几乎到了她的腰部，可以从开口看到里面五颜六色的缠腿。她的上身穿着皮质的背心或者胸甲，上面有做工精细的沙漠烈日的图案，用作装饰的黄水晶和琥珀珠子让人眼花缭乱。她头上的皮帽箍住了满头的长辫。此人非常健壮，正是纳哈拉想成为的样子。

她问道:"你……你是谁?"

女战士笑了笑,然后从背心下面抽出和纳哈拉手中护身符一模一样的东西,"为什么这么问,小可爱?我就是你。"

二人聊着天走出了山洞。

斯威恢复知觉之后,像兔子一样拔腿就跑。纳哈拉立即掏出了自己的飞刀。斯威的后背非常宽阔,看起来是个非常诱人的目标,但他很快就跑得不见踪影。她并没有扔出飞刀。

年纪大一点儿的纳哈拉说:"干得漂亮。不做无谓的杀戮。"

"奥拉夫给我说过这个!"

"对,确实如此。"

现在,纳哈拉紧张地打量着山路:"咱们是不是该快点儿?"

来自未来的纳哈拉很镇定地笑着说:"安静点儿。咱们的时间多的是。"

战斗并没有持续太久。当她们看到女巫的时候,女巫正焦急地蹲在奥拉夫的身上,看着他的脉搏逐渐加速。来自未来的女战士纳哈拉没有发出任何口头挑战或者战吼,径直冲了上去。当女巫听到脚步声的时候,挺直了身子,纳哈拉用弯刀一下就切开了捆着护身符的绳子和女巫的喉咙,这下女巫不仅无法逃跑,也不能降下任何诅咒。但女巫通过手势动作,将黑色的液体召回到自己身上。

就在她逐渐变回龙形的时候,纳哈拉的长矛刺穿了她的心脏。

龙像一个黑色的巨浪倒了下去,恶臭的液体溅得到处都是。当女巫死后,山洞也塌了下来,女巫和她的另外两个护身符也被碎石掩埋,这些石头足够建起一座新的城市。

女武士纳哈拉头向后仰,发出胜利的咆哮。

纳哈拉看着这一切,兴奋地浑身发抖,因为她知道:这就是我,这就是我未来的样子!

当一切结束后,两个纳哈拉看着躺在地上的奥拉夫,他的皮肤惨白,但是呼吸稳定。很明显,他会恢复过来。

"你看看他!"女武士纳哈拉一脸宠爱地看着他,"他年轻的时候多帅啊,一脸的黑胡子,还有那强壮的四肢。你说是不是?"

令她感到惊讶的是,年轻的纳哈拉看着奥拉夫,说道:"确实。他确实帅。"

"咱们说好,等他醒了,就说是他杀了龙。你知道他会高兴成什么样子。"说完这些话,来自未来的纳哈拉就抓着护身符,返回了自己的时间点。

这就是商人奥拉夫,他也被人称作屠龙人。多年以来,他和自己的妻子引导商队穿越沙漠,对他们发动袭击的强盗从来都没有好下场。他们有了很多孩子。当奥拉夫有钱之后退休了,在一个海边小镇越长越胖,然后因为年迈而去世。愿我们所有人都交好运!

伪装

帕特里夏·A.麦基利普

帕特里夏·A.麦基利普多年来撰写了多部幻想小说，其中包括《艾达被遗忘之兽》、谜语大师三部曲，以及最近的《王鱼》。她获得了世界奇幻奖和创神奖。她的短篇故事集包括《隐形世界的奇迹》《悲伤的龙》《远岸之梦》。她和自己的丈夫——诗人大卫·路德，住在俄勒冈州海边的小镇。

老教授希里在学生之间走来走去，为学生分发考试内容：有些人收到的是试卷，其他人收到的是残品或者其他东西。维尔记得，这是他退休前的最后一次考试。他努力压制住打哈欠的冲动，看着这个老巫师走走停停，就好像在学生和走道之间跳着某种被遗忘的舞步。他那又白又长好像海象的大牙，每当呼吸的时候，连胡子也会跟着动起来。他已经在讲台和维尔背后的位置走了至少3个来回，从口袋和袖子里拿出了各种东西。到目前为止，他在其他人的注视下，拿出了1张纸、1副太阳镜、1朵花、1个手掌大小的竖琴、1顶聚会时戴的帽子，但却和维尔保持了一定距离。

老教授忽然说道:"好了。"维尔忽然抬起头,睡意全无。

怎么没给我发东西?他担心自己要重修古代魔法史这门课。我做错了什么?我有什么没做?他脑子里疯狂运转。这门课大部分内容是历史,只有少部分内容和古旧的咒语相关。和大多数历史课一样,这门课没有什么特别值得记录的东西,也不是很有用,对于魔法艺术学位来说更是如此。

"希里教授。"

"再仔细看看,弗莱彻先生。"他听到变成蜜蜂的教授用嗡嗡声在自己的脑后说话,然后他又看了看桌面。

维尔看着自己空荡荡的桌面。在木头桌面上躺着一块黑色的石头,要不是表面多彩的反光,看起来就像是一块粪便化石。

他看着石头,很不想去摸它。他用一个手指戳了一下。周围人都纷纷笑了出来。

"弗莱彻先生,有什么问题吗?"

"没有。"他说完叹了口气。这是他的毕业季,是7年学习的最后一年,也是大师们所谓"筛选"的一部分,而学生们则称之为"磨难"。他的3位好友已经在最后一年的学习生活中消失了,无情的连续考试已经将他们摧垮。

就连劳瑞都没有幸免。有一天晚上她失踪了。他回忆着有关于她的所有记忆:一头狂野的金绿色头发、修长的骨头、纤细的指头好像鲜嫩的树枝,当她抚摸维尔的时候,那手指似乎就会绽放出鲜艳的花朵。

他看着桌上的奇怪石头,努力提起一点儿兴趣。他想:好吧,要是我被开除了,就去找她。

石头上忽然冒出长满皱纹、布满血丝的蓝色眼睛。"实话实说,弗莱彻先生。"当他听到脑袋里出现这个声音的时候,他的骨头都融化了，整个人都要钻到桌子底下。"别轻易放弃。没人想成为失败者。"

维尔在凳子上坐直，抿住嘴，遏制住抗议的冲动。他不得不承认，这个入侵自己大脑的声音说得没错。希里教授在考试期间全程掌握教室内的一举一动，以防学生们迷离，陷入麻烦，或者由于绝望而逃跑。

石头上的眼睛闭上了，教授用正常的声音说："现在你们都很熟悉七年级的考试了。你们有些人会发现自己在从没见过的地方，有些人会留在这儿。对于领到试卷的人来说，也不存在任何优势。大多数历史都以书面形式保存了下来，所以考试难度没有任何区别。记住，你面对的是巫术和魔法发展迅速的早期元素，有些东西你可能完全认不出来是什么了。在界定我给你的东西时，请想好要用什么词。记住：语言就是魔法。不过请放心，在本校漫长的历史中，没有人因为考试而死。"

维尔说："这种安慰也太勉强了。"

然后，他就来到了一个陌生的地方，周围是树林、阳光和满山的草地，呼啸的风声犹如龙的咆哮。

"我的石头——"他惊恐地原地转圈，在草丛中反复寻找。到处都找不到那块石头，这是他的考试，他把这块石头忘在教室了，他已经输了。

他的脚边忽然出现了一个裂隙，那块石头从裂隙中掉了出来，砸在了他的鞋子上。他低头看着石头，在松了一口气的同时，也感到非常难过。这次，石头并没睁开眼睛。野草在风的吹拂下来回摆动，不停摩擦着石头，石头表面光影斑驳，仿佛是一种无尽的轮回。他被眼前的景象迷住，弯下身去捡石头。他的影子完全挡住了石头表面的斑驳光影，只留下这块古老粪便的真面目。

他很不情愿地弯腰捡起了它。维尔的脑袋里忽然想起了以前一位老师毫无幽默感的声音：要想控制一个物体，就给它起个名字。为了起名字，你必须先了解这东西。要了解这东西，你就要先成为它。

"该死。"维尔说道，他非常确信情况正在急转直下。

天空失去了色彩。开始下雪了。

风暴还在继续，悉尼听到乔荼唱歌汇报天上出现了变形龙。龙群变成了雪花。

她的声音代表着食物，代表着睡眠、早晨、苏醒和运动。她的声音代表着攻击、开始和结束。当众人还是小孩子的时候，就听过这声音。乔荼和大家一起长大，大家从小就是朋友。变形龙总会追随着她的声音。

自从悉尼听过乔荼唱歌，就一直陪在乔荼身边。不论乔荼去哪里，她都会跟着。悉尼实在不知道乔荼的声音为什么这么好听。乔荼的体形很小，身材纤细，一张小圆脸总是在观察龙的动向，脸上总是一副心不在焉的表情。她在会说话之前就会唱歌。龙群为了她，在她发现它们之前，会主动显出原形。在会说话之前，她就注定成为唱龙人。

她的歌声有时候低沉而动听，有的时候音调非常高，然后忽然变成令人安心的摇篮曲。这可以让变形龙们听从命令。她说道，来找我，脱离云层和狂风。过来变成树吧。

悉尼看着龙群停在树枝上。这些树长着粗壮茂密的深绿色树枝，这些树枝在狂风中晃来晃去，看起来就像是随着海水不停摇摆的海带一样优雅。当龙群俯冲下来落在树上的时候,它们退去模糊的云层线条伪装,开始模仿树枝的形状、树干和松针的颜色,最后彻底变成随风摆动、沙沙作响的大树。乔荼立即就认出了这些龙。悉尼仔细观察,总是无法识别龙的伪装和树之间的区别。这些龙长得非常快,它们从一群可爱的小龙变成了会改变伪装的飞机。一架停在树上的飞机本不应该如此难以识别。

悉尼问乔荼:"所有的龙都回来了?"她们交流时使用了多种语言:有的时候是夹杂着方言的拉丁语,还会用到从商人那里学来的各种术语和手势。

乔荼点了点头,继续唱歌。在她的文化里,点头表示否认。她抬起一只手指,表示还有一条龙没有回来。她用手指指向天空,一个模糊的色块在云层下快速变色。在这条龙落在树枝上变成一个松果之前,悉尼看到了一个巨大的白色眼睛。乔荼摇了摇头,表示所有的龙都回来了。

在逐渐昏暗的自然光照下,巨大的火焰映照着荒凉的山峰,白雪皑皑的山脊和远处的山坡,这一切看起来好像铺满了陨落的群星。各种影子逐渐被黄昏的光照所吞没,一座城市在地表不断移动。士兵们和各种巨兽运送大量的木材,似乎整个森林都被他们运走了,而其他人则将木材加入火中。大批削木工围在火边,就好像星球和卫星爆炸时产生的光环。在森林中,大批牲口被屠宰,然后被送上烤架,在距离森林更远的地方,一条黑色的裂隙劈开了山脉,这里是人类领地的边界线。在裂隙的另一头,横扫峭壁和山坡的风暴撒下了无数的雪花。

但在变形龙栖身的小树林里,却没有任何火焰。乔荼和悉尼穿着厚厚的毛皮斗篷,你在上面甚至可以看到闪闪发光的动物爪子。悉尼是个法师,乔荼则有着与众不同的力量。她们俩知道十多种生火的办法。但是,火焰对于龙来说是一种复杂的语言,而乔荼正在给龙群唱摇篮曲。在午夜之前,她还要唤醒龙群,让它们去大火的余烬中寻找插在烤肉叉上的剩肉,让龙群填饱肚子。

乔荼再次抬起一根手指,举到自己的唇边,笑了起来。她轻轻说道:"睡吧。"

但是龙群并没有睡着,它们从翅膀下探出脑袋,张开翅膀,舒展身体,不断搜索着周围环境,爪子让大树不停颤抖,龙的眼睛时隐时现,它们的颜色从云的颜色变成树皮的颜色,最后变成金色。一条龙喷出一口烈焰,仿佛是在提问。烈焰在它的口中打转,眼睛反射着火光,示意让乔荼注意远处的暮光中出现的东西。

一个男人站在山坡的草地上,打量着周围本不该看到的一切。龙群此刻都醒了,一个个都看着这个人。似乎是这个人将风暴引到了龙群头上。在悉尼看来,飘落的大雪很有可能是他的穿着引起的。在这个荒芜的季节,这个人在当前海拔高度地区却穿着短裤和短袖衬衫。

乔荼吃了一惊,说起了自己的语言。

"Whathu?"她可能说的是这个词。"Farlu?"乔荼说话的时候,用双手捂住了嘴,她说的每一个字都含混不清。龙群坐立不安,她的困惑和紧张让龙群变得躁动起来。这个年轻人睁大眼睛打量着乔荼、悉尼和龙群,退后一步坐在了雪堆上。

悉尼读懂了他的思想,忽然笑了出来。

"告诉龙群,不必担心。"她对乔荼说话的同时,还做了个手势:张开手做了个扔东西的动作,将恐惧抛到一边,表示不必担心。乔荼很快就不再感到紧张，她哼着歌让龙群安静下来。变形龙们也松开爪子收起翅膀，和大树融为一体。

悉尼向陌生人走去，伸出一只手，将他拉出雪堆。他浑身颤抖，双眼圆睁，牢牢盯住了龙群。

悉尼惊叹道："这里离你家可是很远呢！"他看着悉尼，眼睛里又燃起了希望。

"你是不是也参加了希里教授的期末考试？"

悉尼干脆地答道："不，我在研究变形龙。我为战争部工作。"

就在维尔差点儿坐下去的时候，悉尼将他一把拉了起来。

维尔问道："这是什么地方？"

"哦，大约两个世纪前。悉尼教授到底都在教什么课啊？"

"古巫术历史。"他问道。"求你了，告诉我这到底是哪？"

"翻过阿尔卑斯山。这里有大概5万人，说着最少12种不同语言，还有37，哦不，现在是29头大象，它们也不喜欢低温环境。这里有5条变形龙，2位或者4位法师，不过这取决于谁在说话。这里还有历史上最伟大的将军之一。这就是3位法师了，你看得比我清楚。"

他小声问道："看什么？"

"龙。"

维尔一言不发，再次打量着小树林，说："它们在不断变换颜色……我觉得我还是放弃考试直接回家吧。反正我也不喜欢历史。"

"别害怕。就像希里教授说的那样，从没有人死在他的考试里。"她感觉到了维尔的惊讶，笑了起来。"我研究过他的教学模式。战争部对一切可能有用的东西都做了记录，而且战争部对伪装很感兴趣。"悉尼拍了拍维尔,而后者似乎还愣在原地。"来吧。乔荼知道好几种不会骚扰龙的生火方法。你不需要害怕。它们和头足纲存在相似之处,而且非常聪明。"

维尔向前走了一步,问:"足纲?"

"头足纲。"悉尼明白,维尔的沉默代表着疑问,而自己的回答将激发更多的问题。"就是章鱼啦。"

悉尼的话再次让维尔哑口无言。他不断寻找着巨大的眼睛,圆圆的身体,在树枝上垂下不停摇摆的长腿。又或者那是章鱼的胳膊?但是,他只看到了龙和树。这些龙完全可以将维尔驮在背上。他观察着龙不断变化的外形,从随风摇摆沙沙作响的大树上认出龙的轮廓。即便风暴肆虐,变形龙也显得非常镇定。它们的伪装偶尔会发生波动,但也只在边缘区域,这种波动看上去就像是被水流轻轻冲刷了一下。维尔脑子里想到了波浪儿子,嘴里随便哼了一声,而悉尼将这理解为一个疑问。

她说道:"这不是一种概念,而是直观感受。"维尔很感激悉尼的手一直搭在自己的胳膊上,她似乎在分享毛茸茸的皮毛大衣里的热量。当然,悉尼确实曾经扯开大衣,邀请维尔钻进去。现在就连他鼻子上的冰都开始融化了。"章鱼似乎通过皮肤观察四周,它们在海底随意改变伪装,就像我们呼吸一样简单。所以我们在这里研究变形龙。"

"战争部。"

"当然。我们研究伪装的方法。这活儿其实并不复杂,无非是供人类战斗人员使用的瞬发式隐形技术。当然了,他们携带的武器无法隐形。其他人在研究这个问题。"

维尔打量着悉尼,无情的大风让他不得不眯起眼睛。悉尼似乎比他大不了几岁,但实际上要比维尔老几个世纪,而且发明全新杀人方法的主意对她没有造成任何影响。悉尼消瘦的脸上骨形非常漂亮,黑色头发被雪花染成白色。她的笑容非常随和,充满无畏的意味,而且做好了迎接各种可能发生的蠢事的准备。维尔不安地估计着悉尼到底有多强大。

"你不会想知道这个问题的答案。"悉尼打破了维尔所知的所有有关入侵他人意识的规矩。悉尼略带嘲讽地笑着说:"你先想想我为谁工作,然后再考虑规矩礼节这些事情。"

在漫天的大雪中,传来了一声象鸣。

悉尼说道:"那是战象。"在维尔看来,时间已经过去了22个世纪,将军们还是从大自然中寻找作战的灵感和方法。

维尔问:"你叫什么名字?"小树林就在眼前,林中忽然出现一团微弱却不失温柔的火焰,向周围的树木投放着热量。

悉尼笑着说:"拿着。"

"不经询问就擅自进入别人的意识,这可是非常自大和冒犯的行为。老师们是这么教我们的。而且,这种行为也是非常危险的。"

"悉尼。"

"什么?"

"那是我的名字,悉尼·库佛,汉尼拔军事学院战争魔法部毕业生。你呢?"

"维尔·弗莱彻。我在圣林大学读最后一个学年,主修魔法艺术。"

"啊。这一年是不是还有个名字来着?筛选年?"

"磨难年。"他叹了口气,"我要是活过了这一遭,说不定还真能通过。"

另一名法师被龙所包围,她继续用自己甜美的歌声为沉睡的巨兽们唱歌。当维尔看到这位法师火光映照下的身影时,自己也感到昏昏欲睡。他相信只要听到这催眠曲,不论是将军、战象还是蚯蚓,肯定都会睡着。

"这位是乔荼。"悉尼说完,就走过去用手势说了些无法理解的东西。乔荼对着维尔笑了一下,然后将注意力转回龙群。维尔被这种冷静和力量所折服。乔荼又好奇地看了她一眼,维尔也对她笑了笑,然后乔荼用奇怪的语言对悉尼说了几句。

"她说你穿衣品位太奇怪了。"

"她才没说'奇怪'二字呢。'奇怪'这词那时候还没发明出来呢,那可是现代词汇。咱们现在是什么时间点。"他抬起头,看到松针之间藏着一个松果,这颗松果随着树枝来回摇摆,上面还有个大眼睛一直盯着自己。"好吧。"他承认道,"但是,雪暴中穿着短裤和对着一头变形龙幼崽做实验相比,已经算是很平常的事情了。"

她歪着脑袋想了想,说:"这有助于了解章鱼和变形龙之间的共同点。"

他想了想,然后否定了自己的想法,"我不觉得——"

"海龙以前在各大洋中很常见。我们掌握的证据显示,它们和火龙交配,而各种传说表明,在雷暴发生时,这种交配通常都会成功。然后,海洋温度发生变化,海龙大部分灭绝,之后在海水温度最高的地方还有剩余。但是,章鱼可以在各种水温下存活,而且可以长到9米长。如果一只会喷火的海龙和一只章鱼在恰当的时机相遇,那么章鱼就可能将精子传给任何个体,其中包括海龙和火龙。如果某些地区的艺术作品和传说不是单纯的色情作品的话——"

"不是吧。真的吗？你是说这也包括人类？"

她耸了耸肩："这方面调查还在继续。章鱼的伪装能力可以传给人类吗？这年头还有什么是不可能的呢？"

"比如说以前的手机服务？"

她歪着嘴说："这方面的调查也在继续。"

乔荼说了几句，指了指树林。刚才那只睁开的眼睛已经消失了，变形龙正在做梦，它们的伪装色显示出平和的波动，时不时和树枝融为一体。风向发生了变化，维尔闻到了烟味和烧焦的肉味。他咳嗽了一声。乔荼善于解读各种奇怪的声音和动作，她对树说了几句话，然后就消失了。

"她去哪儿了？"

"去给咱们找点儿晚饭。"悉尼脱下自己的斗篷，披在了维尔的肩膀上。他闻到了发霉的皮毛味，感觉到胳膊上的小爪子传来的冰凉戳刺感。他希望变成大衣的小动物们不要怪罪自己。他的手指终于暖和了起来，感觉到了手里攥着的石头，他把石头放进了斗篷里面的口袋。悉尼说："放心，我很快就回来。"

维尔惊讶地说："你要把我和龙留在一起？"

"你到底在担心什么？你已经算得上是个法师了。要是它们敢吓唬你，你就使出几个法术。"

"但是——你要去哪儿？"

"我去找点儿喝的。我知道那些指挥官在哪儿存酒。"

悉尼消失了。维尔的周围全是睡着的龙，他开始怀疑自己还能活多久。

当悉尼从大象旁边走过的时候，敌军冲出了峡谷。

在这大雪纷飞的黄昏，她听到从远处一个火堆传来叫嚷和呼喊。她猜测敌人肯定在陡峭的峡谷中修出了小道，这里山势非常陡峭，几千人徒步行军非常危险，更别说还有马匹、大象和补给车。这支发动进攻的奇怪军队没有得到任何许可，没有签署协议，更没有提供任何赠品，只是大规模破坏森林，留下遍地的焦骨。这肯定激怒了当地人，他们一定会血债血偿。

战象被熟悉的嘈杂声吵醒，发出了嘶吼。它们的主人平时吃住都在象亭里，现在急忙去解开拴住大象的绳子，然后拿起自己的装备。人们用各种乐器发出警报，发出命令，演奏军乐。忽然，周围到处都是全副武装的士兵，他们抽出配件，搭弓上箭，骑上战马，嘴里叫喊着各种命令，盔甲和盾牌闪闪发光。在火光的照射和雪花的遮蔽下，上一秒还能看到一名士兵，下一秒他就消失不见了。

悉尼还想着那名参加期末考试的年轻人，好奇他的老师到底有什么安排。

大象咆哮着冲进了缠斗在一起的两军之中。其中一支军队和自己的对手相比，肤色更白，体毛更多。当大象冲到悉尼刚才作战的位置时，她已经被传送回了变形龙睡觉的小树林。

悉尼差点撞上乔荼，后者睁大眼睛看着树枝。悉尼四处都找不到维尔，然后闭上眼睛，开始搜索维尔忧郁而无趣的意识。

过了一会儿，她睁开了眼睛，怀疑希里教授是否真的良心发现，救走了自己的学生。到处都没有维尔的踪影。乔荼说了几句话，然后紧张地重复了一遍，最后抓着悉尼的胳膊又说了一遍。

悉尼提醒乔荼用一种彼此更为了解的语言交流："我听不懂

你在说什么。"

乔荼指了指变形龙，然后伸出自己的手指。她伸出了四根手指，悉尼困惑地打量了一会儿，然后惊恐地睁大了眼睛。

她小声说道："4。"

"4。"乔荼重复了一遍，摇了摇头。她伸出大拇指，说："5条变形龙。我有5条龙。现在这里只有4条。"

悉尼努力想象闷闷不乐的维尔爬上树，然后坐到龙背上的样子。她脱口而出："不！"就连黄昏时分，两军在高山上的血战都不及现在这个事情可怕。

乔荼张开双手，这个姿势的意思是：现在怎么办？我们该去哪儿？这个姿势说不定比语言的历史还要悠久。

一条变形龙吐出一股金色的火焰，草场上方战事正酣，那里传来了刺耳的叫喊、金属碰撞的声音、大象和人类的嘶吼，而手持火把的烟雾让一切都显得模糊不清。变形龙纷纷张开了翅膀，乔荼突然唱起了激荡高昂的歌曲，悉尼从没有听她这样唱过。这是一种战吼。变形龙毕竟是战龙，而乔荼也接受了战斗训练。变形龙飞到空中，然后落在雪地上，体内的火焰让它们看起来像微微发光的白影。乔荼用奇怪的语言说了几句，悉尼完全理解了其中的意思。

悉尼立即说道："我也来。"她说完就跳到了乔荼背后。悉尼之所以来这儿，就是为了看变形龙参加战斗。她说道："战争部一定会喜欢的。"

乔荼再次开始唱歌。裹挟着雪花和暮色的龙翼迎风舒展，龙群开始爬升，缠斗在一起的两支军队向着龙群冲了过来，雪地上踩出了一片斑驳的血迹。乔荼引导着龙群向山坡上飞去，龙群也开始采用火光和阴影作为伪装。乔荼的战吼强大而无畏，而且不乏可爱的意味,她的战吼穿透了战斗时的嘈杂噪声,让进攻的敌人吓了一跳。他们最多只看到一道金色的火焰,看不到龙群或者隐形的法师。有人向着龙群的方向射出了一支箭,却招致龙群愤怒的火焰,地上的雪化成了金色的液体顺山而下,士兵们纷纷倒地,在金色的龙火和雪水的裹挟下滚下山去。

悉尼吸了口气说:"他们没有烧起来。"然后又补充了一句:"士兵和大象都没有起火。"她看着一头大象加入混战,然后因为一道射偏的龙火而失去平衡,大象发出疯狂的叫声。骑手从鞍座上摔到了地上,大象一脚踩在骑手身上,顺便还踩死了两个打成一团的士兵。士兵的惨叫被现场的混乱所吞没。乔荼摇了摇头,完全同意悉尼所说的话;她的声音非常清脆,并没有因为眼前的混乱而走调。悉尼想起了自己此行的目的,又自言自语道:"但是,我们想用伪装藏起来的可不是龙。"

她一言不发,听着乔荼的歌声发生变化。火焰对所有人都一视同仁,黑暗也是如此。但是,变形龙不再是一边飞一边喷火,而是集中火力到右边的军队。悉尼猜测它们是因为乔荼的歌声而集中火力。龙群不再随意飞行,而是聚拢队形开始等待,又或者等待乔荼唱出一段特殊的歌词。所有的龙都聚在一起,乔荼一定是在和龙一起长大的过程中学习了它们的语言。

悉尼仔细研究这种复杂的语言,思考如何将古老的迷彩龙、唱龙人乔荼和有关敌人的分析报告一起变成战争部未来的优势。

她想要的答案很快就随着一道龙火出现了:那个魔法学生维尔·弗莱彻,正骑着那头失踪的变形龙,顺着乔荼的歌声飞了过来。

这是他最不想干的事情。这甚至不在他所谓硬着头皮去干的事情清单上,甚至还不如从山上跳下去,或者跳下海去喂鲨鱼。这都是变形龙的主意。维尔当时正在用木棍捣着篝火,他抬起头,看到一双明亮的闪动着智慧光芒的金黄色眼睛打量着自己。他瞬间感觉到喉咙干燥,愣在原地。但是,他看着树枝间的龙眼睛,突然泛起一股好奇心。

在这眼睛背后,到底蕴含着怎样的魔法?

他忽然发现,龙也想着同样的问题。

维尔呆呆地站在原地,原本用来拨弄火堆的木棍已经被火焰吞噬。他感到龙翼在拨弄着自己的意识,感到自己改变了伪装,模仿周围环境,变成了树干、树枝、雪堆和火焰,甚至在一瞬间感觉到了龙的身体和力量。但维尔还是维尔,还是那个站在雪地中捣鼓着火堆的人类,他忽然发现烧着的木棍很快就要烧到自己的手指了。

他扔掉木棍,看着变形龙的眼睛,深入龙的意识,然后进入潜藏在龙皮肤之下的眼睛中。

我想借助你的眼睛看到一切。维尔想道。

那就看吧。龙也如是说道。

维尔不记得自己移动过,但自己确实骑在了龙背上,看着入侵的军队从峡谷中冲了出来。

他听到了乔荼的歌声。

一开始,他不过是坐在龙背上听着乔荼的歌声。

然后,乔荼的歌声就涌入了他的身体,穿透了他的每一个细胞,最后她的歌声变成了维尔的呼吸、皮肤和心跳。那歌声反复告诫维尔,狂野起来吧。让别人恐惧你吧。成为烈焰和午夜吧,让你的血液开始歌唱,让我听到你吧。让你的心跳为我而歌唱，一如我为你而歌唱。让你的心变成烈焰，让它开始歌唱，然后直面死亡吧。

变形龙开始咆哮。维尔也开始咆哮，他的身下是熊熊烈焰，他一直在咆哮，然后忽然想起来：但我是个人类呀！

维尔又感觉到了自己的身体，他借助着龙、大火和士兵们的火炬发出的光亮，用自己的双眼观察着下方的战斗。士兵们在昏暗的光照下，一手拿着火把，一手挥舞着佩剑，前一秒还是一道寒光，后一秒就是血花四溅。

维尔又想道：我不会喷火呀！

但是他感到膝盖上传来奇异的温热感，就好像体内有什么东西被点着了。身下的变形龙依然如阴影般漆黑，开始向下方缠斗在一起的士兵喷吐，士兵们立即四散尖叫。维尔看到一方的士兵穿着动物皮毛制成的衣服，留着狂野的胡须和发型，另一方的士兵则穿着头盔和盔甲。乔荼的声音再次出现在他的脑海里：注意区别。记住区别。保护和我们一起前进的军队。你认识他们，我那漂亮而又迷人的野兽们。用我的眼睛看看它们吧。

我很漂亮。维尔被这个念头吓了一跳。我很迷人。

乔荼的声音让维尔心中充满了火焰。但是他无法让心中的火焰变成真正的火焰，无法让火焰向着下方的敌军。

我无法杀人。

维尔借着火光，看到一个人拿着长矛在追踪另一个骑在马背上的骑手。这名骑手身着白银装饰的青铜盔甲，青铜头盔上还镶嵌着宝石，这意味着他可能是一位高级军官。他骑在马上，有条不紊地用娴熟的技巧和战马两侧的士兵交手。而那位拿着长矛的人则左躲右突，在人群中杀出一条路，向着骑手冲了过去。

乔荼说，保护他。

我没有武器，维尔懊恼地想，他希望服从乔荼的命令，希望保护那位骑士。他试图引导变形龙注意那个拿着长矛的家伙，但龙完全听从乔荼的命令。

然后，维尔想到了世界上最古老的武器。

他感觉到了膝盖传来的温暖，拿出了放在毛皮斗篷内侧口袋里的东西。它不仅反射着变形龙火焰的光芒，而且内部黑色的火焰也清晰可见。下方的士兵抬起了长矛，胳膊收向后方，准备投出长矛，而维尔也扔出了手中那块龙粪。

他最后一刻看到，那名士兵跟跄了一下，长矛从手中滑落。他揉着脑袋，抬头看向天空，在漫天飞雪的黑夜中搜索着飞行的士兵和隐形的飞龙。

然后，他消失了。夜晚也消失了。所有的噪声、呼喊和惨叫，还有喇叭声、鼓声和大象的叫声，还有丝绸般的火焰划破夜空的声音，一切都停止了。寒冷也消失不见。维尔的呼吸也停止了。

维尔回到了教室里，坐在桌子后面。教室里只有希里教授，他坐在自己的桌子后面，手里将石化的龙粪扔来扔去，等待着维尔返回未来。

"干得漂亮，弗莱彻先生。"

维尔低头一看，小动物皮毛制成的斗篷和其他东西都不见了。他默默地看着教授，眨巴着眼睛，努力想弄明白自己到底干了什么。

他终于张口问道："是那块龙粪吗？"他动了动身子，浑身上下的骨头工作正常，大脑也没什么问题。"我到底干了什么？

我可什么都没干。"

"你从过去带回来一些非常宝贵的东西。"

"我不知道啊。我上一次看到那块石头的时候,把它扔到了一个陌生人的脑袋上。"

"你带回来了一个问题。"

维尔看着教授说:"让我猜猜,这个问题就是为什么你要把我送到那里去?我完全没有头绪啊!我觉得应该通过了这次考试,同时也觉得自己还没有开始考试。"

教授的笑容让维尔吓了一跳:"对!对!就是这个问题,弗莱彻先生。你把过去的魔法带到了现在。你现在要拿它怎么办?"

维尔模模糊糊地问:"这也是考试的一部分?"

教授将石头扔向维尔,后者手忙脚乱地接住了它。教授说:"不,这是人生。"

维尔再次被石头上的光泽所吸引,想起了那条变形龙和引导龙群的力量。他呼吸急促,双眼圆睁,嘴里说道:"妈的。"

"没错,弗莱彻先生。悉尼·库佛会来找你。你从22个世纪以前,看到了未来之眼。而且那眼睛还真漂亮。"

"我该怎么办?"

教授若有所思地挠了挠下巴,说:"这个嘛,你骑过了变形龙,肯定学到了一些东西。"

维尔看着教授,说:"真的是你把我送回来的?"他质问道,"你如何——你怎么——又或者你就是在我的脑袋里重建了我想看到的世界?"

"我还在这个世界里放了个库佛女士?"

"但是——那些雪和山——"

"石头可以记住很久以前的东西,弗莱彻先生……你不过是看到了藏在石头里面的东西。你掌握了一些很特殊的天赋。你把它们藏得很好。你几乎没能认出它们。"

维尔困惑地问道:"我该怎么办?"

"完成你的考试,拿到你的学位。在那之后会发生什么,谁又能知道呢?也许会去为战争部干活,为了和平而搞破坏?"

"但是——"他停了下来,脑海中出现了无数可能性。"她会知道的。"他忽然说,"她会认出伪装。我也不是什么大英雄。"

"弗莱彻先生,你可是骑过龙的人。"

"她也骑过。"

"但是你借助龙的眼睛观察了世界,还深入了龙的内心。"

"你怎么——"他再次停了下来,看着年迈的教授,忽然开始思考,在教授漫长的一生中,他那双年迈的眼睛到底通过龙的眼睛看到过什么。"我还有很多事情不知道……"

老教授又笑了起来,为维尔的无知而感到满意。"弗莱彻先生,这是最适合你的位置,也是最适合你开始的位置。"

我们不会讨论龙

莎拉·盖利

雨果奖获得者莎拉·盖利是一位国际作家，撰写了多部幻想和非幻想类小说。这些非幻想类小说最近发表在 Mashable、《波士顿环球报》和 Tor.com 上。最新的短篇小说登上了《炉边幻想》、Tor.com 和《亚特兰大报》。短篇小说集《利齿之河》获得了雨果奖和星云奖提名。他最近的作品包括《骗子的魔法》和面向年轻人的小说《当我们还是魔法》。

塞西莉6岁了，而谷仓里还有条龙。

塞西莉知道你在想什么。你在想，必须对龙采取一点措施。你在想，龙不应该住在谷仓里。你以为这是一个和龙有关的故事。

但是，你错了。不需要对这条龙采取任何措施，因为龙在谷仓里是非常正常的事情。塞西莉知道肯定如此，而且知道自己绝对不能把龙的事情告诉镇子里的其他人。她知道事情就是如此，因为一直以来都是这样。事情必然如此。

不能讨论龙的事情。如果塞西莉在吃完饭的时候提起了龙，她妈妈就会抓着她的领子晃来晃去，等洗完了盘子，她爸爸还会好好讨论下她的态度问题。他会让塞西莉想起来，爸爸个子高，塞西莉个子小；爸爸力气大，塞西莉没力气。她会惴惴不安地上床，然后在床上辗转反侧，最后担惊受怕地醒来。

塞西莉并不想这样，于是并没有说有关龙的任何信息，只是不停地斜眼看着自己的兄弟和妹妹。有一次，她想斜眼看看妈妈。但是结果并不理想。塞西莉学会了小心翼翼地和她相处。

谷仓里有条龙，这是很正常的事情。

塞西莉8岁了，谷仓里有条龙。

靠近谷仓是一件很困难的事情。龙散发着愤怒，这是一种滚烫的颇具压制力的愤怒，这种愤怒让人感到渺小和沉重。塞西莉之所以知道这一点，是因为每当她靠近谷仓的时候，都会感到高温和恐惧。谷仓仿佛得了疥癣，表面的红油漆纷纷剥落，谷仓大门太高，塞西莉无法看到里面的情况。整个谷仓坐落在父亲的土地上，看起来就像新裙子上的污渍。

谷仓外面的草地一片翠绿，这看起来非常不合理，因为这个谷仓看起来充满了恶意和残暴，周围所有的生物都应该枯萎。

现在该塞西莉去喂龙了。她咀嚼着两耳草，从远处打量着谷仓，她手里拎着从父亲工作的锻造厂里拿回来的一桶铁屑。父亲说，之所以在锻造厂工作，是因为这是获得铁屑最简单的办法。每当父亲这么说的时候，塞西莉的兄弟们就会斜眼看着彼此，因为他们知道，等自己长大了也要去锻造厂工作。他们会在黄昏时分回家，浑身伤疤，汗流浃背，口袋里的废铁都要扔进厨房门口的桶子里。

这是一个带着金属把手的厚塑料桶。把手上用厨房里的破布缠了好几圈,这可以避免把手勒进希里的手。这个桶子现在非常沉重,里面装着一个月里积攒的各种废铁。桶子已经完全装满了,是时候清空里面的东西了。塞西莉吐掉了已经被咬烂的双耳草。

塞西莉知道你在想什么:如果她不去喂龙,龙可能会离开。毕竟,龙并不是被困在谷仓里。它不过是喜欢待在那儿,因为那里有铁,很黑,还有猫头鹰和其他龙喜欢的东西。也许你会想:如果塞西莉停止喂龙,那么龙就会离开。

但是你错了。塞西莉必须去喂龙,因为该她去喂龙了,桶子已经装满了。如果不去喂龙,桶子里的废铁就会掉在地板上。妈妈就会非常失望,命令塞西莉回自己的卧室等爸爸回来,就算是塞西莉清理干净掉出来的废铁也不行,因为妈妈认为她需要的是好好接受一番教训。塞西莉得回去打扫自己的房间,希望整洁的房间可以弥补自己的过错。等父亲回来之后,妈妈就会把塞西莉干的好事告诉他,然后塞西莉就会开始害怕。但所有的恐惧早晚都会消失。

塞西莉必须喂龙。因为轮到她去喂龙了。事情就是如此:不知什么时候谷仓里出现了一条龙,然后该自己去喂龙了。塞西莉8岁了,就连她都知道这个世界如何运转。如果有时间的话,她可以向你解释这一切,但是她现在要去干活了。

塞西莉10岁了,谷仓里有条龙。

这么多年了,通向仓库顶阁的梯子还是那么吓人。梯子那么高,没有任何固定装置,单纯是靠在谷仓外面,塞西莉的父亲总是说，要用水管工用的胶带、横支架或者其他东西来固定这梯子。到了冬天，金属梯子就变得湿漉漉的，到了夏天又滚烫无比，而且一年到头这梯子都摇摇晃晃，发出吱吱呀呀的声音，这不禁让塞西莉在爬梯子的时候感到惴惴不安。

龙依然非常愤怒，它的愤怒就像沥青散发的热气，通过谷仓的木板渗透出来。塞西莉几乎已经适应了这种愤怒，但每次喂完龙后，她都用最快的速度跑到一边。

最起码，现在用一只手爬梯子已经变得很简单。每当她往上爬一个横杠的时候，拎着桶的那只手的小臂就会紧紧贴在梯子上，以此保持平衡。多年以来，梯子因在阳光下暴晒而变得滚烫，她的左小臂也因为每次失去平衡时都撞在梯子架上而变得伤痕累累。她的下巴上有一个很大的伤疤，因为上个月的某一天她没有及时抓住梯子，狠狠摔了一下，下巴撞在梯子的横梁上，而自己的脚上一秒还踩在这个横梁上。

她妈妈见到血淋淋的伤口，就开始责骂她。妈妈嘱咐塞西莉要慢慢来，多加小心，不必那么着急。然后就在她的嘴巴里塞一块冰，把她赶到屋外，因为梯子下面到处都是掉出来的废铁，而龙还需要吃东西。塞西莉还记得自己咬着冰块，在杂草中寻找废铁的样子。她最后再次装满了塑料桶，重新爬上梯子，因为还得喂龙。

你当然在想，塞西莉可以打开谷仓大门，直接走进去喂龙。毕竟谷仓大门可没有开在顶阁，而且大门上足了油，很轻松就可以打开。她的父亲每隔 6 个月就会打开一次谷仓大门，然后走进谷仓，试图说服巨龙离开。每当他这么做的时候，就说一定要成功，要看着龙的脸，告诉它离开谷仓。他每次都说，情况一定会发生改变。

你一定在想，为什么塞西莉不打开谷仓大门？为什么要提着一桶废铁爬上危险的梯子？为什么她的兄弟们也要爬上梯子去喂龙？为什么龙会在谷仓里？你一定在想，为什么要从顶阁喂龙，而不是从地面喂龙？

塞西莉也问过这些问题，提问这件事非常困难，因为家里不许问有关龙的问题。没人告诉塞西莉不许问龙的问题，但她知道这件事和其他许多禁止去做的事情并无区别，这就像告诉妈妈猪肉里的胡椒太多了，又或者取笑大哥如何讨厌在铸造厂干活。没人说不许去做这些事情，但是如果塞西莉真的这么干了，房间中就好像是起雾了一样，气氛变得非常沉重，父亲的眼神就会变得严厉起来，所有人都会在事情变得更糟糕之前，找借口离开房间。

但在塞西莉掉下梯子那天，她在吃完饭的时候掉了一颗牙，父亲很亲切地询问她到底发生了什么，而她鼓起勇气，告诉了父亲实情。

她说："我从梯子上掉下去了。"

"你在梯子上干什么了？"父亲的问题让塞西莉感到非常奇怪，因为她爬上梯子的原因只有一个。但是，她明白父亲在试探自己。这个问题有一个正确答案和一个错误答案，她经过了再三思考，然后做出了回答。

她说："桶子满了。"她的大哥在旁边轻轻叹了口气。她的妈妈喝了一大口水。塞西莉认为这是自己做出了正确回答的信号，因为没人带着一脸警示的表情看着自己，也没人向着房门走去。

"你下次得小心点儿。"父亲说着切了一块鸡肉，眼睛却一直盯着塞西莉的下巴。"我打赌这伤口会留疤。太可惜了。这疤留在脸上了。"

塞西莉现在需要更勇敢才行，因为她知道现在应该结束这次对话。父亲告诉她下次如何不犯错，而且也说了关于这次事故的后果，这些话可以供人思考很久，塞西莉很长时间内都不会忘记这些话。（太可惜了，在晚上睡觉的时候，她又想到这句话。太可惜了。）这时候，她的一位兄弟应该出来转移话题，为了解决工作或者学校中的问题而询问父亲的意见。

但是，忽然的寂静让她感到如鲠在喉。她把手伸到桌子下面，抓住了二哥的手。他捏了捏塞西莉的手指，这个动作给了她足够的勇气。

她用尽可能镇定的语气说道："也许，下次我不用走梯子，而是直接从谷仓门进去。"

赛西莉的妈妈把刀叉放在盘子上，看着厨房门。"我去看看水壶。"这句话非常愚蠢，因为水壶并没有放在炉子上，但是没有人对此说一句话，因为大家都在找借口离开房间。如果一个人的借口很愚蠢，那么其他人的借口可能也愚蠢。

"你不需要去看水壶。"塞西莉的父亲说，"待着，咱们聊聊塞西莉提出来的主意。"

啊，这倒是新鲜。塞西莉下巴的伤疤有种痒痒的感觉。她和自己的兄弟们看着彼此，怀疑这是个陷阱。

"啊，我就是想——"

"你不必去想。"塞西莉的父亲用餐刀的刀尖指着她，"你觉得对你好，那就去做。"

塞西莉的大哥看着自己的大腿。没错，这是个陷阱，而且现在没人能逃出去了。塞西莉想说，自己还没有决定任何事情，还没有想好什么是对自己好的事情，但这会引发争论，而争论比做决定更可怕。她内心塞西莉的一部分悄悄对自己说，也许你真的知道什么对自己有好处，而且，为什么你的主意就不好呢？但她无情地压制了这个念头。

"对不起。"她说话的时候看着父亲的双手，她本应说话的时候看着父亲，但是她不想让别人觉得自己很任性。

父亲问："你为什么要说对不起？"

啊，这倒是新鲜。她看着自己的兄弟们寻求帮助，但他们此时也困惑不已。

又是个陷阱。

她说："我干了蠢事。我不觉得——"

父亲打断了她的话："不，你连想都没想。"

当父亲这么说的时候，塞西莉双眼充满了泪水。毕竟，事情发展到了这一步，一切又回到了熟悉的套路。当她的父亲开始讨论她的态度、粗心大意和其他一切让他看不顺眼的事情时，塞西莉就把泪水都咽回去，因为这只能让事情变得更糟。她也抑制住自己想笑的冲动，因为这些熟悉的部分才是最简单的。

所以，你可能会想，塞西莉为什么要爬梯子去喂龙，而不是打开谷仓大门直接走进去。如果塞西莉知道如何组织语言，一定会亲自告诉你。但是，她才10岁。她虽然勇敢，但是身材瘦小，她努力让自己不从梯子上掉下去，而且对一位从不会去她家吃晚饭的陌生人来说，实在是太难解释这一切了。

塞西莉13岁了，谷仓里有一条龙。

她每周都要拎着桶子爬上梯子。她的两个哥哥都在锻造厂工作，每天回家都会给龙带回废铁。塞西莉很强壮，装着废铁的桶子再也没有以前那么重。虽然提桶把手上还缠着厨房里的破布，但把手还是会深深地勒进她的手指。她的一个哥哥确实在梯子和谷仓之间加上了一些支撑横梁，现在塞西莉爬梯子的速度，就好像手里根本没有提桶一样。

每年夏天，塞西莉都会去小河的深水区游泳。来自镇上的一些男孩会从大石头上比赛跳水，他们大喊着跳入水中，比试着谁砸出的水花大。塞西莉有时候也会加入他们。她的鼻子经常会进水。但今年夏天，二哥教会她如何屏住呼吸，以及通过鼻子喷出一点空气，让自己出水时显得不那么手足无措。

这就是龙的愤怒。塞西莉已经学会了如何保持镇定，如何稳定呼吸，爬上梯子，让龙的愤怒从身边流过，而自己不会感到害怕。她开始怀疑这到底是不是愤怒，又或者是什么只有龙能感觉到的东西。由于自己不知道任何其他的东西，所以只能将之归类为愤怒。

再说，你也知道，这是条龙，你也一定会假设龙很愤怒。

塞西莉通常会先爬上梯子进入顶阁，然后再把桶子拉进来。通常来说，她会四肢并用爬进顶阁，一只手拖着桶子，另一只手摸索着来到顶阁的边缘。她会把桶子里的废铁倒下去，然后听着黑暗中传来龙的呼吸声和爪子在泥土上的摩擦声。通常来说，她会尽快离开谷仓。

但是，今天她不打算这么做。她已经做出了决定。这几个月来，她都在考虑这件事，又都在回避。但是，今天她做出了决定。她真的要这么做，绝对说到做到。

她爬上了梯子。她爬进了顶阁，摸到了顶阁的边缘。

她的双腿在边缘晃荡。

她坐了下来。

"你好呀?"她对着漆黑的谷仓大喊道。但是没有传来任何回应。

塞西莉从桶子里拿起一块锋利的废铁,四周边缘一片黑暗,想必带这块铁回家的哥哥一路上都痛苦不堪。她从双膝之间将这块废铁扔了下去,听到了废铁砸在地上的声音。然后,她听到了龙移动时发出的声音。这声音听起来就像是废铁在桶子里晃动的声音;又像是梯子晃动的声音;像是刚刚 6 岁的自己害怕夜晚出没的怪物,只有毯子才能保护自己免受房子里怪物的袭扰,而恰在此时,那房子还发出了吱吱呀呀的声音。

"我今天来月经了。"塞西莉说。她的双眼开始适应黑暗的谷仓,可以看到黑暗中有一块东西的密度要远高于周围的环境。"听起来这事很重要,但是妈妈不过是给了我一个月经杯。我希望她给我一个月经塞。"她不确定这是不是真的,又或者只是因为月经塞没有那么疼,所以随口说说。"总之,这事我只能和妈妈说,而且她也觉得不是什么大事。所以,我觉得还是和你聊聊吧。"

她又扔下了一块手掌大小、形状扁平的废铁。她听不到龙吃东西的声音,但是她可以看到龙在移动,除非她看到的一切都是错觉。

"我觉得你感觉很害怕。"她说道,"我觉得月经也很可怕。我总觉得其他事情都比月经恐怖,因为月经总是夹杂着平淡和怪异感。有时候,我希望自己可以死掉,因为那就像自己可以逃跑,没人再对我发火——"她忽然捂住了嘴。她从没如此大声说过话。这都是怎么回事?

你一定在想,龙一定是对她施了魔法。你一定在想,龙以人类的感情为食,它引出了塞西莉内心的感情,用一种她所不理解的方式伤害他。你一定在想，父亲不让塞西莉打开谷仓门，是一个正确的决定。

塞西莉也在想这些事情。但是，她紧接着把双手从嘴上拿开，倒下半桶废铁，继续说了起来，只不过语速慢了下来。她给龙讲了很多事情，其中包括各种秘密、个人感觉、内心的恐惧和愿望。龙倾听着这一切，又或者根本没有听，只是忙着吃扔下来的废铁。也许，龙完全忽视了塞西莉。

她也不在乎。她从没有和其他人说过这些事情，但现在她可以说了，所有这些事情都涌了出来。龙不会因为她感到孤独或者害怕而生气，它有时间听她倾诉。龙并不适合做她的朋友，但绝对不是她的敌人。

塞西莉终于找到了一个可以倾诉的对象，好好聊一聊有关谷仓里的龙的事情。

塞西莉16岁了，谷仓里有一条龙。

在过去的3年里，塞西莉每周都会爬进一次谷仓顶阁。她把一切都讲给龙听。她不知道龙有没有听自己说话。她也不需要知道。她给龙讲了自己的初吻（那是两年前的夏天，在小河边发生的事情，当时诺兰没有打赌塞西莉敢不敢从石头上跳下去，而是打赌塞西莉敢不敢亲自己）。她告诉龙自己的母亲从楼梯上掉下去（一切就发生在塞西莉面前，她感到非常惊恐，但是第二天一切恢复正常，她妈妈依然非常冷漠，唯一不同的就是腿上的瘀青）。她给龙讲了离家出走的打算，以及被抓住的风险和到达城市从此彻底消失的预定目标不成正比。

"再说了。"她说着扔了几块废铁下去，"我要是走了，谁来喂你呢?"

今天,她在谷仓里,还没爬上顶阁就开始说个不停。

她说道:"诺兰今天又亲我了。"塞西莉的头发上挂了一块蜘蛛网,她扯掉蜘蛛网,浑身发抖地向着顶阁的边缘爬去——她讨厌这种脖子上奇怪的感觉,仿佛是无数看不见的细小的腿从脖子上爬过。"他亲了我!我去镇子上买鸡蛋,他也在那地方,然后他送我护甲,然后就在田地边上亲了我一口。你能相信这一切吗?"

塞西莉知道自己应该对诺兰保持警惕。她完全清楚这一点。她知道男孩们都是麻烦,而且她知道自己也不被允许去约会,知道父母如果发现了诺兰,会怎么教训自己。她之所以知道这一点,是因为父母上一次发现了自己和诺兰接吻的事。当时铸造厂为工人和家属举办了一个大型野餐。诺兰的父亲在工厂上班,他发现诺兰和塞西莉在充气城堡里接吻。整个充气城堡原本是给小孩子准备的,但根本没有小孩子会钻到里面去,于是诺兰和塞西莉就钻了进去,想看看里面是不是和以前一样好玩儿。事实证明,充气城堡还是那么好玩,二人摔在了一起。虽然主观上并没有感觉过去多久,但足够让诺兰的父亲来找他们。

塞西莉清楚其中的风险。但是,诺兰一只手拉着塞西莉的手,二人大拇指纠缠在一块,他的食指捧着塞西莉的下巴,而塞西莉想,也许,可能——

她对龙说:"我觉得我可能爱他。"

龙发出了一点声音,塞西莉认为这是龙在叹气。谷仓里散发出来一种类似冷水和热水混在一起的感觉,她以前一直以为这是愤怒,但现在她很确定,这不过是饥饿罢了。她扔下了更多的废铁。

她说:"我觉得我爱上他了。而且我想把他带回家见见爸妈。"

你没有说错,这确实是个颇为冒险的主意。而且绝对不会有好下场。塞西莉的爸妈不会乐见自己的女儿带着一个男孩子回家。但当塞西莉把这个决定告诉父母的时候,会坐在两位哥哥中间,而哥哥们会在桌子下面握住她的手,给她足够的勇气。塞西莉会保持冷静、理智和足够的勇气,到了最后,她的父亲会高举双手,表示自己要见见这个男孩。

当诺兰来家里吃饭的时候,他会为塞西莉的母亲带来鲜花,为她的父亲带来威士忌。他肯定会非常紧张而且非常有礼貌。塞西莉的父亲会用一种看似随意,但实际上充满恶意的方式来拷问诺兰。塞西莉的母亲不会表达任何意见。塞西莉的二哥会说诺兰这个人还不错。当所有人都去睡觉的时候,她的大哥会敲开塞西莉的卧室。他会紧紧抱着塞西莉,说她找到了一个好男孩,当他放开塞西莉的时候,一定会双眼噙满泪水,因为他知道自己的妹妹找到了一个可靠的男孩。

到了下一周,诺兰还会来家里吃饭,会带来更多的鲜花和威士忌,也会成为在餐桌下面握住塞西莉手的人。

塞西莉马上就18岁了,谷仓里有一条龙。

她的手上戴着一枚戒指。

她爬上梯子,左手一如既往地拎着那个桶子,桶子上的把手让指根的戒指深深陷入肌肉中。这让塞西莉感到非常痛苦,她提醒自己下周提着桶子爬梯子的时候,要找根链子把戒指挂在脖子上。

要不是因为手上传来的疼痛,她早就感觉到谷仓里传来的饥饿感。她现在确定这种感觉是饥饿,而不是愤怒——她已经习惯了爬梯子时,传来的越发强烈的饥饿感,就好像她花了太久才将废铁扔进漆黑的谷仓。她通常不会注意这种饥饿感,但这次爬梯子的时候,这种饥饿感却排山倒海般地向她袭来,将她整个人包裹。

又或者说,如果不是因为指头上传来的剧痛,这种饥饿感本就该给人这种感觉。她的注意力都被疼痛所吸引,这种疼痛就像是面对父亲的长篇大论或者母亲的沉默时,她的指甲深深嵌入手掌时传来的感觉一模一样。她的注意力都放在手指传来的疼痛上,无视了其他的一切。

等她爬上顶阁,放下桶子,指头上传来的痛苦消失了,塞西莉才注意到这种饥饿感。这是一种切实存在、无法忽视甚至让人感到灼热的饥饿感。它让塞西莉无法呼吸,发出尖叫,但她根本做不到这一点,因为所有的话都堵在喉咙里,她从没体会过如此强大的饥饿感,这种饥饿感深入她的大脑和体内,塞西莉无法抵抗这种感觉。

她把桶子里的废铁全部倒了下去,这种饥饿感勉强消减了一点儿,塞西莉终于喘了口气。她用手腕擦了擦汗,免得汗水流进眼睛里。

她喘着粗气,愤怒地问:"这到底是怎么回事?"谷仓中并没有传来回答,只有龙移动时发出的声音。她还能感到那种饥饿感,但它此刻就像是夏日的热浪,而不是对着自己发射的喷火器。"我的天哪!"她小声说道。塞西莉紧张地转动着指头上的戒指。她说:"总之,我要结婚了。"

诺兰前一天晚上问过她这事。当时,他们躺在毯子上欣赏着星空。他们选择了一块远离谷仓的位置,这样就不会被龙的饥饿感影响到。诺兰下周就要去铸造厂上班,所以想在上班之前问问塞西莉的意见。她知道诺兰会这么干,因为二哥曾经告诉过她,诺兰曾经询问过父亲的意见。

塞西莉对龙说:"他想知道我是否真的想结婚。他说很抱歉破坏了我的惊喜感,但他不想让我毫无准备。"她对着黑暗中来回移动的黑影摇了摇头,听着龙低沉缓慢的呼吸。"我告诉他,我非常想结婚。"

她继续给龙讲诺兰对自己求婚的事情,讲诺兰是如何单膝跪地,将祖母留给他的金戒指给了她。这枚戒指上还有一小块钻石。当她说出"金"这个字的时候,又传来一阵强烈的饥饿感,塞西莉只能蜷成一团,等待这种饥饿感消失。

她大喊道:"抱歉,现在没有更多的废铁了。"当她道歉的时候,饥饿感就逐渐消退,然后她直起身子。"我去问问其他地方还有没有多余的废铁。"她说道,"我向你保证。总之,我觉得把你的事情告诉诺兰,他可以把废铁带回家,然后我们说不定就可以一起喂你。"

如果不是第二波饥饿感太过强烈,太过激烈,塞西莉就可以听到父亲爬上梯子的声音和进入顶阁的声音了。但是,她肯定听不到。毕竟,顶阁下面就是一条龙,就算这头龙什么都不做,也是一头巨大的动物,呼吸和移动时发出的声音就像是一条老旧的船。它的鳞片在地面摩擦,爪子抠入泥土,就算不用声音来分辨龙到底在干什么,龙也发出了大量的噪声。

"给诺兰说什么?"塞西莉的父亲站在背后说道,她被吓得跳了起来,脸上挤出了一个微笑。要不是父亲抓住了她的领子,塞西莉早就从顶阁边缘掉下去了。父亲抓着塞西莉的领子,然后晃了晃,塞西莉忽然想起来自己6岁时,在餐桌上因为说话不小心而发生的事情,她当时感到自己幼小无力,而且不知道到底发生了什么。

但是,她父亲只是轻轻晃了晃她的领子,即便这让塞西莉感到不安,她也没有觉得是什么大事。

她说道:"我只是说,诺兰需要知道我的日常工作。"她不知道自己为什么害怕说出龙这个字。

她父亲问道:"那他为什么需要知道这些事情?你不过是每周花5分钟去一趟谷仓,你为什么要向其他人讲这些事情?"

塞西莉又掉进了父亲的陷阱。她终于反应了过来,想必大家也知道哪里出了问题。因为,她本不应该和龙说话,不应该和其他人说龙的事情。塞西莉并不傻,她确实曾经想过,父亲在顶阁上会干些什么,为什么他会跟上来,自己到底陷入了怎样的麻烦。他肯定发现自己每周都在顶阁里待好几个小时。

顺从父亲的说法是很简单的事情,接下来要做的就是每周只花几分钟去喂龙。但是,如此一来,塞西莉就必须放弃这里,放弃这个黑暗多尘的谷仓,放弃这个可以讨论自己害怕的事情和内心的渴望的地方。为了保证自己的安全,为了让父亲对自己感到满意,塞西莉已经牺牲了太多自我,但到了现在,她却忘了为什么这么做。

"我得告诉诺兰,因为他是我未来的丈夫。"她说道,"而且,我不想对自己的丈夫保留秘密。"

这是个错误答案。

塞西莉的父亲用强健的大手紧紧抓住她的手腕,他使出的力气远超寻常,但他是借此提醒塞西莉,自己的体形和力量远在她之上。"你觉得你会嫁给那小子?"他说,"你觉得可以直接逃跑，放弃自己的责任？你觉得这是个好主意？"

塞西莉想说，哥哥们知道诺兰对自己的求婚，但是这会让自己的哥哥陷入麻烦，让情况更加糟糕，这没有任何必要，不必争执。父亲拉着她向着顶阁大门和梯子走去，她有那么一瞬间担心父亲会把她扔出去。她努力想抽回手腕，脱离父亲的铁手，然后整个人向后倒了下去。

父亲大声咆哮了起来，塞西莉摇摇晃晃，一边思考自己到底犯了什么错，一边重新恢复平衡。她踩在顶阁的地板上，但脚下却空荡荡的。脚下只有黑暗。

她掉了下去。

下落的高度比预想的要短。她就像一块废铁，后背狠狠地砸在地上，那句所谓的"肺里的空气全都被抽了出去"完全不足以表达她现在的感受。她知道这样很疼，她知道这个高度掉下来令人非常难过，但是落地时的冲击让她短时间内感觉不到疼痛。

然后，她明白了自己在哪，而且也没有时间感到害怕，龙已经过来了。

塞西莉没有听到父亲走下顶阁的声音，因为她只听到了鳞片摩擦的声音，这种声音就像是远处传来的沙沙声，但现在这听起来像有人在耳边用叉子刮着餐盘。她没有听到父亲从外面打开谷仓门，因为她能听到的只有龙的呼吸声。那呼吸声就在耳边，带着铁臭味的气息吹着她的头发。她没有听到谷仓门打开的声音，没有听到木头和金属的碰撞，还有铁锈发出的吱吱呀呀声，她只听到了自己的心跳。

阳光照进了谷仓，塞西莉看清了龙的模样。

龙比她想象的要小。但这并不意味着这条龙就是什么小可爱。龙的眼睛凑到塞西莉的面前,那眼睛足有盘子大,还有那龙的嘴巴——

(啊,塞西莉害怕极了,她从没有这么害怕过。)

——龙的嘴巴碰到了她的左手。

龙的利齿碰到了塞西莉的手腕。她的手指感到一阵潮湿,她分不清自己是不是碰到了龙的舌头,因为她的整只手都在龙的嘴巴里,这已经完全超越了自己可以理解的极限。龙的鳞片黑得像是氧化铁,她能理解这些东西,但神龙的嘴巴已经挪动了她的手腕。

她不明白龙为什么还没有咬下去。而且她听到了父亲的声音,他的声音非常含混,根本听不清在说什么。她只记得父亲曾经抓住自己的手腕。

她小心翼翼地把手慢慢从龙的嘴巴里抽了出来。

龙允许她这么做了。

塞西莉站了起来。她看着龙的眼睛,那奇怪的瞳孔在阳光的照射下开始收缩。她抬起手,检查是否出血。就在这时,阳光照在了诺兰给她的戒指上。

龙看到了戒指,空气中瞬间充斥着饥饿感。

塞西莉多年以来将自己的一切都讲给了龙。从13岁起,她告诉了龙自己所有的愿望。她给龙讲述了自己的梦想、渴望和欲望。她给龙讲了自己的希望和需求。

她以为龙从没有听进去一个字,但她现在明白了:龙也给自己讲了一切。每当塞西莉来看龙的时候,龙就向她讲述着自己的事。龙只向塞西莉要求一样东西,但塞西莉却从来没有满足龙的需求。今天,她终于明白了其中缘由。

塞西莉脱下了自己的金戒指。在她的身后,父亲大叫着让她停下。父亲向着塞西莉走去，他的身上散发着那种熟悉的愤怒和故意摆出来的令人害怕的气势。

龙看着塞西莉的父亲，后者停了下来。他曾经无数次直面这条龙，却不能让它服从自己的意志。今天也是如此。龙和塞西莉的父亲都很明白这一点。

塞西莉将戒指盒放在手掌上。她已经想好如何向诺兰道歉，但她认为诺兰会原谅自己。

龙低下了头，就像是一匹马准备吃一块方糖。塞西莉没有感觉到龙的嘴唇或者舌头，只是感到龙的利齿和戒指的碰撞。

然后，戒指消失了，塞西莉第一次发现龙的饥饿感消失了。这可不是说龙的饥饿感轻微减弱，而是完全地消失了。塞西莉可以呼吸了，但肋骨因为落地的冲击依然感到疼痛。你可以从空气中闻到尘土、阳光、汗水和稻草的味道。龙也不再饥饿，塞西莉的父亲一言不发站在她身后。

塞西莉小声说："你不该吃铁。你应该吃黄金。"

龙并没有回应她。龙看着打开的谷仓大门，像鸟儿一样抖了抖翅膀，塞西莉见状不禁笑了一下。当她看到金色的线条在龙的翼膜上扩散的时候，就压制住了笑意，这些金色线条扩散的速度越来越快。

"不。"她父亲说道，"不，这——你不能给它想要的东西，塞西莉。你不明白，你得让它知道谁才是老大，不然——？"

"不然怎样？"塞西莉嘀咕道，而父亲也没有像往常一样回答她，因为龙向着他走了过去。塞西莉的父亲退出了谷仓，而龙迈着蜿蜒的步伐继续前进。金色就像是吞噬火柴的烈火，继续在黑色的翅膀上扩张，当步入阳光之下，龙展开了翅膀，彻底挡住了谷仓大门。塞西莉跟在龙的身后。

这是有史以来第一次，龙不再饥饿，塞西莉不再害怕。

塞西莉已经 18 岁了，谷仓里也没有龙。谷仓里空荡荡的，龙就飞在她家上空，她可以和任何人讨论龙的事情。

也许该上去看看

斯科特·林奇

斯科特·林奇1978年出生在明尼苏达州的圣保罗。他撰写了获得世界奇幻奖提名的《绅士盗贼拉莫瑞》及续篇,短篇小说则登上了多部选集。在2016年,斯科特从明尼苏达州搬到了马萨诸塞州的谷地地区,和自己的长期搭档,同为科幻及幻想作家的伊丽莎白·贝尔结婚。

经历了1944年塞班岛的夏天之后,艾莫里·布莱克本需要适应很多事情。第一件事,就是留在两条腿里的两发日军子弹,然后就是向着医疗船漫长而痛苦的转运之旅。第二件事就是肝炎,这让他在通往夏威夷的路上受尽了苦。这里的夏威夷可不是明信片上的夏威夷,没有体贴的护士,温暖的白色沙滩和冰凉的不适合给康复期病人吃的冰激凌。对于艾莫里来说,一切都完全不一样,唯一和他关系亲密的,只有将那一对伤腿吊起来的机械吊索。他在床上躺了两个月,觉得自己一半是人,一半是投石机上的炮弹。

等他坐起来之后,先学习如何用拐杖摇摇晃晃地走路,然后学习如何抛弃拐杖摇摇晃晃地走路，最后自己几乎可以正常走路。就在此时，医生们也终于治好了他的肝脏。他每天至少对着镜子检查30遍眼睛，现在眼睛里终于看不到成熟杧果的颜色了。但是，艾莫里再也没有重返陆战4师。他下一个需要适应的（此处无任何排序错误）是原子弹、日本的投降、战争结束，以及光荣退役。

1945年年末的时候，他们让艾莫里完全退役。他退役的时候，体重轻了13.6公斤，走起路来就像一个瘸腿的卡通人物（枪伤给大腿肌肉造成了不可逆的影响）。他应该能得到一份相对体面的E-3级别的工资，以及带着乔治·华盛顿头像的紫心勋章，以此提醒他掩护和隐蔽之间的区别。他要是死在战场上，也可以得到一枚勋章。

返回怀俄明州卡本县的路程并不舒适。他是百万归家失业潮中的一员，而且和平民世界脱节了整整4年，所以整个适应过程不仅更慢而且更加困难。但是，他的适应能力到目前为止还不错，他正在向着自己的家乡团结溪前进，这里的315名居民即将迎来一名新成员。他需要适应家乡没有亲人的空虚感和突如其来的迟钝感。艾莫里不过24岁，但他自己感觉足有200岁，而且他感到非常困惑，这片不毛之地究竟要如何填补自己长久以来的空虚呢？

这种闷闷不乐的情绪一直持续到了1946年春天。他想借着啤酒寻求答案，但却一无所获。最后，他决定振作起来，让阳光和山间的风给自己提供灵感。他现在感觉精神抖擞，可以继续自己的生活，进入人生的全新阶段。

就在这时，天空中出现了风暴，不落滴雨的雷暴，甘草般漆黑的云团下电闪雷鸣，风暴云连续几天挡住了太阳，干扰了无线电信号。当一切平息下来之后，所有的云团全都消失不见。该死，不是说世界上没有龙吗？

一切全都乱了套。

街头巷尾出现了牧师，专栏作家们不停地发表新的文章，无线电里到处都是宣扬末日论的节目。政府先是宣布实施戒严，然后又取消戒严，然后再次实施戒严，一切都没完没了。没能在轴心国轰炸机面前检验自己训练成果的民防系统负责人们，拿起自己的简报板，聚在一起开会。防空警报被推出了车库，还有那些提示毒气攻击的响板、汽笛、鼓和信号弹。大家出于并不明确的原因互相发出警报，这种情况持续了大约一个星期。国会宣布进入总体应急状态，各州开始召集国民警卫队，他们的任务通常是将某些过于激动的居民在附近路口搭建的路障摧毁。事态逐渐恢复了秩序。

在艾莫里看来，国家刚刚开始解除总动员状态，全国的军纪整体上依然正常，也许整个秘密事件都不过是一场偶然。民众需要时间才能接受活生生的龙的存在，那么对于这场持续了6年，造成5500万人死亡的战争，民众又会做何反应呢？对于喷气机、火箭、帝国的衰落、那两个外号叫"小胖子"和"小男孩"的核弹呢？这些从黑色风暴中现身的生物开始捕食人类和家畜，这很容易让大家将注意力集中到眼前的事情上。

霍利斯特·J.本齐也许从轮子发明那一刻开始，就是卡本县的警长了。当然，他的实际工作时间可能存在误差。本齐没有非常亲近的朋友，但是有几个普通朋友，其中包括艾莫里去世的父亲。所以，当警长步入巴克霍恩·杰克那鼎鼎大名的牡蛎酒吧（这家酒吧从1934年起，以没有牡蛎而闻名）的时候，艾莫里就知道向警长问好。自从龙开始在团结溪附近的山区出没的时候，艾莫里就将更多的时间泡在酒吧里。

"艾莫里，你入伍的时候是主动要求去陆战队，还是说山姆大叔随机分配你去了陆战队？"艾莫里可没想到，回家之后有人会说这话来欢迎自己。

"警长，我就是想去陆战队。"

"和我想得一样。"本齐是个身材消瘦的家伙，满脸皱纹，眯着眼看人，但是头上戴着一顶能装下3个人的帽子。他靠在一根柱子上，反复打量着艾莫里。"所以说，你这家伙有点勇敢，也有点蠢，但我喜欢这两种品质。听说你中枪了，伤势严重吗？"

"我两条腿都被打中了。"艾莫里下意识地用大拇指摸了摸裤子侧面，寻找着早已愈合的弹孔。"警长，当时伤势还是比较严重的。但现在，我的动作还算灵活。"

"在我看来，吃枪子可以让一个人变得更小心。那是一种与众不同的机警。我1928年被霰弹枪弹丸击中，后来就机警了不少，那可比读书还管用。艾莫里，你看，我的意思是，我从罗林斯市回来的原因是，你能不能再把枪端起来？你有没有什么个人想法？"

"啊，警长，这就是个弹匣和杂志[①]的问题。"艾莫里咳嗽了一下，坐直了身子。"抱歉，警长。这个笑话太蠢了。我的意思

[①] 英语中弹匣和杂志皆为magazine。

是，我觉得我没有任何问题，咱们到底要讨论些什么问题？"

"艾莫里，要处理的问题可多了。有一大堆麻烦要处理。联邦、军队、州警，所有人都要忙起来了。但我哪都不用去。我还弄了份豁免令，足够一两个副手用的。"本齐用手指了指窗户，艾莫里看到外面停了一辆吉普和轿车。5个人站在车队周围抽着烟，步枪挎在肩上。"我的老天爷啊，树林里有怪物，我们得用对付郊狼或者偷马贼的办法来对付它们。接听电话，完成工作，写完所有文书，然后通知全县。"

"你……想让我当你的治安官？"

"对。为了全县居民的利益，我在给自己找一个能干的副手。你还年轻，也训练过如何执行命令和使用武器，而且我知道你也没结婚。我无意冒犯你。但是我们要做的事情非常危险、诡异，而且很困难。"本齐笑着用手指点了下帽子，"这活儿给的钱也不多，你的老板是个会说漂亮话的两面派，非常乐意将文书工作推给别人。现在，小伙子，你觉得自己心里还有陆战队那点'永远忠诚'的精神吗？"

艾莫里不知道该说什么。他并不是渴望冒险的人。如果他想要证明什么，那么早就在登陆的滩头和病床上完成了这一切，这辈子都没人能够质疑他。多年以后，他经过反复思考，终于得出了一个结论，能被别人需要，能让别人对你发出邀请，能让别人对自己说"你就适合干这个"，尤其哪怕自己的特长不过是在龙把你的脑袋咬下来的时候，你不会给这个世界留下一个寡妇，就已经是一件非常了不起的事情了。艾莫里点了点头。

"很好。现在把你的屁股从凳子上挪开，和我们一起上车。我们会带你宣誓就职。"本齐仪式性地拽了下裤袋，然后向酒吧门走去，"完事之后咱们喝点咖啡，吃点儿三明治，然后就去猎龙。"

两天后,艾莫里打中了第一条龙。他不是唯一打到龙的人。

他们连夜收到了人口失踪报告,于是在破晓时分就出发,汽车轮胎在30号公路上扬起了一片碱性尘土。他们经过了一个检查站,涂成橄榄绿的摩托和半履带车停成一排,国民警卫队的士兵正在装满沙袋,给重武器配置人手。艾莫里看到了一挺放在四脚架上的机枪和37毫米反坦克炮,操纵反坦克炮的炮班正盯着逐渐稀薄的晨雾发呆。如果艾莫里猜得没错,这些人现在肯定感到无聊和困惑,而且心里还感到非常害怕。据他所知,卡本县的其他镇子还没有遭到攻击,这是一件好事,但也让情况更加复杂。除非这些怪物从山地和林区现身,否则这些人的脑子里就会一直在想龙的事情。他们想象中的龙一开始有9米长,然后变成12米长,再变成24米长,到了最后,哪怕草丛里的松鸡叫一声,都能让他们吓得要死,尿了裤子。上等兵布莱克本早就见识了这一切。

艾莫里发现本齐警长带着副手巡逻的计划非常具有前瞻性。国民警卫队和临时召集的民兵正在扎营,设立警戒线,包围镇子、矿井和铁路。这是一次规模庞大的行动,但是缺乏明确的指挥,没有通信中心。在卡本县这样荒凉的地方,现有资源不足以处理所有的琐事。国民警卫队不可能派坦克调查老年人打电话通报的奇怪响动,也不会去处理例如醉汉或者交通事故这样的寻常事故。本齐打算继续处理日常工作,带上足够的火力,处理任何胆敢现身的怪物。

他们继续开车前进,艾克山就在南边的地平线上若隐若现。

两个小时后，他们到了艾克山的东北面，然后从老司迪曼的农场继续前进。这座农场直到最近才被荒废。农场房子楼上的两扇窗户被打碎了，狗屋和牲口棚也被摧毁，只留下满地血迹和碎木头。这里没有可以辨认追踪的足迹，只有人汇报附近有大型动物顺山而上，所以一行人开始爬山。

7个人排成一条线，小心翼翼地在一条雨水冲出的小沟里前进，大家一边抽烟一边开玩笑，假装一切正常。阳光照在艾莫里的肩膀上，让他感觉越来越热，就好像画家涂上了一层又一层的颜料，但是从白雪覆盖的山顶吹下来的风实在是太冷了。他不喜欢这样。陌生但又非常熟悉的加兰德步枪夹在胳膊下面，3个备用弹夹放在左腰的口袋里。山里的风将灰色的尘埃吹到齐腰的高度，然后从他们身边吹过，那场面看起来就像是一群匆忙逃离现场的幽灵。他们一路向山上爬去，没有看到大角羊、鹿、鸟，就连鸟叫声都没有听到。大家的说笑声渐渐归于宁静。

本齐警长位于队伍中间，手里拿着一个做工精良的望远镜，但首先是金诺克·铁云指向林间，大家终于发现了一直监视着自己的家伙。他用精确而传统的呼喊唤起了大家的警惕："哎呀我的天哪，你看那个丑八怪！"

这怪物立即从暗处跳了出来，它浑身反射着阳光，蜿蜒的身体呈灰色，还有老虎一样的黑色条纹。它的头上长着角和头冠，楔形的脑袋和爬行动物类似，四肢好像艾莫里多年前从杂志上看到的恐龙。怪物的尾巴卷在一起，身体非常纤细，从鼻子到尾巴有7米长，金色的眼睛紧紧盯着一行人，从80多米外都能感到一种奇怪的力量。

本齐喊道："哦，妈的。小伙子们，别想着打脑袋了！这东西和大象差不多大了。对准腿和关节，狠狠打！"

艾莫里心跳加速，他单膝跪地，端起了步枪，将准星压在眼前的怪物身上。他昨天才调整好这把步枪的准星。然后，这头怪物开始移动，露出一嘴匕首般的利齿。步枪和周围人齐射时发出的噪声和烟雾让他精神集中。他先慢慢打空弹夹里的8发子弹，然后在打空的弹夹落地之前就装填完毕。他稳稳地打完了第二个弹夹，然后是第三个弹夹。

龙向前冲了30多米。当所有人镇定下来，不再像一群亢奋的聋子鸡一样到处跑来跑去的时候，所有人一共用加兰德步枪和猎枪打出了97发子弹。

警长检查着尸体，大叫道："我的妈呀！"鲜血从龙的尸体上流到了地上，现场好像是一个实验室，空气中弥漫着金属的味道。"我得找个摄影师过来。看看这个烂摊子。咱们可太走运了！咱们得找点大威力的武器。猎象枪我看不错。"

铁云检查了一下龙之前藏身的树林，然后说："你需要的是担架和毯子。"

艾莫里走近了几步，看了看他到底发现了什么。树林里有很多绵羊的尸体，这些尸体像动物标本一样僵硬。在绵羊尸体后面，可以看到一双穿着靴子的脚。这是一双女人的脚，死者还穿着格子裙。女人尸体的其他部分散落得到处都是。

这是艾莫里打死的第一条龙。从那之后，他的手里就经常端着一把步枪。

这场人和龙之间的战争扩散到了全世界。第一场黑色风暴之后，从冰岛到新几内亚，从德国到波基普西，都可以看到龙的身影。经过了几周的战斗，新一轮风暴又带来了更多饥饿的龙。大家和艾莫里一样，开始不断适应环境，优化自己的战斗方案，研究自己的敌人，使用更大口径的武器对付龙。

人类对现状无法找到任何解释，科学家从龙身上找到了答案。没有神秘的彗星，没有飞碟，没有忽然打开的通向地球中心的传送门。自然历史博物馆里塞满了新鲜的龙骨，比较解剖学家通过显微镜研究，证明龙是呼吸氧气的碳基温血爬行动物，和星球上所有已知化石没有任何关联。

"我觉得我知道这些龙从哪儿来了。"达瑞斯·巴洛是本齐手下最老的特别助理。在1947年晚些时候的一个安静夜晚，所有人都聚在县里的办公室里，玩着克里巴奇纸牌游戏，所有人都默契地否认曾经发生过这种事。"我觉得龙就是你们的人。"

金诺克·铁云有一半阿拉帕霍人的血统，他坐在桌子对面咧起了嘴角，这是他对付说大话的傻瓜时专用的笑容。

巴洛继续说道："你知道我这话什么意思。天知道保留区里还有什么鬼把戏。你们说不定还在召唤这些鬼玩意儿，搞出这么一场闹剧。"

奥拓·萨利文说："好了哥们，你这就是说疯话了。"

"你知道什么才是疯狂吗？这些龙就是实实在在的疯狂！"巴洛拍了下桌子，"它们可是真实存在的玩意儿。还有什么是真的？怎么就不可能是魔法在搞鬼呢？你们是不是都在背后笑话我们，一边收着县里的钱，然后让龙给你们复仇？"

铁云说道："我们的人和这事没关系。"艾莫里从没想到他会如此镇定，"我可以用简单的逻辑来证明这一点。"

巴洛说："你现在就能证明？"

"如果我的同胞，我在此大胆估计你指的是阿拉帕霍人，而不是该死的安格鲁和荷兰人，有足够的力量可以召唤一群龙，让你们这些白人忙得一塌糊涂，我们到底为什么要等到现在才动手？傻瓜，我们80年前就该这么干了。"

房间里安静了几秒，然后巴洛笑了起来。

他说："妈的，你还真没说错。"

"真要是这样，你们这群混蛋现在都该给我干活了，当然前提是你还能说人话。要是你连人话都不会说，我会在缅因州的保留地里给你预留个位置。"铁云放下了手中的牌，"现在是15点了，还有2点算我的。先生们，我的复仇就是能在计分板上多拿积分。在对付龙这件事情上，大家都是一伙的。"

这是一种情绪化的结论，缺乏足够的事实依据。

人类的所有战争都陷入停顿，而全新的战争刚刚开始，这都要感谢几乎每月一次的黑风暴和随着风暴降临在地球上的怪物。世界各地传来了令人困惑的消息。

艾莫里在收音机里听到某位苏联的领导人说，"苏维埃社会主义共和国联盟没有龙"。但在艾莫里看来，苏联人肯定也因为龙的问题而焦头烂额。

在像芝加哥、纽约和华盛顿特区这样的地方，人龙之间的战争显得更为明显和有计划。社区每周都要重新部署，停车场被反复扫荡，厚厚的防护墙上每时每刻都有人在放哨。在人口较少的地方，战争的形式则更为灵活。在新墨西哥州，人们开始尝试对龙的繁殖区使用核武器。在怀俄明和蒙大拿州，陆军航空兵开始使用凝固汽油弹和火箭弹支援艾莫里这样的人，对于后者来说，这是一种非常有效的支援，而对于航空兵来说，这几乎是一场狩猎行动。

值得庆幸的是，龙不能真的飞起来，但是长着翅膀的龙可以进行跳跃滑翔。所以，司迪曼的农场才没有发现很多足迹。这些龙也无法喷火，但是有报告称某些龙含有剧毒，在艾莫里看来，这不过是这场食肉动物大灾难中的一点点缀罢了。艾莫里遇到的最小的龙，是3年前还是副警长的时候打死的那条只有4米长的龙，但就是这样一条小龙，它的嘴巴也堪比一把液压钳子。它能像咬碎热狗一样把你咬死。所以，它又何必对你下毒呢？

艾莫里和他的同事们只能用从国民警卫队的非委任军官、联邦配给，甚至是无人看管的补给卡车和铁皮屋里能找到的一切来武装自己。卡本县的特别副警长们带着BAR勃朗宁班用自动步枪、轻机枪和装了11.6毫米温切斯特弹的运动步枪出警，最后一种步枪是为了对付龙专门研发的。有段时间，他们甚至弄来了一门巴祖卡火箭筒，这玩意干掉了不少龙，然后把它放在一间没有上锁的小屋里，谁用谁取，全凭大家自觉。这套系统运转良好。但是到了1951年夏天，达洛斯·巴洛以为梅迪辛博的邮递管理员趁着自己加班的时候，和自己的妻子乱搞。万幸的是，巴洛发射的高爆火箭弹穿过管理员1940年款的别克超跑的货厢后没有爆炸，而管理员本人也不在车里，但这并不能阻止老本齐解雇了巴洛，一位板着脸的国民警卫队上校，没收了他们的巴祖卡火箭筒，那就像一个失望的老父亲收走了孩子们的玩具仿真枪。

应对程序不停变化，相关手册也编撰完毕，虽然各个部门成就斐然（其中包括陆军、国民警卫队、怀俄明州高速路巡逻队、当地警长和越来越多的永久性"特别副警长"），但这一切都不过是往昔的重演，但这起码能让所有人都忙起来。官方无线电通信中给龙的代号是"CZ",也可以叫查理·泽波拉,其实就是"神秘动物"的代称。在部门内部,针对涉龙案件还有专门的"FD事件"的代号,D代表德尔塔,此处指代龙,而前缀F则代表着该死的。

艾莫里不是故意忘记自己处了多少次FD事件,但是这份工作过于消耗精力,所有的案子都混到了一起。有些龙喜欢山地和冲沟,有些喜欢森林。有些龙会时不时偷一两只羊,还有些龙直接撞倒住宅的墙壁,吃掉里面的所有人。只要你用对了枪,发射足够多的子弹,总能杀死一条龙。但是,你总得把龙的尸体拉走进行特殊处理。科学家们从生化角度,没有发现龙的肌肉和血液有任何特别之处,但是掩埋龙的尸体无法增强土壤肥力。这就像是一种魔法诅咒。总之,有足够多的旧矿坑和菜市场可以容纳腐烂的龙尸体,虽然气味非常难闻,但起码居民不会投诉。到了1952年夏天,就在艾莫里收拾卡车上用来放置龙尸体臭气熏天的床的时候,他忽然想起来,自己好几周没有统计过杀了多少条龙了。杀了多少条龙都无所谓了。

到了1953年,丹尼·波克霍德尔被一条16米长的龙踩死,这是卡本县出现过的最长的龙。两个月后,奥拓·萨利文接触到了龙尸体嘴里的泡沫,事实证明这种泡沫含有一种剧毒,在旁人看来,中毒的人不过是心脏病发作。到了1954年,金诺克·铁云也死了。但是他不是死在行动中,每次猎龙行动中,他的谨慎无人能及;他死在远离30号公路的一条溪谷里,当时下着雨，而他的车速达到了每小时32公里。他总是跑那么快。到了1955年的时候，一直在寻找志愿者和资金的本齐警长，终于把来自迪克森的黛莉娅·桑切斯小姐招进了队伍，她成了第一名特别副警长。她是个留着深褐色头发的瘦弱姑娘，但是她拿着一把定制改装过的韦斯比步枪，干出了不少令人刮目相看的战绩。只要让她负责一周的放哨工作，看着她在龙的前额打出干净漂亮的弹孔，就可以让那些取笑她的人闭嘴。

到了1956年9月的时候，霍利斯特·J.本齐已经一头白发，他宣布自己准备退休。他和其他人一样，一直身处猎龙的第一线。但是，艾莫里知道他已经受够了熬夜、噩梦和不能解决任何问题的酗酒，受够了向州政府和联邦机构乞求增援。对于后者来说，他们更倾向于让像卡本县这样的地方自己负责安保工作，这听起来无异于中世纪冒险故事里的边境游行。艾莫里·布莱克本，作为愚蠢和勇敢的结合体，在过去两年里一直干着本齐的工作。当本齐说艾莫里将作为自己亲自挑选的继任者参加竞选时，一切就已经确定了。艾莫里成为得票最高的人。就这样，随着艾莫里警长的走马上任，这场由龙而起的烂摊子进入了全新的阶段。

艾莫里紧紧抓住胶木制成的电话听筒，指节因为用力过度而发白，他说道："我不明白。"这句话似乎成了他的口头禅。他对所有人都说过这句话，从州立法人员到州长的助手，再到那些除了握手和许愿以外，什么忙都帮不上的联邦人员。这些人通常坐直升机过来，从来都不开车。"长官，我实在是不明白，我该怎么告诉大家都待在家里，龙可是……对，长官，对，我知道。啊,我刚才想说的是一条CZ完全可以突破墙壁或者屋顶……啊,他们当然有枪,现在所有人都有枪,但除非……不长官,我不是不尊重你。我就是觉得有人得点明现实情况……喂?喂?你妈的!"

"很有成果的意见交流?"黛莉娅·桑切斯问道。她用警长办公室角落里的闲置桌子,正在拆解清洁一只和她差不多大、牧豆树木材做枪托的栓动式步枪。

"真是当代政府的奇迹。"艾莫里用手梳理着自己又粗又硬的头发,这些年来他前额的头发似乎都翘了起来。"政府邀请我一起组织一场奇迹。但是我没有那么多钱,因为我们不是拉勒米市,没有铁路,没有大型金矿,我也不能得到更多重型武器。同样也是因为没有钱,我不能再招更多的副警长。还是因为没有钱和重型武器,咱们就成了现在这样,我得通知所有人,到了晚上锁上窗户,拉下遮光布,免得附近有龙在游荡,但等我到了写伤亡报告的时候,我还得老老实实把CZ敲进报告里,免得某个离事发地160多公里以外的胆小鬼,会在看报告的时候被吓死!啊,抱歉,我又开始了。"

黛莉娅很冷静地说:"请允许我给脏话存钱罐里再加点儿钱。混蛋!"

"我还是把咱俩的钱都放进去吧。"艾莫里在一块黄色板子上用铅笔画了两笔,而这块板子上早就写满了各种标记。随手就能掏出现金早就是个大问题了,所谓的脏话存钱罐,早就沦为一种概念性的存在。

艾莫里已经当了3年警长了,而自己的工作内容早就超越了警长的范畴。现在他得干两三位警长的活,他手下所有人都能感觉到这一点。黑色风暴还在持续,龙不停地从风暴里钻出来，用传统方式对付龙已经显得过时了。路政工人各个吓得要死，必须在警卫的保护下才能开工，所以州一级和县一级的公路开始老化，民众开始减少出行，经济开始衰退。当地民兵有时候会提供帮助，但实际上一些小镇开始逐渐衰落。民众都想搬去防御良好的大城市，而那些能搬进大城市的人，通常都是城市所急需的人才。有些人抛弃了自己的亲属，有些人搬到了其他州，还有些人原地固守，放弃了和外界的联系。对这种人而言，除非迫不得已，不然不会和外界接触，而有的时候，唯一登门拜访他们的只有龙。

艾莫里的队伍和全县其他地区的队伍一样，无法消灭所有的龙。只有那种具有攻击性、确实对人类发动攻击的龙才会被消灭。战争已经变成了救灾运动。

"警长，我给你找了个大麻烦。"说话的人是克莱尔·奥德尔，县里每个还在运转的部门里都能看到她的身影。她直接推开了艾莫里的房门，递给他一份文件。"就在芬里斯山上有条龙。泥溪的民兵试图除掉它。"

"死了4个人。"艾莫里将报告揉成一团，"该死，这倒是让今天早上格外刺激，不是吗？"

"而且这龙还会说话。"克莱尔转身准备去接电话，"对着逃跑的民兵说了一大堆奇怪的东西。"

"我的天哪。"艾莫里嘀咕道。拉勒米市的诺伯特·塔克警长对付过几条会说话的龙，但是艾莫里只见过不会说话和好斗的龙。

"警长，就等你下令了。"黛莉娅说。

"干吗？我不想在这儿继续骂脏话，去脏话板上画杠，小伙子们还得过好几个小时才能回来。"他手下的4名副警长当天都在处理其他事情，一整辆巴士的囚犯正准备转运到其他州。"该死，10美分。这情况太他妈糟糕了。10美分。"

"哎。"黛莉娅停顿了一下，说，"如果这龙会说话，那么为什么不上山和它聊聊？"

"和它聊聊。"艾莫里揉了揉眼睛，"和它聊聊。这主意太蠢了。黛莉娅，这主意太蠢了。"

"警长，不管这计划蠢不蠢，咱们也没有其他计划了。"

艾莫里无奈地笑了笑，叹了口气，用一根手指指着黛莉娅说："你带上东西，5分钟后在车里等我。等上了山，我负责动嘴，你负责动枪。"

"我就知道你不会丢下我。"

"没错。黛莉娅，你今天准备逃跑了吗？是不是预防我他妈搞砸了谈判？"

"警长，我从来不会退缩。"她把组装好的步枪收紧皮质枪套，然后拉上拉链。"警长，你还得交10美分。"

山上的光照和空气都非常奇怪。林间的光线似乎在向外逃逸，金色的阳光带着一种慵懒的氛围，你几乎可以闻到它的存在，空气中尘土飞扬，看起来就像是海洋中的浮游生物。这里的温度比九月的平均气温还要高，艾莫里沿着鼠尾草丛前进，他的左边就是一片白桦树和白杨树。芬里斯山脉的西侧高耸入云，不断变化的白云在白色的悬崖上投下一片影子，让悬崖表面泛起一片涟漪。这一切看起来很美，但绝对有问题。天气总和龙有关系。只要有龙在周围，总会出现一些情况。风速会更快或者更冷，气温出现异常，积雪在一月就会融化，也有可能在六月中旬就下雪。

这种奇怪的感觉，加上山下不足 50 米外的 4 具被碾碎的尸体，足以证明龙就在附近。但是，艾莫里还是把步枪背在背上，步态怡然地继续爬山，努力摆出一副很自在的样子。

他很快就找到了目标。这条龙也没有进行任何伪装，而且它的体形证明了这种自大不是无中生有。这条龙体长 10 米，胸膛和前肢犹如公牛般健壮，蜂蜜色的鳞片上覆盖着尘土，但还是可以看到大量伤疤。这头怪物趴在吃了一半的牛身上，从牛的体形上看，应该是赫勒福德牛。艾莫里不禁想到，这牛看起来是死透了。

"啊哼！"艾莫里停在距离龙 9 米远的地方，提高音量喊道："打扰一下！"

龙看了他一眼，爪子敲打着地面，稍稍退后了一点儿。龙下巴上的旋毛和胡须上还粘着肉屑。

"小东西，你为什么需要我的原谅？"龙说话的声音听起来就像是推土机引擎。

"嗯。"艾莫里因为自己的诡异计划而打了个哆嗦，"我也不知道，这就是个打招呼的方式。意思是，我很抱歉打搅你。"

"真的吗？"

"我确实感到有点抱歉。使命感让我不得不这么做。你看，我是艾莫里·布莱克本，卡本县警长，你现在就身处卡本县，嗯，享受着一头牛和其他一切。"

"强者得一切。"龙咆哮道，"又或者他们组织其他人得到想要的东西。没人阻止我。就是这样。所以这些肉是我的，这地方也是我的。也就是你带着那个会喷火的管子，不然你早就死了。当然了，等等再杀你也不迟。你为什么要来这儿？"

"聊聊天。"艾莫里把双手插进口袋,控制住去抓步枪背带的冲动。"听说你会说话,我觉得咱们也许能达成一些共识。你,呃,杀了我们4个人。"

"他们是你亲戚?"

"不,啊,他们是我的选民。这是我们自己的事情。所以我都觉得,面对这种情况,我还是有责任的,毕竟……这儿出了这么大的乱子。"

"这乱子很快就结束了。你的选民攻击了我,我杀了他们。我不想要他们带的奇怪垃圾。我想要的是小母牛的血,而且我也找到了。一切都很好。"

"你看,有没有办法让我礼貌地请求你……离开?"

"没门儿。"

"我不想威胁你。"

"那就别这么做。"龙转头看着自己没吃完的肉,"你说不定还能继续活下去。"

"好吧,礼貌询问阶段结束,那就这样吧。威胁你可不是个好主意。我确实不想死。你看,该死,你知道扔硬币这事吗?你玩扑克吗?圈叉游戏呢?你有玩过类似东西吗?"

龙两眼放光,扭过头看着艾莫里,他不得不退后一步。

"你想和我讲理?"龙说道,"用智慧击败我?以智取胜?"

"我……对。对,我就这意思。"艾莫里几乎能想象到欢呼的人群,美国总统在他的脖子上挂上一个大勋章,勋章正面写着史上第一大傻瓜。"该死,只要你能离开,我愿意向你发起挑战。"

"这种挑战可是具有约束力的。"

"如果我赢了,那我,啊,就要你……离开这片山。你猜怎么着,你要永远离开怀俄明州卡本县,永远别回来。成交?"

龙说:"你要是输了,我就打断你四肢,敲碎你所有的骨头,然后把你挂在路边的树上,对着所有路过的人类大喊着写给我的赞美诗,让他们离开我的领地。这个状态要一直持续到你死掉的那一刻。"

"你这说得可真是颇具画面感啊!"

"鉴于我是被挑战的一方,我来决定比赛内容。咱们猜谜语吧。赢了5局的人就算胜利。现在开始。"

"谜语啊。行吧。"汗水像小蜘蛛一样,从艾莫里背后滑了下去。"听着。2个,啊,美国人走在街上。2个美国人在街上。一个人是另一个人的儿子的父亲,那么这两个人什么关系?"

"妻子和丈夫。"龙说道,"你是不是以为我是弱智?"

"我拒绝回答这个问题。等等,这是你的谜语吗?"

"当然不是。我得一分。现在听好:什么东西薄如夜,软如沙,只能用牙咬碎,但是没法用手掰断?"

"我。"艾莫里看着龙足有半分钟,然后说,"不知道。"

"那我再得一分。该你了。"

"等等,你那谜语的答案是什么?"

"赢家才能知道答案。"龙笑着说道。艾莫里第一次看到一张足有写字桌大小、长满利齿的大嘴巴露出了扬扬自得的笑容。"输家就等着粉身碎骨挂上树吧。该你了,下一个谜语。"

"如果规则是这样的。"艾莫里夸张地走了几步,"谁是1953年美国棒球联赛全垒打冠军?"

龙咆哮道:"这不是谜语。这是你们这个微小世界的历史,是下三烂的小把戏。第三分也算我的。"

"嘿,我没有认可这样的规矩——"

龙说:"你要是不知道什么叫谜语,那你就还不如个孩子,我现在就可以杀了你。"

"艾尔·罗森,这是正确答案,但是说真的,死亡威胁也算一个答案。你再得一分。"

"听好了。太阳找不到我,月亮躲不开我,所有人一半的生命都是我的。"

艾莫里说:"啊,拉上毯子?"

龙笑着说:"可怜的艾莫里·布莱克本警长,你就准备上树吧。好好选择你的下一个谜语。"

"我已经想好了。"艾莫里清了清喉咙说,"我的最后一个谜语如下:你他妈什么毛病?"

"什么?"

"你听到我的话了:你,他,妈,什,么,毛,病?"

"这是微不足道的没脑子的玩笑话!你活到头儿了。这根本不算谜语。"

"我认为这是关乎你个体存在性的大难题。"艾莫里说着用两根手指敬了个礼。这是他之前和黛莉娅约好的暗号,后者要在艾莫里争取到的时间内悄悄进入一个距离龙几百米的射击位置。

击中龙的脑袋和击中大象的脑袋有相似之处,你必须在脑中构想出一条线,这条线的一端直达龙的前额,刚好落在两眼之间,而你的射击线必须位于这条线的中央。黛莉娅选用了450格令的覆铜被甲的碳化钨穿甲弹,言外之意就是,只需要龙将注意力放在艾莫里身上半秒钟,然后一切就结束了。一声枪响在岩石和树林间回荡,艾莫里为了躲开龙的身体,立即跳到一边,龙的尸体顺着山势滚了几米,刚好从艾莫里身边擦过。过了几分钟,黛莉娅来到艾莫里身边,一起看着冒着热气的尸体。

"你俩聊得如何?"

"啊,我发现这家伙不喜欢棒球。"艾莫里说,"打得漂亮。"

"谢谢。这家伙的脑袋倒是很好看。你看看这弹着点,我要是往任意一边偏一点,它就会——"

"黛莉娅,我还是倾向于认为你是个百发百中的射手。"艾莫里双手颤抖。他把手揣进口袋,告诉自己这完全是因为冷风的缘故。但是龙周围的空气依然非常暖和,而龙此刻一动不动。

第二天,艾莫里为了将尸体拖离泥溪,就带着所有副手返回了现场。而事实证明,将这条龙的尸体拖走是一件很麻烦的事情,他们看到了3条龙在山谷周围活动。为了躲开这些龙,必须使用非凡的驾驶技巧,而这无疑严重违反了有关处理龙尸体的规定。

特别副警长哈沃德·琼斯说:"坦克出什么事了?飞机怎么回事?大炮怎么回事?无线电又怎么了?为什么他们就让这事继续发展下去?"

艾莫里说:"我也在好奇这事。电话通话时间越来越短了。"

到了1961年,政府建立了第一个隔离区。内务部派人坐直升机过来进行相关解释,这家伙就像是一个喝多了酒的牧师,口齿伶俐,说个没完。

"我们不是封锁这些区域。我们不会竖起围栏或者任何类似的东西。那都是纳税人的钱。我们的意思是,如果你进入这些区域，或者是选择留在当地孤立的社区，我们不会提供任何服务，不会派人来救你。你全靠你自己。"

艾莫里现在身处堡垒城市夏延郊外的一个碉堡里，他的身边有自己的副手和十几名来自怀俄明州其他地区的警长，所有人都看着面前的地图。红线在美国地图上上下飞舞，画出了州政府和联邦政府打算放弃的地区。政府打算将这些区域交给龙，让它们在那里自由活动。艾莫里对这一切丝毫不感到意外。在大城市、煤矿、铀矿、明尼阿波利斯郊区、威斯康星和爱荷华州农业区，以及高速路和铁路走廊附近，可以看到代表特别安全区的蓝色标记。西部地区和偏北地区有大片的红区，不少红区都是沙漠。密西西比州、路易斯安那州、佐治亚州和亚拉巴马州的地图看上去就像是起了麻疹。艾莫里知道这些地区都住着些什么人。原住民保留区里早就是龙的天下了。风河保留区距离卡本县不过几县之隔，现在也被划入了红区。艾莫里不知道当地人能不能发现其中的区别。

艾莫里强作镇定地说："你们一直以来也没提供什么帮助，更没有派出什么增援人手。"

"我这可不是单说一个部门。从华盛顿开始往下的所有部门都不会提供帮助。警长，这应该是让你的工作更简单了。你是卡本县的吧？你需要担心的区域缩减了40%。"

"和10年前相比，我的预算早就被削减了80%。有没有可能多给我一点钱？"

"哦，得了吧，我的警长先生，咱们得做出切合实际的决定。我们有不少资源，但这也不是无限的。"

来自甘霖县的马可·尼莫警长皱着眉头说："但是红区的人可没多少资源。你这么做，和截肢有什么区别。"

来自内务部的人说:"啊,讲点儿理吧。"他黑色西装的腋下部分,因为出汗而显得更黑了。"这不是任何人的错,但我们得面对现实。整个CZ危机,完全是老天的意愿所为,这是一种平衡生态学,只要我们不去惹它们,就能节约大量的时间和资金,还能规避不少风险。"

尼莫继续说道:"不必弄成这样子。我们都已经打了这么多年,花费大量时间控制龙的数量,但我们从没有获得足够的工具或者增援。"

"这种情况不能一直维持下去。我们不能让国家永远保持战时状态!"

"不必如此。"尼莫点了根烟,说,"你只需要保证一部分地区处于战争状态就行了。"

"我不敢相信自己听到的一切。我以为你们会对这个计划非常满意。西部的那个,啊,粗犷个人主义都哪儿去了?"

艾莫里说:"如果你要是给我们这么一副烂摊子,为什么你不在这里待一段时间,给自己弄个联络人的位置?然后就可以看看,我们是如何对着这群不断扩张的龙弘扬西部精神。"

来自联邦政府的人说:"CZ。"

"这套CZ的狗屁应该放进哈克猎犬的漫画里,我的朋友。那些玩意儿可是龙!你要是想确立这个命名规范,那就给我们多弄点儿钱、新枪和机器,再来几辆不会散架的汽车!"

尼莫说:"它们在干扰天气。它们每天晚上都在鸣叫呻吟,互相之间保持联络,这肯定是有什么计划。气候越来越暖和了,情况本不该如此。种植季节也越来越长。"

"警长,这都是局部异常。别说疯话了。"来自联邦政府的人显得非常紧张,"我们都讨厌黑风暴,但是没有证据显示,自从 C……龙入侵以来，发生持续性气候变化。完全没有证据。不要用这种话吓唬自己和你的选民了。"

这导致了一场持续几分钟毫无意义的争吵，然后来自内务部的人开始道歉，说自己日程安排很紧，早就该起飞参加下一场会议。这倒是让刚吃完午饭的驾驶员和飞行工程师吃了一惊，但他们还是让直升机快速起飞，然后消失在群山之间。

"这就是一场截肢手术。"尼莫重复道，"这哪里还有一个州的样子，这里现在是一截患肢。布莱克本，你觉得隔离区未来几年会不会扩大？"

艾莫里说："这不好说。我觉得咱们很快就知道，在保留区过日子是什么感觉了。"

尼莫说："作为一个执法部门的人不该这么说，但是我必须承认，我从没想过报应之类的事情。我还以为自己能安安稳稳地老死呢。"

"也许龙能给你空出点儿生活空间呢。"

"哎，难道不是我们给龙空出生活空间吗？"

哈沃德·琼斯是 1963 年部门里第一个殉职的人。当时，小型城镇和村庄的撤离计划正在全面展开，哈沃德正在帮助一名老妇把笼子里的鸡全都搬上卡车。他没有注意到，有一条 5 米多长、饥饿而好奇的小龙摸到了自己的身后。琼斯用自己的配枪进行反击，但是左轮手枪对于龙这样的目标来说，不过是葬礼上的一只喷射彩纸的玩具而已。

E.B.达格利什，因为挚友的死而伤心欲绝，第二天就上交了警徽，然后不知去向。这一年里，县里有一半人都学着他的样子离开了，只不过大家选择的方式有所不同而已。

1964年，艾莫里的部门总共消灭了30条龙，第二年消灭了15条。情况发生了变化。需要控制的地区变少了，缺乏经验到处乱跑，最后被龙干掉的民兵也越来越少。

在1966年漫长的夏天，龙发现拔起电话线桩子当玩具是一件很有意思的事，所以艾莫里又有了理由不睡懒觉出门猎龙。这种情况一直持续到龙不再破坏电话线为止。

到了1968年，隔离区终于成形了。卡本县大多数地区都变成了龙的游乐场。罗林斯市还有大约1000人在坚守家乡，他们建起了泥巴墙、壕沟和用废弃车辆搭建的屏障。他们有水井和安全的农田，而且无论华盛顿的老爷们怎么说，种植季节都比平时延长了半个月。所以只要这些情况不发生变化，再加上通向夏延市的补给线畅通，这里的人就不会饿肚子。

艾莫里还是县里的警长，手下人只剩下了黛莉娅·桑切斯，现在接不到多少和龙有关的案子了。而今留下来的人都是些邻里，一个个都非常顽强，他们一方面自豪于还能维持这样一个残破的前哨站，同时也因为自己要被留下来维持这一切而感到悲伤。在罗林斯市，邮差每个月来一次，在马里兰的郊区，城市的围墙已经修到了12米高。棒球赛场人山人海了，厄利孔防空炮负责提供赛场安保，冰激凌车装备了备用发电机，以防任何可能的电力故障。

龙在怀俄明州自由自在，最大的龙群可能由七八条龙组成。与此同时，以龙为中心的一场非常奇特的环境野化过程开始了。鹿、麋鹿、长角羊、狼还有郊狼数量开始暴涨，有的时候可以看到这些动物和龙一起游荡，就好像龙开始放牧，给自己提供一种更轻松的狩猎环境。

气候也更奇怪了。切努克莫名其妙刮起了寒风，但是在以前，冬天的气候也非常温和，阳光非常明媚。即便附近几公里没有一片云，电话里也能听到杂音。整个世界充满了可能性，天空似乎开始震动。

没有多少龙愿意骚扰人类的家畜了，但总有那么几个烦人的家伙。1971年，黛莉娅·桑切斯在对付一头9米长的龙时殉职，那条龙当时正在破坏一段防御圈。她找不到合适的位置从远处进行狙击，只好从近距离开了6枪。当最后一发子弹出膛之后，龙用最后的力气甩动尾巴，将黛莉娅甩下了屋顶，摔断了她的脖子。

镇上的医生告诉艾莫里，她当时什么也没感觉到，她现在没什么烦恼了，艾莫里努力控制住一拳打在医生脸上的冲动。

夏延市拒绝了送一副棺材的请求，一并拒绝的还有葬礼讣告、卫队，以及提供任何帮助的可能。无线电另一头的人告诉艾莫里，当地的人员死亡完全由当地负责，然后就切断了通话。

当地人决定帮助艾莫里，他们将他推到一边，打了一副棺材。他们把龙爪挂在黛莉娅的脖子上，把她的枪和尸体一起埋在了后院。

葬礼之后，艾莫里回到了自己的办公室，关上了窗户，拉上了窗帘。他打量了自己的一支步枪好一会儿，然后选择了一支躺在抽屉里、许久没用的长管史密斯威尔森29型手枪。他带上枪套，反复练习了几次拔枪，然后点了点头，装上了子弹。

他离开办公室的时候，枪里只有 6 颗子弹，无法进行装填，所以在任何情况下都没什么用。他锁上了办公室的门，把钥匙放在不知疲倦的卡莱尔·奥戴尔的桌子上的显眼位置。

艾莫里自言自语道："也许该上山和它聊聊了。"然后，他把局里最后一辆吉普车里加了 5 加仑汽油。

艾莫里开车离开的时候正是下午，天上是一片肉红色的云，把守大门的人根本没有问他要去干什么。

罗林斯位于镇子西北面的山坡上，附近总有龙在游荡。艾莫里开车上山，一路上亮着车灯，按着喇叭，他很高兴地发现 5 对盘子大小的眼睛从岩石的阴影中观察着自己。他把车停在距离龙群不足 10 米的地方。

艾莫里大喊道："嘿！看这儿！你们谁能说话？我想问个路！"

艾莫里的请求让龙群感到很好笑。他知道眼前的龙为什么会给自己指路。这些龙说，要找到他想找的龙，还要继续向北走，爬上芬里斯山脉紫色的山峰，它们还提到了两条河之间的一道绿色山谷。这个山谷就在白桦溪和三角杨溪之间，周围还有圆圆的灌木和石头。暮色退去，天上群星闪烁，钴蓝色的夜幕周围还夹杂着橙色的余晖。在树林间，可以看到光点，这绝对不是成群飞舞的萤火虫，空气中有一种铜被加热后的味道。艾莫里徒步前进，他认为这样比开吉普上山更有礼貌。

一条龙（一条就够了）蜷缩着身体，躺在四散的白骨之间。它的胸膛比谢尔曼坦克还要宽阔，全长超过了 18 米。它的鳞片泛着金属质地的猩红色，眼睛里散发着融化的金属才有的光泽，它拍了拍翅膀,似乎在欢迎艾莫里,林间空地上的气流发生了变化,光线发射了偏折。

龙直截了当地说:"凶手。"

"彼此彼此。"艾莫里说。

"小崽子们给我说了,你要来见我。"

"我告诉它们,我要找你们中最大、最老、最聪明的龙。看来它们没骗我。"

"这一点有待观察。"

艾莫里双手叉腰,慢慢向前走了几步,直到自己可以和龙面对面。龙低下脑袋,降到可以直视艾莫里双眼的高度,它巨大的鼻孔比吉普车的车头灯都要大,呼出的气体有一种鲜血的味道,吹到脸上感觉像丛林中的蒸汽。

"你在改变这里的环境。"艾莫里说。

"我们通过呼吸,将我们的世界带入你们的世界。"龙说,"我们通过歌唱,让两个世界融合。你们很快就不是这个世界的主人了。"

"我们可以阻止你。"

"对。"龙让上下颚的牙齿碰撞,发出类似无数利剑碰撞剑鞘的声音,"但那要非常小心,而且非常痛苦。"

"我老了。"艾莫里小声说,"我受够了,也累了,现在浑身酸痛,非常困惑,但今晚我是第一次感觉到自己老了。而且我也不明白,为什么一切会变得这么糟糕。"

"小杀手,你和你的……族群坚守得太久了,但他们却没有给予你回报。"

"他们似乎完全不需要呼吸空气一样。他们可以躲到一边,命令我们不要相信看到的一切。这种冷漠和自大,整个世界……都包裹到了他们身上！"

"你们大可以用全力和我们打一场，然后自豪地向后代展示取得的战果。到头来，你到底为什么而战？到头来不过是在睡梦中多翻几次身子罢了。"龙抬起一只爪子，轻轻拍了拍艾莫里的肩膀。"我已经吸入了这个地方的记忆，知道你犯下的暴行，然后我将你的谜语还给你，你甚至都没反应过来你自己也在问这个问题。人类……你他妈什么毛病？"

艾莫里说："我真的希望知道这个问题的答案。"

"现在呢？"龙问道。

"这又有什么用呢？"艾莫里把手搭在手枪握把上，"如果我当时真的将谜语比赛进行到底，如果我真的赢了，又会怎样？"

"不。"龙叹了口气。"不，小杀手，时光已经过去，现在它什么也改变不了。我也老了，但这是从完全不同的一个层面而言，而对于所谓的改变，我比你更重要。"

艾莫里站在那里，手搭在枪上，龙一直直视着他。它站起身，动作非常流畅，然后以人类的步幅退后了10步。

"我相信这也是传统的一部分，起码这样可以改善你的劣势地位。你带来的武器说不定有足够的威力。你确定咱们真的要这么干？"

"我觉得有必要。"艾莫里说，"我觉得我只能这么做了。看在老天的分上，我来到这里，然后让某人或者某物来做出决定。"

"那你学到了什么呢？"

"你和当年谜语比赛中的那条龙相比，完全不一样。"

"这描述听起来还真是不一般。"

"那王八蛋到最后都没有回答我的问题，对吧？"

"你学到了什么，艾莫里·布莱克本警长？"

"我确实老了，真的老了。但是我忽然感觉还有那么点儿力气。也许你也是如此。快开枪吧。我要是赢了，你就跟我回镇上。"

"什么？"

"成为我的客人。接受我的款待和保护。见一见村子里的所有人。聊聊天，喝喝啤酒。"

"这又是为了什么？"

"我都数不清这些年杀了多少龙了，但这又有什么用呢？你正在接管这个世界，而我国家都不见了，只留下我们保护自己。所以，谁又能阻止我们？跟我回镇上吧。给我们讲讲你的故事。给我们讲讲如何与你们做朋友。我们可以给你们盖房子。你还能竞选市长。谁还在乎呢？适应。咱们很早以前就该这么做了。"

这是艾莫里·布莱克本人生中第二次，看到一条龙对自己露出了笑容。

而这是他第一次，也跟着笑了起来。

一杯好茶

简·约伦

"……龙会把自己的敌人当早餐,同时还会配上一杯正山小种红茶……"

——艾琳·摩根斯坦,《午夜马戏团》

她那长满红色鳞片的爪子,
缓缓放下了茶杯。
在他看来,这一切和她的母亲一模一样,
那骑士的血还是新鲜的。
这让他更爱她了。

从她还是个小家伙的时候,
相对于自己茶里的甘菊味,
更喜欢正山小种红茶里的牦牛粪味。

但是雌性个体更为顽强,
她们会突破有弹性的胚胎,
咬穿坚硬的蛋壳,
小嘴上几乎不会留下任何痕迹。

他打了个抖,
喝了一小口热茶。
他有那么多事情要告诉她,
一个请求,
一个提议,
一场求婚,
把整个世界都给她。

他希望自己不会因为不耐烦而被吃掉。

烈焰之后是大雪,
即便是龙也会死。
——J. R. R. 托尔金,《霍比特人》

The Book of Dragons
First published 2020 by Harper Voyager
Selection and "Introduction" by Jonathan Strahan. Copyright © 2020 by Jonathan Strahan.
"Yuli" by Daniel Abraham. Copyright © 2020 by Daniel Abraham.
"Lucky's Dragon" by Kelly Barnhill. Copyright © 2020 by Kelly Barnhill.
"Except on Saturdays" by Peter S. Beagle. Copyright © 2020 by Peter S. Beagle.
"Where the River Turns to Concrete" by Brooke Bolander. Copyright © 2020 by Brooke Bolander.
"I Make Myself a Dragon" by Beth Cato. Copyright © 2020 by Beth Cato.
"Hikayat Sri Bujang, or, The Tale of the Naga Sage" by Zen Cho. Copyright © 2020 by Zen Cho.
"The Wyrm of Lirr" by C.S.E. Cooney. Copyright © 2020 by C.S.E. Cooney.
"The Last Hunt" by Aliette de Bodard. Copyright © 2020 by Aliette de Bodard.
"The Long Walk" by Kate Elliott. Copyright © 2020 by Kate Elliott.
"A Final Knight to Her Love and Foe" by Amal El-Mohtar. Copyright © 2020 by Amal El-Mohtar.
"We Don't Talk About the Dragon" by Sarah Gailey. Copyright © 2020 by Sarah Gailey.
"The Dragons" by Theodora Goss. Copyright © 2020 by Theodora Goss.
"Pox" by Ellen Klages. Copyright © 2020 by Ellen Klages.
"The Nine Curves River" by R. F. Kuang. Copyright © 2020 by R. F. Kuang.
"We Continue" by Ann Leckie and Rachel Swirsky. Copyright © 2020 by Ann Leckie and Rachel Swirsky.
"A Whisper of Blue" by Ken Liu. Copyright © 2020 by Ken Liu.
"Maybe Just Go Up There and Talk To It" by Scott Lynch. Copyright © 2020 by Scott Lynch.
"Hoard" by Seanan McGuire. Copyright © 2020 by Seanan McGuire.
"Small Bird's Plea" by Todd McCaffrey. Copyright © 2020 by Todd McCaffrey.
"Camouflage" by Patricia A. McKillip. Copyright © 2020 by Patricia A. McKillip.
"Cut Me Another Quill, Mister Fitz" by Garth Nix. Copyright © 2020 by Garth Nix.
"Habitat" by K. J. Parker. Copyright © 2020 by K. J. Parker.
"La Vitesse" by Kelly Robson. Copyright © 2020 by Kelly Robson.
"Dragon Slayer" by Michael Swanwick. Copyright © 2020 by Michael Swanwick.
"Nidhog" by Jo Walton. Copyright © 2020 by Jo Walton.
"Matriculation" by Elle Katharine White. Copyright © 2020 by Elle Katharine White.
"A Nice Cuppa" and "What Heroism Tells Us" by Jane Yolen. Copyright © 2020 by Jane Yolen.
"The Exile" by JY Yang. Copyright © 2020 by JY Yang.
All stories appear by kind permission of the authors and their representatives.
Published by agreement with Baror International, Inc., Armonk, New York, U.S.A. through The Grayhawk Agency Ltd.
Simplified Chinese edition copyright: 2022 New Star Press Co., Ltd
All rights reserved.

图书在版编目（CIP）数据

魔龙之书 ／（澳）乔纳森·斯特拉罕编；秦含璞译．——北京：新星出版社，2022.3
ISBN 978-7-5133-4691-7

Ⅰ.①魔… Ⅱ.①乔… ②秦… Ⅲ.①短篇小说－小说集－世界－现代 Ⅳ.① I14

中国版本图书馆 CIP 数据核字（2021）第 200352 号

魔龙之书

[澳] 乔纳森·斯特拉罕 编；秦含璞 译

| 出版策划：黄　艳
| 责任编辑：杨　猛
| 责任校对：刘　义
| 责任印制：李珊珊
| 装帧设计：闫　鸽

出版发行：新星出版社
出 版 人：马汝军
社　　址：北京市西城区车公庄大街丙3号楼　　100044
网　　址：www.newstarpress.com
电　　话：010-88310888
传　　真：010-65270449
法律顾问：北京市岳成律师事务所

读者服务：010-88310811　　service@newstarpress.com
邮购地址：北京市西城区车公庄大街丙3号楼　　100044

印　　刷：大厂回族自治县彩虹印刷有限公司
开　　本：910mm×1230mm　　1/32
印　　张：17.75
字　　数：399千字
版　　次：2022年3月第一版　　2022年3月第一次印刷
书　　号：ISBN 978-7-5133-4691-7
定　　价：66.00元

版权专有，侵权必究；如有质量问题，请与印刷厂联系调换。